BASTEI
LÜBBE

Taschenbücher von ROBERT A. HEINLEIN
im BASTEI-LÜBBE-Programm:

23163 Das geschenkte Leben
24001 Sternenkrieger
24118 Das neue Buch Hiob
24124 Die Katze, die durch Wände geht
24163 Die Sternenbestie
24176 Die Tür in den Sommer
24183 Farnhams Oase
24191 Der Mond ist eine herbe Geliebte

A. Wolz 4/96

Robert A. Heinlein

SEGELN IM SONNENWIND

Science Fiction Roman

Ins Deutsche übertragen
von Thomas Schichtel

BASTEI
LÜBBE

BASTEI-LÜBBE-TASCHENBUCH
Band 24187

Erste Auflage:
Juli 1994
Zweite Auflage:
Dezember 1995

Deutsche-Lizenzausgabe 1994
Bastei-Verlag
Gustav H. Lübbe GmbH & Co.,
Bergisch Gladbach
Originaltitel:
To Sail Beyond the Sunset
Lektorat:
Stefan Bauer/Reinhard Rohn
Titelbild:
Luis Royo/Norma Agency,
Barcelona
Umschlaggestaltung:
Quadro Grafik, Bensberg
Satz: Fotosatz Schell, Hagen a.T.W.
Druck und Verarbeitung:
Brodard & Taupin,
La Flèche, Frankreich
Printed in France

ISBN 3-404-24187-8

Für kleine Mädchen und Schmetterlinge und Kätzchen.

Für Susan und Eleanor und Chris und (sowieso) Ginny.

In Liebe,
R. A. H.

Kommt, Freunde, her
noch ist es Zeit, zu neuen Ufern aufzubrechen.
Legt ab und wohlgemut durchfurcht
der Wellen lautes Tosen; denn trachten will ich,
im Sonnenwind zu segeln, im Bad der Sterne
einzutauchen, dort im Westen, bis ich vergeh'.

TENNYSON, ›*Ulysses*‹

KAPITEL EINS

DAS KOMITEE FÜR ÄSTHETISCHE STREICHUNGEN

Als ich aufwachte, lag ich im Bett neben einem Mann und einer Katze. Den Mann kannte ich nicht, die Katze dagegen schon.

Ich schloß die Augen und versuchte, meine fünf Sinne zusammenzubekommen, das ›Jetzt‹ mit der zurückliegenden Nacht in Verbindung zu bringen.

Nützte gar nichts. Da war überhaupt keine ›zurückliegende Nacht‹. Das letzte, woran ich mich klar erinnern konnte, war, in einem Burroughs-Irrelevanzbus nach New Liverpool zu sitzen. Dann hatte es plötzlich einen lauten Knall gegeben, mein Kopf prallte gegen den Sitz vor mir, dann reichte mir eine Dame ein Baby, und wir machten uns daran, das Fahrzeug nacheinander durch den rechten Notausstieg zu verlassen, ich mit einer Katze auf dem Arm und einem Baby auf dem anderen, und dann sah ich einen Mann, dem der rechte Arm fehlte ...

Ich schluckte und öffnete die Augen. Ein Fremder in meinem Bett war allemal besser als ein Mann, dem das Blut aus einem Stumpf strömte, wo vorher der rechte Unterarm gesessen hatte. Ein Alptraum? Ich hoffte es inbrünstig!

Wenn nicht, was hatte ich dann mit dem Baby angestellt? Um wessen Baby handelte es sich eigentlich? Maureen, so geht das nicht! Man verlegt einfach kein Baby! »Pixel, hast du ein Baby gesehen?« Die Katze stand schweigend da und plädierte auf nicht schuldig.

Meinem Vater zufolge war ich die einzige seiner Töchter, die es fertigbrachte, sich in der Kirche auf eine Bank zu setzen und dann festzustellen, daß sie auf einer warmen Zitronen-Meringentorte saß ... jede andere hätte hingeschaut. (Ich hatte ja hingeschaut, aber mein Cousin Nelson – ach, egal ...)

Mal abgesehen von Zitronentorten, blutigen Armstümpfen oder vermißten Babies lag da immer noch dieser Fremde in meinem Bett und wandte mir den knochigen Rücken zu – mehr Ehemann als Liebhaber also. (Ich konnte mich jedoch nicht entsinnen, ihn geheiratet zu haben.)

Ich hatte früher schon mit Männern im Bett gelegen – und mit Frauen, mit kleinen Babies sowie mit Katzen, die im übrigen den größten Teil eines Bettes beanspruchen –, einmal sogar mit einem kompletten Barbershop-Quartett. Allerdings weiß ich gerne, mit wem ich schlafe (bin nun mal ein altmodisches Mädchen). Also fragte ich die Katze: »Pixel, wer ist das? Kennen wir ihn?«

»Neeeh!«

»Na denn, seh'n wir mal nach.« Ich legte dem Mann eine Hand auf die Schulter, um ihn wachzurütteln und zu fragen, wo wir uns begegnet waren. Waren wir uns überhaupt begegnet?

Die Schulter war kalt.

Er war mausetot.

Kein guter Start in den Tag.

Ich schnappte mir Pixel und sprang unverzüglich aus dem Bett. Pixel protestierte, und ich sagte scharf: »Sei still! Mama hat Schwierigkeiten.« Ich entschied mich zu einer ausgiebigen Pause von vielleicht einer Mikrosekunde (vielleicht auch ein wenig länger) und beschloß, nicht gleich Hals über Kopf nach draußen oder auf den Flur zu stürzen, was ich sehr gut hätte tun können ..., sondern die Sache langsam anzugehen und die Situation zu überdenken, ehe ich um Hilfe schrie. War wohl auch gut so, denn ich mußte feststellen, daß ich bis zum Scheitel barfuß war. Nun macht mir Nacktheit nicht viel aus, aber es schien mir doch ein Gebot der Klugheit, mich erst anzuziehen, ehe ich einen Leichenfund meldete. Die Polizei würde mir sicherlich Fragen stellen, und ich hatte schon Cops kennengelernt, die jede erdenkliche Chance nutzten, um einen aus dem Gleichgewicht zu bringen.

Aber zuerst mal einen Blick auf die Leiche …

Ich hielt Pixel weiterhin fest in den Armen und ging ums Bett herum. Langsam beugte ich mich über die Leiche. (Schluck.) Niemand, den ich kannte. Niemand, den ich mir fürs Bett ausgesucht hätte, selbst wenn er bei bester Gesundheit gewesen wäre. Letzteres traf nun gewiß nicht zu; seine Hälfte des Bettes war blutdurchtränkt. (Zweimal schlucken und einmal frösteln.) Er hatte aus dem Mund geblutet, oder man hatte ihm die Kehle durchgeschnitten – weder war ich mir sicher, noch wollte ich es genauer herausfinden.

Also wich ich zurück und sah mich nach meinen Kleidern um. Ich wußte genau, daß dieses Zimmer zu einem gastronomischen Betrieb gehörte. Zimmer, die man mietet, haben einfach nicht das Flair einer Privatwohnung. Es handelte sich in diesem Fall um eine Luxussuite; ich brauchte schon eine Weile, um alle Wandschränke, Winkel und Ecken, Schubladen und Schränke und so weiter zu durchstöbern – und um die ganze Aktion zu wiederholen, als der erste Durchgang völlig ergebnislos blieb. Auch der zweite Durchgang, der noch gründlicher verlief, ergab nicht die Spur eines einzigen Lumpens – weder von seiner noch von meiner Größe, weder Frauen- noch Männersachen.

Ich beschloß nolens volens, den Manager anzurufen und ihm mein Problem zu erläutern, damit er die Cops rief – und um ihn höflich um einen Bademantel oder einen Kimono oder so was zu bitten.

Also schaute ich mich nach einem Telefon um.

Alexander Graham Bell hatte umsonst gelebt.

Ich war frustriert. »Verflucht und zugenäht! Wo haben sie das verdammte Telefon versteckt?«

Eine körperlose Stimme antwortete: »Madam, dürfen wir Ihnen ein Frühstück anbieten? Besonders stolz sind wir auf unseren Harvest-Brunch – eine reichhaltig mit verschiedenen Obstsorten belegte Schale; eine Käseplatte; ein Korb mit frischem, warmem Brot, Knäckebrot und weichem Brot, dazu Marmelade und Gelee und Sirup und belgische Butter; mit Fett beträufelte junge Barlops en brochette; Eier Oktavian; geräucherte Savannahslinker; Ferkel süßsauer; bayerischer Strudel; Sekt und Wein Ihrer Wahl; Strine-Schädelbier; Mocha-, Kona-, türkischer und Proximakaffee, verschnitten oder pur; alles serviert mit ...«

Ich unterdrückte einen Brechreiz. »Ich möchte kein Frühstück!«

»Vielleicht hätte Madam ja gerne unseren Holiday-Augenöffner: frischer Obstsaft Ihrer Wahl; ofenwarme Brötchen, köstlichste Marmeladen oder Gelees Ihrer Wahl sowie eine sättigende, aber nicht dickmachende heiße Tasse Ihrer Wahl. Serviert mit den neuesten Nachrichten oder mit Musikberieselung oder in erholsamer Stille.«

»Ich möchte nichts essen!«

Die Stimme antwortete nachdenklich: »Madam, ich bin eine auf Ihren Nahrungs- und Getränkebedarf programmierte Maschine. Soll ich auf ein anderes Programm umschalten? Auf die Haushaltung? Den Chefportier? Technische Fragen?«

»Geben Sie mir den Manager!«

Eine kurze Pause trat ein. »Hier spricht der Gästeservice! Freundlichste Bedienung! Wie kann ich Ihnen helfen?«

»Geben Sie mir den Manager!«

»Haben Sie ein Problem?«

»Sie sind das Problem. Sind Sie ein Mensch oder eine Maschine?«

»Ist das von Bedeutung? Bitte sagen Sie mir, wie ich Ihnen helfen kann.«

»Wenn Sie nicht der Manager sind, können Sie es gar nicht. Laufen Sie mit Hoden oder Elektronen?«

»Madam, ich bin eine Maschine, allerdings eine sehr flexible. Mein Speicher enthält den kompletten Lehrplan der Hotelwissenschaft am Prokrustes-Institut einschließlich aller Fallstudien bis gestern, vierundzwanzig Uhr. Wenn Sie so freundlich sein wollen, mir Ihr Problem zu erläutern, vergleiche ich es mit einem Präzedenzfall und erkläre Ihnen, wie dieser zur Zufriedenheit des Gastes bereinigt wurde. Bitte?«

»Wenn du mich nicht extrem plötzlich mit dem Manager verbindest, garantiere ich dir, daß dieser deine rostigen Innereien mit einer Axt bearbeiten und an deiner Stelle ein Burroughs-Libby-Analoggehirn installieren wird! Wer hat den Friseur rasiert? Was sagen deine Fallstudien darüber, du Idiot?«

Diesmal bekam ich eine Frauenstimme zu hören. »Büro des Managers. Womit kann ich Ihnen dienen?«

»Sie können den Toten aus meinem Bett holen!«

Eine kurze Pause trat ein. »Hier Haushaltsabteilung, Hester am Apparat. Womit können wir Ihnen helfen?«

»Ein Toter liegt in meinem Bett. Das gefällt mir nicht. Es ist unordentlich.«

Wieder eine Pause. »Cäsar Augustus Begleitservice, für jeden Geschmack das Richtige. Wie ich höre, ist einer unserer Begleiter in Ihrem Bett gestorben?«

»Ich weiß nicht, wer er ist; ich weiß nur, daß er tot ist. Wer kümmert sich um so was? Der Zimmerservice? Die Müllabfuhr? Der Hotelarzt? Und ich möchte die Bettwäsche gewechselt haben!«

Diesmal wurde ich mit Musik berieselt, während ich wartete ... und wartete ... bis die beiden ersten Opern des *Ringzyklus* vorbei waren und die dritte schon eine ganze Weile lief.

»Buchhaltung und Rechnungswesen, unser Herr Munster am Apparat. Für Ihr Zimmer ist keine Doppelbelegung angegeben. Wir müssen eine zusätzliche ...«

»Sieh mal, Freundchen, es handelt sich um eine Leiche! Ich finde nicht, daß eine Leiche ausreicht, um von Doppelbelegung zu sprechen! Das Blut tropft noch vom Bett auf den Läufer. Wenn Sie nicht sofort jemanden heraufschicken, ist der Läufer ruiniert!«

»Eine Beschädigung des Läufers müssen wir in Rechnung stellen. Das geht über die normale Abnutzung hinaus.«

»Grrr!«

»Wie bitte?«

»Ich stehe kurz davor, die Vorhänge anzuzünden!«

»Sie verschwenden Ihre Zeit; die Vorhänge sind feuerfest. Ihre Drohung wurde jedoch aufgezeichnet. Nach dem Hotel- und Pensionsgesetz, Absatz Sieben D ...«

»Sorgen Sie dafür, daß der Tote von hier verschwindet!«

»Bitte warten Sie. Ich verbinde Sie mit dem Chefportier.«

»Wenn Sie das tun, erschieße ich ihn, sobald er zur Tür hereinkommt! Ich beiße! Ich kratze! Mir steht der Schaum auf den Lippen! Ich hatte heute noch keinen Schuß!«

»Madam, bitte beherrschen Sie sich. Wir sind stolz, darauf verweisen zu können ...«

»Und dann komme ich hinunter in Ihr Büro und finde Sie, Herr Monstermunster! Ich ziehe Sie von ihrem Stuhl und setze mich selbst darauf und lege Sie übers Knie und ziehe Ihnen die Hose herunter ... Habe ich schon erwähnt, daß ich von Herkules Gamma stamme? Zweieinhalbfache Erdschwerkraft; Ihresgleichen verspeisen wir zu Mittag! Also bleiben Sie lieber, wo Sie sind, und zwingen Sie mich nicht, auf die Jagd nach Ihnen zu gehen.«

»Madam, ich bedaure, Ihnen mitteilen zu müssen, daß Sie nicht auf meinem Stuhl sitzen können.«

»Wollen wir wetten?«

»Ich habe gar keinen Stuhl; ich bin fest mit dem Boden verschraubt. Und jetzt bleibt mir nur, Ihnen einen guten Tag zu wünschen und Sie unserem Sicherheitsdienst zu übergeben. Die zusätzlichen Gebühren finden Sie dann auf Ihrer Rechnung. Genießen Sie Ihren Aufenthalt bei uns.«

Sie tauchten dann doch noch viel zu schnell auf. Ich war noch darin vertieft, die feuerfesten Vorhänge zu mustern und mich zu fragen, ob ich mit ihnen auch so effektiv zu Rande kommen könnte wie Scarlet O'Hara mit denen auf Tara, oder ob sich vielleicht eine schlichte Toga improvisieren ließe, wie sie Eunice in *Die letzten Tage von Pompeji* getragen hatte (oder war es in Quo Vadis? gewesen?), als sie eintrafen: ein Hoteldoc, ein Hotelschnüffler und ein Hotelaffe, letzterer mit einem Karren. Hinter ihnen drängten sich etliche weitere Einzelstücke in den Raum, bis genug da waren, um die Spielhälften auszulosen.

Ich hätte mir keine Sorgen wegen meiner Nacktheit machen müssen; niemand schien Notiz davon zu nehmen, was mich ärgerte. Echte Gentlemen hätten wenigstens anzüglich grinsen können. Auch ein scharfer Pfiff oder sonst eine Form des Beifalls wären nicht unangebracht gewesen. Alles, was hinter einer solchen Anerkennung zurückbleibt, verunsichert eine Frau nur.

(Vielleicht bin ich einfach zu empfindlich, aber seit meinem hundertfünfzigsten Geburtstag betrachte ich mich jeden Morgen prüfend im Spiegel.)

Es war nur eine einzige Frau in diesem Mob dabei. Sie immerhin betrachtete mich und rümpfte die Nase, wonach ich mich gleich besser fühlte.

Im selben Moment fiel mir wieder etwas ein. Als ich zwölf war, hatte mein Vater prophezeit, ich würde eine Menge Probleme mit Männern haben. Ich sagte damals: »Vater, da liegst du völlig falsch. Ich bin nicht hübsch. Die Jungs werfen nicht mal Schneebälle nach mir!«

»Ein wenig mehr Respekt bitte! Nein, du bist wirklich nicht hübsch. Es liegt mehr daran, wie du riechst, mein Liebling. Du wirst öfter baden müssen ... oder du findest dich noch in irgendeiner warmen Nacht vergewaltigt und ermordet vor!«

»Wieso, ich bade jede Woche, das weißt du doch!«

»In deinem Fall reicht das nicht, merk es dir.«

Ich merkte es mir und erfuhr im Laufe der Zeit, daß Vater gewußt hatte, wovon er redete. Wenn ich mich gut fühle und glücklich bin, gleicht mein Körpergeruch dem einer läufigen Katze. Heute war ich jedoch nicht glücklich. Zuerst hatte mir der Tote Angst gemacht, dann dieser ganze Ärger über die schwafelnden Maschinen ... was zusammen auf einen Gestank ganz anderer Art hinauslief. Eine nicht läufige Katze kann mitten durch eine Katerkonferenz spazieren und wird völlig ignoriert werden. Wie man mich jetzt ignorierte.

Sie zogen die Decke von meinem früheren Bettgefährten. Der Hotelarzt begutachtete die Leiche, ohne sie anzufassen, und sah sich dann diese entsetzliche rote Pfütze genauer an. Er beugte sich zu ihr hinunter, beschnupperte sie und jagte mir einen Schauer über den Rücken, indem er den Finger in das Schlabberzeug tunkte und davon kostete. »Probier's mal, Adolf. Mal schauen, was du davon hältst.«

Sein Kollege (ich vermutete, daß auch er ein Arzt war) kostete ebenfalls von der blutigen Masse. »Heinz.«

»Nein, Skinner's.«

»Bei allem gebührenden Respekt, Dr. Ridpath, Sie haben Ihren Gaumen mit dem billigen Gin ruiniert, den Sie in sich reinschütten. Das hier ist eindeutig Heinz. Skinner's Ketchup ist salziger, was natürlich das zarte Tomatenaroma ruiniert. Was Sie wiederum aufgrund Ihrer üblen Gewohnheiten nicht schmecken können.«

»Zehntausend, Dr. Weißkopf? Sogar richtiges Geld.«

»Okay. Was halten Sie für die Todesursache, Sir?«

»Versuchen Sie mich nicht aufs Glatteis zu führen, Doktor! Todesursachen sind Ihr Job!«

»Sein Herz ist stehengeblieben.«

»Brillant, Doktor, brillant! Aber warum ist es stehengeblieben?«

»Im Fall von Richter Hardacres lautete die Frage viele Jahre lang: Was hält ihn noch am Leben? Bevor ich meine Meinung kundtue, möchte ich ihn erst mal auf einen Tisch packen und aufschneiden. Möglicherweise war ich voreilig, und er hat überhaupt kein Herz.«

»Möchten Sie ihn aufschlitzen, um etwas zu erfahren, oder um dafür zu sorgen, daß er auch tot bleibt?«

»Ganz schön laut hier drin, nicht wahr? Geben Sie die Leiche frei? Ich lasse sie dann in die Stadt bringen.«

»Reichen Sie mir Formular Neun-null-vier, und Sie kriegen ihn. Sorgen Sie nur dafür, daß unsere Gäste den Kadaver nicht zu sehen kriegen. Im Grandhotel Augustus sterben Gäste nicht.«

»Dr. Ridpath, ich habe derlei Angelegenheiten schon diskret erledigt, da hatten Sie es noch nicht einmal durch die Diplomfabrik geschafft.«

»Davon bin ich überzeugt, Adolf. Schlagen wir nachher einen Ball über die Wiesen?«

»Danke, Eric. Ja.«

»Und kommen Sie anschließend zum Abendessen; Zenobia rechnet mit Ihnen. Ich hole Sie am Leichenschauhaus ab.«

»Oh, tut mir leid! Ich nehme meinen Assistenten mit zur Orgie des Bürgermeisters.«

»Kein Problem. Zenobia würde nie die erste große Party der Fiesta verpassen wollen; wir gehen alle zusammen hin. Also bringen Sie sie ruhig mit.«

»Ihn, nicht ›sie‹.«

»Entschuldigen Sie meine hochgezogenen Augenbrauen; ich dachte, Sie hätten diesem Laster abgeschworen. Aber gut, bringen Sie ihn mit.«

»Eric, finden Sie es nicht deprimierend, so zynisch zu sein? Er ist ein Satyr, keine Gans!«

»Um so besser. Wenn die Fiesta bei Sonnenuntergang erst mal begonnen hat, wird sich Zenobia über jede galante Unanständigkeit freuen, die er für sie übrig hat, solange er ihr nicht die Knochen bricht.«

Dieses alberne Geschwätz zeigte mir eines: Ich befand mich nicht in New Liverpool. In New Liverpool wird keine Fiesta veranstaltet – und dieses örtliche Festival klang nach einer Mischung von Münchener Fasching und Karneval in Rio, gewürzt mit einem Brixtoner Aufruhr. Also nicht New Liverpool. Welche Stadt, welcher Planet, welches Jahr, das blieb abzuwarten. Dann würde ich sehen müssen, wie ich meiner Zwangslage entrinnen konnte. Kleider, Geld, Status. Danach, wie ich nach Hause kam. Sorgen machte ich mir allerdings nicht. Solange der Körper warm ist und die Eingeweide einer regulären Tätigkeit nachgehen, gibt es nur geringfügige und vorübergehende Probleme.

Die beiden Doktoren verspotteten einander immer noch, als mir plötzlich auffiel, daß ich bislang nicht ein Wort Galakta gehört hatte. Nicht mal Spanglisch. Sie sprachen Englisch, und das fast in dem rauhen Akzent, den ich aus meiner Kindheit kannte, und die Wendungen und das Vokabular ähnelten sehr dem meiner Heimat Missouri.

Maureen, das ist ja einfach lächerlich!

Während irgendwelche Lakaien die Leiche für den Abtransport vorbereiteten (und sie dabei als undefinierbares Etwas unter Schonbezügen tarnten), unterzeichnete der Hotelarzt die Freigabe für den medizinischen Gutachter (Gerichtsmediziner?), und beide trafen Anstalten zu gehen. Ich hielt den Hotelarzt auf. »Dr. Ridpath.«

»Ja, Miss?«

»Ich bin Maureen Johnson Long. Sie gehören zum Hotelpersonal, nicht wahr?«

»Kann man so sagen. Ich habe hier meine Praxis und stehe im Bedarfsfall als Hotelarzt zur Verfügung. Möchten Sie mich beruflich konsultieren? Ich habe es eilig.«

»Nur eine kurze Frage, Doktor. Wie erringt man die Aufmerksamkeit eines hier angestellten Menschen aus Fleisch und Blut? Egal, was ich anstelle, ich kriege es anscheinend nur mit schwachköpfigen Robotern zu tun – und ich bin hier ohne Kleider und ohne Geld gestrandet.«

Er zuckte die Achseln. »Sobald ich gemeldet habe, daß Richter Hardacres tot ist, wird über kurz oder lang ganz gewiß jemand auftauchen. Machen Sie sich Sorgen um Ihr Honorar? Warum rufen Sie nicht die Miezenagentur an, die Sie geschickt hat? Der Richter hat dort wahrscheinlich ein Kundenkonto.«

»Oh! Doktor, ich bin keine Prostituierte, obwohl es vermutlich so aussieht.«

Er zog die linke Braue so hoch, daß sein Toupet verrutschte, und wechselte das Thema. »Sie haben eine schöne Muschi.«

Ich ging davon aus, daß er meine Katze meinte, bei der es sich wirklich um eine wunderschöne Muschi handelt – ein flammenfarbener Kater (genau wie meine Haarfarbe) mit einem eindrucksvollen Tigermuster. Er wurde schon in mehreren Universen sehr bewundert. »Danke, Sir. Er heißt Pixel und ist ganz schön viel herumgekommen. Pixel, das ist Dr. Ridpath.«

Der Doktor hielt ihm einen Finger dicht vor die kleine rosa Schnauze. »Tag, Pixel.«

Pixel zeigte sich entgegenkommend (das tut er nicht immer, denn er ist ein Kater mit Prinzipien). Er beschnupperte den angebotenen Finger und leckte ihn dann.

Der Doktor lächelte nachsichtig und zog den Finger zurück, als Pixel schließlich zu dem Schluß gelangte, daß der Ritualkuß lange genug gedauert hatte. »Das ist aber ein feiner Bursche! Wo haben Sie ihn her?«

»Von Tertius.«

»Ontershus? Kanada? Mmm, Sie sagten, sie hätten ein Geldproblem. Was nehmen Sie für Pixel, bar auf die Hand? Mein Töchterchen würde ihn lieben!«

(Ich beschwindelte ihn nicht. Ich hätte es tun können, tat es aber nicht. Man kann Pixel nicht verkaufen – er bleibt einfach nicht verkauft, denn es ist unmöglich, ihn einzusperren. Für ihn sind Wände aus Stein kein Hindernis.) »Oh, tut mir leid! Ich kann ihn nicht verkaufen, denn er gehört mir nicht. Er gehört zur Familie meines Enkels – eines meiner Enkel – und seiner Frau. Colin und Hazel würden ihn nie verkaufen! Sie können es gar nicht, weil er nicht ihr Eigentum ist. Er gehört niemandem, sondern ist vielmehr ein freier Bürger.«

»So? Vielleicht kann ich ihn bestechen. Wie wär's, Pixel? Viel Pferdeleber, frischer Fisch, Katzenkräcker, alles, was du möchtest. Viele nette Katzenmädchen in der Nähe, und wir lassen deine Zündkerzen auch dran. Na, was meinst du?«

Pixel wand sich auf meinem Arm und gab damit kund, daß ich ihn absetzen sollte, was ich auch tat. Er beschnupperte die Beine des Doktors und rieb sich daran. »Jjjjetzzt?« fauchte er.

»Sie hätten mein Angebot annehmen sollen«, sagte Dr. Ridpath zu mir. »Es scheint, als hätte ich eine Katze erworben.«

»Darauf würde ich nicht wetten, Doktor. Pixel geht gerne auf Reisen, kehrt aber immer wieder zu meinem Enkel Colin zurück. Colonel Colin Campbell. Und zu dessen Frau Hazel.«

Zum erstenmal sah mich Dr. Ridpath richtig an. »›Enkel. Colonel.‹ Miss, Sie haben Halluzinationen.«

(Mir wurde plötzlich klar, wie ich auf ihn wirken mußte. Ehe ich Tertius verlassen hatte, hatte Ishtar mir eine Boosterbehandlung verpaßt – vor zweiundfünfzig Jahren –, und die kosmetische Aufbesserung durch Galahad war doch etwas übertrieben ausgefallen. Galahad mag sie gerne jung, besonders Rotschöpfe. Er sorgt dafür, daß meine Zwillingstöchter für immer Teenager bleiben, und wir drei sehen jetzt aus wie Drillinge. Galahad mogelt. Er ist, von Theodore mal abgesehen, mein Lieblingsehemann, aber ich werde es nie jemandem verraten.)

»Ja, die habe ich wohl«, räumte ich ein. »Ich weiß nicht, wo ich bin, welcher Tag heute ist, was aus meinen Kleidern oder meinem Geld oder meiner Handtasche geworden ist, und ich weiß nicht mehr, wie ich hergekommen bin ... Außer, daß ich in einem Irrelevanzbus nach New Liverpool saß und es zu irgendeinem Unfall gekommen ist. Wäre Pixel nicht immer noch bei mir, würde ich mich fragen, ob ich wirklich noch ich selbst bin.«

Dr. Ridpath bückte sich, und Pixel gestattete ihm, ihn aufzuheben. »Was war das für ein Bus?«

»Ein Burroughsshifter. Ich war in Boondock auf Tellus Tertius, und zwar auf Zeitlinie zwei im Galaktischen Jahr 2149 beziehungsweise im gregorianischen Jahr 4368, falls Ihnen das besser gefällt. Ich sollte auf Zeitlinie zwei nach New Liverpool, das mir als Stützpunkt für einen Feldeinsatz dienen sollte, aber irgendwas ist schiefgegangen.«

»Ach so, ja. Hmm. Und Sie haben einen Enkel, der Colonel ist?«

»Ja, Sir.«

»Und wie alt sind Sie?«

»Das hängt davon ab, wie Sie es berechnen, Doktor. Ich wurde auf der Erde auf Zeitlinie zwei am 4. Juli 1882 geboren. Ich lebte dort bis 1982, zwei Wochen weniger als ein Jahrhundert, zog dann nach Tertius um und wurde verjüngt. Das war nach meinem persönlichen Kalender vor zweiundfünfzig Jahren. Kürzlich erst hatte ich einen Booster, der mich leider jünger machte, als ich eigentlich sein sollte – denn ich ziehe eine etwas reifere Erscheinung dem Mädchenhaften gegenüber vor. Aber ich habe Enkelkinder, sogar eine ganze Menge davon.«

»Interessant! Würden Sie mich in meine Praxis begleiten?«

»Sie halten mich für verrückt!«

Er ließ sich Zeit mit seiner Antwort. »Drücken wir es mal so aus: Einer von uns beiden hat Halluzinationen. Tests könnten zeigen, wer das ist. Obendrein habe ich eine außerordentlich zynische Praxishelferin, die mit an Sicherheit grenzender Wahrscheinlichkeit auch ganz ohne Test sagen kann, wem von uns seine fünf Sinne abhanden gekommen sind. Kommen Sie mit?«

»Ja, sicher. Und vielen Dank, Sir! Aber ich muß wirklich erst etwas zum Anziehen finden. Vorher kann ich das Zimmer nicht gut verlassen.« (Ich war mir nicht sicher, ob das der Wahrheit entsprach. Die Menge, die sich gerade wieder verzogen hatte, hatte nichts von der intoleranten Einstellung zu »unanständiger Entblößung« an den Tag gelegt, wie sie zur Zeit meiner Geburt in Missouri gang und gäbe gewesen war. Auf Tertius dagegen, wo ich heute lebte, war es etwas ganz Normales, wenn man zu Hause nackt herumlief, und selbst in der Öffentlichkeit regte sich niemand darüber auf. Wie Overalls auf einer Hochzeitsfeier: ungewöhnlich, aber nichts, weswegen man glotzte.)

»Oh, aber das Festival fängt doch gleich an!«

»Das ›Festival‹? Doktor, ich bin eine Fremde in einer fremden Welt; das versuche ich schon die ganze Zeit zu sagen.«

»Ah … Unser größtes Fest steht vor der Tür. Beginnt mit

dem Sonnenuntergang, theoretisch wenigstens, aber viele warten nicht auf den Startschuß. Der Boulevard vor dem Hotel wird inzwischen schon von einer stattlichen Zahl nackter Leute bevölkert sein, die betrunken sind und nach Partnern suchen.«

»Partner für was?« Ich probierte es mit einem unschuldigen Tonfall. Für Orgien habe ich nicht viel übrig. All die vielen Ellbogen und Knie ...

»Was denken Sie denn? Liebes Mädchen, es handelt sich dabei um ein Fruchtbarkeitsritual, das eine reiche Ernte sicherstellen soll. Und dicke Bäuche, was das angeht. Mittlerweile dürften alle Jungfrauen, die es noch in unserer schönen Stadt gibt, eingeschlossen sein.« Dann fügte er hinzu: »Aber niemand wird Sie belästigen, wenn Sie einfach nur mit in meine Praxis kommen, und ich verspreche Ihnen, daß ich Kleider für Sie auftreiben werde. Einen Overall, eine Schwesternuniform, irgendwas. Ist es Ihnen so recht?«

»Danke, Doktor, ja!«

»Wenn ich an Ihrer Stelle wäre und mich immer noch unsicher fühlen würde, würde ich mir ein großes Strandtuch aus dem Badezimmer holen und mir einen Kaftan daraus machen. Falls Sie es in drei Minuten schaffen! Nicht trödeln, Trudchen; ich muß mich wieder in die Plackerei stürzen.«

»Jawohl, Sir!« Ich lief ins Badezimmer.

Es war wirklich ein Badezimmer, nicht nur eine Waschkabine. Als ich die Suite nach meinen Kleidern durchsucht hatte, war mir ein Stoß türkischer Handtücher darin aufgefallen. Ich sah genauer hin und entdeckte zwei, die sich in dem Stoß besonders dicke machten. Ich fummelte eines hervor und faltete es auseinander, und Heureka! Es war ein Handtuch, wie geschaffen für einen reichen Südamerikaner, wenigstens zwei Meter lang und einen Meter breit. Mit einer Rasierklinge aus dem Arzneischränkchen schnitt ich einen Schlitz hinein, der groß genug für meinen Kopf war und schnurstracks durch die Mitte verlief. Jetzt brauchte ich nur noch etwas, irgend etwas, um mir das Ding um die Taille zuzubinden.

Während ich mit dieser Aufgabe beschäftigt war, tauchte ein Menschenkopf vor dem Haartrockner auf – oder, um präzise zu sein, dort, wo sich dieser befand. Es war ein Frauenkopf, und zwar ein ziemlich hübscher. Kein Körper dazu. In den ersten hundert Lebensjahren hätte mich das nervös gemacht, aber inzwischen war ich an realistische Holos gewöhnt.

»Ich versuche schon die ganze Zeit, Sie allein zu erwischen«, sagte der Kopf in einem orgelnden Bariton. »Ich spreche für das Komitee für Ästhetische Streichungen. Anscheinend haben wir Ihnen Ungelegenheiten bereitet. Das tut uns wirklich leid.«

»Das sollte es auch! Was ist aus dem Baby geworden?«

»Kümmern Sie sich nicht um das Baby. Wir melden uns wieder.« Der Kopf flackerte.

»Heh, Moment mal!« Aber da unterhielt ich mich bereits nur noch mit dem Haartrockner.

Dr. Ridpath, der gerade damit beschäftigt war, Pixels Kinn zu kraulen, blickte auf. »Fünf Minuten und vierzig Sekunden.«

»Tut mir leid, daß ich mich verspätet habe, aber ich wurde aufgehalten. Ein Kopf tauchte auf und redete mit mir. Passiert das hier öfter? Oder habe ich wieder Halluzinationen?«

»Sie scheinen hier wirklich fremd zu sein. Das war ein Telefon. Wie das hier – Telefon, bitte!«

Ein Kopf tauchte in einem Rahmen auf, der ein ziemlich langweiliges Stilleben enthielt – diesmal ein Männerkopf. »Ihr Anruf, Sir?«

»Löschen.« Der Kopf verschwand. »So was wie der?«

»Ja, nur war es bei mir ein Mädchen.«

»Natürlich. Sie sind eine Frau, und der Anruf erreichte Sie im Badezimmer, also blendete der Computer einen Ihrem Geschlecht entsprechenden Kopf ein. Der Computer paßt auch die Lippenbewegungen den Worten an, aber die Animation bleibt unpersönlich, solange Sie sich nicht selbst zeigen möchten. Das gleiche gilt für den Anrufer.«

»Ich verstehe. Ein Hologramm.«

»Ja. Kommen Sie mit.« Dann fügte er hinzu: »Sie sehen in diesem Handtuch ganz bezaubernd aus, aber mit bloßer Haut waren Sie noch attraktiver.«

»Danke.« Wir gingen hinaus auf den Hotelflur. Pixel huschte vor uns hin und her. »Doktor, was ist das ›Komitee für Ästhetische Streichungen‹?«

»Wie bitte?« Er klang überrascht. »Meuchelmörder, kriminelle Nihilisten. Wo haben Sie von denen gehört?«

»Von dem Kopf im Badezimmer. Dieser Anruf.« Ich wiederholte das, was mir dort gesagt worden war, Wort für Wort. Glaube ich wenigstens.

»Hmm, interessant.« Er sagte nichts mehr, bis wir seine Praxissuite erreichten, zehn Stockwerke tiefer auf dem Mezzanin.

Unterwegs begegneten wir mehreren Hotelgästen, die nicht auf den »Startschuß« gewartet hatten. Die meisten waren nackt, von Dominomasken abgesehen, und einige trugen Vollmasken – von Tieren oder Vögeln oder abstrakten Phantasiegebilden. Ein Paar zeigte sich äußerst knallig mit nichts als Farbe herausgeputzt. Ich war froh über meinen Frotteekaftan.

Sobald wir in Dr. Ridpaths Praxis angekommen waren, blieb ich im Wartezimmer zurück, während der Doktor dem vorauseilenden Pixel in ein angrenzendes Zimmer folgte. Er ließ die Tür offenstehen, so daß ich hören und sehen konnte, was drinnen geschah. Seine Praxishelferin stand mit dem Rücken zu uns und telefonierte – mit einem dieser sprechenden Köpfe. Anscheinend hielt sich niemand sonst in der Suite auf, aber es überraschte mich trotzdem etwas, daß auch die Schwester sich als für die Nacktheitsseuche anfällig erwiesen hatte. Sie hatte Schuhe, Höschen und eine Schwesternkappe auf und trug eine weiße Schwesternkluft über dem Arm. Sie erweckte ganz den Eindruck, als hätte sie der Anruf mitten beim Ausziehen – oder Umziehen – erreicht. Sie war eine große, schlanke Brünette. Das Gesicht konnte ich nicht sehen.

»Ich richte es ihm aus, Doc«, hörte ich sie sagen. »Seien Sie heute nacht auf der Hut. Wir sehen uns im Kittchen. Bye.« Sie drehte sich halb um. »Das war Daffy Weisskopf, Boß. Er hat inzwischen ein paar Informationen für Sie. Todesursache: Ersticken. Aber hören Sie sich das mal an: Bevor der ganze Ketchup in ihn hineingeschüttet wurde, steckte man dem alten Bastard einen Plastikumschlag mit einer berühmten – oder berüchtigten – Karte in den Rachen: ›Komitee für Ästhetische Streichungen‹.«

»Dachte ich mir schon. Hat er gesagt, welche Ketchupmarke es war?«

»Fer cry eye yie!«

»Und wieso entblättern Sie sich schon? Es sind noch drei Stunden bis zum Beginn des Festivals!«

»Schauen Sie mal, Sie Sklaventreiber! Schon auf die Uhr gesehen? Dort ticken die kostbaren Sekunden meines Lebens dahin. Sehen Sie, was die Stunde geschlagen hat? Elf nach fünf! Laut Vertrag arbeite ich bis fünf.«

»Laut Vertrag haben Sie Dienst, bis ich Sie entlasse, und ab fünf Uhr fällt nur der Überstundenzuschlag an.«

»Es waren keine Patienten da, deshalb hatte ich schon begonnen, mich fürs Festival umzuziehen. Warten Sie mal, bis Sie das Kostüm sehen, Boß! Dabei wird ein Priester rot!«

»Ich zweifle daran. Wir haben jetzt übrigens eine Patientin, und ich brauche Ihre Hilfe.«

»Okay, okay! Ich ziehe mir sofort die Florence-Nightingale-Klamotten wieder an.«

»Machen Sie sich nicht die Mühe; das würde uns nur aufhalten. Mrs. Long! Kommen Sie bitte herein und ziehen Sie sich aus.«

»Ja, Sir.« Ich folgte seiner Aufforderung unverzüglich und schälte mich unterwegs bereits aus dem geschnorrten Kattan. Mir war klar, was er wollte; ein kluger männlicher Arzt hat einen Anstandswauwau dabei, wenn er eine Patientin untersucht; das ist universell. Multiuniversell. Wenn der Zufall es will, daß eine Anstandsdame nackt danebensteht, um so besser – man braucht keine Zeit mit »Engelsgewändern« und ähnlichem Blödsinn zu vergeuden. Da ich häufig meinem Vater geholfen und jahrelang Wache in der Verjüngungsklinik von Boondock und dem dazugehörenden Krankenhaus geschoben hatte, verstand ich, welches Protokoll hier zitiert wurde; in Boondock ist eine Schwester nur dann bekleidet, wenn der Job es erfordert, also selten, da auch der Patient gewöhnlich keine Kleidung trägt. »Aber es heißt nicht ›Mrs. Long‹, Doktor. Normalerweise nennen mich die Leute ›Maureen‹.«

»In Ordnung, Maureen. Das hier ist Dagmar. Roast, darf ich dir Alice vorstellen. Alice, das ist Roast. Und der mit den kurzen Beinen ist Pixel, Dagmar.«

»Tag, Maureen. Hi, Pixel.«

»Miau!«

»Hi, Dagmar. Tut mir leid, daß ich Ihren Feierabend verzögere.«

»De nada, Süße.«

»Dagmar, entweder habe ich einen Schlag weg, oder Maureen ist nicht ganz richtig im Kopf. Was meinen Sie?«

»Könnte nicht beides zutreffen? Ich hege schon lange Zweifel an Ihnen, Boß!«

»Verständlich, aber sie scheint wirklich mächtig was von ihrem Gedächtnis verloren zu haben. Wenn nicht noch mehr. Darüber hinaus halluziniert sie womöglich. Ihr Studium der Arzneimittellehre, Dagmar, liegt noch nicht so lange zurück wie meines. Wenn jemand einen mehrstündigen Gedächtnisverlust herbeiführen möchte, welches Medikament würde er nehmen?«

»Wie bitte? Spielen Sie doch nicht den Unschuldigen! Alkohol natürlich. Könnte allerdings alles mögliche gewesen sein, wenn man bedenkt, daß die Kids heutzutage fast alles essen, trinken, schnupfen, rauchen oder sich schießen, was nicht zurückschießt.«

»Alkohol kann es nicht sein. Eine Alkoholmenge, die dazu ausgereicht hätte, einen solchen Gedächtnisverlust herbeizuführen, hätte auch einen scheußlichen Kater mit schlechtem Mundgeruch, Zuckungen, Schüttelfrost und blutunterlaufenen Augen produziert. Aber schauen Sie sie mal an: klare Augen, gesund wie ein Pferd und unschuldig wie ein Hündchen in der Wäscherei. Pixel, geh nicht da rein! Wonach suchen wir also?«

»Ich hab keine Ahnung. Finden wir es heraus. Urinprobe. Blutprobe. Vielleicht auch Speichel?«

»Gewiß. Und Schweiß, wenn Sie genug finden.«

»Vaginalprobe?«

»Ja.«

»Warten Sie!« protestierte ich. »Wenn Sie schon in mir herumtasten wollen, würde ich gerne eine Spülung machen und mich waschen.«

»Keine Chance, Süße«, antwortete Dagmar sanft. »Wir brauchen das, was jetzt gerade da drin steckt, und nicht das, was übrig ist, nachdem Sie Ihre Sünden weggespült haben. Keine Widerrede; ich möchte Ihnen nicht gerne den Arm brechen.«

Ich hielt den Mund. Ich möchte wirklich gerne gut riechen oder auch gar nicht riechen, wenn ich untersucht werde, aber als Tochter eines Arztes (und als Therapeutin) war mir klar, daß Dagmar recht hatte, da sie schließlich nach Spuren von Drogen suchten. Ich rechnete nicht damit, daß sie fündig werden würden, aber ausgeschlossen war es auch nicht. Mir fehlten eindeutig ein paar Stunden. Oder Tage? Alles mögliche konnte passiert sein.

Dagmar ließ mich in einen Becher pinkeln, nahm mir Blut und Speichel ab und wies mich an, auf den Tisch und in die Steigbügel zu klettern. »Soll ich es machen oder der Doktor? Aus dem Weg, Pixel! Und hör auf damit!«

»Ist mir egal.« (Eine wirklich rücksichtsvolle Schwester. Manche Patientinnen können es nicht leiden, da unten von Frauen angefaßt zu werden, während andere eher bei Männern schüchtern sind. Was mich anging – mein Vater hatte mich von derlei Unfug schon geheilt, noch ehe ich zehn war.)

Dagmar kam mit einem Dilatator zurück ... und mir fiel etwas auf. Ich hatte gesagt, daß sie brünett war. Sie war nach wie vor unbekleidet, abgesehen von einem spärlichen –

und durchsichtigen Höschen. Man hätte dort ein dunkles, eingebautes Feigenblatt sehen müssen, nicht wahr?

Nichts da. Nur Hautschatten und eine Andeutung des Großen Unterschiedes.

Eine Frau, die sich die Schamlöckchen rasiert oder sich ihrer sonstwie entledigt, ist stark an erholsamem Sex interessiert. Mein geliebter erster Ehemann Brian erklärte mir das in der Mauven Dekade, so um 1905 gregorianischer Zeitrechnung. Ich habe Brians Behauptung über anderthalb Jahrhunderte hinweg an zahllosen Beispielen überprüft (wobei ich Vorbereitungen für chirurgische Eingriffe sowie Geburten nicht mitrechne). Frauen, die sich unten rasiert hatten, weil es ihnen so besser gefiel, erwiesen sich ausnahmslos als hungrige, gesunde, hemmungslose Hedonistinnen.

Dagmar hatte sich nicht auf einen Eingriff vorbereitet und stand (offensichtlich!) nicht vor einer Geburt. Nein, sie stand im Begriff, sich ausschweifend in Saturnalien zu stürzen: q. e. d.

Das nahm mich für sie ein. Brian, gesegnet sei seine lüsterne Seele, hätte sie zu schätzen gewußt.

Inzwischen war sie durch unser Geplauder während der Probenentnahme über die wesentlichen Punkte meiner »Halluzination« auf dem laufenden und wußte demzufolge, daß ich fremd in der Stadt war. Als sie den verdammten Dilatator justierte (ich habe diese Dinger immer verabscheut, obwohl dieser hier körperwarm war und mit der Einfühlsamkeit gehandhabt wurde, wie sie nur eine Frau aufbringen kann, die sich selbst schon in ähnlicher Lage befunden hat) ... während sie also noch mit diesem Ding beschäftigt war, stellte ich ihr eine Frage, um mich von dem abzulenken, was sie tat. »Dagmar, erzählen Sie mir von diesem Festival.«

»La Fiesta de Santa Carolita? Hey, Sie haben sich verkrampft! Seien Sie lieber vorsichtig, Süße, sonst tun Sie sich noch weh.«

Ich seufzte und versuchte, mich zu entspannen. Santa Carolita ist mein zweites Kind, geboren im Jahr 1902 des gregorianischen Kalenders.

KAPITEL ZWEI

DER GARTEN EDEN

Ich erinnere mich an die Erde.

Ich kannte sie, als sie noch sauber und grün war, die schöne Braut der Menschheit, köstlich, saftig und liebenswert.

Ich spreche natürlich von meiner eigenen Zeitlinie, mit »zwei« numeriert und mit der Chiffre »Leslie LeCroix« versehen. Die bekanntesten Zeitlinien, die vom Zeitkorps für den Kreis des Ouroboros überwacht werden, waren zum Zeitpunkt meiner Geburt alle noch eins, also im gregorianischen Jahr 1882, nur neun Jahre nach dem Tode Ira Howards. Damals betrug die Erdbevölkerung lediglich anderthalb Milliarden.

Als ich die Erde nur ein Jahrhundert später verließ, lebten auf ihr über vier Milliarden Menschen, und diese wimmelnde Masse verdoppelte sich alle dreißig Jahre.

Wer erinnert sich noch an die uralte persische Parabel von den Reiskörnern und dem Schachbrett, auf dem sie auf jedem Feld verdoppelt werden? Vier Milliarden Menschen sind schon ein klein wenig größer als ein Reiskorn; es bleibt sehr bald kein Platz mehr auf dem Schachbrett. Auf einer Zeitlinie schwoll die Erdbevölkerung auf über dreißig Milliarden an, ehe die abschließende Katastrophe hereinbrach; auf anderen Zeitlinien kam das Ende bei weniger als zehn Milliarden. Auf allen jedoch lachte Dr. Malthus als letzter.

Es wäre unnütz, über den Leichnam der Erde zu trauern, und so albern, als weine man über einen leeren Kokon, nachdem der Schmetterling davongeflattert ist. Ich bin allerdings unheilbar sentimental und werde stets betrauern, wie die alte Heimat des Menschen heute aussieht.

Ich hatte eine wunderbar glückliche Kindheit.

Ich lebte nicht nur zu einer Zeit auf der Erde, als sie noch jung und schön war, sondern hatte obendrein das Glück, in einem ihrer lieblichsten Gärten geboren zu werden, nämlich dem südlichen Missouri, bevor Menschen und Bulldozer die grünen Hügel dort verwüsteten.

Und außer dem glücklichen Zufall, an einem solchen Ort geboren zu werden, wurde mir die besondere Gunst zuteil, die Tochter meines Vaters zu sein.

Als ich noch ganz klein war, sagte er einmal zu mir. »Meine geliebte Tochter, du bist ein unmoralisches kleines Luder. Ich weiß das, weil du nach mir schlägst und sich deine Gedanken auf denselben Bahnen bewegen wie meine. Wenn du nicht an deiner Unzulänglichkeit zugrunde gehen möchtest, mußt du für dich selbst einen praktikablen Verhaltenskodex entwickeln und ihn einhalten.«

Ich dachte über seine Worte nach und fühlte mich warm und wohl. »Unmoralisches kleines Luder ...« Vater kannte mich ja so gut!

»Welchem Kodex soll ich denn folgen, Vater?«

»Du mußt dir selbst einen aussuchen.«

»Die Zehn Gebote?«

»Du solltest klüger sein! Die zehn Gebote taugen nur für Schwachköpfe. Die ersten fünf dienen allein dem Wohl der Priester und der Herrschenden. Bei den zweiten fünf handelt es sich um Halbwahrheiten, die weder vollständig noch adäquat sind.«

»Okay, dann erzähle mir was über die zweiten fünf! Wie sollten sie lauten?«

»Nicht so holterdiepolter, Faulpelz; du mußt schon selbst drauf kommen.« Er stand plötzlich auf, so daß ich von seinem Schoß rutschte und fast auf dem Hintern landete. Es war ein ständiger Wettkampf zwischen uns. Wenn ich schnell genug reagierte, landete ich auf den Füßen. Wenn nicht, war das ein Punkt für ihn.

»Analysiere die Zehn Gebote«, befahl er. »Erkläre mir, wie sie lauten sollten. Wenn ich bis dahin nur noch einmal höre, daß du die Beherrschung verloren hast, und deine Mutter dich zu mir schickt, um die Sache zu besprechen, solltest du dir vorher lieber dein McGuffey-Lesebuch unter die Pumphose stecken!«

»Vater, das würdest du nie tun!«

»Laß es nur drauf ankommen, mein Möhrchen, laß es nur drauf ankommen! Es wird mir eine Freude sein, dir den Po zu versohlen.«

Eine leere Drohung – er hat mir nie mehr den Po versohlt, nachdem ich alt genug geworden war, um zu begreifen, wofür ich gescholten wurde. Selbst vorher hatte er mich nie kräftig verhauen. Selten hatte mir der Hintern weh getan. Lediglich meine Gefühle waren stets verletzt worden.

Mutters Strafen waren da schon eine ganz andere Sache. Das hohe Recht war Vaters Domäne; Mutter kümmerte sich um das mittlere und niedere – und zwar mit einer Weidenrute. Aua!

Vater verdarb mich völlig.

Ich hatte vier Brüder und vier Schwestern – Edward, geboren 1876; Audrey '78; Agnes '80; Tom '81; '82 kam ich dazu; Frank wurde 1884 geboren, gefolgt von Beth '92, Lucille '94 und George 1897. Ich nahm mehr von Vaters Zeit in Anspruch als drei meiner Geschwister auf einmal – egal welche. Vielleicht sogar vier. Wenn ich heute zurückdenke, finde ich keinen Hinweis darauf, daß er mehr für mich dagewesen wäre als für eine meiner Schwestern oder einen meiner Brüder. Gewiß lag es schlicht und ergreifend daran, daß ich einfach mehr Zeit mit ihm verbrachte.

Zwei Erdgeschoßräume in unserem Haus beherbergten Vaters Praxis und Operationszimmer; ich verbrachte dort viel freie Zeit, weil ich so von seinen Büchern fasziniert war. Mutter fand nicht, daß ich sie lesen sollte, da medizinische Bücher voller Sachen waren, mit denen sich eine Dame einfach nicht zu beschäftigen hatte. Es sei unziemlich und nicht sehr damenhaft.

Vater sagte einmal zu ihr: »Mrs. Johnson, ich werde Maureen auf die wenigen Fehler hinweisen, die in diesen Büchern vorkommen. Was die weit zahlreicheren und viel wichtigeren Wahrheiten darin anbetrifft, freue ich mich, daß Mauren sie erlernen will. ›Und ihr werdet die Wahrheit erkennen, und die Wahrheit wird euch frei machen.‹ Johannes, acht, Vers zweiunddreißig.«

Mutter schnitt ein grimmiges Gesicht und antwortete nicht. Für sie hatte die Bibel stets das letzte Wort, während Vater ein Freidenker war, eine Tatsache allerdings, die er selbst mir gegenüber bis zu jenem Zeitpunkt nicht eingestanden hatte. Trotzdem kannte er die Bibel gründlicher als Mutter und hatte immer einen Vers parat, um sie zu widerlegen. Eine äußerst unfaire Argumentationsweise, will mir scheinen, aber auch ein Vorteil, den er Mutter gegenüber einfach benötigte. Sie besaß einen starken Willen.

Sie waren in vielen Dingen unterschiedlicher Auffassung, hielten sich jedoch an feste Regeln, die ihnen ein Zusammenleben ohne Blutvergießen ermöglichten. Und nicht nur das Zusammenleben! Sie teilten auch das Bett miteinander und bekamen ein Kind nach dem anderen. Ein Wunder!

Ich denke, daß die meisten dieser Regeln von Vater stammten. Zur damaligen Zeit und an jenem Ort galt es als selbstverständlich, daß der Mann Herr im Haus war und die Familie ihm Gehorsam schuldete. Der geneigte Leser wird es vielleicht nicht glauben wollen, aber damals mußte eine Braut im Rahmen der Hochzeitszeremonie versprechen, ihrem Gatten zu gehorchen – für immer und in allen Dingen.

Soweit ich meine Mutter gekannt habe (und das habe ich eigentlich nicht), hielt sie dieses Versprechen nicht länger als dreißig Minuten.

Meine Eltern entwickelten jedoch praktische Kompromisse.

Mutter war Chefin im Haushalt. Vaters Domäne umfaßte die Praxis, die Scheune und die Nebengebäude sowie alle Angelegenheiten, die damit zu tun hatten. Er kümmerte sich auch um das Finanzielle. Jeden Monat gab er Mutter ein

Haushaltsgeld, über das sie nach eigenem Gutdünken verfügte, aber er verlangte von ihr, über die Ausgaben Buch zu führen, und prüfte diese Buchführung jeden Monat.

Frühstück war um sieben, Mittagessen um zwölf, Abendessen um sechs. Immer, wenn sich Vater aufgrund seiner ärztlichen Praxis genötigt sah, zu anderen Zeiten zu essen, unterrichtete er Mutter vorher, falls möglich. Die übrige Familie setzte sich jedoch zu den angegebenen Zeiten zu Tisch.

Wenn Vater anwesend war, hielt er für Mutter den Stuhl bereit. Sie bedankte sich bei ihm. Er setzte sich, und wir anderen folgten seinem Beispiel. Morgens, mittags und abends sprach er das Tischgebet. In seiner Abwesenheit hielt mein Bruder Edward den Stuhl für Mutter bereit, und sie sprach das Tischgebet. Es kam auch vor, daß sie letzteres einem von uns Kindern auftrug – aus Gründen der Übung. Anschließend speisten wir, und ungebührliches Betragen bei Tisch zählte kaum weniger als Hochverrat. Wenn wir Kinder mit dem Essen fertig waren, brauchten wir allerdings nicht unruhig auf den Stühlen herumzurutschen und darauf zu warten, daß auch die Erwachsenen fertig wurden, sondern konnten um Erlaubnis bitten, vorzeitig aufzustehen. Man durfte dann jedoch nicht zurückkommen, selbst wenn man entdeckte, daß man einen furchtbaren Fehler gemacht hatte – zum Beispiel, wenn es Nachtisch gab. In einem solchen Fall gab Mutter allerdings auch schon mal nach und gestattete es einem, den Nachtisch in der Küche zu essen, vorausgesetzt, man hatte nicht gequengelt oder gejammert.

An dem Tag, als meine älteste Schwester Audrey auf die High School kam, ergänzte Vater das Protokoll: Er hielt Mutter wie üblich den Stuhl. Sobald sie sich gesetzt hatte, sagte sie: »Danke, Doktor.« Dann hielt Edward, der zwei Jahre älter als Audrey war, den Stuhl für seine Schwester, und sie setzte sich kurz nach Mutter. Mutter fragte: »Was sagt man, Audrey?«

»Ich habe es gesagt, Mama.«

»Ja, das hat sie, Mutter.«

»Ich habe es nicht gehört.«

»Danke, Eddie.«

»Aber gerne, Aud.«

Dann setzten wir anderen uns.

Jedesmal, wenn eines der Mädchen auf die High School kam, wurde der älteste greifbare Junge ebenfalls für die Zeremonie verpflichtet.

Sonntags fand das Mittagessen um eins statt, weil alle außer Vater in die Sonntagsschule gingen und alle einschließlich Vater den morgendlichen Gottesdienst besuchten.

Vater blieb der Küche fern. Mutter betrat niemals Praxis oder Operationszimmer, nicht mal zum Saubermachen. Das Saubermachen wurde von einer Putzhilfe gegen Bezahlung erledigt oder von einer meiner Schwestern oder (sobald ich alt genug war) von mir.

Nach ungeschriebenen, niemals gebrochenen Gesetzen lebten meine Eltern in Frieden miteinander. Ich denke, ihre Freunde hielten sie für das ideale Paar und ihren Nachwuchs für »diese netten Johnsonkinder«.

Ich glaube, wir waren wirklich eine glückliche Familie, alle neun Kinder und unsere Eltern. Und niemand sollte denken, daß wir, die unter einer solch strikten Disziplin lebten, etwa keinen Spaß gehabt hätten! Wir hatten jede Menge Spaß, sowohl zu Hause als auch unterwegs.

Meist sorgten wir selbst dafür. Ich kann mich an eine Zeit erinnern – es muß viele Jahre später gewesen sein –, in der amerikanische Kinder sich ohne ein Vermögen an elektrischer und elektronischer Ausrüstung anscheinend gar nicht mehr amüsieren konnten. Wir dagegen hatten weder tolle Sachen, noch vermißten wir sie. Damals, so um 1890, hatte Mr. Edison gerade das elektrische Licht erfunden und Professor Bell das Telefon, aber diese modernen Wunder hatten noch nicht den Weg nach Thebes in Lyle County, Missouri, gefunden. Und was elektronische Spielsachen anging – der Begriff »Elektron« mußte erst noch geprägt werden. Meine Brüder besaßen jedoch Schlitten und Wagen, und wir Mädchen hatten Puppen und Spielzeugnähmaschinen, und gemeinsam verfügten wir über viele häusliche Gesellschaftsspiele wie Domino und Dame und Schach und Jackstraws und Lotto und Pigs-in-clover und Anagramme ...

Wir spielten auch Spiele im Freien, die keine oder nur wenig Ausrüstung erforderten, darunter eine Variation von Baseball, die wir »Scrub« nannten und die von drei bis achtzehn Spielern gespielt werden konnte, ergänzt durch die freiwilligen Bemühungen von Hunden, Katzen und einer Ziege.

Wir hatten noch mehr Tiere zu Hause: ein bis vier Pferde, je nach Jahr, eine Guernsey-Kuh namens Clytemnestra, Hühner (meist Rhode Island Reds), Perlhühner, Enten (weiß und zahm), hin und wieder Kaninchen und auch mal für eine Saison eine Sau namens Gumdrop. Vater verkaufte sie, sobald klar wurde, daß wir nicht bereit waren, ein Schwein zu essen, bei dessen Aufzucht wir geholfen hatten. Nicht, daß wir es nötig gehabt hätten, Schweine zu züchten; Vater erhielt Honorare häufiger in Form von geräuchertem Schinken oder Speckschwarten als in Form von Geld.

Wir alle gingen fischen, und die Jungs gingen auch auf die Jagd. Sobald jeder Junge alt genug war (also zehn, wenn ich mich recht entsinne), brachte Vater ihm das Schießen bei, zunächst mit einer .22er. Er brachte ihnen auch das Jagen bei, aber das erlebte ich selbst nicht mit. Wir Mädchen waren daran nicht beteiligt. Mir machte das nichts aus (ich wollte ohnehin nichts mit dem Häuten und Ausnehmen von niedlichen Hasen zu tun haben, die ihre übliche Beute darstellten), aber Schießen wollte ich unbedingt lernen ... und beging den Fehler, das in Mutters Gegenwart zu erwähnen. Sie explodierte.

Vater sagte in aller Ruhe zu mir: »Wir sprechen später darüber.«

Und das taten wir. Als es sich etwa ein Jahr später eingebürgert hatte, daß ich Vater gelegentlich zu Patientenbesuchen aufs Land begleitete, nahm er, ohne daß Mutter etwas davon wußte, hinten im Einspänner unter Jutesäcken verborgen eine einschüssige .22er mit, und Maureen lernte zu schießen … und insbesondere, nicht erschossen zu werden, sowie überhaupt alle Regeln des sicheren Umgangs mit Schußwaffen. Vater war ein geduldiger Lehrer, der Perfektion forderte.

Wochen später sagte er: »Maureen, wenn du all das behältst, was ich dir beigebracht habe, kann das deine Lebenserwartung erheblich verlängern. Das hoffe ich wenigstens. Pistolen nehmen wir dieses Jahr nicht mehr in Angriff; deine Hände sind noch nicht groß genug.«

Uns Kindern stand die gesamte Umgebung des Hauses als Spielplatz zur Verfügung. Wir pflückten wildwachsende Brombeeren und gingen auf die Suche nach schwarzen Walnüssen, nach Papaufrüchten und Dattelpflaumen. Wir gingen auf Wanderungen und machten Picknicks. Als wir größer wurden und neue und wunderbare Sehnsüchte in uns erwachten, gingen wir auch draußen auf die Pirsch – »zündeln«, wie wir es nannten.

Unsere Familie unterließ es niemals, bestimmte Tage zu feiern – elf Geburtstage, den Hochzeitstag unserer Eltern, Weihnachten, Silvester und Neujahr, den Valentinstag, den Geburtstag George Washingtons, Ostern, den vierten Juli (eine Doppelfeier, da ich an diesem Tag auch Geburtstag habe) sowie den Admission Day am zehnten August. Am besten war das County-Volksfest – am »besten« deshalb, weil Vater bei den Wagenrennen mitfuhr (und seine Patienten davor warnte, in dieser Woche krank zu werden, oder ihnen empfahl, sich an seinen Vertreter Dr. Chadwick zu wenden). Wir saßen auf der Tribüne und jubelten, bis wir heiser wurden, obwohl Wetten auf Vater selten Geld brachten. Dann kamen Halloween und das Erntedankfest, was uns wieder zu Weihnachten führt.

Das ergab insgesamt einen ganzen Monat an besonderen Tagen, von denen jeder mit geräuschvoller Begeisterung begangen wurde.

Und es gab auch ganz normale Tage, an denen wir um den Eßtisch saßen und Walnüsse futterten, so schnell Vater und

Edward sie knacken konnten, während Mutter oder Audrey laut aus *Lederstrumpf* oder *Ivanhoe* oder *Dickens* vorlasen. Oder wir machten Popcorn oder Popcornkugeln (wobei einfach alles klebrig wurde!) oder Konfekt, oder wir versammelten uns ums Klavier und sangen zu Mutters Spiel, und das war überhaupt am schönsten.

In manchen Wintern veranstalteten wir jeden Abend einen Buchstabierwettbewerb, weil Audrey so begeistert davon war. Sie spazierte mit McGuffeys Fibel unter einem Arm und Websters *Amerikanischer Fibel* unter dem anderen herum, bewegte dabei die Lippen und starrte ausdruckslos vor sich hin. Sie gewann die Familienduelle immer, und wir rechneten auch damit. Spannend ging es nur zwischen Edward und mir im Kampf um den zweiten Platz zu.

Audrey schaffte es. Sie machte in der sechsten Klasse den ersten Platz auf der Thebes Consolidated Grammar and High School. Im folgenden Jahr fuhr sie den ganzen Weg nach Joplin, um am regionalen Wettbewerb teilzunehmen – und diesen an einen widerwärtigen kleinen Jungen aus Rich Hill zu verlieren. Im ersten Semester auf der High School gewann sie jedoch den regionalen Wettkampf, ging nach Jefferson City und gewann die Goldmedaille in Orthographie als beste Teilnehmerin von Missouri. Mutter und Audrey fuhren gemeinsam zum Finale und zur Präsentation in die Staatshauptstadt – zunächst mit der Postkutsche nach Butler, dann mit dem Zug nach Kansas City, wo sie in den Zug nach Jefferson City umstiegen. Ich hätte eifersüchtig sein können – auf Audreys Reise, nicht die Goldmedaille –, hätte da nicht schon festgestanden, daß ich nach Chicago gehen würde (was jedoch eine andere Geschichte ist).

Zu Hause wurde Audrey von einer Blaskapelle begrüßt, derselben, die auch auf dem County-Volksfest spielte und die nun unzeitgemäß mobilisiert worden war, um »Thebes' liebste Tochter, Audrey Adele Johnson« (wie es auf einem großen Spruchband hieß) zu ehren. Audrey weinte. Ich ebenfalls.

Ich erinnere mich noch besonders gut an einen heißen

Julinachmittag – »Zyklonwetter«, entschied Vater, und es nimmt nicht Wunder, daß tatsächlich drei Tornados an diesem Tag zuschlugen, einer sogar ganz in der Nähe unseres Hauses.

Wir waren jedoch in Sicherheit. Vater hatte uns in den Sturmkeller kommandiert, sobald der Himmel dunkel geworden war, und Mutter mit äußerster Sorgfalt die Treppe hinuntergeführt, da sie wieder einmal schwanger war – ich denke, das muß mein Schwesterchen Beth gewesen sein. Wir hockten drei Stunden lang da unten im Licht einer Scheunenlaterne, tranken Limonade und futterten Mutters Zuckerplätzchen, die dick, mehlig und sättigend waren.

Vater stand oben auf der Treppe und hielt die Schrägtür geöffnet, bis ein Stück von der Scheune der Ritters vorbeikam.

Woraufhin Mutter ihm gegenüber laut wurde (das einzige Mal in Gegenwart von uns Kindern, wenn ich mich recht entsinne). »Doktor! Kommen Sie sofort herunter! Ich bin nicht geneigt, zur Witwe zu werden, nur weil Sie sich selbst beweisen möchten, daß Sie allem und jedem standhalten können!«

Vater schloß sofort die Tür hinter sich und kam herunter. »Madam«, sagte er, »Ihre Logik ist wie stets unwiderlegbar.«

Zusammen mit jungen Leuten unseres Alters unternahmen wir Ausflüge mit dem Heuwagen, gewöhnlich von recht toleranten Aufsichtspersonen begleitet. Es gab Schlittschuhparties auf dem Marais des Cygnes, Sonntagsschulpicknicks, Eiscremeabende der Kirche und so weiter und so fort. Glückliche Zeiten resultieren nicht aus irgendwelchen tollen Geräten, sondern aus dem »als Mann und Frau erschuf Er sie«, aus Gesundheit und aus Lebenslust.

Die strenge Disziplin, nach der wir uns zu richten hatten, war weder beschwerlich noch unvernünftig. Nichts daran diente allein dem öden Zweck, ganz einfach nur Regeln zu haben. Und außerhalb dieser notwendigen Bestimmungen waren wir frei wie die Vögel.

Die älteren Kinder halfen bei der Betreuung der jüngeren,

und die Aufgaben waren genau festgelegt. Vom Alter von sechs Jahren an erhielt einfach jeder von uns Verantwortung übertragen, die schriftlich niedergelegt war und deren Erfüllung kontrolliert wurde – und in späteren Jahren leitete ich die eigene Brut, die größer war als die von Mutter, nach diesen Regeln. Es waren vernünftige Regeln; sie hatten bei Mutter funktioniert, und sie würden auch bei mir funktionieren.

Oh, natürlich entsprachen meine Regeln nicht exakt denen von Mutter, da wir nicht unter exakt denselben Umständen lebten. Eine Hauptaufgabe meiner Brüder bestand zum Beispiel darin, Holz zu fällen und zu hacken. Meine Söhne hackten kein Holz, da unser Heim in Kansas City durch einen Kohlenofen geheizt wurde. Sie versorgten jedoch den Ofen, füllten den Kohlenkasten nach (die Kohle wurde bis an die Straße geliefert. Dann folgte die Knochenarbeit, sie eimerweise zu einer Rutsche zu befördern, die bis zum Kohlenkasten führte), säuberten die Anlage von Asche, schleppten diese die Kellertreppe hinauf und nach draußen.

Es gab noch weitere Unterschiede. Meine Jungs brauchten kein Badewasser zu schleppen; in Kansas City hatten wir fließend Wasser. Und so weiter. – Meine Söhne arbeiteten so hart wie meine Brüder, aber auf anderen Gebieten. Ein Haus in der Stadt mit Elektrizität und Gas und Kohlenofen erforderte einfach nicht die Plackerei, die mit einem Landhaus in den Lustigen Neunzigern einhergegangen war. Das Haus, in dem ich aufwuchs, hatte kein fließend Wasser, keine sanitären Anlagen, keine Zentralheizung. Beleuchtet wurde es mit Hilfe von Kohlen- und Öllampen und Kerzen, sowohl selbstgemachten wie im Laden gekauften; und beheizt wurde es durch Holzöfen: ein großer Füllofen im Wohnzimmer und kleinere Öfen in der Praxis und den übrigen Räumen. Im oberen Stockwerk gab es keine, aber Gitteröffnungen in der Decke gewährten der erwärmten Luft den Durchlaß dorthin.

Wir hatten eines der größten Häuser in der Stadt und möglicherweise das modernste, da Vater rasch alle wirklich nützlichen Erfindungen übernahm, sobald sie verfügbar wurden. In dieser Frage imitierte er Mr. Samuel Clemens – und zwar in voller Absicht.

Vater hielt Mr. Clemens für einen der gescheitesten Männer in Amerika, möglicherweise den gescheitesten überhaupt. Mr. Clemens war siebzehn Jahre älter als Vater, der durch die Geschichte vom Hüpfenden Frosch zum erstenmal auf »Mark Twain« aufmerksam geworden war. Von da an las er alles, was er von den Werken Mr. Clemens' in die Finger kriegen konnte.

Im Jahr meiner Geburt schrieb Vater an ihn und beglückwünschte ihn zu *A Tramp Abroad*. Mr. Clemens antwortete höflich und mit trockenem Humor; Vater rahmte den Brief ein und hängte ihn in der Praxis auf. Danach schrieb er jedesmal an den Autor, wenn ein neues Buch von »Mark Twain« erschien. Direkte Folge dessen war, daß die kleine Maureen, in einer Ecke der väterlichen Praxis zusammengerollt, alle veröffentlichten Werke des Mr. Clemens las. Mutter konnte mit diesen Büchern nichts anfangen; ihrer Meinung nach waren sie vulgär und untergruben die gute Moral. Gemäß der eigenen Werte hatte Mutter sicher recht; nach dem Maßstab aller »rechtschaffenen« Leute war Mr. Clemens eindeutig subversiv.

Ich sehe mich zu der Vermutung genötigt, daß Mutter ein unmoralisches Buch wohl am Geruch erkennen konnte, da sie niemals auch nur eine Zeile von Mr. Clemens gelesen hatte.

Also blieben diese Bücher auf die Praxis beschränkt, wo ich sie, neben anderen Werken, die niemals in unserer guten Stube auftauchten, geradezu verschlang. Es handelte sich dabei nicht nur um medizinische Werke, sondern auch um Fälle dreister Subversion, wie zum Beispiel die Vorträge Colonel Robert Ingersolls oder (am besten überhaupt) die Essays von Thomas Henry Huxley.

Ich werde nie den Nachmittag vergessen, an dem ich Professor Huxleys Essay über »Das Gadarener Schwein« gelesen habe. »Vater«, rief ich aufgeregt, »sie haben uns die ganze Zeit belogen!«

»Wahrscheinlich«, pflichtete er mir bei. »Was liest du da?«

Ich sagte es ihm. »Na, da hast du für heute genug gelesen. Professor Huxley ist eine starke Medizin. Reden wir mal ein bißchen. Wie kommst du mit den Zehn Geboten weiter? Steht deine abschließende Version inzwischen?«

»Vielleicht«, antwortete ich.

»Wie viele sind es bislang geworden?«

»Sechzehn, denke ich.«

»Zu viele.«

»Wenn du mir nur gestatten würdest, die ersten fünf wegzulassen ...«

»Nicht, solange du unter meinem Dach wohnst und an meinem Tisch ißt. Du siehst ja, daß ich zur Kirche gehe und dort mitsinge, nicht wahr? Ich schlafe nicht mal während der Predigt! Maureen, so zu tun, als ob, ist eine unverzichtbare Fertigkeit, wenn man überleben will ... überall und immer. Erzähl mir mal deine aktuelle Version der ersten fünf.«

»Vater, du bist schrecklich und wirst noch ein schlimmes Ende nehmen!«

»Nicht, solange ich es vermeiden kann. Und jetzt halte mich nicht länger hin.«

»Ja, Sir. Das Erste Gebot: Du sollst dich öffentlich zum Gott der Mehrheit bekennen, ohne zu kichern oder auch nur hinter vorgehaltener Hand zu lächeln.«

»Weiter.«

»Du sollst dir kein irgendwie geartetes Götzenbild machen, das die Herrschenden verärgern könnte, besonders die Tugendwachteln – was auch, *exempli gratia,* der Grund ist, warum dein Anatomiebuch die Klitoris nicht zeigt. Das würde denen nicht gefallen, denn sie haben ja keine.«

»Oder möglicherweise bananengroße«, antwortete Vater, »was jedoch niemand herausfinden soll. Zensur ist niemals logisch, aber wie bei Krebs ist es gefährlich, sich nicht darum zu kümmern, wenn sie erst mal aufgetaucht ist. Liebes, der Zweck des Zweiten Gebotes besteht einfach darin, das Erste zu bekräftigen. ›Götzenbild‹ steht für jedes Idol, das zum Rivalen des offiziellen Gottes werden könnte; der Begriff hat nichts mit Skulpturen oder Kupferstichen zu tun. Mach weiter.«

»Du sollst Gott den Herrn nicht lästern ... was bedeutet, daß man nicht fluchen oder Wörter wie ›Scheiße‹ benutzen soll – oder überhaupt irgendeinen Begriff, den Mutter für vulgär halten könnte. Vater, da verstehe ich etwas nicht. Wieso ist ›Vagina‹ ein gutes Wort, ›Möse‹ dagegen ein schlimmes? Erklär mir das mal!«

»Beides sind schlimme Worte, wenn sie aus deinem Mund kommen, Kleines, es sei denn, du sprichst mit mir ... in welchem Fall du aus Respekt vor meiner Berufung und meinen grauen Haaren das medizinische Latein benutzen wirst. Es ist dir allerdings gestattet, das umgangssprachliche Synonym leise zu flüstern, wenn es dir Spaß macht.«

»Irgendwie tut es das, aber ich bin noch nicht schlau daraus geworden, warum. Nummer vier ...«

»Einen Moment! Ergänze zu Nummer drei: Du sollst keine Infinitive trennen oder Partizipien herumhängen lassen. Du sollst Solözismen vermeiden. Du sollst die noble englische Sprache ehren, die Sprache von Shakespeare, Milton und Poe. Das wird dir dein ganzes Leben lang von Nutzen sein. Und schreib dir ganz besonders eins hinter die Ohren, Maureen: Falls ich je wieder höre, wie du ›anders wie‹ sagst, dann haue ich dir einen unabgeschwächten Ablativus absolutus rechts und links um die Ohren!«

»Vater, das war aus Versehen! Ich wollte nur ...«

»Faule Ausreden. Mach jetzt mit Nummer vier weiter.«

»Das Vierte Gebot: Geh sonntags zur Kirche. Lächle und sei freundlich, aber sei auch nicht übertrieben kriecherisch und scheinheilig. Laß deine Kinder, falls und sobald du welche hast, nicht sonntags vor dem Haus spielen oder zuviel Krach auf dem Hof machen. Unterstütze die Kirche aktiv und mit Geld, aber nicht zu auffällig.«

»Maureen, das hast du schön gesagt. Du wirst noch die Frau eines Predigers werden!«

»O Gott, Vater, dann schon lieber eine Hure!«

»Beides schließt sich nicht unbedingt aus. *Continuez, ma chère enfant*.«

»*Mais oui, mon cher papa*. Ehre Vater und Mutter, so daß alle es sehen können, aber sobald du von zu Hause fortgehst, lebe dein eigenes Leben. Laß dich von ihnen nicht an einem Nasenring führen. *Mon papa*, so hast du es selbst einmal ausgedrückt, aber es gefällt mir nicht besonders. Ich ehre dich wirklich, weil ich es möchte. Und ich habe auch nichts gegen Mutter; wir singen halt einfach nicht in derselben Tonlage. Aber ich bin ihr dankbar.«

»Vermeide Dankbarkeit, meine Liebe; davon kann man Sodbrennen bekommen. Wenn du geheiratet hast und ich tot bin, wirst du dann Adele einladen, bei euch zu wohnen?«

»Uh …« Ich wußte nicht recht, was ich sagen sollte.

»Denk darüber nach. Denk gründlich darüber nach, und das möglichst im voraus … denn jede Antwort, die du hastig gibst, solange mein Grab noch frisch ist, wird sicherlich falsch sein. Nächster Punkt.«

»Du sollst keinen Mord begehen. ›Mord‹ bedeutet hier, jemanden unrechtmäßig zu töten. Andere Fälle treten in den unterschiedlichsten Schattierungen auf, von denen jede einzeln analysiert werden muß. Über diese Sache bin ich mir noch nicht ganz im klaren, Vater.«

»Ich mir auch nicht. Vergiß nur nie, daß jemand, der Fleisch ißt, sich auf demselben moralischen Niveau befindet wie der Fleischer.«

»Ja, Sir. Du sollst nicht ehebrechen. Das bedeutet, werde nicht schwanger, ziehe dir keine Geschlechtskrankheiten zu, biete den Leuten keinen Anlaß, dich auch nur zu verdächtigen, und vor allem auch dem Ehepartner nicht; es würde ihn höchst unglücklich machen, und er könnte sich von dir scheiden lassen. Vater, ich glaube nicht, daß Ehebruch mich je verlocken könnte. Wenn Gott gewollt hätte, daß eine Frau mehrere Männer hat, dann hätte er für mehr Männer gesorgt und nicht nur für gerade so viele, daß man gerade mal klarkommt.«

»Wenn wer es gewollt hätte? Ich habe den Namen nicht verstanden.«

»Ich sagte ›Gott‹, aber du weißt schon, was ich meine.«

»Das tue ich wirklich. Du spazierst in den Gefilden der Theologie herum. Da hätte ich es schon lieber, wenn du Laudanum nimmst. Maureen, wenn jemand von ›Gottes‹ Willen oder ›Gottes‹ Absichten spricht oder von den Absichten der Natur, falls er sich fürchtet, ›Gott‹ zu sagen, dann weiß ich immer gleich, daß er mir etwas weismachen möchte. In manchen Fällen auch sich selbst, wie du es gerade getan hast. Ein moralisches Gesetz aus der Tatsache ableiten zu wollen, daß es ungefähr so viele Männer wie Frauen gibt, bedeutet das gleiche, wie zuviel Suppe aus einer Auster zu machen. Das ist so windig wie ›*Post hoc, propter hoc*‹.

Was deine Überzeugung, du würdest dich nicht versucht fühlen, anbetrifft ... Wen haben wir denn da? Kaum trokken hinter den Ohren, und seit der ersten Monatsblutung gerade mal ein Jahr vergangen ... und schon glaubst du, alles über die Gefahren der Sexualität zu wissen! Wie es alle Mädchen deines Alters seit Anbeginn der Geschichte taten. Nur zu! Spring ruhig mit geschlossenen Augen über den Zaun. Brich deinem Mann das Herz und zerstöre seinen Stolz. Mach deinen Kindern Schande. Werde zu einem Skandal in den Augen der Öffentlichkeit. Sieh zu, daß deine Eileiter sich mit Eiter füllen und sie dir irgendein Metzger in irgendeinem schmutzigen Hinterzimmer ohne Narkose herausnimmt. Nur zu, Maureen. Schreibe die Welt als für die Liebe verloren ab. Denn genau dahin wird dich unbekümmerter Ehebruch führen: daß dir die Welt verlorengeht und du ein frühes Grab findest und Kinder hinterläßt, die niemals deinen Namen aussprechen werden.«

»Aber Vater, ich habe doch nur gesagt, daß ich keinen Ehebruch begehen darf; das ist einfach zu gefährlich! Ich denke, ich schaffe es auch, mich daran zu halten.« Ich lächelte ihn an und rezitierte:

There was a young lady named Wilde ...‹«

Er griff das Zitat auf:

»›*Who kept herself quite undefiled*
By thinking of Jesus,
Contagious diseases,
*And the dangers of having a child.**

* *Es war einmal eine junge Dame namens Wilde, die sich absolut unbefleckt hielt, indem sie an Jesus dachte, an ansteckende Krankheiten und an die Gefahren der Geburt.*

Ja, ich weiß; ich habe dir diesen Limerick selbst beigebracht. Maureen, du hast versäumt, den sichersten Weg zu klugem Ehebruch zu erwähnen. Ich weiß allerdings, daß du davon gehört hast; ich habe dir davon erzählt, damals, als ich dir eine ungefähre Vorstellung davon zu vermitteln versuchte, wie oft in diesem County über Zäune gesprungen wird.«

»Das muß mir entgangen sein, Vater.«

»Ich weiß genau, daß ich davon gesprochen habe. Sollte es dich mal jucken – und das könnte eines Tages der Fall sein –, dann sag es deinem Mann, bitte ihn um seine Erlaubnis und um seine Hilfe und darum, für dich Schmiere zu stehen.«

»Oh! Ja, du hast mir tatsächlich von zwei solchen Paaren aus dem County erzählt, aber ich bin nie darauf gekommen, wer es sein könnte.«

»Das solltest du auch nicht. Deshalb habe ich ein paar falsche Spuren gelegt.«

»Das hatte ich bei meinen Überlegungen berücksichtigt, Sir, da ich dich ja kenne, wurde aber trotzdem nicht schlau daraus. Vater, das kommt mir so würdelos vor! Und, ah, wäre mein Mann nicht furchtbar wütend?«

»Er verpaßt dir vielleicht eine dicke Lippe, wird sich aber nicht schon allein aufgrund deiner Bitte scheiden lassen. Dann hilft er dir womöglich trotzdem, von der sehr begründeten Annahme ausgehend, daß du um so schlimmer in Schwierigkeiten geraten könntest, wenn er nein sagt. Und ...« Vater schenkte mir ein äußerst verdorbenes Lächeln. »... vielleicht findet er sogar seinen Spaß daran.«

»Vater, ich muß leider feststellen, daß ich sehr schockiert bin!«

»Dann sieh zu, daß du es überwindest. In der Menschheitsgeschichte wimmelt es von überheblichen Ehemännern, und jeder hat viel von einem Voyeur an sich. Das gilt im besonderen für Männer, schließt die Frauen jedoch nicht aus. Vielleicht ergreift er sofort die Gelegenheit, dir zu helfen, weil du ihm sechs Wochen früher ebenfalls bei so einer Geschichte geholfen hast. Vielleicht hast du für ihn und die junge Lehrerin Schmiere gestanden und anschließend gelogen wie ein Diplomat, um sie zu decken. Nächstes Gebot.«

»Warte bitte eine Minute! Ich möchte noch etwas mehr über Ehebruch erfahren.«

»Und genau das werde ich dir nicht gestatten. Denk darüber nach, aber ich möchte während der nächsten zwei Wochen kein Wort von dir darüber hören. Weiter!«

»Du sollst nicht stehlen. Das konnte ich nicht verbessern, Vater.«

»Würdest du stehlen, um ein Baby zu füttern?«

»Ah, ja.«

»Denk mal über weitere Ausnahmen nach; wir diskutieren dann in ein oder zwei Jahren darüber. Als allgemeine Richtlinie ist dieses Gebot brauchbar. Nur wieso möchtest du es nicht brechen? Du bist clever; du kämst wahrscheinlich damit durch, wenn du dein Leben lang klaust. Warum also möchtest du es nicht tun?«

»Ah ...«

»Brumm nicht!«

»Vater, du kannst einen wirklich verrückt machen! Ich klau' nicht, weil ich verdammt noch mal einfach zu stolz bin!«

»Exakt! Perfekt! Aus demselben Grund schummelst du nicht in der Schule oder bei Spielen. Aus Stolz. Aufgrund deiner eigenen Vorstellung von diesem Begriff. ›Dir selbst sei treu, woraus wie die Nacht auf den Tag folgt ...‹«

»› ... daß du niemandem gegenüber falsch sein kannst.‹ Ja, Sir!«

»Aber du hast beim Verb das ›e‹ weggelassen. Wiederhole den Satz und sprich ihn diesmal korrekt aus. Du ...«

»Ich *klaue* nicht, weil ich verdammt noch mal einfach zu stolz bin!«

»Gut. Eine von Stolz geprägte Vorstellung von dir selbst ist das stärkste Motiv zu korrektem Verhalten, das man überhaupt haben kann. Zu stolz zum Klauen, zu stolz zum

Schummeln, zu stolz, um kleinen Kindern ihre Süßigkeiten wegzunehmen oder kleine Entchen ins Wasser zu schubsen. Maureen, ein moralischer Kodex für einen Stamm muß zum Ziel haben, das Überleben des Stammes zu gewährleisten. Die Einzelperson jedoch hält sich auch in heikler Lage am ehesten aus Stolz an korrektes Verhalten, nicht aus Gründen des eigenen Überlebens. Deshalb geht ein Kapitän mit seinem Schiff unter; darum heißt es ›Der Krieger ist bereit zu sterben, aber nicht bereit zur Kapitulation.‹ Wer nichts hat, wofür er sterben würde, hat auch nichts, wofür er leben könnte. Nächstes Gebot.«

»Simon Legree. Du sollst nicht falsches Zeugnis ablegen wider deinen Nächsten. Bis du mich verdorben hast ...«

»Wer hat wen verdorben? Ich bin der Gipfel an moralischer Rechtschaffenheit, weil ich die Gründe für mein Verhalten genau kenne. Als ich mit dir anfing, hattest du nicht die Spur von Moral, und dein Verhalten zeugte von der schamlosen Naivität eines Kätzchens, das sogar noch angesichts eines offensichtlichen Fehltritts die Unschuldige mimt.«

»Ja, Sir. Ich wollte sagen: Bis du mich verdorben hast, hielt ich es für den Sinn des Neunten Gebots, daß man nicht lügen soll. Dabei besagt es nur: Wenn du als Zeuge vor Gericht aussagen mußt, dann mußt du die Wahrheit sprechen.«

»Es heißt viel mehr.«

»Ja. Du hast mal darauf hingewiesen, daß es der Sonderfall eines allgemeinen Theorems ist. Ich finde, die generelle Aussage sollte so formuliert werden: Erzähle keine Lügen, die anderen schaden könnten ...«

»Du bist dicht dran.«

»Vater, du hast mich nicht ausreden lassen!«

»Oh, Maureen, das tut mir leid! Rede weiter!«

»Ich wollte noch hinzufügen: ... aber da du nicht vorhersehen kannst, welchen Schaden deine Lügen womöglich anrichten, lautet die einzig sichere Regel, überhaupt nicht zu lügen.«

Vater schwieg eine ganze Zeit lang und sagte dann: »Maureen, diese Frage können wir nicht an einem einzigen Nachmittag erörtern. Ein Lügner ist schlimmer als ein Dieb, und doch würde ich mich lieber mit einem Lügner arrangieren als mit jemandem, der selbstgerechten Stolz darin findet, immer und überall die ganze Wahrheit zu sagen, koste es, was es wolle – was auch heißt, ›egal, wer dadurch verletzt wird, egal, welches unschuldige Leben ruiniert wird‹. Maureen, wer sich etwas darauf einbildet, die unverblümte Wahrheit zu sprechen, ist ein Sadist, kein Heiliger. Es gibt viele Sorten von Lügen, Unwahrheiten, Flunkereien, nicht zutreffenden Feststellungen usw. Um die Muskeln des Verstandes zu trainieren ...«

»Der Verstand hat keine Muskeln.«

»Schlaukopf. Versuche nicht, dem Wolf zu zeigen, wie man Schafe stiehlt! Dein Verstand ist es, der keine Muskeln hat, und genau diesen Mangel versuche ich zu beheben. Versuche einmal, die unterschiedlichen Arten unzutreffender Aussagen logisch zu ordnen. Sobald du damit fertig bist, überlege dir, welche Art man bei welcher Gelegenheit moralisch einwandfrei benutzen darf, falls überhaupt – und falls nicht, warum das so ist. Das sollte dich für die nächsten vierzehn, fünfzehn Monate daran hindern, Unfug auszuhekken.«

»O Vater, du bist so gut zu mir!«

»Spare dir deinen Sarkasmus, oder ich versohle dir den Hintern. Erstatte mir in einem Monat oder in sechs Wochen einen ersten, vorläufigen Bericht.«

»Dein Wille geschehe, Papa. Ich kenne allerdings schon einen Sonderfall: ›Flunkere Mutter nichts vor, damit dein Mund nicht mit Seifenlauge ausgespült wird.‹«

»Berichtigung: ›Flunkere deiner Mutter nichts vor, was sie durchschauen kann.‹ Würdest du ihr je die unverblümte Wahrheit über unsere Gespräche sagen, müßte ich von zu Hause weggehen. Falls du Audrey jemals dabei ertappst, wie sie mit diesem komischen Bengel poussiert, der sie öfters besucht, was wirst du Mutter dann erzählen?«

Damit brachte er mich völlig aus der Fassung. Ich hatte Audrey tatsächlich schon beim Poussieren erwischt, und ich hegte auch den unbehaglichen Verdacht, daß die beiden mehr getan hatten, als nur zu poussieren. Das machte mir Sorgen. »Ich sage Mutter gar nichts!«

»Eine gute Antwort! Aber was erzählst du mir? Du weißt, daß ich nicht Mutters moralistische und puritanische Einstellung zum Sex habe, und du weißt hoffentlich auch, daß ich nichts von dem, was du mir erzählst, dazu benutzen würde, um Audrey zu bestrafen – vielmehr würde ich ihr nur helfen. Also, was erzählst du deinem Vater?«

Es schien, als ob Wände sich um mich schließen würden, und ich saß gefangen zwischen der Loyalität zu Vater und der Liebe zu meiner ältesten Schwester, die mir immer geholfen hatte und immer gut zu mir gewesen war. »Ich … ich werde … ich würde dir einen Scheiß sagen!«

»Hurra! Du hast die Hürde genommen, ohne die oberste Stange auch nur zu kitzeln! Du hast völlig recht, Liebes; man plaudert nicht aus der Schule, man leistet nicht stellvertretend Geständnisse für andere. Aber du hast ›Scheiß‹ gesagt. Im Falle eines Falles solltest du lieber ›verdammt‹ benutzen.«

»Ja, Sir. Ich würde dir verdammt noch mal nie was über Audrey und ihren jungen Mann erzählen.« (Und lieber Gott – falls es Dich gibt –, laß meine Schwester nicht schwanger werden! Mutter würde einen Anfall kriegen und für sie beten, und alles wäre ganz furchtbar. Dein Wille geschehe, aber nicht zuviel davon. Maureen Johnson, Amen.)

»Beschäftigen wir uns kurz mit Nummer Zehn, und machen wir dann mit denen weiter, die Moses versäumt hat, vom Berg zu holen. Zehn dürfte für dich kein Problem sein. In letzter Zeit irgendwas begehrt?«

»Ich denke nicht. Wieso gibt es die Vorschrift, daß man nicht seines nächsten Weib begehren darf, ohne daß irgendwas über des Nächsten Ehemann gesagt wird? Hat Jehovah da etwas übersehen? Oder gab es damals wirklich keine Schonzeit für Ehemänner?«

»Ich habe keine Ahnung, Maureen. Ich vermute, daß hier einfach ein paar alte Hebräer geschummelt haben, die sich nicht vorstellen konnten, daß ihre Frauen über den Zaun springen würden, wo sie doch so kräftige Helden zu Hause hatten. Das Alte Testament hält Frauen nicht in hohem Ansehen; gleich zu Anfang gibt Adam Mutter Eva die ganze Schuld, und von da an wird es noch schlimmer. Hier in Lyle County, Missouri, haben wir allerdings ein Gesetz, das auch die Ehemänner erwähnt. Und sollte dich hierzulande ein Weib dabei ertappen, wie du ihrem Gatten schmachtende Blicke zuwirfst, kratzt sie dir wahrscheinlich die hübschen grünen Augen aus.«

»Ich werde nicht zulassen, daß sie mich erwischt. Aber gehen wir mal davon aus, daß es andersherum läuft, daß er mich begehrt oder es wenigstens den Anschein hat, als tue er das. Mal angenommen, er zwickt mich in den Hintern?«

»Na ja! So so! Wer war das, Maureen? Wer ist *er?*«

»Rein hypothetischer Fall, *mon cher père*.«

»Sehr schön. Wenn er das, rein hypothetisch gesehen, noch einmal tut, darfst du, hypothetisch gesehen, auf mehrere verschiedene hypothetische Arten und Weisen reagieren. Du kannst ihn hypothetischerweise ignorieren, du kannst so tun, als fehle es dir hypothetischerweise an Tastgefühl im Gluteus maximus sinister – oder ist er Linkshänder?«

»Ich weiß es nicht.«

»Oder du kannst, hypothetisch gesehen, flüstern: ›Nicht hier! Komm nach dem Gottesdienst zu mir.‹«

»Vater!«

»Du hast es selbst zur Sprache gebracht. Wenn es dir besser gefällt, kannst du ihn hypothetischerweise warnend darauf hinweisen, daß ein weiteres hypothetisches Zwicken deinem hypothetischen Vater gemeldet wird, der eine hypothetische Pferdepeitsche und eine hypothetische Schrotflinte besitzt. Du kannst es ihm insgeheim zustecken oder auch laut genug schreien, damit die ganze Gemeinde und seine hypothetische Frau es hören. Damenwahl. Warte einen Moment! Du hast doch von einem verheirateten Mann gesprochen, nicht wahr?«

»Ich habe gar nichts gesagt, aber es war in der Hypothese enthalten, denke ich.«

»Maureen, ein Zwicken in den Hintern drückt eindeutige Absichten aus. Wird es ermutigt, führt es in drei kurzen Schritten zur Kopulation. Du bist jung, aber körperlich bereits eine reife Frau, die auch schwanger werden kann. Hast du vor, in unmittelbarer Zukunft deine Rolle als Frau schon voll auszuspielen?«

KAPITEL DREI

DIE SCHLANGE IM GARTEN

Vaters Frage, ob ich daran dächte, meine Jungfräulichkeit loszuwerden, beunruhigte mich, weil ich seit Wochen an nichts anderes mehr gedacht hatte. Vielleicht seit Monaten. Also antwortete ich: »Natürlich nicht! Vater, wie kommst du nur darauf?«

»Sitzung vertagt.«

»Sir?«

»Ich dachte, wir hätten dich längst von solch billiger Flunkerei geheilt. Ich sehe, daß das nicht der Fall ist, also vergeude bitte nicht meine Zeit. Komm zurück, sobald du Bedarf an einem ernsthaften Gespräch hast.« Er schwenkte den Stuhl zum Schreibtisch herum und rollte die Abdekkung hoch.

»Vater ...«

»Hm? Bist du immer noch da?«

»Bitte, Sir! Ich denke schon die ganze Zeit daran.«

»Woran?«

»Daran. Meine Jungfräulichkeit loszuwerden. Mein Jungfernhäutchen zu verlieren.«

Er funkelte mich an. »Der medizinische Begriff lautet ›Hymen‹, wie du weißt. ›Jungfernhäutchen‹ gehört zur Liste der umgangssprachlichen Synonyme, obwohl es nicht so sehr mit dem Fluch belegt ist wie die kürzeren Wörter. Du solltest allerdings nicht davon sprechen, irgendwas zu verlieren, wo du doch in Wirklichkeit nur dein Geburtsrecht erlangst, jenen überlegenen Status einer gesunden Frau, den dir dein biologisches Erbe ermöglicht.«

Ich dachte darüber nach. »Vater, was du sagst, klingt so begehrenswert, daß ich am liebsten gleich losrennen und mir jemanden suchen möchte, der mir dabei hilft, das Hymen zu brechen. Sofort. Auf der Stelle. Wenn du mich also entschuldigst?« Ich traf Anstalten, aufzustehen.

»Hoppla! Nur die Ruhe bewahren! Wenn du das wirklich vorhast, kann es nicht schaden, noch zehn Minuten zu warten. Maureen, wenn es sich bei dir um eine junge Kuh handeln würde, könnte man sagen, daß du bereit wärst, gedeckt zu werden. Aber das ist nicht der Fall. Du bist eine menschliche Jungfrau in einer Welt voller Männer und Frauen, die durch eine komplexe und oft grausame Kultur miteinander verbunden sind. Ich denke, es ist vielleicht besser für dich, wenn du noch ein oder zwei Jahre wartest. Du könntest sogar als Jungfrau in deine Hochzeitsnacht gehen – obwohl ich als Arzt weiß, daß das heutzutage nicht mehr häufig geschieht. Aber – wie lautet doch noch gleich das Elfte Gebot?«

»Laß dich nicht erwischen.«

»Wo verstecke ich die französischen Taschen?«

»Untere rechte Schublade, und der Schlüssel liegt im obersten linken Fach, ganz hinten.«

Ich tat es weder am selben Tag noch in derselben Woche. Und auch nicht im selben Monat. Aber es geschah nicht allzu viele Monate später.

Es passierte morgens um zehn an einem milden Tag in der ersten Juniwoche 1897, nur vier Wochen vor meinem fünfzehnten Geburtstag. Der Platz, den ich dafür aussuchte, war der Boden des Kampfrichterstandes an der Rennbahn des County-Festgeländes, und wir benutzten eine zusammengefaltete Pferdedecke, um die harten Planken zu polstern. Ich kannte den Ort gut, weil ich schon an manch einem frostigen Morgen auf dem Stand gesessen hatte, um Vaters Übungsmeilen zu stoppen, den Blick fest auf das Zielband gerichtet und Vaters dicke Stoppuhr in der Hand. Damals, als ich mit sechs Jahren zum erstenmal die Zeit genommen hatte, hatte ich noch beide Hände benötigt, um mit der großen Uhr klarzukommen. Das war in dem Jahr gewesen, als Vater Loafer einen schwarzen Hengst erworben hatte, der vom Vater von Maud S. gezeugt worden war, aber (leider!) nicht so schnell war wie seine berühmte Halbschwester.

Im Juni 1897 suchte ich diesen Ort gut vorbereitet auf, zu allem entschlossen und mit einem Kondom (einer »französischen Tasche«) in meiner Handtasche sowie mit einer Damenbinde bewaffnet, da ich wußte, daß ich vielleicht bluten würde (die Binde war selbstgemacht, aber das traf damals auf alle zu). Obendrein hatte ich so, falls irgendwas schiefgehen sollte, für Mutter einen Beweis zur Hand, daß ich diesen Monat lediglich drei Tage zu früh dran war.

Mein Partner bei diesem ›Verbrechen‹ war ein Klassenkamerad von der High School, ein Junge namens Chuck Perkins, ein Jahr älter und fast einen Fuß größer als ich. Wir schwärmten gar nicht füreinander, taten aber so (vielleicht tat er ja nicht nur so, aber wie will ein Mädchen das wissen?). Schon das ganze Schuljahr über hatten wir versucht, einander zu verführen. Chuck war der erste Mann (Junge), für den ich die Lippen zu einem Kuß öffnete, und daraufhin formulierte ich ein weiteres ›Gebot‹: ›Öffne die Lippen nur, wenn du auch planst, die Schenkel zu öffnen‹ – denn ich fand heraus, daß es mir gefiel.

Und wie es mir gefiel! Chucks Lippen schmeckten süß. Er rauchte nicht und putzte sich die Zähne, die so gesund waren wie meine eigenen, und seine Zunge spielte süß und zärtlich mit meiner. Im späteren Leben begegnete ich leider zu vielen Männern, bei denen weder Lippen noch Atem süß waren, und ich öffnete für sie weder den Mund noch sonst etwas.

Bis zum heutigen Tag bin ich der Überzeugung, daß ein Zungenkuß ein intimerer Vorgang ist als der Koitus.

Bei der Vorbereitung dieser Begegnung hatte ich mich an das eigene Vierzehnte Gebot gehalten: »Du sollst deine geheimen Plätze so sauber wie ein gekochtes Ei halten, damit du in der Kirche nicht stinkst.« Was mein urwüchsiger Vater durch die Bemerkung ergänzt hatte: » … und um die Liebe deines Mannes zu behalten, vorausgesetzt, du fängst einen ein.« (Ich hatte ihm gesagt, daß ich darauf schon von selbst gekommen war.)

Sich wirklich sauber zu halten, und das in einem Haus

ohne fließend Wasser, dafür aber mit reichlich Kindern, ist gar nicht so leicht. Ich hatte mir allerdings schon seit einigen Jahren, seit Vater mich entsprechend gewarnt hatte, Abhilfe geschaffen – zum Beispiel, indem ich mich in Vaters Operationszimmer heimlich und zusätzlich wusch. Eine meiner häuslichen Pflichten bestand darin, jeden Morgen und jeden Mittag einen Krug mit heißem Wasser ins Operationszimmer zu bringen und ihn auch zwischendurch bei Bedarf aufzufüllen. Das versetzte mich in die Lage, bei mir selbst Waschungen vorzunehmen, von denen Mutter nichts wußte. Mutter glaubte zwar daran, daß »Sauberkeit gleich nach Frömmigkeit« kommt, aber ich wollte nicht riskieren, daß sie mich dabei ertappte, wie ich mich auch an Stellen wusch, die zu berühren ich mich eigentlich hätte schämen sollen. Mutter war mit zuviel Reinlichkeit an »diesen Stellen« nicht einverstanden, da das zu »unzüchtigem Verhalten« führen konnte. (Und das kann es tatsächlich!)

Am Festplatz angekommen, ließen wir Chucks Pferd und Einspänner in einer der großen leeren Scheunen stehen – das Pferd mit einem Futtersack voller Hafer, damit es zufrieden war – und kletterten dann in den Kampfrichterstand. Ich ging voraus, die hintere Treppe hinauf, dann über eine senkrechte Leiter zum Dach der Haupttribüne und durch eine Falltür auf den Boden des Kampfrichterstandes. Ich raffte die Röcke, ehe ich vor Chuck auf die Leiter stieg, und ergötzte mich selbst an dieser skandalösen Zurschaustellung. Oh, Chuck hatte meine Beine schon gesehen – aber Männer gucken ja immer mal gerne.

Sobald wir innerhalb des Standes waren, befahl ich Chuck, die Falltür zu schließen und eine schwere Kiste voller Gewichte, wie man sie bei Rennen benutzte, darüberzuschieben. »Jetzt kann niemand mehr herauf«, sagte ich vergnügt. Ich drehte mich um, holte einen Schlüssel vom Haken und öffnete das Vorhängeschloß eines Schrankes.

»Aber man kann uns sehen, Mo! Die Vorderseite steht weit offen!«

»Na wenn schon? Stell dich einfach nicht vor die Richterbank. Wenn du die Leute nicht sehen kannst, können sie dich auch nicht sehen.«

»Mo, bist du sicher, daß du das hier machen willst?«

»Sind wir nicht deshalb heraufgekommen? Komm, hilf mir, die Decke auszubreiten. Wir falten sie so, daß sie eine doppelte Lage bildet. Die Kampfrichter machen das auch auf der Bank so, um ihre empfindsamen Hinterteile zu schonen. Die Decke wird dafür sorgen, daß ich keine Splitter in meinen empfindsamen Rücken bekomme und du keine in die Knie.«

Chuck sagte kein Wort, während wir unser ›Bett‹ bereiteten. Ich richtete mich auf und schaute ihn an. Er sah gar nicht aus wie jemand, der kurz vor einer freudigen Erfüllung stand, nach der er sich schon lange gesehnt hat; er wirkte vielmehr wie ein verängstigter kleiner Junge. »Charles … Bist du sicher, daß du es auch willst?«

Er war verlegen. »Es ist hellichter Tag, Mo. Hier geht es so furchtbar öffentlich zu! Könnten wir nicht ein stilles Plätzchen am Osage finden?«

»Sandflöhe, Moskitos und Bengel, die Bisamratten jagen. Die tauchen bestimmt genau dann auf, wenn wir am intensivsten beschäftigt sind. Nein danke, Sir! Aber Charles, Liebster, ich dachte, wir hätten uns geeinigt. Ich möchte dich bestimmt nicht dazu überreden, etwas Überstürztes zu tun. Würde es dir was ausmachen, die Fahrt nach Butler abzusagen?« (Eine Einkaufsfahrt nach Butler war die Ausrede bei meinen Eltern gewesen, damit ich Charles bitten durfte, mich heute morgen zu fahren. Butler war zwar kaum größer als Thebes, aber man konnte dort viel besser einkaufen. Die Bennett-und-Wheeler-Handelsgesellschaft war sechsmal so groß wie unsere größte Gemischtwarenhandlung. Dort hatten sie sogar Sachen aus Paris auf Lager – behaupteten sie wenigstens.)

»Wieso? Nein, Mo, wenn du nicht hin möchtest.«

»Würde es dir was ausmachen, einen kleinen Bogen zu fahren und bei Richard Heiser vorbeizuschauen? Ich muß was mit ihm besprechen.« (Chuck, ich lächle zwar und rede freundlich mit dir, würde dich aber am liebsten mit einem Baseballschläger massieren!)

»Ah – ist irgendwas nicht in Ordnung, Mo?«

»Ja und nein. Du weißt, warum wir hergekommen sind. Wenn du meine Kirsche nicht naschen möchtest … Na ja, Richard hat mir gesagt, daß er sie gerne kriegen würde. Ich habe ihm nichts versprochen, aber ich habe sehr wohl gesagt, daß ich es mir überlegen würde.« Ich blickte kurz zu Chuck und senkte dann schnell wieder den Blick. »Ich habe darüber nachgedacht und bin zu dem Schluß gekommen, daß du derjenige bist, den ich haben möchte, den ich schon immer haben wollte, seit du mich damals mit auf den Glokkenturm genommen hast. Auf der Osterfeier in der Schule. Du weißt schon. Aber wenn du es dir jetzt anders überlegt hast … Ich bin nach wie vor entschlossen, heute abend keine Jungfrau mehr zu sein. Würdest du mich also bitte zu Richard fahren?«

War das grausam? Im Grunde nicht. Ein paar Minuten später hielt ich mein Versprechen ein. Männer sind weit schüchterner als wir; manchmal besteht die einzige Möglichkeit, einen zu kriegen, darin, daß man ihn in schärfsten Wettbewerb zu einem anderen Mann bringt. Jede Katze weiß das. (Mit »schüchtern« meine ich nicht »feige«. Ein Mann – einer, den ich für einen Mann halten würde – kann gelassen dem Tod ins Auge sehen, aber bis ins Mark getroffen sein, wenn er glaubt, sich lächerlich zu machen – zum Beispiel, wenn man ihn beim Koitus ertappt.)

»Ich habe es mir nicht anders überlegt!« antwortete Charles mit Nachdruck.

Ich schenkte ihm mein strahlendstes Lächeln und breitete die Arme für ihn aus. »Dann komm her und gib mir einen Kuß, der sich gewaschen hat.«

Er tat es, und wir beide fingen wieder Feuer, nachdem mich sein Zögern schon abgekühlt hatte. Bis zu diesem Zeitpunkt hatte ich noch nie das Wort »Orgasmus« gehört – ich bin mir auch gar nicht sicher, ob man den Begriff 1897 schon kannte –, aber ich hatte privat experimentiert und dabei herausgefunden, daß man etwas erleben konnte, das starke Ähnlichkeit mit einem im Innern losgehenden Feuerwerk hatte. Als der eben erwähnte Kuß sich dem Ende zuneigte, spürte ich, wie ich diesem Punkt sehr nahekam.

Ich zog mein Gesicht gerade weit genug zurück, um zu murmeln: »Lieber Charles, ich zieh' mich ganz aus, wenn du möchtest.«

»Wie? Himmel, ja!«

»In Ordnung. Möchtest du mich ausziehen?«

Er zog mich aus, das heißt, er versuchte es immerhin, während ich alle Knöpfe und Schnüre schon mal im voraus öffnete. Innerhalb weniger Augenblicke war ich nackt wie ein Frosch und bereit, in Flammen aufzugehen. Glücklich nahm ich eine Stellung ein, die ich eingeübt hatte, damit er mal richtig hinschauen konnte. Er tat es und schnappte nach Luft. Ich spürte ein leichtes Prickeln tief in mir.

Dann stürzte ich mich auf ihn und begann, seine Knöpfe und die ganzen Sachen zu öffnen. Er war schüchtern, und ich verzichtete darauf, ihn zu drängen, schaffte es aber trotzdem, ihm Hose und Unterhose auszuziehen. Ich legte seine Kleider über meine Sachen auf die Kiste, die die Falltür bedeckte, und streckte mich auf der Decke aus. »Charles ...«

»Komm!«

»Hast du ein Präservativ?«

»Ein was?«

»Eine Glückliche Witwe.«

»Oh, nein! Mo, da komme ich nicht ran! Ich bin doch erst sechzehn. Pop Green ist der einzige, der die Dinger verkauft, und er tut es auch erst, wenn man entweder verheiratet oder einundzwanzig ist.« Der arme Liebling schaute ganz kläglich drein.

»Und wir sind nicht verheiratet«, sagte ich gelassen. »Ich möchte auch nicht heiraten müssen – nicht so wie Joe und Amelia; meine Mutter würde einen Anfall kriegen. Aber hör auf, so ein grimmiges Gesicht zu machen, und reiche mir meine Handtasche.«

Er gehorchte, und ich holte das Kondom heraus, das ich von Zuhause mitgenommen hatte. »Es hat Vorteile, wenn man Tochter eines Arztes ist, Chuck. Ich habe das mitgehen lassen, als ich Vaters Praxis reinigte. Probieren wir mal, wie es paßt.« (Ich wollte auch noch was anderes prüfen. Seit ich in Fragen der eigenen Sauberkeit so kritisch war, achtete ich auch bei anderen sehr darauf. Einige meiner Klassenkameraden beiderlei Geschlechts hätten sowohl Vaters Rat als auch heißes Seifenwasser gut gebrauchen können.)

(Heute bin ich richtig dekadent. Das schönste an Boondock sind, von den netten Gebräuchen mal abgesehen, die wundervollen sanitären Einrichtungen.)

Chuck sah sauber aus und roch auch so – hatte sich, vermutete ich, erst kürzlich geschrubbt, genau wie ich. Ein Hauch von männlichem Moschus, aber frisch. Schon in meinen jungen Jahren hatte ich den Unterschied kennengelernt.

Ich war glücklich und froh. Wie süß von ihm, mir ein so gut gepflegtes Spielzeug anzubieten!

Es war nur wenige Zoll von meinem Gesicht entfernt. Ich bückte mich auf einmal und drückte einen raschen Kuß darauf.

»Hey!« Charles quietschte fast.

»Habe ich dich erschreckt, Liebling? Er sieht so hübsch und süß aus, daß ich ihn einfach küssen mußte. Ich wollte dich nicht erschrecken.« (Nein, aber ich wollte sehr wohl feststellen, wie weit ich gehen kann!)

»Ich habe mich nicht erschreckt. Ah ... es hat mir gefallen.«

»Im Ernst?«

»Klar doch!«

»Gut.« Ich wartete, bis er bereit war. »Jetzt nimm mich, Charles.«

Ich war ebenso ungeschickt wie unerfahren, mußte ihn aber trotzdem führen, und das sanft, da sein Stolz heute schon einmal verletzt worden war. Charles brachte noch weniger

Geschicklichkeit auf als ich. Wahrscheinlich stammte sein ganzes Wissen über Sex vom Friseur, aus Billardsalons und aus Gesprächen hinter der Scheune – aus dem ahnungslosen Prahlen von Junggesellen. Ich dagegen hatte die Unterweisungen eines alten, weisen Arztes genossen, der mich liebte und um mein Glück besorgt war.

In der Handtasche hatte ich eine patentierte Arznei dabei, »Vaseline«, um sie bei Bedarf als Gleitmittel zu benutzen. Überflüssig! Ich war so schlüpfrig wie gekochter Flachssamen.

Trotz alledem ... »Charles, bitte, Liebster! Nicht so stürmisch!«

»Aber ich sollte beim erstenmal lieber schnell sein, Mo. Das tut dir weniger weh. Jeder weiß das!«

»Charles, ich bin nicht ›jeder‹; ich bin ich selbst. Mach langsamer, dann tut es mir überhaupt nicht weh. Glaube ich wenigstens.« Ich war scharf und furchtbar aufgeregt und wollte ihn tief in mich aufnehmen, aber er fühlte sich größer an, als ich erwartet hatte. Es tat nicht wirklich weh. Zumindest nicht sehr. Ich wußte allerdings, daß es sehr schmerzhaft werden konnte, wenn wir zu schnell machten.

Der gute Charles hielt tatsächlich still und machte dabei ein ganz konzentriertes Gesicht. Ich biß mir auf die Lippe und probierte es. Und noch einmal. Endlich hatte ich mich fest an ihn gepreßt, und er steckte ganz drin.

Ich entspannte mich und lächelte ihn an. »Ja, so ist es schön, Liebling. Bewege dich jetzt, wenn du möchtest. Los, mach schon!«

Aber ich hatte es zu lange hinausgezögert. Er grinste, und ich spürte ein mehrmaliges kurzes Zucken. Er hörte auf zu grinsen und schaute bekümmert drein, denn er hatte sich bereits verausgabt.

Und so fand auf dem ersten Trip kein Feuerwerk für Maureen statt, und auch für Charles hielt es sich in Grenzen. Ich war jedoch nicht übermäßig enttäuscht. Mein wichtigstes

Ziel hatte ich erreicht und war keine Jungfrau mehr. Ich nahm mir vor, Vater zu fragen, wie man bewirken konnte, daß es länger dauerte, denn ich war sicher, daß ich bis zum Feuerwerk hätte vorstoßen können, hätte sich die ganze Geschichte nur länger hinausgezögert. Sodann verbannte ich diese Gedanken und war glücklich mit dem, was ich erreicht hatte.

Und ich machte den Anfang mit einer Gewohnheit, die mir in der Folge über ein langes Leben hinweg stets gute Dienste geleistet hat: Ich lächelte ihn an und sagte sanft: »Danke, Charles. Du warst großartig!«

(Männer rechnen nicht damit, daß man sich bei ihnen bedankt. In einem solchen Augenblick glauben sie einem fast jedes Kompliment, vor allem dann, wenn sie es im Grunde nicht verdient haben und sich ihres Versagens unbehaglich bewußt sind. Ihm dann zu danken und Komplimente zu machen, ist eine kleine Investition, die eine hohe Dividende abwirft. Glaub mir, Schwester!)

»Mensch, Maureen, du bist klasse!«

»Du auch, Charles, mein Süßer.« Ich umklammerte ihn mit Armen und Beinen, entspannte mich dann und sagte: »Vielleicht sollten wir jetzt aufstehen. Der Boden ist ganz schön hart, selbst mit einer doppelt gefalteten Decke.«

Charles fuhr uns schweigend nach Butler – so ganz und gar nicht der weltmännische Don Juan, der gerade eine Jungfrau von dem befreit hat, was keine Bereicherung für sie darstellt. Zum erstenmal begegnete ich jener Tristesse, der manche Männer nach dem Geschlechtsverkehr verfallen, während ich selbst vor Glück übersprudelte. Es machte mir schon nichts mehr aus, daß ich keinen Höhepunkt gehabt hatte – falls das wirklich so war. Vielleicht konnte man das ›Feuerwerk‹ ja nur zünden, wenn man es mit sich selbst tat. Wir waren jedenfalls glatt mit der Sache durchgekommen, und ich kam mir sehr erwachsen vor. Ich saß aufrecht im Wagen und genoß den schönen Tag. Es tat mir nicht weh, nicht genug jedenfalls, daß es eine Rolle gespielt hätte.

Ich denke, daß der Sex Männer oft aus dem Gleichgewicht bringt. Sie haben häufig viel zu verlieren, und wir lassen ihnen so gut wie keine Wahl. Das erinnert mich an einen höchst merkwürdigen Fall, bei dem es sich um einen meiner Enkel drehte. Er handelt davon, wie das Schicksal und seine erste Frau ihn ständig herumschubsten.

Auch unsere Katze Pixel hatte damit zu tun, damals noch ein kleines Kätzchen, ganz Flaum und Schnurren.

Mein Enkelsohn, Colonel Campbell, war der Sohn meines Sohnes Woodrow, bei dem es sich auch um meinen Gatten Theodore handelt. Der geneigte Leser sollte sich darüber nicht den Kopf zerbrechen; Woodrow und Theodore sind beide Lazarus Long, der in jedem Universum als komischer Kauz betrachtet werden muß. Ich darf keinesfalls vergessen zu erwähnen, wie er einmal ganz aus Versehen drei Frauen gleichzeitig schwängerte, eine Großmutter, ihre Tochter und ihre Enkeltochter. Er mußte einige ungewöhnliche Vereinbarungen mit dem Zeitkorps treffen, um das Erste Gebot seines eigenen privaten Dekalogs zu halten: Überlasse niemals eine schwangere Frau ohne Hilfe ihrem Schicksal.

Da Lazarus sie schon seit Jahrhunderten in mehreren Universen bumst, nahmen derlei Arrangements einen ganz schönen Batzen von seiner Zeit in Anspruch.

Lazarus war ganz unschuldig daran, als er hinsichtlich der Mutter meines Enkels sein Erstes Gebot brach, und dieses Mißgeschick führte indirekt dazu, daß der Enkel meine Mitehefrau Hazel Stone heiratete, die von unserer Familie zu diesem Zweck beurlaubt worden war. Der geneigte Leser wird einsehen (oder auch nicht), daß Hazel jenen Colin Campbell einfach heiraten mußte, damit die beiden Mycroft Holmes IV. retten konnten, den Computer, der auf Zeitlinie drei (Code ›Neil Armstrong‹) die Revolte auf Luna anführte. Übergehen wir die Einzelheiten; man findet sie alle in der *Encyclopaedia Galacta* und anderen Büchern.

»Die Operation war ein Erfolg; der Patient ist tot.« Beinahe war es so. Der Computer wurde gerettet und lebt heute glücklich und zufrieden in Boondock. Das ganze Überfallkommando kam ohne einen Kratzer davon, abgesehen von Colin und Hazel Campbell und dem Kätzchen Pixel, die alle drei schwer verletzt wurden und sterbend in einer Höhle auf Luna zurückblieben.

Ich muß erneut abschweifen. Zum Überfallkommando gehörte auch eine junge Offizierin namens Gretchen Henderson, die Ururenkelin meiner Mitehefrau Hazel Stone. Gretchen hatte vier Monate vor dem Kommandounternehmen einen Jungen auf die Welt gebracht, was meinem Enkel bekannt war.

Er hatte jedoch keine Ahnung davon, daß er selbst der Vater war.

Tatsächlich wußte er zweifelsfrei, daß er nie mit Gretchen geschlafen hatte, und genauso sicher war er, daß er niemals irgendwo oder irgendwann ein Spermium in einer Spenderbank hinterlassen hatte.

Trotzdem setzte ihn die sterbende Hazel mit Bestimmtheit davon in Kenntnis, daß er der Vater von Gretchens Kind war.

Er fragte, wie es dazu gekommen war; sie antwortete: »Durch ein Paradoxon.«

Mit einem Zeitparadoxon wußte Colin etwas anzufangen. Er gehörte zum Zeitkorps und hatte schon Zeitschleifen erlebt; er wußte, daß es in einem Zeitparadoxon möglich war, sich umzudrehen und sich selbst in den Hintern zu beißen.

Aus diesem Grund war er jetzt entschlossen, Gretchen irgendwo ein Stück weiter auf der eigenen Zeitlinie – gleichzeitig einige Zeit zurück auf ihrer Linie – zu befruchten. Die Verwirklichung eines inversen Schleifenparadoxons!

Aber wie heißt es so schön: Gott hilft denen, die sich selbst helfen. Das ganze würde nur passieren, wenn es ihm gelang, lebend aus dieser Klemme zu entrinnen und seine Absicht anschließend in die Tat umzusetzen.

Als die drei kurz nach dieser Offenbarung gerettet wurden, hatte Colin noch mehr Leichen aufgehäuft und zwei weitere Verletzungen erlitten – trotzdem waren alle drei weiterhin am Leben. Sie wurden dann zweitausend Jahre weit in die Zukunft zu den größten Ärzten aller Universen versetzt: zu Ishtar und ihrem Stab. Meine Mitehefrau Ishtar läßt keinen Patienten sterben, dessen Körper noch warm und dessen Gehirn intakt ist. Die Rettung erforderte jedoch einiges, besonders bei Pixel. Die junge Kreatur wurde mehrere Monate lang bei null Komma drei Grad Kelvin gehalten, während man Doktor Bone aus einem anderen Universum holte und ein Dutzend von Ishtars besten Leuten, sie selbst mit eingeschlossen, einem Intensivkurz in Katzenmedizin, -chirurgie, -physiologie und so weiter unterzog. Dann erwärmten sie Pixel wieder bis auf das Niveau eines normalen Kältetodes, setzten ihn neu zusammen, brachten ihn auf normale Körpertemperatur und weckten ihn. Und so ist er auch heute noch ein starker, gesunder Kater, der nach Belieben umherreist und allerorten kleine Kätzchen macht.

In der Zwischenzeit arrangierte Hazel die Zeitschleife, und Colin begegnete einem etwas jüngeren Gretchen, machte ihr den Hof und gewann sie, legte sie flach und befruchtete sie. So kam sie an ihr Baby, tat sich später auf ihrer persönlichen Zeitlinie mit Hazel und Colin zusammen und rettete den Computer Mycroft Holmes.

Aber warum ein solch extremer Einsatz für ein Kätzchen? Warum erlöste man einen sterbenden kleinen Kater nicht einfach von seinen Leiden?

Weil man ohne Pixel und seine Fähigkeit, durch Wände zu gehen, Mycroft Holmes nicht hätte retten können. Das gesamte Überfallkommando wäre ums Leben gekommen und die Zukunft der gesamten Menschheit in Gefahr geraten. Die Chancen waren dermaßen gleich verteilt, daß die Mitglieder der Einsatzgruppe in der Hälfte aller Zukünfte starben und in der anderen Hälfte Erfolg hatten. Ein paar Unzen Katze machten den Unterschied aus. Pixel hatte sie mit dem einzigen Wort, das er damals schon beherrschte, gewarnt: *»Rülps!«*

Auf der Rückfahrt von Butler erholte sich Charles von seiner postkoitalen Depression; er wollte es noch einmal machen. Na ja, ich eigentlich auch, aber nicht am selben Tag. Die Fahrt mit dem Einspänner über staubige Straßen hatte mich daran erinnert, daß das, worauf ich saß, doch ein bißchen empfindlich war.

Charles war jedoch scharf auf eine sofortige Zugabe. »Mo, ich kenne eine Stelle nicht weit von hier, wo man einen Einspänner von der Straße und bis außer Sichtweite fahren kann. Ist total sicher da.«

»Nein, Chuck.«

»Wieso nicht?«

»Es ist nicht total sicher. Jeder könnte dort von der Straße fahren. Wir sind spät dran, und ich möchte heute zu Hause keine Fragen beantworten müssen. Nicht an diesem Tag! Außerdem haben wir keine Glückliche Witwe mehr dabei, und allein damit ist die Frage schon geklärt. Ich möchte zwar Kinder haben, aber noch nicht mit fünfzehn.«

»Oh.«

»Ganz genau. Hab Geduld, mein Lieber, wir machen es irgendwann noch mal, und zwar mit aller Vorsicht, woran du übrigens auch mal denken könntest. Nimm jetzt bitte deine Hand weg; da kommt ein Fuhrwerk die Straße entlang – siehst du die Staubwolke?«

Mutter schimpfte mich nicht aus für die halbe Stunde Verspätung, und sie drängte auch Charles nicht, als er die angebotene Limonade mit der Begründung ablehnte, er müsse Ned (seinen Wallach) nach Hause bringen und striegeln und den Einspänner saubermachen, weil seine Eltern ihn brauchen würden. (Eine zu aufwendige Lüge – ich bin sicher, er wollte Mutter einfach nicht in die Augen blicken oder ihre Fragen beantworten. Ich war froh, daß Vater mich gelehrt hatte, übertriebene Lügengespinste zu vermeiden.)

Mutter ging nach oben, sobald Chuck fort war. Ich verließ das Haus durch die Hintertür.

Zwei Jahre zuvor hatte Vater der Familie einen Luxus verschafft, den viele unserer Kirchenmitglieder für sündhafte Verschwendung hielten: zwei Außenklosetts, eines für die Jungen und eines für uns Mädchen, genau wie in der Schule. Um ehrlich zu sein, wir brauchten das wirklich. An dem Tag war ich froh, den Raum für die Mädchen leer vorzufinden. Ich legte den Riegel vor und sah nach.

Ein bißchen Blut, aber nicht viel. Keine Probleme. Ein bißchen wund, sonst nichts.

Ich seufzte erleichtert und pinkelte und brachte die Kleider wieder in Ordnung, ging ins Haus zurück und nahm unterwegs, als ich am Holzstapel vorbeikam, ein Stück Feuerholz für die Küche mit – eine Gebühr, die jeder von uns entrichten mußte, wenn er das Klosett benutzte.

Ich deponierte das Holz beim Ofen, betrat den Waschschuppen, der an die Küche angrenzte, wusch mir die Hände und schnupperte daran. Sauber. Blieb nur mein Schuldgefühl. Ich ging Richtung Praxis und blieb nur einmal kurz stehen, um Lucilles rotblondes Haar zu zausen und ihr den Hintern zu tätscheln. Lucy war damals drei, glaube ich – ja, sie war '94 auf die Welt gekommen, in dem Jahr, in dem Vater und ich nach Chicago gefahren waren. Sie war ein stets fröhliches kleines Püppchen. Ich beschloß, daß ich genau so ein Töchterchen haben wollte – allerdings noch nicht im gleichen Jahr. Aber bald. Ich kam mir sehr weiblich vor.

Ich betrat die Praxis genau in dem Moment, in dem Mrs. Altschuler gehen wollte. Ich grüßte sie höflich; sie sah mich an und antwortete: »Audrey, du warst wieder ohne Sonnenhut draußen. Weißt du es denn wirklich nicht besser?«

Ich dankte ihr für ihr Interesse an meinem Wohlbefinden und ging ins Sprechzimmer. Vater zufolge litt Mrs. Altschuler nur an Verstopfung und mangelnder Bewegung, aber sie kam trotzdem wenigstens zweimal pro Monat und hatte seit dem Ersten des Jahres nicht einen einzigen Penny bezahlt. Vater zeichnete sich an und für sich durch ein sehr bestimmtes Auftreten aus, aber er war trotzdem nicht gut darin, Geld einzutreiben, das andere ihm schuldeten.

Er trug gerade ihren Besuch in seinem Buch ein und blickte dann auf. »Ich schlage deinen Läufer, junge Dame.«

»Sicher möchtest du es dir nicht noch mal überlegen, oder?«

»Nein. Vielleicht mache ich einen Fehler, aber ich glaube eigentlich nicht. Wieso? Denkst du, daß es falsch ist?«

»Ja, Sir. Matt in vier Zügen.«

»Wie bitte?« Vater stand auf und trat ans Schachbrett. »Zeig es mir.«

»Sollten wir es nicht einfach ausspielen? Ich könnte mich ja auch irren.«

»Grumpf! Du bist noch mein Tod, Mädchen.« Er studierte das Brett und kehrte zum Schreibtisch zurück. »Das wird dich interessieren. Mit der Morgenpost kam ein Brief von Mr. Clemens ...«

»O Mann!«

Ich erinnere mich noch besonders gut an einen Absatz:

»Ich bin mit Ihnen und dem Barden einer Meinung, Sir; hängen wir sie! Es beseitigt vielleicht nicht alle Mängel dieses Landes, wenn seine Anwälte gehängt werden, aber es würde viel Spaß machen und niemandem schaden.

Ich habe einmal festgestellt, daß der Kongreß die einzige definitiv kriminelle Klasse dieses Landes darstellt. Es kann kein bloßer Zufall sein, daß er sich zu 97 Prozent aus Anwälten zusammensetzt.«

Mr. Clemens ergänzte noch, daß seine literarische Agentur im kommenden Winter einen Termin für ihn in Kansas City angesetzt hatte. »Ich erinnere mich, daß wir uns vor vier Jahren in Chicago um eine Woche verpaßt haben. Wäre es möglich, daß Sie am zehnten Januar in K. C. sind?«

»O Vater! Könnten wir nicht hinfahren?«

»Du hast dann Schule.«

»Vater, du weißt, daß ich alles wieder aufgeholt habe, was ich damals durch die Fahrt nach Chicago versäumt habe. Du weißt, daß ich die Beste unter den Mädchen in meiner Klasse bin ... und auch die beste einschließlich der Jungen sein könnte, wenn du mich nicht ermahnt hättest, daß es unklug wäre, allzu gescheit zu wirken. Was dir aber vielleicht noch nicht aufgefallen ist, ist die Tatsache, daß ich sogar so gute Noten habe, daß ich ...«

»... letzte Woche zusammen mit Toms Klasse den Abschluß hätte machen können. Es ist mir aufgefallen. Nun, wir werden sehen. Hast du in Butler bekommen, was du wolltest?«

»Ich habe bekommen, was ich wollte, aber nicht in Butler.«

»Wie bitte?«

»Ich hab's gemacht, Vater! Ich bin keine Jungfrau mehr.«

Seine Augenbrauen hoben sich. »Jetzt hast du mich doch tatsächlich überrascht.«

»Echt, Vater?« (Ich wollte nicht, daß er wütend auf mich war ... und eigentlich war ich immer davon ausgegangen, daß er schon vor langer Zeit angedeutet hätte, er würde es auch nicht sein.)

»Echt, weil ich geglaubt habe, du hättest dein Ziel schon in den letzten Weihnachtsferien erreicht. Seit sechs Monaten warte ich nun und hoffe, daß du dich endlich entschließt, es mir anzuvertrauen.«

»Sir, ich habe nie daran gedacht, es vor dir zu verheimlichen. Ich bin auf dich angewiesen.«

»Danke. Mmm, Maureen, wo du jetzt frisch defloriert bist, sollte man dich untersuchen. Soll ich Mutter rufen?«

»Oh! Muß sie es denn erfahren?«

»Letzten Endes schon, aber du brauchst dich nicht von ihr untersuchen zu lassen, wenn es dir was ausmacht ...«

»Das tut es!«

»In diesem Fall bringe ich dich hinüber zu Dr. Chadwick.«

»Vater, wieso muß ich unbedingt zu Dr. Chadwick? Es war ein ganz natürlicher Vorfall, und er hat mir nicht weh getan, und ich finde eine Untersuchung einfach überflüssig.«

Wir hatten eine höfliche Auseinandersetzung. Vater wies darauf hin, daß ein moralisch eingestellter Arzt nicht die eigenen Familienangehörigen behandelt, besonders nicht die weiblichen. Ich erwiderte, daß ich mir dessen bewußt wäre, daß ich aber andererseits gar keine Behandlung benötige. Und so ging es hin und her.

Nach einer Weile – und nachdem er sich davon überzeugt hatte, daß Mutter oben war, um ein Nickerchen zu machen – führte mich Vater ins Behandlungszimmer, verschloß die Tür und half mir auf den Tisch. Ich fand mich für die Untersuchung in weitgehend derselben Position wieder, die ich vorher für Charles eingenommen hatte, nur daß ich diesmal lediglich die Pumphose ausgezogen hatte.

Auf einmal bemerkte ich, daß ich erregt war.

Ich versuchte es zu unterdrücken und hoffte, daß Vater es nicht bemerkte. Obwohl ich erst fünfzehn war, war ich doch nicht so naiv, mir bezüglich der ungewöhnlichen und möglicherweise ungesunden Beziehung zwischen uns beiden etwas vorzumachen. Schon mit zwölf hatte ich den Tagtraum von der einsamen Insel gehabt, in dem Vater als der zweite Gestrandete aufgetaucht war.

Ich wußte jedoch auch, wie stark das Tabu aus der Bibel, der klassischen Literatur und dem Mythos war. Und ich erinnerte mich nur allzu gut daran, wie Vater seine Gewohnheit, mich auf den Schoß zu nehmen, radikal eingestellt hatte, sobald bei mir die erste Menstruation eingesetzt hatte.

Er zog jetzt Gummihandschuhe an. Das war eines der Ergebnisse der Reise nach Chicago, deren Hauptzweck nicht darin bestanden hatte, Maureen die Amerika-Ausstellung genießen zu lassen, sondern darin, daß Vater einen Kurs an der Northwestern University in Evanston belegte, um sich in Professor Pasteurs Keimtheorien auf den neuesten Stand zu bringen.

Er hatte zwar auch vorher schon großen Wert auf Wasser und Seife gelegt, seine Einstellung jedoch noch nicht wissenschaftlich begründen können. Sein Lehrer Dr. Phillips hatte 1850 zu praktizieren begonnen und nach Vaters Aussage die Gerüchte aus Frankreich mit den Worten abgetan: »Was kann man schon von einem Haufen Franzmännern erwarten!«

Nach Vaters Rückkehr aus Evanston war ihm nie mehr etwas sauber genug. Er benutzte fortan Gummihandschuhe und Jod, und er kochte und brannte manchmal benutzte Instrumente, besonders nach einer Behandlung von Wundstarrkrampf.

Diese unpersönlichen, klammen Gummihandschuhe kühlten mich wieder ab, aber es war mir peinlich, festzustellen, daß ich ganz naß war.

Ich ignorierte es, und Vater ignorierte es. Wenig später half er mir vom Tisch herunter, drehte sich um und zog sich die Handschuhe aus, während ich wieder in die Pumphose schlüpfte. »Eine gesunde, normale Frau«, sagte er barsch. »Du solltest keine Schwierigkeiten haben, Kinder zur Welt zu bringen. Ich empfehle dir, ein paar Tage lang keinen Geschlechtsverkehr zu pflegen. Ich konnte sehen, daß du eine französische Tasche benutzt hast. Korrekt?«

»Ja, Sir.«

»Gut. Wenn du das weiterhin so machst – und zwar jedesmal! – und bei deinen öffentlichen Auftritten diskret bleibst, solltest du keine ernsten Probleme bekommen. Hmm ... Fühlst du dich einer weiteren Fahrt mit dem Einspänner gewachsen?«

»Wieso, natürlich, Sir! Gibt es irgendeinen Grund, warum ich nicht sollte?«

»Nein. Ich erhielt die Nachricht, daß Jonnie Mae Igos jüngstes Kind krank ist. Ich habe versprochen, mich zu bemühen, heute noch zu ihnen hinauszufahren. Würdest du Frank bitten, Daisy anzuspannen?«

Es war eine lange Fahrt. Vater nahm mich mit, um mir von Ira Howard und der Stiftung zu erzählen. Ich traute meinen Ohren nicht ... allerdings stammten die Informationen von meinem Vater, meiner einzigen wirklich zuverlässigen Quelle.

Nach einer ganzen Weile sagte ich endlich etwas. »Vater, ich denke, ich verstehe jetzt. Aber wie unterscheidet sich das von Prostitution? Oder tut es das überhaupt?«

KAPITEL VIER

DER WURM IM APFEL

Vater ließ Daisy ein ganzes Stück weitertraben, ehe er antwortete: »Ich nehme an, es handelt sich um Prostitution, wenn du die Definition entsprechend weit dehnst. Es geht dabei auch um Bezahlung, nicht für den Geschlechtsverkehr als solchen, wohl aber für das Ergebnis – ein Baby. Die Howard-Stiftung bezahlt dich nicht dafür, einen Mann von ihrer Liste zu heiraten, und er wird auch nicht dafür bezahlt, dich zu heiraten. Tatsächlich erhältst du sogar überhaupt kein Geld, sondern nur er ... für jedes Baby, das du von ihm bekommst.«

Ich empfand dieses Arrangement als demütigend. Ich habe nie zu den Frauen gehört, die das Stimmrecht für sich forderten ... aber fair ist fair! Da sollte mich also jemand befruchten, und während ich dann ächzte und stöhnte, wie Mutter es getan hatte, und das Kind auf die Welt brachte, bekam er Geld! Ich kochte innerlich.

»Für mich hört es sich weiter wie Hurerei an, Vater. Wie sehen die Gebühren aus? Wieviel bekommt mein scheinheiliger, hypothetischer Ehemann für jede meiner Mühen und ein einzelnes stinkendes Baby?«

»Es gibt keine festen Preise.«

»Was? *Mon papa,* das ist aber vielleicht eine Art, ein Geschäft zu betreiben! Ich lege mich vertragsgemäß hin und mache die Beine breit, und neun Monate später erhält mein Mann ... was eigentlich? Fünf Dollar? Fünfzig Cent? Keine guten Verdienstaussichten! Ich denke, da gehe ich doch lieber nach Kansas City und spaziere die Straßen entlang.«

»Maureen, zügle dich!«

Ich holte tief Luft und hielt den Atem an. Dann senkte ich die Stimme um eine Oktave, wie ich es in letzter Zeit eingeübt hatte (ich hatte mir versprochen, niemals schrill zu klingen). »Tut mir leid, Sir. Ich schätze, ich bin auch nur so eine prahlerische Exjungfrau. Ich hatte mich selbst für erwachsener gehalten.« Ich seufzte. »Für mich klingt es allerdings wirklich unfein.«

»Ja, vielleicht ist unfein das richtige Wort, le mot juste, aber ich möchte dir mal erklären, wie es funktioniert. Niemand wird dich auffordern, irgendwen zu heiraten. Wenn du einverstanden bist, geben Mutter und ich deinen Namen der Stiftung an, und du erhältst einen Fragebogen, den auszufüllen ich dir helfen werde. Als Gegenleistung schicken sie dir eine Liste mit jungen Männern. Jeder Mann auf dieser Liste ist das, was man eine ›gute Partie‹ nennt, und das auch ganz unabhängig von der Stiftung und ihrem Geld.

Er wird jung sein, höchstens zehn Jahre älter als du, wahrscheinlich aber in deinem Alter ...«

»Fünfzehn?« Ich war erstaunt und schockiert.

»Nur die Ruhe bewahren, Feuerkopf. Dein Name steht noch nicht auf der Liste. Ich erzähle dir das alles, weil es nicht fair wäre, dir die Howard-Stiftung zu verschweigen, jetzt, wo du zu einer gebärfähigen Frau herangewachsen bist. Du bist allerdings noch zu jung, um zu heiraten.«

»In diesem Staat hätte ich mit zwölf heiraten können. Dein Einverständnis vorausgesetzt.«

»Du hast mein Einverständnis, mit zwölf zu heiraten. Wenn du es hinbekommst ...«

»Vater, du bist unmöglich!«

»Nein, nur unwahrscheinlich. Er wird jung sein, aber älter als fünfzehn. Er wird sich durch gute Gesundheit und hohes Ansehen auszeichnen. Er wird eine angemessene Erziehung vorzuweisen haben ...«

»Er sollte lieber Französisch sprechen, oder er paßt nicht in unsere Familie.«

Die Schule von Thebes bot Französisch und Deutsch an; Edward und Audrey hatten Französisch gewählt, weil Vater und Mutter diese Sprache studiert hatten und die Gewohnheit pflegten, ins Französische zu wechseln, wenn sie sich in Gegenwart von uns Kindern privat unterhalten wollten. Audrey und Edward hatten einen Präzedenzfall geschaffen, und alle Geschwister folgten ihrem Beispiel. Ich fing mit Französisch sogar schon an, noch ehe ich in die Schule kam, denn es gefiel mir nicht, wenn in meiner Gegenwart Worte gewechselt wurden, die ich nicht verstand.

Dieser Präzedenzfall wirkte sich auf mein ganzes Leben aus, aber auch das ist wieder eine andere Geschichte.

»Du kannst ihm Französisch beibringen, wie auch die Zungenküsse, nach denen du mich gefragt hast. Dieser gesichtslose Fremde, der uns heute so beschäftigt hat – kann er küssen?«

»Super!«

»Gut. War er nett zu dir, Maureen?«

»Total. Ein bißchen schüchtern, aber er wird das noch überwinden, denke ich. Ah, Vater, es hat übrigens gar nicht so viel Spaß gemacht, wie ich erwartet hatte – und wie es nächstes Mal auch machen wird.«

»Oder vielleicht das übernächste Mal. Was du mir sagen willst, ist, daß der heutige Versuchslauf nicht so befriedigend war wie Masturbation. Sehe ich das richtig?«

»Nun, ja, das meinte ich. Es war zu schnell vorüber. Er ... Ach, Himmel, du weißt doch, wer mich nach Butler gefahren hat! Chuck. Charles Perkins. Er ist süß, *cher papa*, aber er weiß noch weniger über die Sache als ich.«

»Wie nicht anders zu erwarten war. Schließlich war ich dein Lehrer und du eine gute Schülerin.«

»Hast du auch Audrey unterrichtet, ehe sie heiratete?«

»Deine Mutter hat es getan.«

»So? Dann vermute ich, daß ich mehr gelernt habe. Ah, wurde übrigens Audreys Eheschließung von der Howard-Stiftung gefördert? Hat sie Jerome auf diesem Weg kennengelernt?«

»Eine solche Frage stellt man nie, Maureen. Schon die reine Spekulation wäre unhöflich.«

»Nun, entschuldige bitte meine Direktheit.«

»Ein solches Benehmen werde ich nie entschuldigen. Ich spreche auch nie mit deinen Geschwistern über deine Angelegenheiten; du solltest mich also nicht nach ihren fragen.«

Das saß. »Entschuldige bitte, Sir. Das ist alles so neu für mich.«

»Ja. Bei dem jungen Mann – bei den jungen Männern wird es sich um passable Kandidaten handeln. Sollte ich mal nicht mit einem von ihnen einverstanden sein, erkläre ich dir meine Gründe und verbiete ihm, mein Haus zu betreten. Zusätzlich zu all dem weist jeder von ihnen vier lebende Großeltern auf.«

»Was ist denn daran so besonders? Ich habe nicht nur vier lebende Großeltern, sondern auch acht lebende Urgroßeltern, nicht wahr?«

»Ja, obwohl Opa McFee nur noch Platz vergeudet. Es wäre besser für ihn gewesen, mit fünfundneunzig zu sterben. Aber genau darum geht es ja, liebste Tochter: Ira Howard wollte sein Vermögen dafür einsetzen, das menschliche Leben zu verlängern. Die Stiftungsverwalter haben sich dann entschlossen, die Frage zu behandeln, als ginge es um Viehzucht. Erinnerst du dich an Loafers Papiere und den Grund, warum ich soviel für ihn bezahlen mußte? Oder an Clytemnestras Papiere? Alle Zweige deiner Vorfahren zeichnen sich durch Langlebigkeit aus, Maureen. Das gleiche gilt für deine Kinder, wenn du einen jungen Mann von der Liste heiratest.«

Vater drehte sich um und sah mir in die Augen. »Aber niemand – niemand! – möchte dich zu irgendwas überreden. Wenn du mich ermächtigst, deinen Namen einzusenden – nicht heute, sondern, sagen wir mal, nächstes Jahr –, bedeutet das schlicht und einfach, daß du sechs oder acht oder zehn Bewerber mehr haben wirst, anstatt effektiv auf die wenigen jungen Männer in deinem Alter beschränkt zu sein, die Lyle County zu bieten hat. Wenn du beschließt, Charles Perkins zu heiraten, erhebe ich keinen Einwand dagegen. Er ist gesund und hat gute Manieren. Er liegt nicht ganz auf meiner Wellenlänge, vielleicht aber auf deiner.«

(Er liegt auch nicht ganz auf meiner Wellenlänge, Papa. Ich schätze, ich habe ihn nur benutzt. Aber ich habe ihm ein Wiederholungsspiel versprochen, also werde ich es ihm auch bieten müssen.)

»Vater, sollten wir das Thema nicht auf nächstes Jahr verschieben?«

»Das halte ich für vernünftig, Maureen. Sieh zu, daß du bis dahin nicht schwanger und nicht erwischt wirst. Oh, nebenbei ... Solltest du dich eintragen lassen und ein junger Mann von der Liste vorbeikommen, kannst du ihn auf dem Sofa im Salon ausprobieren.« Er lächelte. »Bequemer und sicherer als der Kampfrichterstand.«

»Mutter würde das Herz stehenbleiben!«

»Nein, das würde es nicht, denn genau dieses Arrangement hatte ihre Mutter für sie getroffen. Das ist auch der Grund, warum Edward vorzeitig auf die Welt kam. Es wäre nämlich töricht, auf die Howard-Stiftung zurückzugreifen und dann, nachdem man bereits durch Ehegelübde gebunden ist, festzustellen, daß man miteinander unfruchtbar ist.«

Darauf wußte ich nichts zu sagen. Mutter – meine Mutter, die ›Brust‹ für ein schmutziges Wort hielt und ›Bauch‹ für durch und durch anstößig ... Sich diese Frau ohne Pumphose vorzustellen, wie sie ihr derbes Hinterteil auf Großmutter Pfeiffers Sofa drückte und ein uneheliches Kind empfing, während Oma und Opa so taten, als wüßten sie nicht, was da gerade vor sich ging! Da konnte man schon eher an die Jungfrauengeburt und die Transsubstantiation und die Auferstehung und den Weihnachtsmann und den Osterhasen glauben. Wir sind einander fremd, wir alle, und das gilt besonders für Familienangehörige.

Wenig später bogen wir auf das Grundstück von Jackson Igo ein, achtzig Morgen, überwiegend Gestein und Hügel, eine Hütte und eine kümmerliche Scheune. Mr. Igo zog ein bißchen Getreide, aber es kam einem unmöglich vor, daß diese Farm ihn, seine dünne, müde Frau und seinen Schwarm schmutziger Kinder ernährte. Das meiste verdiente er noch mit der Reinigung von Latrinen und dem Bau von Klosetts.

Einige der oben erwähnten Kinder und ein halbes Dutzend Hunde versammelten sich um unseren Wagen; ein Junge lief laut rufend ins Haus. Kurz darauf kam Mr. Igo zum Vorschein. »Jackson!« rief Vater ihm zu.

»Yeah, Doc?«

»Holen Sie die Hunde von meinem Wagen weg!«

»Die machen doch nix.«

»Los! Ich möchte nicht, daß sie an mir hochspringen.«

»Wie'se meinen, Doc. Cleveland! Jefferson! Schnappt euch die Hunde! Bringtse nach hinten.«

Der Befehl wurde ausgeführt; Vater stieg aus und wies mich noch über die Schulter leise an: »Bleib du im Wagen!«

Vater blieb nur kurz in der Hütte, was mir recht war, denn der älteste Junge, Caleb, der ungefähr in meinem Alter war, setzte mir in einem fort zu, ich solle doch aussteigen und mir einen frischen Wurf Ferkel anschauen. Ich kannte ihn aus der Schule, wo er seit einigen Jahren die fünfte Klasse besuchte. Meiner Meinung nach war er ein wahrscheinlicher Kandidat für die Lynchjustiz, wenn nicht irgendein Vater ihn schon vorher umbrachte. Ich mußte ihn anweisen, die Finger von Daisy zu lassen, denn er brachte sie dazu, den Kopf hin und her zu werfen und vor ihm zurückzuweichen. Ich nahm die Peitsche aus der Halterung, um meinen Worten den nötigen Nachdruck zu verleihen.

Ich war froh, als ich Vater wieder aus dem Haus kommen sah.

Er stieg schweigend ein. Ich schnalzte Daisy aufmunternd zu, und wir fuhren los. Vater machte ein Gesicht wie drei Tage Regenwetter, also hielt ich den Mund.

Eine Viertelmeile weiter sagte er: »Fahre aufs Gras.« Ich gehorchte, sagte: »Ho, Daisy!« und wartete.

»Danke, Maureen. Würdest du mir bitte helfen, mich zu waschen?«

»Sicher, Sir.« Dieser Einspänner, den er für seine Fahrten aufs Land benutzte, war eine Spezialanfertigung der Stellmacher, die auch seine Rennsulkys bauten, und hatte demzufolge mehr rückwärtigen Gepäckraum und ein Regendach. Vater transportierte damit einige Dinge, die er vielleicht bei Krankenbesuchen brauchte, die aber nicht in seine schwarze Arzttasche paßten. Dazu gehörten ein Ölkännchen mit Tülle, das mit Wasser gefüllt war, ein Blechbecken, Seife und Handtücher.

Er bat mich, Wasser über seine Hände zu gießen. Er seifte sie ein, und ich spülte den Schaum mit der Kanne ab. Er schüttelte die Hände, damit sie trocken wurden, wusch sie noch einmal im Becken und trocknete sie anschließend, indem er sie erneut schüttelte und dann mit einem Handtuch abrieb.

»So ist es besser«, seufzte er. »Ich habe mich da drin weder hingesetzt noch irgend etwas angefaßt, wenn es sich vermeiden ließ. Maureen, erinnerst du dich noch an die Badewanne, die wir in Chicago benutzt haben?«

»Na klar!« Die Weltausstellung war ein nie endenwollendes Wunder gewesen, und ich werde nie meinen ersten Blick auf den gewaltigen See vergessen und auch nicht meine erste Fahrt mit einer Eisenbahn hoch in der Luft. Doch träumte ich von nichts so sehr wie von dieser Badewanne (ganz aus Emaille) und von heißem Wasser, das einem bis ans Kinn reicht. Für ein heißes Bad hätte man mich verführen können. Man sagt, jede Frau hätte ihren Preis. Das ist meiner.

»Mrs. Malloy berechnete uns fünfundzwanzig Cent für jedes Bad. In diesem Moment würde ich ihr glatt zwei Dollar für eines geben. Maureen, ich brauche Glyzerin und Rosenwasser, bitte. In meiner Tasche.«

Vater mischte sich seine Lotion selbst, und sie war vor allem für rauhe Hände gedacht. Jetzt brauchte er sie, um die Hände nach der starken Seifenlauge, die er gerade benutzt hatte, wieder zu entspannen.

Als wir zurück auf der Straße waren, erzählte er: »Maureen, das Kind war schon lange tot, ehe Jackson Igo nach mir schickte. Seit letzte Nacht, schätze ich.«

Ich versuchte, Mitleid für das Baby aufzubringen, aber im

Haushalt der Igos aufzuwachsen war kein Schicksal, das man irgend jemandem wünschte. »Warum hat er dann überhaupt nach dir geschickt?«

»Um dem Todesfall meinen Segen zu geben, einen Totenschein auszustellen, ihn vor Schwierigkeiten mit dem Gesetz zu bewahren, wenn er das Kind begräbt … was er wahrscheinlich in dieser Minute tut. Vor allem aber, damit wir beide eine Rundfahrt von sechs Meilen unternehmen, nur damit er sein Maultier nicht anschirren und in die Stadt fahren muß.« Vater lachte freudlos. »Er wies immer wieder darauf hin, daß ich ihm keine Rechnung schreiben könne, da ich ja nicht gekommen wäre, bevor das Kind starb. Schließlich sagte ich: ›Halten Sie die Klappe, Jackson. Sie haben mir eh keinen Cent mehr bezahlt, seit Cleveland damals Harrison besiegte.‹ Er brummte irgend etwas von harten Zeiten und davon, daß die Regierung nie etwas für die Bauern täte.«

Vater seufzte. »Ich erhob keinen Einwand. In dem Punkt hatte er recht. Maureen, du hast im letzten Jahr meine Bücher geführt. Würdest du sagen, daß dies harte Zeiten sind?«

Damit schreckte er mich aus meinen Gedanken. Ich hatte gerade über die Howard-Stiftung und Chucks hübschen Penis nachgedacht. »Ich bin mir nicht sicher, Vater, aber ich weiß, daß in deinen Büchern viel mehr Einnahmen stehen, als du je kassieren wirst. Mir ist noch was aufgefallen: Die schlimmsten Versager bleiben dir lieber einen Dollar für einen Hausbesuch schuldig als fünfzig Cent für einen Besuch in der Praxis. Leute wie Jackson Igo.«

»Ja, er hätte den kleinen Leichnam bei mir anschleppen können – hab' noch nie ein so entwässertes Kind gesehen! –, aber ich bin froh, daß er es nicht getan hat. Ich möchte ihn sowieso nicht in meiner sauberen Praxis haben … oder in Adeles sauberem Haus. Du kennst die Bücher; denkst du, daß die Einkünfte ausreichen, um die Familie zu unterhalten? Essen, Kleidung, Haus, Hafer und Heu und einen Nikkel für die Sonntagsschule?«

Ich dachte darüber nach. Ich kannte, wie alle anderen auch, das große Einmaleins bis zwanzig mal zwanzig, und auf der High School hatte ich Freude an fortgeschrittenen Rechenverfahren gefunden, meine Kenntnisse allerdings noch nie auf unseren Haushalt angewandt. Jetzt putzte ich im Geiste die Tafel und führte ein paar knallharte Kalkulationen durch.

»Vater, wenn dir alle zahlen würden, was sie dir schulden, hätten wir ein nettes Polster. Aber es bezahlen einfach nicht genug Leute.« Ich rechnete weiter. »Trotzdem kommen wir ganz gut über die Runden.«

»Maureen, wenn du dich nicht für die Howard-Option entscheidest, heirate lieber einen reichen Mann. Jedenfalls keinen Landarzt.«

Wenig später zuckte er die Achseln und lächelte. »Mach dir keine Sorgen. Wir werden auch weiter einen gedeckten Tisch haben, selbst wenn ich hinüber nach Kansas schleichen und Vieh klauen müßte. Sollen wir was singen? Ich denke, ›Fuchs, du hast die Gans gestohlen‹ würde heute passen. Wie geht es deiner Gans inzwischen, Liebes? Wund?«

»Vater, du bist ein schmutziger alter Mann, mit dem es noch ein schlimmes Ende nehmen wird!«

»Das hoffe ich seit eh und je, aber ich war zu sehr damit beschäftigt, Kinder großzuziehen, um richtig Krach zu schlagen. Ich muß dir was sagen: Es interessiert sich noch jemand für dein Wohlergehen. Die alte Lady Altschuler.«

»Ich weiß.« Ich erzählte ihm von unserer Begegnung. »Sie hält mich für Audrey.«

»Diese unsagbare, alte Kuh! Aber vielleicht hält sie dich gar nicht für Audrey. Sie wollte von mir wissen, was du auf der Festplatztribüne zu suchen hattest.«

»Aha! Was hast du ihr erzählt?«

»Gar nix. Schweigen ist alles, was eine indiskrete Frage verdient hat. Man sollte sie einfach ignorieren. Nur eine direkte Beleidigung ist noch besser. Was ich bei dieser bissigen Gans dann auch tat, indem ich nicht nur die Frage überging, sondern sie auch anwies, nächstes Mal zu baden, ehe sie in die Sprechstunde kommt. Ich hielt ihre persönliche Hygiene für äußerst unangemessen. Darüber war sie nicht sehr erfreut!« Er lächelte. »Vielleicht ist sie so wütend, daß sie zu Dr. Chadwick wechselt. Hoffen darf man ja.«

»Darf man. Also hat jemand gesehen, wie wir hinaufgeklettert sind. Na ja, Sir, wenigstens haben sie uns nicht direkt dabei beobachtet, wie wir es miteinander getrieben haben.« Ich erzählte Vater von der Kiste mit den Gewichten. »Zuschauer hätten in einem Ballon sitzen müssen.«

»Würde ich auch sagen. Ziemlich sicher, euer Arrangement, wenn auch nicht besonders bequem. Ich wünschte, ich könnte euch beiden auch das Angebot mit dem Sofa machen, was allerdings nicht geht, bis du dich eventuell für die Howard-Option entscheidest. Bis dahin sollten wir uns mal Gedanken über sichere Stellen machen.«

»Ja, Sir, danke. Woraus ich allerdings nicht schlau werde, ist folgendes: Wir haben die Fahrt nach Butler absichtlich kurz gehalten, damit der Zeitraum, den wir mit nicht eingeplanten Aktivitäten verbracht haben, nicht so sehr ins Gewicht fiel. Ich habe die Zeit und die Entfernungen mal im Kopf durchgerechnet. *Cher papa,* sofern meine Arithmetik nicht falsch ist ...«

»Das ist sie nie.«

»Wer uns dabei entdeckt hat, wie wir in mein Versteck geklettert sind, muß gleich zu den Altschulers getrabt sein und dort meine Sünden gemeldet haben. Die Hexenkönigin ihrerseits muß bereits in vollem Ornat gewesen sein und die Kutsche angespannt bereitgestanden haben, so daß sie dich schnellstmöglich aufsuchen konnte. Wann ist sie aufgetaucht?«

»Mal sehen! Als sie kam, warteten bereits drei Patienten, und ich ließ nun Mrs. Altschuler warten. Als sie hereinkam, kochte sie schon, und als ich sie entließ, durfte sie übergekocht sein. Mmm, sie muß wenigstens eine Stunde vor dir eingetroffen sein, so daß du direkt in sie hineingerannt bist, als sie wieder ging.«

»Vater, das funktioniert einfach nicht! Es ist physikalisch unmöglich! Es sei denn, sie wäre selbst auf dem Festplatz gewesen und dann direkt zu unserem Haus gefahren, um dich unter dem Vorwand zu sehen, daß sie einen Arzt konsultieren müßte.«

»Das ist möglich, wenn auch recht unwahrscheinlich. Maureen, du bist gerade auf ein Phänomen gestoßen, das dir nach dem heutigen Feiertag immer wieder mal im Leben begegnen wird. Das einzige der Wissenschaft bekannte Phänomen, das sich schneller als Licht bewegt, ist der Klatsch.«

»Das glaube ich auch.«

»Das glaube ich nicht nur, ich weiß es! Wenn du das nächste Mal darauf stößt, wie wirst du dich verhalten? Hast du das bei deinen Geboten berücksichtigt?«

»Ah, nein.«

»Denk mal drüber nach. Wie verteidigst du dich?«

Während der nächsten halben Meile überlegte ich mir das. »Ich tue es nicht.«

»Was tust du nicht?«

»Ich wehre mich gar nicht erst gegen Klatsch. Ich ignoriere ihn einfach. Äußerstenfalls schaue ich ihr – oder ihm – unmittelbar in die Augen und sage laut und vernehmlich: ›Du bist ein schmutziger Lügner!‹ In der Regel dürfte es aber das beste sein, überhaupt nicht zu reagieren, denke ich.«

»Das denke ich auch. Leute dieser Art möchten Aufmerksamkeit erregen. Das Grausamste, was du ihnen antun kannst, ist, so zu tun, als existierten sie gar nicht.«

Während der zweiten Hälfte des Jahres 1897 ignorierte ich neugierige Mitmenschen und versuchte auch zu vermeiden, daß ich ihnen auffiel. Mein öffentliches Selbst war das perfekte Abbild von Louisa M. Alcott, während ich mich insgeheim bemühte, mehr über jene erstaunliche neue Kunst zu lernen. Ich will damit nicht sagen, daß ich viel Zeit auf dem Rücken verbrachte und zum beiderseitigen Vergnügen von Maureen und Sein-Name-ist-Legion schwitzte. Nicht in Lyle

County und nicht 1897. Zu schwierig, den richtigen Platz dafür zu finden!

»Das Gewissen ist die leise Stimme in dir, die dir sagt, daß jemand zuschauen könnte.« (Anonymus und opere citate)

Darüber hinaus stellte sich das Problem eines geeigneten Partners. Charles war ein netter Junge, und ich hatte ihm nun mal ein zweites Mal versprochen sowie noch ein drittes, um das Maß vollzumachen. Sowohl der zweite wie auch der dritte Versuch verliefen unter bequemeren Umständen, fielen aber noch weniger aufregend aus – kalter Brei ohne Sorghum und Sahne.

Also erzählte ich Charles nach dem dritten Mal, jemand hätte uns auf dem Gipfel des Marston Hill gesehen und es einer meiner Schwestern verpetzt, Gott sei Dank keinem meiner Brüder, denn bei meiner Schwester hätte ich es wenigstens geschafft, die Sache runterzuspielen. Er und ich sollten jetzt aber lieber so tun, als hätten wir uns zerstritten, damit nicht nächstes Mal die Nachricht gleich bis zu meiner Mutter vordränge, die es meinem Vater sagen würde, und was dann passieren könnte, wäre eh kaum vorherzusehen. Also läßt du besser die Finger von mir, bis die Schule wieder anfängt, ja? Du siehst es doch ein, nicht wahr, Liebling?

Ich lernte, daß das schwierigste Problem im Umgang mit Männern in der Frage besteht, wie man diesen Umgang wieder beendet, wenn der Freund das gar nicht möchte. Nach anderthalb Jahrhunderten voller unterschiedlicher Erfahrungen in dieser Frage kenne ich immer noch keine gänzlich zufriedenstellende Antwort.

Eine wenigstens teilweise zufriedenstellende Antwort, von der ich erst lange nach 1897 erfuhr, setzt beträchtliche Geschicklichkeit voraus, große Selbstbeherrschung und einiges an Raffinesse: der absichtlich »tote Arsch«. Liege einfach da wie eine Tote und achte vor allem auch darauf, die inneren Muskeln ganz zu entspannen. Wenn man das mit Knoblauch im Atem kombiniert, ist es wahrscheinlich – wenn auch nicht absolut sicher –, daß er einem die Mühe ersparen wird, einen Grund zum Aufhören zu erfinden.

Wenn er dann die Trennung einleitet, kann man ganz tapfer tun. Eine »wirklich gute Freundin« sein.

Ich will damit nicht andeuten, daß dynamische Hüften und angespannte Muskeln »Sex-Appeal« ausmachen. Obwohl derartige Eigenschaften nützlich sind, muß man sie doch eher mit den scharfen Werkzeugen eines Zimmermanns vergleichen. Meine Mitehefrau Tamara, Mutter unserer gemeinsamen Mitehefrau Ishtar und einst die gefeiertste Hure von ganz Secundus, ist der Inbegriff dessen, was man Sex-Appeal nennt, und doch ist sie nicht besonders hübsch. Niemand, der mit ihr geschlafen hat, spricht über ihre Technik. Die Gesichter dieser Leute hellen sich allerdings auf, wenn sie sie sehen, und ihre Stimmen beben, wenn sie von ihr sprechen.

Ich habe mal Jubal Harshaw über Tammy befragt, denn er ist der analytischste unter meinen Ehemännern. Er sagte: »Mama Maureen, hör auf, mir zuzusetzen. Wenn jemand die Antwort kennt, bist du es.«

Ich leugnete das.

»Okay«, sagte er, »aber ich denke doch, daß du einfach nur nach Komplimenten angelst. Sex-Appeal ist der äußere Beleg für tiefes Interesse am Vergnügen deines Partners. Tammy hat das. Du ebenfalls, und zwar nicht weniger als sie. Es liegt nicht an deinem roten Haar, Frauenzimmer, oder an deinem Geruch, der echt lecker ist. Es liegt daran, wie du gibst – wenn du etwas gibst.«

Jubal hatte mich damit so erregt, daß ich ihn gleich an Ort und Stelle flachlegte.

Im Lyle County des Jahres 1897 ist es jedoch nicht möglich, einen begehrten Mann einfach flachzulegen und es mit ihm zu treiben; irgendein Tugendbold hockt dort praktisch auf jedem Baum, ganz erpicht darauf, die Leute zu erwischen und die Sache an die große Glocke zu hängen. Man muß also mit mehr Bedacht zu Werk gehen. Man findet reichlich bereitwillige Männer (etwa zwölf in jedem Dutzend), aber man muß nun mal erst den aussuchen, den man haben möchte – nach Alter, Gesundheit, Sauberkeit, persönlichem Charme, Diskretion (wenn er dir gegenüber klatschhaft ist, klatscht er auch über dich) und anderen Faktoren, die von Kandidat zu Kandidat verschieden sind. Nachdem du ihn für die Opferbank bestimmt hast, mußt du ihm die Überzeugung vermitteln, daß er dich will, und ihn stillschweigend wissen lassen, daß das möglich ist. Das ist leicht gesagt, aber nur schwer zu realisieren. Man entwickelt dabei seine Fertigkeiten für das ganze Leben.

So gelangt man zu einer Übereinkunft, aber noch nicht zu einem Treffpunkt.

Nachdem ich für meine Entjungferung noch selbst eine Opferstätte ausgesucht hatte, kümmerte ich mich später nicht mehr um diesen Aspekt des Problems. Wenn ein Junge/Mann meine unmoralischen Knochen haben wollte, mußte er seine grauen Zellen auf Trab bringen und selbst eine Lösung finden. Oder er konnte Fliegen fangen gehen.

Aber ich riskierte Sandflöhe und (einmal) auch giftigen Efeu. Er bekam die Flöhe; ich scheine immun gegen dergleichen zu sein.

Von Juni bis Januar hatten mich drei Jungs im Alter von sechzehn bis zwanzig sowie ein verheirateter Mann von einunddreißig. Letzteren nahm ich aufgrund der (irrigen) Annahme mit hinzu, daß ein verheirateter Mann auf jeden Fall so geschickt sein müßte, daß er jenes Feuerwerk problemlos zünden könnte.

Summe der Kopulationen: neun. Orgasmen: drei. Einer davon war wundervoll! Reine mit Kopulation verbrachte Zeit: durchschnittlich fünf Minuten pro Durchgang, was nicht annähernd ausreicht. Ich erfuhr, daß das Leben wirklich schön sein kann, daß jedoch die Männer meiner Umgebung von trottelig bis unbeholfen rangierten.

Wie es den Anschein hatte, fiel ich gesellschaftlich nicht auf.

Bis Silvester hatte ich den Entschluß gefaßt, Vater zu bitten, daß er meinen Namen bei der Howard-Stiftung einsandte. Nicht des Geldes wegen (bis dahin wußte ich noch nicht, daß die Zahlungen überhaupt nennenswert waren), sondern weil ich darauf aus war, interessantere Männer kennenzulernen. Lyle County war ein zu armseliger Jagdgrund für Maureen. Ich hatte mich, auch wenn Sex vielleicht nicht das einzig Bedeutsame im Leben ist, fest entschlossen zu heiraten, und es sollte ein Mann sein, der mir den Wunsch vermittelte, früh zu Bett zu gehen.

Inzwischen blieb ich bestrebt, so begehrenswert wie nur möglich zu werden, und lauschte dabei mit größter Sorgfalt dem Rat meines Vaters. (Ich wußte, daß ich im Grunde jemanden wie Vater finden wollte, wenn auch fünfundzwanzig Jahre jünger. Oder zwanzig. Machen wir doch lieber fünfzehn daraus. Trotzdem war ich bereit, die beste Kopie von ihm zu nehmen, die sich auftreiben ließ.)

Von dem Tage an gerechnet, als Chuck und ich in den Kampfrichterstand geklettert waren, blieben vom Jahr 1897 noch zweihundert Tage, was sich auf 200 x 24 x 60 = 288.000 Minuten belief. Circa 45 davon verbrachte ich mit Geschlechtsverkehr, so daß 199 Tage, 23 Stunden und 15 Minuten für andere Beschäftigungen blieben, also reichlich Zeit.

Dieser Sommer war einer der schönsten meines Lebens. Obwohl ich nicht sehr oft und mit befriedigendem Ergebnis flachgelegt wurde, war mir doch der Gedanke daran im Wachen und im Schlafen gegenwärtig. Dieser Gedanke ließ meine Augen strahlen und machte die Tage zu einem reinen Vergnügen. Ich verschüttete weibliche Duftstoffe wie eine Motte und hörte nie auf zu lächeln – nicht bei Picknicks, nicht beim Schwimmen im Osage (der geneigte Leser würde nicht glauben, was wir dabei trugen), nicht bei ländlichen Tanzveranstaltungen (mit Mißfallen betrachtet von der methodistischen und der baptistischen Kirche, allerdings gesponsert von den Mormonen und gedacht für Nichtmormonen, die sich vielleicht bekehren ließen – Vater überstimmte in diesem Fall Mutter; also lernte ich es, über die Tanzfläche zu wirbeln oder zu stolzieren), nicht bei Wettkämpfen im Melonenessen, kurz: bei überhaupt keiner wie auch immer gearteten Ausrede zu geselligen Zusammenkünften.

Die Universität von Missouri in Columbia verbannte ich aus meinen Gedanken. Vaters Büchern konnte ich entnehmen, daß nicht genug Geld da war, um mich vier Jahre lang durchs College zu füttern. Ich war auch nicht scharf darauf, Krankenschwester oder Lehrerin zu werden, also schien das Streben nach offizieller (und teurer) höherer Bildung nur wenig Sinn zu machen. Ich würde immer ein Bücherwurm sein, aber dafür brauchte ich keinen Collegeabschluß.

Folglich beschloß ich, die beste Hausfrau zu werden, die ich nur abgeben konnte, und mit dem Kochen anzufangen.

Ich hatte mich bereits seit dem zwölften Geburtstag als Hilfsköchin mit meinen Schwestern abgewechselt. Mit fünfzehn war ich schon ganz gut, was Hausmannskost anbetraf.

Ich beschloß, es auch in der *haute cuisine* zur Meisterschaft zu bringen.

Mutter fiel mein gestiegenes Interesse auf, und ich sagte ihr die Wahrheit, zumindest einen Teil davon. »*Chère mama*, ich rechne damit, irgendwann zu heiraten. Das beste Hochzeitsgeschenk, das ich meinem künftigen Ehemann machen kann, besteht meines Erachtens darin, eine gute Köchin zu sein. Vielleicht habe ich nicht das Talent für einen Gourmetküchenchef, aber ich kann es ja wenigstens versuchen.«

»Maureen, du kannst alles werden, was du möchtest. Vergiß das nie!«

Sie half mir und brachte mir alles bei, was sie wußte. Sie bestellte französische Kochbücher aus New Orleans, und wir brüteten zusammen darüber. Dann schickte sie mich für drei Wochen zu Tante Carole, die mir alle Künste einer Akadierin französischer Abstammung beibrachte. Tante Carole war eine waschechte Rebellin gewesen, die – gütiger Himmel! – nach dem Krieg einen verdammten Yankee geheiratet hatte, Vaters ältesten Bruder, Onkel Ewing, der inzwischen verstorben war. Onkel Ewing hatte zu den Besatzungstruppen der Union in New Orleans gehört und einem Sergeant auf die Nase gehauen, weil der ein Südstaatenmädchen belästigt hatte. Das brachte ihm eine Degradierung vom Korporal zum Schützen sowie eine Ehefrau ein.

In Tante Caroles Haus diskutierten wir nie über den Krieg.

Auch in unserem Haus wurde nicht viel über den Krieg gesprochen, denn die Johnsons stammten nicht aus Missouri, sondern aus Minnesota. Da wir Hinzugezogene waren, hielt es Vater für richtig, Themen zu vermeiden, die unsere Nachbarn vielleicht störten. In Missouri waren die Sympathien verteilt – als ehemaliger Sklavenstaat an der Grenze zwischen Nord und Süd beherbergte er Veteranen beider Seiten. Manche Teile Missouris hatten die »lokale Option« wahrgenommen; in einigen Städten, darunter Thebes, hatte es nie Sklaven gegeben und wurden auch heute noch keine Farbigen zugelassen. Thebes war jedoch so klein und unbedeutend, daß sogar die Unionstruppen es bei ihrem Durchmarsch '65 ignoriert und demzufolge nicht geplündert und gebrandschatzt hatten. Butler brannten sie bis auf den Grund nieder, und die Stadt erholte sich nie wieder ganz davon; Thebes blieb jedoch verschont.

Aber obwohl die Johnsons aus dem Norden gekommen waren, handelte es sich bei uns nicht um politische Überläufer, die auf Ämterjagd waren, denn Missouri hatte sich der Sezession nie angeschlossen, und die Wiedervereinigung ging ganz an ihm vorüber. Onkel Jules, Vaters Cousin in Kansas City, erklärte unsere Wanderschaft wie folgt:

»Nachdem wa vier Jahre lang in Dixie gekämpft hatten, kehrten wa nach Minnesota zurück ... und blieben dort grade lang genug, um wieda zu packen und umzuziehen. Missourah iss gar nich' so heiß wie Dixie, iss aber auch nich' so kalt, daß die Schatten aufm Bürgersteig festfriern und die Kühe Eiscreme geben.«

Tante Carole gab meiner Kochkunst den letzten Schliff, und ich steckte ziemlich häufig in ihrer Küche, bis ich endlich heiratete. Während dieser drei Wochen ereignete sich die Geschichte mit dem Zitronenkuchen – ich glaube, ich sprach bereits davon.

Ich hatte diesen Kuchen gebacken. Er war nicht meine beste Arbeit, denn die Kruste war verbrannt. Es war jedoch nur einer von vieren, und die übrigen drei fielen ganz ordentlich aus. Die Temperatur auf einem Holzherd richtig hinzukriegen, ist eine ganz schön heikle Sache.

Wie hatte es jedoch mein Cousin Nelson geschafft, den Kuchen in die Kirche zu bringen, ohne daß es jemand bemerkte, und wie hatte er ihn mir unterschieben können, ohne daß ich es bemerkte?

Er hatte mich damit so wütend gemacht, daß ich schnurstracks nach Hause ging (Tante Caroles Haus) und daß ich, sobald Nelson auftauchte, um sich zu entschuldigen, in Tränen ausbrach und ihn sofort mit ins Bett nahm ... Das war eine der drei Gelegenheiten, bei denen es zum Feuerwerk kam.

Wir taten es spontan und ganz unbekümmert und wurden nicht erwischt.

Danach gab ich mich Nelson von Zeit zu Zeit hin, wenn wir es für sicher hielten, und das setzte sich bis zu meiner Hochzeit fort. Auch danach hörte es nicht ganz auf, da er Jahre später nach Kansas City umzog.

Ich hätte mich zusammenreißen sollen, was Nelson anging; er war damals erst vierzehn.

Allerdings ein gescheiter Vierzehnjähriger! Er wußte genau, daß wir es nicht riskieren durften, erwischt zu werden; er wußte, daß ich ihn keinesfalls heiraten konnte und er Gefahr lief, mich zu schwängern und daß ein Baby eine Katastrophe für uns beide sein würde.

An jenem Sonntag morgen hielt er still, während ich ihm einen Präser überstülpte, grinste dabei und sagte: »Maureen, du bist aber clever!« Dann fiel er mit unbekümmerter Begeisterung über mich her und brachte mich in Rekordzeit zum Orgasmus.

Während der folgenden zwei Jahre versorgte ich Nelson mit Glücklichen Witwen. Nicht wegen mir; ich hatte selbst immer einen Präser dabei; nein, es war wegen seines Harems. Ich war der Anfang, aber er stürzte sich mit Eifer und natürlicher Begabung in diesen Sport, ohne je in Schwierigkeiten zu geraten. Echt clever!

Neben dem Kochen versuchte ich mit wenig Erfolg, Vaters Außenstände reinzuholen. Nachdem ich mich mit ihm besprochen hatte, verschickte ich ein paar höfliche und freundliche Mahnschreiben. Hat der geneigte Leser jemals mehr als einhundert Briefe mit der Hand geschrieben? Ich fand schnell heraus, warum Mr. Clemens die erstbeste Gelegenheit ergriffen hatte, vom Federhalter zur Schreibmaschine zu wechseln – als erster Schriftsteller überhaupt.

Lieber Herr Versager,
bei der Durchsicht der Bücher Dr. Johnsons fiel mir auf, daß Sie ihm inzwischen x Dollar schulden und Sie seit März 1896 keine Zahlung mehr geleistet haben. Vielleicht liegt hier ein Versehen vor. Dürfen wir Ihre Zahlung bis zum Monatsersten erwarten?

Falls es Ihnen nicht möglich sein sollte, den vollen Betrag auf einmal zu erstatten, würden Sie dann bitte am Freitag, dem zehnten, in die Praxis kommen, damit wir eine Vereinbarung zu beiderseitiger Zufriedenheit treffen können?

Der Doktor entbietet Ihnen und Frau Versager seine besten Wünsche, ebenso Junior und den Zwillingen und dem kleinen Dummerchen.
Mit freundlichen Grüßen
Ihre Maureen Johnson
i. A. Dr. med. Ira Johnson

Ich zeigte Vater Beispielbriefe, die im Tonfall von bestimmt bis hart reichten; das oben zitierte Muster steht für den Ton der meisten unserer Schreiben. In manchen Fällen sagte Vater: »Dränge sie nicht. Sie würden zahlen, wenn sie könnten, aber sie haben das Geld einfach nicht.« Trotzdem verschickte ich über einhundert Mahnungen.

Das Porto für jeden Brief betrug zwei Cent, und das Briefpapier belief sich auf drei. Könnte man meine Arbeitszeit mit ebenfalls fünf Cent pro Brief veranschlagen? Falls ja, belief sich jedes Schreiben auf ein Zehncentstück, und die Versandkosten betrugen insgesamt etwas über zehn Dollar.

Diese hundert Briefe brachten nicht einmal zehn Dollar an Zahlungen ein.

Etwa dreißig Patienten suchten uns auf, um die Sache zu besprechen. Vielleicht die Hälfte davon beglichen ihre Außenstände in Naturalien – frischen Eiern, einem Schinken, einem Flankenstück, Gemüse, frischem Brot und so weiter. Sechs oder sieben vereinbarten einen Ratenzahlungsplan. Einige davon hielten sogar ihre Versprechungen.

Über siebzig reagierten überhaupt nicht.

Ich war empört und enttäuscht. Diese Leute waren keine unfähigen Landproleten wie Jackson Igo; es waren angesehene Farmer und Stadtleute. Es waren Menschen, für die Vater mitten in der Nacht aufgestanden war und sich angezogen hatte, um sie mit dem Wagen oder hoch zu Roß durch Schnee oder Regen, Staub oder Schlamm oder gefrorene Furchen zu erreichen und sie oder ihre Kinder zu behandeln. Und als er sie aufforderte, ihn auch zu bezahlen, ignorierten sie ihn einfach.

Ich konnte es einfach nicht glauben!

Ich fragte: »Vater, was soll ich jetzt machen?« Ich rechnete damit, daß er mir sagte, ich solle es vergessen, da er die Nützlichkeit meiner Briefe eh schon angezweifelt hatte. Ich erwartete diese Antwort mit etwas voreiliger Erleichterung.

»Schicke jedem von ihnen den scharf formulierten Brief und kennzeichne ihn mit ›zweite Mahnung‹.«

»Denkst du, das wird reichen, Sir?«

»Nein, aber es wird doch noch etwas bewirken. Du wirst schon sehen.«

Vater behielt recht. Die zweite Welle an Mahnschreiben brachte kein Geld, wohl aber eine Anzahl hochgradig empörter Antworten, manche davon sogar obszön. Vater trug mir auf, diese Briefe bei den dazugehörigen Fallunterlagen abzuheften, aber nicht meinerseits wieder darauf zu antworten.

Die meisten dieser siebzig Patienten kamen nie wieder. Das war das gute Ergebnis, mit dem Vater gerechnet hatte, und er freute sich darüber. »Maureen, es steht unentschieden. Sie bezahlen mich nicht, und ich nütze ihnen nicht besonders. Jod, Kalomel, Aspirin – das ist ungefähr die Summe dessen, was uns heute an Pillen zur Verfügung steht und nicht von Zucker ist. Mit einigermaßen sicheren Ergebnissen meiner Arbeit rechne ich lediglich, wenn ich bei einer Geburt helfe oder einen Knochen richte oder ein Bein abschneide.

Aber zum Kuckuck noch mal, ich tue mein Bestes! Ich versuche es wirklich. Wenn jemand wütend auf mich wird, nur weil ich ihn auffordere, meine Dienste zu bezahlen ... Na ja, dann sehe ich keinen Grund mehr, warum ich mein warmes Bett verlassen und ihn verarzten sollte.«

Achtzehnsiebenundneunzig war das Jahr, als sie eine Bahnlinie weniger als eine Meile von unserem Stadtzentrum entfernt legten. Dementsprechend weitete der Rat unsere Stadtgrenzen aus, und siehe da, Thebes war auf einmal Bahnstation. Damit hielt auch der Telegraph Einzug in den Ort, und so konnte der *Lyle County Leader* uns auf einmal Nachrichten direkt aus Chicago besorgen, nach wie vor allerdings nur einmal die Woche; der *Kansas City Star* war da per Post gewöhnlich schneller. Auch Mr. Bells Telefon wurde uns nun zuteil, wenn auch zunächst nur von neun bis einundzwanzig Uhr und nie am Sonntagmorgen, da die Vermittlung sich im Salon von Witwe Loomis befand und der Telefondienst jeweils ruhte, wenn sie nicht zu Hause war.

Der *Leader* veröffentlichte ein begeistertes Editorial unter dem Titel: ›Moderne Zeiten!‹ Vater schnitt ein finsteres Gesicht. »Sie weisen darauf hin, daß es, da immer mehr Leute Telefon haben, bald möglich sein wird, mitten in der Nacht einen Arzt zu rufen. Ja ja, sicher! Heute mache ich nächtliche Krankenbesuche, wenn jemand solch arge Schwierigkeiten hat, daß ein Familienmitglied die Mühe auf sich nimmt, mitten in der Nacht den Karren anzuspannen, und hergefahren kommt, um mich zu holen.

Aber was passiert, wenn die Leute mich rufen können, indem sie einfach eine Kurbel drehen? Wird dann ein sterbendes Kind der Grund sein? Nein, Maureen, sie werden es wegen jeder Lappalie machen. Achte auf meine Worte! Das Telefon läutet das Ende des Hausbesuchs ein. Nicht heute, nicht morgen, aber bald. Ein bereitwilliger Gaul wird zuschanden geritten ... Und du wirst den Tag erleben, an dem sich Ärzte weigern, noch Hausbesuche durchzuführen.«

Am Neujahrstag informierte ich Vater darüber, daß ich mich entschieden hatte; er sollte meinen Namen bei der Howard-Stiftung einsenden.

Noch vor Ende Januar empfing ich den ersten jungen Mann von meiner Liste.

Bis Ende März waren es alle sieben. In drei Fällen machte ich vom Privileg des Sofas Gebrauch. Es handelte sich allerdings um die Couch in Vaters Büro, und ich schloß die Tür ab.

Naß gewordene Feuerwerksknaller, allesamt!

Sicher, es waren ansehnliche junge Männer, diese drei, aber heiraten? Nein.

Ich hatte kein gutes Gefühl mehr bei der ganzen Sache.

Aber am Samstag, dem 2. April, erhielt Vater folgendes Schreiben aus Rolla, Missouri:

Lieber Herr Doktor,
gestatten Sie mir, mich vorzustellen. Ich bin ein Sohn von Mr. und Mrs. John Adams Smith aus Cincinnati, Ohio, wo mein Vater als Werkzeugmacher arbeitet. Ich besuche im letzten Semester die

Bergbauakademie der Universität von Missouri in Rolla, Missouri. Ihren Namen und Ihre Anschrift erhielt ich von Judge Orville Sperling aus Toledo, Ohio, Geschäftsführer der Howard-Stiftung. Judge Sperling unterrichtete mich davon, daß er Ihnen in meiner Angelegenheit geschrieben hat.

Wenn es Ihnen recht ist, werde ich Sie und Mrs. Johnson am Sonntag, dem 17. April, nachmittags aufsuchen. Ich bitte Sie darum, Ihrer Tochter Miss Maureen vorgestellt zu werden, um mich ihr als möglicher Bewerber um ihre Hand präsentieren zu können.

Bitte fühlen Sie sich frei, jede gewünschte Information über mich einzuholen, und ich werde jede Frage, die Sie mir stellen, vollständig und ehrlich beantworten.

Ich freue mich auf Ihre Antwort,
Ihr sehr ergebener
Brian Smith.

Vater sagte: »Siehst du, liebste Tochter? Dein Ritter naht.«

»Hat wahrscheinlich zwei Köpfe. Vater, das bringt einfach nichts! Ich werde noch als alte Jungfer sterben, mit siebenundneunzig.«

»Aber nicht als pedantische alte Jungfer, hoffe ich. Was soll ich Mr. Smith antworten?«

»Oh, schreib ihm, es wäre okay. Schreib ihm, ich würde vor Ungeduld sabbern.«

»Maureen!«

»Ja, Vater, ich weiß – ich bin zu jung, um zynisch zu sein. *Quel dommage*. Ich werde mich zusammenreißen, Mr. Brian Smith mein freundlichstes Lächeln schenken und überhaupt der ganzen Begegnung mit fröhlichem Optimismus entgegensehen. Inzwischen bin ich allerdings ein wenig voreingenommen. Der letzte Orang Utan ...«

(Dieser Affe hatte versucht, mich direkt auf Mutters Sofa zu vergewaltigen, kaum daß Mutter und Vater nach oben gegangen waren. Er brach dann recht abrupt auf, leicht gebeugt und mit beiden Händen zwischen den Beinen. Meine Studien der Anatomie hatten sich ausgezahlt.)

»Ich werde ihm schreiben, daß er uns willkommen ist. Am Sonntag, dem siebzehnten. Das sind von morgen an zwei Wochen.«

Ich begrüßte Sonntag, den siebzehnten, mit wenig Begeisterung, blieb aber trotzdem zu Hause, als die anderen zur Kirche gingen, bereitete zum Mittagessen ein Picknick vor und nutzte die Gelegenheit für ein zusätzliches Bad. Mr. Smith erwies sich als präsentabel und höflich, wenn auch nicht besonders inspirierend. Vater plagte ihn ein bißchen, und Mutter bot ihm Kaffee an. Etwa um zwei kamen wir schließlich weg – mit Daisy und einer Familienkutsche, während Brians livrierter Stallklepper in unserer Scheune zurückblieb.

Drei Stunden später war ich mir sicher, daß ich mich verliebt hatte.

Wir vereinbarten, daß er am ersten Mai wiederkommen würde. In der Zwischenzeit warteten seine Abschlußprüfungen auf ihn.

Eine Woche später, am Sonntag, dem 24. April 1898, erklärte Spanien den Vereinigten Staaten den Krieg.

KAPITEL FÜNF

AUSZUG AUS DEM PARADIES

Es ist kein schlechtes Gefängnis, von der Tatsache mal abgesehen, daß es überhaupt eines ist. Ich war schon in einem schlimmeren, in Texas, vor über siebzig Jahren auf meiner persönlichen Zeitlinie. Dort schlugen sich die Kakerlaken um die letzten Krümel auf dem Fußboden, dort gab es kein heißes Wasser, und dort waren die Schließer allesamt Verwandte des Sheriffs. So schlimm jener Knast auch gewesen sein mochte, die illegalen Einwanderer kamen trotzdem über den Rio geschlichen und schlugen ein oder zwei Fenster ein, nur um verknackt zu werden, damit sie für den Winter Speck ansetzen konnten. Das sagt wohl etwas über mexikanische Gefängnisse aus, dem ich allerdings nie auf den Grund gehen möchte.

Pixel kommt mich fast jeden Tag besuchen. Die Wachen finden einfach nicht heraus, wie er das schafft. Sie mögen ihn alle, und er hat einigen von ihnen seine bedingte Anerkennung ausgesprochen. Sie bringen ihm Leckerbissen mit, und er läßt sich dazu herab, einen Teil ihrer Zuneigungsbezeugungen zu fressen.

Der Direktor erfuhr von Pixels Houdini-Talenten und suchte mich in meiner Zelle auf. Zufällig war Pixel gerade da. Der Direktor versuchte ihn zu hätscheln und wurde für seine Vermessenheit gebissen – nicht heftig genug, um die Haut zu durchdringen, wohl aber, um die Sache ein für allemal klarzustellen.

Der Direktor forderte mich auf (befahl mir), ihn im voraus davon zu unterrichten, wann Pixel ein- oder ausgehen würde. Er wollte miterleben, wie der Kater es schaffte, die Sicherheitsvorkehrungen zu umgehen und keinen Alarm auszulösen. Ich sagte ihm: Kein Sterblicher kann vorhersagen, was eine Katze als nächstes tut, also halt die Luft an, Jungchen. (Wärter und Kalfaktoren sind okay, aber ein

Direktor steht mit mir nicht auf derselben gesellschaftlichen Stufe. Offenkundig ist sich Pixel darüber im klaren.)

Dr. Ridpath war ein paarmal da, um mich zu drängen, daß ich mich schuldig bekenne und der Gnade des Gerichts ausliefere. Er sagt, er wäre überzeugt, daß ich nichts Schlimmeres zu erwarten hätte als ein Urteil, das ausgesetzt würde, falls ich mich dem Tribunal als reumütig präsentierte.

Ich sagte ihm, daß ich nicht schuldig wäre und lieber einen Sensationsprozeß, einen *cause célèbre* hätte, um meine Memoiren dann für eine gigantische Summe verkaufen zu können.

Er sagte mir, ich wüßte anscheinend nicht, daß das Bischofskollegium schon vor Jahren ein Gesetz verabschiedet hätte, demzufolge alle Profite aus einem Sakrilegsfall an die Kirche gingen, abzüglich der Gebühr für die Beseitigung des Leichnams. »Sehen Sie mal, Maureen, ich bin Ihr Freund, obwohl Sie sich dessen anscheinend nicht bewußt sind. Aber weder ich noch irgend jemand sonst kann Ihnen helfen, wenn Sie nicht kooperieren.«

Ich bedankte mich bei ihm und sagte ihm, es täte mir leid, ihn zu enttäuschen. Er forderte mich auf, mir alles noch einmal zu überlegen. Er küßte mich nicht, als er ging, woraus ich schloß, daß er wirklich verärgert war.

Dagmar kommt fast jeden Tag. Sie versucht nicht, mich zu einem Geständnis zu überreden, aber was sie beim letztenmal tat, hatte mehr Wirkung auf mich als die Verständigkeit von Dr. Eric: Sie schmuggelte einen ›Letzten Freund‹ ein. »Wenn du in Sachen Geständnis stur bleibst, wird dir das helfen. Du mußt einfach nur die Spitze abbrechen und das Zeug irgendwo injizieren. Sobald die Wirkung einsetzt – nach fünf Minuten etwa; manchmal geht es auch schneller –, spürst du absolut keine Schmerzen mehr, selbst wenn sie dich rösten sollten, jedenfalls fast keine mehr. Aber um Santa Carolitas willen, Süße, achte darauf, daß niemand das Ding findet!«

Ich werde mir Mühe geben.

Ich würde diese Zeilen nicht diktieren, wenn ich nicht im

Kittchen säße. Mir schwebt nicht unbedingt eine Veröffentlichung vor, aber die Disziplin, die damit verbunden ist, alles richtig zu sortieren, zeigt mir vielleicht, wo ich mich geirrt habe ... und damit möglicherweise auch, wie ich wieder aus dem Schlamassel herauskomme.

Als die Schlacht von New Orleans stattfand, war der Krieg von 1812 eigentlich schon seit zwei Wochen vorbei. Schlechte Kommunikationswege ... Im Jahr 1898 war jedoch bereits das Transatlantikkabel in Betrieb. Die Nachricht von der spanischen Kriegserklärung bewegte sich fast mit Lichtgeschwindigkeit von Madrid über London, New York, Chicago und Kansas City bis nach Thebes, und nur die Rückübertragung bewirkte kurze Verzögerungen. Thebes liegt etwa in acht Stunden Zeitunterschied westlich von Madrid, und so war die Familie Johnson gerade in der Kirche, als die schreckliche Nachricht eintraf.

Reverend Clarence Timberly, unser Pastor an der Cyrus-Vance-Parker-Gedächtniskirche der Methodistischen Episkopalen, predigte gerade, war mit Viertens fertig und ging zu Fünftens über, als jemand anfing, die große Glocke in der Kuppel der Countyverwaltung zu läuten.

Bruder Timberly hörte auf zu predigen. »Unterbrechen wir den Gottesdienst für ein paar Augenblicke, während die Osage-Freiwilligen und die Angehörigen der Feuerwehr sich zurückziehen.«

Zehn oder zwölf der jüngeren Männer standen auf und gingen. Vater packte seine Tasche und folgte ihnen. Als Arzt diente er nicht bei der freiwilligen Feuerwehr, ging aber gewöhnlich hin, wenn es irgendwo brannte, falls er nicht gerade einen Patienten behandelte.

Sobald Vater die Kirchentür hinter sich geschlossen hatte, machte unser Prediger mit seinem »Fünftens« weiter. Worum es dabei ging, weiß ich nicht mehr; bei Predigten versuchte ich mir stets den Anschein der Aufmerksamkeit zu geben, aber ich hörte nur selten wirklich zu.

Weiter unten an der Ford Street brüllte jemand irgend etwas; er übertönte sogar die laute Stimme Bruder Timberlys. Das Geschrei kam näher.

Wenig später kehrte Vater in die Kirche zurück. Statt jedoch wieder seine Bank aufzusuchen, marschierte er direkt zur Kanzel und reichte unserem Pastor eine Zeitungsseite.

Ich sollte an dieser Stelle einfügen, daß der *Lyle County Leader* aus vier Seiten auf einem einzelnen Blatt bestand. Gedruckt wurde er auf der Platte eines Materndienstes. Man muß sich das Ganze so vorstellen, daß eine Seite des Blattes mit internationalen, nationalen und Staatsnachrichten bedruckt und der Bogen dann zu kleinen Landzeitungen weitergeschickt wurde, die die Innenseiten mit lokalen Nachrichten und Werbeanzeigen füllten. Der *Lyle County Leader* erwarb die Maternplatte vom *Kansas City Star*, wobei jedoch schon das Impressum des *Leader* benutzt wurde.

Das Blatt, das Vater Bruder Timberly gab, war von dieser Art und wies auf den Innenseiten dasselbe lokale Zeug auf wie in der Wochenausgabe des *Leader* von Donnerstag, dem 21. April 1898, nur daß diesmal die obere Hälfte der zweiten Seite mit großen Lettern neu gesetzt worden war:

SPANIEN ERKLÄRT UNS DEN KRIEG!!!

> *Per Kabel vom* New York Journal, *Madrid, 24. April – Unser Botschafter wurde heute ins Büro des Premierministers einbestellt und erhielt seinen Paß sowie eine kurze Note des Inhalts ausgehändigt, daß die ›Verbrechen‹ der Vereinigten Staaten gegen Seine Allerkatholischste Majestät die Regierung seiner Majestät zur Anerkennung der Tatsache zwingen würden, daß sich das Königreich Spanien im Krieg befindet …*

Reverend Timberly las diesen Artikel laut von der Kanzel aus vor, legte dann die Zeitung weg, musterte uns ernst, holte sein Taschentuch hervor und wischte sich damit die

Stirn ab, ehe er sich die Nase schneuzte. Mit rauher Stimme sagte er: »Lasset uns beten.«

Vater erhob sich, und der Rest der Gemeinde folgte seinem Beispiel. Bruder Timberly bat unseren Herrgott Jehovah, uns in den Zeiten der Gefahr sicher zu leiten. Er bat um göttliche Führung für Präsident McKinley. Er bat um die Hilfe des Herrn für all unsere tapferen Männer zu Lande und zur See, die nun für den Erhalt dieses heiligen, gottgegebenen Landes kämpfen mußten. Er bat um Gnade für die Seelen derer, die im Kampfe fallen würden, sowie um den Trost der Witwen und Waisen und der Väter und Mütter unserer jungen Helden. Er bat darum, daß die Gerechtigkeit ein rasches Ende des Krieges herbeiführen möge. Er bat um Hilfe für unsere Freunde und Nachbarn und für das unglückliche Volk Kubas, das schon so lange unter der eisernen Knute des Königs von Spanien hatte schmachten müssen. Und so fuhr er fort, alles in allem etwa zwanzig Minuten lang.

Vater hatte mich schon lange von jedem Glauben an das Apostolische Bekenntnis kuriert. Vielmehr argwöhnte ich stark, angeregt durch Professor Huxley und gefördert von Vater, daß eine Person namens Jesus von Nazareth nie gelebt hatte.

Was Bruder Timberly anbetraf, so hielt ich ihn für geräuschvolle einsachtzig, die Ritzen voller heiligem Öl. Wie viele Prediger im amerikanischen Bibelgürtel war er ein Farmerjunge, dem es (wie ich stark vermutete) vor echter Arbeit grauste.

Ich habe nie an einen Gott da oben im Himmel geglaubt, der etwas auf Bruder Timberlys Worte gibt.

Und doch mußte ich feststellen, daß ich zu jedem seiner Worte »Amen!« sagte und mir dabei die Tränen über die Wangen liefen.

An dieser Stelle muß ich meine improvisierte Rednertribüne aufbauen.

Im zwanzigsten Jahrhundert gregorianischer Zeitrechnung wurde in den Vereinigten Staaten von Amerika eine Sache bei den »Intellektuellen« populär, die man als »revisionistische Geschichtsschreibung« bezeichnete. Diese scheint von der Voraussetzung ausgegangen zu sein, daß die jeweils aktuell präsenten, lebenden Akteure der Geschichte niemals begriffen, was sie taten oder warum sie es taten oder wie sie manipuliert wurden, da es sich bei ihnen lediglich um Marionetten in den Händen unsichtbarer böser Kräfte handelte.

Das stimmt vielleicht. Ich weiß es nicht.

Aber warum sind das Volk der Vereinigten Staaten und seine Regierung für die Revisionisten stets die Schurken? Warum können nicht auch mal unsere Feinde – wie der König von Spanien und der Kaiser und Hitler und Geronimo und Villa und Sandino und Mao Tse-tung und Jefferson Davis – angeprangert werden? Warum sind es immer wir?

Ich bin mir sehr wohl der Behauptung der Revisionisten bewußt, William Randolph Hearst hätte den Spanisch-Amerikanischen Krieg angezettelt, um die Auflagen seiner Zeitungen zu steigern. Ich weiß auch, daß etliche Gelehrte und Experten später behaupteten, die USS Maine wäre im Hafen von Havanna von gesichtslosen Schurken in die Luft gejagt worden (zusammen mit 226 Amerikanern), deren Absicht allein darin bestand, Spanien ins Unrecht zu setzen und das amerikanische Volk für eine Kriegserklärung gegen Spanien zu begeistern.

Der geneigte Leser sollte sorgfältig auf meine Formulierung achten. Ich sagte, mir wäre bewußt, daß solche Dinge behauptet werden. Ich sagte nicht, daß sie zutreffen.

Es ist unbestreitbar, daß sich die Vereinigten Staaten der spanischen Regierung gegenüber rüde benommen haben, was die Unterdrückung des kubanischen Volkes anging. Es trifft ebenfalls zu, daß William Randolph Hearst seine Zeitungen benutzte, um der spanischen Regierung alles mögliche an den Kopf zu werfen. Hearst war jedoch nicht die Vereinigten Staaten und hatte weder Kanonen noch Schiffe noch Befehlsgewalt. Was er hatte, war eine laute Stimme und keinerlei Respekt vor Tyrannen. Tyrannen hassen solche Leute!

Irgendwie haben diese masochistischen Revisionisten den Krieg von 1898 als Fall von imperialistischer Aggression durch die Vereinigten Staaten dargestellt. Wie ein imperialistischer Krieg zur Befreiung Kubas und der Philippinen führen konnte, wurde nie deutlich gemacht. Der Revisionismus beruht allerdings stets auf der Annahme, daß die Vereinigten Staaten die Schurken sind. Sobald ein revisionistischer Historiker diese Behauptung nachweist (meist durch Zirkelschluß), erhält er seinen Doktortitel und ist bereits auf dem besten Weg zum Friedensnobelpreis.

Im April 1898 gab es für uns unbedarfte Leute vom Lande einfach nur ein paar schlichte Tatsachen: Unser Schlachtschiff Maine war zerstört worden, und viele Menschen waren dabei ums Leben gekommen. Spanien hatte uns den Krieg erklärt. Der Präsident hatte um Freiwillige gebeten.

Am Tag darauf, Montag, dem 25. April, erfolgte der Aufruf des Präsidenten an die Staatsmilizen, unsere fast nicht existierende Armee durch 125.000 Freiwillige zu vergrößern. Am Morgen dieses Tages war Tom wie gewöhnlich hinüber nach Butler zur höheren Schule geritten. Die Nachricht erreichte ihn dort, und er kam gegen Mittag auf seinem schweißgetränkten Rotschimmel Beau Brummel zurückgetrabt. Er bat Frank, Beau für ihn abzureiben, eilte ins Haus und verschwand in Vaters Sprechzimmer.

Sie kamen nach etwa zehn Minuten daraus zum Vorschein. Vater sagte zu Mutter: »Madam, unser Sohn Tom beabsichtigt, in die Armee dieses Landes einzutreten. Wir beide brechen sofort nach Springfield auf. Ich muß ihn begleiten, um zu beeiden, daß er bereits achtzehn ist und die Zustimmung seiner Eltern genießt.«

»Aber er ist noch gar nicht achtzehn!«

»Darum muß ich ja auch mitkommen. Wo steckt Frank? Er soll Loafer anspannen.«

»Ich spanne ihn an, Vater«, bot ich an. »Frank ist gerade zur Schule und hatte es verdammt eilig. Er war ein bißchen spät dran.« (Frank hatte sich verspätet, weil er Beau versorgt hatte, aber das brauchte nicht zur Sprache gebracht zu werden.

Vater machte ein besorgtes Gesicht. »Loafer kennt mich, Sir«, beharrte ich. »Er würde mir nie was tun!«

Als ich wieder ins Haus kam, sah ich Vater am neuen Telefon stehen, in dem Flur, den wir als Wartezimmer für die Patienten benutzten. Vater sagte: »Ja ... Ja, ich verstehe ... Viel Glück, Sir, und Gottes Hilfe. Ich werde es ihr ausrichten. Auf Wiederhören!« Er nahm den Hörer vom Ohr und starrte ihn an, um ihn schließlich wieder einzuhängen.

Er sah mich an. »Das war für dich, Maureen.«

»Für mich?« Ich hatte noch nie einen Telefonanruf bekommen.

»Ja. Es war dein junger Mann, Brian Smith. Er bittet dich um Vergebung, aber er kann nächsten Sonntag nicht kommen. Er steht im Begriff, den Zug nach St. Louis zu nehmen, von wo aus er nach Cincinnati zurückkehren und sich der Miliz des Staates Ohio anschließen möchte.«

»Oh.« Ich spürte eine schmerzhafte Enge in der Brust und hatte Schwierigkeiten, Luft zu bekommen. »Danke, Vater. Ah ... Könntest du mir zeigen, wie ich ihn anrufen kann – ich meine, wie ich in Rolla anrufen kann, um selbst mit Mr. Smith zu sprechen?«

»Maureen!« unterbrach mich Mutter.

Ich drehte mich zu ihr um. »Mutter, ich möchte gar nicht voreilig oder undamenhaft sein. Es liegen besondere Umstände vor. Mr. Smith zieht für uns in den Krieg, und ich möchte ihm nur sagen, daß ich jeden Abend für ihn beten werde, solange er im Feld ist.«

Mutter musterte mich und sagte dann sanft: »Ja, Maureen. Falls du ihn erreichst, sage ihm bitte, daß ich ebenfalls für ihn beten werde. Jeden Abend!«

Vater räusperte sich vernehmlich. »Ladies ...«

»Ja, Doktor?« kam es von Mutter.

»Die Frage ist akademisch. Mr. Smith teilte mir mit, daß er nur kurz sprechen kann, weil eine lange Reihe von Studenten darauf wartet, ebenfalls das Telefon zu benutzen. Für ähnliche Botschaften, vermute ich. Es hätte also keinen Sinn, wenn man jetzt versuchte, ihn zu erreichen. Die Leitung ist besetzt, und anschließend dürfte er bereits unterwegs sein. Was euch zwei in keiner Weise daran hindern soll, für ihn zu beten. Maureen, du kannst es ihm in einem Brief mitteilen.«

»Aber ich weiß doch nicht, wie ich ihm schreiben soll!«

»Streng deinen Kopf an, Kind. Du kennst mindestens drei Möglichkeiten.«

»Doktor Johnson, bitte!« Mutter wandte sich mit sanfter Stimme an mich. »Judge Sperling wird Bescheid wissen.«

»Aber ja, natürlich!«

»Ja, Liebes. Judge Sperling weiß immer, wo jeder von uns steckt.«

Ein paar Minuten später gaben wir alle Tom einen Abschiedskuß, und wo wir schon dabei waren, auch Vater, obwohl dieser zurückkehren würde. Er versicherte uns, daß dasselbe aller Wahrscheinlichkeit nach auch für Tom gelten würde. Man würde ihn vereidigen und ihm dann mitteilen, zu welchem Termin er sich zum Dienstantritt einfinden mußte, da höchst unwahrscheinlich war, daß die Staatsmiliz tausend oder mehr Neulinge alle an einem Tag aufnehmen konnte.

Sie fuhren davon. Beth weinte leise. Lucille tat es nicht. Ich glaube, sie kapierte gar nicht, was geschah; sie stand ganz ernst da und machte runde Augen. Mutter und ich weinten ebenfalls nicht – jedenfalls noch nicht. Als Mutter jedoch nach oben ging und ihre Tür hinter sich schloß, folgte ich ihrem Beispiel. Seit Agnes' Heirat hatte ich ein eigenes Zimmer; ich verriegelte die Tür, legte mich aufs Bett und überließ mich meinen Tränen.

Ich versuchte mir weiszumachen, daß ich um meinen Bruder Thomas weinte, wußte es aber besser. Es war Mr. Smith, um den ich mir solche Sorgen machte.

Ich wünschte mir aus tiefstem Herzen, ich hätte ihn eine Woche vorher nicht dazu überredet, eine französische Tasche zu benutzen, als wir uns liebten. Ich hatte mich schon versucht gefühlt ... Ich war mir sicher, daß es sehr viel netter sein würde, die Gummischeide zu vergessen und ihn ganz nackt in mir zu spüren.

Allerdings hatte ich Vater feierlich versprochen, immer einen Präser zu benutzen, bis zu dem Tag, an dem ich nach einer ernsten Diskussion mit dem fraglichen Mann beschloß, schwanger zu werden – sofern die beiderseitige feste Absicht bestand zu heiraten, falls wir Erfolg hatten.

Und jetzt war er in den Krieg gezogen, und ich sah ihn vielleicht nie wieder!

Ich trocknete mir die Augen, stand auf und las ein wenig Poesie, um genau zu sein, Professor Palgraves *Golden Treasury.* Mutter hatte mir das Buch zu meinem zwölften Geburtstag geschenkt; sie selbst hatte es 1866 zu ihrem Zwölften bekommen.

Professor Palgrave hatte 288 Gedichte ausfindig gemacht, die, seinem ausgezeichneten Geschmack zufolge, in diese Schatzkiste gehörten. An diesem Tag wollte ich nur eins davon lesen – nämlich Richard Lovelaces »Für Lucasta – beim Aufbruch in den Krieg«:

»Ich könnte dich nicht so sehr lieben,
Liebte ich die Ehre nicht noch mehr.«

Danach weinte ich wieder ein wenig und legte mich schließlich schlafen. Als ich erwachte, stand ich auf und gestattete mir keine weiteren Tränen. Statt dessen schob ich Mutter einen Zettel unter der Tür durch, auf dem ich ihr mitteilte, daß ich das Abendessen für uns alle machen würde und daß sie es im Bett nehmen könne, wenn sie es wolle.

Sie ließ zu, daß ich das Essen machte, kam aber herunter und führte selbst den Vorsitz bei Tisch. Zum erstenmal hielt Frank ihr den Stuhl und setzte sich ihr anschließend gegenüber. Sie sah mich an. »Maureen, würde du das Tischgebet sprechen?«

»Ja, Mutter. Lieber Gott, wir danken Dir für Deine Gaben. Segne diese Speise für uns, und segne auch unsere Brüder und Schwestern in Jesus überall, Freunde wie Fremde.« Ich schluckte und setzte hinzu: »Und am heutigen Tag bitten wir um einen besonderen Segen für unseren geliebten Bruder Thomas Jefferson und für alle anderen jungen Männer, die in den Dienst unseres geliebten Landes getreten sind.« *(Et je prie que le bon Dieu garde bien mon ami!)** »Im Namen Jesu, Amen.«

»Amen«, wiederholte Mutter mit fester Stimme. »Frank, würdest du bitte anschneiden?«

Vater und Tom kehrten am nächsten Tag spätnachmittags zurück. Beth und Lucille fielen ihnen um den Hals, und ich hätte es auch gerne getan, konnte es aber nicht, da ich George in den Armen hielt und er sich ausgerechnet diesen Moment ausgesucht hatte, um seine Windel naß zu machen. Ich ließ den Kleinen jedoch warten, um keine Neuigkeiten zu versäumen. Außerdem hatte ich ihn ohnehin schon vorsorglich in eine weitere Windel gepackt, da ich ihn nur zu gut kannte. Dieses Baby pinkelte mehr als der ganze Rest der Familie.

Beth war nicht zu bremsen: »Hast du es gemacht, Tommy, hast du es gemacht? Hast du, hast du?«

»Natürlich hat er«, antwortete Vater. »Er ist jetzt Schütze Johnson. Nächste Woche machen sie ihn zum General.«

»Wirklich?«

»Na ja, vielleicht nicht ganz so schnell.« Vater bückte sich, um sie und Lucille zu küssen. »Aber sie befördern die Leute im Krieg tatsächlich schnell. Nehmt beispielsweise mich. Ich bin jetzt Hauptmann.«

»Doktor Johnson!«

Vater richtete sich auf. »Hauptmann Johnson, Madam.

* Frz.: Und ich bete darum, daß der liebe Gott meinen Freund gut beschützen möge! Anm. d. Übers.

Wir haben uns beide gemeldet. Ich bin jetzt Leitender Chirurg des Sanitätskommandos des zweiten Missouri-Regiments im Rang eines Hauptmanns.«

An dieser Stelle sollte ich etwas über die Familien meiner Eltern sagen, besonders über Vaters Brüder und Schwestern, weil das, was in jener Aprilwoche 1898 in Thebes geschah, ein Jahrhundert zuvor seinen Anfang genommen hatte.

Vaters Großeltern waren:

George Edward Johnson (1795–1897) und Amanda Lou Fredericks Johnson (1798–1899).

Terence McFee (1796–1900) und Rose Wilhelmina Brandt McFee (1798–1899).

Sowohl George Johnson als auch Terence McFee dienten im Krieg von 1812.

Vaters Eltern waren:

Asa Edward Johnson (1813–1918) und Rose Altheda McFee Johnson (1814–1918).

Asa Johnson diente im Krieg gegen Mexiko als Sergeant in der Miliz von Illinois.

Mutters Großeltern waren:

Robert Pfeiffer (1809–1909) und Heidi Schmidt Pfeiffer (1810–1912).

Ole Larsen (1805–1907) und Anna Kristina Hansen Larsen (1810–1912).

Ihre Eltern waren:

Richard Pfeiffer (1830–1932) und Kristina Larsen Pfeiffer (1834–1940).

Vater wurde am Montag, dem 2. August 1852, auf der Farm seines Großvaters Johnson in Freeborn County, Minnesota, in der Nähe von Albert, geboren. Er war der jüngste von vier

Jungen und drei Mädchen. Sein Großvater George Edward Johnson (mein Urgroßvater) wurde 1795 in Bucks County, Pennsylvania, geboren. Er starb im Dezember 1897 in einem Pflegeheim in Minneapolis, und die Zeitungen machten richtig Theater um die Tatsache, daß George Washington zum Zeitpunkt seiner Geburt noch am Leben gewesen war. (Wir hatten mit dieser Art Erregung der öffentlichen Aufmerksamkeit nichts zu schaffen. Obwohl mir diese Politik erst bekannt wurde, als ich heiratete, vermieden die Familien der Howard-Stiftung schon damals wenn möglich jede Veröffentlichung von Altersangaben.)

George Edward Johnson heiratete Amanda Lou Fredericks (1798–1899) im Jahr 1813 und nahm sie mit nach Illinois, wo sie noch im selben Jahr ihr erstes Kind bekam, meinen Großvater Asa Edward Johnson. Wahrscheinlich war Opa Acey also ein ebenso »vorzeitiges« Baby wie mein ältester Bruder Edward. Nach dem Krieg gegen Mexiko wanderte die Familie Johnson nach Westen und ließ sich in Minnesota nieder.

Damals gab es noch keine Howard-Stiftung, aber alle meine Vorfahren scheinen bereits in jungen Jahren damit begonnen zu haben, jede Menge Kinder zu bekommen. Und trotz der vielen unkontrollierbaren Krankheiten jener Zeiten blieben sie gesund und lange am Leben. Die meisten wurden hundert oder noch mehr Jahre alt.

Asa Edward Johnson (1813–1918) heiratete Rose Altheda McFee (1814-1918) im Jahr 1831. Sie hatten sieben Kinder:

1. Samantha Jane Johnson, 1831–1915 (Starb an Verletzungen, die sie beim Zureiten eines Pferdes erlitt.);
2. James Ewing Johnson, 1833–1884 (Kam ums Leben, als er den Osage während der Frühjahrsflut zu überqueren versuchte. Ich kann mich kaum an ihn erinnern. Er heiratete Tante Carole Pelletier aus New Orleans.);
3. Walter Raleigh Johnson, 1838–1862 (Bei Shiloh gefallen.);
4. Alice Irene Johnson, 1840–? (Ich weiß nicht, was aus ihr geworden ist. Sie heiratete jemanden aus dem Osten.);
5. Edward McFee Johnson, 1844–1884 (Kam bei einem Zugunglück ums Leben.);

6. Aurora Johnson, 1850–? (Zuletzt hörte ich um 1930 aus Kalifornien von ihr. Sie war mehrmals verheiratet.);
7. Ira Johnson, geboren 2. August 1852, verschollen in der Schlacht um England 1941.

Als Fort Sumter im April 1861 fiel, bat Mr. Lincoln um Freiwillige aus den Milizen der verschiedenen Staaten (genau wie es Mr. McKinley in einem künftigen April tun würde). Auf der Farm der Johnsons in Freeborn County, Minnesota, folgten diesem Ruf Ewing (achtundzwanzig), Walter (dreiundzwanzig), Edward (siebzehn) sowie Opa Acey, damals achtundvierzig Jahre alt, woraus sich eine Situation ergab, die für Ira Johnson, neun Jahre alt und seiner eigenen Meinung nach ganz erwachsen, durch und durch demütigend war. Er sollte zu Hause bleiben und niedere Arbeiten verrichten, während alle anderen Männer in den Krieg zogen. Seine Schwester Samantha (deren Ehemann sich ebenfalls freiwillig gemeldet hatte) und seine Mutter würden die Farm derweil leiten.

Es war nur wenig tröstlich für ihn, daß sein Vater fast gleich wieder zurückkehrte, da er aus irgendeinem Grund, den ich nicht kenne, für untauglich befunden wurde.

Vater erduldete diese Demütigung drei lange Jahre ... und lief dann mit zwölf von zu Hause weg, um sich als Trommlerjunge zu melden.

Mit einem Kahn fand er seinen Weg den Mississippi flußabwärts und machte das Camp des Zweiten Minnesota ausfindig, kurz bevor sich die Einheit Shermans langem Marsch zum Meer anschloß. Vaters Vetter Jules verbürgte sich für ihn, und er wurde vorläufig aufgenommen (zunächst, um ausgebildet zu werden, da er weder von Trommeln noch von Hörnern etwas verstand). Unterkunft und Verpflegung erhielt er zusammen mit der Stabskompanie.

Dann tauchte sein Vater auf und holte ihn wieder nach Hause.

Demzufolge dauerte Vaters Kriegsdienst etwa drei Wochen, und ein Gefecht erlebte er nicht. Nicht einmal diese drei Wochen wurden ihm später gutgeschrieben, wie er zu seiner Bestürzung erfuhr, als er um Aufnahme in die Veteranenorganisation der Union nachsuchte, die *Grand Army of the Republic*.

Es existierten keine Unterlagen mehr von seiner Dienstzeit, denn der Regimentsadjutant hatte ihn »entlassen« und Opa Acey erlaubt, ihn mitzunehmen, indem er einfach die Papiere vernichtete.

Ich denke, man muß davon ausgehen, daß Vater damit für sein Leben gezeichnet war.

Während der neun Tage, die Vater und Tom warten mußten, bis sie in die Armee aufgenommen werden konnten, sah ich keinen Hinweis darauf, daß Mutter nicht damit einverstanden gewesen wäre (von ihrem anfänglichen Ausdruck der Überraschung abgesehen). Allerdings lächelte sie nie. Man konnte die Spannung zwischen unseren Eltern richtig spüren, aber sie zeigten sie nicht.

Vater sagte etwas zu mir, das, so glaube ich wenigstens, einen gewissen Bezug zu dieser Spannung hatte. Wir waren in seinem Sprechzimmer, wo ich ihm half, die Patientenunterlagen zu entrümpeln und zu aktualisieren, um sie für die Dauer des Krieges an Dr. Chadwick weiterzugeben. Er sagte zu mir: »Wieso lächelst du nicht, mein Sonnenschein? Besorgt um deinen jungen Mann?«

»Nein«, log ich. »Er mußte gehen. Das weiß ich. Ich wünschte mir allerdings, du würdest nicht gehen. Aus eigensüchtigen Motiven, schätze ich. Du wirst mir fehlen, *cher papa*.«

»Du wirst mir auch fehlen. Ihr alle werdet mir fehlen.« Für einige Minuten sagte er nichts. Dann fuhr er fort: »Maureen, eines Tages könntest auch du damit konfrontiert werden – *wirst* du damit konfrontiert werden, denke ich –, nämlich daß dein Mann in den Krieg zieht. Manche Leute meinen, verheiratete Männer sollten das wegen ihrer Familien nicht tun.

Diese Meinung ist jedoch in sich widersprüchlich, und das auf verhängnisvolle Art und Weise. Der Familienvater kann es nicht riskieren, sich vornehm zurückzuhalten und den Junggesellen für sich kämpfen zu lassen. Es wäre eindeutig unfair, wenn ich erwarten würde, daß irgendein Junggeselle für meine Familie möglicherweise den Tod findet, während ich selbst nicht dazu bereit wäre, für sie zu sterben. Wenn viele verheiratete Männer eine solche Haltung an den Tag legen würden, würden sich die Junggesellen bald weigern, an ihrer Stelle in die Schlacht zu ziehen. Das wäre das Ende der Zivilisation. Der Barbar könnte ohne Gegenwehr einmarschieren.«

Vater sah mich mit besorgter Miene an. »Verstehst du das?« Ich denke, er wollte wirklich meine Meinung hören und wünschte sich meine Zustimmung.

»Vater ...« Ich brach ab und seufzte. »Ich glaube schon. Aber es gibt Gelegenheiten, wie eben jetzt, wo mir klar wird, daß mir Erfahrung fehlt. Ich wünsche mir nur, daß dieser Krieg schnell vorbei ist und du und Tom wieder nach Hause kommen, und ...«

»Und Brian Smith? Da bin ich ganz deiner Meinung.«

»Ja, sicher, aber ich dachte jetzt an Chuck. Chuck Perkins.«

»Chuck hat sich auch gemeldet? Guter Junge!«

»Ja, er hat es mir heute gesagt. Sein Vater war einverstanden und begleitet ihn morgen nach Joplin.« Ich zog schniefend eine Träne zurück. »Ich liebe Chuck nicht, aber ich bin ein wenig sentimental, was ihn betrifft.«

»Das ist begreiflich.«

Später am Tag gab ich mich Chuck auf dem Marston Hill hin, und die Sandflöhe und die Leute waren mir egal. Ich sagte Chuck, ich wäre stolz auf ihn, und bewies ihm das nach besten Kräften. (Ich benutzte allerdings einen Präser, wie ich es Vater versprochen hatte.) Und etwas Erstaunliches passierte. Ich war einfach in der Absicht mitgekommen, ein paar weibliche Freiübungen durchzuführen, die Chuck zeigen sollten, wie stolz ich auf ihn war und wie sehr ich seine Bereitschaft schätzte, für uns zu kämpfen. Und das Wunder geschah! Ein Feuerwerk, und was für eins! Mir vergingen Hören und Sehen, und ich drückte die Augen zu und ertappte mich dabei, wie ich laute Geräusche von mir gab.

Und etwa eine halbe Stunde später wiederholte sich das Wunder. Erstaunlich!

Chuck und sein Vater nahmen am nächsten Morgen den Acht-Uhr-sechs-Zug von Butler aus und waren noch am gleichen Nachmittag zurück – Chuck vereidigt und derselben Kompanie zugeteilt wie Tom (der C-Kompanie des Zweiten Regiments), auch mit einer ähnlichen Wartezeit. Und so suchten er und ich erneut eine (ziemlich) sichere Stelle auf, wo ich ihm noch einmal Lebewohl sagte und noch einmal das Wunder erlebte.

Nein, ich verliebte mich keinesfalls doch noch in ihn. Bis dahin hatten mich schon genug Männer gehabt, als daß ich einen kräftigen Orgasmus mit ewiger Liebe verwechselte. Aber ich fand es nett, so wie es war, und ich plante, Chuck so oft und so nachdrücklich Lebewohl zu sagen, wie es eben nur ginge, komme, was da wolle. Und das tat ich auch, bis zu dem Tag eine Woche später, als es wirklich hieß, sich von ihm zu verabschieden.

Chuck kehrte nie zurück. Nein, er fiel nicht in der Schlacht; er kam niemals über Chickamauga Park, Georgia, hinaus. Es war das Fieber, ob Malaria oder Gelbfieber, weiß ich nicht. Es kann auch Typhus gewesen sein. Es starben fünfmal so viele Leute am Fieber, wie im Kampf fielen. Auch sie sind Helden. Oder vielleicht nicht? Sie hatten sich freiwillig gemeldet, sie waren bereit zu kämpfen ... und hätten das Fieber nicht bekommen, wären sie zu Hause geblieben und dem Ruf zu den Waffen erst gar nicht gefolgt.

Hier muß ich wieder mal aufs Podium steigen. Während des ganzen zwanzigsten Jahrhunderts sind mir immer wieder Leute begegnet, die vom Krieg von 1898 entweder gar nichts wußten oder ihn herunterspielten. »Ach, *den* meinst du! Das war doch gar kein richtiger Krieg, nur ein Scharmützel. Was ist denn passiert? Hat er sich an der Zehe gestoßen, oder ist er vom San Juan Hill geflüchtet?«

(Ich hätte die Typen umbringen sollen! Ich habe jedoch wenigstens einem, der solche Reden schwang, einen Martini Extra Dry ins Gesicht geschüttet ...)

Verluste sind in jedem Krieg gleich schwer, denn der Tod ist immer derselbe.

Und obendrein wußten wir im Sommer 1898 gar nicht, daß der Krieg schnell vorbei sein würde. Die Vereinigten Staaten waren damals keine Supermacht, ja, sie waren überhaupt noch keine irgendwie geartete Weltmacht, während Spanien nach wie vor ein großes Imperium bildete. Soweit wir wußten, blieben unsere Männer vielleicht jahrelang im Feld – wenn sie überhaupt zurückkehrten. Die blutige Tragödie von 1861–1865 war alles, was wir an Maßstab in dieser Beziehung hatten, und sie hatte genauso begonnen ... indem der Präsident um ein paar zusätzliche Milizionäre bat. Meinen Eltern und Großeltern zufolge hätte sich damals niemand träumen lassen, daß die Rebellenstaaten – nur halb so groß und weniger als halb so stark bevölkert wie die Union und ganz ohne die Schwerindustrie, von der die moderne Kriegsführung abhängt – kein vernünftiger Mensch hätte sich damals träumen lassen, daß sie vier lange, freudlose, mörderische Jahre durchhalten würden.

Angesichts dieser Erfahrung gingen wir nicht davon aus, daß es leicht sein würde, Spanien zu schlagen; wir beteten einfach darum, daß unsere Männer eines Tages zurückkehrten.

Schließlich kam der Tag, an dem unsere Männer aufbrachen. Es war der 5. Mai. Ein Sonderzug für Soldaten kam aus Kansas City, fuhr den Bogen über Springfield und dann hinauf nach St. Louis und nach Osten. Ziel: Georgia. Wir alle kamen mit nach Butler, Mutter und Vater im Einspänner mit Loafer voraus, der Rest von uns in der Kutsche hinterher, die sonst nur sonntags benutzt wurde, mit Tom auf dem Kutschbock, von dem aus er Daisy und Beau steuerte. Der Zug fuhr ein, und wir verabschiedeten uns in aller Eile, während schon »Alles einsteigen!« gebrüllt wurde. Vater übergab Loafer an Frank, und ich übernahm die Kutsche mit dem sanften Gespann.

Tatsächlich fuhr der Zug dann gar nicht so schnell los, denn außer Soldaten mußte auch Gepäck und Fracht eingeladen werden. In der Mitte des Zuges befand sich ein Plattformwagen mit einer Blaskapelle darauf, die vom Dritten Regiment (Kansas City) gestellt wurde, und sie spielte während der gesamten Aufenthaltszeit ein Militärmusik-Medley.

Die Kapelle blies *Mine eyes have seen the glory* und machte nacheinander übergangslos mit *I wish I was in de land ob cotton, Tenting tonight, tenting tonight* und ... *stuck a feather in his cap and called it macaroni!* weiter. Als sie gerade *In my prison cell I sit* ... spielten, tutete die Lokomotive, und der Zug setzte sich in Bewegung. Die Musiker sprangen vom Plattformwagen und stiegen in den nächsten Waggon, wobei der Mann mit der Tuba Hilfe benötigte.

Wir machten uns auf die Heimfahrt, und in Gedanken hörte ich immer noch *Tramp, tramp, tramp, the boys are marching* und diese tragische erste Zeile *In my prison cell I sit* .... Später erzählte mir jemand, der Mann, der das geschrieben hätte, hätte wohl nichts davon verstanden, denn in Kriegsgefangenenlagern gäbe es nichts so Luxuriöses wie Zellen. Er zitierte Andersonville.

So, wie mir damals zumute war, reichte das Lied, um mir die Tränen in die Augen zu treiben, so daß ich nichts mehr sehen konnte. Das spielte jedoch keine Rolle; Beau Brummel und Daisy waren nicht auf meine Hilfe angewiesen. Man brauchte für gewöhnlich nur die Zügel hängen zu lassen, und sie zogen uns von allein nach Hause. Und das taten sie auch diesmal.

Ich half Frank beim Ausschirren beider Gespanne und ging dann ins Haus und nach oben. Als ich gerade die Tür hinter mir geschlossen hatte, kam Mutter und klopfte an. Ich machte ihr auf. »Ja, Mutter?«

»Maureen, dein *Golden Treasury* ... Dürfte ich es mir ausleihen?«

»Sicher.« Ich holte das Buch unter meinem Kopfkissen hervor und reichte es ihr. »Es ist Nummer dreiundachtzig, Mutter, auf Seite sechzig.«

Sie blickte überrascht auf und blätterte dann durch die Seiten. »Stimmt«, sagte sie und schaute mich an. »Wir müssen jetzt tapfer sein, Liebes.«

»Ja, Mutter, das müssen wir.«

Wo wir gerade von Gefängniszellen sprechen – Pixel ist wieder in meiner aufgetaucht und hat ein Geschenk mitgebracht. Eine tote Maus, noch warm. Er ist ungeheuer zufrieden mit sich und wartet eindeutig darauf, daß ich sie esse.

Wie komme ich aus dieser Sache bloß wieder heraus?

KAPITEL SECHS

WHEN JOHNNY COMES MARCHING HOME ...

Der Rest des Jahres 1898 war ein langer böser Traum. Unsere Männer waren in den Krieg gezogen, und es war schwierig herauszufinden, wie die Sache für uns stand. Ich erinnere mich an die Zeit sechzig Jahre danach, als der böse Blick des Fernsehens aus dem Krieg einen Zuschauersport machte und man auch nicht davor zurückschreckte, Angriffe zeitlich so zu legen, daß sie live in den Abendnachrichten gesendet werden konnten. Kann man sich überhaupt eine scheußlichere und ironischere Möglichkeit zu sterben vorstellen als für einen Fernsehmoderator, nur damit dieser noch schnell einen Kommentar loswird, ehe er den Bildschirm für die Bierwerbung freigibt?

Im Jahr 1898 wurden die Schlachten nicht live ins Wohnzimmer übertragen; wir hatten selbst lange nach den tatsächlichen Ereignissen noch Schwierigkeiten, herauszufinden, was eigentlich passiert war. Schützte unsere Marine die Ostküste (wie es die dortigen Politiker forderten), oder trieb sie sich irgendwo in der Karibik herum? Hatte die *Oregon* Kap Horn umrundet, und würde sie rechtzeitig zur Flotte stoßen? Wieso gab es eine zweite Schlacht von Manila? Hatten wir die Schlacht in der Bucht von Manila nicht schon Wochen vorher gewonnen?

Im Jahr 1898 verstand ich noch herzlich wenig von militärischen Dingen; ich wußte nicht mal, daß Zivilisten gar nichts von der Position einer Flotte oder den geplanten Bewegungen einer Armee wissen sollten. Ich wußte nicht, daß alles, was einem Außenstehenden bekannt wird, nur Minuten später auch zu feindlichen Agenten vordringt. Ich hatte noch nie etwas vom »Recht der Öffentlichkeit auf Informationen« gehört, einem Recht, das überhaupt nicht in der Verfassung festgehalten ist, in der zweiten Hälfte des zwanzigsten Jahrhunderts aber sakrosankt wurde. Diesem sogenannten ›Recht‹ zufolge war es okay (vielleicht bedauerlich, aber doch nötig), wenn Soldaten oder Seeleute oder Flieger starben, nur damit die ›Öffentlichkeit‹ um Gottes willen ›informiert‹ wurde.

Damals mußte ich erst noch lernen, daß man das Leben unserer Männer weder dem Kongreß noch den Medien anvertrauen konnte.

Ich will ja fair bleiben. Gehen wir ruhig davon aus, daß über neunzig Prozent der Kongreßabgeordneten und der Reporter ehrlich und ehrenwert sind. In diesem Fall genügt es, wenn sich weniger als zehn Prozent als mörderische Idioten erweisen, denen das Leben von Helden egal ist, und schon vernichtet diese Minderheit Menschenleben, verliert Schlachten und verändert den Lauf eines Krieges.

Diese grimmigen Gedanken kamen mir 1898 noch nicht. Es erforderte schon den damaligen Krieg und zwei Weltkriege sowie zwei unerklärte Kriege (›Polizeiaktionen‹, um Himmels willen!), damit ich erkannte, daß man weder unserer Regierung noch der Presse Menschenleben anvertrauen durfte.

»Eine Demokratie funktioniert nur dann gut, wenn der einfache Mann ein Aristokrat ist. Gott muß den einfachen Mann allerdings hassen; Er hat ihn so verdammt einfach gemacht! Versteht dieser einfache Mann denn etwas von Ritterlichkeit? Davon, daß Adel verpflichtet? Von aristokratischen Verhaltensmaßregeln? Persönlicher Verantwortung für das Wohlergehen des Staates? Da könnte man gleich nach dem Fell eines Frosches suchen.« Hörte ich Vater das sagen? Nein. Nun, nicht ganz jedenfalls. Ich erinnere mich, daß es so um zwei Uhr früh in der Oyster Bar des Benton House in Kansas City gesagt wurde, nachdem Mr. Clemens dort im Januar 1898 einen Vortrag gehalten hatte. Vielleicht sagte Vater einen Teil der oben genannten Worte, vielleicht stammten sie auch ganz von Mr. Clemens, oder vielleicht haben sie sie gemeinsam ausgeheckt. Nach so vielen Jahren kann ich mich nicht mehr genau daran erinnern.

Mr. Clemens und Vater vertieften sich damals in rohe

Austern, Philosophie und Brandy. Ich bekam ein kleines Glas Portwein. Sowohl der Portwein als auch rohe Austern waren neu für mich. Mir schmeckte beides nicht, und der Gestank von Mr. Clemens' Zigarre machte es auch nicht besser.

(Ich hatte Mr. Clemens versichert, daß ich das Aroma einer guten Zigarre zu schätzen wüßte; er möge ruhig rauchen. Ein Fehler!)

Ich hätte jedoch mehr als Zigarrenqualm und rohe Austern ertragen, nur um in dieser Nacht dabeizusein. Auf dem Podium hatte Mr. Clemens ganz wie auf den Fotos ausgesehen – ein jovialer Satan mit einem Heiligenschein aus weißem Haar, gekleidet in einen schönen, maßgeschneiderten weißen Anzug. Aus der Nähe wirkte er einen Fuß kleiner, war warmherzig und charmant und machte aus mir eine noch inbrünstigere Bewunderin seiner Person, indem er mich wie eine erwachsene Lady behandelte.

Ich war Stunden länger auf als sonst und mußte mich fortwährend zwicken, um nicht einzuschlafen. Am besten erinnere ich mich noch an Mr. Clemens' Diskurs über Katzen und Rotschöpfe, der aus dem Stegreif speziell für mich erdacht worden war, glaube ich. Er ist nirgendwo in seinen veröffentlichten Werken zu finden, nicht einmal in denen, die die Universität von Kalifornien fünfzig Jahre nach seinem Tod herausgab.

Weiß der geneigte Leser schon, daß Mr. Clemens ein Rotschopf war? Aber das Thema muß noch warten.

Die Nachricht von der Unterzeichnung des Friedensprotokolls erreichte Thebes am Freitag, dem 12. August. Mr. Barnaby, unser Direktor, rief uns alle in den Vorlesungssaal, erzählte uns davon und entließ uns anschließend. Ich rannte nach Hause und stellte fest, daß Mutter schon Bescheid wußte. Wir weinten eine Weile zusammen, während um uns herum Beth und Lucille lärmten. Anschließend begannen Mutter und ich einen kompletten, gar nicht jahreszeitgemäßen Frühjahrsputz, damit alles bereit war, wenn Vater und Tom (Und auch Mr. Smith? Diese Frage äußerte ich allerdings nicht!) irgendwann nächste Woche eintrafen. Frank erhielt die Anweisung, den Rasen zu mähen und sich auch um alles andere zu kümmern, was rings um das Haus erledigt werden mußte – so nach der Devise: Stell keine Fragen, tue es einfach!

Der Gottesdienst am Sonntag war eine fröhliche Lobet-den-Herrn-Geschichte, bei der Reverend Timberly noch weitschweifiger und dümmer als üblich redete, was aber niemandem etwas ausmachte, mir am allerwenigsten.

Nach der Kirche sagte Mutter: »Maureen, gehst du morgen zur Schule?«

Ich hatte darüber noch gar nicht nachgedacht. Die Thebes-Schuldirektion hatte beschlossen, die High School auch über den Sommer offenzuhalten (zusätzlich zum üblichen Aufholunterricht für die Dummköpfe der Grammar School). Das war als patriotische Tat zu verstehen, damit die älteren Jungen die Schule schneller abschließen und sich zur Armee melden konnten. Ich hatte mich für die Sommerschule gemeldet, sowohl um meine Bildung zu ergänzen (da ich den Gedanken ans College aufgegeben hatte) als auch die schmerzliche Leere auszufüllen, die Vaters und Toms (und Mr. Smiths) Fortgang hinterlassen hatte.

(Ich habe den größten Teil meines Lebens auf Männer gewartet, die im Krieg waren. Und einige davon sind nicht zurückgekehrt.)

»Mutter, das habe ich mir noch gar nicht überlegt. Glaubst du wirklich, daß morgen wie üblich Unterricht ist?«

»Das tue ich. Hast du gelernt?«

(Sie wußte genau, daß ich es nicht hatte. Man kann nicht besonders viele unregelmäßige griechische Verben lernen, während man auf den Knien kauert und den Küchenboden schrubbt.) »Nein, Ma'am.«

»Und? Was würde dein Vater von dir erwarten?«

Ich seufzte. »Ja, Ma'am.«

»Bemitleide dich nicht selbst. Die Sommerschule war

deine Idee. Du solltest die Gelegenheit nicht versäumen, zusätzlich was zu lernen. Los jetzt! Das Abendessen mache ich heute allein.«

Sie kamen in dieser Woche nicht zurück.

Sie kamen nicht in der nächsten Woche zurück.

Sie kamen nicht in diesem Herbst zurück.

Sie kamen nicht in diesem Jahr zurück.

(Chucks Leiche wurde nach Hause gebracht. Der Veteranenverband organisierte den militärischen Salut, und ich nahm an meinem ersten Militärbegräbnis teil und weinte in einem fort. Ein Hornbläser mit weißen Haaren spielte für Charles: … *sleep in peace, soldier brave, God is nigh.*

Ich stand in meinem Leben nicht oft davor, gläubig zu werden, aber wenn, dann war es stets, wenn ich ›Taps‹ hörte. Das ist selbst heute noch so.)

Nach der Sommerschule 1898 stand ich im September vor der Frage, ob ich weiter zur Schule gehen sollte oder nicht, und wenn ich es tat, dann wo? Zu Hause wollte ich nicht bleiben, wo mir wenig mehr zu tun blieb, als Kindermädchen für George zu spielen. Da ich nicht auf die Columbia gehen konnte, wollte ich wenigstens die Butler-Akademie besuchen, eine Zwei-Jahres-Privatschule, die die Fächer der philosophischen Fakultät anbot und deren Abschluß sowohl an der Columbia als auch der Lawrence akzeptiert wurde. Mutter gegenüber wies ich darauf hin, daß ich an Weihnachts- und Geburtstagsgeschenken gespart hatte sowie über »Kleingeld« verfügte (»Kleingeld« war das, was ich selbst verdient hatte, sei es mit dem Hüten von Nachbarskindern oder der Betreuung eines Standes auf dem Countyfest usw. – was allerdings ziemlich selten geschah). Insgesamt hätte ich also genug für das Schuldgeld und die Bücher.

»Wie kommst du hin und zurück?« fragte Mutter.

»Wie kommt Tom hin und zurück?« hielt ich ihr entgegen.

»Beantworte eine Frage nicht mit einer Gegenfrage, junge Dame! Wir wissen beide, wie dein Bruder es getan hat – mit dem Einspänner bei gutem Wetter, zu Pferde bei schlechtem. Beim allerschlimmsten Wetter blieb er ganz zu Hause. Dein Bruder ist jedoch ein erwachsener Mann. Erzähle mir, wie du es anstellen möchtest.«

Ich dachte darüber nach. Der Einspänner war kein Problem. Die Akademie verfügte über einen Stall für die Pferde. Zu Pferd? Ich konnte fast so gut reiten wie meine Brüder, aber Mädchen gehen nun mal nicht mit dem Overall in die Schule, und ein Damensattel war keine gute Idee bei Wetterbedingungen, die den Einspänner ausschlossen. Aber selbst bei gutem Wetter und mit dem Einspänner würde ich vom späten Oktober bis zum frühen März schon vor Tagesanbruch los müssen und erst nach Einbruch der Dunkelheit zurück sein.

Im Oktober 1889 war Sarah Trowbridge mit dem Einspänner von der Farm ihres Vaters aufgebrochen, um die vier Meilen nach Rich Hill zu fahren. Pferd und Wagen waren wieder nach Hause gekommen, aber Sarah selbst ward nie mehr gesehen.

An und für sich war es bei uns in der Gegend ziemlich ruhig, aber das gefährlichste Tier läuft seit eh und je auf zwei Beinen – und das manchmal auf einsamen Landstraßen.

»Ich habe keine Angst, Mutter.«

»Was meinst du, welchen Rat dir dein Vater geben würde?«

Also kapitulierte ich und bereitete mich darauf vor, für ein weiteres Semester (oder mehrere) auf die High School zurückzukehren. Diese Schule war weniger als eine Meile entfernt, und auf der ganzen Strecke hatten wir Bekannte in Rufweite. Der größte Vorteil dabei war, daß unsere High School Kurse anbot, für die ich bislang nicht die Zeit gefunden hatte. Ich machte mit Griechisch und einem zusätzlichen Jahr Latein weiter, begann mit Differentialrechnung und Deutsch und belegte als Gasthörerin Geologie und Geschichte des Mittelalters, anstatt diese beiden Stunden im

Lesesaal zu verbringen. Und natürlich nahm ich weiterhin samstagsvormittags Klavierunterricht. Drei Jahre lang war Mutter meine Lehrerin gewesen, und dann hatte sie entschieden, daß es besser für mich wäre, eine fachkundigere Ausbildung zu erhalten, als sie selbst sie durchführen konnte. Es handelte sich dabei um ein Geschäft auf Gegenseitigkeit; Miss Primrose war Vater verpflichtet, nicht nur ihrer selbst wegen, sondern auch für die Behandlung ihrer kränkelnden, steinalten Mutter.

So wurde also verhindert, daß ich in irgendwelche Schwierigkeiten geriet. Das neue Schuljahr begann im September 1898, und mir blieb auch in der Folge genug Zeit, um jede Woche einen unsentimentalen Brief voller Neuigkeiten an Mr. Smith (*Sergeant* Smith!) zu schreiben sowie je einen weiteren an Tom, an Vater und an Chuck ... bis einer der letzteren zurückgesandt wurde, eine Woche, ehe Chuck selbst für immer zurückkehrte.

Ich traf keine Jungs oder jungen Männer, jedenfalls keine, die erwähnenswert gewesen wären. Die guten waren in den Krieg gezogen. Die zurückgebliebenen fielen mir meist dadurch auf, daß ihnen der Geifer aus den Lefzen tropfte. Oder daß sie einfach viel zu jung für mich waren. Ich hielt Mr. Smith nicht absichtlich die Treue. Er hatte mich nie darum gebeten, und ich erwartete auch nicht, daß er mir treu blieb. Wir hatten erst eine einzige Begegnung hinter uns. Gut, sie war hochgradig erfolgreich verlaufen, aber eine Verlobung konnte man trotzdem noch nicht daraus ableiten.

Untreu wurde ich ihm nur mit meinem Cousin Nelson, der aber kaum zählt. Nelson und ich hatten eines gemeinsam: Wir waren beide scharf wie eine ganze Herde Ziegen, und das ständig. Und noch etwas: Was neugierige Mitmenschen anging, verhielten wir uns beide so vorsichtig wie eine Katze mit Jungen.

Ich überließ ihm die Auswahl der Zeiten und Plätze; er hatte einen Sinn für Geheimniskrämerei. Was unsere Beziehung in der Öffentlichkeit anging, so hielten wir sie auf dem

Niveau eines angenehmen Siedens, ohne die Leute argwöhnisch zu machen. Nelson hätte ich glatt heiraten können, obwohl er jünger war als ich, wären wir nicht so eng miteinander verwandt gewesen. Ein wirklich lieber Junge (abgesehen von diesem Zitronenkuchen!).

Sie kamen selbst an Weihnachten nicht zurück, nur zwei weitere Leichname. Ich nahm Chuck zuliebe an beiden Begräbnissen teil.

Im Januar kam dann mein Bruder Tom mit seinem Regiment nach Hause marschiert. Mutter und Frank fuhren nach Kansas City, um bei der Ankunft des Truppenzuges sowie der Parade auf der Walnut dabeizusein. Anschließend ging es zurück zum Zug, der die meisten in ihre Heimatorte weiterbefördern würde. Ich blieb zu Hause, um für meine Schwestern und George zu sorgen, und dachte insgeheim, daß das sehr nobel von mir war.

Tom hatte einen Brief für Mutter dabei:

An Mrs. Ira Johnson
Mit freundlicher Unterstützung des Obergefreiten T. J. Johnson, C-Kompanie, Zweites Missouri-Regiment.
Madam,
ich hatte gehofft und erwartet, mit demselben Zug heimkehren zu können wie unser Sohn Tom. Nach den Bedingungen, unter denen ich die Ernennung zum Chirurgen in unserer Staatsmiliz für den Bundesdienst akzeptierte, kann ich nicht länger als 120 Tage über die Verkündung des Friedens hinaus festgehalten werden, id est *den 12. Dezember oder den 6. Januar – wobei sich der Datumsunterschied aus einer rechtlichen Streitfrage ergibt, die zur Zeit diskutiert wird.*

Ich bedaure, dir mitteilen zu müssen, daß der General der Sanitätseinheit der Armee mich und meine Berufskollegen darum gebeten hat, unseren Dienst hier fortzusetzen – wobei praktisch täglich neu entschieden wird, auf wessen Dienste verzichtet werden kann –, und daß ich akzeptiert habe.

Wir hatten geglaubt, wir hätten die verheerenden Fieber bereits unter Kontrolle, könnten die hiesigen Feldlazaretts auflösen und die verbliebenen Patienten nach Fort Bragg schicken, aber durch das Eintreffen neuer Fälle aus Tampa vor drei Wochen wurde diese Hoffnung zunichte gemacht.

Um es kurz zu halten, Madam: Meine Patienten brauchen mich. Ich werde sofort nach Hause kommen, wenn der General der Sanitätseinheit beschließt, daß er mich nicht mehr braucht, und ich folge dabei mehr dem Hippokratischen Eid, als daß ich mich durch das Gezänk über die Buchstaben des Vertrages beeindrucken ließe.

Ich vertraue auf dein Verständnis, das ich auch in der Vergangenheit schon so häufig fand.

Dein dich liebender Gatte
Dr. med. Ira Johnson,
Hauptmann, Sanitätskorps, Armee der Vereinigten Staaten.

Mutter ließ sich nicht dabei erwischen, wie sie weinte … und ich ebenfalls nicht.

Ende Februar erhielt ich ein Schreiben von Mr. Smith, abgestempelt in Cincinnati!

Liebste Miss Maureen,
wenn Sie dieses Schreiben lesen, werde ich den bunten Rock bereits abgelegt haben und wieder Zivil tragen. Unser Pionierbataillon der Ohio-Miliz rollt gerade gen Westen, während ich dies schreibe.

Es ist mein innigster Wunsch, Sie wiederzusehen und erneut um Ihre Hand anzuhalten. Mit dieser Absicht im Hinterkopf plane ich, mich nach einigen Tagen bei meiner Familie wieder in Rolla einzuschreiben. Obwohl ich im April letzten Jahres den um sechs Wochen vorgezogenen Abschluß gemacht habe, ist das kein Ersatz für die versäumte akademische Arbeit. Ich habe vor, das Versäumte nachzuholen und noch ein wenig zuzulegen, was wiederum bedeutet, daß ich an den Wochenenden nicht weit von Thebes sein werde. (Das war es also, worauf der listige Bursche schon die ganze Zeit hinausgewollt hatte!)

Dürfte ich darauf hoffen, Sie am Samstag nachmittag, dem 4. Mai, und auch Sonntag, dem 5., wiederzusehen? Eine Postkarte sollte mich spätestens an der Bergbauschule erreichen, aber falls ich nichts von Ihnen höre, gehe ich davon aus, daß Ihre Antwort ja lautet.

Dieser Zug fährt einfach zu langsam für meinen Geschmack!

Meine Hochachtung vor Ihren Eltern und Grüße an die ganze Familie!

Voller Vorfreude auf den Vierten
verbleibt Ihr sehr ergebener
Brian Smith, Bakkalaureus der Naturwissenschaften,
Sergeant, Pionierbataillon, Ohio-Miliz (Bundesdienst)

Ich las den Brief zweimal und holte dann tief Luft und hielt den Atem an, um mein Herz zu beruhigen. Anschließend suchte ich Mutter auf und bat sie, den Brief ebenfalls zu lesen. Sie tat es und lächelte. »Das freut mich für dich, Liebes.«

»Ich muß ihn nicht darum bitten zu warten, bis auch Vater wieder zurückgekehrt ist?«

»Dein Vater hat Mr. Smith bereits seine Billigung verliehen, worin ich ihm zustimme. Mr. Smith ist hier willkommen.« Sie machte ein nachdenkliches Gesicht. »Würdest du ihn bitten, seine Uniform mitzubringen?«

»Wirklich?«

»Gewiß. Er kann sie dann am Sonntag in der Kirche tragen. Würde dir das gefallen?«

Und ob! Ich sagte es ihr. »Wie es auch Tom am ersten Sonntag nach seiner Rückkehr getan hat! Mann!«

»Wir werden stolz auf ihn sein. Ich habe vor, auch deinen Vater am ersten Sonntag nach seiner Rückkehr zu bitten, daß er seine Uniform anzieht.« Sie überlegte. »Maureen, es besteht kein Grund für Mr. Smith, sich mit Mrs. Hendersons Pension abzugeben oder bis nach Butler zum Mansion House zurückzufahren. Frank könnte das zweite Bett in Toms Zimmer nehmen, und Mr. Smith könnte Edwards altes Zimmer bekommen.«

»Oh, das wäre aber schön!«

»Ja, Liebes. Aber ... Sieh mich mal an, Maureen!« Sie hielt meinen Blick fest. »Ich möchte allerdings nicht, daß deine Geschwister – einschließlich Thomas', wie ich hinzufügen muß – einen Hinweis oder auch nur einen Verdacht bekommen, hier könnte irgend etwas Unschickliches vor sich gehen. Das gilt sowohl für dich als auch für Mr. Smith!«

Ich wurde rot bis zu den Schlüsselbeinen. »Ich verspreche es, *chère maman*.«

»Es ist nicht nötig, irgendwas zu versprechen. Seid einfach diskret. Wir sind beide Frauen, liebe Tochter; ich möchte dir nur helfen.«

Der März brach ausgesprochen mild an, was mir nur recht war, da ich nicht einen ganzen Nachmittag lang schön anständig im Salon sitzen wollte. Es wurde warm und sonnig, und es wehte kein nennenswerter Wind. Und so gab ich am Samstag, dem 4., die perfekte, schüchterne Jungfrau mit Sonnenschirm und Gigots und einer wirklich albernen Menge an Unterröcken ab ... bis Daisy uns hundert Meter weit gezogen hatte und wir damit außer Rufweite von zu Hause waren. »Briney!«

»Ja, Miss Maureen?«

»›Miss Maureen‹, ach du liebe Güte! Briney, du hast mich schon mal gehabt; jetzt, wo wir unter uns sind, brauchst du nicht mehr so förmlich zu sein. Hast du eine Erektion?«

»Jetzt, wo du es erwähnst ... Ja!«

»Wenn du nein gesagt hättest, wäre ich in Tränen ausgebrochen. Sieh mal, Liebling, ich habe da einen absolut süßen Platz gefunden ...«

Nelson hatte ihn gefunden. Es hatte ganz den Anschein, daß niemand sonst davon wußte. Wir mußten Daisy durch zwei enge Stellen lotsen und schirrten sie dann los, damit sie grasen konnte, während wir den Einspänner umdrehten. Die Stute hätte das nie geschafft; da war einfach zu wenig Platz.

Ich breitete die Decke auf einer kleinen Grasfläche aus, die durch dichtes Gebüsch vom Ufer abgeschirmt wurde, und zog mich unter den verlangenden Blicken Brians aus – bis auf die Haut, bis auf Strümpfe und Schuhe.

Das Fleckchen mag zwar ein verschwiegener Ort gewesen sein, aber in einer Viertelmeile Umkreis muß mich jeder gehört haben. Beim ersten Mal wurde ich ohnmächtig. Als ich wieder die Augen öffnete, mußte ich feststellen, daß mein Briney-Junge sich Sorgen machte. »Alles in Ordnung mit dir?« fragte er.

»Noch nie in meinem Leben war alles mehr in Ordnung als jetzt! Danke, Sir! Du warst wunderbar! Großartig! Ich bin gestorben und in den Himmel aufgefahren.«

Er lächelte mich an. »Du bist nicht tot. Du bist hier und du bist wundervoll, und ich liebe dich.«

»Tust du das, ja? Brian, hast du ehrlich vor, mich zu heiraten?«

»Das habe ich.«

»Selbst wenn ich für die Howard-Stiftung nicht geeignet sein sollte?«

»Rotschöpfchen, die Stiftung hat uns miteinander bekannt gemacht, hatte aber nichts damit zu tun, daß ich wieder zu dir zurückgekommen bin. Ich würde für das Privileg, dich heiraten zu können, glatt für sieben Jahre in die Lehre gehen, wie dieser eine Kerl in der Bibel.«

»Ich hoffe, du meinst das ernst! Möchtest du erfahren, warum ich nicht geeignet bin?«

»Nein.«

»So? Ich sag's dir trotzdem, weil ich deine Hilfe brauche.«

»Zu Ihren Diensten, Ma'amselle!«

»Ich bin nicht geeignet, weil ich nicht schwanger bin. Wenn du dich nur ein klein wenig aufrichten würdest, könnte ich dir dieses Gummiding abnehmen. Wenn du dich genügend ausgeruht hast, würdest du dann bitte für meine Eignung sorgen? Briney, fangen wir mit unserem ersten Baby an!«

Er überraschte mich ... indem er fast sofort wieder bereit war. Selbst Nelson schaffte das nicht so schnell. Mein Brian war ein bemerkenswerter Mann.

Nackt auf nackt fühlte sich genauso perfekt an, wie ich es schon immer vermutet hatte. Diesmal war ich noch lauter. Ich habe seitdem die Kunst des stillen Orgasmus' gelernt, aber ich gehe lieber auch stimmlich voll mit, wenn es die Umstände erlauben. Den meisten Männern gefällt Applaus. Besonders Briney.

Schließlich seufzte ich: »Das war es! Danke, Sir. Ich bin jetzt eine werdende Mutter. Ich habe gespürt, wie wir ins Schwarze getroffen haben. *Peng*!«

»Maureen, du bist wundervoll!«

»Ich bin tot. Ich bin glücklich gestorben. Bist du hungrig? Ich habe ein paar winzige gefüllte Windbeutel zum Mittagessen gemacht.«

»Ich möchte dich zum Mittagessen.«

»Schmus. Wir müssen dich bei Kräften halten. Es geht nicht an, daß du Mangelerscheinungen kriegst.« Ich erzählte ihm von dem Arrangement für die kommende Nacht – und weitere Nächte. »Natürlich weiß Mutter alles darüber; sie ist selbst eine Howard-Braut. Sie möchte nur, daß wir uns nichts anmerken lassen. Briney, sind deine Eltern rothaarig?«

»Mutter ist es. Dads Haare sind so dunkel wie meine. Warum?«

Ich erzählte ihm von Mr. Clemens' Theorie. »Er sagt, Rothaarige würden von Katzen abstammen, die übrige Menschheit dagegen von Affen.«

»Klingt logisch. Nebenbei, ich habe vergessen, etwas zu erwähnen: Wenn du mich heiratest, gehört mein Katze mit zum Paket.«

»Hättest du mir das nicht sagen sollen, ehe du mich gebumst hast?«

»Vielleicht. Hast du was gegen Katzen?«

»Ich spreche nicht mal mit Menschen, die was gegen Katzen haben. Briney, mir ist kalt. Fahren wir lieber nach

Hause.« Die Sonne hatte sich hinter einer Wolke versteckt, und die Temperatur fiel auf einmal – typisches Märzwetter in Missouri.

Während ich mich anzog, spannte Briney Daisy wieder vor den Wagen. Brian versteht sich auf jenen sanften und doch festen Griff, der Pferde (und Frauen) überzeugt. Daisy gehorchte ihm so bereitwillig wie mir, obwohl sie sich vor Fremden sonst schrecklich fürchtet.

Als wir zu Hause eintrafen, klapperte ich mit den Zähnen. Frank hatte jedoch bereits den Regulierofen im Salon angeheizt, und wir verputzten mein Picknick direkt daneben. Ich lud Frank dazu ein. Er hatte zwar längst zu Mittag gegessen, fand aber für Windbeutel immer noch ein wenig Platz.

Meine Periode wäre am achtzehnten März fällig gewesen; sie trat nicht ein. Ich erzählte es Briney, aber niemandem sonst. »Vater sagt immer, es würde nichts bedeuten, wenn sie einmal ausbleibt. Wir sollten noch warten.«

»Wir warten.«

Vater kam am 1. April wieder nach Hause, und für einige Tage herrschte ein glückliches Chaos in der Familie. Meine nächste Periode wäre am 15. April fällig gewesen – und es rührte sich gar nichts. Briney stimmte mir darin zu, daß es Zeit war, Vater Bescheid zu sagen. Das tat ich dann auch gleich am selben Samstagnachmittag. Vater sah mich ernst an. »Wie fühlst du dich dabei, Maureen?«

»Ich bin völlig glücklich, Sir! Ich habe absichtlich dafür gesorgt. Jetzt würde ich Mr. Smith gerne schnellstmöglich heiraten.«

»Vernünftig. Nun, rufen wir deinen jungen Mann doch mal herein. Ich möchte gerne unter vier Augen mit ihm sprechen.«

»Darf ich wirklich nicht dabeisein?«

»Auf gar keinen Fall.«

Als ich wieder hineindurfte, ging Vater hinaus. Ich sagte zu Briney: »Man sieht gar kein Blut an dir.«

»Er hat nicht mal nach der Schrotflinte gegriffen. Er erklärte mir lediglich deine Tricks.«

»*Was* für Tricks?«

»Komm, komm, reg dich ab!«

Vater kam in Mutters Begleitung zurück und sagte: »Ich habe Mrs. Johnson von den ausgebliebenen Perioden berichtet.« Er wandte sich an Mutter. »Wann, denkst du, sollten sie heiraten?«

»Mr. Smith, wann endet Ihre Ausbildung in Rolla?«

»Meine letzte Prüfung findet am Freitag, dem 19. Mai, statt, Ma'am. Die Abschlußfeier ist nicht vor dem 2. Juni, aber das betrifft mich ohnehin nicht.«

»Ich verstehe. Wäre euch beiden Samstag, der 20. Mai, recht? Mr. Smith, glauben Sie, daß Ihre Eltern zur Hochzeit herkommen können?«

Am 20. Mai um neunzehn Uhr dreizehn saßen mein Mann und ich im Kansas City Southern Express von Butler in Richtung Norden. ›Express‹ bedeutete in diesem Zusammenhang, daß der Zug für Kühe, Milchkannen und Frösche anhielt, nicht jedoch für Leuchtkäfer. »Briney, mir tun die Füße weh«, sagte ich.

»Dann zieh doch die Schuhe aus.«

»In aller Öffentlichkeit?«

»Du brauchst dich nicht mehr um die Meinung irgendwelcher Leute zu kümmern, von meiner abgesehen – und ich gebe einen Pfifferling drauf.«

»Danke, Sir. Ich traue mich aber nicht, sie auszuziehen; die Füße würden sicher anschwellen, und ich käme nie wieder in die Schuhe hinein. Briney, wenn wir das nächstemal heiraten, laß uns einfach heimlich durchbrennen.«

»Ist recht. Wir hätten es diesmal schon machen sollen. Was für ein Tag!«

Ich hatte mittags heiraten wollen, war aber von Mutter

ebenso überstimmt worden wie von meiner angehenden Schwiegermutter, dem Priester, der Frau des Priesters, dem Organisten, dem Hausmeister der Kirche sowie allen anderen, die es für angebracht gehalten hatten, ihre Meinung beizusteuern. Ursprünglich war ich davon ausgegangen, daß eine Braut bei der eigenen Hochzeit ihren Willen haben konnte (solange er nicht den Geldbeutel ihres Vaters sprengte), aber anscheinend hatte ich zu viele romantische Geschichten gelesen. Ich hatte so früh wie möglich am Tag heiraten wollen, um vor Einbruch der Dunkelheit in Kansas City zu sein. Als ich meine Pläne in jeder Hinsicht vereitelt sah, wandte ich mich an Vater.

Er schüttelte den Kopf. »Tut mir leid, Maureen, aber bei uns steht in der Verfassung, daß der Vater der Braut bei einer Hochzeit keinerlei Rechte genießt. Er darf nur die Rechnung bezahlen und die Braut herausrücken. Ansonsten hat er sich in Bescheidenheit zu üben. Hast du deiner Mutter gesagt, warum du gerne den früheren Zug erreichen würdest?«

»Ja, Sir.«

»Was hat sie geantwortet?«

»Sie sagte, man wäre bei allen Planungen von der Voraussetzung ausgegangen, daß die Smiths mit dem Zehn-Uhrzweiundvierzig eintreffen würden, früh genug für eine Hochzeit um vier, aber nicht um zwölf. Ich sagte: ›Aber Mutter, die sind doch schon da!‹ Und sie sagte, es wäre jetzt aber zu spät, um noch was zu ändern. Ich sagte: ›Wer behauptet das? Und wieso hat mich keiner gefragt?‹ Und sie sagte: ›Sei still und hör auf, herumzuwackeln. Jetzt muß ich das noch mal feststecken!‹ Vater, es ist einfach furchtbar! Ich werde wie eine Kuh behandelt, die man auf einer Ausstellung zeigen möchte. Und mir hört auch keiner zu, genau wie bei der Kuh.«

»Maureen, es ist wahrscheinlich wirklich zu spät, um noch etwas zu ändern. Zugegeben, man hätte sich nach deinen Wünschen richten sollen, aber es sind inzwischen keine achtundvierzig Stunden mehr bis zur Hochzeit, und wenn Adele sich erst einmal richtig festgebissen hat, hört sie auf niemanden mehr. Ich wünschte, ich könnte dir helfen, aber sie würde auch auf mich nicht hören.« Vater sah nicht weniger unglücklich aus, als ich mich fühlte. »Beiß die Zähne zusammen und warte einfach ab, bis es vorbei ist. Sobald Bruder Timberly sagt ›Hiermit erkläre ich euch zu Mann und Frau‹, brauchst du auf niemanden mehr zu hören außer auf Brian. Und wie ich sehe, hast du ihm schon einen Ring durch die Nase gezogen; es wird dir also nicht allzu schwer fallen.«

»Ich glaube nicht, daß ich ihm einen Ring durch die Nase gezogen habe.«

Reverend Timberly war aufgetragen worden, sich präzise an den methodistisch-episkopalen Ritus zu halten und auf sämtliche modernen Erfindungen zu verzichten. Man hatte ihm auch eingeschärft, daß es eine Einzelringzeremonie werden sollte. Der Schafskopf hielt sich an keins von beiden. Er führte alle möglichen Sachen in die Zeremonie ein (ich glaube, er entnahm sie seinen Logenritualen; er war ein ehemaliger Großkanzler der Ritter und Herren des Hohen Berges); Zeug, das in der Probe nicht aufgetaucht war; Fragen und Antworten, die ich nicht wiedererkannte. Obendrein predigte er und erzählte uns allerlei Überflüssiges; Sachen, die eigentlich nicht zu einem Hochzeitsritual gehörten.

So ging es in einem fort, während mir allmählich die Füße weh zu tun begannen. (Der geneigte Leser sollte niemals Schuhe per Post bestellen!) Ich wollte Bruder Timberwolf schon sagen, er solle sich gefälligst an seinen Text halten und mit den Improvisationen aufhören (die Abfahrtszeit des Zuges rückte immer näher), da verlangte er auf einmal nach zwei Ringen, und es war natürlich nur einer da.

Er wollte von vorne anfangen.

Da meldete sich Brian zu Wort (obwohl ein Bräutigam eigentlich nichts weiter sagen soll als »Ich will« und »Das werde ich«) und flüsterte so leise, daß man es in hundert Metern bestimmt nicht mehr hören konnte: »Reverend, ziehen Sie es lieber nicht weiter in die Länge, und halten Sie sich an Ihren Text, oder ich zahle Ihnen keinen roten Heller!«

Bruder Timberly wollte protestieren und sah Briney an, hielt dann aber abrupt inne und rasselte herunter: »Mit der mir vom souveränen Staat Missouri verliehenen Vollmacht erkläre ich euch für Mann und Frau.« Und er rettete damit sein Leben, denke ich.

Brian küßte mich, und wir drehten uns um und wollten gerade den Mittelgang der Kirche hinuntergehen, da stolperte ich über meine Schleppe. Beth trug sie und hatte die Anweisung erhalten, mit ihr nach links auszuweichen.

Es war nicht ihre Schuld. Ich hatte mich in die falsche Richtung gedreht.

»Briney, hast du was von der Hochzeitstorte abbekommen?«

»Keine Zeit gehabt.«

»Ich auch nicht. Ich merke auf einmal, daß ich seit dem Frühstück nichts gegessen habe. Und das war auch nicht viel. Komm, suchen wir den Speisewagen.«

»Ist recht. Ich frage mal nach.« Briney stand auf und war für ein paar Augenblicke verschwunden. Dann kam er zurück und beugte sich über mich. »Ich habe ihn gefunden.«

»Gut. Ist er vor oder hinter uns?«

»Hinter uns. Ein ganzes Stück hinter uns. Er wurde in Joplin abgehängt.«

Und so bestand unser Hochzeitsmahl aus zwei trockenen Schinkensandwiches vom Zeitungsverkäufer und einer Flasche Limonade, ehrlich geteilt.

Etwa um elf Uhr erreichten wir endlich das Lewis und Clark, wo Briney für uns ein Zimmer reserviert hatte. Der Kutscher hatte anscheinend noch nie etwas von dem Hotel gehört, war aber bereit gewesen, so lange danach zu suchen, wie sein Pferd durchhielt. Er fuhr vom Bahnhof aus gleich in die falsche Richtung. Briney bemerkte es und hielt ihn auf, und der Fahrer stritt sich daraufhin mit ihm und riskierte auch eine etwas zu große Lippe. Briney sagte: »Zurück zum Bahnhof; wir nehmen eine andere Kutsche.« Dieses verkappte Ultimatum brachte uns schließlich ans Ziel.

Ich schätze, wir hätten nicht verwundert darüber sein dürfen, daß der Nachtportier von Brineys Reservierung noch nie etwas gehört hatte. Man kann Brian allerdings weder herumschubsen noch einschüchtern, und er sagte: »Ich habe die Reservierung vor drei Wochen postalisch vorgenommen, zusammen mit einer Geldanweisung. Hier ist die Quittung und eine schriftliche Bestätigung, die die Unterschrift Ihres Managers trägt. Und den wecken Sie jetzt und hören endlich mit diesem Unfug auf!« Brian hielt ihm den Brief vor die Nase.

Der Portier warf einen Blick darauf. »Oh, *der* Mr. Smith! Und die Hochzeitssuite. Wieso haben Sie das nicht gleich gesagt?«

»Das habe ich schon vor zehn Minuten.«

»Es tut mir sehr leid, Sir. Bursche!«

Zwanzig Minuten später lag ich in einer wunderbaren Wanne voll mit heißem Seifenwasser. Ich schlief fast darin ein, bemerkte dann aber, daß ich meinem Bräutigam schon ziemlich lange das Bad versperrte, und riß mich zusammen. »Briney, soll ich die Wanne für dich füllen?«

Keine Antwort. Ich trocknete mich ein wenig ab und wikkelte das Handtuch um mich, wobei ich mir vollkommen bewußt war, daß ich einen skandalösen Anblick bot (und hoffentlich einen verlockenden!).

Mein tapferer Ritter schlief tief und fest. Er lag ausgestreckt in seinen Kleidern quer über dem Bett.

Gleich hinter der Tür stand ein silberner Kübel voller Eis mit einer Flasche Champagner darin.

Ich holte mein Nachthemd (jungfräulich weiß und parfümiert; schon Mutter hatte es in ihrer Hochzeitsnacht getragen) und die Plüschpantoffeln hervor. »Brian! Briney! Wach bitte auf, Liebster. Ich möchte dir beim Ausziehen helfen, dann das Bett aufschlagen und dir hineinhelfen.«

»Hrmpf.«

»Bitte, Liebling.«

»Ich habe nicht geschlafen.«

»Nein, natürlich nicht. Komm, ich helfe dir mit den Stiefeln.«

»Ich schaff's schon.« Er richtete sich auf.

»In Ordnung, Liebster. Ich muß noch das Wasser ablaufen lassen und die Wanne für dich füllen.«

»Ist dein Wasser noch drin?«

»Ja.«

»Dann laß es; ich benutze es. Mrs. Smith, Sie könnten niemals eine Wanne voll Badewasser verschmutzen, sondern ihm lediglich einen köstlichen Duft verleihen.«

Und mein tapferer Ritter benutzte tatsächlich mein Badewasser, das immer noch lauwarm war. Ich legte mich ins Bett und schlief bereits tief und fest, als Brian dazukam. Er weckte mich nicht.

Ich erwachte um zwei oder drei in der Nacht und fürchtete mich, als ich mich in einem fremden Bett vorfand – bis mir alles wieder einfiel. »Briney?«

»Bist du inzwischen wach?«

»Ein bißchen.« Ich kuschelte mich enger an ihn.

Dann setzte ich mich auf und zog das Nachthemd aus, wobei ich mich fast darin verhedderte. Auch Brian zog seinen Schlafanzug aus, und zum erstenmal lagen wir uns beide ganz nackt in den Armen, und es war wundervoll, und ich wußte, daß mein ganzes Leben nur eine Vorbereitung auf diesen Augenblick gewesen war.

Wir vergaßen beide die Zeit. Nach einem bedächtigen Anfang fingen wir beide Feuer, und danach lag ich still unter Brian, voller Liebe zu ihm. »Danke, Briney, du bist wundervoll!«

»Ich danke dir. Und ich liebe dich.«

»Ich liebe dich auch, mein Gatte. Wo ist deine Katze? In Cincinnati oder in Rolla?«

»Wie? Nein, nein, in Kansas City.«

»Hier? Hat sie jemand zur Verwahrung?«

»Ich weiß es nicht.«

»Das verstehe ich nicht!«

»Du kommst einfach nicht drauf, Mo. Es ist das Kätzchen, das du mir geben wirst. Das Geschenk der Braut an den Bräutigam.«

»O Briney, du bist ein Lausebengel!« Ich kitzelte ihn, und er kitzelte mich. Schritt für Schritt führte das wieder dazu, daß Maureen unschickliche Laute von sich gab. Anschließend kratzte er mir den Rücken. Den Rücken gekratzt zu bekommen, ist zwar nicht der einzige Grund fürs Heiraten, aber einer von mehreren guten Gründen, besonders was die Stellen angeht, an die man selbst nur schwer herankommt. Danach kratzte ich ihm den Rücken. Endlich schliefen wir ein, ineinander verschlungen wie ein ganzer Korb voller Kätzchen.

Maureen hatte zu guter Letzt herausgefunden, wozu sie geeignet war, worin ihre wirkliche Bestimmung lag.

Wir hatten Champagner zum Frühstück.

KAPITEL SIEBEN

DIE KASSE KLINGELN LASSEN

Nachdem ich offenherzige Autobiographien von emanzipierten Frauen des zwanzigsten Jahrhunderts gelesen habe, besonders solche Werke, die von ca. 1950 an nach der zweiten Phase der Finalen Kriege an veröffentlicht worden sind, ist mir klar, daß jetzt von mir ein in alle Einzelheiten gehender Bericht von meiner ersten Schwangerschaft und der Geburt meines ersten Kindes erwartet wird – alles über morgendliches Erbrechen, wechselhafte Stimmung und die Tränen der Einsamkeit, über falsche Wehen, unerwartetes Platzen der Fruchtblase, gefolgt von Eklampsie und einer Notoperation, sowie über die Geheimnisse, die ich unter Narkose preisgegeben habe.

Es tut mir leid, aber bei mir war alles ganz anders. Ich habe Frauen beim morgendlichen Erbrechen gesehen, und so etwas ist offenkundig scheußlich, aber ich selbst habe es nie erlebt. Mein Problem bestand immer darin, die Figur zu halten und nicht mehr Gewicht anzusetzen, als der Arzt in meinem Fall für bekömmlich hielt. (Es gab Zeiten, da hätte ich für Schokoladeneklair einen Mord begangen.)

Bei meinem ersten Kind dauerten die Wehen vierzig Minuten. Wären Krankenhausgeburten 1899 schon üblich gewesen, hätte ich Nancy auf dem Weg dorthin zur Welt gebracht. So aber leistete Brian nach meinen Anweisungen Geburtshilfe, und für ihn war es viel schwerer als für mich.

Kurz darauf traf Dr. Rumsey ein, durchtrennte die Nabelschnur und sagte Brian, daß er sehr gute Arbeit geleistet hätte (und das hatte er wirklich). Anschließend kümmerte sich Dr. Rumsey um die Nachgeburt, und Brian, das arme Lämmchen, fiel in Ohnmacht. Frauen sind nun mal härter als Männer; und das müssen sie auch sein.

Später hatte ich durchaus auch längere Wehen als beim ersten Mal, aber nie wirklich schrecklich lange. Ich hatte bei der ersten Geburt keinen Scheidendammschnitt (offensichtlich!) und mußte anschließend nicht geflickt werden, und so duldete ich auch bei späteren Geburten nicht, daß bei mir ein Messer angesetzt wurde. Bis heute habe ich demzufolge kein Narbengewebe, sondern nur unbeschädigte Muskulatur.

Ich bin eine richtige Zuchtstute, wie geschaffen fürs Gebären, mit breiten Hüften und einem breiten, elastischen Geburtskanal aus lebendem Gummi. Dr. Rumsey meinte, es wäre meine Einstellung, die den Unterschied ausmachen würde, aber ich weiß es besser: Ich empfing das genetische Erbe, das mich zu einem hochgradig effizienten weiblichen Tier macht, von meinen Vorfahren, und ich bin dankbar dafür, denn ich habe auch Frauen erlebt, denen es anders erging. Sie litten furchtbar, und manche von ihnen starben. Ja, ja, ich weiß, »natürliche Auslese« und das »Überleben des Stärkeren«, und Darwin hatte recht – zugegeben. Aber es ist kein Spaß, am Begräbnis einer lieben Freundin teilzunehmen, die in der Blüte ihrer Jugend an einem Kind gestorben ist. Ich habe einmal in den zwanziger Jahren an einem solchen Begräbnis teilgenommen und mußte mir mit anhören, wie der aalglatte alte Priester etwas von »Gottes Willen« sprach. Auf dem Friedhof gelang es mir, mich neben ihn zu stellen und ihm mit einer spitzen Ferse auf den Spann zu treten. Als er vor Schmerz aufstöhnte, erklärte ich ihm, es sei wohl Gottes Wille gewesen.

Einmal bekam ich ein Baby, als ich gerade Bridge spielte. Das war Pat, will heißen Patrick Henry Smith, also muß es 1932 gewesen sein und Plafondbridge, was wir spielten, nicht Auktion. Das paßt alles zusammen. Justin und Eleanor Weatheral hatten uns Plafond beigebracht, nachdem sie es gerade selbst erst gelernt hatten. Wir spielten bei ihnen zu Hause. Eleanor und Justin waren die Eltern von Jonathan Weatheral, dem Gatten meiner Ältesten. Auch bei den Weatherals handelte es sich um ein Howard-Paar, aber wir waren schon lange befreundet, bevor wir das erfuhren, und wir bekamen es in dem Frühjahr heraus, als Jonathans

Name auf Nancys Stiftungsliste der in Frage kommenden jungen Männer auftauchte.

In dem erwähnten Spiel war ich Justins Partnerin; Eleanor spielte mit Briney. Justin hatte gegeben; der Kontrakt war erreicht, und wir wollten gerade loslegen, als ich sagte: »Legt euer Blatt ab und sichert die Karten mit Briefbeschwerern. Ich kriege ein Baby!«

»Vergiß das Blatt!« sagte mein Mann.

»Klar doch«, pflichtete ihm mein Partner bei.

»Verflucht, nein!« erwiderte ich auf meine mir eigene damenhafte Art. »Ich habe auf das Scheißding gereizt und möchte es jetzt verdammt noch mal ausspielen. Helft mir auf!«

Zwei Stunden später spielten wir das Blatt. Dr. Rumsey jr. war gekommen und wieder gegangen. Ich lag auf Eleanors Bett, die Beine mit Kissen abgestützt, und mein Partner hielt meinen neuen Sohn auf den Armen. El und Briney saßen rechts und links von mir auf der Bettkante. Ich hatte auf einen Klein-Schlemm in Pik gereizt, gedoppelt und noch mal gedoppelt, eine heikle Angelegenheit.

Ich unterlag um einen Stich.

Eleanor streckte mir die Nase hin und drückte sie mit der Fingerspitze hoch. »Ätsch, vorbei, daneben!« Auf einmal sah sie richtig erschrocken aus. »Mo, Liebes, mach Platz! Ich kriege meines!«

Und so mußte Briney in dieser Nacht für zwei Babies den Geburtshelfer spielen, und Junior Doc mußte zurückkehren, kaum daß er bei sich zu Hause den Fuß wieder in die Tür gesetzt hatte. Er knurrte etwas von der Art, daß er sich wünschte, wir würden uns mal einig werden, und er wolle uns so etwas wie Kilometergeld und Überstunden in Rechnung stellen. Hinterher küßte er uns aber nur und ging. Damals wußten wir schon seit langem, daß auch die Rumseys zur Stiftung gehörten, was Junior Doc für uns praktisch zu einem Familienmitglied machte.

Ich rief Ethel an, teilte ihr mit, daß wir über Nacht bleiben würden, und erklärte ihr auch den Grund. »Ist alles okay bei euch, Liebes? Kommen du und Teddy zurecht?« (Es waren noch vier jüngere Kinder zu Hause. Fünf? Nein, vier.)

»Sicher, Mama. Aber ist es ein Junge oder ein Mädchen? Und was ist mit Tante Eleanor?«

»Ich habe einen Jungen und Eleanor ein Mädchen. Ihr könnt langsam anfangen, euch Gedanken über einen Namen zu machen – zumindest, was euren Bruder angeht.«

Das Witzigste an der ganzen Sache war aber etwas ganz anderes, und wir erzählten es weder Junior Doc noch den Kindern – Briney hatte nämlich meine Freundin Eleanor mit dem Mädchen geschwängert und ihr Ehemann Justin mich mit Pat; alles an einem Wochenende in den Ozarks, wo wir Eleanors fünfundfünfzigsten Geburstag feierten. Das verlief sehr entspannt, und unsere Ehemänner beschlossen, daß es keinen Sinn machte, sich mit den lästigen Gummidingern abzuplagen. Wir gehörten ja alle vier zur Howard-Stiftung ... da konnten wir genausogut die Kasse klingeln lassen.

(Kulturelle Anmerkung: Ich habe gesagt, daß Eleanor an ihrem fünfundfünfzigsten Geburtstag schwanger wurde, während ihr Alter auf der von Junior Doc unterzeichneten Geburtsurkunde »dreiundvierzig«, vielleicht auch »zweiundvierzig« oder »vierundvierzig« lautete. Auf meiner Geburtsurkunde war achtunddreißig angegeben, nicht fünfzig, wie es eigentlich korrekt gewesen wäre. 1920 hatten wir alle von Vertrauensleuten der Howard-Stiftung eine mündliche Warnung erhalten, unser offizielles Alter bei jeder Gelegenheit zu »bearbeiten«. Im weiteren Verlauf des Jahrhunderts ermutigte man uns dazu, etwa alle dreißig Jahre eine neue Identität anzunehmen, und unterstützte uns auch dabei. Das entwickelte sich schließlich zu der vollen »Maskerade«, die die Howard-Familien über die Verrückten Jahre und die Zeit danach hinwegrettete. Ich weiß von der Maskerade allerdings nur aus den Archiven, da ich – dem Himmel und Hilda sei Dank! – im Jahr 1982 diesem Chaos entrinnen konnte.)

Brian und ich ließen während der Mauven Dekade von

1900 bis 1910 Gregorianischer Zeit fünfmal die Kasse klingeln – fünf Babies in zehn Jahren. Ich gab diesem Vorgang als erste die Bezeichnung »die Kasse klingeln lassen«, und mein Ehemann griff diesen derben und vulgären Spruch auf. Das war, nachdem ich mich von der Geburt meines ersten Kindes (unseres Schatzes Nancy) erholt und von Dr. Rumsey die Genehmigung erhalten hatte, meine »ehelichen Pflichten« (Was kann ich dafür? So hieß das damals eben.) wiederaufzunehmen.

Ich kehrte von diesem Besuch bei Dr. Rumsey nach Hause zurück, stellte das Abendessen auf den Herd, nahm ein Bad, benutzte etwas von dem skandalösen Parfüm, das Briney mir zu Weihnachten geschenkt hatte, stieg in das limonengrüne Negligé, das Tante Carole mir zur Hochzeit überreicht hatte, sah nach, wie es dem Abendessen ging, drehte das Gas herunter – es war alles sorgfältig geplant! – und war bereit, als Briney nach Hause kam.

Er machte sich selbst die Tür auf; ich saß bereits in Positur. Er betrachtete mich von Kopf bis Fuß und sagte: »Joe hat mich geschickt. Ist das die richtige Adresse?«

»Kommt drauf an, was Sie suchen, Freundchen«, antwortete ich mit tiefer, schwüler Stimme. »Dürfte ich Ihnen die Spezialität des Hauses anbieten?« Dann gab ich Pose und Schauspiel auf. »Briney, Dr. Rumsey meint, alles wäre okay!«

»Du mußt dich schon deutlicher ausdrücken, kleines Mädchen. Was ist okay?«

»Alles ist okay! Ich bin wieder voll auf dem Dampfer.« Ich ließ auf einmal das Negligé fallen. »Komm, Briney! Lassen wir die Kasse klingeln!«

Und das taten wir, obwohl es zunächst nicht funktionierte. Erst Anfang 1901 landeten wir erneut einen Treffer. Trotzdem war schon der Versuch allein schwindelerregendes Vergnügen, und so unternahmen wir ihn ein ums andere Mal. Wie es Mammy Della mal ausgedrückt hat: »Herr im Himmel, Kind, da machstes hunnertmal und klappt nix dabei.«

Wie ist eigentlich Mammy Della in die Geschichte geraten? Ach ja, Brian hat sie aufgetrieben, als ich zu rund wurde, um noch mit der Wäsche klarzukommen. Unser erstes Haus, ein winziger Kasten an der Sechsundzwanzigsten Straße, lag ganz in der Nähe vom Ghetto; Della lebte nur einen Spaziergang von uns entfernt, und für einen Dollar und das Fahrgeld arbeitete sie einen ganzen Tag lang. Daß sie die Trambahn gar nicht benutzte, tat nichts zur Sache; der entsprechende Groschen gehörte einfach zum Vertrag. Della war als Sklavin zur Welt gekommen und konnte weder lesen noch schreiben, aber eine feinere Dame als sie habe ich niemals kennengelernt. Ihr Herz quoll über vor Liebe für alle, die sie zu akzeptieren bereit waren.

Ihr Mann war Aushilfskraft bei Ringling Brothers; ich bekam ihn nie zu Gesicht. Della kam auch dann weiter zu mir – oder zu Nancy, »ihrem« Baby –, als ich sie nicht mehr brauchte, und brachte manchmal ihr jüngstes Enkelkind mit, um es bei Nancy abzuliefern. Sie beharrte dann standhaft darauf, mir meine Arbeit abzunehmen. Manchmal konnte ich sie aufhalten, indem ich ihr eine Tasse Tee anbot, aber nicht oft. Später half sie mir wieder bei Carol und überhaupt bei jedem Baby, bis 1911, als »der Herr sie in Seine Arme aufnahm«. Wenn es einen Himmel gibt, ist Della dort.

Kann es sein, daß der Himmel für diejenigen, die glauben, so wirklich ist wie Kansas City? Das könnte passen, will mir scheinen; die Welt-als-Mythos-Kosmologie. Ich muß Jubal danach fragen, sobald ich wieder aus dem Kittchen heraus und in Boondock bin.

In den Feinschmeckerrestaurants von Boondock stehen »Kartoffeln à la Della« hoch im Kurs, wie auch einige weitere Rezepte von ihr. Della brachte mir eine Menge bei. Ich glaube nicht, daß ich ihr viel beibringen konnte, da sie in den Dingen, die wir gemeinsam hatten, viel klüger und erfahrener war als ich.

Meine ersten fünf ›Kassenbabys‹ sind folgende:

Nancy Irene, 1. Dezember 1899, oder 5. Januar 1900;
Carol (Santa Carolita), benannt nach meiner Tante Carole, 1. Januar 1902;
Brian jr, 12. März 1905;
George Edward, 14. Februar 1907;
Marie Agnes, 5. April 1909.

Nach Marie wurde ich erst im Frühling 1912 wieder schwanger. Das Ergebnis war mein Lieblingskind, der verdorbene Bengel Woodrow Wilson, identisch mit meinem späteren Liebhaber Theodore Bronson und sehr viel später auch mit meinem Gatten Lazarus Long. Ich weiß nicht, warum ich so lange nicht schwanger wurde; es war jedenfalls nicht so, daß wir es nicht versucht hätten. Briney und ich probierten bei jeder Gelegenheit, die Kasse zum Klingeln zu bringen. Es war uns auch egal, ob ich schwanger wurde oder nicht; wir taten es einfach zu unserem Vergnügen. Und wenn wir keinen Treffer landeten – na und? Das verschob höchstens die paar Wochen vor und nach jeder Geburt, in denen wir Verzicht leisten mußten ... keineswegs auf alles; ich entwickelte einiges Geschick mit Händen und Mund, und Briney ebenfalls. Was jedoch das solide tägliche Vergnügen anging, zogen wir beide den altmodischen Sport vor, sei es in der Missionarsstellung oder in einer von achtzehn anderen Positionen.

Vielleicht könnte ich all die Gelegenheiten, bei denen ich nicht schwanger wurde, erklären, wenn ich einen Kalender der Mauven Dekade hätte, ergänzt um ein Register meiner Menstrualperioden. Der Kalender wäre dabei nicht das Problem; ein Verzeichnis der Perioden habe ich mal geführt, aber es ist seit langem unwiederbringlich verloren; es wiederzufinden, würde schon einen Einsatz des Zeitkorps erfordern. Trotzdem habe ich eine Theorie: Briney war oft geschäftlich unterwegs und ließ dabei auf seine eigene Art die »Kasse klingeln«; er war Analytiker und Planer für Bergbauprojekte von Konzernen, und seine außerordentlichen Talente erfreuten sich wachsender Nachfrage.

Keiner von uns hatte damals schon einmal etwas von der simplen Vierzehn-Tage-Regel der Ovulation oder von der Thermometerprüfung gehört, ganz zu schweigen von viel subtileren und zuverlässigeren Techniken, die in der zweiten Hälfte des zwanzigsten Jahrhunderts entwickelt wurden. Dr. Rumsey war der beste Hausarzt, den man damals nur finden konnte, und er ließ sich auch nicht von den Tabus seiner Zeit einschränken – die Howard-Stiftung hatte ihn uns geschickt –, aber er wußte trotzdem nicht mehr über diese Dinge als wir.

Wenn es möglich wäre, einen Kalender von 1900 bis 1912 anzufertigen, der auch meine Perioden anzeigt und auf dem anhand der Vierzehn-Tage-Regel die wahrscheinlichen Ovulationsdaten markiert wären sowie die Zeiten, in denen sich Briney nicht in Kansas City aufhielt, dann spricht die überwältigende Wahrscheinlichkeit für das Ergebnis, daß immer dann, wenn ich nicht schwanger wurde, die winzigen Schlangendinger auch gar kein Ziel gehabt hatten, auf das sie hätten losgehen können. Das erscheint mir um so gewisser, als Brian ein preisgekrönter Zuchthengst war und ich fruchtbar wie ein Acker.

Ich bin jedoch dankbar dafür, daß ich damals die Regeln der Ovulation nicht kannte, denn nichts geht über die prikkelnde Erregung, sich hinzulegen, die Beine breitzumachen, die Augen zu schließen und sich der Möglichkeit einer Schwängerung auszusetzen. Und ich weiß, daß es sich dabei nicht einfach um irgendeine von Maureens Schrullen handelt. Ich habe mit zahllosen Frauen darüber gesprochen: Das Wissen, daß es passieren kann, steigert den Reiz.

Nichts gegen die Empfängnisverhütung; sie muß als die größte historische Wohltat für die Frauen betrachtet werden, da sie sie aus der automatischen Versklavung durch die Männer befreite, die für den größten Teil der Geschichte die Norm war. Der Aufbau des weiblichen Nervensystems ist jedoch nicht auf die Empfängnisverhütung abgestimmt, sondern darauf, schwanger zu werden.

Und somit war es für Maureen einfach super, daß ich, sobald ich dem Alter eines unzüchtigen Schulmädchens entwachsen war, fast niemals mehr auf Empfängnisverhütung zurückzugreifen brauchte.

Eines ungewöhnlich milden Februartages im Jahre 1912 nagelte mich Briney am Ufer des Blue River auf dem Boden fest – fast die exakte Kopie einer früheren Gelegenheit vom 4. März 1899 am Ufer des Marais des Cygnes. Wir beide genossen es, uns im Freien zu lieben, besonders, wenn Gefahr für einen zusätzlichen Kitzel sorgte. An dem erwähnten Tag 1912 trug ich eine endlos lange Seidenhose sowie grüne runde Strumpfbänder, und mein Mann fotografierte mich so – nackt in der Sonne stehend, ein Lächeln für die Kamera auf den Lippen. Dieses Bild sollte sechs Jahre später eine bedeutende Rolle in meinem Leben spielen, und auch noch mal siebzig und dann über zweitausend Jahre später.

Wie mir gesagt wurde, spaltete dieses Bild die gesamte Menschheitsgeschichte in mehrere Zeitlinien auf.

Vielleicht stimmt das, vielleicht auch nicht. Ich habe mich nie ganz dem Bild der Welt-als-Mythos verschrieben, obwohl ich Einsatzagentin des Zeitkorps bin und obwohl mir die gescheitesten Leute, die ich kenne, erzählen, so wär' die Sache nun mal. Vater verlangte stets von mir, selbst nachzudenken, und Mr. Clemens blies ins selbe Horn. Ich hatte gelernt, daß die einzige Todsünde, die einzige Verletzung der eigenen Integrität darin besteht, irgend etwas nur deshalb zu glauben, weil es einem jemand erzählt.

Nancy hat zwei Geburtstage – einmal den Tag, an dem ich sie zur Welt brachte und der auch bei der Stiftung registriert ist, und einmal das Datum, das wir öffentlich bekanntgaben und das besser zu unserem Hochzeitsdatum paßte. Diese Manipulation fiel gegen Ende des neunzehnten Jahrhunderts nicht schwer, da die Registrierung standesamtlicher Daten im damaligen Missouri gerade erst begonnen hatte.

Die meisten Daten wurden nach wie vor in so etwas wie eine Familienbibel eingetragen. Der Kreisamtmann von Jackson County registrierte zwar Geburten, Todesfälle und Hochzeiten, die man ihm mitteilte, aber es zog auch keinerlei Folgen nach sich, wenn man ihm derartige Meilensteine nicht angab.

Wir meldeten Nancys Geburt korrekt der Stiftung; der Bericht wurde von mir und Brian unterschrieben und von Dr. Rumsey bestätigt. Einen Monat später reichte Dr. Rumsey eine Geburtsurkunde mit dem falschen Datum beim Kreisamtmann ein.

Kein Problem – Nancy kam zu Hause zur Welt, wie alle meine Kinder bis in die Mitte der dreißiger Jahre. Deshalb existierten auch keine Krankenhausunterlagen, die die Sache hätten erschweren können. Am 8. Januar schrieb ich die glückliche Nachricht (mit falschem Datum) etlichen Leuten in Thebes und veröffentlichte eine Anzeige im *Lyle County Leader*.

Warum ein solch albernes Getue, um das Datum einer Geburt zu vertuschen? Weil die Gebräuche damals grausam waren, sehr grausam sogar. Die Leute hätten die Sache an den Fingern abgezählt und sich zugeflüstert, wir hätten heiraten müssen, um unserem sündigen Bastard einen ehrlichen Namen zu geben. Ja, dergleichen war Ausdruck der Häßlichkeit des Zeitalters von Bowdler, Comstock und Grundy, den Geiern, die das korrumpiert hatten, was eine Zivilisation hätte sein können.

Gegen Ende des Jahrhunderts gebaren alleinstehende Frauen dann ganz offen Kinder, deren Väter ihnen vielleicht bekannt waren, vielleicht auch nicht. Das drückte jedoch keine wirklich freie Kultur aus, sondern war lediglich der Ausschlag des Pendels ins andere Extrem und weder für die Mutter noch für das Kind besonders einfach. Die alten Regeln wurden gebrochen, ohne daß sich schon ein funktionsfähiger neuer Kodex entwickelt gehabt hätte.

Unsere schlaue Taktik verhinderte, daß irgend jemand in Thebes County auf die Idee kam, unsere süße kleine Nancy wäre ein »Bastard«. Natürlich wußte Mutter, daß das Datum gefälscht war, aber sie hielt sich nicht in Thebes auf, sondern war in St. Louis bei Opa und Oma Pfeiffer. Und Vater war zur Armee zurückgegangen.

Ich weiß immer noch nicht, was ich davon halten soll. Ein Mädchen sollte kein Urteil über seine Eltern fällen, und das werde ich auch nicht.

Der Spanisch-Amerikanische Krieg hatte mich Mutter nähergebracht. Ihre Sorge und ihr Kummer führten mich zu dem Schluß, daß sie Vater wirklich liebte; beide zeigten das den Kindern lediglich nicht.

Als sie mich dann an meinem Hochzeitstag ankleidete, gab sie mir jenen mütterlichen Rat, den die Braut traditionellerweise erhält und der den ehelichen Frieden sicherstellen soll.

Kann sich der geneigte Leser vorstellen, was sie mir gesagt hat? Er sollte sich lieber setzen!

Sie sagte, ich müßte mich meinem Gatten im Rahmen der »ehelichen Pflichten« ohne Widerwillen unterwerfen. So wäre nun mal der Plan des Herrn beschaffen, was man schon in der Genesis nachlesen könne, und es wäre der Preis, den Frauen für das Privileg zahlen müßten, Kinder zu bekommen. Wenn ich die Sache aus diesem Blickwinkel betrachten würde, könne ich mich heiteren Gemüts hingeben. Ich müßte erkennen, daß Männer andere Bedürfnisse hätten als wir und wir damit rechnen müßten, sie zu befriedigen. »Betrachte es nicht als tierisch oder scheußlich. Denke dabei immer an deine lieben Kinder!«

Ich sagte: »Ja, Mutter, ich werde dran denken.«

Was ist also passiert? Hat Mutter sich Vater verweigert, so daß er lieber wieder zur Armee ging? Oder hat er ihr erklärt, er wolle raus aus einer kleinen Stadt wie dieser, die so tief im Schlamm versunken wäre, um es lieber mit einer zweiten Karriere in der Armee zu versuchen?

Ich weiß es nicht und brauche es auch gar nicht zu wissen. Es geht mich nichts an. Vater handelte nach meiner Hochzeit so rasch, daß er es wohl schon vorher geplant haben mußte.

Seinen Briefen zufolge war er eine Zeitlang in Tampa stationiert, dann in Guantánamo auf Kuba, dann auf den Philippinen, auf Mindanao – wo die Moslem-Moros mehr von unseren Soldaten umbrachten, als es die Spanier je geschafft hatten – und schlußendlich in China.

Nach dem Boxeraufstand hielt ich ihn für tot, denn ich hörte lange nichts mehr von ihm. Dann meldete er sich aus der Garnison in San Francisco wieder und nahm in seinem Brief auf andere Schreiben Bezug, die ich nie erhalten hatte.

Im Jahr 1912 schied er aus der Armee aus. Er wurde in diesem Jahr sechzig; geschah es also aus Altersgründen? Ich habe keine Ahnung. Vater erzählte einem stets alles, wenn er der Meinung war, daß man davon erfahren sollte. Wer ihm allerdings zusetzte, mußte damit rechnen, mit kreativen Erfindungen abgespeist zu werden – wenn er von Vater nicht gleich zum Teufel gejagt wurde.

Vater kam nach Kansas City. Brian lud ihn ein, bei uns zu wohnen, aber Vater hatte sich bereits eine Wohnung besorgt und war dort eingezogen, ehe er uns überhaupt darüber informierte, daß er in der Stadt war – sogar ehe wir erfuhren, daß er aus dem Militär ausgeschieden war.

Fünf Jahre später zog er doch zu uns, weil wir ihn brauchten.

In den ersten Jahren nach 1900 war Kansas City eine aufregende Stadt. Obwohl ich zehn Jahre zuvor drei Monate lang in Chicago verbracht hatte, war ich nicht an große Städte gewöhnt. Zur Zeit unserer Hochzeitsreise hatte Kansas City 150.000 Einwohner. Es gab dort elektrische Straßenbahnen, fast so viele Autos wie Pferdewagen, und überall spannten sich Fahrleitungen und Telefondrähte und Stromleitungen durch die Lüfte. Sämtliche Hauptstraßen waren gepflastert, und jedes Jahr kamen mehrere Seitenstraßen hinzu. Das Parksystem war schon weltberühmt und immer noch nicht vollendet. Die Stadtbücherei verfügte über die schier unglaubliche Zahl von einer halben Million Bände.

Die Kongreßhalle von Kansas City war so groß, daß die Demokratische Partei dort 1900 den Nominierungsparteitag für ihren Präsidentschaftskandidaten abhalten wollte. Dann brannte das Gebäude über Nacht ab. Der Wiederaufbau lief schon an, noch ehe die Asche kalt geworden war, und die Demokraten nominierten dort gerade neunzig Tage nach dem Brand William Jennings Bryan.

Inzwischen nominierten die Republikaner noch einmal Präsident McKinley und mit ihm Colonel Teddy Roosevelt, den Helden von San Juan Hill. Ich weiß nicht, für wen mein Mann damals stimmte, aber es schien ihm nie etwas auszumachen, wenn jemand eine Ähnlichkeit zwischen ihm und Teddy Roosevelt feststellte.

Ich glaube, Briney hätte es mir gesagt, wenn ich ihn nur gefragt hätte, aber 1900 war Politik noch nichts für Frauen, und ich tat mein Bestes, um in der Öffentlichkeit die perfekte, bescheidene Hausfrau zu spielen, die sich, wie es der deutsche Kaiser ausdrückte, nur für ›*Kirche, Küche und Kinder*‹ zu interessieren hatte.

Im September 1901, nur sechs Monate nach Beginn seiner zweiten Amtsperiode, wurde unser Präsident auf abscheulichste Art und Weise ermordet, und man hievte den schneidigen jungen Kriegshelden Roosevelt auf kürzestem Wege ins höchste Amt.

Es gibt Zeitlinien, auf denen Mr. McKinley nicht ermordet wurde und Colonel Roosevelt nie auf den Präsidentenstuhl gelangte oder sein entfernter Vetter 1932 für dieses Amt nominiert wurde. Das hatte tiefgreifende Auswirkungen auf den Verlauf der Kriege in den Jahren 1917 und 1941. Unsere Zeitkorps-Mathematiker beschäftigen sich mit diesen Dingen, aber die strukturellen Simulationen sind enorm, selbst für die Verhältnisse des neuen Computerkomplexes, der sich aus Mycroft Holmes IV. und Pallas Athene zusammensetzt, und sie übersteigen mein Verständnis bei weitem. Ich bin eine Babyfabrik, eine gute Köchin und stets bestrebt, im Bett die Schärfste zu sein. Mir scheint, das Geheimnis des Lebensglücks liegt in dem Wissen begründet, was man ist. Man sollte sich damit zufriedengeben und stilvoll auftreten, stolz und hocherhobenen Hauptes, ohne sich nach etwas anderem zu sehnen. Kein Ehrgeiz kann einen Spatz in einen Falken verwandeln oder einen Zaunkönig in einen Paradiesvogel. Ich bin eine Zaunkönigin. Das paßt zu mir.

Pixel ist ein gutes Beispiel für stilvolles Auftreten. Er hält den Schwanz stets hoch und gibt sich selbstsicher. Heute brachte er mir noch eine Maus, und ich habe ihn gelobt und gehätschelt und die Maus behalten, bis er wieder fort war, um sie dann wegzuwerfen.

Ein mitternächtlicher Gedanke ist mir schließlich ins Bewußtsein getreten. Diese Mäuse sind, da bin ich mir fast sicher, der allererste Beweis dafür, daß Pixel beliebige Dinge mitnehmen kann, wenn er sich eine Wahrscheinlichkeit schnappt und durch Wände geht – falls das eine stimmige Beschreibung dessen ist, was er tut (na ja, es ist zumindest ein Etikett).

Welche Botschaft soll ich nur senden, und an wen, und wie soll ich sie an Pixel befestigen?

Beim Übergang vom Schulmädchen zur Hausfrau mußte ich Maureens privaten Dekalog ergänzen: Du sollst dich stets im Rahmen deines Haushaltsgeldes bewegen. Ein weiteres Gebot datiert noch früher: Du sollst niemals in Gegenwart deiner Kinder weinen; als klar wurde, daß Brian häufig fort sein würde, bezog ich ihn in letzteres Gebot mit ein. Laß nie zu, daß er dich beim Weinen erwischt, und achte darauf, ihn stets mit einem Lächeln zu begrüßen. Verdirb ihm seine Rückkehr nicht, NIE, NIEMALS mit allerlei Gemecker darüber, daß eine Leitung gefroren ist, daß der Bursche des Kaufmanns grob war, oder »sieh mal, was dieser blöde Hund mit meinem süßen Bett gemacht hat«! Achte darauf, daß er sich freut, wenn er nach Hause kommt, und es ihm leid tut, wenn er gehen muß.

Erlaube den Kindern, ihn zu begrüßen, aber nicht, ihn unter sich zu begraben. Vergiß nie, daß er eine bereitwillige und stets verfügbare Konkubine haben möchte. Wenn du das nicht für ihn bist, sucht er sich eine andere.

Noch ein Gebot: Versprechungen muß man einhalten, besonders solche, die man Kindern gegeben hat. Überlege es dir also dreimal, ehe du eine machst. Hast du auch nur den geringsten Zweifel, versprich lieber nichts.

Und am allerwenigsten spare Bestrafungen auf, »bis dein Vater nach Hause kommt.«

Viele dieser Regeln kamen noch nicht zur Anwendung, solange ich nur ein Kind hatte und dieses noch in den Windeln lag. Ich überlegte mir allerdings die meisten meiner Regeln frühzeitig und trug sie in mein privates Tagebuch ein. Vater hatte mich schon warnend darauf hingewiesen, daß ich keinen Sinn für Moral hätte und es demzufolge nötig sein würde, Entscheidungen, die auf mich zukamen, vorwegzunehmen. Ich konnte mich nicht darauf verlassen, daß die leise Stimme des Gewissens mir immer ad hoc weiterhelfen würde; diese Stimme kannte ich gar nicht. Ich mußte mir auf der Grundlage der Vernunft alles überlegen, und zwar ehe die entsprechende Situation eintrat. Ich benötigte Regeln, die in etwa den Zehn Geboten glichen, sie aber übertrafen und auch frei waren von den krassen Defekten eines uralten Stammeskodex', der nur auf die Bedürfnisse barbarischer Hirten abgestimmt war.

Keine meiner Regeln war jedoch wirklich kompliziert, und ich hatte eine wunderbar schöne Zeit!

Ich versuchte nie herauszufinden, wieviel Geld Briney jedesmal erhielt, wenn ich ein Kind bekam; ich wollte es gar nicht wissen. Es machte mehr Spaß, wenn ich mir vorstellte, daß es jeweils eine Million Dollar waren, ausgezahlt in Form rotgoldener Barren von derselben Tönung, wie sie meine Haare aufwiesen, jeder einzelne Barren zu schwer, als daß ihn ein einzelner Mann hätte tragen können. Die juwelengeschmückte Favoritin eines Königs ist stolz auf ihren Status als »gefallenes Mädchen«. Es ist die armselige Göre auf der Straße, die ihren Körper für ein paar Pennys vermietet, die sich ihres Gewerbes schämt. Sie ist eine Versagerin und weiß es auch. In meinen Tagträumen war ich die Mätresse eines Königs, keine Matratzenliese mit traurigem Gesicht.

Die Stiftung muß tatsächlich sehr viel gezahlt haben. Unser erstes Haus in Kansas City konnte gerade so als respektable, wenn auch untere Mittelklasse durchgehen. Zum Farbigenviertel war es nicht weit, was 1899 hieß, daß es eine billige Gegend war, auch wenn nur Weiße in ihr geduldet wurden. Darüber hinaus lag es an einer Ostweststraße und bot Ausblick nach Norden, zwei weitere nachteilige Punkte. Es erhob sich auf einer hochgelegenen Terrasse, zu der eine lange Treppe hinaufführte. Es handelte sich um ein 1880 errichtetes Holzhaus, in das Installationen erst nachträglich eingebaut worden waren – das Bad führte direkt in die Küche. Es gab kein Eßzimmer und keinen Flur und nur ein Schlafzimmer. Auch einen richtigen Keller hatten wir nicht; auf nackter Erde waren da unten nur der Heizkessel und der Kohlenkasten zu finden. Ein Dachboden war ebenfalls nicht vorhanden, sondern lediglich ein niedriges, unfertiges Geschoß.

Aber Häuser, deren Miete wir uns leisten konnten, waren selten. Briney hatte Glück gehabt, als er unseres fand. Eine Zeitlang hatte ich geglaubt, mein erstes Kind in einer Pension bekommen zu müssen.

Briney zeigte mir das Haus, ehe er den Vertrag abschloß – eine höfliche Geste, die ich zu schätzen wußte, denn verheiratete Frauen durften damals nicht selbst Verträge unterzeichnen. Er war also nicht gezwungen, mich zu konsultieren. »Meinst du, du könntest hier leben?«

Und ob ich konnte! Fließend Wasser, ein Wasserklosett, eine Badewanne, Gasherd, Anschlüsse für Gaslampen, ein Heizkessel ... »Briney, es ist phantastisch! Können wir uns das denn leisten?«

»Das ist mein Problem, Mrs. S., nicht deines. Die Miete

wird bezahlt. Du wirst sie sogar selbst an jedem Monatsersten bezahlen, als meine Vertreterin. Unser Vermieter, ein Gentleman namens Ebenezer Scrooge ...«

»Ebenezer Scrooge, was du nicht sagst!«

»Ich glaube, so heißt er, aber es kam gerade eine Straßenbahn vorbei, als er sich vorstellte, und vielleicht habe ich es daher nicht richtig verstanden. Mr. Scrooge holt die Miete an jedem Monatsersten persönlich ab. Fällt der erste auf einen Sonntag, kommt er am Samstag vorher, nicht am Montag danach. In diesem Punkt ließ er nicht mit sich handeln. Obendrein möchte er Bargeld, keine Schecks. Auch da gab es keine Diskussion. Richtig harte Silberdollars, keine Banknoten.«

Trotz der zahlreichen Mängel unseres Hauses war die Miete hoch. Ich schnappte nach Luft, als Briney sie mir nannte: Zwölf Dollar im Monat. »O Briney!«

»Reg dich ab, mein Sommersprößchen. Wir wohnen nur für ein Jahr hier. Wenn du denkst, daß du es so lange aushältst, brauchst du dich gar nicht mit dem guten Mr. Scrooge herumzuschlagen – er heißt eigentlich O'Hennessy –, da ich es für zwölf Monate mit einem Nachlaß von vier Punkten festmachen kann. Sagt dir das etwas?«

Ich überlegte. »Hypotheken liegen heute bei sechs Prozent ... Damit stehen drei Punkte für die durchschnittlichen Kosten der Geldaufnahme, da du im voraus zahlst und ihnen das Geld jeweils erst nach dem monatlichen Zahlungseingang gehört. Ein Punkt muß sich daraus erklären, daß Mr. O'Hennessy Scrooge nicht zwölfmal hier anmarschieren muß, um die Miete zu kassieren. Das Ergebnis beläuft sich somit auf einhundertachtunddreißig Dollar und vierundzwanzig Cent.«

»Rotschopf, du erstaunst mich immer wieder!«

»Sie sollten dir allerdings wirklich noch ein Prozent für gesparte Verwaltungskosten einräumen.«

»Wie das?«

»Für die Buchhaltung, die gar nicht anfällt, da du alles auf einmal zahlst. Damit würde die Gesamtsumme auf einhundertsechsunddreißig achtzig sinken. Biete ihm einhundertfünfunddreißig an, Briney, und schließe bei einhundertsechsunddreißig ab.«

Mein Gatte betrachtete mich erstaunt. »Wenn man sich überlegt, daß ich dich aufgrund deiner Kochkunst geheiratet habe! Schau mal, es wird besser sein, wenn ich zu Hause bleibe und das Kind bekomme; du übernimmst derweil meinen Job. Mo, wo hast du das nur gelernt?«

»Auf der Thebes High School. Na ja, sozusagen. Ich habe mich auch eine Zeitlang um Vaters Bücher gekümmert und fand dann zu Hause ein Schulbuch meines Bruders Edward, *Kommerzielles Rechnen und Einführung in die Buchhaltung*. Wir haben unsere Schulbücher gemeinsam genutzt, und im hinteren Flur standen ganze Regale voll damit. Das Fach habe ich nicht belegt, wohl aber dieses Buch durchgearbeitet. Trotzdem ist es albern, wenn du mir deinen Job anbietest; ich habe keinen blassen Schimmer von Bergbau. Außerdem möchte ich nicht immer wieder die endlose Straßenbahnfahrt hinunter nach Westen machen.«

»Ich bin mir auch nicht sicher, ob ich ein Kind kriegen könnte.«

»Ich erledige das schon, Sir; ich freue mich darauf. Und ich würde gerne jeden Morgen mit dir wenigstens bis zur McGee Street mitfahren.«

»Du bist mir herzlich willkommen, Madam. Aber wieso die McGee Street?«

»Dort liegt das Kansas City Business College. Ich möchte die nächsten paar Monate, solange ich noch nicht zu rund dazu bin, damit zubringen, Schreibmaschine und Steno zu lernen. Solltest du je krank werden, Liebster, könnte ich uns dann über die Runden bringen, indem ich in einem Büro arbeite; und solltest du dich mal selbständig machen, kann ich die Büroarbeit erledigen. Du könntest dir eine Sekretärin sparen und so vielleicht die Anfangsschwierigkeiten durchstehen, die den Büchern zufolge alle neuen Unternehmen haben.«

»Es lag an deiner Kochkunst und einem ganz speziellen

anderen weiteren Talent; ich erinnere mich genau daran«, überlegte Briney langsam. »Wer hätte das gedacht?«

»Heißt das, ich darf?«

»Rechne lieber erst mal aus, was der Unterricht, die Straßenbahn und die Kantine kosten ...«

»Ich packe das Mittagessen für uns beide ein.«

»Morgen, Mo. Oder übermorgen. Mieten wir jetzt erst mal dieses Haus.«

Wir nahmen das Haus, obwohl sich Geizkragen O'Hennessy nicht unter einhundertachtunddreißig Dollar handeln ließ. Wir wohnten zwei Jahre lang dort und bekamen noch ein weiteres Mädchen, Carol, ehe wir um die Ecke an die Mersington und in ein etwas größeres Haus umzogen (das demselben Eigentümer gehörte). Dort bekam ich 1905 meinen ersten Jungen, Brian junior ... und erfuhr, was aus unseren Howard-Vergütungen geworden war.

Es geschah im Frühjahr 1906 an einem Sonntag im Mai. Sonntags fuhren wir oft mit der Straßenbahn bis zur Endstation einer Linie, die wir noch nicht kannten. Unsere zwei kleinen Mädchen trugen ihren besten Sonntagsstaat, und Briney und ich hielten abwechselnd Junior auf den Armen. Diesmal hatten wir jedoch vereinbart, unsere Kinder bei der Dame von nebenan zu lassen, bei Mrs. Ohlschlager, einer lieben Freundin, die mein Deutsch korrigierte und erweiterte.

Wir marschierten bis zur Siebenundzwanzigsten Straße und nahmen die Trambahn nach Westen; Briney erkundigte sich wie üblich nach Anschlüssen, da wir sonntags gerne überall umstiegen und irgendwo landen konnten. Diesmal fuhren wir nur zehn Blocks weit, bis Briney den Halteknopf drückte. »Es ist ein wunderbarer Tag. Gehen wir doch eine Zeitlang auf dem Boulevard spazieren.«

»Ist recht.«

Brian half mir hinaus. Wir gingen nach Süden über die Straße und dann in südlicher Richtung weiter, wobei wir dem Benton Boulevard auf seiner Westseite folgten. »Liebling, würdest du gerne in dieser Gegend wohnen?«

»Ja, gerne, und ich bin mir sicher, daß wir es in zwanzig Jahren oder so tun werden. Es ist wunderschön!« Das war es wirklich. Jedes Haus belegte eine doppelte Parzelle und hatte mindestens zehn oder zwölf Zimmer sowie eine Auffahrt und einen Unterstand für die Kutsche (den wir Bauernlümmel als Scheune bezeichnet hätten). Blumenbeete, Buntglaslünetten über den Türen, alle Häuser entweder neu oder perfekt instandgehalten ... Aus dem Baustil tippte ich auf 1900. Ich glaubte mich auch an Baustellen in dieser Gegend zu erinnern, zu der Zeit, als wir gerade nach Kansas City gezogen waren.

»Zwanzig Jahre! Was redest du da, Liebes? Sei doch nicht so pessimistisch. Suchen wir uns einfach eines aus und kaufen es. Wie wäre es mit dem da drüben, vor dem der Saxon geparkt ist?«

»Gehört der Saxon dazu? Mir gefällt die Tür nicht, die sich nach hinten öffnet; ein Kind könnte herausfallen. Ich hätte lieber diesen Phaeton mit den beiden farblich so schön passenden Rappen.«

»Wir wollen keine Pferde kaufen, sondern ein Haus.«

»Aber Brian, man kann doch sonntags kein Haus kaufen! Der Vertrag wäre nicht rechtskräftig.«

»Doch, auf meine Art geht es. Man gibt sich die Hand darauf und unterzeichnet die Papiere am Montag.«

»Sehr schön, Sir.« Briney liebte es zu spielen. Und worum auch immer es ging, ich machte mit. Er war ein glücklicher Mann und machte auch mich glücklich (nicht nur im Bett).

Am Ende des Blocks gingen wir auf die andere Straßenseite und setzten dort unseren Weg nach Süden fort. Vor dem dritten Haus, von der Ecke an gezählt, blieb Briney stehen. »Mo, das gefällt mir irgendwie. Es scheint mir ein glückliches Haus zu sein, findest du nicht auch?«

Es glich weitgehend den anderen Häusern der Umgebung. Es war groß und behaglich und schön – und teuer. Es wirkte nicht ganz so einladend wie die anderen, da es unbewohnt schien – keine Möbel auf der Veranda, die Vorhänge zugezogen. Allerdings pflegte ich meinem Gatten zuzustimmen, wann immer es möglich war ... und das Haus konnte ja nichts dafür, daß es leerstand. Falls das überhaupt zutraf. »Ja, ich denke auch, daß es für die richtigen Bewohner ein glückliches Haus sein könnte.«

»Für uns zum Beispiel?«

»Für uns zum Beispiel«, pflichtete ich ihm bei.

Brian ging auf das Haus zu. »Ich glaube nicht, daß jemand zu Hause ist. Schauen wir mal, ob die Tür unverschlossen ist. Oder ein Fenster.«

»Brian!«

»Nur die Ruhe bewahren, Frau.«

Nolens volens folgte ich ihm, hatte aber das Gefühl, von neugierigen Leuten hinter allen Vorhängen dieses Blocks beobachtet zu werden (was auch zutraf, wie ich später erfuhr).

Brian probierte den Türgriff. »Verschlossen. Na ja, das läßt sich beheben.« Er griff in die Tasche, holte einen Schlüssel hervor, schloß die Tür auf und hielt sie für mich offen.

Atemlos und furchtsam trat ich ein und war dann doch etwas erleichtert, als der kahle Boden und die Echos bewiesen, daß hier tatsächlich niemand wohnte. »Brian, was geht hier vor? Nimm mich bitte nicht auf den Arm!«

»Ich nehme dich nicht auf den Arm, Mo. Wenn dir dieses Haus gefällt ... dann handelt es sich dabei um mein seit langem überfälliges Hochzeitsgeschenk. Wenn es dir nicht gefällt, verkaufe ich es wieder.«

Ich brach an diesem Tag eins meiner Gebote; ich weinte in seiner Gegenwart.

KAPITEL ACHT

AN DER BÖHMISCHEN KÜSTE

Brian hielt mich fest und tätschelte mir den Rücken. »Hör bitte mit diesem furchtbaren Geplärre auf. Ich kann es nicht leiden, wenn Frauen heulen. Es macht mich geil.«

Ich hörte auf zu weinen und kuschelte mich an ihn. Dann weiteten sich meine Augen. »Ach du liebe Güte, das ist ja ein wirklich ganz besonderer Sonntag!« Brian behauptete stets, der einzige Effekt des Kirchganges bestünde bei ihm darin, seine Leidenschaft zu wecken, da er niemals dem Gottesdienst zuhörte, sondern immer nur an Eva dachte, die (meint er) rothaarig gewesen war.

(Ich brauchte ihm nicht zu erklären, daß der Kirchgang auf mich ähnlich wirkte. Jeden Sonntag nach der Kirche mußte man bei uns damit rechnen, daß etwas »Besonderes« geschah, kaum daß die Kinder ihr Mittagsschläfchen begonnen hatten.)

»Ach komm, kleine Lady. Möchtest du dir nicht lieber erst mal das Haus anschauen?«

»Ich wollte ja gar nichts vorschlagen, Briney. Hier drin würde ich mich sowieso nicht trauen. Jemand könnte hereinkommen.«

»Das wird keiner tun. Ist dir nicht aufgefallen, daß ich den Riegel vorgelegt habe? Maureen, ich muß ja fast wirklich annehmen, daß du mir nicht geglaubt hast, als ich dir erklärte, dieses Haus sei ein Geschenk an dich.«

Ich atmete tief ein, hielt die Luft an und ließ sie langsam wieder entweichen. »Mein Gatte, solltest du je behaupten, daß die Sonne im Westen aufgeht, werde ich dir glauben, auch wenn ich es vielleicht nicht begreife. Und das hier begreife ich eindeutig nicht.«

»Ich erkläre es dir. Im Grunde kann ich dir dieses Haus gar nicht schenken, denn es gehört dir längst. Du hast dafür bezahlt. Was die rechtliche Seite angeht, lautet der Vertrag auf meinen Namen. Irgendwann kommende Woche ändern wir das undübertragen ihn auf dich. In diesem Staat kann eine verheiratete Frau Grundbesitz haben, solange die Übertragungsurkunde sie als verheiratet ausweist und der Ehemann auf eigene Ansprüche verzichtet. Und der letzte Punkt ist nicht mehr als eine Vorsichtsmaßnahme. Was jetzt die Frage angeht, wie du es erworben hast ...«

Ich hatte es flach auf dem Rücken liegend erworben, während ich »die Kasse klingeln ließ«. Die Anzahlung hatte sich Brian in der Armee zusammengespart, und dazu kam eine dritte Hypothek, die seine Eltern für ihn aufgenommen hatten. Er konnte also eine stattliche Anzahlung leisten und übernahm das Haus mit einer ersten Hypothek zu den üblichen sechs Prozent und einer zweiten zu acht Komma fünf Prozent. Als er das Haus kaufte, war es noch vermietet. Brian behielt die Mieter und investierte den Ertrag in die Abzahlung der Hypotheken.

Der Howard-Bonus für Nancy glich die zu teure zweite Hypothek aus; Carols Geburt ermöglichte es, Brians Eltern auszuzahlen. Der Zuschuß der Stiftung für Brian junior versetzte Brian senior in die Lage, die erste Hypothek zu bezahlen. Und zusammen mit den Mieteinnahmen hatte er das Grundstück im Mai 1906 schuldenfrei, nur sechseinhalb Jahre, nachdem er die riesige Schuldenlast auf sich genommen hatte.

Briney ist ein Spieler, und das sagte ich ihm auch. »Im Grunde nicht«, antwortete er, »da ich auf dich gesetzt habe, Liebling. Und du hast geliefert. Wie ein Uhrwerk. Na ja, Brian junior kam ein wenig später, als ich erwartet hatte, aber mein Finanzierungsplan war in Grenzen flexibel. Obwohl ich auf dem Privileg bestanden hatte, die erste Hypothek vorzeitig zurückzuzahlen, brauchte ich dies nicht vor dem ersten Juni 1910 zu tun. Du hast allerdings deinen Ruf als Champion gerechtfertigt.«

Vor einem Jahr hatte er seine Absichten mit den Mietern besprochen und sich mit ihnen auf ein Datum geeinigt. Sie waren gerade erst letzten Freitag einvernehmlich ausgezogen. »Damit gehört das Haus jetzt dir, Liebling. Ich habe unsere Miete im alten Haus auch schon nicht mehr bezahlt; Hennessy O'Scrooge weiß, daß wir gehen. Wir können morgen umziehen, wenn dir das Haus gefällt. Oder sollen wir es lieber verkaufen?«

»Sprich bloß nicht davon, unser Haus zu verkaufen! Briney, wenn das wirklich dein Hochzeitsgeschenk ist, dann kann ich endlich auch meines präsentieren. Dein Kätzchen.«

Er grinste. »Unser Kätzchen, wolltest du sagen. Ja, das hatte ich mir auch schon überlegt.« Wir hatten die Anschaffung eines Kätzchens hinausgeschoben, da es in beiden Nachbarhäusern unserer alten Bleibe an der Sechsundzwanzigsten Straße Hunde gab, von denen einer ein Katzenkiller war. Indem wir eine Ecke weiter gezogen waren, waren wir dieser Gefahr entronnen.

Brian führte mich durchs Haus. Es war einfach wundervoll. Das obere Stockwerk wies ein großes und ein kleines Badezimmer auf. Ein kleines Badezimmer gab es auch im Erdgeschoß direkt neben dem Zimmer des Hausmädchens. Darüber hinaus hatten wir vier Schlafzimmer und eine Schlafveranda, ein Wohnzimmer, einen Salon, ein richtiges Eßzimmer mit eingebautem Geschirrschrank und Tellerhalter, einen Gasbrenner im Salon vor einem Kamin, in dem man Holzscheite verbrennen konnte, wenn man den Gasbrenner vorher wegräumte, eine wunderbar große Küche, eine repräsentative Treppe an der Vorderseite des Hauses sowie eine bequeme Hintertreppe, die ganz privat von der Küche nach oben führte – oh, einfach alles und jedes, was eine Familie mit Kindern sich nur wünschen konnte, einschließlich eines umzäunten Hinterhofes, der ideal für Kinder und Haustiere war und genügend Platz bot für Krocket-Dinners und Picknicks und einen Gemüsegarten und einen Sandkasten. Ich fing schon wieder an zu weinen.

»Schluß damit!« befahl Briney. »Das hier ist das Elternschlafzimmer. Es sei denn, du ziehst ein anderes vor.«

Es war ein schöner, großer, luftiger Raum, von dem die

Schlafveranda abging. Das Haus war leer und einigermaßen sauber (ich freute mich schon darauf, jeden einzelnen Quadratzentimeter zu schrubben), aber ein paar Sachen, deren Mitnahme sich nicht mehr gelohnt hatte, lagen oder standen hier und dort verstreut herum. »Briney, auf der alten Verandaschaukel da draußen liegt ein Polster. Würdest du das bitte hereinholen?«

»Wenn du möchtest. Wieso?«

»Um die Kasse klingeln zu lassen!«

»Sofort, Madam! Süßes, ich habe mich schon gefragt, wann du endlich den Wunsch äußern würdest, dein neues Heim zu taufen.«

Das Polster sah nicht allzu sauber aus und war auch nicht sonderlich groß, aber ich scherte mich in diesem Augenblick nicht um Kleinigkeiten; es würde schon ausreichen, damit sich meine Wirbelsäule nicht in den kahlen Fußboden bohrte. Als Briney es auf dem Boden ausbreitete, stieg ich gerade aus den letzten Kleidern. Er rief: »Hey, laß bitte die Strümpfe an!«

»Ja, Sir. Alles klar, Mister. Willste nich' erst 'nen Drink haben, Süßer?« Trunken vor Erregung holte ich tief Luft und legte mich auf den Rücken. »Wie heißen Sie, Mister?« erkundigte ich mich mit heiserer Stimme. »Ich bin Ihr fruchtbarster Ackerboden.«

»Da wette ich drauf!« Briney war inzwischen nackt, hängte seine Jacke an einen Haken hinter der Badezimmertür und legte sich auf mich. Ich wollte die Arme um ihn legen, aber er hielt sie fest und küßte mich. »Madam, ich liebe dich.«

»Ich liebe dich auch, Sir.«

»Das freut mich zu hören. Obacht jetzt!«

Dann sagte er: »*Ah!* Gib ein bißchen nach.«

Ich entspannte mich etwas. »Besser?«

»Einfach prima. Du bist wundervoll, meine Dame.«

»Du auch, Briney. Jetzt? Bitte!«

Ich gelangte fast sofort auf den Gipfel. Dann zündeten die Raketentriebwerke, und ich schrie und war fast nicht mehr bei Bewußtsein, als er seine Ladung verschoß. Ich fiel in Ohnmacht.

Das ist sonst nicht gerade typisch für mich, aber damals passierte es.

Zwei Sonntage später blieb meine Periode aus. Im folgenden Februar (1907) bekam ich George Edward.

Unsere nächsten zehn Jahre waren die reinste Idylle.

Für andere mochte unser Leben langweilig und stumpfsinnig ausgesehen haben, denn wir taten nicht mehr, als ruhig in unserem Haus in einer ebenso ruhigen Gegend zu wohnen und Kinder großzuziehen ... sowie Katzen und Meerschweinchen und Kaninchen und Schlangen und Goldfische und einmal auch Seidenraupen auf meinem Klavier. Bei letzterem handelte es sich um ein Projekt von Brian junior, als er in der vierten Klasse war. Man brauchte dazu Maulbeerblätter, da Seitenraupen sehr wählerisch sind, was ihre Speisekarte angeht. Brian junior schloß einen Handel mit einem Nachbarn ab, der einen Maulbeerbaum hatte. Schon in jungen Jahren zeigte er das gleiche Talent wie sein Vater dafür, günstige Geschäfte abzuschließen, wie schwierig sie auch zunächst erscheinen mochten.

Ein Maulbeerblättergeschäft war für unsere damalige Lebensweise eine wirklich aufregende Sache.

An der Wand in meiner Küche hingen Kindergartenbilder mit Sternen darauf. Dreiräder standen auf der hinteren Veranda, neben ihnen Rollschuhe. Verletzte Finger mußten geküßt und verbunden werden, besondere Projekte mußten zu Hause erledigt und dann mit in die Schule genommen werden. Ein Haufen Schuhe war zu polieren, ehe unser Stamm für die Sonntagsschule bereit war, und es fanden geräuschvolle Auseinandersetzungen darüber statt, wer den Stiefelknüpfer als nächster benutzen durfte – bis ich einen für jedes Kind besorgte und ihre Namen darauf schrieb.

Die ganze Zeit über nahm Maureens Bauch wie der Mond

zu und wieder ab – George 1907, Marie 1909, Woodrow 1912, Richard 1914 und Ethel 1916 … Damit war es keineswegs zu Ende, aber damit sind wir bei dem Krieg angekommen, der die ganze Welt veränderte.

Doch vorher passierten noch endlos viele Dinge, und einige davon sollte ich erwähnen. Kurz nach unserem Umzug wechselten wir auch die Kirche, und das bedeutete ebenso einen gesellschaftlichen Aufstieg wie der Wechsel von Haus und Wohngegend. In den Vereinigten Staaten waren die protestantischen Konfessionen damals eng mit wirtschaftlichem und sozialem Status verknüpft, wenn es auch als unhöflich galt, das auszusprechen. Die Spitze der Pyramide bildeten die episkopalen Hochkirchen, während am unteren Ende verschiedene pfingstlerische, fundamentalistische Sekten angesiedelt waren, deren Mitglieder Schätze im Himmel anhäuften, weil es ihnen auf der Erde nicht gelang.

Vorher hatten wir zu einer Mittelschichtkirche gehört, vor allem deshalb, weil sie in der Nähe lag. Wir hatten eigentlich vorgehabt, zu einer wohlhabenderen Kirche am Boulevard zu wechseln, da wir jetzt ja auch in einer wohlhabenderen Gegend wohnten – aber als wir den Wechsel dann schließlich vollzogen, lag es daran, daß Maureen quasi vergewaltigt worden war.

Es war meine eigene Dummheit. Noch in jedem Zeitalter war Vergewaltigung der Lieblingssport einer ganzen Reihe von Männern, wenn sie nur eine Chance sahen, ungestraft davonzukommen, und jede Frau unter neunzig und über sechs ist überall und jederzeit gefährdet – es sei denn, sie wüßte, wie sie der Gefahr aus dem Wege gehen kann, was nahezu unmöglich ist.

Wenn ich es mir noch mal überlege, sollte ich das mit der Zeitspanne von sechs bis neunzig vielleicht weglassen. Es sind Irre unterwegs, die bereit sind, jedes weibliche Wesen jeden Alters zu vergewaltigen. Vergewaltigung ist kein Geschlechtsverkehr; es handelt sich um einen Akt mörderischer Aggression.

Und wenn ich es mir noch genauer überlege, wurde ich nicht mal quasi-vergewaltigt, da ich es eigentlich besser wußte und trotzdem ohne Begleitschutz einen Prediger besuchte. Ich tat es und wußte sehr gut, was passieren würde. Reverend Timberly, dieser alberne Banause, hatte mich, als ich vierzehn war, wissen lassen, er könne mir eine Menge über das Leben und die Liebe beibringen, und hatte mir dabei gleichzeitig auf väterliche (!) Art den Po getätschelt. Ich hatte mich bei Vater beschwert, ohne den Übeltäter beim Namen zu nennen, und mit Vaters Rat war es mir gelungen, der Sache ein Ende zu bereiten.

Aber dieser andere Bibelklopfer ... Es passierte sechs Wochen nach dem Umzug ins neue Haus. Ich wußte, daß ich schwanger war, und obendrein war ich geil. Brian war nicht zu Hause. Das soll keine Beschwerde sein; Brian mußte reisen, wohin ihn sein Beruf führte, und das gilt für endlos viele Gewerbe und Berufe; der Brotverdiener muß dorthin, wo das Brot ist. Diesmal hielt er sich in Denver auf. Eigentlich hatte ich ihn schon wieder zurückerwartet, doch dann schickte er mir ein nächtliches Telegramm und teilte mir darin mit, er müsse erst noch nach Montana – nur drei oder vier Tage, höchstens eine Woche; in Liebe, dein Brian.

Scheiße. Dreck. Mist. Ich lächelte jedoch weiter, da Nancy mich beobachtete und mit sechs nicht mehr leicht zu täuschen war. Ich las ihr eine überarbeitete Fassung des Briefes vor und legte das Blatt dann dort ab, wo sie nicht drankam, denn sie hatte sich schon selbst das Lesen beigebracht.

Um drei Uhr nachmittags klopfte ich, gebadet, umgezogen und ohne Schlüpfer, an die Tür des Arbeitszimmers von Reverend Doktor Ezekiel »Bibelklopfer«. Mein üblicher Babysitter paßte auf die drei Kleinen auf und verfügte über schriftliche Anweisungen einschließlich Informationen, wo ich steckte und unter welcher Nummer ich beim Pastor zu erreichen war.

Der Pastor und ich praktizierten bereits seit drei Jahren eine stille und unauffällige Tendelei, seit er in diese Pfarrei berufen worden war. Ich mochte ihn eigentlich nicht besonders, nahm ihn und seine tiefe, orgelhafte Stimme sowie seinen klaren, maskulinen Duft allerdings ausgesprochen sinnlich wahr. Wie schade, daß er nicht an schlechtem Atem oder Stinkefüßen oder sonst was litt, was mich abgeschreckt hätte. Körperlich war an ihm einfach nichts auszusetzen – gute Zähne, frischer Atem, regelmäßige Bäder und gewaschene Haare.

Die Ausrede für meinen Besuch bestand darin, daß ich Vorsitzende des Frauen-Hilfskomitees für das nächste Gemeindefest war und mit dem Pastor in dieser Sache konferieren mußte. Ich erinnere mich nicht mehr, was das für ein Fest werden sollte, aber die protestantischen Kirchen des zwanzigsten Jahrhunderts waren ja am laufenden Band mit Festvorbereitungen beschäftigt. Doch, da fällt es mir wieder ein: eine stadtumfassende Erweckungsveranstaltung. Billy Sunday? Ich glaube, er war es – ein Baseballspieler und reuiger Trunkenbold, der unter viel Aufhebens Jesus gefunden hatte.

Dr. Zeke ließ mich herein. Wir sahen einander an und wußten beide Bescheid; keiner brauchte etwas zu sagen. Er legte die Arme um mich; ich hob das Gesicht. Er drückte seine Lippen auf meine – und ich öffnete den Mund und schloß die Augen. Nur Sekunden, nachdem er mir die Tür geöffnet hatte, hatte er mich flach auf der Couch liegen, die Röcke hochgeklappt, und versuchte, in mich einzudringen.

Ich tastete nach seinem Glied, um es richtig in Position zu bringen, denn er hatte schon im Begriff gestanden, sich ein neues Loch zu bohren.

Super! Während mir der Gedanke »Das wird Briney nicht gefallen!« durch den Kopf geisterte, nahm ich ihn auf. Er zeichnete sich durch keinerlei Finesse aus, sondern rammelte sich einfach ins Ziel. Trotzdem war ich so erregt, daß ich schon am Abgrund taumelte und bereit war zu explodieren, während er sich in mich ergoß …

… als jemand an die Tür klopfte und er sich aus mir zurückzog.

Die ganze Affäre hatte nicht mal eine Minute gedauert, und mein Orgasmus gefror wie ein Leitungsrohr im Winter.

Es war allerdings nicht alles verloren. Oder hätte es nicht sein sollen. Kaum war dieses Karnickel von mir herunter gesprungen, stand ich einfach auf und war sofort präsentabel. 1906 fielen Röcke noch bis auf die Fußknöchel, und ich hatte ein Kleid ausgesucht, das nicht knitterte. Die Schlüpfer hatte ich nicht nur seiner (und meiner) Bequemlichkeit halber weggelassen, sondern auch deshalb, weil ich mich so nicht überschlagen mußte, um sie wieder anzuziehen, falls ein Notfall eintrat.

Was Dr. Zeke anging, diesen blöden Affen, so brauchte er sich nur die Hose zuzuknöpfen – was ohnehin fällig geworden wäre.

Wir hätten die Situation mit Dreistigkeit bewältigen können. Wir hätten den Leuten in die Augen blicken und uns weigern können, schuldig auszusehen. Wir hätten sie einfach zu unserer Konferenz einladen können.

Aber was tat er? Er packte mich am Arm, schob mich in den Garderobenschrank und schloß ab.

Dort stand ich dann zwei geschlagene Stunden lang, die mir wie zwei Jahre vorkamen. Ich bewahrte mich dadurch vor dem Durchdrehen, daß ich mir schmerzhafte Methoden überlegte, wie man den Kerl umbringen konnte. Ihn zu erwürgen, war noch eine der harmlosesten. Ein paar andere Einfälle waren zu schlimm, um sie hier zu erwähnen.

Endlich schloß er die Schranktür wieder auf, schaute mich an und flüsterte heiser: »Sie sind weg. Am besten verschwinden Sie durch die Hintertür.«

Ich verkniff es mir, ihm ins Gesicht zu spucken. »Nein, Doktor, wir halten jetzt unsere Besprechung ab. Anschließend begleiten Sie mich zum Haupteingang der Kirche hinaus und plaudern dort eine Weile mit mir, bis mehrere Leute uns gesehen haben.«

»Nein, nein, Mrs. Smith! Ich denke …«

»Denken Sie lieber nichts. Doktor, die einzige Alternative ist, daß ich hinausrenne und laut ›Vergewaltigung!‹ schreie – und was eine Schwester bei der Polizei in mir finden würde, wäre für die Geschworenen ausreichender Beweis für diese Behauptung.«

Als Brian zurückkehrte, erzählte ich ihm alles. Ich hatte mir zwar überlegt, es für mich zu behalten, aber wir hatten drei Jahre zuvor eine freundschaftliche Übereinkunft darüber getroffen, wie und wann wir beide die Ehe brechen konnten, ohne den anderen zu schädigen oder zu kränken. Deshalb rang ich mich durch, reinen Tisch zu machen, auch auf die Gefahr hin, daß er mir den Hintern versohlte, falls er das für angebracht hielt. Ich selbst hielt es für angebracht – und wenn es nur heftig genug ausfiel, war es wenigstens auch eine Ausrede zu weinen, was wiederum ganz wundervolle Konsequenzen nach sich ziehen würde.

Also machte ich mir nicht allzu viele Sorgen. Ich wollte wirklich beichten und die Absolution erhalten.

Was die freundschaftliche Übereinkunft über umsichtigen Ehebruch anging … Wir hatten beschlossen, wann immer möglich gemeinsam vorzugehen, einander stets zu helfen und zu decken und den Partner bei der Erlegung seines Wildes zu unterstützen. Die Diskussion hatte sich ergeben, als Dr. Rumsey bei mir erneut eine Schwangerschaft diagnostizierte (das war Brian junior gewesen) und ich ganz besonders sentimental wurde. Hinzu kam ein ganz bestimmter Anreiz: Ein Paar, das wir mochten, hatte uns beide klammheimlich zum »gemischten Doppel« eingeladen.

Es fing an, indem ich Briney ernst versicherte, ich wolle ihm stets treu sein. Ich wäre ihm vier Jahre lang treu gewesen, und jetzt, wo ich wußte, daß ich so etwas fertigbrachte, würde ich es auch bleiben, »bis daß der Tod uns scheidet«.

Seine Antwort lautete: »Sieh mal, Dummes, du bist süß, aber nicht clever. Du hast mit vierzehn angefangen …«

»Ich war fast fünfzehn!«

»Noch nicht ganz fünfzehn. Du hast mir erzählt, daß zwölf andere Jungen und Männer bereits von dir genascht hätten, und wolltest wissen, ob ich fände, daß die Kandidaten auf der Howard-Liste ebenfalls zählten. Dann hast du die Zählung revidiert, weil dir ein paar weniger bedeutsame Zwischenfälle entfallen waren. Darüber hinaus hast du mich informiert, daß es dir gleich von Anfang an viel Spaß gemacht hätte, ich jedoch wissen sollte, daß ich der Beste war. Meinst du wirklich, meine kleine Drehzapfenhüfte, daß du und deine glückliche Art zu lieben, sich für immer verändert hätten, nur weil dieser Armleuchter von einem Priester ein paar magische Worte über dir gesprochen hat? Die Wahrheit kommt ans Licht, der Leopard bleibt seinem Revier treu, und der Tag, an dem du über die Stränge schlägst, wird zwangsläufig kommen. Wenn das geschieht, möchte ich, daß du es genießt, aber dich möglichst nicht in Schwierigkeiten bringst – um deinetwillen, um meinetwillen und ganz besonders um der Kinder willen. Was ich von dir *nicht* erwarte, ist das, was die Gesellschaft ewige Treue nennt, Amen. Was ich von dir *erwarte*, ist, auf gar keinen Fall schwanger zu werden, dir keine schmutzige Krankheit zuzuziehen, keinen Skandal zu provozieren, weder mich noch dich zu beschämen und nicht das Wohlergehen unserer Kinder zu gefährden. Das bedeutet zum größten Teil, den gesunden Menschenverstand walten zu lassen und immer die Vorhänge zuzuziehen.«

Ich schluckte. »Ja, Sir.«

»Nun, meine Liebe, falls es also stimmt, daß Hal Andrews dir, wie du behauptest, ein flaues Gefühl im Magen verursacht, du aber bisher der Versuchung meinetwegen aus dem Weg gegangen bist, dann laß dir versichern, daß du für deinen Verzicht keinen Orden erhältst. Wir beide kennen Hal; er ist ein Gentleman und hält seine Fingernägel sauber. Obendrein ist er höflich zu seiner Frau. Wenn du keine ernsten Absichten verfolgst, hör auf, mit ihm zu flirten. Solltest du ihn aber wollen, dann nimm ihn dir auch! Scher dich nicht um mich; ich werde beschäftigt sein. Jane ist der köstlichste Happen, den ich seit langem gesehen habe. Seit dem Tag, an dem wir die beiden kennengelernt haben, verzehre ich mich danach, bei ihr die Winkelhalbierende zu machen.«

»Briney! Stimmt das? Du hast nie etwas davon gesagt! Wieso nicht?«

»Damit du die Chance kriegst, ganz auf weiblich zu

machen und eifersüchtig und besitzergreifend zu werden? Süßes, ich mußte einfach warten, bis du ausdrücklich ein tiefes Gefühl der Neugier für einen anderen Mann eingestehst, ohne daß ich dich dazu dränge oder dir das Stichwort gebe. Nun stellt sich heraus, daß es mir nicht viel anders ergeht. Also ruf Jane an und akzeptiere die Einladung zum Abendessen. Wir werden sehen, was sich daraus entwickelt.«

»Aber wenn sich nun herausstellt, daß dir Jane besser gefällt als ich?«

»Unmöglich! Ich liebe dich, meine Dame.«

»Ich meine ihren Podex. Wie sie Liebe macht.«

»Möglich, aber unwahrscheinlich. Falls doch, würde ich noch lange nicht aufhören, dich zu lieben, oder etwa das Interesse an deinem Podex verlieren; der ist was ganz Besonderes. Trotzdem möchte ich Jane mal ausprobieren; sie riecht gut.« Er leckte sich die Lippen und lächelte.

Er tat es, und sie tat es, und wir alle vier taten es, und Hal und Jane blieben jahrelang unsere liebevollen Freunde, obwohl sie zwei Jahre später nach St. Joe umzogen, wo das Schulamt Hal ein besseres Angebot unterbreitet hatte. Damit waren sie zu weit weg für stille Familienorgien – meistens jedenfalls.

Im Laufe der Zeit entwickelten Brian und ich detaillierte Regeln, was den Sex betraf, die alle zum Ziel hatten, die Risiken zu vermeiden, uns beiden aber die Freiheit zur ›Sünde‹ zu bewahren – nicht sorglos, sondern umsichtig, damit wir den Leuten stets in die Augen blicken und sagen konnten, sie sollten mit ihrer Neugier anderswo hausieren gehen.

Brian scherte sich keinen Deut um die verbreitete Überzeugung, Sex könne in irgendeiner Weise von Natur aus sündig sein. Er verachtete diese populäre Meinung vollkommen. »Wenn tausend Leute etwas glauben und ich anderer Meinung bin, dann steht die Chance tausend zu eins, daß sie sich irren. Maureen, ich sorge durch gegenteilige Ansichten für den Bestand unserer Ehe!«

Als ich ihm erzählte, wie der Pastor mich in den Wandschrank eingeschlossen hatte, setzte er sich kerzengerade im

Bett auf. »Dieser Mistkerl! Mo, ich werde ihm beide Arme brechen!«

»Dann solltest du lieber das gleiche mit mir machen, denn ich ging schon in der Absicht hin, es mit ihm zu treiben. Ich habe es mit ihm getrieben. Alles Weitere ergab sich aus dieser nackten, unentschuldbaren Tatsache. Ich bin ein Risiko eingegangen, das ich nicht hätte eingehen dürfen. Meine Schuld ist mindestens so groß wie seine.«

»Ja, ja, aber darum geht es nicht. Süßes, ich mache ihm keinen Vorwurf daraus, daß er dich gebumst hat; jeder nicht kastrierte Mann wird dich bumsen, wenn er eine Chance dazu bekommt. Dein einziger Schutz besteht also darin, ihm diese Chance nicht zu bieten. Worüber ich allerdings wütend bin, ist die Tatsache, daß er meinen armen Liebling in den Schrank geschubst, sie dort im Dunkeln eingeschlossen und ihr Angst gemacht hat. Ich werde ihn ganz langsam töten. Gott verdamme ihn! Ich gebe ihm erst was auf die Nuß! Ich skalpiere ihn! Und schneide ihm noch die Ohren ab!«

»Briney ...«

»Ich treibe ihm einen Pflock durchs ... Was ist, Schatz?«

»Ich war ein böses Mädchen, ich weiß, aber ich bin sauber damit durchgekommen. Ich bin nicht schwanger geworden, weil ich es schon war. Eine Krankheit habe ich, glaube ich, auch nicht abgekriegt. Ich bin mir fast sicher, daß niemand was mitbekommen hat, also gibt es auch keinen Skandal. Ich würde dir gerne dabei zusehen, wie du alle diese Sachen mit ihm anstellst; ich verachte ihn. Solltest du ihn allerdings verletzen, ihm auch nur eins auf die Nase geben, ist die Sache kein Geheimnis mehr, und das könnte unseren Kindern schaden, nicht wahr?«

Briney willigte ein, das Praktische und Nötige zu tun. Ich wollte, daß wir die Kirche von Dr. Zeke verließen. »Aber nicht sofort, Liebes. Ich bin mindestens für die nächsten sechs Wochen zu Hause. Wir gehen in dieser Zeit gemeinsam zur Kirche ...« Wir waren jeweils früh dort und setzten uns vorne direkt vor die Kanzel. Briney fing Dr. Zekes Blick auf und bannte ihn die ganze Predigt hindurch, Sonntag für Sonntag.

Dr. Zeke bekam einen Nervenzusammenbruch und mußte um Urlaub nachsuchen.

Briney und ich machten es uns nicht übertrieben leicht mit unseren Regeln über Sex, Liebe und Ehe. Wir versuchten, zwei Dinge gleichzeitig zu erreichen: Ein ganz neues System gerechten Verhaltens in der Ehe zu entwickeln – einen Kodex, den eine wirklich zivilisierte Gesellschaft uns schon als Kindern beigebracht hätte – und willkürliche und absolut pragmatische Regeln für öffentliches Auftreten zu schaffen, die uns vor den bibelklopfenden Vermittlern der Moral schützten. Wir waren keine Missionare, die die Leute von ihrer Denkungsart überzeugen wollten; wir waren schlicht und ergreifend um eine Maske bemüht, die die Gesellschaft daran hindern sollte, uns irgendwelcher Abweichungen von ihrer Denkungsart zu verdächtigen. Wenn es als tödliche Beleidigung gilt, sich von seinen Nachbarn zu unterscheiden, besteht der einzige Ausweg darin, daß sie es nie herausfinden.

Über die Jahre erfuhren wir allmählich, daß schon viele Howard-Familien zu der Erkenntnis gezwungen gewesen waren, daß das Programm der Stiftung einfach nicht in den Bibelgürtel des mittleren Westens paßte. Trotzdem stammte die Mehrzahl der Howard-Kandidaten eben aus diesem mittleren Westen. Die Konflikte und Widersprüche führten dazu, daß die meisten Howards schließlich die organisierten Religionen verließen oder ihnen bloße Lippenbekenntnisse zollten, wie Brian und ich es taten, bis wir Kansas City in den späten Dreißigern verließen.

Soweit ich weiß, gibt es in Boondock oder auch sonstwo auf Tellus Tertius keine organisierten Religionen. Frage: Handelt es sich dabei um einen unausweichlichen Entwicklungsschritt der Menschheit bei ihrem Streben nach wahrer Zivilisation? Oder ist hier der Wunsch der Vater des Gedankens?

Oder bin ich 1982 gestorben? Boondock unterscheidet sich so vollkommen von Kansas City, daß es mir schwerfällt zu glauben, beide befänden sich im selben Universum. Jetzt, wo ich von jeder Verbindung dorthin abgeschnitten in etwas sitze, das mir wie ein von seinen Insassen geleitetes Irrenhaus vorkommt, fällt es mir leicht zu glauben, daß sich 1982 ein Verkehrsunfall für eine uralte Frau doch als tödlich erwies ... und daß meine Träume von merkwürdig verschiedenen Welten nur das Delirium des Sterbens darstellen. Liege ich, bis unter die Schädeldecke voller Medikamente, auf der Intensivstation eines Krankenhauses in Albuquerque, während sich die Leute überlegen, ob sie den Stecker ziehen sollen? Warten sie auf die Genehmigung von Woodrow? Wenn ich mich recht entsinne, habe ich ihn in meiner Brieftasche als »nächsten Angehörigen« aufgeführt.

Sind »Lazarus Long« und »Boondock« nur senile Phantasievorstellungen?

Ich muß Pixel danach fragen, sobald er das nächste Mal zu Besuch kommt. Sein Englisch ist nicht besonders, aber ich habe sonst niemanden.

Noch ehe wir unser neues Haus einrichteten, taten wir etwas Hocherfreuliches: Wir holten unsere Bücher aus dem Lagerhaus. In der kleinen Keksdose, die wir bis dahin bewohnt hatten, hatte der Platz lediglich für ein paar Dutzend Bände gereicht, und das auch nur, weil wir diese wenigen Kostbarkeiten ins oberste Küchenregal packten – eine Stelle, die ich nur erreichte, wenn ich auf einen Hocker stieg. Das wiederum riskierte ich nicht, wenn ich ein Kind trug. Einmal wartete ich drei Tage lang auf Brians Rückkehr aus Galena, um ihn zu bitten, daß er mir mein *Golden Treasury* herunterholte. Ich konnte es sehen, kam aber nicht heran. Als er dann endlich eintraf, vergaß ich es.

Ich hatte zwei Kisten voller Bücher im Lagerhaus, Brian noch mehr. Obendrein hatte ich Kisten über Kisten von Vaters Büchern geerbt. Als er wieder zur Armee ging, schrieb er mir, er hätte sie verpackt und ins Kansas City Storage and Warehousing liefern lassen. Die Quittungen lagen seinem Brief bei. Seine Bank war angewiesen worden, die laufenden Lagerkosten zu begleichen. Trotzdem, so schrieb er, würde er sich freuen, wenn ich den Büchern ein neues Heim geben würde. Eines Tages würde er viellleicht einige von ihnen zurückfordern, aber bis dahin sollte ich sie als meine eigenen ansehen. »Bücher wollen gelesen und geliebt werden, nicht gelagert.«

Also holten wir unsere gedruckten Freunde aus dem Kerker, obwohl wir bislang noch keine Bücherregale hatten. Briney besorgte Balken und Ziegelsteine und improvisierte Regale ... und ich erfuhr, was meinem Gatten noch besser gefiel als Sex.

Bücher nämlich.

Fast alles an Büchern, aber was ihn an jenem ersten Wochenende mit den Büchern fesselte, waren die Essays von Professor Huxley, auf die ich keinen Blick verschwendete, da mir Vaters Mark-Twain-Sammlung in die Hände gefallen war. Da hatte ich doch tatsächlich zum erstenmal seit Mai 1898 wieder die Bücher von Mr. Clemens vor mir, eine Komplettausgabe bis zu diesem Zeitpunkt, überwiegend Erstausgaben, vier davon von Mr. Clemens und »Mark Twain« signiert. Das war an jenem phantastischen Abend im Januar 1898 geschehen, als ich darum gekämpft hatte wachzubleiben, um keins von Mr. Clemens' Worten zu versäumen.

Vielleicht zwei Stunden lang stießen Brian und ich uns gegenseitig immer wieder mit den Ellbogen an und sagten: »Hör dir das an!«, um es gleich darauf laut vorzulesen. Es stellte sich heraus, daß Brian noch nie »Der berühmte Frosch der Grafschaft Calaveras« oder »Der Mann, der Hadleyburg korrumpierte« gelesen hatte. Ich war erstaunt. »Schatz, ich liebe dich zwar, aber wie hast du nur den Schulabschluß geschafft?«

»Keine Ahnung. Lag wohl am Krieg.«

»Na ja, dann muß ich dir noch was beibringen. Wir fangen mit dem *Yankee aus Connecticut an König Artus' Hof* an.«

»Das habe ich allerdings schon gelesen. Was ist das für ein dicker Band dort?«

»Der ist nicht von Mark Twain; das ist eines von Vaters medizinischen Büchern.« Ich reichte es ihm und las dann im *Prinz und Bettelknabe* weiter.

Einige Augenblicke später blickte ich auf, als Brian sagte: »Hey, diese Tafel stimmt nicht.«

»Ich weiß«, antwortete ich. »Mir ist schon klar, welche Tafel du dir anschaust. Vater sagte, jeder Laie, der dieses Buch zur Hand nimmt, würde sich unweigerlich als erstes diese Tafel ansehen. Soll ich meinen Schlüpfer ausziehen, damit du es nachprüfen kannst?«

»Versuche nicht, mich abzulenken, Frauenzimmer. Ich habe ein ausgezeichnetes Gedächtnis.« Er blätterte weiter. »Faszinierend. Man könnte sich diese Tafeln stundenlang betrachten.«

»Ich weiß. Ich habe es schon.«

»Erstaunlich, was alles in die Haut eines Menschen paßt.« Er blätterte noch eine Zeitlang weiter, bis ihn ein Artikel über Geburtshilfe gefangennahm. Ihn schauderte bei gewissen Abschnitten (er war eine brauchbare Ersatzhebamme, konnte aber kein Blut sehen), so daß er das Buch schließlich zur Seite legte und ein anderes zur Hand nahm. »Mann!«

»Was hast du diesmal, Schatz? Oh! *Was jedes junge Mädchen wissen sollte*.« (Er hatte die Radierungen von Forberg erwischt, *Figuris Veneris*. Auch ich hatte mich erschrocken, als ich sie das erste Mal geöffnet hatte.)

»So hieß das Buch aber nicht. Hier, lies die Titelseite: *Figuren der Venus*.«

»Es war ein Scherz. Ein Scherz von Vater. Er gab mir das als Sex-Handbuch. Wir diskutierten über jedes Bild, und er beantwortete alle meine Fragen dazu. Was bedeutet, daß es eine ganze Menge Fragen waren. Er sagte, Mr. Forbergs Bilder wären anatomisch korrekt – was man von der zensierten Tafel, über die du dich beschwert hast, nicht behaupten kann. Vater sagte, man sollte diese Bilder in der Schule verwenden, denn sie wären weit besser als die heimlichen Karikaturen oder Fotos, die die jungen Leute sonst als einziges zu sehen bekommen, bis sie irgendwann mit der Realität konfrontiert werden, sich dabei erschrecken und manchmal sogar verletzt werden.« Ich seufzte. »Vater meint, die sogenannte Zivilisation wäre durch und durch krank, aber in keinem Bereich mehr als im Sex, jedem Aspekt des Sex.«

»Dein Vater hat vollkommen recht, finde ich. Aber habe ich richtig verstanden, Maureen, daß Dr. Johnson dir das als Handbuch gegeben hat? Mein verehrter Schwiegervater hat allem seinen Segen gegeben, was diese Bilder zeigen? *Allem?*«

»Himmel, nein! Nur den meisten Sachen. Er war ganz allgemein der Auffassung, daß alles, was zwei oder mehr Leute machen möchten, in Ordnung geht, vorausgesetzt, es führt nicht zu Verletzungen. Er fand, daß es lächerlich ist, bei sexuellen Beziehungen mit Begriffen wie ›moralisch‹ und ›unmoralisch‹ zu hantieren. Die korrekten Begriffe wären ›richtig‹ und ›falsch‹, wenn man sie genauso benutzte wie in allen anderen zwischenmenschlichen Beziehungen.«

»Mon beau-père a raison. Und meine Frau hat auch ein ganz schön cleveres Köpfchen.«

»Ich konnte mein Leben lang bei einem weisen Mann lernen, bis er mich an dich übergab. Zumindest glaube ich, daß mein Vater weise ist. Komm, rück mal ein Stück zur Seite, dann setze ich mich zu dir und zeige dir, womit er einverstanden war und womit nicht.«

Ich setzte mich neben ihn; er legte den Arm um mich, und ich hielt das Buch auf seinem Schoß. »Beachte das Datum auf der Titelseite, 1824, aber die Bilder sind im Stil überwiegend klassisch griechisch oder römisch, von einem ägyptischen abgesehen. Vater sagte, daß sie, obwohl weniger als hundert Jahre alt, den Wandmalereien in Hurenhäusern in Pompeji entsprechen, ihnen aber künstlerisch weit überlegen sind.«

»Dr. Johnson war in Pompeji?«

»Nein. Glaube ich wenigstens nicht. Bei Vater fällt es

einem manchmal schwer, sicher zu sein. Er erzählte mir, er hätte Fotos der Pompeji-Wandgemälde in Chicago gesehen. An der Northwestern oder in irgendeinem Museum.«

»Aber wie ist er nur an diese Bilder hier gekommen? Ich sage es nicht gerne, aber ich bin überzeugt, daß sie uns nach dem Comstock-Gesetz einen langen Urlaub auf Bundeskosten einbringen würden, falls man uns damit erwischen würde.«

»›Falls man uns damit erwischen würde.‹ *Falls* ist in diesem Zusammenhang das Schlüsselwort. Vater hat mich gedrängt, mir solide Gesetzeskenntnisse anzueignen, um nicht erwischt zu werden, wenn ich mal eins breche. Er hatte nie das Gefühl, daß Gesetze für ihn gelten würden, außer in dem Sinn, daß man sie als Gegebenheiten berücksichtigen sollte.«

»Woraus klar hervorgeht, daß es sich bei deinem Vater um einen subversiven Charakter handelt, einen schlechten Umgang, einen bösen alten Mann – und ich bewundere ihn grenzenlos und hoffe, mal wie er zu werden.«

»Ich liebe ihn ebenfalls sehr, *mon homme*. Er hätte nur eine Braue zu heben brauchen, um meine Jungfernschaft zu bekommen, aber er hätte sie nie genommen.«

»Das weiß ich, Liebes, schon seit ich dir das erste Mal begegnet bin.«

»Ja, ich bin eine verschmähte Frau, und eines Tages wird er dafür bezahlen. Was das Gesetz angeht, möchte ich allerdings seinem Ratschlag folgen. Briney, denkst du, ich könnte Kurse an der juristischen Fakultät in Kansas City belegen – mal vorausgesetzt, daß ich die Mittel dafür aus dem Haushaltsgeld abzweigen kann?«

»Vielleicht, aber es wird nicht nötig sein, aufs Haushaltsgeld zurückzugreifen. Wir können uns inzwischen jede Ausbildung leisten, die du haben möchtest. Aber lassen wir für den Moment solch triviale Dinge; wir sprechen schließlich über Sex. S-E-X – den Stoff, der die Welt in Gang hält. Nächstes Bild, bitte!«

»Ja, Sir. Die Missionarsstellung, sogar von Priestern

genehmigt. Das nächste Bild erfreut sich fast der gleichen Akzeptanz, wenn auch die durchschnittliche Anstandsdame selten oben liegt. Die nächste Stellung dürfte so jemand praktisch nie einnehmen, wenn es auch alle anderen tun – sagt Vater. Er merkte jedoch an, daß ein Gentleman, der eine Dame von hinten nimmt, auch unter sie greifen und ihren Druckschalter betätigen sollte, damit sie ebenfalls eine schöne Zeit hat. Jetzt das nächste – oh! Briney, wenn wir es uns mal leisten können, möchte ich ein Bett von der richtigen Höhe haben, damit ich diese Position darauf einnehmen kann – auf dem Rücken, die Beine hoch, damit du aufrecht stehend eindringen kannst. Ich mag diese Position, und du ebenfalls, aber als wir sie das letzte Mal benutzten, bekamst du Krämpfe in den Beinen und fingst mit der Zeit richtig an zu zittern. Schatz, ich möchte, daß du es so genießt wie ich – also sehr!«

»Meine Dame, du bist ein Gentleman.«

»Danke, Sir – vorausgesetzt, das war kein Scherz.«

»War es nicht. Die meisten Damen sind keine Gentlemen. Sie ziehen Nummern durch, die einen Mann für zehn Tage in die Hocke zwingen, und wandeln anschließend hocherhobenen Hauptes weiter. Nicht meine Mo allerdings. Für sie gilt: fair ist fair, und sie erwartet auch nicht, nur mit ihrem Sex durchzukommen.«

»Ah, aber das tue ich doch. Indem ich nämlich die Kasse klingeln lasse!«

»Verwirre mich bitte nicht mit Logik. Du behandelst einfach jeden Menschen anständig, sogar deinen armen alten Ehemann. Ja, ich baue dir dieses Bett. Nicht nur eines mit der richtigen Höhe, sondern auch eines, das garantiert nicht quietscht. Ich stürze mich gleich auf den Entwurf. Mmm, Mo, wie würde dir ein richtig großes Bett gefallen? Sagen wir, eines, worin du und ich und Hal und Jane – oder andere Spielgefährten deiner Wahl – gleichzeitig Platz finden würden?«

»Liebe Güte, was für ein Gedanke! Ich habe gehört, Annie Chambers hätte so eines.«

»Ich baue ein besseres. Mo, wo hast du nur von der Topp-Puffmutter von Kansas City gehört?«

»Beim Damenhilfskomitee. Mrs. Bunch beklagte, wie unmoralisch diese Stadt wäre. Ich spitzte die Ohren und hielt den Mund. Schatz, ich werde dieses Bett lieben – und gebe mich bis dahin mit jeder einigermaßen ebenen Stelle zufrieden, auf die mich mein Briney legt, und sei es auch ein Haufen Kohle.«

»Wie du meinst. Nächstes Bild.«

»Dann hör auf, meine rechte Brustwarze zu kitzeln. Masturbierender junger Mann, seine Tagträume im Hintergrund. Vater hielt es für sehr wichtig zu masturbieren. Er sagte, alle Geschichten, die sich die Leute darüber erzählen, wären Unfug. Er empfahl mir, mein Leben lang Selbstbefriedigung zu pflegen, wann immer ich Lust hätte, und mich auch nicht mehr dafür zu schämen als fürs Pinkeln. Ich sollte lediglich die Tür schließen, wie beim Pinkeln auch.«

»Mir wurde gesagt, man würde blind davon, aber das hat sich als Lüge herausgestellt. Weiter.«

»Hier geht es um Fellatio. Im Hintergrund sehen wir Vesuvius. Vater meinte allerdings, solche Namen und Begriffe wären albern; wir hätten es hier nur mit zwei jungen Leuten zu tun, die entdecken, daß Sex Spaß machen kann. Er wies darauf hin, daß es nicht nur für beide schön ist, sondern auch sehr vorteilhaft – sollte sie nämlich entdecken, daß er schlecht riecht, kann sie sich unvermittelt darauf berufen, es wäre Zeit zum Schlafengehen. Gute Nacht, Bill, und tut mir leid, ich kann nächsten Samstag nicht. Komm lieber gar nicht zurück, ich gehe ins Kloster. Briney, ich habe das selbst mal gemacht – habe Jungen hinausgeworfen, als ich feststellte, daß ihr Penis schlecht roch. Einer war sogar ein Howard-Kandidat. *Puuh*! Vater erklärte mir, wenn ein Penis schlecht riechen würde, wäre das noch kein sicherer Hinweis auf eine Krankheit, rechtfertige aber immerhin einen Verdacht – und wenn er nicht süß genug duftete, ihn zu küssen, dann wäre er auch nicht gut genug, um ihn in sich aufzunehmen.«

Ich blätterte zum nächsten weiter. »Dieselbe Situation, einigermaßen wenigstens. Cunnilingus. Wieder so ein dummes Wort, meinte Vater. Es handelt sich einfach nur um einen Kuß. Die süßeste Art zu küssen überhaupt – es sei denn, man kombiniert das noch mit dem vorherigen Bild, um einen 69er zu machen. *Soixante-neuf.* Es spricht eine Menge dafür, diese beiden Arten von Küssen miteinander zu kombinieren.«

Ich blätterte um. »Oh, oh! Hier haben wir was, woraus sich Vater nichts machte.«

»Ich mir auch nicht. Ich ziehe Mädchen vor.«

»Ja, aber du kannst das auch mit einer Frau anstellen. Vater sagte, daß irgendwann mal ein Mann so etwas mit mir würde machen wollen, und daß ich mir schon vorher darüber Gedanken machen und mich darauf vorbereiten solle. Seiner Meinung nach wäre es nicht unmoralisch oder falsch, wohl aber schmutzig und körperlich riskant ...«

(Das war 1906, lange bevor AIDS zeigte, was für ein mörderisches Risiko mit Analverkehr verbunden sein kann.)

»Wenn ich aber trotzdem so neugierig darauf werden würde, daß ich es unbedingt ausprobieren müßte, sollte ich den Mann dazu bringen, ein Gummi zu benutzen und extrem langsam und zärtlich zu sein. Andernfalls könnte es leicht passieren, daß sich meinetwegen die Frauen der Proktologen dank meiner Wenigkeit bald mehr Pelzmäntel leisten könnten.«

»Klingt vernünftig. Das nächste, bitte.«

»Schatz ...«

»Ja, Mo?«

»Wenn du das mit mir machen möchtest, bin ich dazu bereit. Ich habe überhaupt keine Angst, daß du mir dabei weh tun könntest.«

»Danke. Du bist ein albernes kleines Frauenzimmer, aber ich liebe dich. Ich habe dein anderes Loch noch nicht satt. Das nächste Bild, bitte; es wartet schon eine ganze Schlange auf die zweite Vorstellung.«

»Ja, Sir. Ich glaube, dieses Bild soll komisch sein. Der Ehemann überrascht seine Frau, die gerade lustige Spielchen mit der Frau von nebenan spielt – sieh dir mal sein Gesicht an! Briney, ich hatte ja keine Ahnung, wieviel Spaß eine Frau machen kann, bis sich Jane mal an mich rangemacht hat. Sie ist echt knuddelig. Oder so was.«

»Ja, ich weiß. Oder so was. Das gilt auch für Hal. Oder so was!«

»Na, da mußt du ja ganz schön was erlebt haben! Das nächste ... Briney, ich verstehe einfach nicht, was Frauen mit Dildos anfangen, wenn es so viele lebendige, warme Dinger gibt, die an Männern dran sind. Du vielleicht?«

»Nicht alle haben so viele Gelegenheiten wie du, Liebes. Oder deine Talente.«

»Danke, Sir.« Ich machte weiter. »Wieder Cunnilingus, diesmal mit zwei Frauen. Briney, wieso dienen eigentlich Meerjungfrauen als Symbole der lesbischen Liebe?«

»Keine Ahnung. Was meinte dein Vater dazu?«

»Dasselbe wie du. Oh, mit dem, was jetzt kommt, war Vater wirklich nicht einverstanden! Er sagte, jemand, der Peitschen und Ketten mit Sex in Verbindung bringt, wäre so verrückt wie ein Waschbär und sollte von gesunden Leuten ferngehalten werden. Mmm, das nächste ist nichts Besonderes, nur eine andere Position, die wir auch schon ausprobiert haben. Aus Spaß an der Vielfalt, denke ich, aber nicht für den Alltag geeignet. Und hier haben wir ... Oh, das nannte Vater ›Die Untersuchung der Hetäre oder Drei Methoden für einen Dollar‹. Glaubst du, daß Annie Chambers' Mädchen so ›untersucht‹ werden? Ich habe gehört, daß sie das beste sind, was man diesseits von Chicago bekommen kann. Vielleicht sogar diesseits von New York.«

»Schau mal, meine Süße, ich weiß gar nichts von Madam Chambers oder ihren Mädchen. Ich kann dich und Annie Chambers nicht gleichzeitig unterhalten, nicht mal mit Hilfe der Stiftung. Also unterstütze ich keine Bordelle.«

»Was machst du dann in Denver, Briney? Ach, vergiß es. Gemäß unseres Abkommens darf ich ja nicht fragen.«

»Nein, das gehört nicht zum Abkommen. Natürlich darfst

du fragen. Du erzählst mir deine Bettgeschichten und ich dir meine, und anschließend spielen wir Doktor. Denver – ich bin froh, daß du dich danach erkundigst. Ich habe dort diesen fetten Knaben getroffen …«

»Briney!«

» … mit der hinreißenden großen Schwester, einer Strohwitwe, die ein bißchen jünger ist als du. Sie hat lange schlanke Beine, naturblonde, honigfarbene Haare bis auf die Hüften, einen süßen Charakter und große, feste Titten. Ich habe sie gefragt, wie es mit uns wäre.« Briney brach ab.

»Und? Erzähl weiter! Was hat sie gesagt?«

»Sie sagte nein. Liebes, in Denver bin ich meist zu müde für irgendwas anderes als Mutter Daumen und ihre vier Töchter. Die sind mir auf ihre eigene Art treu und erwarten nicht von mir, daß ich sie erst zum Abendessen und dann zu einer Show ausführe.«

»Ach Quatsch! Wie hieß die Blonde?«

»Welche Blonde?«

Gerade ist mir eine Idee gekommen, wie ich via Pixel eine Nachricht nach draußen schmuggeln kann. Wenn mich der geneigte Leser also entschuldigen würde, mache ich sie gleich fertig, damit ich sie auch zur Hand habe, wenn Pixel wieder auftaucht.

KAPITEL NEUN

DOLLARS UND GESUNDER MENSCHENVERSTAND

Wo steckt nur diese verdammte Katze?

Nein, nein, sofort streichen! Pixel, Mama Maureen hat es nicht so gemeint. Sie ist nur besorgt und verwirrt. Pixel ist ein guter Junge, ein feiner Junge; jeder weiß das.

Aber, wo zum Teufel, steckst du, wenn ich dich brauche?

Sobald wir es uns im neuen Heim bequem gemacht hatten, widmeten wir uns der Aufgabe, für Brian ein Kätzchen zu finden, allerdings nicht in Tierhandlungen. Ich bin mir nicht sicher, ob es im K. C. des Jahres 1906 so etwas schon gegeben hat; ich kann mich nicht daran erinnern, damals schon eine Tierhandlung gesehen zu haben, wohl aber daran, wie wir Goldfische bei Woolworth oder Kresge erstanden. Spezielle Sachen für Katzen, wie Flohpuder, bekam man im Hunde- und Katzenkrankenhaus an der Eindunddreißigsten und Main. Um die Katze selbst zu bekommen, mußte man sich umhören.

Als erstes besorgte ich mir die Genehmigung für einen Aushang am Schwarzen Brett in Nancys Schule. Dann erzählte ich dem Kaufmann um die Ecke, daß wir ein Kätzchen suchten, und anschließend unserem Straßenhändler – einem Gemüsehändler, der wochentags jeden Morgen mit seinem Wagen in unserer Straße hielt und frisches Obst und Gemüse anbot.

Die Great Atlantic and Pacific Tea Company folgte diesem Beispiel, aber ihr Verkaufswagen kam nur einmal die Woche, da er nichts weiter brachte als Tee, Kaffee, Zucker und Gewürze. Das bedeutete jedoch, daß er eine größere Gegend mit mehr Kunden versorgte und so eine größere Chance bot, ein Kätzchen aufzutreiben. Ich gab dem Fahrer unsere Telefonnummer, Home Linwood 446, und bat ihn anzurufen, wenn er irgendwo von einem Wurf Katzen erfuhr. Da ich ihn um eine Gunst gebeten hatte, erwarb ich auch sein Angebot der Woche, fünfundzwanzig Pfund Zukker für einen Dollar.

Das war ein Fehler ... Er bestand darauf, den Zucker für mich zu tragen, und versicherte, fünfundzwanzig Pfund wären einfach zu schwer für eine Dame. So erfuhr ich, daß er nichts weiter wollte als mich. Ich entzog mich seinem Zugriff, indem ich Brian junior aufhob, eine Taktik, die mir Mrs. Ohlschlager beigebracht hatte, als Nancy noch ganz klein gewesen war. Das funktioniert am besten mit einem Säugling, der noch in den Windeln liegt, aber jedes Kind, das klein genug ist, um es hochzuheben, bringt einen hoffnungsfrohen Mann aus dem Takt und sorgt für Abkühlung. Gut, einen verrückten Vergewaltiger kann man damit nicht aufhalten, aber die meisten Lieferanten und Handwerker usw. sind keine Vergewaltiger; es handelt sich einfach um ganz gewöhnliche brünstige Kerle, die eine Chance ergreifen, wenn sie sich ihnen bietet. Das Problem besteht schlicht und einfach darin, den Kandidaten bestimmt, aber freundlich abzuweisen, ohne daß er dabei sein Gesicht verliert. Genau das erreicht man, indem man ein Kind hochhebt.

Das Angebot der Woche zu nehmen, war auch deshalb ein Fehler, weil mein Haushaltsgeld eigentlich nicht ausreichte, um einen ganzen Dollar nur für Zucker auszugeben. Als fast noch schlimmer erwies sich, daß ich keinen Platz hatte, um soviel Zucker ameisensicher zu lagern. Also mußte ich weitere sechzig Cent in einen Zuckersafe investieren, so groß wie meine Mehlbüchse. Dadurch war ich wiederum eine Woche später so knapp bei Kasse, daß ich Pfannkuchen servieren mußte anstelle der zermahlenen Rinderpastetchen, wie es mein Küchenplan eigentlich vorsah. Der Monat war schon fast zu Ende, also stand ich vor der Wahl, entweder etwas Einfaches auf den Tisch zu bringen oder Briney um einen Vorschuß zu bitten – wozu ich nicht bereit war.

Dazu servierte ich Brian zwei Stück Speck und mir eines. Ein weiteres, ganz knusprig gebacken und zerbröckelt, teilte ich zwischen Carol und Nancy auf. (Brian junior betrachtete Hafergrütze damals noch als Feinschmeckergericht, also bekam er sie auch, dazu so viel Milch, wie ich noch in den Brüsten hatte.) Frischer grüner Löwenzahn ergänzte das Menü, garniert mit den buttergelben Blüten in flacher Schüssel. (Kann mir irgend jemand erklären, warum eine so schöne Blume als Unkraut gilt?)

Es war ein karges Abendessen, aber ich schloß es mit einem ansehnlichen Dessert ab – so ansehnlich jedenfalls, wie ich es mit den verfügbaren Zutaten hinbekam –, dazu zwei gekochte Äpfel, die ich am selben Morgen beim Straßenhändler billig erstanden hatte: Apfelknödel mit steifer Creme.

Steife Creme sollte mit Konditoreizucker gemacht werden, aber Tante Carole hatte mir gezeigt, wie man granulierten Zucker in einer Schüssel mit einem Löffel so lange zermahlt, bis man über eine brauchbare Imitation von Puderzucker verfügt. Butter und Vanilleextrakt hatte ich ausreichend da, und ich gab auch einen Teelöffel Küchenbrandy hinzu, den ich natürlich auch im Haus hatte – ein Hochzeitsgeschenk von Tante Carole. (Er war inzwischen halb leer. Ich hatte ihn einmal gekostet – einfach scheußlich! Aber ein klein bißchen davon zur richtigen Zeit an der richtigen Stelle verbessert eindeutig den Geschmack einer Mahlzeit.)

Brian gab keinen Kommentar zu den Pfannkuchen ab, beglückwünschte mich allerdings zu den Apfelknödeln. Am nächsten Monatsersten sprach er mich an. »Mo, wie die Zeitungen melden, bleiben die Lebensmittelpreise hoch, obwohl die Farmer meckern. Darüber hinaus bin ich davon überzeugt, daß unser vergrößerter Haushalt dich inzwischen mehr kostet, sei es auch nur an Strom, Gas und Sapolio. Wieviel mehr pro Monat brauchst du?«

»Sir, ich bitte nicht um mehr Geld. Wir schaffen es schon.«

»Davon bin ich überzeugt, aber nächsten Monat wird es ganz schön heiß. Ich möchte nicht, daß du den Eismann in derselben Währung bezahlst wie einige andere Hausfrauen. Heben wir das Haushaltsgeld doch einfach um fünf Dollar an.«

»Oh, soviel brauche ich nicht!«

»Meine Dame, versuchen wir es mal mit diesem Betrag und schauen, wie es damit läuft. Solltest du am Ende des Monats Geld übrig haben, spare es. Zum Jahresende kannst du mir dann eine Jacht kaufen.«

»Ja, Sir. Welche Farbe?«

»Mach eine Überraschung daraus.«

Über die Monate hinweg schaffte ich es, allerlei Kleingeld zu sparen, ohne jemals etwas anschreiben zu lassen, nicht mal beim Kaufmann – was sich als vorteilhaft erwies, da Brian sich schneller hatte selbständig machen können, als selbst er erwartet hatte.

Sein Arbeitgeber, Mr. Fones, hatte ihn bereits nach zwei Jahren zum Juniorpartner gemacht und 1904 sogar zum stellvertretenden Geschäftsführer. Sechs Monate nach dem Umzug in unser wundervolles neues Haus beschloß Mr. Fones, in den Ruhestand zu treten, und bot Brian eine Gelegenheit, ihn auszuzahlen.

Das war eine der seltenen Gelegenheiten, bei denen ich meinen Gatten unschlüssig erlebte. Normalerweise traf er seine Entscheidungen schnell und mit der eiskalten Ruhe eines Flußdampferglücksspielers. Diesmal kam er mir richtig verwirrt vor – er gab zweimal Zucker in seinen Kaffee und vergaß dann ganz, ihn zu trinken.

Schließlich sagte er: »Maureen, ich muß mit dir über eine geschäftliche Angelegenheit sprechen.«

»Aber Brian, ich verstehe davon doch überhaupt nichts!«

»Hör mir mal zu, Liebes. Normalerweise belästige ich dich nicht mit geschäftlichen Dingen, und so Gott will, werde ich es auch nie wieder tun. Mein jetziges Problem hat allerdings mit dir und mit unseren drei Kindern zu tun und auch mit dem, was dich veranlaßt hat, wieder mal die Umstandskleidung aus dem Schrank zu holen.« Er berichtete mir in allen Einzelheiten von Mr. Fones' Angebot.

Ich dachte gründlich darüber nach. »Brian, verstehe ich

das richtig, daß du Mr. Fones in monatlichen Raten, in ›laufender Rechnung‹, wie du das nennst, auszahlen sollst?«

»Ja. Sollte das Geschäft mehr Gewinn abwerfen als im Durchschnitt der letzten Jahre, steigt damit auch sein Anteil.«

»Und wenn der Gewinn zurückgeht – geht dann auch sein Anteil zurück?«

»Nicht unter den Nennwert der laufenden Rechnung.«

»Selbst wenn du Geld verlierst?«

»Selbst dann. Ja, das gehört zu seinem Vorschlag.«

»Briney, was genau verkauft er dir eigentlich? Wenn du das akzeptierst, verpflichtest du dich, ihn für alle Zeit zu unterhalten ...«

»Nein, nur für zwölf Jahre. Seine Lebenserwartung.«

»Und mit seinem Tod endet der Vertrag? Hmm! Kennt Mr. Fones vielleicht meine Großtante Borgia?«

»Nein, der Vertrag endet nicht mit seinem Tode, also brauchst du gar nicht so gierig zu schauen. Wenn er stirbt, gehen die Zahlungen an seine Erben.«

»In Ordnung. Zwölf Jahre also. Du unterhältst ihn zwölf Jahre lang. Was kriegst du dafür?«

»Na ja ... Ein gutgehendes Geschäft. Alle Unterlagen und Konten und vor allem den guten Ruf. Dazu das Recht, weiter den Namen ›Fones und Smith, Bergbauberater‹ zu führen.« Er brach ab.

»Was noch?« hakte ich nach.

»Die Büroausstattung und den Pachtvertrag. Du hast das Büro ja schon mal gesehen.«

Das hatte ich. Unten im Westen, gegenüber International Harvester. Während der Frühjahrsflut 1903, als der Missouri wieder mal nicht die Kurve gekriegt und versucht hatte, den Kaw direkt bis hinauf nach Lawrence zu fließen, hatte Briney seinen Arbeitsplatz mit einem Ruderboot aufsuchen müssen. Ich hatte mich gefragt, was eine Bergbaugesellschaft eigentlich da unten zu suchen hatte, wo es ja gar keinen Bergbau gab, nur schwarzen Schlamm bis nach China. Und den durchdringenden Gestank der Viehhöfe.

»Brian, wieso habt ihr euer Büro eigentlich dort?«

»Geringe Pacht. An der Walnut oder Main müßten wir für dieselbe Fläche das Vierfache hinblättern, sogar dort, wo man schon ein gutes Stück von der Fünfzehnten entfernt ist. Ich übernehme natürlich den Pachtvertrag.«

Ich überlegte mehrere Minuten lang intensiv. »Sir, wie viele von den Geschäftsreisen hat Mr. Fones selbst erledigt?«

»Ursprünglich oder in letzter Zeit? Zu Anfang gingen er und Mr. Davis noch vor Ort arbeiten, während ich im Büro blieb. Schließlich erklärte er mir, was er von solchen Kontrolluntersuchungen erwartete ... Das war, bevor Mr. Davis in den Ruhestand ging. Dann ...«

»Entschuldige. Ich meinte, wie oft war Mr. Fones im letzten Jahr für die Firma unterwegs?«

»Wie? Er war schon seit zwei Jahren nicht mehr vor Ort. Er war dreimal in Geldsachen unterwegs, zweimal nach St. Louis, einmal nach Chicago.«

»Während du immer mit den Stiefeln durch den Schlamm gewatet bist?«

»So könnte man es nennen.«

»So nennst du es, Briney. Schatz, du möchtest das Geschäft gern übernehmen, nicht wahr?«

»Das weißt du doch! Es geht nur alles schneller, als ich für möglich gehalten hätte.«

»Und du möchtest meine ehrliche Meinung dazu hören? Oder benutzt du mich gerade nur als Resonanzboden, um deine eigenen Gedanken zu ordnen?«

Er schenkte mir sein gewinnendes Lächeln. »Vielleicht trifft beides zu. Ich werde die Entscheidung treffen, aber ich möchte, daß du mir sagst, was ich tun soll, als läge es ganz bei dir.«

»Sehr schön, Sir. Dazu brauche ich allerdings mehr Informationen. Ich kenne dein bisheriges Gehalt nicht und möchte es auch gar nicht kennen – das ziemt sich für eine Ehefrau nicht –, aber sage mir eins: Liegen die Monatsraten für Mr. Fones darüber oder darunter?«

»Wie? Darüber. Ein ganzes Stück darüber. Selbst wenn

man die Boni mitrechnet, die ich für manche Geschäftsabschlüsse erhalten habe.«

»Ich verstehe. In Ordnung, Briney – ich werde mich deutlich ausdrücken. Lehne das Angebot ab. Gehe gleich morgen hin und sage es ihm. Bitte ihn gleichzeitig um eine Gehaltserhöhung. Bitte ihn um – nein, fordere ein Gehalt in Höhe der Monatsrate in laufender Rechnung, die er aus dem Geschäft abschöpfen möchte.«

Briney machte erst ein erschrockenes Gesicht, aber dann lachte er. »Ihn wird der Schlag treffen!«

»Vielleicht, vielleicht aber auch nicht. Ganz bestimmt wird er böse sein. Bereite dich lieber darauf vor. Laß dich von ihm aber nicht wütend machen, nicht das kleinste bißchen. Sage ihm in aller Ruhe, daß fair nun einmal fair ist. Während der letzten beiden Jahre hast du die ganze harte und schmutzige Arbeit geleistet. Wenn das Geschäft also die Auszahlungsraten für Mr. Fones abwirft, ohne daß er überhaupt dafür arbeitet, kann er dir sicher dieselbe Summe für deine wirklich geleistete harte Arbeit zahlen. Stimmt's?«

»Nun ... ja. Aber es wird ihm nicht gefallen.«

»Es braucht ihm auch nicht zu gefallen. Er versucht, dich reinzulegen, und da wird er natürlich keine Freude empfinden, wenn du dasselbe mit ihm probierst. Briney, Vater hat mir mal einen Prüfstein für faire Geschäfte genannt: Klingt das Ganze auch dann noch gut, wenn man die Partner, die das Geschäft abschließen, spiegelbildlich vertauscht? Frage Mr. Fones mal danach.«

»In Ordnung. Wenn er wieder von der Decke herunterkommt, Mo, wird er mir sicher nicht soviel zahlen. Wäre es da nicht besser, wenn ich kündige?«

»Briney, das finde ich nun wirklich nicht. Wenn du einfach kündigst, wird er über deine fehlende Loyalität mekkern und dir damit kommen, wie er dich als unerfahrenen Grünschnabel eingestellt und dir alles über dieses Geschäft beigebracht hat ...«

»Was nicht ganz falsch ist. Als er mich einstellte, hatte ich zwar praktische Erfahrung unter Tage, was Blei und Zink und Kohle angeht, weil ich während des Studiums im Sommer gearbeitet habe. Was ich über Edelmetalle wußte, stammte allerdings nur aus Büchern. Ich habe also bei ihm eine ganze Menge gelernt.«

»Deshalb darfst du ja auch nicht selbst kündigen. Statt dessen bittest du ihn einfach um das Geld, das du wert bist, um die Summe, nach der sein Angebot geradezu lauthals schreit. Fair ist fair. Er kann ruhig in den Ruhestand treten und dir ein höheres Gehalt dafür zahlen, daß du den Betrieb weiterführst, während er den Nettogewinn selbst einstreicht.«

»Er wird eher ein Stachelschwein auf die Welt bringen. In Steißlage.«

»Nein, er wird dich feuern. Oh, vielleicht macht er dir einen Gegenvorschlag, aber das kann einige Zeit dauern. Feuern wird er dich aber auf jeden Fall. Briney, würde es dir etwas ausmachen, auf dem Heimweg bei Wyandottes Bürobedarf vorbeizuschauen und eine gebrauchte Oliver-Schreibmaschine zu kaufen? Eine hübsche, bitte? Nein, miete sie lieber für einen Monat mit der Möglichkeit, die Mietsumme später auf den Preis zu verrechnen. Ich sollte sie erst ausprobieren, ehe wir soviel Geld investieren. In der Zwischenzeit entwerfen wir mal Briefköpfe. ›Brian Smith & Co.‹, denke ich. Bergbauberater. Nein, Firmenberater. Gruben, Farmen, Abbaurechte. Ölrechte. Wasserrechte.«

»Hey, mit all den Sachen kenne ich mich gar nicht aus!«

»Das wirst du noch.« Ich tätschelte meinen Bauch. »In drei Monaten wird dies kleine Ferkelchen für uns die Kasse klingeln lassen.« Mir fiel wieder die Zwanzig-Dollar-Goldmünze ein, die Vater an unserem Hochzeitstag in meine Geldbörse gesteckt hatte. Ich war mir ziemlich sicher, daß Briney nichts von ihr wußte. Vaters offizielles Hochzeitsgeschenk hatte in einem Scheck bestanden, mit dem wir das Mobiliar der Keksdose bezahlten, in der wir zu Anfang wohnten. »Schatz, ich garantiere dir, daß wir nicht verhungern werden, bis du Judge Sperling dieses Baby melden kannst. Dann wird uns der Stiftungsbonus für dieses Kind eine Zeitlang über Wasser halten. Darüber hinaus können wir beide versuchen, die Kasse ein fünftes Mal zum Klingeln zu bringen, ehe das Geld vom vierten Mal ausgeht.

Sollte das Geschäft bis dahin nichts abwerfen, könnte es für dich an der Zeit sein, dir wieder eine Stellung zu suchen. Ich wette allerdings, daß du von jetzt an immer dein eigener Herr bleiben wirst und wir schließlich sogar reich werden. Ich habe Vertrauen zu dir, Sir. Deshalb habe ich dich auch geheiratet.«

»Tatsächlich? Ich dachte, du hättest einen anderen Grund gehabt. Jenes kleine Stück stolzes Fleisch nämlich.«

»Deshalb auch; das muß ich zugeben. Aber wechsle nicht das Thema. Du hast Mr. Fones mehr als sechs Jahre harter Arbeit gewidmet und warst häufig unterwegs, und jetzt möchte er dich für einen Hungerlohn an die Kette legen. Er möchte dich wie eine Kuh melken. Soll er ruhig erfahren, daß du dir dessen bewußt bist und er keine Chance hat, damit durchzukommen.«

Mein Gatte nickte ernst. »Das werde ich. Liebes, ich wußte, was er im Schilde führt, aber ich mußte auch an dich und unsere Kinder denken.«

»Das hast du getan und wirst du immer tun.«

Brian kam am nächsten Tag früh nach Hause und hatte eine ramponierte Oliver-Schreibmaschine unterm Arm. Er stellte sie ab und küßte mich. »Madam, ich habe mich zu den Reihen der Arbeitslosen gesellt.«

»Wirklich? O Mann!«

»Ich bin ein undankbarer Schuft. Ich bin nicht besser als ein Gewerkschaftler, und wahrscheinlich bin ich sogar einer. Er hat mich immer wie seinen eigenen Sohn behandelt, wie sein eigen Fleisch und Blut, und jetzt tue ich ihm das an. Smith, raus hier! Verlassen Sie dieses Haus; ich möchte Ihr Gesicht hier nicht mehr sehen! Wagen Sie es ja nicht, auch nur ein Blatt Papier aus dem Büro mitzunehmen! Als Bergbauberater haben Sie ausgedient; ich werde in der ganzen

Branche verbreiten, wie abgründig unzuverlässig und undankbar Sie sind!«

»Schuldet er dir nicht noch Gehalt?«

»Gehalt und zwei Wochen Frist und eine Beteiligung an dem Silver-Plume-Colorado-Geschäft. Ich habe mich geweigert, mich vom Fleck zu rühren, bevor er mir nicht alles bezahlt hatte. Er tat es auch nur widerwillig und mit weiteren Kommentaren über meinen Charakter.« Briney seufzte. »Mo, es hat mich sehr aufgeregt, mir all das anzuhören, aber ich bin auch erleichtert. Zum ersten Mal seit über sechs Jahren fühle ich mich frei.«

»Ich laß' dir ein Bad ein. Du solltest anschließend im Bademantel etwas zu Mittag essen und zu Bett gehen. Armer Briney! Ich liebe dich, Sir!«

Mein Nähzimmer wurde in ein Büro umgewandelt. Wir schafften neben dem Home-Telefon noch eins von Bell an und stellten beide Apparate neben der Schreibmaschine auf. Unser Briefkopf nannte beide Nummern sowie ein Postfach. Ich baute in dem Raum auch ein Kinderbett und ein Sofa auf, letzteres, um gelegentlich ein Nickerchen zu machen. Mr. Fones' Feindseligkeit schien uns keine Probleme zu bereiten, war vielleicht sogar eher hilfreich, da nun schneller bekannt wurde, daß Brian nicht mehr für Davis und Fones arbeitete – eine Tatsache, die er per Anzeige in allen Handelsblättern verbreitete. Meine erste Arbeit an der Schreibmaschine bestand darin, an etwa 150 Personen und/oder Firmen zu schreiben und ihnen mitzuteilen, daß Brian Smith und Co. jetzt im Geschäft waren und dabei eine neue Politik verfolgten.

»Mo, die Idee besteht darin, daß ich auf mein eigenes Urteilsvermögen setze. Ich bespreche mich mit jedem Kunden hier in Kansas City, wobei der erste Besuch kostenlos ist. Falls ich reisen muß, kostet das meine Bahnfahrkarte, zwei Dollar pro Nacht für ein Hotelzimmer, drei Dollar pro Tag für Essen, Spesen für Mietställe und dergleichen – je nachdem, was die Erkundung erfordert –, plus eine Beratungsgebühr auf Tagegeldbasis. Alles im voraus. Im voraus deshalb, weil ich bei der Arbeit für Mr. Fones erlebt habe, daß es fast unmöglich ist, von einem Kunden das Geld für ein totes Pferd einzutreiben. Fones sicherte sich ab, indem er keinen Finger rührte, bis er einen Vorschuß hatte, der seinem Kostenvoranschlag entsprach und wenigstens mit einem geringen Profit rechnen konnte – und gerne kassierte er sogar mehr, wenn er es nur aus jemandem herausquetschen konnte.

Es ist das Tagegeldprinzip, worin sich meine Methoden von Davis und Fones unterscheiden. Ich verwende ordentliche Verträge mit zwei Optionen, wobei der Kunde seine Wahl vorab trifft. Vierzig Dollar pro Tag ...«

»Wieviel!?«

Aber Briney meinte es völlig ernst. »Genau das hat Mr. Fones für meine Dienste verlangt. Schatz, es gibt eine Menge Anwälte, die soviel Tagegeld für nette, saubere Arbeit in einem warmen Gerichtssaal bekommen. Ich dagegen muß jede Menge herumlaufen, durch Matsch waten und manchmal durch Bergwerke kriechen, die immer kalt und für gewöhnlich auch feucht sind. Dafür erhält der Kunde dann auch die bestmögliche professionelle Beurteilung dessen, was der Betrieb des Bergwerks kostet, unter Einschluß der erforderlichen Kapitalinvestitionen, ehe die erste Tonne Erz herauskommt. Dazu kommt meine ehrliche Einschätzung auf der Grundlage von Proben, der geologischen Gutachten und anderer Faktoren, ob die Grube überhaupt profitabel ist. Schließlich ist es eine traurige Tatsache, daß im Bergbaugeschäft insgesamt mehr Geld in die Erde hineinfließt, als jemals wieder aus ihr herauskommt.

Das ist mein Geschäft, Mo. Nicht Bergbau. Ich bekomme mein Geld dafür, den Leuten zu sagen, sie sollten nicht abbauen, sondern lieber ihre Verluste in den Wind schreiben und das Weite suchen. Oft glauben sie mir nicht, was auch der Grund ist, warum ich darauf bestehen muß, im voraus bezahlt zu werden.

Hin und wieder hatte ich jedoch das Glück, jemandem sagen zu können: ›Nur zu, machen Sie es! Es wird Sie zwar eine Stange Geld kosten, aber Sie müßten eigentlich alles, was Sie investiert haben, und mehr zurückerhalten.‹

An dieser Stelle hat dann die zweite Option ihren Auftritt, der ich wirklich den Vorzug gebe. Dabei mache ich ein Spiel mit dem Kunden. Ich senke mein Tagegeld und vereinbare dafür ein paar Prozente vom Nettogewinn, falls und wenn es welchen gibt. Ich nehme maximal fünf Prozent. Eine Begutachtung vor Ort führe ich nicht für weniger als die Kostenerstattung zuzüglich eines Tagegeldes von mindestens fünfzehn Dollar durch. Da bleibt Spielraum zum Feilschen.

Nun ... Könntest du einen Musterbrief für mich entwerfen, der das Preisgefüge erläutert? Wie der Kunde unsere beste Arbeit für den Standardpreis erwarten kann? Oder wir machen das Glücksspiel zu einem weit niedrigeren Preis, und er erhält trotzdem unsere beste Arbeit.«

»Ich probiere es mal, großer Boß, Sir.«

Es zahlte sich aus. Wir wurden reich. Wie reich, davon hatte ich keine Ahnung, bis die Umstände meinen Mann und mich vierzig Jahre später veranlaßten, einmal alle unsere Vermögenswerte zusammenzuzählen. Aber das kam erst vierzig Jahre später, und diese Erzählung gelangt vielleicht gar nicht bis dahin.

Zu dem gewaltigen Erfolg trug besonders eine Laune der Psyche des Menschen bei. Vielleicht war es ja nur eine Laune von Leuten, die vom Bergbaufieber ergriffen waren, was möglicherweise nicht dasselbe ist.

Die zwanghaften Spieler, die Art Leute, die ständig Lotterien oder Spielautomaten zu schlagen versuchen, setzten fast immer darauf, irgendeine Grube auszubeuten, die womöglich überhaupt keine Gewinnchancen bot. Jeder Mann dieses Schlages betrachtete sich als das Ebenbild von Cowboy Womack und war nicht bereit, seinen Glücksstern mit irgendeinem dahergelaufenen Mietburschen zu teilen, nicht einmal zu nur fünf Prozent. Wenn er sie also zusammenkratzen konnte, bezahlte er knurrend die volle Gebühr.

Als Sekretärin meines Mannes schrieb ich dann nach der Begutachtung durch Brian einen Brief, worin ich dem Optimisten mitteilte, seine beste Ader wäre

... von Nebengestein umgeben, das erst abgeräumt werden muß, um an das hochwertige zu kommen. Die Grube kann nicht erfolgreich ausgebeutet werden, ohne einen neuen Tunnel vom Highway aus nach Norden zu treiben, wobei allerdings noch das Wegerecht mit dem Inhaber des im Norden angrenzenden Grubenteils auszuhandeln bliebe.

Darüber hinaus benötigt Ihr Grubenanteil eine Schmiede, eine Werkzeugreparaturwerkstatt, eine neue Pumpanlage, neue Schwellen und Gleise für an die zweihundert Meter Schienen usw. usf. Des weiteren müssen die Löhne für achtzig Schichten im Monat für schätzungsweise drei Jahre aufgewandt werden, bevor nennenswerte Nutzlasten ins Hüttenwerk gebracht werden können, usw. usw., siehe dazu Anlagen A, B und C.

In Anbetracht des Zustandes der Grube und der für einen Betrieb erforderlichen Investitionen bedauern wir, Ihnen von jedem Versuch abraten zu müssen, die Grube in Betrieb zu nehmen.

Wir stimmen Ihrer Einschätzung zu, nach denen sich neue Gewinnchancen ergeben würden, falls der neue Kongreß per Gesetz genehmigte, auch minderwertiges Erz für die Prägung von Silbermünzen mit einem Gehalt von sechzehn zu eins zu verarbeiten. Wir sind jedoch weniger optimistisch als Sie, was die Verabschiedung eines solchen Gesetzes angeht.

Wir sehen uns zu der Empfehlung gezwungen, daß Sie Ihre Rechte verkaufen und dafür herauszuschlagen versuchen, was immer möglich ist – oder daß Sie Ihre Verluste abschreiben und die Grube einfach aufgeben.

Wir verbleiben mit freundlichen Grüßen
stets zu Ihren Diensten
Brian Smith & Co.
gegeben durch Brian Smith, Präsident

Ein solches Gutachten war typisch, wenn alte Grubenrechte durch irgendeinen Optimisten wieder aktiviert wurden – die am weitesten verbreitete Situation im Bergbau. (Der Westen ist völlig übersät mit Löchern, in denen hoffnungsvollen Prospektoren Geld und Glück ausgingen.)

Ich schrieb zahlreiche Briefe dieser Art. Die Empfänger glaubten den unvorteilhaften Berichten allerdings kaum jemals. Oft verlangten sie ihr Geld zurück. Danach verbissen sie sich häufig in das Projekt und werkelten drauflos – nur um schließlich an der Pacht für einen Haufen Nebengestein pleite zu gehen, in dem es gerade mal genug Silber pro Tonne gab, um daran zu verhungern, dazu eine Spur Platin und einen Hauch von Gold.

Die Kunden, die nach Gold gruben, waren noch schlimmer. Gold hat auf das menschliche Urteilsvermögen ähnliche Wirkungen wie Heroin oder Kokain.

Man traf allerdings auch ein paar vernünftige Investoren an – Spieler zwar, aber solche, die ihre Chancen realistisch einschätzten. Bot man ihnen Gelegenheit, die Anfangskosten zu reduzieren, indem sie spätere Gewinnprozente abtraten, dann taten sie das auch. Die von solchen Leuten ausgesuchten Gruben fanden auch häufiger Brians Zustimmung.

Selbst die lohnenden Schürfrechte führten jedoch auf lange Sicht gewöhnlich zu Verlusten, meist, weil Besitzer oder Betreiber die Gruben nicht rechtzeitig schlossen, sobald sie nicht mehr kosteneffektiv waren. (Für Brian bedeutete das keine Einbußen; er bezog einfach keine weiteren Einnahmen aus seinem Nettogewinnanteil.) Trotzdem – ein paar Gruben warfen Geld ab, einige wenige sogar einen ganzen Haufen Geld, ein Teil von denen sogar noch vierzig Jahre später. Brians Bereitschaft, diese Erfolge durch zurückhaltende Forderungen zu unterstützen, ermöglichte es unseren Kindern, die besten Schulen zu besuchen, und seine frühere Sekretärin, Mama Maureen, konnte große, dicke Smaragde tragen. (Ich mag keine Diamanten. Zu kalt, die Dinger.)

Ich stelle gerade fest, daß ich noch nicht von Nelson und Betty Lou und Random Numbers und Mr. Renwick berichtet habe. Das hat man davon, wenn man Agentin beim Zeitkorps ist. Alle Zeiten wirken auf so jemanden gleich, und die Abfolge der Dinge wird unwichtig. In Ordnung, füllen wir also die Lücken.

Random Numbers war vielleicht die albernste Katze, mit der ich je gelebt habe – obwohl alle Katzen einzigartig sind und auch Pixel seine Anhänger hat, was den Titel der absolut witzigsten Katze aller Zeiten und Universen angeht. Ich bin allerdings sicher, daß Betty Lou für Random Numbers stimmen würde. Theoretisch gehörte Random meinem Göttergatten Brian, da die Katze das Hochzeitsgeschenk von seiner Frau war, wenn es auch ein bißchen verspätet kam. Es ist allerdings albern, von Besitzrechten an einer Katze zu sprechen. Im Gegenteil. Randie hielt Betty Lou für seine Leibsklavin, die jederzeit präsent zu sein hatte, um ihm den Kopf zu kraulen, ihn zu hätscheln und Türen für ihn zu öffnen, eine Überzeugung, die Betty durch ihren sklavischen Gehorsam gegenüber allen seinen Launen noch unterstützte.

Betty Lou war für, oh, annähernd drei Jahre Brians bevorzugte Geliebte. Als die Umstände es erlaubten, waren sie dann für viele Jahre sogar ganz eng zusammen. Betty Lou war mit Nelson verheiratet, meinem Vetter, der mir mal den Zitronenkuchen untergeschoben hatte. Die Vergangenheit war zurückgekehrt, um mich heimzusuchen.

Nelson tauchte im Dezember 1906 auf, kurz nach Brians Entschluß, sich selbständig zu machen. Brian hatte Nelson bislang nur einmal gesehen – auf unserer Hochzeit –, und seitdem hatte keiner von uns beiden etwas über den Verbleib meines Vetters gewußt.

Er war damals fünfzehn gewesen und nicht größer als ich. 1906 trat er mir als großer, gutaussehender junger Mann von dreiundzwanzig vor die Augen, der ein landwirtschaftliches Diplom an der Kansas State Universität in Manhattan erworben hatte. Er gab sich so charmant wie eh und je, wenn nicht sogar charmanter. Ich spürte wieder das alte Prickeln in mir, die kalten Blitze am unteren Ende der Wirbelsäule. Ich sagte mir: Maureen, du bist in Schwierigkeiten. Es geht dir wie dem Hund, der zu seinem Erbrochenen zurückkehrt. Das einzige, was dich schützt, ist die Tatsache, daß du im siebten Monat bist und die körperlichen Konturen eines Elefanten hast, mit denen du so verführerisch wirkst wie ein schwarzweiß geflecktes Hausschwein. Erzähle Briney heute abend im Bett davon und sage ihm, er soll dich scharf im Auge behalten.

Superidee! Nelson tauchte am Nachmittag auf, und Brian lud ihn zum Abendessen ein. Als er erfuhr, daß Nelson sich kein Hotelzimmer genommen hatte, lud er ihn auch ein, bei uns zu übernachten. Das überraschte niemanden; damals und in dieser Gegend ging kein Mensch in ein Hotel, der Verwandte am Ort hatte. Selbst in unserer ersten Keksdose hatten wir mehrfach Gäste über Nacht gehabt. Wer kein Bett mehr frei hatte, improvisierte eines auf dem Fußboden.

Ich erzählte Brian an diesem Abend überhaupt nichts. Obwohl ich genau wußte, daß er die Geschichte mit dem Zitronenkuchen kannte, war ich mir nicht mehr sicher, ob ich Nelson dabei namentlich erwähnt hatte. Falls nicht – oder falls Brian den Zusammenhang nicht selbst bemerkte –, wollte ich keine schlafenden Hunde wecken. Ein verständnisvoller und toleranter Ehemann ist zwar super, aber Maureen, sieh zu, daß du keine gierige Schlampe wirst! Rühre die alte Geschichte nicht wieder auf!

Nelson blieb auch am nächsten Tag. Brian war jetzt sein eigener Boß, wurde aber von Kunden nicht gerade überrannt. Er brauchte an jenem Tag das Haus nicht zu verlassen, abgesehen von dem einen Mal, um unser Postfach an der Southside-Postaußenstelle zu kontrollieren. Nelson war mit dem Auto da, einem schicken viersitzigen Reo-Roadster. Er bot Brian an, ihn hinzufahren.

Er lud auch mich ein. Ich war froh, ein kleines Mädchen – Nancy war in der Schule, Carol zu Hause – und das Baby als Ausrede anführen zu können, um nicht mitzukommen. Ich war noch nie in einem Auto gefahren, und um die Wahrheit zu sagen, hatte ich Angst. Sicherlich, ich rechnete damit, eines Tages in einem solchen Ding zu fahren, denn es war absehbar, daß die Kisten mit der Zeit allgemein in Gebrauch kommen würden. In der Schwangerschaft war ich jedoch stets besonders ängstlich, vor allem gegen Ende, und meine schlimmsten Alpträume drehten sich um Fehlgeburten.

»Kannst du nicht die kleine Jenkins bitten, für eine Stunde herüberzukommen?« fragte Brian.

»Danke, ein anderes Mal, Nelson«, sagte ich. »Brian, ein Babysitter wäre eine unnötige Ausgabe.«

»Pfennigfuchserin.«

»Das bin ich ganz gewiß. Als deine Büroleiterin habe ich auch vor, stets konsequent mit Pfennigen zu fuchsen. Nun los, Gentlemen; ich spüle solange das Frühstücksgeschirr.«

Sie blieben drei Stunden weg. Ich hätte in kürzerer Zeit zu Fuß zur Post und wieder zurück gehen können. Aus meinen erweiterten Zehn Geboten folgert natürlich, daß ich nichts sagte und auch nicht erwähnte, daß ich mir Sorgen wegen eines möglichen Unfalls gemacht hatte. Statt dessen empfing ich die beiden lächelnd. »Willkommen daheim, Gentlemen! Das Mittagessen ist in zwanzig Minuten fertig.«

»Mo, darf ich dir unseren neuen Partner vorstellen?« fragte Briney. »Nel wird unseren Briefkopf rechtfertigen. Er möchte mir alles über Farmen beibringen, zum Beispiel, an welchem Ende bei der Kuh die Milch herauskommt. Ich werde ihm beibringen, wie man Narrengold von Narren unterscheidet.«

»Wie wunderbar!« (Ein Fünftel von Null ist Null. Ein Sechstel von Null ist immer noch Null. Aber wenn Brian es möchte!) Ich gab Nelson einen kurzen Kuß. »Willkommen in der Firma!«

»Danke, Maureen, wir sollten eigentlich ein gutes Team abgeben«, sagte Nelson ernst. »Brian meint, er wäre zu faul, um eine Pickhacke zu schwingen, und wie du weißt, bin ich zu faul, um Mist zu schaufeln. Also sind wir ganz Gentlemen und erklären anderen Leuten, wie man so was macht.«

»Logisch«, pflichtete ich ihm bei.

»Abgesehen davon besitze ich keine Farm und konnte auch keine Stellung als Vertreter finden – oder auch nur als Laufbursche, der die Post eines Vertreters aufmacht. Ich suche einen Job, der es mir erlaubt, eine Ehefrau zu unterhalten. Brians Angebot hat mir der Himmel geschickt!«

»Brian zahlt dir genug, um eine Frau zu unterhalten?« (O Briney!)

»Genau darum geht es«, antwortete Brian. »Ich zahle ihm überhaupt nichts. Darum können wir ihn uns auch leisten.«

»Oh!« Ich nickte. »Klingt nach einem fairen Geschäft. Nelson, wenn deine Leistung nach einem Jahr immer noch zufriedenstellend ist, werde ich Brian empfehlen, deine Bezüge zu verdoppeln.«

»Maureen, mit dir konnte man schon immer tote Pferde stehlen!«

Ich fragte ihn nicht, was er damit meinte. Wir hatten eine Flasche Muskateller im Schrank, die Briney für Erntedank gekauft hatte. Sie war noch voll, von ein paar Tröpfchen abgesehen, die schon mal für einen Trinkspruch geopfert worden waren. Genau zu einem solchen Zweck holte ich sie jetzt wieder hervor. »Gentlemen, stoßen wir auf die neue Partnerschaft an.«

»Jawohl!«

Wir setzten das Vorhaben in die Tat um. Die Gentlemen tranken, und ich benetzte meine Lippen. Anschließend brachte Nelson einen weiteren Toast aus: »›Das Leben ist kurz!‹«

Ich musterte ihn, ohne meine Überraschung zu zeigen, und antwortete. »›Aber die Jahre sind lang.‹«

Er antwortete seinerseits wieder, ganz so, wie Judge Sperling es uns allen beigebracht hatte: »›Nicht, solange die schlechten Tage fern sind.‹«

»O Nelson!« Ich verschüttete meinen Wein, fiel ihm um den Hals und küßte ihn richtig.

Im Grunde lag da kein Geheimnis vor. Natürlich kam Nelson aufgrund eines seiner Familienzweige für die Howard-Stiftung in Frage; wir hatten die Großeltern Johnson gemeinsam (und die Urgroßeltern, von denen allerdings drei inzwischen tot waren, verstorben mit jeweils mehr als hundert Jahren). Wie ich später erfuhr, hatte Vater an Judge Sperling geschrieben und ihn darüber informiert, daß die Eltern seiner Schwägerin Mrs. James Ewing Johnson aus Thebes, geborene Carole Yvonne Pelletier aus New Orleans, noch lebten und sein Neffe Nelson Johnson demzufolge für die Howard-Stiftung in Frage kommen könnte, vorausgesetzt, er verheiratete sich auch mit einer Stiftungskandidatin.

Die Prüfung dauerte eine ganze Weile, da auch die Gesundheit des Kandidaten und andere Dinge unter die Lupe genommen wurden, und in Nelsons Fall war es auch bedeutsam zu klären, daß sein Vater tatsächlich durch einen Unfall (Ertrinken) ums Leben gekommen war und nicht aus einem anderen Grund.

Nelson war nun nach Kansas City gekommen, da es in Thebes und seiner Umgebung keine jungen Frauen auf Howardlisten gab. Dafür erhielt er eine Liste für beide Kansas Citys, das in Missouri und das in Kansas.

Und so begegneten wir alle Betty Lou – Miss Elizabeth Louise Barstow. Nelsons Werbung fand in unserem Haus ihren Abschluß – womit ich meine, daß er sie schwängerte. Maureen spielte dabei die Rolle einer Anstandsdame mit geschlossenen Augen, eine Rolle, die ich in künftigen Jahren noch häufig für die eigenen Töchter spielen würde.

Das schützte mich vor der eigenen Dummheit – und ich war ziemlich sauer darüber. Nelson war sozusagen schon mein persönliches Eigentum gewesen, ehe Betty Lou ihn überhaupt zu Gesicht bekommen hatte. Sie war allerdings ein Schatz; ich konnte nicht sauer bleiben. Und wozu auch?

Sie stammte aus Massachusetts und hatte die Universität in Kansas besucht – Gott weiß warum, schließlich gab es in Massachusetts auch geeignete Unis. Es ergab sich schließlich, daß wir bei der Hochzeit für ihre Eltern einspringen mußten, die nicht kommen konnten, da sie die eigenen Eltern zu versorgen hatten. Theoretisch hätten Nelson und Betty Lou zurück nach Boston fahren sollen, um zu heiraten, aber sie wollten das Geld dafür nicht ausgeben. Der Gold-Crash machte der Wirtschaft gerade zu schaffen, und obwohl das für Brians Geschäft später einen Boom auslöste, war bislang das Geld doch knapp.

Die Trauung fand am 14. Februar in unserem Salon statt, und es war ein stürmischer, kalter Tag. Unser neuer Pastor, Dr. Draper, gab dem Paar seinen Segen. Ich war für den Empfang verantwortlich und erhielt dabei ein wenig zuviel Unterstützung durch Random Numbers, der überzeugt war, daß die Party zu seinen Ehren veranstaltet wurde.

Nachdem Dr. und Mrs. Draper gegangen waren, stieg ich langsam die Treppe hinauf, und Brian und Dr. Rumsey halfen mir dabei. Es war das erste und fast auch das letzte Mal, daß ich auf das Eintreffen meines Arztes gewartet hatte.

George Edward wog sieben Pfund und drei Unzen.

KAPITEL ZEHN

RANDOM NUMBERS

Pixel ist wieder fort – wohin auch immer – und hat meinen ersten Hilferuf mitgenommen. Jetzt kann ich mir nur noch selbst die Daumen drücken ...

Mein geliebter Freund und Mitehemann Dr. Jubal Harshaw versuchte sich einmal mit einer Definition des Glücks. »Das Glück«, begann er, »besteht in dem Privileg, lange und hart für etwas arbeiten zu dürfen, das man dieser Mühe für wert erachtet.

Man kann sein Glück darin finden, für eine Frau und Kinder zu sorgen. Ein anderer sucht es in Banküberfällen. Ein dritter vertieft sich jahrelang in Grundlagenforschung, ohne sichtbare Resultate zu produzieren.

Man muß den individuellen und subjektiven Charakter dieses Begriffes bedenken. Keine zwei Menschen sind sich gleich, und es besteht auch überhaupt kein Grund, von ihnen zu erwarten, daß sie es wären. Jeder Mann und jede Frau muß für sich selbst die Aufgabe suchen, die ihn oder sie glücklich macht. Ist jemand scharf auf kürzere Arbeitszeit und längeren Urlaub und früheren Ruhestand, so hat er eindeutig den falschen Beruf. Vielleicht sollte er es mal mit einem Banküberfall probieren. Oder als Stichwortgeber im Varieté auftreten. Oder in die Politik gehen.«

Während der zehn Jahre von 1907 bis 1917 genoß ich das Privileg, nach Jubals Definition vollkommen glücklich zu sein. Bis 1916 gebar ich acht Kinder. In dieser Zeit arbeitete ich härter und länger als jemals zuvor oder danach in meinem Leben. Die ganze Zeit über sprudelte ich fast über vor Glück, mal abgesehen davon, daß mein Gatte häufiger fort war, als es mir gefiel. Selbst das hatte allerdings Vorzüge, zum Beispiel den, daß aus unserer Ehe eine Abfolge immer neuer Flitterwochen wurden. Wir hatten geschäftlich Erfolg, und die Tatsache, daß Briney immer dann am längsten weg war, wenn das Geschäft am besten lief, ersparte es uns, einander jemals überdrüssig zu werden.

Briney versuchte stets, mich telefonisch vom Zeitpunkt seiner Rückkehr zu unterrichten, was jedoch nicht immer klappte. Ich tat Tag und Nacht mein Bestes, seinen Anweisungen zu folgen, und erwartete ihn so beispielsweise selbst im Schlaf mit geöffneten Beinen, damit er mich auf die bestmögliche aller Arten wecken konnte. Stets badete ich vorsichtshalber, bevor ich mich ins Bett legte, und mein Schlaf bestand manchmal nur darin, daß ich die Augen schloß und mich nicht mehr bewegte, sobald ich hörte, wie er die Haustür aufschloß. Wenn er sich dann zu mir ins Bett legte, rief er mich mit irgendeinem komischen Namen wie »Mrs. Krausemeyer« oder »Schlachtschiff Kate« oder »Lady Plushbottom« – woraufhin ich so tat, als erwache ich jetzt erst, und ihn mit allen möglichen Namen bedachte – außer Brian –, wie »Hubert« oder »Giovanni« oder »Fritz«. Vielleicht fragte ich ihn sogar mit weiterhin geschlossenen Augen, ob er auch fünf Dollar auf die Kommode gelegt hätte – woraufhin er mich dafür tadelte, daß ich die Preise in Missouri hochtriebe, und ich mich noch mehr ins Zeug legte, um zu beweisen, daß ich die fünf Dollar wert war.

Wenn wir dann zufrieden, aber noch miteinander verbunden waren, stritten wir uns darüber, ob ich nun eine Fünf-Dollar-Leistung geboten hätte oder nicht. Dabei konnte es passieren, daß wir einander kitzelten, bissen, miteinander rangen, uns verhauten, lachten oder einen erneuten Versuch unternahmen, wobei wir in einem fort recht derbe Scherze austauschten. Ich ergötzte mich daran, im Salon die Herzogin zu spielen, in der Küche die Wirtschafterin und im Schlafzimmer die Hure – die klassische Definition der idealen Ehefrau. Vielleicht war ich nie perfekt darin, aber ich erlebte das größte Glück in dem hartnäckigen Bestreben, allen drei Aspekten gerecht zu werden.

Brian hatte auch Spaß daran, beim Geschlechtsverkehr

derbe Lieder zu singen, möglichst welche mit kräftigem Rhythmus, der zum Rhythmus der Kopulation paßte und den man nach Bedarf beschleunigen oder verlangsamen konnte, also zum Beispiel:

Bang away, my Lulu!
Bang away good and strong!
Oh, what 'll I do for a bang away
When my Lulu's dead and gone!

Dazu kamen dann endlose Strophen wie:

My Lulu had a chicken,
My Lulu had a duck.
She took them into bed with her
*And taught them how to ...**

BANG! away my Lulu!
Bang away good and strong!

Das ging so lange, bis Briney es nicht mehr länger hinauszögern konnte.

Während er sich dann ausruhte, verlangte er von mir schon mal, daß ich ihm eine Bettgeschichte erzählte, da er schließlich wissen wollte, wie ich mir meine Stunden mit ein bißchen kreativem Ehebruch versüßt hatte.

Er bezog sich dabei nicht auf Dinge, die ich vielleicht mit Nelson und/oder Betty Lou angestellt hatte; beide gehörten praktisch zur Familie und zählten damit nicht. »Was ist los, Mo? Kriegst du auf deine alten Tage noch lahme Hüften? Du, der wandelnde Skandal von Thebes County? Sag, daß das nicht wahr ist!«

* Bums drauflos, meine Lulu, bums drauflos, fest und stark! O wie krieg' ich nur 'nen guten Bums, wenn's meine Lulu nicht mehr gibt?
Meine Lulu hat 'n Hühnchen, meine Lulu hat 'ne Ente. Sie nahm sie mit ins Bett ganz fix, und lernte sie zu ...

Der geneigte Leser kann mir wirklich glauben, daß ich zwischen Geschirr und Windeln, Nähen und Stopfen, den Kindern die Nase wischen und ihnen bei ihren Tragödien beistehen nicht genug Zeit hatte, um so viel Ehebruch zu begehen, daß es auch nur *einen* jungen Priester interessiert hätte. Nach dem albernen und peinlichen Zwischenfall mit Reverend Zeke kann ich mich zwischen 1906 und 1918 an keinerlei illegale Bettgymnastik erinnern, die nicht von meinem Gatten selbst herbeigeführt und im voraus abgesegnet worden wäre. Auch in dieser Hinsicht gibt es nicht viel zu berichten, da Briney eher noch beschäftigter war als ich.

Für Leute, die gerne ihre Nasen in ihrer Nachbarn Angelegenheiten stecken (wir hatten einige davon in unserer Gegend und unserer Kirche), muß ich eine herbe Enttäuschung gewesen sein – und das während all der Jahre vor dem Krieg, der später »Erster Weltkrieg« genannt wurde oder auch »Krieg des Zusammenbruchs, Erste Phase«. Im Verlaufe dieses Jahrzehntes versuchte ich nicht nur die perfekte, konservative Dame und Hausfrau des Bibelgürtels zu imitieren, nein, ich war sie tatsächlich, geschlechtslos, bescheiden, kirchlich orientiert. Ausnahmen gab es nur, wenn ich hinter abgeschlossener Tür im Bett lag, sei es allein oder mit meinem Gatten oder zu ganz seltenen und sicheren Gelegenheiten mit jemand anderem, mit dem Briney einverstanden war und bei dem er manchmal sogar den Anstandswauwau spielte.

Abgesehen davon könnte nur ein Roboter noch mehr Stunden im Jahr Geschlechtsverkehr treiben. Selbst der so unermüdliche Galahad verbringt den größten Teil seiner Zeit mit Arbeit – als Leiter von Ishtars bestem Chirurgenteam. (Galahad – der erinnert mich nun wirklich an Nelson. Nicht nur vom Aussehen her; die beiden sind auch Zwillinge in Temperament und Einstellung – sogar im Duft des Körpers, wenn ich mich recht entsinne. Sobald ich wieder zu Hause bin, muß ich Ishtar und Justin fragen, wieviel Galahad von Nelson abbekommen hat. Da wir Howards mit einem begrenzten Genpool anfingen, führt die Konvergenz unter Mithilfe von Wahrscheinlichkeit und Zufall bei irgendwelchen Nachfahren auf Tertius oder Secundus häufig etwas herbei, was man fast schon als physische Wiedergeburt eines entfernten Vorfahren betrachten kann.)

Was mich darauf bringt, was ich mit einem Teil meiner Freizeit anstellte und wie Random Numbers zu seinem Namen kam.

Ich glaube nicht, daß es in der ersten Hälfte des zwanzigsten Jahrhunderts auch nur einen Monat gab, in dem Briney und ich nicht irgendein Fach studierten – und normalerweise zusätzlich noch irgendeine weitere Sprache, was aber kaum zählt. Wir mußten schließlich unseren Kindern immer etwas voraus sein. Wir widmeten uns meist nicht demselben Stoff – so kümmerte sich Briney zum Beispiel nicht um Steno oder Ballett und ich mich nicht um Ölförderung oder die Kontrolle der Verdampfung bei Bewässerungsprojekten. Mein Grund dafür, fortwährend zu lernen, bestand in dem scheußlichen Gefühl eines intellektuellen Coitus interruptus, da es mir nicht möglich gewesen war, das College zu besuchen und wenigstens einen Bakkalaureus zu machen. Brian studierte so fleißig, weil er – na ja, weil er eben ein Mann der Rennaissance war und alle Wissensgebiete als sein Metier betrachtete. Den Archiven zufolge wurde mein erster Ehemann 119 Jahre alt. Man kann todsicher davon ausgehen, daß er in den letzten Wochen seines Lebens wieder etwas lernte, was ihm völlig neu war.

Manchmal studierten wir gemeinsam. Briney fing 1906 mit Statistik und Wahrscheinlichkeitsrechnung an. Wie es sich ergab, betrieb er das per Post an der ICS-Schule. Und da wir somit alle Bücher und Lektionen im Haus hatten, arbeitete auch Maureen sie alle durch, schickte allerdings keine Arbeiten ein. Wir beide vergruben uns also gerade in die hochgradig faszinierende Materie der Mathematik, als unser erstes Kätzchen, Random Numbers (Zufallszahlen), in unser Leben trat – dank Mr. Renwick, Verkaufsfahrer bei der Great Atlantic and Pacific Tea Company.

Das Kätzchen war ein bezauberndes Knäuel silbergrauen

Flaums und hieß aufgrund eines Irrtums, was sein Geschlecht anging, zunächst Fluffy Ruffles. Sie war allerdings ein Er, und er demonstrierte solch blitzartige Veränderungen in Stimmung, Richtung, Geschwindigkeit und Aktion, daß Brian bemerkte: »Dieses Kätzchen hat kein Gehirn, sondern lediglich einen Schädel voller Zufallszahlen. Immer, wenn es gegen einen Stuhl oder die Wand stößt, werden die Zufallszahlen durcheinandergeschüttelt, woraus sich diese Veränderungen ergeben.«

Und so wurde aus »Fluffy Ruffles« »Random Numbers«, auch kurz »Random« oder »Randie« genannt.

Sobald im Frühjahr 1907 der Schnee getaut war, legten wir in unserem Hinterhof einen Krocketplatz an. Zunächst spielten nur wir vier Erwachsenen (im Laufe der Jahre betrieb scheinbar jeder diesen Sport), dann vier Erwachsene *und* Random Numbers. Jedesmal, wenn der Ball geschlagen wurde, zog unsere Katze das Schwert und GRIFF AN! Sie holte den Ball ein, stürzte sich darauf und packte ihn mit allen vieren. Der geneigte Leser sollte sich dabei möglichst einen erwachsenen Mann vorstellen, der ein rollendes Oxhoftfaß* stoppt, indem er sich daraufwirft und es mit Armen und Beinen umklammert. Lieber die Panzerung und den Helm eines Footballspielers nicht vergessen!

Random trug keine Panzerung. Er stürzte sich mit nichts als seinem Flaum und seiner halsbrecherischen Einstellung in den Kampf. Der Ball mußte um jeden Preis gestoppt werden, und es lag an Random, das zu erreichen – *Allah il Allah Ackbar!*

Es gab nur eine Lösung: Diese Katze mußte eingesperrt werden, wenn wir Krocket spielen wollten. Betty Lou ließ das jedoch nicht zu.

Na gut, dann mußten wir eben die Regeln um eine spezielle Platzvorschrift ergänzen: Alles, was eine Katze mit dem Krocketball anstellte, zählte, ob es nun jemandem zum Vor- oder Nachteil gereichte, zu den natürlichen Umwelteinflüssen.

* Faß mit einem Inhalt von 300 bis 600 Liter. Anm. d. Übers.

Ich erinnere mich an eine Gelegenheit, als Nelson die Katze aufhob und auf dem linken Arm hielt, während er das Schlagholz mit der anderen Hand führte. Nun erreichte er damit nicht nur gar nichts – Random sprang vom Arm herunter und landete noch vor dem Ball auf dem Boden –, sondern wir beriefen auch eine Sondersitzung des Obersten Krocketgerichts ein und bestimmten, daß das Aufheben einer Katze in dem Versuch, die Chancen des Spiels zu beeinflussen, sowohl unfair gegenüber den Katzen als auch eine Beleidigung der Natur war, die bestraft werden mußte, indem der Übeltäter mit der Peitsche um den Exerzierplatz gescheucht wurde.

Nelson plädierte auf seine Jugend und mangelnde Erfahrung sowie auf lange und treue Dienste, so daß das Urteil ausgesetzt wurde. Es gab ein Minderheitsvotum (von Betty Lou), das ihn aufforderte, zum Drugstore zu fahren und sechs Portionen Eis zu holen. Irgendwie setzte sich das Minderheitsvotum sogar durch, obwohl sich Nelson beschwerte, fünfzehn Cent wären eine zu hohe Strafe für das, was er getan hatte, und die Katze müßte einen Teil davon bezahlen.

Mit der Zeit wurde Random Numbers erwachsener und ruhiger und verlor seine Begeisterung fürs Krocket. Trotzdem behielten wir die Katzenregel bei und bezogen sie auf buchstäblich jede Katze, egal, ob fest ansässig oder auf Reisen, sowie auf Hündchen, Vögel und Kinder unter zwei. Später führte ich die Regel auch auf dem Planeten Tertius ein.

Habe ich schon die Transaktion erwähnt, mit der ich Random Numbers von Mr. Renwick erwarb? Vielleicht ja noch nicht! Er wollte »eine Muschi gegen die andere eintauschen«, wie er sich ausdrückte. Ich tappte auch noch direkt in diese Falle hinein, da ich ihn fragte, was er für das Kätzchen haben wolle. Ich rechnete fest damit, daß es umsonst sein würde, da es ihn selbst ja auch nichts gekostet hatte. Zwar wußte ich, daß manche Rassekatzen ge- und verkauft wurden, aber ich war noch nie einer solchen begegnet. Nach meiner Erfahrung wurden Kätzchen immer kostenlos weitergegeben.

Ich hatte vorgehabt, Mr. Renwick nie wieder ins Haus zu lassen, denn ich konnte mich noch gut an das erste Mal erinnern. Was sollte ich allerdings tun, als er mit einem Schuhkarton und einem Kätzchen darin vor der Tür stand? Ihm den Karton entreißen und die Tür vor der Nase zuknallen? Den Karton auf der Veranda öffnen, obwohl er mich warnend darauf hinwies, daß das Kätzchen ganz erpicht darauf war, sich aus dem Staub zu machen, und scharrende Geräusche das bestätigten? Sollte ich ihn belügen und behaupten, es täte mir leid, aber wir hätten bereits eine Katze?

In diesem Moment klingelte das Telefon.

Ich war es im Grunde noch nicht gewöhnt, ein Telefon zu haben. Ich hatte, wenn es klingelte, immer das Gefühl, daß es entweder schlechte Nachrichten waren oder daß Briney anrief. In jedem Fall mußte ich es sofort abnehmen. Ich sagte also »Entschuldigen Sie mich!«, eilte von dannen und ließ ihn vor der offenen Haustür stehen.

Er folgte mir durch den mittleren Flur in mein Nähzimmer, das gleichzeitig als Büro und als Hausarbeitszimmer diente und in dem ich auch telefonierte. Dort stellte er den Schuhkarton vor mir ab und öffnete ihn – und ich erblickte dieses bezaubernde Kätzchen, während ich gerade mit meinem Gatten sprach.

Brian war auf dem Heimweg und wollte nur wissen, ob er mir irgendwas mitbringen sollte.

»Nein, eigentlich nicht, aber beeile dich bitte! Ich habe dein Kätzchen hier, eine richtige kleine Schönheit von der Farbe einer Salweide. Mr. Renwick hat es mitgebracht, der Fahrer von der Great Atlantic and Pacific Tea Company. Er hat vor, mich zu bumsen, Briney, als Gegenleistung für das Kätzchen ... Nein, ich bin mir ganz sicher. Er hat es nicht nur gesagt, sondern ist mir auch nachgegangen, hat die Arme um mich gelegt und spielt jetzt mit meinen Brüsten. Wie? Nein, ich habe ihm nichts dergleichen gesagt, also mach schnell! Ich werde nicht gegen ihn kämpfen, Schatz, weil ich schwanger bin. Ich gebe einfach nach. Ja, Sir, das werde ich. *Au 'voir.*« Ich hängte den Hörer ein, obwohl ich kurz daran gedacht hatte, ihn als Knüppel zu benutzen. Ich wollte allerdings mit einem Kind in mir wirklich nicht kämpfen.

Mr. Renwick ließ mich nicht los, aber als ihm schließlich dämmerte, was ich gesagt hatte, hielt er inne. Ich drehte mich in seinen Armen um. »Versuchen Sie nicht, mich zu küssen«, sagte ich. »Ich möchte, solange ich schwanger bin, nicht mal eine Erkältung riskieren. Haben Sie ein Gummi? Eine lustige Witwe?«

»Äh ... ja.«

»Das dachte ich mir. Ich war mir sicher, daß ich nicht die erste Hausfrau bin, mit der Sie diese Nummer probieren. In Ordnung, benutzen Sie das Ding bitte, da wir uns ja beide keine Geschlechtskrankheiten zuziehen möchten. Sind Sie verheiratet?«

»Ja. Jesus, sind Sie vielleicht cool!«

»Nicht im mindesten. Ich möchte lediglich keine Vergewaltigung riskieren, solange ich ein Kind trage. Da Sie verheiratet sind, wollen Sie sich bestimmt auch nichts holen; ziehen Sie also das Gummi an. Wie lange dauert die Fahrt von der Einunddreißigsten und Woodland bis hierher?« (Brian hatte von der Zwölften und Walnut aus angerufen, von viel weiter also.)

»Äh – nicht sehr lange.«

»Dann beeilen Sie sich lieber, oder mein Gatte erwischt Sie auf frischer Tat. Vorausgesetzt, Sie möchten mir das wirklich antun.«

»Ach, zum Teufel damit!« Er ließ mich abrupt los, drehte sich um und ging zur Haustür.

Er fummelte gerade am Riegel, als ich ihm hinterherrief: »Sie haben Ihr Kätzchen vergessen!«

»Behalten Sie die verdammte Katze!«

So »erwarb« ich also Random Numbers.

Kätzchen aufzuziehen macht Spaß, aber Kinder aufzuziehen macht am allermeisten Spaß – falls die Kinder zufällig die eigenen sind und falls man die Art Mensch ist, die gerne Kinder austrägt und großzieht. Jubal hatte recht; es hängt wirklich von der eigenen Einstellung ab. Ich hatte siebzehn Kinder beim ersten Durchgang und genoß es sehr, jedes einzelne davon aufwachsen zu sehen. Jedes von ihnen war unverkennbar ein Individuum. Nach meiner Rettung und Verjüngung bekam ich noch mehr Nachwuchs, und daran hatte ich noch mehr Spaß, weil der Haushalt Lazarus Longs so organisiert ist, daß einem die Fürsorge für die Kinder sehr leicht fällt.

Oft stelle ich allerdings fest, daß ich eine Abneigung gegen anderer Leute Kinder habe und ihre Mütter erschlagend langweilig finde, besonders dann, wenn sie sich über ihren widerwärtigen Nachwuchs unterhalten (statt mir zuzuhören, wie ich über meine Kinder rede). Mir will scheinen, daß es besser gewesen wäre, viele dieser kleinen Monster gleich bei der Geburt zu ertränken. Für meinen Geschmack sind sie alle zwingende Argumente für Geburtenkontrolle. Wie mein Vater schon vor Jahren bemerkte, bin ich ein amoralisches Luder, das ein unfertiges Menschenwesen, naß und stinkend an einem Ende, brüllend am anderen, nicht unbedingt als »richtig lieb« empfindet.

Nach meiner Meinung sind viele Babys einfach übellaunige, niederträchtige kleine Teufel, die zu übellaunigen, niederträchtigen großen Teufeln heranwachsen. Der geneigte Leser möge sich bitte einmal umschauen. Die »süße Unschuld« von Kindern ist ein Mythos. Dean Swift hatte in »*A Modest Proposal*« für manche von ihnen eine geeignete Lösung zu bieten, die er jedoch nicht auf die Iren hätte beschränken sollen, da es viele Halunken gibt, die keine Iren sind.

Nun ist der Leser vielleicht so voreingenommen und rechthaberisch, daß er glaubt, meine Kinder wären auch nicht perfekt gewesen – obwohl sie ja alle bewiesenermaßen mit Heiligenscheinen und Engelsflügeln auf die Welt kamen. Ich möchte also niemanden mit einem Bericht langweilen, wie oft Nancy mit Einsen auf ihren Zeugnissen nach Hause kam. Nämlich praktisch immer. Meine Kinder sind gescheiter als die anderer Leute. Auch hübscher. Reicht das? In Ordnung, ich wechsle das Thema. Ich finde meine Kinder ganz wunderbar, der Leser findet seine ganz wunderbar, und damit wollen wir es bewenden lassen und einander nicht weiter auf die Nerven gehen.

Ich erwähnte bereits die Börsenpanik von 1907, als ich von der Hochzeit Betty Lous und Nelsons berichtete, aber damals hatte ich noch keine Ahnung, daß eine Panik im Anzug war. Auch Brian nicht oder Nelson oder Betty Lou. Die Geschichte wiederholt sich jedoch immer ein bißchen auf die eine oder andere Art, und etwas, das zu Beginn des Jahres 1907 geschah, erinnerte mich an Vorgänge von 1893.

Nach der Geburt von Georgie an Betty Lous Hochzeitstag blieb ich wie üblich eine Zeitlang zu Hause, aber sobald ich mich wieder fit fühlte, überließ ich Betty Lou meine Brut und ging in die Stadt. Ich wollte eigentlich die Straßenbahn nehmen, war aber nicht überrascht, als Nelson sich erbot, mich in seinem Reo-Roadster mitzunehmen. Ich akzeptierte und packte mich warm ein. Der Reo war übertrieben gut gelüftet; zu seinen Vorfahren muß wohl ein offener Einspänner gehört haben.

Meine Absicht war es, mein Sparkonto zu verlegen. Ich unterhielt es seit 1899, als wir geheiratet und uns in Kansas City niedergelassen hatten, bei der Missouri Savings Bank. Vater hatte für mich ein Sparkonto eröffnet, als wir aus Chicago zurückkehrten, und zwar auf der First State Bank in Butler (in der aufstrebenden Metropole Thebes gab es keine Bank). Zum Zeitpunkt meiner Hochzeit war es schon auf über hundert Dollar angewachsen.

Fußnote: Wenn ich über hundert Dollar auf einem Sparkonto hatte, warum servierte ich meiner Familie dann Pfannkuchen zum Abendessen? Antwort: Hält der Leser mich vielleicht für verrückt? Nichts konnte im amerikanischen Mittelwesten des Jahres 1906 leichter dazu führen, einen Ehemann moralisch zu kastrieren, als wenn seine Frau ihm die Idee nahelegte, er wäre nicht in der Lage, genügend Essen auf den Tisch zu bringen. Ich war nicht auf Dr. Freud angewiesen, um das herauszufinden. Das Lebenselixir der Männer ist Stolz. Wenn man ihren Stolz vernichtet, können sie Frau und Kinder nicht mehr unterhalten. Es war damals noch einige Jahre hin, bis Brian und ich lernten, völlig offen und entspannt miteinander umzugehen. Brian wußte, daß ich über ein Sparkonto verfügte, hatte mich aber nie nach der Summe darauf gefragt, und ich hätte lieber tausendmal Pfannkuchen serviert oder etwas entsprechend Ähnliches getan, bevor ich von meinem eigenen Geld Lebensmittel kaufen gegangen wäre. Ersparnisse sind für schlechte Zeiten. Wir beide wußten das. Wenn Brian einmal krank geworden wäre und ins Krankenhaus gemußt hätte, dann hätte ich meine Ersparnisse je nach Bedarf einsetzen können. Wir brauchten darüber gar nicht zu reden. Bislang war er der Brotverdiener gewesen; ich mischte mich in seine Verantwortung nicht ein und er sich nicht in meine.

Und was war mit den Stiftungsmoneten? Verletzten die seinen Stolz nicht? Vielleicht taten sie es. Vielleicht sollte ich an dieser Stelle die Zukunft vorwegnehmen: Am Ende landete jeder einzelne rote Heller aus diesen Zahlungen bei unseren Kindern, als sie heirateten. Davon wußte ich vorher allerdings nichts. 1907 stand so etwas jedoch noch gar nicht zur Debatte.

Zu Beginn des Jahres 1907 war mein Kontostand dank extremer Sparsamkeit auf über dreihundert Dollar angewachsen. Jetzt, wo ich zu Hause arbeitete und nicht mehr die Schule in der Stadt besuchen konnte, erschien es mir klug, das Konto auf eine kleine Bank in unserer Gegend, nahe der Poststelle in der Southside, zu verlagern. Einer von uns vieren mußte ohnehin jeden Tag zum Postfach und konnte auf dem Weg

Einzahlungen für mich vornehmen. Sollte ich mich je gezwungen sehen, etwas abzuheben, konnte ich es ja selbst tun.

Nelson parkte den Roadster an der Grand Avenue, und wir spazierten um die Ecke bis zur 920 Walnut. Ich legte das Sparbuch einem Kassierer vor – ich brauchte nicht zu warten; es war nicht voll in der Bank – und sagte ihm, daß ich das Konto auflösen wolle.

Er verwies mich an einen Bankangestellten hinter einer Absperrung, einen Mr. Smaterine. Nelson legte die Zeitung zur Seite, die er überflogen hatte, und stand auf. »Irgendwelche Schwierigkeiten?«

»Keine Ahnung. Sie sehen anscheinend nicht gerne, daß ich mir mein Geld hole. Kommst du bitte mit?«

»Klar doch.«

Mr. Smaterine begrüßte mich höflich, zog aber die Brauen hoch, als er Nelson sah. Ich machte sie miteinander bekannt. »Mr. Nelson Johnson, Mr. Smaterine. Mr. Johnson ist der Geschäftspartner meines Gatten.«

»Wie geht es Ihnen, Mr. Johnson? Bitte nehmen Sie Platz. Mrs. Smith, wie mir unser Mr. Wimple mitteilt, möchten Sie etwas mit mir besprechen.«

»Ich schätze schon. Ich wollte mein Konto auflösen. Er sagte mir daraufhin, ich müsse erst mit Ihnen sprechen.«

Mr. Smaterine schenkte mir ein Lächeln, das seine falschen Zähne bloßlegte. »Es tut uns immer leid, einen alten Freund zu verlieren, Mrs. Smith. Sind Sie mit unseren Diensten nicht zufrieden?«

»Davon kann keine Rede sein, Sir. Ich möchte allerdings mein Konto bei einer Bank weiterführen, zu der ich es nicht so weit habe. Der Weg in die Stadt ist nicht sehr bequem, besonders nicht bei diesem kalten Wetter.«

Er nahm mein Sparbuch auf und warf einen Blick auf die Anschrift vorne sowie den aktuellen Kontostand weiter hinten. »Darf ich fragen, wohin Sie den Betrag überwiesen haben möchten, Mrs. Smith?«

Ich wollte es ihm schon sagen, als mich Nelson auf sich

aufmerksam machte. Eigentlich schüttelte er den Kopf gar nicht richtig, aber ich kannte ihn schon lange genug, um zu verstehen, was er meinte. »Warum möchten Sie das wissen, Sir?«

»Es gehört zu den beruflichen Pflichten eines Bankers, seine Kunden zu schützen. Wenn Sie Ihr Konto verlagern möchten – schön! Ich möchte allerdings sichergehen, daß Sie auch zu einer gleichermaßen verläßlichen Bank wechseln.«

Meine animalischen Instinkte klingelten Alarm. »Mr. Smaterine, ich habe das bereits in allen Einzelheiten mit meinem Gatten besprochen ...« Das hatte ich nicht. » ... und bin auf keinen weiteren Rat angewiesen.«

Er legte die Finger zu einem spitzen Dach zusammen. »Sehr schön. Wie Sie wissen, kann die Bank bei Sparkonten auf drei Wochen Kündigungsfrist bestehen.«

»Aber Mr. Smaterine, Sie selbst haben mich doch beraten, als ich mein Konto hier eröffnete! Sie sagten mir, das Kleingedruckte wäre nur eine Formalität, vorgeschrieben durch das Bankengesetz, und Sie sicherten mir persönlich zu, daß ich mein Geld jederzeit haben könnte!«

»Und das können Sie auch. Verkürzen wir die drei Wochen auf drei Tage. Gehen Sie einfach nach Hause und verfassen Sie eine schriftliche Absichtserklärung für uns, und drei Geschäftstage später können Sie über Ihr Konto verfügen.«

Nelson stand auf und legte beide Hände flach auf Mr. Smaterines Schreibtisch. »Einen Moment mal!« sagte er lautstark. »Haben Sie Mrs. Smith nicht gerade erklärt, daß sie ihr Geld jederzeit haben könne?«

»Setzen Sie sich, Mr. Johnson. Und seien Sie nicht so laut – schließlich sind Sie hier nicht Kunde. Sie haben hier gar nichts verloren.«

Weder setzte sich Nelson noch senkte er die Stimme. »Antworten Sie einfach mit Ja oder Nein.«

»Ich könnte Sie hinauswerfen lassen!«

»Versuchen Sie es ruhig. Mein Partner, Mr. Brian Smith,

der Gatte dieser Dame, hat mich gebeten, Mrs. Smith zu begleiten ...« Das traf nicht zu. » ... da er schon davon gehört hatte, daß Ihre Bank ein wenig zögernd reagiert ...«

»Das ist eine Verleumdung! Eine kriminelle Verleumdung!«

» ... was Höflichkeit gegenüber Damen angeht. Nun – gedenken Sie Ihr Versprechen zu halten? Jetzt oder in drei Tagen?«

Mr. Smaterine lächelte nicht mehr. »Wimple! Wir schreiben einen Scheck in Höhe von Mrs. Smiths Konto aus.«

Wir alle schwiegen, während das geschah. Mr. Smaterine unterzeichnete den Scheck und reichte ihn mir. »Bitte überzeugen Sie sich davon, daß alles korrekt ist. Vergleichen Sie ihn mit Ihrem Sparbuch.«

Ich stimmte ihm zu, daß alles seine Richtigkeit hatte.

»Sehr schön. Bringen Sie ihn einfach zu Ihrer neuen Bank und reichen Sie ihn dort ein. Sie haben dann Ihr Geld, sobald die Deckung bestätigt ist. Sagen wir, in etwa zehn Tagen.« Jetzt lächelte er wieder, aber es lag keinerlei Frohsinn darin.

»Sie sagten, ich könne mein Geld sofort haben.«

»Sie haben es. Da ist Ihr Scheck.«

Ich betrachtete das Dokument, drehte es um, indossierte es und gab es ihm zurück. »Ich nehme die Summe gleich in bar mit.«

Er hörte auf zu lächeln. »Wimple!«

Sie begannen Bankzertifikate abzuzählen. »Nein«, warf ich ein. »Ich möchte Cash, keine Papiere, die irgendeine Bank ausgegeben hat.«

»Sie sind schwer zufriedenzustellen, Madam. Dies ist ein gesetzliches Zahlungsmittel.«

»Aber ich habe jedesmal richtiges Geld eingezahlt, keine Banknoten.« Und das hatte ich tatsächlich – Nickel, Zehncentstücke, Vierteldollars und manchmal Pennys. Hin und wieder auch einen Silberdollar. »Daher möchte ich auch richtiges Geld zurückhaben. Können Sie mir kein richtiges Geld auszahlen?«

»Natürlich können wir das«, erwiderte Mr. Smaterine steif. »Sie werden allerdings feststellen, daß über fünfundzwanzig Pfund an Silberdollars recht beschwerlich sein können. Daher finden bei den meisten Transaktionen auch Bankzertifikate Verwendung.«

»Können Sie mir kein Gold geben? Hat eine große Bank wie diese nicht Gold im Keller? Fünfzehn Doppeladler wären soviel leichter zu tragen als dreihundert Silberdollar.« Ich wurde etwas lauter und spitzer. »Können Sie mir kein Gold geben? Falls nicht, wo kann ich dann diesen Scheck gegen Gold eintauschen?«

Sie zahlten mich in Gold aus, das Wechselgeld in Silber.

Sobald wir wieder auf dem Weg nach Süden waren, sagte Nelson: »Puh! Welche Bank im Süden nimmst du? Die Troost Avenue Bank? Oder die Southeast State?«

»Nellie, ich möchte es mit nach Hause nehmen und Brian bitten, sich darum zu kümmern.«

»Wie? Ich meine: Ja, Ma'am. Sofort.«

»Schatz, etwas an dieser Sache erinnert mich an 1893. Woran erinnerst du dich noch in diesem Jahr?«

»Achtzehn dreiundneunzig – mal sehen! Ich war neun und stellte gerade fest, daß Mädchen anders sind. Ah ja, du bist mit Onkel Ira zur Ausstellung nach Chicago gefahren. Als du wieder zurückkamst, fiel mir auf, daß du wirklich gut duftest. Es dauerte allerdings weitere fünf Jahre, dich auf mich aufmerksam zu machen, und dazu mußte ich dir erst noch einen Kuchen unter den Hintern schieben.«

»Du warst schon immer ein böser Junge. Aber ich meine jetzt nicht meine Torheit von '98. Was ist '93 passiert?«

»Hmmm – Mr. Clevelands zweite Amtszeit begann. Dann ging es irgendwie mit den Banken bergab, und alle gaben ihm die Schuld. Kommt mir ein bißchen unfair vor – es passierte zu schnell nach seiner Vereidigung. Die Panik von '93 nannten das die Leute.«

»Das taten sie, aber mein Vater verlor damals überhaupt nichts. Er schrieb es schierem Glück zu.«

»Meine Mutter verlor auch nichts, denn sie erledigte ihre Bankgeschäfte in einer Teekanne im obersten Regal.«

»Vater tat zufällig etwas ganz Ähnliches. Er gab Mutter das Haushaltsgeld für vier Monate bar in vier versiegelten Umschlägen, jeder davon mit einem Datum versehen. Er selbst führte Bares – in Gold – in einem Geldgürtel mit sich. Und er ließ uns immer etwas – wiederum Gold – in einer verschließbaren Kassette da – soviel wir gerade brauchten. Später erzählte er mir, er hätte keine Ahnung gehabt, daß die Banken ins Schlingern geraten würden. Er hätte sich nur so verhalten, um Direktor Houlihan zu ärgern, den er Direktor ›Hooligan‹ nannte. Erinnerst du dich noch an ihn? Das war der Präsident der Butler State Bank.«

»Ich kann mich nicht entsinnen. Ich schätze, er ist ohne meine Erlaubnis gestorben.«

»Vater erzählte, der Direktor hätte ihm Vorhaltungen gemacht, weil er Bargeld abhob. Der Direktor hielt das für armseliges Geschäftsgebaren. Seiner Meinung nach hätte Vater einfach Anweisung erteilen sollen, Mrs. Smith – Mutter, meine ich – jeden Monat soundsoviel zu zahlen. Vater hätte das Geld besser dort gelassen, wo es gelegen hatte, und Schecks benutzt – das wäre die moderne Art, Geschäfte zu machen.

Vater wurde störrisch – das konnte er gut! –, und konsequenterweise machte ihm die Bankenkrise nichts aus. Nelson, ich glaube nicht, daß er später noch mit irgendeiner Bank Geschäfte machte. Er bewahrte das Geld einfach in seiner Kassette in der Praxis auf, soweit ich weiß. Obwohl man sich bei ihm nie sicher sein kann.«

Sobald wir wieder zu Hause waren, hielten Brian, ich, Nelson und Betty Lou eine Konferenz ab. Nelson erzählte, was vorgefallen war. »Geld von dieser Bank zu holen war, als würde man Zähne ziehen. Dieser gebügelte Kerl fand eindeutig keinen Geschmack daran, sich von Mos Geld zu trennen. Ich glaube nicht, daß er es getan hätte, wenn ich nicht laut und lästig geworden wäre. Aber das ist nicht das einzige. Mo, erzähle ihnen von Onkel Ira und einem ähnlichen Fall.«

Und das tat ich auch. »Ihr Lieben, ich behaupte nicht, irgendwas von Finanzen zu verstehen. Ich bin so dumm, daß ich überhaupt nie begriffen habe, wieso eine Bank Papier bedrucken und behaupten kann, es wäre das gleiche wie richtiges Geld. Heute wurde ich ganz stark an 1893 erinnert, weil etwas in dieser Art kurz vor der damaligen Krise auch Vater widerfuhr. Die Krise betraf ihn nicht, weil er so störrisch war und einfach nichts mehr mit Banken zu tun haben wollte. Ich bin mir nicht sicher, was heute los war – aber mir war einfach unwohl, und ich beschloß, mein Kleingeld nicht mehr auf die Bank zu bringen. Brian, bewahrst du es für mich auf?«

»Hier im Haus könnte es gestohlen werden.«

»Und wenn es auf der Bank liegt, kann die Bank bankrott gehen«, warf Nelson ein.

»Wirst du nervös, Nel?«

»Möglich. Betty Lou, was denkst du?«

»Ich denke, ich werde meine fünfunddreißig Cent abheben, sie in einen Einmachtopf legen und im Hinterhof vergraben.« Sie unterbrach sich. »Und dann schreibe ich meinem Vater und erkläre ihm, was ich getan habe und wieso. Er wird nicht auf mich hören – er ist schließlich von der Harvard. Aber ich schlafe besser, wenn ich es ihm geschrieben habe.«

»Ein paar anderen müssen wir es auch erzählen«, meinte Brian.

»Wem?« fragte Nelson.

»Judge Sperling. Und meiner eigenen Familie.«

»Wir sollten es lieber nicht von den Dächern pfeifen. Das könnte eine Panik auslösen!«

»Nel, es ist unser Geld. Falls das Bankenwesen nicht damit fertig wird, wenn wir unser eigenes Geld abheben und uns draufsetzen, dann stimmt vielleicht irgendwas nicht mit dem Bankenwesen.«

»Ts, ts! Bist du ein Anarchist oder so was? Na ja, machen wir uns an die Arbeit. Wer zuerst kommt, mahlt zuerst.«

Brian nahm die Sache so ernst, daß er sogar nach Ohio fuhr, auch wenn das sehr teuer für ihn war, wenn kein Kunde dafür aufkam. Dort sprach er mit seinen Eltern und Judge Sperling. Einzelheiten habe ich nicht erfahren, aber weder die Stiftung noch Brians Eltern erlitten durch die Börsenpanik von 1907 irgendwelchen Schaden. Später erlebten wir alle, wie der US-Fiskus durch die Intervention J. P. Morgans gerettet wurde und man letzteren dafür verleumdete.

In der Zwischenzeit wurden die Aktiva von Brian Smith & Co. nicht im Hinterhof vergraben, wohl aber im Haus eingeschlossen, und wir legten uns zum ersten Mal Waffen zu.

Berichtigung: Soweit ich mich erinnern kann, schafften wir uns damals zum ersten Mal Waffen an, aber möglicherweise irre ich mich auch.

Während Brian in Ohio war, nahmen Nelson und ich ein neues Projekt in Angriff, nämlich Artikel für Businessmagazine wie das *Mining Journal, Modern Mining und Gold and Silver* zu schreiben. Brian Smith & Co. schaltete kleine Anzeigen in jeder Ausgabe sämtlicher genannten Zeitschriften. Nelson hatte Brian erklärt, daß wir eine Menge freie Werbung bekommen könnten, wenn Brian Artikel für die einschlägigen Blätter schrieb. Diese enthielten etwa so viele Seiten mit Artikeln und Anmerkungen der Herausgeber wie mit Werbung. »Und bei Gott, das Zeug, das die schreiben, ist so abgestanden wie altes Spülwasser«, meinte Nelson.

Und so probierte es Brian. Ergebnis: abgestandenes Spülwasser.

Woraufhin Nelson bemerkte: »Brian, alter Freund, du bist mein verehrter Seniorpartner, aber macht es dir was aus, wenn ich es mal probiere?«

»Nur zu. Ich wollte es sowieso nicht tun.«

»Ich habe den Vorteil, gar nichts von Bergbau zu verstehen. Du lieferst mir die Fakten – die hast du ja. Sobald ich sie habe, würze ich sie mit etwas Mostrich.«

Nelson arbeitete Brians ernsthafte und sachliche Artikel über das, was ein Bergbauberater zu bieten hatte, in einem hochgradig respektlosen Stil um, und ich illustrierte sie mit kleinen Bildern, mit Cartoons, die ich Bill Nye nachempfand. Ich eine Künstlerin? Mitnichten; wohl aber hatte ich mir Professor Huxleys Ratschlag (»*A Liberal Education*« – eine breitgefächerte Bildung) zu Herzen genommen und gelernt zu zeichnen. Und wenn ich auch nicht über eine künstlerische Ader verfügte, hatte ich mich doch zu einer kompetenten Zeichnerin entwickelt, die sich hemmungslos bei Mr. Nye und anderen bediente und dabei gar nicht bemerkte, daß sie Diebstahl beging.

Nelsons erster Versuch mit einer solchen Neufassung trug den Titel »Wie man durch Nachlässigkeit Geld spart« und behandelte alle möglichen greulichen Grubenunfälle – die ich illustrierte.

Das *Mining Journal* akzeptierte den Artikel nicht nur, sondern bezahlte ihn auch tatsächlich mit fünf Dollar, womit keiner von uns gerechnet hatte.

Nelson brachte schließlich ein Geschäft zustande, in dessen Rahmen Brians Verfassername (mit ihm als Ghostwriter) künftig in jeder Ausgabe erschien, zusätzlich zu einer viertelseitigen Anzeige an einer guten Stelle.

Später erschien ein Zwilling des oben genannten Artikels in *The Country Gentleman* (dem Provinzvetter der *Saturday Evening Post)* und erläuterte, wie man sich auf einer Farm das Genick brechen, ein Bein verlieren und seinen wertlosen Schwiergersohn umbringen konnte. Die *Curtis Publishing Company* verweigerte jedoch einen Tauschhandel. Sie bezahlte den Artikel; Brian Smith & Co. bezahlte die Anzeige.

Im Januar 1910 tauchte ein großer Komet auf und beherrschte bald den Abendhimmel im Westen. Viele Leute hielten ihn fälschlich für den Halleyschen Kometen, der zwar in jenem Jahr fällig war, sich aber erst später blicken ließ.

Im März 1910 gründeten Betty Lou und Nelson einen eigenen Hausstand – zwei Erwachsene, zwei Babys –, und Random Numbers hatte eine schlimme Zeit, in der er sich mit der Entscheidung herumplagte, wo er leben sollte, entweder im »Einzigen Heim« oder bei seiner Sklavin Betty Lou. Eine Zeitlang wechselte er zwischen beiden Häusern und fuhr dabei jeweils in Autos mit, die in die richtige Richtung fuhren.

Im April 1910 war dann der echte Halleysche Komet deutlich am Nachthimmel zu erkennen. Im nächsten Monat beherrschte er das Firmament, die Spitze so hell wie die Venus und der Schweif noch mal halb so lang wie der Himmelswagen. Dann kam er der Sonne zu nahe, als daß man ihn noch hätte sehen können. Als er im Mai wieder am Morgenhimmel auftauchte, war er noch prächtiger als zuvor. Am 15. Mai fuhr uns Nelson vor Anbruch der Morgendämmerung hinaus zum Meyer Boulevard, wo wir den östlichen Horizont betrachten konnten. Der gewaltige Kometenschweif bedeckte den Himmel in einer Linie, die in einem Bogen von Osten nach Süden verlief und hinab zur Sonne wies, die noch unter dem Horizont stand. Es war ein unglaublicher Anblick!

Er bereitete mir allerdings keine Freude. Mr. Clemens hatte mich darüber informiert, daß er mit dem Halleyschen Kometen gekommen war und wieder mit ihm gehen würde – was er am 21. April auch tat.

Als ich davon erfuhr – die Nachricht erschien im Star – schloß ich mich in meinem Zimmer ein und weinte.

KAPITEL ELF

EIN EITLER GECK IN EINEM DERBY

Heute holten sie mich aus meiner Zelle und führten mich in Handschellen und mit einer Kapuze über dem Kopf in etwas, was wahrscheinlich ein Gerichtssaal war. Dort entfernten sie Handschellen und Kapuze, womit ich als einzige Anwesende aus dem Rahmen fiel, denn meine Wärter trugen ebenso Kapuzen wie die drei Typen, die ich für die Richter hielt. Vielleicht Bischöfe – sie trugen Phantasieroben mit diesem gewissen priesterlichen Touch.

Ein paar weitere Lakaien hier und da trugen ebenfalls Kapuzen. Das Ganze erinnerte mich an eine Ku-Klux-Klan-Versammlung, und so versuchte ich, mir die Schuhe der Typen anzusehen. Als der Klan sich in den zwanziger Jahren erneut bemerkbar gemacht hatte, wies mich Vater einmal darauf hin, daß man unterhalb der weißen Laken die abgelatschten Schuhe des sozialen Bodensatzes erkennen könne, Leute, die sich nur dann anderen überlegen fühlten, wenn sie sich einer rassistischen Geheimgesellschaft anschlossen.

Bei diesen Witzbolden konnte ich den Test allerdings nicht durchführen. Die drei ›Richter‹ saßen hinter einer hohen Bank. Der Gerichtsdiener (?) hatte seine Recorderanlage auf einem Schreibtisch aufgebaut, unter dem seine Füße steckten. Meine Wärter standen hinter mir.

Sie hielten mich für etwa zwei Stunden dort fest, denke ich. Ich nannte ihnen lediglich »Name, Rang und Dienstgrad« … »Ich bin Maureen Johnson Long aus Boondock, Tellus Tertius. Ich habe mich auf einer Reise verirrt und wurde durch ein Mißgeschick hierher verschlagen. Was alle diese albernen Beschuldigungen angeht: nicht schuldig! Ich verlange einen Rechtsanwalt!«

Von Zeit zu Zeit wiederholte ich das »Nicht schuldig!« Ansonsten blieb ich stumm.

Nach ungefähr zwei Stunden – dem Hungergefühl und

dem Druck auf die Blase nach zu urteilen – kam es zu einer Störung. Es war Pixel.

Ich sah ihn nicht hereinkommen. Anscheinend hatte er wie üblich meiner Zelle einen Besuch abgestattet, mich dort nicht gefunden, hatte mich daraufhin gesucht und hier entdeckt.

Hinter mir hörte ich das »*Hurrraah!*«, mit dem er gewöhnlich sein Eintreffen ankündigt. Ich drehte mich um, und er sprang mir in die Arme, stieß mich schnurrend mit dem Köpfchen an und wollte wissen, warum ich nicht dort gewesen war, wo ich eigentlich hätte sein sollen.

Ich tätschelte ihn und versicherte ihm, daß er eine prima Katze war, ein guter Junge, der allerbeste!

Das mittlere Gespenst hinter dem Richtertisch befahl: »Entfernen Sie dieses Tier!«

Einer der Wärter versuchte, Pixel zu ergreifen.

Nun hat Pixel absolut keine Geduld mit Leuten, die sich nicht an das korrekte Protokoll halten. Er biß dem Wärter ins Fleisch des linken Daumens und erwischte ihn mit den Krallen an diversen Stellen. Der Wärter wollte ihn loslassen, aber Pixel klammerte sich an ihn.

Der zweite Wärter versuchte zu helfen, was zwei Verletzte ergab. Pixel gehörte nicht dazu.

Der mittlere Richter gab einige farbenfrohe Kommentare zum besten, stieg von seinem Podest herunter und näherte sich uns. »Können Sie denn nicht mal eine Katze packen?«

Er bewies unverzüglich, daß er es ebenfalls nicht konnte. Drei Verletzte. Pixel sprang zu Boden und wetzte davon.

Dann erlebte ich etwas mit, auf das ich bislang nur hatte rückschließen können, etwas, von dem keiner meiner Freunde und Verwandten behaupten konnte, er hätte es schon mal beobachtet. (Korrektur: Athene hat es mal gesehen, aber sie hat ihre Augen überall. Meine Bemerkung bezog sich auf Personen aus Fleisch und Blut.)

Pixel sauste mit Fluchtgeschwindigkeit direkt auf die Wand zu – und als es schon so aussah, als würde er gleich Kopf voran gegen die Mauer prallen, öffnete sich vor ihm eine runde Katzentür. Er schoß wie der Blitz hindurch, und die Öffnung schloß sich gleich wieder hinter ihm.

Nach einer Weile wurde ich in meine Zelle zurückgebracht.

1912 kaufte Brian ein Automobil, ein ›Auto‹. Irgendwann im Verlauf des Jahrzehnts verwandelten sich Automobile schlicht in Autos – die letztgültige Bezeichnung für pferdelose Wagen, da man es nicht noch kürzer fassen kann.

Es war ein Reo. Nelsons kleiner Reo-Roadster hatte sich als höchst haltbar und zuverlässig erwiesen; nach fünf Jahren harter Beanspruchung war er immer noch ein guter Wagen. Unsere Firma benutzte ihn für vielerlei Dinge, einschließlich staubiger Ausflüge nach Galena und Joplin und andere Städte im Weißmetallgebiet. Wir führten sorgfältig Buch darüber, und Nelson erhielt Kilometergeld und eine Abnutzungspauschale.

So kam es, daß die Wahl wieder auf ein Reo fiel, als Brian sich zum Kauf eines Wagens für die eigene Familie entschloß. Er suchte sich allerdings ein Familienmodell aus, einen fünfsitzigen Tourenwagen. Es war eine Schönheit, bei der ich auf Anhieb erkannte, daß sie auch für Kinder sicher war, da sie Türen und ein Dach hatte – der Roadster besaß weder das eine noch das andere. Mr. R. E. Olds bezeichnete den 1912er-Reo als sein »Abschiedsmodell«; es wäre sein bislang bestes Auto, das selbst er mit seinen fünfundzwanzig Jahren Erfahrung nicht mehr verbessern könnte. Auch Material und Verarbeitung wären nicht mehr zu übertreffen.

Ich glaubte ihm, und (viel wichtiger noch) Brian tat es ebenfalls. Vielleicht war es wirklich der »Abschieds-Reo«, aber als ich die Erde 1982 verließ, war der Name von Mr. Olds nach wie vor eher durch »Oldsmobile« berühmt.

Unser Luxuswagen war ziemlich teuer – er kostete mehr als zwölfhundert Dollar. Brian erzählte mir nicht, wieviel er ausgegeben hatte, aber für den Reo wurde weit und breit

Werbung gemacht, und ich konnte schließlich damals schon lesen. Wir bekamen allerdings viel für unser Geld, nicht nur einen schönen, geräumigen Tourenwagen, sondern auch ein Auto mit kraftvollem Motor (fünfundreißig PS) und einer Höchstgeschwindigkeit von fünfundvierzig Meilen pro Stunde. Ich glaube, tatsächlich gefahren sind wir dieses Tempo nie. Die Geschwindigkeitsbegrenzung in der Stadt lag bei siebzehn Meilen pro Stunde, und die zerfurchten Feldwege außerhalb der Stadtgrenzen waren für ein solch hohes Tempo völlig ungeeignet. Oh, Brian und Nelson haben es vielleicht probiert und auf irgendeiner frisch geebneten Straße irgendwo in Kansas Vollgas geben; keiner von beiden hielt jedoch etwas davon, Damen mit Dingen zu belästigen, die ihnen vielleicht Kummer bereiteten. (Betty Lou und ich hielten unsererseits nichts davon, unseren Gatten unnötige Kopfschmerzen zu machen; das Prinzip beruhte also auf Gegenseitigkeit.)

Brian ergänzte die Grundausstattung des Reos mit allerlei luxuriösen Dingen, damit der Wagen für seine Familie auch schön behaglich wurde. So kamen wir an eine Windschutzscheibe, einen Selbstanlasser, ein Dach, Seitenvorhänge, einen Tachometer, einen Ersatzreifen, einen Reservetank usw. Der Wagen hatte abnehmbare Radkränze, und Brian mußte nur selten einen Reifen neben der Straße flicken.

Eine Absonderlichkeit gibt es zu berichten: Mit dem Dach konnten wir das Wetter vorhersagen. Wenn man es abnahm, fing es an zu regnen. Wenn man es aufsetzte, kam die Sonne heraus.

Es war ein Ein-Mann-Dach, kinderleicht zu handhaben, ganz wie es die Werbung versprach. Dieser Mann war Briney – unterstützt von seiner Frau, zwei halbwüchsigen Mädchen und zwei kleinen Jungen. Wir alle strengten uns an und schwitzten, und Brian war so anständig, die Worte hinunterzuschlucken, die ihm auf der Zunge lagen. Schließlich fand er heraus, wie er das vermaledeite Dach austricksen konnte. Es mußte einfach ständig geschlossen bleiben, womit gleichzeitig gutes Wetter für unsere Ausflüge gewährleistet war.

Wir hatten wirklich Spaß an dem Wagen. Nancy und Carol gaben ihm die Bezeichnung »El Reo Grande.« (Brian und ich hatten vor kurzem mit Spanisch angefangen; wie üblich bemühten sich die Kinder darum, noch schlauer zu sein als wir. Pig Latin funktionierte überhaupt nie; sie knackten den Code sofort. Alfalfa hielt nicht viel länger durch.) Schon früh in unserer Ehe hatten wir festgelegt, daß bestimmte Anlässe für die ganze Familie waren, andere nur für Mama und Papa. Bei den letzteren blieben die Kinder zu Hause und jammerten auch nicht, damit nicht das »mittlere Recht« zur Geltung kam. (Mutter hatte eine Pfirsichbaumrute benutzt; ich fand heraus, daß eine vom Aprikosenbaum genausogut funktionierte.)

1912 war Nancy zu einer verantwortungsbewußten Zwölfjährigen herangewachsen, so daß wir die Kleinen für ein paar Stunden in ihrer Obhut zurücklassen konnten. (Das war vor der Geburt Woodrows. Sobald er Laufen gelernt hatte, konnte man ihn nur noch mit einem schweren Stiefel und einem Morgenstern unter Kontrolle halten.) Das ermöglichte Briney und mir einige wunderbare Ausflüge zu zweit. Einer davon trug mir Woodrow ein, wie ich bereits erwähnte. Briney genoß es, im Freien Liebe zu machen, und ich ebenso. Das, was sonst zwar eine süße, aber auch sehr bürgerliche Angelegenheit war, wurde dabei um die Würze der Gefahr bereichert.

Wenn die ganze Familie einen Ausflug unternahm, quetschten wir Nancy und Carol, Brian junior und George auf die hinteren Sitze, wobei Nancy darauf zu achten hatte, daß niemand sich auf die Rückbank stellte (nicht, um den Lederbezug zu schonen, sondern aus Schönheitsgründen). Ich setzte mich mit Marie vorne hin, und Brian fuhr.

Der Picknickkorb und die Limokanne hatten auch hinten ihren Platz, und es lag an Carol zu verhindern, daß ihre Brüder darüber herfielen. Wir fuhren in der Regel zum Swope Park hinaus, hielten dort das Picknick ab, betrachteten uns die Zootiere und machten anschließend eine Vergnügungsfahrt bis nach Raytown oder sogar Hickman Mills. Auf dem

Heimweg schliefen die Kinder meist schon, und zu Hause gab es ein Abendessen aus Picknickresten und heißer Suppe.

1912 war ein gutes Jahr – trotz eines Blizzards, der als »schlimmster seit '86« tituliert wurde (was vielleicht stimmte; ich selbst kann mich an den 86er Blizzard nicht mehr sehr klar erinnern). Es war auch ein Wahljahr – ein lautstarker Wettkampf von drei Parteien. Mr. Taft betrieb seine Wiederwahl, Teddy Roosevelt trat gegen ihn, seinen früheren Protegé, mit seiner eigenen »Bull-Moose«-Wahlliste der Progressiven Republikaner an, und Professor Wilson von Princeton, inzwischen Gouverneur seines Staates, kandidierte für die Demokraten.

Zumindest das war ein überraschender Ausgang für einen unglaublichen Konvent, der einen Monat lang dauerte und bei dem es tagelang den Anschein hatte, daß Missouris Liebling, Mr. Champ Clark, der Sprecher des Repräsentantenhauses, nominiert werden würde. Mr. Clark führte siebenundzwanzig Wahlgänge lang und errang teilweise klare Mehrheiten, wenn auch nicht die bei den Demokraten erforderlichen zwei Drittel. Dann traf Mr. William Jennings Bryan eine Übereinkunft mit Dr. Wilson, um Außenminister zu werden, und Gouverneur Wilson wurde im sechsundvierzigsten Wahlgang nominiert, als viele Delegierte bereits wieder zu Hause waren.

Ich folgte all dem mit großem Interesse im Star, da ich Dr. Wilsons monumentales, achtzehn Bände (!) umfassendes Werk *Eine Geschichte des Amerikanischen Volkes* gelesen hatte, das ich mir Band für Band aus der öffentlichen Bibliothek von Kansas City ausgeliehen hatte. Meinem Gatten verschwieg ich dieses Interesse jedoch, da er meiner Vermutung nach Colonel Roosevelt favorisierte.

Die Wahl fand am Fünften statt, aber wir erfuhren das Ergebnis nicht gleich – es waren, glaube ich, drei Tage. Woodrow kam am Montag, dem Elften, um fünfzehn Uhr zur Welt und brüllte dabei kräftig. Betty Lou stand mir bei; wie gewöhnlich war ich zu schnell für den Arzt, und Brian war gerade bei der Arbeit, da ich ihm gesagt hatte, die Geburt könne nicht vor Ende der Woche stattfinden.

»Hast du dir schon einen Namen für dieses überlegt?« fragte Betty Lou.

»Ja. Ethel.«

Sie hielt das Baby hoch. »Sieh lieber noch mal hin; der Name paßt nicht zu dieser Quaste hier. Wieso benennst du ihn nicht nach dem neuen Präsidenten? Das wird ihn ganz bestimmt in seinem neuen Amt anfeuern.«

Ich erinnere mich nicht mehr, was ich sagte, denn in diesem Moment traf Brian ein, den Betty Lou telefonisch informiert hatte. Sie begrüßte ihn an der Tür mit dem Spruch: »Darf ich dir Woodrow Wilson Smith vorstellen, Präsident der Vereinigten Staaten ab 1952?«

»Hört sich gut an.« Brian kam ins Schlafzimmer marschiert, wobei er tutend eine Blaskapelle imitierte. Der Name blieb am Kind haften; wir registrierten ihn bei der Stiftung und beim County.

Je mehr ich darüber nachdachte, desto besser gefiel er mir. Ich schrieb Dr. Wilson einen Brief, informierte ihn über seinen Namensvetter und teilte ihm mit, daß ich für den Erfolg seiner Regierung betete. Ich bekam sogar Antwort, zunächst ein Schreiben von Mr. Patrick Tumulty, der den Empfang meines Briefes bestätigte und ankündigte, ihn dem designierten Präsidenten vorzulegen. »Bitte verstehen Sie jedoch, Madam, daß er aufgrund der jüngsten Ereignisse mit Briefen förmlich überschüttet wurde. Es wird mehrere Wochen dauern, sie alle persönlich zu beantworten.«

Kurz nach Weihnachten erhielt ich einen Brief von Dr. Wilson, der sich bei mir für die Ehre bedankte, meinen Sohn nach ihm benannt zu haben. Ich rahmte das Schreiben ein und besaß es jahrelang. Ich frage mich, ob es noch irgendwo auf Zeitlinie zwei existiert.

Thema das Präsidentschaftswahlkampfes von 1912 waren die »hohen Lebenshaltungskosten« gewesen. Die Familie Smith litt keine Not, aber die Preise stiegen tatsächlich, besonders die für Lebensmittel, obwohl sich die Farmer wie üblich darüber beklagten, die Gewinne, die sie erzielten, würden nicht einmal die Erzeugungskosten decken. Das mochte sogar zutreffen – ich entsinne mich noch, daß Weizen bei weniger als einen Dollar pro Scheffel lag.

Ich kaufte Weizen jedoch nicht scheffelweise. Ich deckte mich beim Kaufmann, beim Straßenverkäufer, beim Milchmann usw. ein. Brian fragte mich wieder mal, ob ich mehr Haushaltsgeld benötigen würde.

»Kann passieren«, antwortete ich. »Wir kommen noch zurecht, aber die Preise steigen. Ein Dutzend frische Eier kosten inzwischen fünf Cent, und dasselbe gilt für ein halbes Maß Mehl der Güteklasse A. Bei der Holsum Bread Company reden sie darüber, den Preis für zwei Portionen von fünfzehn auf fünfundzwanzig Cent zu erhöhen. Und das bedeutet sicher nicht bloß eine Steigerung des Preises pro Pfund – pro Pfund, wohlgemerkt, nicht pro Brotlaib! – um mindestens zwanzig Prozent, da kannst du drauf wetten!«

»Such dir einen anderen Trottel, Schwester. Ich wette bereits auf den Ausgang der Wahl. Ich dachte gerade an die Fleischpreise.«

»Auf dem Weg nach oben. Sicher, bislang nur ein oder zwei Penny das Pfund, aber es geht aufwärts. Mir ist jedoch was anderes aufgefallen: Mr. Schontz hat mir bislang immer noch einen Suppenknochen dazugegeben, ohne daß ich ihn darum bitten mußte, sowie ein bißchen Leber für Random. Auch Nierenfett für die Vögel im Winter. Jetzt tut er das nur noch, wenn ich darum bitte, und es entlockt ihm kein Lächeln. Gerade diese Woche sagte er, er müsse bald was für Leber verlangen, da die Leute anfangen, sie selbst zu essen, statt sie nur ihren Katzen zu geben. Ich weiß nicht, wie ich das Random erklären soll.«

»Eins nach dem anderen. Zuallererst muß mein Hochzeitsgeschenk gefüttert werden. Wie man sich im Diesseits gegenüber Katzen verhält, ist ein Maß für den späteren Status, den man im Himmel einnimmt.«

»Tatsächlich?«

»Genau so steht es in der Bibel. Du kannst es ruhig nachschlagen. Hast du schon mit Nelson über Katzenfutter gesprochen?«

»Ist mir bislang nie eingefallen. Betty Lou, ja. Nelson, nein.«

»Vergiß nicht, daß er ein professioneller Ökonom ist, was die Erzeugung und Vermarktung von Lebensmitteln angeht, und er das mit einem hübschen Diplom beweisen kann. Er hat mir gesagt, daß es nicht mehr lange dauert, bis Katzen und Hunde ihre eigene Lebensmittelindustrie haben werden – mit frischer Nahrung, abgepackten Mahlzeiten, Dosenfutter, Spezialgeschäften oder Spezialabteilungen in Geschäften sowie Werbung auf landesweiter Basis. Ein Riesengeschäft! Millionen Dollar Umsatz. Sogar Hunderte von Millionen.«

»Bist du sicher, daß das kein Witz sein sollte? Nelson macht einfach über alles Witze!«

»In diesem Fall nicht, glaube ich. Er gab sich ganz ernst und untermauerte seine Behauptung auch mit Zahlen. Du hast selbst miterlebt, wie benzingetriebene Maschinen die Pferde ersetzt haben, nicht nur in der Stadt, sondern auch in der Landwirtschaft – langsam, aber von Jahr zu Jahr fortschreitend. Also haben wir eine Menge Pferde, die nicht mehr gebraucht werden. Nelson meint, wir bräuchten uns darüber keine Gedanken zu machen; die Katzen würden sie schon fressen.«

»Was für ein entsetzlicher Gedanke!«

Auf Brians Zureden hin tüftelte ich eine Schautafel aus, die mir den Anstieg der Lebensmittelpreise zeigte. Glücklicherweise führte ich seit dreizehn Jahren präzise Buch über das, was ich für Nahrung ausgegeben hatte, für welche Produkte im einzelnen und wieviel pro Viertelscheffel, pro Pfund, pro

Dutzend usw. Briney hatte mich zwar nie dazu aufgefordert, aber ich war einfach dem Vorbild meiner Mutter gefolgt, und in all den Jahren der Pfennigfuchserei war es eine große Hilfe gewesen, genau zu wissen, was ich an Lebensmitteln für jeden ausgegebenen Cent bekommen hatte.

Ich erstellte also die Schautafel und errechnete dann die »Jahresration« einer Person, ganz so, als hätte ich eine Armee zu füttern ... so und so viele Unzen Mehl, so viele Unzen Butter, Zucker, Fleisch, frisches Gemüse, frisches Obst. Kaum Dosennahrung, da ich schon früh gelernt hatte, daß die einzig wirklich wirtschaftliche Methode, mir Konserven zuzulegen, darin bestand, sie selbst anzufertigen.

Schließlich zeichnete ich eine Kurve, die die Kostenentwicklung einer Jahreserwachsenenration von 1899 bis 1913 zeigte.

Es war eine ziemlich gleichmäßige Kurve, die stetig aufwärts verlief und sich dabei nach oben krümmte. Sie wies geringfügige Schwankungen auf, war aber insgesamt ein gleichmäßiger Graph ersten Grades.

Ich betrachtete ihn und geriet in Versuchung. Ich holte mir das alte Buch über analytische Geometrie, das ich auf der Thebes High School benutzt hatte, maß ein paar Koordinaten, Abszissen und Richtungskoeffizienten nach und bastelte aus den Zahlen die Gleichung zusammen.

Ich glotzte sie an und fragte mich, ob ich hier tatsächlich eine Formel hatte, mit der ich Lebensmittelpreise vorhersagen konnte. Etwas, worauf sich die Eierköpfe mit ihren Doktortiteln und hochdotierten Lehrstühlen nicht einigen konnten.

Nein, nein, Maureen! Da ist noch keine Mißernte berücksichtigt, kein Krieg, keine größere Katastrophe. Nicht genug Fakten. »Zahlen lügen nicht, aber Lügner werfen mit Zahlen um sich.« »Es gibt Lügen, faustdicke Lügen und Statistiken.« Nicht zuviel Suppe aus einer Auster kochen!

Ich verstaute das Ergebnis meiner Analysis dort, wo es niemand finden konnte, behielt aber die Schautafel. Zwar benutzte ich sie nicht für Prognosen, aber ich aktualisierte sie ständig und konnte damit Briney immer exakt angeben, wann ich mehr Haushaltsgeld benötigte, anstatt zu warten, bis wieder eine »Pfannkuchensituation« eintrat. Ich zögerte mit dieser Bitte nicht mehr, da Brian Smith & Co. inzwischen ein prosperierendes Unternehmen war.

Inzwischen war ich nicht mehr Sekretärin und Buchhalterin unserer Familienfirma. Dieses Amt hatte ich abgegeben, als Nelson, Betty Lou und das Firmenbüro zwei Jahre vorher ausgezogen waren. Es hatte keine Spannungen gegeben, nicht im mindesten, und ich hatte sie gedrängt zu bleiben. Nelson und Betty Lou wollten allerdings ein eigenes Heim haben, und ich verstand das. Brian Smith & Co. bezog ein Büro nahe der Einunddreißigsten und Paseo, im ersten Stock über einem Herrenausstatter, nicht weit von der Troost Avenue Bank und der Southside-Postaußenstelle. Es war eine gute Lage für ein Büro, wenn man es schon nicht im Finanzbezirk in der Innenstadt hatte. Die Familie Nelson Johnson bezog ihr erstes Heim nicht ganz hundert Meter südlich davon an einer Nebenstraße, am South Paseo Place.

Was bedeutete, daß Betty Lou die Akten führen, die Bankgeschäfte erledigen und zur Post gehen konnte, ohne die Fürsorge für ihre zwei Kinder zu vernachlässigen. Das Hinterzimmer der Firmen-»Luxussuite« wurde in eine Kindertageskrippe umgewandelt.

Und ich war trotzdem nur zwanzig Minuten entfernt und konnte notfalls aushelfen – mit der Straßenbahn direkt die Einunddreißigste hinunter, mit guten Gegenden an beiden Haltestellen, wo ich mich selbst nach Einbruch der Dunkelheit nicht zu fürchten brauchte.

Dieses Arrangement behielten wir bis 1915 bei, als Brian und Nelson ein junges Küken frisch von Spauldings Commercial College anstellten, eine gewisse Anita Boles. Betty Lou und ich behielten jedoch weiterhin die Bücher im Auge, und eine von uns hütete stets das Büro, wenn die beiden Männer nicht in der Stadt waren, da dieses Kind immer noch an den Weihnachtsmann glaubte. Ihre Tipperei war jedoch flink und präzise. (Wir hatten inzwischen eine neue

Remington-Schreibmaschine. Die alte Oliver behielt ich zu Hause, eine treue Freundin, wenn auch inzwischen etwas altersschwach.)

Somit blieb ich weiterhin über unsere finanzielle Lage auf dem laufenden. Sie war gut und wurde ständig besser. In den Jahren 1906–1913 hatte Brian mehrfach Gewinnanteile anstelle der festen Gebühr akzeptiert; fünf dieser Unternehmen warfen inzwischen Gewinn ab, drei sogar einen ganz ordentlichen – eine neu eröffnete Zinkmine bei Joplin, eine Silbermine bei Denver und eine Goldmine in Montana. Briney war zynisch genug, unter der Hand en paar Leute zu bezahlen, die sowohl die Silber- als auch die Goldmine scharf im Auge zu behalten. Einmal sagte er zu mir: »Man kann Betrügereien einfach nicht verhindern. Selbst deine liebe alte Großmutter könnte in Versuchung geraten, wenn das Erz irgendwo so dick herumliegt, daß man es einfach nur hochzuheben braucht, um zu wissen, daß man fündig geworden ist. Man kann es den Betrügern jedoch immerhin schwierig machen, indem man zur rechten Zeit hier und da ein wenig Geld investiert.«

Ab 1911 flossen die Einnahmen ganz ordentlich, aber ich hatte keine Ahnung, wohin das meiste davon ging – und ich wollte Briney nicht fragen. Das Geld kam und erschien in den Büchern; Nelson zog einen Teil heraus, Brian einen größeren. Ein Teil davon landete bei mir und Betty Lou für den Haushalt, womit jedoch keineswegs für die ganze Summe Rechenschaft abgelegt war. Das Firmenscheckkonto unterstützte nur die Buchhaltung und war dazu gedacht, Anitas Gehalt und sonstige Verpflichtungen per Scheck zu begleichen. Der Kontostand wuchs nie auf ein Niveau an, daß es für mehr als diese Dinge gereicht hätte.

Es sollte noch viele Jahre dauern, bis ich mehr darüber erfuhr.

Am 28. Juni 1914 wurde der Thronerbe der Österreichisch-Ungarischen Doppelmonarchie in Sarajevo, Serbien*, ermordet. Es handelte sich um Erzherzog Franz Ferdinand, ein ansonsten nutzloses Stück königlichen Adels. Bis zum heutigen Tage begreife ich einfach nicht, wie dieser Vorfall Deutschland dazu veranlassen konnte, einen Monat später in Belgien einzumarschieren. Ich las damals alle Zeitungen gründlich; ich habe sämtliche Bücher zum Thema studiert, die ich seitdem in die Finger bekommen hatte, und kapiere es immer noch nicht. Reine Torheit. Ich kann ja noch einsehen – wenn ich meine Logik arg strapaziere –, warum der Kaiser seinen Vetter ersten Grades in St. Petersburg angriff – ein Netzwerk selbstmörderischer Allianzen.

Aber wieso Belgien?

Ja, ja, um Frankreich am Wickel zu packen. Aber wieso das wiederum? Warum solche Handstände, nur um einen Zwei-Fronten-Krieg zu führen? Und warum durch Einbezug Belgiens, wenn das doch das sicherste Mittel war, um die eine Nation auf der ganzen Welt in den Krieg zu ziehen, deren Marine groß genug war, um der Deutschen Hochseeflotte den Zugang zu den Weltmeeren zu versperren?

Ich hörte am 4. August 1914 zu, wie Vater und mein Gatte sich über diese Dinge unterhielten. Vater war zum Abendessen herübergekommen, aber es wurde kein fröhlicher Abend. Es war der Tag der Invasion Belgiens, und auf den Straßen hatte es Extrablätter dazu gegeben.

»*Beau-père,* was hältst du davon?« fragte Brian.

Vater ließ sich mit der Antwort Zeit. »Wenn die Deutschen Frankreich in zwei Wochen erobern, hält Großbritannien sich raus.«

»Und?«

»Deutschland schafft einen so schnellen Sieg niemals. Also rücken die Engländer an, und es gibt einen langen, langen Krieg. Den Rest kannst du dir ausmalen.«

* Möglicherweise ein Irrtum des Autors, falls es kein Sonderfall seiner ›Zeitlinie zwei‹ ist. Auf unserer ›Zeitlinie drei‹ war Sarajevo bis 1878 osmanisch und dann bis nach dem 1. Weltkrieg österreichisch/ungarisch. Anm. d. Übers.

»Du meinst, wir werden hineingezogen?«

»Sei ein Pessimist, dann wirst du dich kaum jemals irren. Brian, ich weiß wenig bis gar nichts von deinen Geschäften, aber es wird in allen Branchen Zeit, sich eine Grundlage für den Krieg zu schaffen. Welche der Dinge, mit denen du dich befaßt, würden in einem Krieg zwangsläufig relevant?«

Briney schwieg eine Zeitlang. »Alle Metalle sind kriegswichtige Materialien. Aber ... *Beau-père,* wenn du Geld hast, das du riskieren möchtest, dann möchte ich dich darauf hinweisen, daß Quecksilber unverzichtbar für Munition ist. Und selten. Meist stammt es aus Spanien, aus Almaden.«

»Woher sonst?«

»Aus Kalifornien, teilweise auch Texas. Willst du nach Kalifornien?«

»Nein. Bin schon dort gewesen. Nicht mein Fall. Ich glaube, ich gehe jetzt lieber in meine Bude zurück und schreibe einen Brief an Leonard Wood. Verdammt, er hat den Wechsel vom Sanitätskorps zum Truppenoffizier geschafft! Er müßte mir eigentlich sagen können, wie ich das auch hinbekomme.«

Briney schaute nachdenklich drein. »Ich möchte auch nicht wieder zu den Pionieren. Da gehöre ich einfach nicht hin.«

»Du wirst aber wieder Soldat mit Hacke und Schaufel, wenn du einfach abwartest und hier in Dienst trittst.«

»Wie das?«

»Das alte Dritte Missouri wird zum Pionierregiment umorganisiert. Warte nur lange genug, und sie drücken dir eine Schippe in die Hand.«

Ich schauspielerte nach besten Kräften ein unbesorgtes Gesicht und strickte weiter, aber ich fühlte mich wieder wie gegen Ende April 1898.

Der grausige Krieg in Europa schleppte sich dahin, begleitet von Geschichten über Greueltaten in Belgien und über Schiffe, die von deutschen U-Booten versenkt wurden. Man konnte richtig spüren, wie sich Amerika in zwei Lager spaltete; die Versenkung der *Lusitania* im Mai 1915 warf ein krasses Schlaglicht auf diese Spaltung. Mutter schrieb aus St. Louis, wie stark dort die Gefühle für die Mittelmächte waren. Ihre Eltern, Opa und Oma Pfeiffer, hielten es anscheinend für selbstverständlich, daß alle anständigen Leute in diesem Konflikt Partei für das »alte Vaterland« ergriffen – trotz der Tatsache, daß Großvaters Eltern 1848 nach Amerika gekommen waren, um dem preußischen Imperialismus zu entfliehen – zusammen mit dem Sohn, der gerade im richtigen Alter (geboren 1830) gewesen war, um eingezogen zu werden.

Jetzt hieß es allerdings *»Deutschland über alles«*, und alle wußten ja, daß Frankreich den Juden gehörte und daß diese amerikanischen Passagiere nicht an Bord der *Lusitania* hätten zu sein brauchen, wenn sie sich um ihre eigenen Angelegenheiten gekümmert und Hause, außerhalb des Kriegsgebietes, geblieben wären – schließlich hatte der Kaiser sie gewarnt. Sie waren es selbst schuld.

Mein Bruder Edward meldete aus Chicago die gleiche Stimmung. Er hörte sich zwar selbst nicht prodeutsch an, brachte jedoch seine inbrünstige Hoffnung zum Ausdruck, daß wir uns aus einem Krieg heraushalten würden, der uns nichts anginge.

Bei uns zu Hause klang alles ganz anders.. Als Präsident Wilson seine berühmte (berüchtigte?) Rede über die Versenkung der Lusitania hielt – »zu stolz, um zu kämpfen« –, kam Vater herüber, um sich mit Brian zu unterhalten, und er saß kochend wie ein Vulkan da, bis sämtliche Kinder entweder im Bett oder sonstwie außer Hörweite waren. Dann benutzte er Ausdrücke, die ich nicht zu hören vorgab. Er spielte überwiegend auf die feige Taktik der Hunnen an, sparte aber auch einen ansehnlichen Teil für diesen »unbeherzten Presbyterianer« im Weißen Haus auf. »›Zu stolz, um zu kämpfen‹! Was soll das denn bedeuten? Man braucht Stolz, um zu kämpfen, während Feiglinge sich mit eingezogenem Schwanz verdrücken! Brian, wir brauchen Teddy Roosevelt!«

Mein Gatte pflichtete ihm bei.

Im Frühling 1916 fuhr Briney nach Plattsburg, New York, wo General Leonard Woods im vorigen Sommer ein Bürgerausbildungslager für Offiziersanwärter eingerichtet hatte. Zu seiner großen Enttäuschung hatte Brian 1915 noch nicht daran teilnehmen können und schon vorausgeplant, um es im Jahr darauf ja nicht wieder zu verpassen. Während seiner Abwesenheit kam durch einige sorgfältige Planungen meinerseits Ethel zur Welt. Als Brian Ende August zurückkehrte, hatte ich zu Hause alles wieder richtig in Schwung und war bereit, ihn im alten Stil zu begrüßen. »Mrs. Gillyhooley« tat ihr Bestes, um mehr als fünf Dollar wert zu sein.

Vermutlich schaffte ich es auch, denn der aufgestaute Drang in mir war längst über die rote Markierung hinaus.

Das war die längste »Trockenperiode« meines Ehelebens, teilweise deshalb, weil ich zu Hause unter sicherer Überwachung stand. Auf Brians Bitte hin wohnte während seiner Abwesenheit Vater bei uns. Kein Haremswächter hat seine Pflichten je ernster genommen. Brian hatte mich häufig mit geschlossenen Augen bewacht, um mich vor den Nachbarn zu schützen, nicht vor meiner eigenen triebhaften Natur.

Vater tat mehr und schützte mich auch vor mir selbst. Ja, ich wagte mich in diese gefährlichen Gewässer! Schon als ich noch eine Jungfrau gewesen war, war mir klar gewesen, welch inzestuöse Gefühle ich für Vater hegte. Obendrein war ich fest davon überzeugt, daß er von mir nicht weniger angetan war.

Als sich zehn Tage nach Brians Abreise meine tierische Natur bemerkbar machte, arrangierte ich alles so, daß ich es verpaßte, Vater gute Nacht zu sagen. Dann ging ich später in sein Schlafzimmer, als er bereits im Bett lag. Ich trug ein Nachthemd mit tiefem Ausschnitt und ein nicht übertrieben undurchsichtiges Hauskleid, war frisch gebadet, duftete gut

(›Aprilschauer‹ wurde der Sache kaum gerecht) und sagte, ich wäre gekommen, um ihm eine gute Nacht zu wünschen. Er erwiderte den Wunsch, und ich beugte mich über ihn, um ihn zu küssen, wobei ich meine Brüste entblößte und einen Schwall dieses sündigen Duftes verbreitete.

Er wich vor mir zurück. »Tochter, verschwinde! Und laß dich nicht mehr halbnackt bei mir blicken.«

»Ganz nackt vielleicht? *Mon cher papa, je t'adore.*«

»Schließ die Tür, wenn du gehst.«

»O Papa, sei nicht so gemein zu mir! Ich brauche jemanden, der mich hätschelt.«

»Ich weiß genau, was du brauchst, aber du wirst es nicht von mir bekommen. Raus mit dir!«

»Was, wenn ich nicht gehe? Ich bin zu groß, als daß du mir den Hintern versohlen könntest.«

Er seufzte. »Das stimmt. Tochter, du bist ein verführerisches, unmoralisches Luder. Wir beide wissen es und haben es schon immer gewußt. Da ich dir nicht den Hintern versohlen kann, muß ich dich warnen. Verlasse augenblicklich dieses Zimmer, oder ich rufe sofort, noch heute Nacht, deinen Gatten an und teile ihm mit, daß er unverzüglich zurückkehren muß, da ich mich nicht in der Lage sehe, meiner Verantwortung ihm und seiner Familie gegenüber gerecht zu werden. Hast du das verstanden?«

»Ja, Sir.«

»Dann verschwinde.«

»Ja, Sir, aber dürfte ich erst noch etwas sagen?«

»Nun, heraus damit!«

»Ich habe dich nicht darum gebeten, mit mir zu bumsen, aber wenn du es getan hättest, wäre es auch nicht weiter schlimm gewesen. Ich bin nämlich bereits schwanger.«

»Spielt keine Rolle.«

»Laß mich bitte ausreden, Sir! Als du mich vor Jahren aufgefordert hast, für mich selbst Gebote auszuarbeiten, hast du die Richtlinien umsichtigen Ehebruchs erläutert. Ich habe mich präzise an diese Definition gehalten, denn wie sich herausstellte, nimmt mein Gatte in dieser Frage dieselbe Haltung ein wie du.«

»Freut mich, das zu hören. Hat dein Gatte dir erlaubt, mit mir darüber zu sprechen?«

»Ah – nein, Sir. Nicht direkt.«

»Dann hast du mir ein Bettgeheimnis ohne die Zustimmung der anderen Person anvertraut, die davon betroffen ist. Sogar materiell betroffen, da ihre Reputation ebenso auf dem Spiel steht wie deine. Maureen, du hast nicht das Recht, jemand anderen ohne sein Wissen und seine Zustimmung in Gefahr zu bringen, und du weißt das!«

Ich schwieg für einen langen, kalten Augenblick. »Ja. Es war falsch von mir. Gute Nacht, Sir.«

»Gute Nacht, meine kleine Tochter. Ich liebe dich.«

Als Brian zurückkehrte, teilte er uns mit, daß er 1917 wieder nach Plattsburg gehen würde – falls wir uns dann noch nicht im Krieg befanden. »Die Leitung wünscht, daß einige von uns frühzeitig erscheinen und selbst als Ausbilder antreten, um bei der Schulung derjenigen zu helfen, die überhaupt keine militärische Erfahrung mitbringen. Wenn ich das mache, bringe ich es schnurstracks vom Leutnant zum Oberleutnant. Gut, eine schriftliche Zusage liegt nicht vor; so ist nun mal die Politik. *Beau-père,* kannst du auch nächstes Jahr hier sein? Warum bleibst du nicht ganz? Es wäre doch sinnlos, wieder in deine Wohnung zu ziehen, und ich wette, daß Maureens Küche besser ist als die des griechischen Restaurants, über dem du wohnst. Nicht wahr? Überlege dir die Antwort gut!«

»Sie ist etwas besser.«

»›Etwas?!‹ Ich werde dich rösten!«

1916 kam es zu einem kleinen Krieg an unserer Südgrenze: »General« Pancho Villa führte zahlreiche Überfälle aus und mordete und brandschatzte auf unserer Seite der Grenze. »Black Jack« Pershing, auf Mindanao berühmt geworden und von Präsident Roosevelt vom Hauptmann direkt zum

Brigadegeneral befördert, erhielt von Präsident Wilson den Auftrag, Villa zu finden und zu ergreifen. Vater hatte Pershing kennengelernt, als sie beide als Hauptleute gegen die Moros kämpften; er hielt große Stücke auf ihn und freute sich über seinen kometenhaften Aufstieg (der noch weitergehen sollte).

Vater beendete einen kleinen Konflikt zu Hause, denn er blieb bei uns und entband mich weitgehend von der Sorge um Woodrow. Er war mit der vollen Autorität ausgestattet, an Woodrow das niedere, mittlere und hohe Recht zu vollziehen, ohne vorher die Eltern zu konsultieren. Brian und ich waren erleichtert!

Die Tatsache, daß Vater einen Narren an meinem sechsten Kind gefressen hatte, machte es mir möglich, Woodrow als meinen Liebling zu betrachten, ohne das Risiko einzugehen, daß es erkennbar wurde. (Meine Kinder unterschieden sich alle voneinander, und ich liebte jedes auf seine Art, wie das sicher auch die anderen Leute tun – aber ich tat mein absolut Bestes, sie alle gerecht zu behandeln, ohne in Worten oder Taten spezielle Vorlieben zu zeigen. Ich versuchte es zumindest – wirklich!)

Mit dem Abstand von mehr als einem Jahrhundert glaube ich endlich zu wissen, wieso mein am wenigsten liebenswerter Sohn mein Liebling wurde:

Er ähnelte Vater in allen seinen Stärken und Schwächen. Vater war keinesfalls ein Heiliger, aber »ein Schurke von meinem Schlage«, und Woodrow erwies sich beinahe als sein sechzig Jahre jüngeres Ebenbild. Es handelte sich bei ihnen um die beiden dickköpfigsten Männer, die ich je erlebt habe.

Vielleicht könnte ein unvoreingenommener Schiedsrichter sogar auf die Idee kommen, wir drei wären Drillinge – abgesehen von dem unwichtigen Faktum, daß wir Vater, Tochter und Enkel waren. Die beiden Männer waren so eindeutig männlich, wie ich weiblich war. (Ich bin in jeder Minute meines Daseins so durch und durch ein Bündel weiblicher Hormone, daß es mir nur gelingt, die Kontrolle zu behalten, indem ich sorgfältig die Art »Dame« mime, die die Anerkennung der Leute und Königin Viktorias findet.)

Nur waren die beiden Männer halt stur. Und ich? Ich stur? Wie könnte irgend jemand auf diese absurde Idee kommen?

Vater verkloppte Woodrow so oft wie nötig (also häufig). Er war bei seiner Erziehung so gründlich wie früher bei meiner und brachte ihm mit vier das Schachspiel bei, brauchte sich aber keine Mühe mit dem Lesen zu machen. Wie Nancy lernte Woodrow das ganz von selbst. Somit fand ich Zeit, meine anderen, zivilisierten und sich gut benehmenden Kinder aufzuziehen, wobei ich nie Schwierigkeiten hatte und nie die Stimme heben mußte. (Woodrow hätte aus mir die Art keifender Zicke machen können, die ich so verachte.)

Auch für meinen reizenden und liebevollen und liebenswerten Gatten blieb mir so mehr Zeit. Nur allzu rasch wurde es wieder Zeit für ihn, nach Plattsburg zu fahren, womit für mich wieder eine wirklich trockene Zeit anfing. Im Jahr zuvor war wenigstens Nelson zeitweise in der Stadt gewesen, aber inzwischen hatte Brian Smith & Co. seinen Sitz nach Galena verlagert, wo Nelson eine neue Mine überwachte, in die Brian eingestiegen war, als die Begutachtung ein profitables Ergebnis versprach, während dem Eigentümer noch Kapital fehlte. Anita Boles hatte geheiratet und uns verlassen. Die K.C.-Adresse setzte sich nur noch aus einem Postfach und einer Telefonnummer zusammen, und letztere war wieder die von uns zu Hause. Das bißchen Bürotätigkeit, das dabei noch anfiel, bereitete mir keine Probleme, da mein größter Junge, der inzwischen zwölf Jahre alte Brian junior, die Post jeden Tag mit dem Fahrrad abholte, wenn er auf dem Heimweg von der Schule war.

Da nun Nelson, mein einzig wirklich sicherer »Aushilfsgatte«, zu weit weg war und mein Vater, dieses puritanische Adlerauge, mich scharf überwachte, ergab sich Maureen resignierend in vier, fünf, vielleicht sogar sechs Monate Nonnendasein.

Vater verbrachte abends oft ein paar Stunden in einer Billardhalle, die er als seinen »Schachklub« bezeichnete. An einem regnerischen Abend Ende Februar überraschte er mich damit, daß er einen Fremden mit nach Hause brachte.

Damit versetzte er mir den größten emotionalen Schock meines Lebens.

Ich sah mich einem jungen Mann gegenüber, der in jedem Detail meinem Vater in jüngeren Jahren glich – bis hin zu seinem Duft, den ich ganz deutlich erkannte, sauber und männlich, frisch in der Brunst.

Während ich lächelnd mit ihm Konversation machte, sagte ich mir innerlich: »Nicht ohnmächtig werden, Maureen; du darfst nicht ohnmächtig werden!«

Denn ich war sofort in erregte Bereitschaft übergegangen, einen Mann zu empfangen. Diesen speziellen Mann, um präzise zu sein. Diesen Mann, der wie mein Vater vor dreißig Jahren aussah. Ich unterdrückte ein Zittern, bemühte mich um eine gleichmäßige Stimme und darum, ihn genauso zu behandeln wie jeden anderen willkommenen Gast, den mein Mann oder mein Vater oder eins der Kinder mit nach Hause brachte.

Vater stellte ihn als Mr. Theodore Bronson vor. Ich hörte ihn sagen, er hätte Mr. Bronson eine Tasse Kaffee versprochen, was mir Gelegenheit zur dringend benötigten Ruhepause gab. Ich lächelte und sagte: »Ja, wirklich! An einem kalten, verregneten Abend genau das Richtige! Genlemen, setzen Sie sich doch!« Und ich floh in die Küche.

Was ich dort zu tun hatte, nämlich den Obstkuchen schneiden, Pfefferminz auf einen Teller schütten, das Kaffeeservice, Milch und Zucker bereitstellen, den Kaffee aus einer Küchenkanne in eine silberne »Gesellschaftskanne« umfüllen – all das gab mir Gelegenheit, wieder zu Sinnen zu kommen und die eigene Brünstigkeit aus meinem Erscheinungsbild zu verbannen (hoffte ich wenigstens!). Ich hoffte auch, daß mein Körpergeruch vom Duft des Essens und der Tatsache verdeckt wurde, daß die Frauenmode der damaligen Zeit den Körper völlig bedeckte. Ich hoffte, Vater würde nicht bemerken, wessen *ich* mir ganz sicher war, nämlich daß Mr. Bronson für mich die gleichen Gefühle hegte.

Ich kehrte mit dem Tablett zurück. Mr. Bronson sprang auf und half mir damit. Wir hatten Kaffee und Kuchen und Konversation. Ich hätte mir wegen Vater keine Sorgen machen müssen; er war ganz mit einer eigenen Idee beschäftigt. Auch ihm war die Familienähnlichkeit aufgefallen; Anlaß für ihn, eine Theorie auszuarbeiten, der zufolge es sich bei Mr. Bronson um ein uneheliches Kind seines Bruders Edward handelte, der kurz nach meiner Geburt bei einem Zugunglück ums Leben gekommen war. Wir mußten aufstehen, uns nebeneinander aufstellen und dann gemeinsam in den Spiegel über dem Kaminsims blicken.

Vater erläuterte uns seine Theorie von Mr. Bronsons Herkunft als Waisenkind. Es dauerte viele Monate, ehe er mir gegenüber eine andere Möglichkeit einräumte, nämlich die, daß Mr. Bronson nicht mein Vetter und der Sohn des Wüstlings Onkel Edward war, sondern mein Halbbruder, Vaters eigener Sprößling also.

Während unseres Gespräches an jenem Abend äußerte ich im Beisein meines Vaters und in aller Schicklichkeit die Hoffnung, Mr. Bronson am Sonntag in der Kirche zu sehen. Ich teilte ihm mit, daß mein Gatte plante, zu meinem Geburtstag zu kommen, und daß wir mit Mr. Bronson zum Abendessen rechneten ... denn immerhin war es, o Zufall (?), sein eigener Geburtstag!

Wenig später ging er. Ich wünschte Vater eine gute Nacht und suchte mein einsames Zimmer auf.

Zuerst badete ich. Ich hatte schon vor dem Abendessen gebadet, mußte es jedoch wiederholen – ich stank förmlich nach Geilheit! Ich masturbierte in der Wanne, und der Schmerz in den Brüsten hörte auf. Ich trocknete mich ab, zog ein Nachthemd an und ging zu Bett.

Und stand wieder auf und schloß die Tür ab und zog das Nachthemd aus und legte mich nackt ins Bett, um erneut zu masturbieren, heftig diesmal, während ich an Mr. Bronson dachte – wie er aussah, wie er roch, wie seine Stimme klang.

Ich tat es immer und immer wieder, bis ich endlich schlafen konnte.

KAPITEL ZWÖLF

›HÄNGT DEN KAISER!‹

Ich frage mich, ob Pixel überhaupt noch mal zurückkommt, nachdem sein letzter Besuch so katastrophal endete.

Heute habe ich ein Experiment durchgeführt. Ich rief »Telefon!«, wie ich es Dr. Ridpath hatte sagen hören. Und siehe da, ein Hologrammgesicht tauchte auf – das einer Polizeimatrone. »Wieso haben Sie ein Telefon bestellt?«

»Wieso nicht?«

»Sie genießen keine Telefonprivilegien.«

»Wer sagt das? Und wenn es zutrifft, hätte es mir dann nicht jemand sagen müssen? Schauen Sie, ich wette fünfzig Oktette mit Ihnen, daß Sie recht haben und ich mich irre.«

»Wie bitte? Das sagte ich doch bereits!«

»Dann beweisen Sie es auch. Ich bezahle erst, wenn Sie es bewiesen haben!«

Sie machte ein verdutztes Gesicht und schaltete ab. Wir werden sehen!

Mr. Bronson war am Sonntag in der Kirche. Nach dem Gottesdienst sprach ich ihn im Gedränge vor der Tür an, wo die Kirchenmitglieder dem Priester immer so nette Dinge über seine Predigt sagen (und Dr. Draper schwang wirklich schöne Predigten, wenn man das eigene Kritikvermögen auf Urlaub schickte und sie einfach als eigenständige Kunstwerke betrachtete). »Guten Morgen, Mr. Bronson.«

»Guten Morgen, Mrs. Smith, Miss Nancy. Schönes Wetter für März, nicht wahr?«

Ich pflichtete ihm bei und stellte ihm die übrigen anwesenden Mitglieder meines Stammes vor – Carol, Brian junior und Georgie. Marie, Woodrow, Richard und Ethel waren zu Hause bei ihrem Großvater. Ich glaube nicht, daß Vater nach seinem Fortgang aus Thebes je wieder eine Kirche betreten hat, außer um irgendeinen Freund oder Verwandten zu verheiraten oder zu begraben. Marie und Woodrow besuchten zwar schon die Sonntagsschule, waren meiner Meinung nach aber noch zu jung für die Kirche.

Wir tauschten noch für ein Weilchen allerlei Albernheiten aus; dann verneigte er sich und wandte sich ab. Ich folgte seinem Beispiel. Keiner von uns deutete auch nur an, daß die Begegnung von irgendwelcher Bedeutung gewesen war. Sein Verlangen nach mir brannte mit heller Flamme, wie meines für ihn. Wir beide wußten es, gaben es aber nicht zu.

Tag für Tag setzten wir unsere Liebesaffäre unter Vaters Augen fort, ohne Worte, ohne Berührungen, ohne anhimmelnde Blicke. Vater erzählte mir später, er hätte einmal einen Verdacht gehegt – »die Ratte gerochen« –, aber sowohl Mr. Bronson als auch ich hätten uns derart schicklich betragen, daß er keine Gelegenheit gefunden hätte, uns in die Mangel zu nehmen. »Liebling, ich kann einen Mann schließlich nicht dafür verdammen, daß er dich begehrt, solange er sich nur anständig benimmt – schließlich wissen wir beide, was du für eine Frau bist. Auch dir kann ich das, was du bist, nicht zum Vorwurf machen – du kannst schließlich nichts dafür –, solange du dich wie eine Dame aufführst. Um die Wahrheit zu sagen: Ich war richtig stolz auf euch, weil ihr euch in solch zivilisierter Zurückhaltung geübt habt. Das ist nicht leicht, wie ich sehr wohl weiß.«

Durch seine Schachtermine mit Vater und wenig später auch mit Woodrow konnte Mr. Bronson es einrichten, mich, en passant, beiläufig fast jeden Tag zu sehen. Er meldete sich freiwillig für den nächsten Sonntag als unser Gruppenführer in die Kirche und fuhr Brian junior und George nach dem Pfadfindertreffen am folgenden Freitag nach Hause. Das wiederum führte zu einer Verabredung mit Brian junior für Samstag nachmittag, um ihm das Autofahren beizubringen. (Mr. Bronson besaß ein Ford-Luxusmodell, einen stets sauber glänzenden, schönen Halblandauer.)

Am folgenden Samstag nahm er meine fünf ältesten Kinder zu einem Picknick mit; sie waren von ihm ebenso verzaubert wie ich. Carol vertraute mir später an: »Mama, wenn ich je heirate, dann so jemanden wie Mr. Bronson!«

Ich sagte ihr nicht, daß es mir kaum anders erging.

Wieder einen Samstag später nahm Mr. Bronson Woodrow mit zu einer Matinee im Hippodrome-Theater, um Thurston den Großen zu sehen, einen Bühnenmagier. (Ich wäre nur zu gerne mitgekommen, da ich von Bühnenmagie begeistert war, aber unter Vaters Augen riskierte ich nicht den kleinsten Hinweis auf meine Stimmungslage.) Als Mr. Bronson das auf seinen Armen schlafende Kind zurückbrachte, konnte ich ihn problemlos ins Haus bitten, da Vaters Präsenz dem Rendezvous Legitimität verlieh. Niemals im Verlauf dieser seltsamen Romanze betrat Mr. Bronson unser Haus, ohne daß Vater anwesend war.

Einmal, als Mr. Bronson Brian junior von einer Fahrstunde zurückbrachte, lud ich ihn zum Tee ein. Er erkundigte sich nach Vater, und als er erfuhr, daß letzterer nicht daheim war, fiel ihm plötzlich ein, daß er noch eine Verabredung hätte, für die er bereits zu spät dran wäre. Männer sind schüchterner als Frauen – meiner Erfahrung nach wenigstens.

•

Brian kam am Sonntag, dem 1. April, nach Hause, und am gleichen Tag brach Vater zu einer kurzen Reise nach St. Louis auf – um Mutter zu besuchen, wie ich vermute; er sagte allerdings nie, was er vorhatte. Eigentlich hätte ich es gern gehabt, wenn er zu Hause geblieben wäre. Dann hätten Brian und ich einen kleinen Ausflug irgendwohin unternehmen können, während Vater den Wigwam hütete und Nancy das Kochen erledigte.

Ich sagte jedoch nichts, da die Kinder so wild auf ihren Vater waren wie ich darauf, ihn allein für mich zu haben und mit ins Bett zu nehmen. Und außerdem … Na ja, wir hatten kein Auto mehr. Bevor Brian diesmal nach Plattsburg gefahren war, hatte er »El Reo Grande« verkauft.

»Mo«, hatte er gesagt, »letztes Jahr im April hatte es durchaus Sinn gemacht, mit dem Wagen nach Plattsburg zu fahren, wo ich den Reo gut gebrauchen konnte. Aber nur ein Idiot würde im Februar mit dem Auto von Kansas City ins nördliche New York fahren. Sogar letzten April mußte ich dreimal aus dem Schlamm gezogen werden; im Februar wäre ich überhaupt nicht durchgekommen.«

»Obendrein plane ich«, fügte er mit seinem besten Teddy-Roosevelt-Lächeln hinzu, »für uns einen Zehnsitzer zu kaufen. Oder einen Elfsitzer. Sollen wir es mit Nummer elf probieren?«

Wir probierten es, aber diesmal klingelte die Kasse nicht. Briney fuhr mit dem Zug nach Plattsburg, nachdem er mir versprochen hatte, nach seiner Rückkehr den größten verfügbaren Personenwagen zu kaufen – von mir aus auch einen Siebensitzer, wenn das nun mal der größte war. Was ich davon halten würde, wenn es diesmal ein geschlossener Wagen würde? Zum Beispiel eine siebensitzige Lexington-Limousine? Oder ein Marmon? Oder ein Pierce-Arrow? Denk mal darüber nach, Schatz!

Ich dachte nicht viel drüber nach, denn ich wußte, daß Brian seine eigene Entscheidung fällen würde, wenn die Zeit reif dafür war. Ich freute mich allerdings darüber, daß wir einen größeren Wagen bekommen würden. Ein Fünfsitzer ist etwas eng für eine zehnköpfige Familie (oder eine elfköpfige, wenn ich wieder schwanger wurde).

Als Brian also am 1. April 1917 nach Hause kam, blieben wir auch dort und liebten uns im Bett. Schließlich ist es nicht unbedingt nötig, das im Gras zu tun.

Am Abend, als wir müde waren, aber noch nicht bereit zum Schlafen, fragte ich ihn: »Wann mußt du zurück nach Plattsburg, Schatz?«

Er ließ sich mit der Antwort so viel Zeit, daß ich hinzufügte: »Hätte ich das nicht fragen dürfen, Brian? Es ist so lange her seit '98, daß ich gar nicht mehr daran denke, daß es Fragen gibt, die man lieber nicht stellt.«

»Schatz, du darfst jede Frage stellen. Vielleicht kann ich manche nicht beantworten, weil die Antwort geheim ist, aber viel warscheinlicher liegt es einfach daran, daß einem Oberleutnant nicht viel gesagt wird. Deine Frage von vorhin kann ich allerdings beantworten. Ich glaube nicht, daß ich überhaupt wieder nach Plattsburg fahre. Ich bin mir ziemlich sicher, daß ich dort nichts zurückgelassen habe, nicht mal eine Zahnbürste.«

Ich wartete.

»Möchtest du nicht den Grund erfahren?«

»Mein Gatte, du wirst ihn mir schon erklären, wenn du es für richtig hältst. Oder sobald du kannst.«

»Maureen, du bist so verdammt nett! Empfindest du denn niemals diese typisch weibliche Neugier?«

(Natürlich, Liebling – aber ich erfahre mehr von dir, wenn ich nicht neugierig bin!) »Ich wüßte es gerne.«

»Na gut ... Ich weiß nicht, was hier in den Zeitungen gestanden hat, aber das sogenannte ›Zimmermann-Telegramm‹ ist echt. Es besteht nicht die geringste Chance, daß wir uns noch länger als einen Monat aus dem Krieg heraushalten können. Die Frage lautet: Entsenden wir mehr Soldaten an die mexikanische Grenze, oder schicken wir Truppen nach Europa? Oder beides? Warten wir auf den Angriff Mexikos, oder erklären wir unsererseits Mexiko den Krieg? Oder erklären wir ihn erst dem Kaiser? Falls wir letzteres tun, können wir es dann riskieren, Mexiko den Rücken zuzukehren?«

»Ist es wirklich so schlimm?«

»Eine Menge hängt von Präsident Carranza ab. Ja, es ist so schlimm. Ich habe bereits meine Einteilung für den Fall der Mobilisierung in der Tasche. Jetzt ist nur noch ein Telegramm erforderlich, und ich bin im aktiven Dienst und unterwegs zu meiner Mobilisierungsstelle. Dabei handelt es sich nicht um Plattsburg.« Er streichelte mich. »Jetzt vergiß bitte den Krieg und denke an mich, Mrs. MacGillicuddy.«

»Ja, Clarence.«

Zwei Refrains von *Old Riley's Daughter* später sagte Brian: »Mrs. Mac, das war annehmbar! Ich glaube, du hast geübt.«

Ich schüttelte den Kopf. »Kein bißchen, Liebster. Vater hat mich ununterbrochen überwacht – er hält mich nämlich für eine unmoralische Frau, die mit anderen Männern schläft.«

»Ein Gerücht! Und was für eins! Du läßt die Männer ja nie schlafen. Nie. Ich erzähle es ihm.«

»Mach dir nicht die Mühe; Vater hatte sich schon seine Meinung über mich gebildet, ehe wir beide uns zum erstenmal begegnet sind. Wie sind die Miezen in Plattsburg? Schmackhaft? Zärtlich?«

»Hepzibah, ich gebe es nicht gern zu, aber Tatsache ist ... Na ja, ich habe keine gekriegt. Nicht eine!«

»Aber Clarence!«

»Honigmädel, was glaubst du, wie wir ackern mußten! Feldinstruktionen und Drills und Vorlesungen tagsüber, sechs Tage die Woche – und Überraschungsdrills am Sonntag. Weitere Vorlesungen abends und ständig noch mehr Bücherbüffeln, als überhaupt möglich war. Um Mitternacht hieß es dann ins Bett fallen. Aufstehen um sechs. Fühle mir mal die Rippen; ich bin ganz abgemagert. Hey! Das ist keine Rippe!«

»Na und? Es ist eigentlich überhaupt kein Knochen. Hubert, ich habe vor, dich im Bett zu halten, bis du wieder etwas dicker und kräftiger geworden bist. Deine Geschichte ist mir richtig zu Herzen gegangen.«

»Sie ist tragisch, ich weiß. Aber welche Ausrede hast *du?* Justin hätte dir bestimmt gerne ein paar leichte Übungen angeboten, da bin ich mir sicher.«

»Liebster, ich hatte Justin und Eleanor zum Abendessen da, das ist richtig, aber mit einem Haus voller Kinder und Vater als notorischer Nachteule bekam ich nicht mal den Popo getätschelt. Nur ein paar gallante, unanständige Dinge wurden in mein entsetztes Ohr geflüstert.«

»Dein was? Du hättest doch zu ihnen fahren können.«

»Aber das ist so weit weg!« Es war sogar mit dem Auto ein ordentliches Stück, und mit der Straßenbahn nahm die Reise überhaupt kein Ende. Wir hatten die Weatherals zuerst in unserer neuen Kirche kennengelernt, der Linwood-

Methodistenkirche, nachdem wir in unser neues Haus am Benton Boulevard gezogen waren. Noch im selben Jahr zogen sie, nachdem wir freundschaftliche, aber noch nicht intime Beziehungen zu ihnen eingegangen waren, in den J.-C.-Nichols-Unterbezirk, draußen in der Country-Club-Gegend, wo sie zu einer Episkopalkirche wechselten, die näher an ihrem Haus lag. Damit landeten sie deutlich außerhalb unseres Einzugsbereiches.

Briney und ich hatten uns über sie unterhalten – beide rochen gut –, aber sie waren nun mal zu weit weg, um sie häufiger zu treffen, und sie waren älter und eindeutig ziemlich wohlhabend. All diese Faktoren schüchterten mich ein bißchen ein, so daß ich sie innerlich schon abgehakt hatte.

Schließlich lief Brian ihnen wieder über den Weg, als Justin sich um die Aufnahme in Plattsburg bemühte; er hatte Brian als Referenz angegeben, was meinem Mann natürlich schmeichelte. Justin wurde allerdings als Offizierskandidat abgelehnt; er hatte einen beschädigten Fuß, Folge eines Unfalls aus der Zeit, als er noch nicht mal laufen konnte. Er humpelte so leicht, daß es kaum auffiel. Brian verwandte sich brieflich für ihn, aber vergeblich. Immerhin lud uns Eleanor im Januar zum Abendessen ein, eine Woche vor Brians Abreise.

Sie hatten ein schönes großes Haus und noch mehr Kinder als wir. Justin hatte mit dem Bauplan eine elegante, aber teure Idee realisiert: Die Eheleute verfügten nicht nur über ein großes Schlafzimmer für sich, sondern über das ganze obere Stockwerk eines Flügels, eine richtige Riesensuite: Wohnzimmer (zusätzlich zu einem offiziellen Salon und einem Familienwohnzimmer im Erdgeschoß), ein riesiges Schlafzimmer mit Speiseschrank und Weinfach in einer Ecke sowie ein aus mehreren Einheiten bestehendes Bad (Wanne, Dusche, zwei Klosetts, eins davon mit einer Zusatzeinrichtung, von der ich noch nie gehört hatte: ein Springbrunnenbidet).

Eleanor half mir dabei, das Bidet auszuprobieren, und ich war entzückt! Genau das, was Maureen mit ihrem verräterischen Körpergeruch brauchte! Ich erzählte ihr davon.

»Ich halte deinen natürlichen Duft für köstlich«, versetzte sie darauf ernst. »Justin ebenso.«

»Hat Justin das wirklich von mir gesagt?«

Eleanor nahm mein Gesicht zwischen die Hände und küßte mich sanft und freundlich mit nachgiebigen Lippen. Es war kein Zungenkuß, sondern ein völlig trockener. »Das hat er. Und er hat noch viel mehr gesagt. Liebes, er fühlt sich gewaltig zu dir hingezogen ...« Das war mir bekannt. »Ich übrigens ebenfalls. Nicht nur zu dir, sondern auch zu deinem Mann. Brian elektrisiert mich durch und durch! Sollte es der Zufall wollen, daß ihr beide unsere Gefühle erwidert – dann sind Justin und ich bereit und begierig, unseren wechselseitigen Gefühlen Taten folgen zu lassen.«

»Du meinst Partnertausch? Mit allen Konsequenzen?«

»Mit allen Konsequenzen! ›Ein fairer Tausch ist kein Raub.‹«

Ich zögerte keinen Augenblick. »Also los!«

»Phantastisch! Möchtest du dich erst mit Brian besprechen?«

»Nicht nötig. Ich weiß schon, daß er dich am liebsten roh verputzen möchte.« Ich nahm ihr Gesicht zwischen die Handflächen und küßte sie innig. »Wie stellen wir es an?«

»Wie immer es dir am leichtesten fällt, Maureen, meine kleine Liebe. Aus meinem Wohnzimmer kann man in Sekunden ein zweites Schlafzimmer machen, und es weist eine eigene kleine Damentoilette auf. Wir können also entweder zwei Paare bilden oder es alle vier zusammen treiben.«

»Briney und ich, wir verstecken uns nicht voreinander. Eleanor, ich habe immer wieder festgestellt, daß ich eine Menge Zeit und Worte spare, wenn ich mich schnurstracks meiner Kleider entledige.«

Ihre Mundwinkel zuckten. »Interessant zu erfahren. Maureen, du überraschst mich! Ich kenne dich jetzt, glaube ich, seit zehn Jahren. Damals, als wir noch an der South Benton wohnten und wir alle die Linwood-Boulevard-Methodistenkirche besuchten, haben Justin und ich darüber diskutiert, ob ihr zwei als mögliche Spielgefährten für uns in Frage kämt. Ich sagte Justin, daß Brian dieses gewisse Glitzern in den Augen hätte, ich aber keine Möglichkeit sähe, deine Panzerung zu knacken. Die perfekte Dame, direkt aus *Godey's Ladies' Book*. Da diese Art von Familienverführung aus Sicherheitsgründen zwischen den Ehefrauen ausgehandelt werden muß, haben wir dich einfach auf die Wieschade-Liste gesetzt.«

Ich lachte leise, während ich schon dabei war, mir meine Sachen auszuziehen. »Eleanor, Schatz, ich habe meine Jungfräulichkeit mit vierzehn verloren und war seitdem immer heiß. Brian weiß das und hat Verständnis dafür und liebt mich trotzdem.«

»Einfach toll! Süße, ich gab meine Kirsche bereits mit zwölf einem Mann, der viermal so alt war wie ich.«

»Also kann es nicht Justin gewesen sein.«

»Himmel, nein!« Sie trat aus ihrem Schlüpfer und hatte nun nur noch Strümpfe mit schmalen Trägern sowie Abendpantoffeln an. »Ich bin bereit.«

»Ich ebenfalls.« Ich musterte sie und war betrübt, daß Briney mich nicht rasiert hatte, denn sie war so glatt wie eine Weintraube. Briney würde sie lieben! Hochgewachsen, blond, mit klassischen Maßen.

Ein paar Minuten später legte mich Justin auf den Perserteppich vor dem Kamin im oberen Wohnzimmer. Eleanor lag mit meinem Mann neben mir. Sie drehte mir das Gesicht zu und ergriff lächelnd meine Hand, während wir beide jeweils den Gatten der anderen empfingen.

In den Salons von Boondock habe ich akademische Diskussionen gehört, komplett mit Stimulator und Interlokutor, in denen es um die Idealzahl für polymorphe Sinnlichkeit ging. Manche favorisierten das Trio, ob nun einige oder alle seiner vier Variationen, während andere eher für hohe Zahlen waren. Wieder andere beharrten darauf, daß jede ungerade Zahl von Teilnehmern höchstes Vergnügen gewährleistete, jedoch keine gerade Zahl. Ich persönlich bin der Meinung, daß zwei Paare aus vier gleichermaßen liebevollen wie liebenswerten Personen unschlagbar sind. Ich möchte andere Kombinationen – die ich auch alle durchaus mag – nicht abqualifizieren, sondern hier nur feststellen, was mir seit Jahren am besten gefällt.

Später am Abend telefonierte Brian mit Vater und erklärte ihm, die Straßen wären vereist; ob es ihm was ausmachen würde, über Nacht den Zoowärter für uns zu spielen?

Brian blickte zu mir herunter. »Was hat dieser abwesende Ausdruck in deinen Augen zu besagen?«

»Ich dachte gerade an dein Lieblingsmädchen ...«

»Du bist mein Lieblingsmädchen.«

»Deine Lieblingsblondine. Eleanor.«

»Oh. Zugegeben.«

»Und deine liebste älteste Tochter.«

»Wittere ich hier eine Zweideutigkeit? Ein Problem der Wortstellung? Älteste Lieblingstochter. Liebste älteste Tochter. Ja, ich schätze, beides läuft auf Nancy hinaus. Erzähl weiter!«

»Es gibt eine Neuigkeit, von der ich dir nicht schreiben konnte. Nancy hat es gemacht.«

»Hat was gemacht? Falls du damit sagen möchtest, daß sie es mit diesem pickeligen Burschen getrieben hat, dann glaube ich mich zu erinnern, daß du schon vor einem Jahr zu diesem Schluß gekommen bist. Wie oft kann sie ihre Jungfräulichkeit denn noch verlieren?«

»Briney, Nancy hat sich schließlich dazu durchgerungen, es mir zu erzählen. Sie hatte Angst, weil der pickelige Bursche einmal nicht aufhören wollte, als das Gummi riß (er ist seitdem auch nicht mehr hergekommen). Ich habe sie gespült und ihren Kalender kontrolliert, und es erwies sich, daß sie drei Tage später aus dem Schneider war. Das hat ihre Befürchtungen zerstreut. Da wir nun endlich von Frau zu Frau miteinander reden konnten, gab ich ihr eine Kurzfassung der Vater-Ira-Instruktionen, einschließlich der Vorlesung zu den Bildern von Forberg ... Hey, in dem Ding ist ja schließlich doch ein Knochen drin!«

»Was erwartest du? Du sprichst von solchen Sachen und glaubst, ich könnte dabei schlaff bleiben? Obwohl Nancy mir verboten ist, kann ich doch schließlich träumen, oder nicht? Wenn du von deinem Vater träumen darfst, darf ich es auch von meiner Tochter. Mach weiter, Süßes; komm endlich zu den interessanten Stellen!«

»Du bist ein garstiger Mann, ein richtiger Wüstling! Brian, führe Nancy lieber nicht in Versuchung, wenn du es nicht ernst meinst, oder sie vergräbt ihre Fänge in dir. Sie befindet sich in einem instabilen Zustand.

Und nun zu den interessanten Stellen. Brian, wie wir beschlossen hatten, habe ich Nancy von der Howard-Stiftung erzählt und ihr versprochen, daß auch du mit ihr darüber sprechen würdest. Dann rief ich Judge Sperling an. Er verwies mich an einen Anwalt hier in der Stadt, an Mr. Arthur J. Chapman. Kennst du ihn?«

»Ich weiß, wer er ist. Ein Körperschaftsanwalt, der nie ins Gericht geht. Sehr teuer.«

»Und ein Kurator der Howard-Stiftung.«

»Das konnte ich schon aus deiner Bemerkung schließen. Interessant!«

»Ich rief ihn an, stellte mich vor und bekam von ihm Nancys Liste. Für unsere Gegend, meine ich, also Jackson und Clay County sowie Johnson County in Kansas.«

»Gute Jagdgründe?«

»Ich denke schon. Auf der Liste erscheint auch ein gewisser Jonathan Sperling Weatheral, Sohn deiner Lieblingsblondine.«

»Da will ich doch ein Affe mit Panzereiern sein!«

Später am Abend sagte Brian: »Ira glaubt also, daß dieser Stadtheini der Sprößling seines Bruders ist?«

»Ja. Du wirst es auch glauben, wenn du ihn siehst. Liebster, er und ich sehen uns so ähnlich, daß man meinen könnte, wir wären Bruder und Schwester.«

»Und du leidest seinetwegen an einem akuten Fall von brennendem Schlüpfer?«

»Das ist noch zurückhaltend formuliert. Tut mir leid, Liebling.«

»Was gibt es da leid zu tun? Wenn dein Interesse an Sex so gering wäre, daß du dabei nur an deinen armen, alten, müden, abgenutzten ... *Autsch!* ... Ehemann dächtest, wärest du nicht halb so ein gutes Weibsstück. So, wie es nun aber einmal ist, bist du recht lebhaft, Mrs. Finkelstein. Und genau so mag ich dich, mit allen Licht- und Schattenseiten.«

»Würdest du auch eine Urkunde dieses Inhalts unterschreiben?«

»Gewiß. Möchtest du sie deinen Kunden zeigen? Liebes, ich habe dir schon vor Jahren die Leine gelockert, da ich immer schon wußte, daß du nie etwas tun wirst, was das Wohlergehen unserer Kinder gefährdet.«

»Meine Akte ist nicht ganz so sauber, Schatz. Was ich mit Reverend Doktor Ezekiel getrieben habe, war töricht und unbedacht. Ich werde heute noch rot, wenn ich daran denke.«

»Zeke der Grieche war dein Initiationsritus, Liebes. Die Geschichte hat dir so viel Angst eingejagt, daß du nie mehr ein Risiko mit der zweiten Wahl eingehen wirst. Man kann so was als Feuerprobe für die erwachsene Form des Ehebruchs betrachten. Von da an, meine Liebe, warst du immer vorsichtig, wen du für deine Eskapaden aussuchst, und wirst es immer bleiben. Dieser Bronson, der vielleicht dein Vetter ist, vielleicht auch nicht – wärst du stolz darauf, ihn heute abend hier bei uns im Bett zu haben? Oder wäre es dir peinlich? Würde es dich glücklich machen? Wie würde dieser Kerl abschneiden?«

Ich dachte über Brineys »Feuerprobe« nach und überprüfte Mr. Bronson noch einmal in Gedanken. »Brian, ich kann jetzt kein abschließendes Urteil fällen. Mir dreht sich der Kopf!«

»Möchtest du, daß ich mit Vater Ira über ihn spreche? Niemand kann Ira was vormachen.«

»Das wäre lieb von dir. Oh, deute dabei aber lieber nicht an, daß ich mit Mr. Bronson ins Bett schlüpfen möchte. Es würde Vater in Verlegenheit bringen, und er würde *Mrrrf!* sagen und vor sich hin brummen und aus dem Zimmer stolzieren. Obendrein weiß er es längst. Ich spüre es!«

»Verständlich. Natürlich macht es Ira eifersüchtig, an diesen Stadtheini zu denken, wie er sich an dich ranmacht. Ich werde also diesen Aspekt des Themas nicht ansprechen.«

»Eifersüchtig? Vater? Wegen *mir?* Wie sollte das denn gehen?«

»Schatz, du bist so süß, daß das deine Naivität wieder wett macht. Ira kann deinetwegen eifersüchtig sein, wie ich Nancys wegen eifersüchtig sein kann. Weil ich sie halt nicht kriegen kann. Weil Ira dich für sich haben möchte und nicht haben kann. Was dich angeht, brauche ich nicht eifersüchtig zu sein, denn ich habe dich ja und weiß, daß deine Reichtümer unerschöpflich sind. Die schöne Blume zwischen deinen süßen Schenkeln ist das wahre Füllhorn; ich kann es endlos mit anderen teilen und brauche doch keine Angst zu haben, daß es jemals leer sein wird. Für Ira ist es allerdings ein unerreichbarer Schatz.«

»Aber Vater kann mich doch jederzeit haben!«

»Hoppla! Hast du es schließlich doch geschafft?«

»Nein, verdammt! Er wollte nicht!«

»Oh. Dann ist die Lage also unverändert. Ira faßt dich aus den gleichen Gründen nicht an, aus denen Nancy für mich tabu ist – wenn ich mir auch nicht ganz sicher bin, ob ich es an Edelmut mit Ira aufnehme. Du solltest Nancy lieber warnen, daß sie sich stets zugeknöpft gibt, wenn sie mit ihrem armen, alten, klapprigen Paps spricht. Nun – ich werde Nancy wohl nur beschnuppern und dich bespringen.«

»Da kriege ich aber Aaangst! Möchtest du was Lustiges hören? Brian junior wollte mal gucken, und Nancy hat es ihm erlaubt.«

»Verdammt!«

»Ja. Ich habe gute Miene zum bösen Spiel gemacht und weder gelacht noch schockiert getan. B. junior sagte zu Nancy, er hätte noch nie Gelegenheit gehabt zu sehen, was Mädchen eigentlich von Jungs unterscheidet ...«

»Was für ein Unfug! Alle unsere Kinder haben sich gegenseitig hin und wieder nackt gesehen; wir haben sie schließlich so aufgezogen!«

»Aber Schatz, er hat wirklich nicht ganz unrecht! Die Unterschiede der Jungs hängen gut sichtbar im Freien, während man die der Mädchen nur erkennt, wenn sie sich hinlegen und sie zeigen. Und das hat Nancy auch für ihn getan ... Bestimmt hat sie es genossen. Ich hätte es jedenfalls – nur hat mich nie einer meiner Brüder darum gebeten.«

»Geliebtes Frauenzimmer, wir haben noch nie etwas entdeckt, das dir keinen Spaß gemacht hätte.«

Ich dachte darüber nach. »Ich glaube, du hast recht, Brian. Manchmal werden einem die Gefühle ein bißchen angeknackst, aber meist habe ich richtig Spaß an der Sache. Selbst die vergebliche Sehnsucht nach Mr. Bronson bereitet mehr Vergnügen als Schmerz, weil ich meinem geliebten Gatten davon erzählen kann, ohne daß er aufhört, mich zu lieben.«

»Soll ich Ira zurückpfeifen? Soll er dich lieber mit geschlossenen Augen bewachen, wie ich es tun würde?«

»Ah, warten wir damit lieber, bis du dir ein Bild von Mr. Bronson gemacht hast. Solltest du mit ihm einverstanden sein, bin ich ruck, zuck aus meinem Schlüpfer. Andernfalls spiele ich weiter die keusche Vestalin wie bisher. Aber wie ich dir schon sagte, dreht sich mir der Kopf, und ich kann mich nicht richtig entscheiden. Ich bin auf deinen kühlen Kopf angewiesen.«

Am Dienstag meldeten die Post und der Star, daß Präsident Wilson den Kongreß um die Kriegserklärung an das Deutsche Reich gebeten hatte. Am Mittwoch erwarteten wir, daß die Zeitungsjungen ›Extrablatt!‹ brüllten oder das Telefon klingelte oder beides – aber nichts passierte. Wir forderten die Kinder auf, zur Schule zu gehen, obwohl keins von ihnen richtig wollte, Brian junior am allerwenigsten. Woodrow war total unerträglich; ich mußte mich richtig zügeln, um ihm nicht zu oft eine zu knallen.

Am Donnerstag kehrte Vater in einem Zustand angespannter Erregung nach Hause zurück. Er und Brian steckten die Köpfe zusammen, und ich blieb größtenteils bei ihnen und delegierte soviel wie nur möglich. Woodrow verlangte, daß sein Großvater oder sonst jemand Schach mit ihm spielen solle, bis Vater ihn übers Knie legte und ihm eine Tracht Prügel verabreichte und ihn anschließend in die Ecke stellte.

Am Freitag passierte es. Krieg. Kurz vor Mittag gelangten die Extrablätter auf die Straße, und mein Gatte war fast sofort unterwegs, nachdem er mit einem Offizierskameraden telefoniert hatte, einem Leutnant Bozell, der ihn dann abholte. Auf und davon waren sie, Richtung Fort Leavenworth, ihrer Anlaufstelle im Fall der Mobilmachung. Brian hatte nicht mal auf sein Telegramm gewartet.

Brian junior und George kamen zum Mittagessen nach Hause und gingen nicht eher, bis ihr Vater weggefahren war – und verspäteten sich zum erstenmal überhaupt in der Schule. Nancy und Carol kamen gerade noch rechtzeitig aus ihrer Schule, der nur wenige Blocks entfernt liegenden Central High School, um ihrem Vater einen Abschiedskuß zu geben. Ich fragte nicht, ob sie Stunden schwänzten oder ob die Schule frühzeitig aus gewesen war; ich hatte nicht das Gefühl, daß es eine Rolle spielte.

Vater tauschte mit Leutnant Bozell und Brian den Salut aus und lief dann in Richtung Straßenbahn los, ohne noch einmal ins Haus zurückzukehren. Er sagte nur noch zu mir: »Du weißt, wohin ich gehe, und warum. Ich werde zurück sein, wenn du mich wiedersiehst.«

Ich stimmte ihm zu – ich wußte, was er vorhatte. Seit man seine Bitte abgewiesen hatte, in den aktiven Dienst aufgenommen zu werden, war er zunehmend unruhig geworden.

Ich überließ alles weitere Nancy und ging wieder ins Bett – zum zweiten Mal an diesem Tag, da ich Vater heute morgen als Babysitter eingesetzt hatte, um gleich nach dem Frühstück noch mal mit Brian ins Bett gehen zu können; wir hatten beide geahnt, daß dies *Der Tag* sein würde.

Als ich diesmal jedoch wieder ins Bett ging, tat ich es, um zu weinen.

Etwa um drei stand ich wieder auf, und Nancy servierte mir Tee und Milchtoast. Ich aß etwas davon. Während ich den Toast noch auf dem Teller hin und her schob, kehrte Vater zurück, und er zeigte eine Wut, wie ich sie noch nie bei ihm erlebt hatte. Er sagte zunächst nichts. Nancy teilte ihm mit, daß Mr. Bronson angerufen und nach ihm gefragt hätte ... und da sprudelte alles aus ihm heraus.

Ich glaube, »Memme« war noch der mildeste Begriff, mit dem er Mr. Bronson bedachte, »prodeutscher Verräter« vielleicht der bitterste. Er benutzte keine lästerlichen Worte, nur solche des Zorns und der Enttäuschung.

Es fiel mir schwer, ihm zu glauben. Mr. Bronson prodeutsch? Ein Feigling, der sich weigerte, in den Krieg zu ziehen? Vater lieferte allerdings einen detaillierten Bericht und ließ ein gebrochenes Herz erkennen. In meinem eigenen konfusen Kummer – mein geliebtes Land, mein geliebter Ehemann, mein heimlicher Geliebter, und das alles am selben Tag – mußte ich mich zwingen, daran zu denken, daß Vater nicht weniger schwer betroffen war. Der Sohn seines Bruders ... Oder war Theodore Bronson sein eigener Sohn? Er hatte die Möglichkeit inzwischen angedeutet.

Ich ging zurück ins Bett und weinte noch etwas mehr. Als die Augen schließlich trocken waren, blieb nur der dreifache Schmerz in meinem Herzen.

Vater klopfte an die Tür. »Tochter?«

»Ja, Vater?«

»Mr. Bronson ist am Telefon und fragt nach dir.«

»Ich möchte nicht mit ihm sprechen. Muß ich?«

»Gewiß nicht. Soll ich ihm etwas ausrichten?«

»Sag ihm … Er soll mich nicht mehr anrufen. Nicht mehr herkommen. Nicht mehr auch nur mit einem meiner Kinder sprechen, weder jetzt noch in Zukunft.«

»Ich richte es ihm aus. Und ich werde noch ein paar eigene Worte hinzusetzen. Maureen, seine bodenlose Frechheit erstaunt mich.«

Um sechs brachte mir Carol ein Abendessen, von dem ich ein paar wenige Bisse hinunterschlang. Dann kamen Justin und Eleanor zu Besuch, und ich weinte mich bei meiner großen Schwester aus und wurde von ihr und ihrem Gatten getröstet. Später, ich weiß nicht mehr genau wann, nur daß es bereits dunkel war (acht Uhr dreißig? neun?), weckte mich ein Tumult im Erdgeschoß. Wenig später kam Vater herauf und klopfte an meine Tür. »Maureen? Mr. Bronson ist hier.«

»Was?!«

»Darf ich hereinkommen? Ich muß dir etwas zeigen.«

Ich wollte eigentlich nicht, daß er hereinkam; ich hatte mich noch nicht gewaschen und befürchtete, er würde etwas bemerken. Aber – Mr. Bronson bei uns? Nach allem, was Vater ihm gesagt hatte? »Ja, komm rein.«

Er zeigte mir ein Papier. Ich las es und stellte fest, daß es sich dabei um den Durchschlag einer Armeemeldeliste handelte – die einen »Bronson, Theodore« im Rang eines Schützen der Armee der Vereinigten Staaten aufführte.

»Vater, soll das ein schlechter Witz sein?«

»Nein. Er ist da, und dies hier ist authentisch. Er hat sich gemeldet.«

Ich stand auf. »Vater, läßt du mir ein Bad ein? Ich bin gleich unten.«

»Gewiß.«

Er ging ins Bad. Ich zog das Nachthemd aus, folgte ihm und bedankte mich bei ihm. Ich bemerkte gar nicht, daß ich nackt vor ihm stand, bis er mich ansah und rasch den Blick abwandte. »Sag Nancy bitte, sie soll ihm etwas anbieten. Ist sie noch auf?«

»Alle sind noch auf. Steig in die Wanne, Liebes. Wir warten auf dich.«

Fünfzehn Minuten später ging ich die Treppe hinunter. Ich glaube, meine Augen waren rot, aber ich lächelte und stank nicht mehr und trug meine besten Sonntagskleider. Ich eilte auf Mr. Bronson zu und reichte ihm die Hand. »Mr. Bronson, wir sind alle so stolz auf Sie!«

Ich erinnere mich nicht mehr an Einzelheiten der nächsten ein oder zwei Stunden. Ich saß im goldenen Nebel eines bittersüßen Glücks da. Mein Land war zwar im Krieg und mein Gatte in den Kampf gezogen, aber wenigstens begriff ich jetzt den tieferen Sinn von »besser tot als ehrlos«. Ich wußte jetzt, warum die Frauen im alten Rom gesagt hatten: »Mit euren Schilden oder darauf liegend!« Die Stunden, in denen ich geglaubt hatte, mein geliebter Theodore wäre nicht, wofür ich ihn gehalten hatte, sondern ein Feigling, der sich weigerte, sein Land zu verteidigen – diese Stunden waren die längsten und scheußlichsten meines Lebens gewesen.

Ich hatte im Grunde nicht geglaubt, daß es solche untermenschlichen Kreaturen tatsächlich gab. Ich hatte nie eine kennengelernt. Als sich dann herausstellte, daß alles nur ein böser Traum gewesen war, Resultat mißverstandener Äußerungen ... Irgendwo habe ich mal gelesen, Freude wäre die Erleichterung nach dem Schmerz. Die Psychologen sind zum größten Teil ein törichter Haufen, aber an jenem Abend erlebte ich diese Art ekstatischer Freude. Sogar die Flammen meiner Libido wurden abgedeckt, und für den Moment machte ich mir keine Sorgen um Briney, so beglückt war ich über die Entdeckung, daß Theodore wirklich das war, was ein Mann auch sein muß, um geliebt zu werden – ein Held und ein Krieger.

Meine großen Mädchen taten ihr Bestes, um ihn richtig vollzustopfen, und Carol packte ein Sandwich für ihn ein, damit er es mitnehmen konnte. Vater floß über vor guten Ratschlägen von Mann zu Mann, vom alten Soldaten zum jungen Rekruten; meine großen Jungs rannten sich gegenseitig um in dem Bemühen, irgend etwas für Theodore zu tun, und sogar Woodrow benahm sich fast vorbildlich. Zum Schluß stellten sich alle an, um unserem Helden einen Abschiedskuß zu geben, sogar Brian junior, der das Küssen eigentlich aufgegeben hatte, von einem gelegentlichen Hauch auf die Wange seiner Mutter abgesehen.

Dann gingen alle außer Vater ins Bett – und ich war nun an der Reihe.

Ich hatte schon immer eine so robuste Gesundheit gehabt, daß der Gewinn von Präsentausgaben des Neuen Testaments für regelmäßige Teilnahme an der Sonntagsschule nie ein Problem für mich gewesen war. Und war es nicht hübsch, daß ich zwei Ausgaben zur Hand hatte, als ich sie brauchte? Ich mußte mir nicht mal eine neue Widmung ausdenken; was ich schon für meinen Gatten geschrieben hatte, konnte jede Lucasta für jeden Krieger gebrauchen:

Für den Schützen Theodore Bronson:
Sei dir selbst und deinem Land treu.
Maureen J. Smith,
6. April 1917.

Ich reichte ihm das Buch, sah zu, wie er die Widmung las, und wandte mich an Vater: »Vater?« Er wußte genau, was ich wollte, nämlich einen Augenblick der Diskretion.

»Nein.« (Verdammt sollte er sein! Glaubte er denn wirklich, daß ich Theodore an Ort und Stelle auf den Teppich zerren würde? Während die Kinder noch wach und nur eine Treppe höher waren?)

(Na ja, vielleicht hätte ich es wirklich getan.) »Dann dreh dich wenigstens um!«

Ich legte die Arme um Theodore und küßte ihn fest, aber

keusch. Doch dann wußte ich auf einmal, daß ein keuscher Kuß nicht reichte, um einen Krieger zu verabschieden. Ich entspannte mich ganz und öffnete die Lippen. Unsere Zungen begegneten sich, und ich versprach ihm wortlos, daß alles, was ich zu bieten hatte, ihm gehörte. »Theodore – paß auf dich auf! Komm zu mir zurück!«

KAPITEL DREIZEHN

›DA DRÜBEN!‹

Nachdem schon das Sanitätskorps der Armee es abgelehnt hatte, Vater wieder in den aktiven Dienst zu übernehmen, wurde ihm auch die Aufnahme als Schütze in der Infanterie verweigert – er beging den Fehler, seine Entlassungspapiere zu zeigen, auf denen sein Geburtsdatum 1852 stand. Er versuchte es dann in St. Louis mit einem gefälschten Datum von 1872 erneut, ließ sich jedoch irgendwie eine Falle stellen. Endlich nahm ihn das Siebte Missouriregiment an, eine Infanteriemiliz, die als Ersatz für Kansas Citys Drittes Missouriregiment aufgestellt worden war. Letzteres wurde jetzt als 110. Kampfpionierregiment in Camp Funston ausgebildet und stand kurz davor, nach »da drüben« zu ziehen.

Das Siebte Missouri, diese neue Heimatmiliz aus den zu Jungen, zu Alten, zu Kinderreichen, zu Krummen oder zu Lahmen, scherte sich in Anbetracht von Vaters Bereitschaft, einen langweiligen Job als Versorgungssergeant zu übernehmen, und der Tatsache, daß er keine Ausbildung benötigte, nicht um sein Alter (fünfundsechzig).

Ich war Vater dankbar für seine Bereitschaft, in dieser Zeit bei uns wohnen zu bleiben. Zum erstenmal in meinem Leben mußte ich als Familienoberhaupt einspringen, was wirklich nicht Maureens Stil ist. Ich mag es, hart zu arbeiten und mein Bestes zu geben, während die wichtigen Entscheidungen bei jemandem liegen, der größer, stärker und älter ist als ich und einen warmen, männlichen Duft verbreitet. Oh, ich bin durchaus bereit, nötigenfalls die Pioniermutter zu spielen! Meine Ururgroßmutter Kitchin tötete einmal drei Angreifer mit der Muskete ihres Gatten, nachdem dieser verwundet worden war – und Vater hatte auch mir das Schießen beigebracht.

Lieber jedoch bin ich die frauliche Frau eines männlichen Mannes.

Brian hatte entschieden gefordert, daß ich es Vater nicht erlaubte, mich zu dominieren, daß *ich* das Familienoberhaupt war und die Entscheidungen traf. »Laß dich von Ira unterstützen, aber du bist der Boß! Sieh zu, daß er das nicht vergißt, daß unsere Kinder es nicht vergessen und daß du selbst es nicht vergißt!«

Ich seufzte innerlich und sagte: »Ja, Sir!«

Brian junior schlug sich wacker, als er sich plötzlich in seines Vaters Schuhen wiederfand, obwohl man mit zwölf eigentlich zu jung für diese Aufgabe ist. Da erwies es sich als vorteilhaft, daß sein Großvater bei uns blieb. Brian junior und George führten ihre Arbeit fort, lieferten das Journal aus und zündeten Straßenlaternen an und brachten trotzdem weiter glatte Einsen aus der Schule nach Hause. Als der Sommer zu Ende ging und es kalt wurde, stand ich mit den beiden um halb fünf in der Frühe auf und servierte ihnen heißen Kakao, bevor sie loszogen. Sie hatten Spaß daran, und ich fühlte mich besser, wenn ich sie vor dem Morgengrauen zur Arbeit gehen sah. Der Winter von 1917-18 war bitter; die Jungs mußten sich wie die Eskimos einpacken.

Ich schrieb jede Woche an Betty Lou und an Nelson. Mein garstiger, liebenswerter Vetter kam am Montag nach der Kriegserklärung nach Hause und erzählte Betty Lou: »Süße, ich habe eine wunderbare Möglichkeit gefunden, mich der Armee zu entziehen.«

»Was? Kastration? Ist das nicht ein wenig drastisch?«

»Ein bißchen schon. Glaube ich wenigstens. Zweiter Versuch!«

»Ich hab's! Du kommst in den Knast!«

»Viel besser! Ich habe mich zu den Marines gemeldet.«

Und so managte inzwischen Betty Lou unsere Mine. Ich zweifelte nicht daran, daß sie damit fertig werden würde; seit dem Tag, an dem wir die Anteilsmehrheit erworben hatten, hatte sie sich über jedes Detail auf dem laufenden gehalten. Sie war zwar kein Bergbauingenieur, aber das war Nelson ja auch nicht. Der Minderheitseigner überwachte den eigentlichen Abbau; zwar hatte auch er keinen Ingenieursabschluß, aber er besaß über fünfundzwanzig Jahre Erfahrung mit Weißmetallen.

Mir schien, daß es funktionierte. Es mußte einfach funktionieren. Es hieß für uns alle: »Wurzeln fressen oder sterben«.

Während dieser Jahre taten Leute überall in unserem geliebten Land Dinge, die sie nie zuvor getan hatten – teils mir Erfolg und teils ohne, aber alle versuchten es wenigstens. Frauen, die nie auch nur ein Pferdegespann geführt hatten, fuhren jetzt Traktoren, da ihre Männer in den Krieg gezogen waren, um »den Kaiser zu hängen«. Schwesternschülerinnen überwachten ganze Stationen, da die ausgebildeten Schwestern Uniform trugen. Zehn Jahre alte Jungs wie mein George strickten Stoffstücke als Decken für britische Tommies und kauften mit den Einkünften aus dem Zeitungsverkauf Baby-Bonds*. Man traf Regierungsbeamte, Mädels von der Heilsarmee (die Lieblinge aller Soldaten) und überhaupt allerlei Leute bei den verschiedensten Formen freiwilliger Hilfe an, ob sie nun Verbandsmaterial zusammenrollten oder Walnußschalen und Pfirsichkerne für Gasmasken sammelten.

Und was tat Maureen in der Zwischenzeit? Nicht viel, schätze ich. Ich kochte und erledigte die Hausarbeit für eine zehnköpfige Familie, wobei ich viel Unterstützung durch meine vier Ältesten erfuhr und ein wenig sogar durch die achtjährige Marie. Ich ließ keine Versammlung des Roten Kreuzes aus, auf der Verbandsmaterial gewickelt wurde. Ich achtete darauf, daß meine Familie alle fleischlosen, weizenlosen und süßigkeitenfreien Tage und andere Sparmaßnahmen einhielt, die Mr. Herbert Hoover anordnete – und lernte derweil, Süßigkeiten und Plätzchen und Kuchen mit Zuckerhirsensirup und Kornsirup und Honig (alles unrationiert) zu machen anstatt mit Zucker (rationiert), da Corporal Bronsons Kameraden anscheinend fähig waren, ganze Wagenladungen von solchem Zeug zu verputzen.

* Wertpapiere mit geringem Nominalwert. Anm. d. Übers.

Wenig später löste Carol mich bei der Aufgabe ab, müde Beine munter zu machen; sie betrachtete Corporal Bronson als »ihren Soldaten«. Wir alle schrieben ihm abwechselnd – und er antwortete stets jedem, besonders ausführlich jedoch Vater.

Mit Unterstützung der Kirchen kam es zu einer Bewegung, in deren Rahmen Familien alleinstehende Soldaten »adoptierten«. Carol wollte, daß wir Corporal Bronson adoptierten – was wir dann auch taten, nachdem Brian brieflich sein Einverständnis gegeben hatte.

Ich schrieb meinem Gatten täglich. Ich fing jede Menge Briefe an und zerriß sie wieder, wenn ich darin schlechte Nachrichten oder eine Andeutung von Selbstmitleid entdeckte – was mir häufig unterlief, bis ich es endlich lernte, richtige Lucastabriefe zu schreiben, die geeignet waren, die Moral eines Kriegers zu steigern, statt ihn niederzudrücken.

In der ersten Zeit nach unserem Kriegseintritt war Brian nicht weit weg – in Camp Funston, unmittelbar bei Manhattan, Kansas, gelegen, circa hundert Meilen westlich von Kansas City. Nachdem er drei Monate lang überhaupt nicht nach Hause gekommen war, machte er es sich zur Gewohnheit, etwa einmal im Monat für ein kurzes Wochenende zu erscheinen – jeweils von Samstagnachmittag bis Sonntagabend –, falls er eine Mitfahrgelegenheit bei einem anderen Offizier fand. Es war eine akzeptable Distanz für einen Vierundvierzig-Stunden-Urlaub (von Samstagmittag bis Montag früh um acht), wenn man das Auto nahm, aber nicht, wenn man mit dem Zug fuhr.

Damals waren Züge in der Regel schneller als Autos, da man nur so wenige befestigte Straßen vorfand – und in Kansas überhaupt keine, soweit ich mich erinnern kann. Es gab eine direkte Zugverbindung, die Union Pacific. Auf allen Strecken hatten Truppentransporte jedoch Vorrang. Auf der Prioritätsliste an zweiter Stelle lagen Güterzüge Richtung Osten, an dritter Stelle alle übrigen Güterzüge. Personenzüge konnten die Strecken benutzen, wenn sie sonst niemand brauchte – die Prioritäten des Krieges, an die sich

Mr. McAdoo strikt hielt. Daher waren Brians Heimfahrten so selten – sie hingen von den Dienstplänen anderer Offiziere ab, die ihn im Wagen mitnehmen konnten.

Manchmal fragte ich mich, ob Brian vielleicht inzwischen den Verkauf von »El Reo Grande« bedauerte. Ich sagte jedoch nichts, und er ebenfalls nicht. Nur keine übertriebenen Ansprüche, Maureen! Es ist Krieg, und dein Mann ist Soldat. Sei froh, daß er gelegentlich nach Hause kommen kann und (noch) nicht auf ihn geschossen wird.

Das Blutbad in Europa verschlimmerte sich in einem fort. Im März 1917 wurde der Zar gestürzt. Im November desselben Jahres beseitigten die kommunistischen Bolschewiken die Regierung Präsident Kerenskys, um gleich anschließend vor den Deutschen zu kapitulieren.

Damit saßen wir schön in der Patsche. Die deutschen Veteranen der Ostfront marschierten gleich divisionsweise nach Westen, während wir noch kaum Truppen in Frankreich gelandet hatten. Die Alliierten steckten in ernsten Schwierigkeiten.

Ich wußte nichts davon. Meinen Kindern ging es sicher nicht anders. Ich vermute, daß ihr Vater ihrer Meinung nach mindestens zwei deutsche Divisionen aufwog.

Im Mai 1918 konnte ich meinem Gatten mitteilen, daß bei seinem letzten Wochenendbesuch ›die Kasse geklingelt hatte‹; ich war zwei Wochen überfällig. Ja, ich weiß, daß das bei vielen Frauen noch kein sicheres Zeichen ist – aber bei Maureen ist es eins! Ich war so begeistert, daß ich an diesem Tag keine Zeitung zur Hand nahm und es einfach genoß, ich selbst zu sein.

Brian fuhr, da er seine Privatsphäre geschützt wissen wollte, nach Manhattan, um mich von dort aus anzurufen. »Na, ist da mein fruchtbares kleines Hühnchen?«

»Nicht so laut, Freier«, antwortete ich. »Sie wecken sonst noch meinen Mann. Nein, ich werde während der nächsten acht Monate kaum sehr fruchtbar sein.«

»Glückwunsch! Ich habe vor, Weihnachten nach Hause zu kommen; früher wirst du mich auch nicht brauchen.«

»Jetzt höre mir mal gut zu, Roscoe! Ich nehme nicht den Schleier, sondern bekomme lediglich ein Kind. Und ich habe durchaus weitere Angebote.«

»Von Sergeant Bronson vielleicht?«

Ich holte Luft und gab keine Antwort. Brian fragte: »Was ist los, Liebes? Können die Kinder dich hören?«

»Nein, Sir. Ich habe das Telefon mit ins Schlafzimmer genommen, und sonst ist niemand oben. Liebster, dieser Mann ist so stur wie Vater! Ich habe ihn eingeladen, Vater hat ihn eingeladen, und auch Carol läd ihn mindestens einmal die Woche ein. Er bedankt sich brav – und schreibt dann, er wüßte nicht, wann er überhaupt mal Urlaub bekommt. Er räumt zwar ein, daß er jedes zweite Wochenende Ausgang hat, meint aber, daß die Zeit nicht für so eine weite Reise reichen würde.«

»Womit er recht haben dürfte, da er kein Auto hat. Das ist bei Ira geblieben, oder bei Brian junior.«

»Unfug! Dieser Weston ist jedes zweite Wochenende zu Hause, und er ist nur Schütze. Ich glaube vielmehr, daß ich verschmäht werde.«

»Nick Weston holt seinen Jungen in Junction City ab, und du weißt auch warum. Aber mach dir keine Sorgen, Mabel; von mir aus ist alles klar. Ich habe Carols Lieblingssoldat heute gesehen.«

Ich schluckte mein Herz wieder herunter. »Ja, Briney?«

»Ich muß feststellen, daß ich mit Carol einer Meinung bin. Und mit meinem beau-père. Ich wußte bereits, daß Bronson einer unserer besten Ausbilder ist; ich habe seine Beurteilungen jede Woche kontrolliert. Was ihn als Person angeht – er erinnert mich an Ira. Ira muß in seinem Alter so ausgesehen haben.«

»Sergeant Bronson und ich sehen aus wie Zwillinge!«

»Bei dir wirkt das allerdings hübscher.«

»Ach du liebe Zeit! Du hast immer gesagt, mit einem Kissen auf dem Gesicht wäre ich am schönsten.«

»Ich habe das nur gesagt, damit du nicht übertrieben eingebildet wirst, meine Schöne. Du bist hinreißend, und alle wissen es, und du siehst trotzdem wie Sergeant Bronson aus. In seiner Persönlichkeit, vor allem seinem schnell entflammbaren Enthusiasmus, ähnelt er am meisten Ira. Ich habe vollstes Verständnis für deinen Wunsch, ihn flachzulegen. Vorausgesetzt, es geht dir nach wie vor so. Ist das der Fall?«

Ich holte tief Luft und stieß sie in Form eines Seufzers wieder aus. »Das ist es, Sir. Falls unsere Tochter Carol mich dabei nicht aussticht.«

»Nein, bitte dem Alter nach! Wir sind schließlich im Krieg! Sag ihr, sie soll warten, bis sie an die Reihe kommt.«

»Gib Carol bloß nicht dein Okay, wenn du dir die Sache nicht gründlich überlegt hast, denn sie selbst meint es absolut ernst.«

»Nun, irgend jemand wird es mal mit Carol treiben müssen – und da wäre mir Bronson viel lieber als diese picklige junge Rotznase, die es unserer Nancy besorgt hat. Dir nicht?«

»O Himmel, doch! Aber das ist eine akademische Frage; ich habe jede Hoffnung aufgegeben, Sergeant Bronson je wieder in dieses Haus zu locken. Zumindest, bis der Krieg vorüber ist.«

»Ich sagte dir doch, daß du dir keine Sorgen machen sollst. Ein kleiner Vogel hat mir zugeflüstert, daß Bronson bald für Mitte der Woche einen Passierschein erhält.«

»O Brian!« (Ich wußte, was ein solcher Passierschein bedeutete, nämlich daß der Marschbefehl nach Übersee vorlag.)

»Ira hatte recht; Bronson möchte unbedingt nach ›Da drüben‹, also habe ich ihn auf die Liste gesetzt, als eine spezielle Nachfrage aus Pershings Stab nach Unteroffiziersausbildern eintraf. Ein weiterer kleiner Vogel ließ mich wissen, daß mein eigener Antrag ebenfalls positiv beschieden wurde. Ich rechne also damit, etwa zur gleichen Zeit wie er wieder nach Hause zu kommen. Aber hör mir mal gut zu: Ich glaube, ich kann es so einrichten, daß du vierundzwanzig Stunden lang freie Bahn mit ihm hast. Kriegst du ihn in dieser Zeitspanne auf die Matte?«

»Ach du liebe Güte, Briney!«

»Schaffst du es oder nicht? Ich habe schon mal erlebt, wie du es mit nur einem Pferd und einem Einspänner als Hilfsmittel in einer Stunde zuwege gebracht hast. Heute steht dir ein Gästezimmer mit eigenem Bad zur Verfügung. Was brauchst du noch? Kleopatras Barke?«

»Brian, Vater hat mir Pferd und Wagen damals zur Verfügung gestellt, im vollen Wissen, was das zu bedeuten hatte. Diesmal hält er es jedoch für seine Pflicht und Schuldigkeit, mich mit einer Schrotflinte zu bewachen. Nur daß es sich dabei um eine geladene Achtunddreißiger handelt, die einzusetzen er nicht zögern würde.«

»Das geht nicht; es würde General Pershing nicht gefallen. Gute Unteroffiziersausbilder sind selten. Also sollte ich Ira lieber spezielle Anweisungen erteilen, ehe ich einhänge – was ich bald tun muß; mir gehen die Fünf- und Zehncentstücke aus. Ist er in der Nähe?«

»Ich hole ihn.«

Sergeant Theodore bekam seinen Wochenpassierschein, der vom Zapfenstreich am Montag bis zum Appell Donnerstag morgen galt – und endlich kam er doch nach Kansas City! Kinovorstellungen enthielten damals stets eine Komödie – John Bunty, Fatty Arbuckle, Charlie Chaplin oder die Keystone Kops. In jener Woche übertraf ich Fatty Arbuckle und die Keystone Kops gleichermaßen, indem ich ständig in irgendeinen Eimer trat oder über meine Füße stolperte.

Es fing schon damit an, daß dieser schwierige Mann, Sergeant Theodore, nicht vor Dienstag nachmittag in unserem Haus auftauchte – nachdem Brian uns darüber informiert hatte, daß er laut Passierschein eigentlich schon am Vormittag bei uns eintreffen sollte.

»Wo haben Sie gesteckt? Was hat Sie aufgehalten?« Nein,

ich sagte nichts dergleichen. Mir war vielleicht danach zumute, aber ich hatte die Vorteile, die es brachte, wenn man nett und höflich war, schon kennengelernt, als ich noch eine Jungfrau war – also vor wahrhaft langer Zeit. So drückte ich ihm einfach die Hand, küßte ihn auf die Wange und sagte in meinem wärmsten Tonfall: »Sergeant Theodore, es ist so schön, Sie wieder bei uns zu haben!«

Ich spielte vor und während des Abendessens die sittsame Gastgeberin, hielt still und lächelte, während meine sämtlichen Kinder um Theodores Aufmerksamkeit wetteiferten – nicht zu vergessen Vater, der scharf darauf war, ein Schwätzchen von Soldat zu Soldat zu führen. Nach dem Essen schlug er (aufgrund einer Vereinbarung mit mir) vor, daß Staff Sergeant Bronson mich auf eine Spritztour mitnahm, und er unterband alle Versuche der jüngeren Kinder, sich dem anzuschließen. Besonders Woodrow tat sich hierbei hervor, der gleichzeitig Schach spielen und mit zum Electric Park genommen werden wollte.

Endlich fuhren Sergeant Theodore und ich nach Süden in den Sonnenuntergang. 1918 gab es südlich der Neununddreißigsten Straße im Osten von Kansas City noch kaum etwas, obwohl die südliche Stadtgrenze schon bis zur Siebenundsiebzigsten Straße vorgeschoben worden war, um den Swope Park einzugemeinden. Im Swope Park fand man eine Menge beliebter Seufzergäßchen, aber ich suchte eine abgeschiedenere Stelle. Ich kannte auch durchaus einige Kandidaten dafür, da Briney und ich im Laufe der Zeit so gut wie alle Seitenstraßen abgeklappert hatten, um irgendwo etwas zu finden, was Briney als »Liebesweiden« bezeichnete, grasige Flächen, die abgeschieden genug lagen, um für die Adleraugen neugieriger Leute unzugänglich zu sein.

Den gesamten Osten von Kansas City entlang erstreckt sich der Blue River. 1918 fand man dort noch viele entzückende Stellen – ebenso wie dichtes Gebüsch, tiefen Schlamm, Sandflöhe, Moskitos und Giftsumach. Man mußte schon wissen, wohin man wollte. Wenn man nach Süden fuhr, nicht zu weit allerdings, und die Stelle kannte, an der man am besten die Gleise der St. Looie und Frisco überquerte, konnte man ein schmales, teils bewaldetes, teils grasbedecktes Tal finden, das auch nicht weniger hübsch war als alles, was der Swope Park zu bieten hatte, aber völlig abgeschieden zwischen dem Fluß und dem Bahndamm lag und nur über eine schmale Gasse erreichbar war.

Ich wollte unbedingt zu dieser Stelle, die für mich mit sentimentalen Erinnerungen besetzt war. Als Brian uns 1912 durch den Erwerb von »El Reo Grande« mobil gemacht hatte, war diese Stelle unser erstes Ziel für die Liebe im Freien gewesen. Bei dem phantastischen Picknick (ich hatte einen Lunch mitgenommen) war ich mit Woodrow schwanger geworden.

Ich wollte meine neue Liebe genau dort zum erstenmal empfangen, anschließend meinem Mann, während wir uns liebten, in allen Einzelheiten darüber Bericht erstatten und mit ihm über alles kichern. Briney genoß meine Sprünge über den Zaun so sehr, daß er ständig davon hören wollte – vor, während oder nach unserem ehelichen Liebesspiel – als zusätzliche Würze.

Brian erzählte mir auch stets von seinen Abenteuern, aber noch lieber hörte er von meinen.

Und so führte ich Sergeant Theodore zu Punkt X.

Die Zeit war knapp. Ich hatte Vater versprochen, nicht länger wegzubleiben, als nötig war, um meinen Liebsten flachzulegen, sowie eine weitere halbe oder dreiviertel Stunde, um auf das wundervolle, entspannte zweite Mal zu warten – also bis längstens halb elf oder elf Uhr. »Ich komme ungefähr zur selben Zeit zurück wie du aus der Exerzierhalle.«

Vater fand, daß sich mein Plan vernünftig anhörte – einschließlich des erforderlichen zweiten Durchgangs, wenn der erste gut verlief.

»Sehr schön, Tochter. Wenn du dich verspäten solltest, rufe bitte an, damit wir uns keine Sorgen zu machen brauchen. Und, Maureen ...«

»Ja, Vater?«

»Genieße es, Liebling.«

»Oh, mon cher papa, tu es aimable! Je t'adore!«

»Fahre hinaus und vergöttere Sergeant Ted. Du wirst wahrscheinlich für lange Zeit seine letzte Geliebte sein – also schenke ihm ein schönes Erlebnis! Ich liebe dich, du beste aller Töchter.«

Normalerweise lasse ich den Männern das Gefühl, sie hätten mich verführt, während in Wahrheit ich es bin, die vorausplant, die Gelegenheit herbeiführt oder zumindest dazu beiträgt, um sich dann den Avancen des nominellen Verführers gegenüber aufgeschlossen zu zeigen. (Wenn ich mal nicht verführt werden möchte, achte ich darauf, daß sich keine Gelegenheit ergibt.) In dieser Nacht hatte ich allerdings nicht die Zeit für das leise, damenhafte Protokoll. Mir blieben nur diese eine Chance und die zwei Stunden Zeit, um sie zu ergreifen. Theodore würde nach Übersee gehen. Der Kriegerabschied mußte jetzt stattfinden.

Und so verhielt sich Maureen keineswegs damenhaft. Sobald wir vom Benton Boulevard abgebogen waren und die hereinbrechende Dunkelheit für genügend Privatsphäre sorgte, bat ich Theodore, einen Arm um mich zu legen. Als er dem Wunsch nachkam, ergriff ich seine Hand und plazierte sie auf meiner rechten Brust. Die meisten Männer begreifen spätestens in diesem Augenblick.

Theodore ebenfalls. Er holte Luft. Ich sagte: »Wir haben nicht genug Zeit, um schüchtern zu sein, lieber Theodore. Fürchte dich nicht davor, mich anzufassen.«

Er umfaßte die Brust. »Ich liebe dich, Maureen!«

»Wir lieben einander seit dem Abend, als wir uns begegneten«, antwortete ich ernst. »Wir konnten es nur nicht aussprechen.« Ich hob seine Hand an und steckte sie unters Kleid, und ich empfand heiße Erregung, als sie die nackte Brust berührte.

»Ja, ich habe mich nicht getraut, es dir zu sagen«, gestand er heiser.

»Du hättest dich nie getraut, Theodore. Also mußte ich den Mut aufbringen und dir zeigen, daß ich deine Gefühle erwidere. Die Abbiegung ist gleich dort vorne, glaube ich.«

»Das glaube ich auch, aber ich werde beide Hände benötigen, um diese Gasse entlangzufahren.«

»Ja, aber nur, bis wir am Ziel sind. Danach möchte ich deine *beiden* Arme und deine *ganze* Aufmerksamkeit haben!«

»Jawohl!«

Er fuhr die Gasse hinunter, wendete den Wagen, schaltete Scheinwerfer und Motor aus, zog die Handbremse an und wandte sich mir zu. Er nahm mich in die Arme, und wir küßten uns innig, erforschten gegenseitig unsere Zungen und tauschten auf diese Weise wortlos Zärtlichkeiten aus. Ich fühlte mich wie im Himmel. Bis heute bin ich der Meinung, daß ein hemmungsloser Kuß eine intimere Handlung darstellt als der Koitus; eine Frau sollte niemals so küssen, es sei denn, sie wäre in der Folge zum Geschlechtsverkehr entschlossen – auf jede Art, die der Partner sich wünscht.

Das gab ich Theodore wortlos zu verstehen. Sobald sich unsere Zungen begegneten, zog ich den Rock hoch, packte seine Hand und legte sie mir zwischen die Schenkel. Er schien sich noch unschlüssig, also zog ich die Hand an den Schenkeln weiter aufwärts.

Jetzt nur nicht mehr zögern! Theodore brauchte lediglich die Gewißheit, daß ich wußte, was ich wollte, und daß mir seine intimste Aufmerksamkeit willkommen war. Er erforschte mich zärtlich und schob dann einen Finger hinein. Ich öffnete mich dafür und drückte ihn dann so fest, wie ich konnte – und beglückwünschte mich im stillen selbst dazu, daß ich seit Ethels Geburt vor zwei Jahren meine Übungen auch nicht einen Tag lang ausgelassen hatte. Ich liebe es, Männer mit der Kraft meines vaginalen Schließmuskels zu überraschen. Der Durchgang war von so vielen Kindern gedehnt worden, daß ich ohne ständige Ausgleichsübungen so »groß wie ein Scheunentor« gewesen wäre, um Vater zu zitieren, auf dessen Rat hin ich diese Gewohnheit vor Jahren angenommen hatte.

Inzwischen hatten wir jede Zurückhaltung abgeschüttelt, aber ich mußte Theodore unbedingt noch etwas sagen. Ich zog die Zunge wieder ein, entfernte meine Lippen einen halben Zoll weit von seinen und lachte leise. »Überrascht es dich, daß ich keine Pumphose trage? Ich habe sie ausgezogen, als ich nach oben ging. Ich kann schließlich meinem gallanten Krieger nicht richtig Lebewohl sagen, wenn ein Schlüpfer im Weg ist. Du brauchst dich nicht zurückzuhalten, geliebter Soldat!«

»Was meinst du damit?«

»Muß ich denn immer erst keck werden? Ich bin ohne Zweifel seit sieben Wochen schwanger, Theodore. Du brauchst kein Gummi zu verwenden.«

»Das kann ich sowieso nicht; ich habe keines dabei.«

»So? Ist es da nicht hübsch, daß wir keins nötig haben? Hast du denn nicht damit gerechnet, mich zu kriegen?«

»Nein. Nicht im geringsten.«

»Aber du wirst mich kriegen! Es gibt kein Entkommen mehr! Du bekommst mich nackt, ohne Gummi, Liebling. Möchtest du ganz nackt sein? Ich bin sofort dazu bereit. Ich habe keine Angst.«

Er hörte auf, mich heftig abzuküssen. »Maureen, ich kann mir nicht vorstellen, daß du je vor irgendwas Angst hast.«

»O doch, das kommt vor! Ich würde nie nachts allein über die Zwölfte Straße gehen. Aber was Sex und Liebe angeht, nein, da schreckt mich nichts. Jetzt nur keine Hemmungen mehr, Schatz!« (Theodore, hör endlich auf zu reden und nimm mich!)

»Der Sitz ist zu schmal.«

»Ich habe gehört, daß die jungen Leute den Rücksitz herausnehmen und auf den Boden stellen. Es liegt auch ein Seil darauf.«

»Ähem, ja.«

Wir stiegen aus – und erlebten das verflixteste Keystone-Kops-Mißgeschick, an das ich mich erinnern kann.

Woodrow.

Mein kleiner Liebling Woodrow, den ich in diesem

Moment mit eigener Hand hätte erwürgen können, lag auf dem Rücksitz und erwachte, als ich die Tür öffnete. Na ja, ich glaube wenigstens, daß er wach wurde; vielleicht hatte er aber auch schon die ganze Zeit über mitgehört und sich alle Wörter, die er nicht verstand, für spätere Nachforschungen – und Erpressungen – gemerkt.

Oh, dieser Junge! Würde die Welt zulassen, daß er groß wurde? fragte ich mich.

Was ich jedoch im heitersten Tonfall sagte, war: »Woodrow, du Lausebengel! Sergeant Theodore, schauen Sie mal, wer da auf dem Rücksitz schläft.« Ich langte hinter mich und versuchte gleichzeitig, Theodores Hose zuzuknüpfen.

»Sergeant Ted hat versprochen, mich in den Electric Park mitzunehmen!«

Also fuhren wir zum Electric Park, und es war gründlich sichergestellt, daß nichts mehr passierte.

Ich frage mich, ob andere Frauen auch solche Schwierigkeiten haben, ihren »Ruf zu ruinieren«.

Etwa zwanzig Stunden später lag ich in meinem Bett, mit meinem Gatten Captain Brian Smith rechts von mir und meinem Liebhaber Captain Lazarus Long links von mir. Jeder hatte einen Arm unter meinem Nacken liegen und streichelte mich mit der freien Hand.

»Brian, Schatz«, sagte ich, »als Lazarus das Ritual abschloß, indem er ›Nicht, solange die schlechten Tage fern sind‹ sagte, wurde ich fast ohnmächtig. Als er hinzufügte, daß er von uns dreien abstammte, von dir und mir und Woodrow, da glaubte ich, den Verstand zu verlieren. Oder ihn schon verloren zu haben.«

Briney kitzelte mir erneut die rechte Brustwarze. »Mach dir keine Sorgen darum, Schwenkhüfte; bei einer Frau fällt das kaum auf, solange sie vernünftig kochen kann. Heh! Hör auf damit!«

Ich ließ von ihm ab. »Waschlappen! Das war doch nicht fest.«

»Vergiß nicht, daß ich geschwächt bin. Captain Long, wenn ich es richtig verstanden habe, haben Sie sich entschlossen, uns alles zu offenbaren, damit ich erfahre, daß ich in diesem Krieg nicht verletzt werde – auch wenn diese Freimütigkeit Sie selbst gefährdet.«

»Nein, Captain, so war es überhaupt nicht gemeint.«

Briney klang verwirrt: »Ich muß gestehen, daß ich es nicht begreife.«

»Ich sagte, daß ich als Howard aus der Zukunft gekommen bin, um Mrs. Smith zu beruhigen. Sie hatte fürchterliche Angst, daß Sie vielleicht nicht zurückkommen, und deshalb versicherte ich ihr, daß Sie zurückgekehrt sind. Da es sich bei Ihnen um einen meiner direkten Vorfahren handelt, habe ich eine Zusammenfassung Ihrer Biographie studiert, ehe ich Boondock verließ.«

»Nun, ich weiß Ihre Motive zu würdigen; Maureen ist mein Schatz. Trotzdem ist es auch für mich eine Beruhigung.«

»Entschuldigen Sie, Captain Smith, aber ich habe nicht behauptet, Sie würden in diesem Krieg nicht verletzt werden.«

»Hm? Haben Sie das nicht gerade gesagt?«

»Nein, Sir. Ich sagte, Sie würden zurückkehren. Ich sagte jedoch nicht, Sie würden nicht verletzt. Die Archive von Boondock enthalten darüber keine Informationen. Es könnte also sein, daß Sie einen Arm verlieren, ein Bein oder die Augen. Vielleicht verlieren Sie gar Arme und Beine; ich weiß es einfach nicht. Soviel ist allerdings sicher: Sie werden überleben und auch Hoden und Penis behalten, denn die Archive zeigen, daß Sie beide nach Ihrer Rückkehr aus Frankreich noch mehrere Kinder bekommen. Sehen Sie, Captain, die Howard-Familienarchive bestehen größtenteils aus Stammbäumen und enthalten kaum etwas, das darüber hinausgeht.«

»Captain Long ...«

»Nennen Sie mich lieber Bronson, Sir. Hier bin ich nur Staff Sergeant; mein Schiff ist Lichtjahre entfernt und weit in der Zukunft.«

»Dann lassen Sie um Himmels willen auch den ›Captain‹. Ich bin Brian, Sie sind Lazarus.«

»Oder Ted. Ihre Kinder nennen mich ›Onkel Ted‹ oder ›Sergeant Ted‹. Wenn Sie mich mit Lazarus ansprechen, könnte das allerlei Erklärungen nach sich ziehen.«

»Theodore«, warf ich ein, »Vater, Nancy und Jonathan wissen es doch auch. Das gleiche gilt für Carol, sobald du sie mit ins Bett nimmst. Ich durfte es ja auch Nancy sagen, als du mit ihr in die Federn geschlüpft bist. Meine großen Mädchen stehen einander zu nahe, um ein solches Geheimnis zu wahren. So scheint es mir wenigstens.«

»Maureen, ich sagte bereits, daß du es jedem erzählen kannst, weil es ohnehin niemand glaubt. Trotzdem werden jedesmal lange Erklärungen fällig. Wieso gehst du eigentlich davon aus, daß ich mit Carol schlafen möchte? Ich habe nichts davon gesagt. Und ich habe nicht um dieses Privileg gebeten.«

Ich drehte das Gesicht nach rechts. »Briney, hast du gehört, was dieser Mann sagt? Erkennst du jetzt, warum ich über ein Jahr gebraucht habe, ihn flachzulegen? Er hatte nicht den geringsten Einwand dagegen, Nancy zu fikken ...«

»Das überrascht mich nicht; ich hätte ja auch keinen.« Mein Gatte grinste anzüglich und leckte sich die Lippen. »Nancy ist etwas Besonderes, wie ich schon mal sagte.«

»Du bist ein alter Bock, Schatz. Ich glaube nicht, daß du seit deinem neunten Lebensjahr irgendein weibliches Wesen abgelehnt hast.«

»Dem achten!«

»Unaufrichtiger Prahlhans! Und Theodore ist genauso schlimm. Er ließ mich in der Überzeugung, er wäre bereit, Carols größten Wunsch zu erfüllen, seit ich es mit dem Hauptquartier, also dir, abgeklärt hatte. Und ich sagte Carol, sie bräuchte nicht zu verzweifeln, weil Mama an der Sache arbeite und sie hoffnungsvoll aussähe, sehr hoffnungsvoll.«

»Aber Maureen, ich habe mit Einwänden von Brian gerechnet! Und die hat er auch.«

»Jetzt warten Sie aber mal, Lazarus! Ich habe keine Einwände erhoben. Carol ist physisch eine erwachsene Frau, wie ich heute erfahren habe ... Was auch nicht überraschen kann, da sie ein Jahr älter ist, als es ihre Mutter war ...«

»Eher fast schon zwei«, warf ich ein.

»Halt du mal die Klappe; ich mache gerade den Zuhälter für unsere Tochter. Ich habe nichts weiter getan, als ein paar vernünftige Regeln zum Schutz Carols aufzustellen. Lazarus, finden Sie nicht auch, daß das vernünftig war?«

»O sicher, Captain. Ich habe mich nur geweigert, die Regeln zu akzeptieren. Meine Entscheidung. Wie es Ihre Entscheidung war, sie aufzustellen. Ich habe akzeptiert, daß Sie mich nur nach Ihren Regeln mit Ihrer Tochter Carol schlafen lassen. Damit ist die Sache erledigt. Ich rühre sie nicht an.«

»Sehr gut, Sir!«

»Gentlemen, Gentlemen!« Ich ließ mich beinahe dazu hinreißen, die Stimme zu heben. »Ihr klingt beide wie Woodrow. Was sind das für Regeln?«

Theodore sagte nichts, während Brian mit gequälter Stimme antwortete: »Zunächst möchte ich, daß er ein Gummi trägt. Spielte bei dir oder Nancy keine Rolle – ihr habt beide schon einen dicken Bauch. Das hat er abgelehnt. Daraufhin habe ich ...«

»Überrascht dich das vielleicht, Liebling? Ich habe dich auch schon oft sagen hören, mit Gummi wäre es, als würde man sich in Socken die Füße waschen.«

»Ja, aber Carol kann im Moment kein Baby gebrauchen. Und ganz bestimmt keinen kleinen Bastard, ehe sie ihre Howard-Liste geprüft hat. Mo, ich habe ja eingeräumt, daß Ted selbst ein Howard ist, und nur gesagt – okay, wenn Carol beim Soldatenabschied schwanger wird, soll er auch versprechen, daß er nach dem Krieg zurückkehrt und sie heiratet und sie mit nach ... Wie hieß noch dieser Planet, Captain? Boondock?«

»Boondock ist eine Stadt; ich wohne in einem Vorort davon. Der Planet heißt Tellus Tertius, die dritte Erde.«

Ich seufzte. »Theodore, warum bist du damit nicht einverstanden? Du hast erzählt, daß du vier Frauen und drei Mitehemänner hast. Wieso bist du dann nicht bereit, unsere Carol zu heiraten? Sie kann gut kochen und ißt nicht übertrieben viel. Und sie hat eine sehr nette und liebevolle Art.« Ich dachte daran, wie gerne ich selbst nach Boondock gereist wäre – und Tamara geheiratet hätte. Nicht, daß es je in Frage gekommen wäre, denn ich mußte mich um Briney und unsere Kinder kümmern. Aber sogar eine alte Frau darf wohl mal träumen!

»Ich halte mich aus persönlichen Gründen an meine persönlichen Regeln«, antwortete Theodore langsam. »Falls Captain Smith mir nicht über den Weg traut, was mein Verhalten gegenüber anderen Leuten betrifft ...«

»Nicht gegenüber 'anderen Leuten', Captain! Es geht um eine ganz bestimmte Sechzehnjährige namens Carol. Ich bin verantwortlich für ihr Wohlergehen.«

»Das sind Sie. Ich wiederhole ›gegenüber anderen Leuten‹, seien es nun sechzehnjährige Mädchen oder was auch immer. Sie, Captain, vertrauen mir nicht, ohne daß ich Versprechungen leiste, und ich gebe keine Versprechungen. Damit ist die Sache erledigt, und ich bedaure, daß sie je zur Sprache kam. Ich war es ja auch nicht, der sie vorbrachte. Captain, ich bin ohnehin nicht deshalb hier, um Ihre Ladies flachzulegen, sondern um einer Familie Lebewohl und Danke zu sagen, die mich äußerst großzügig und gastfreundlich behandelt hat. Ich hatte nicht vor, Ihren Familienfrieden zu stören. Es tut mir leid, Sir.«

»Ted, seien Sie nicht so verdammt halsstarrig! Sie klingen wie mein Schwiegervater, wenn man ihn wütend gemacht hat. Sie haben unseren Familienfrieden nicht gestört. Sie haben meiner Frau viel Freude gemacht, und dafür danke ich Ihnen. Ich weiß auch, daß Sie von ihr in die Falle gelockt wurden; sie erzählte mir schon vor Monaten, was sie mit Ihnen alles anstellen würde, wenn sie Sie jemals allein erwischen würde. Jetzt geht es allerdings allein um Carol, die keinen Anspruch auf Sie hat. Wenn Sie sie nicht unter Bedingungen haben möchten, die meines Erachtens für ihren Schutz unumgänglich sind, dann soll sie sich lieber an Jungs ihres Alters halten. Das wäre ohnehin vernünftiger.«

»Einverstanden, Sir.«

»Verdammt, hören Sie mit dem ewigen ›Sir‹ auf! Sie liegen mit meiner Frau im Bett – und mit mir.«

»Oh, Liebster!«

»Mo, es ist die einzig vernünftige Lösung.«

»Männer! Ihr tut immer, was ihr ›vernünftig‹ findet, und seid so verbohrt und halsstarrig! Briney, begreifst du nicht, daß Carol auf Versprechungen pfeift? Sie möchte einfach schwanger werden, und wenn das in einem Monat nichts geworden ist, wird sie sich die Augen ausheulen!«

»Maureen, kennst du denn ihren Kalender?« fragte Theodore.

»Wie, natürlich. Na ja, vielleicht. Laß mich mal nachdenken.« Meine Mädchen führten ihre Kalender selbst, aber ihre neugierige Mama hielt stets die Augen offen, nur für alle Fälle. »Wenn ich mich recht entsinne, ist Carol von morgen an in drei Wochen wieder fällig. Wieso?«

»Erinnerst du dich noch an die Daumenregel, die ich dir genannt habe, damit auch wirklich ›die Kasse klingelt‹, wie du das nennst?«

»Ja, tue ich. Du sagtest, man solle genau vierzehn Tage nach Einsetzen der Menstruation bumsen. Und möglichst auch am Tag vorher und danach.«

»Richtig. Es funktioniert aber auch anders herum – wenn man eben nicht schwanger werden möchte; vorausgesetzt, bei der Frau läuft alles regelmäßig und es liegen keinerlei Anomalien vor. Wie sieht es bei Carol aus?«

»Regelmäßig wie ein Pendel. Alle achtundzwanzig Tage.«

»Brian, wenn man davon ausgeht, daß Maureen Carols Kalender richtig im Kopf hat, dann kann die Kleine diese Woche nicht mehr schwanger werden. Wenn sie das nächste Mal fruchtbar wird, bin ich bereits auf hoher See. In der laufenden Woche könnte selbst ein ganzer Zug Marines ihr kein Kind mehr machen.«

Briney machte ein nachdenkliches Gesicht. »Ich möchte mit Ira sprechen. Wenn er mit Ihnen einverstanden ist, ziehe ich alle Einwände zurück.«

»Nein.«

»Was heißt hier nein? Keine Regeln! Entspannen Sie sich!«

»Nein, Sir. Sie haben kein Vertrauen, und ich mache keine Versprechungen. Die Situation ist unverändert.«

Ich brach vor schierer Verzweiflung fast schon in Tränen aus. Männer denken anders als wir, und wir werden sie niemals begreifen. Und doch kommen wir nicht ohne sie aus.

Ein Klopfen an der Tür ersparte es mir, eine Szene zu machen. Es war Nancy. »Darf ich hineinkommen?«

»Nur zu, Nanc'!« rief Briney. »Komm herein, Liebes«, blies ich ins selbe Horn.

Sie trat ein, und ich dachte mir, wie reizend sie aussah. Sie war seit heute früh frisch rasiert, als Vorbereitung für einen Partnertausch, den sie und Jonathan vorgeschlagen hatten – Jonathan in mein Bett, Nancy in Theodores. Theodore hatte zunächst gezögert, wohl aus Furcht, meine Gefühle zu verletzen, aber ich hatte darauf bestanden, da ich wußte, welchen Spaß er und Nancy miteinander haben würden. (Das galt auch für Jonathan und Maureen, und ich fühlte mich durch Jonathans Vorschlag enorm geschmeichelt.)

Vater hatte den Rest meines Zoos mit in Al G. Barnes' Zirkus genommen, der in Independence gastierte. Nur Ethel war zu Hause geblieben, zu klein für den Zirkus und zu klein, um irgendwas zu bemerken. Ihre Wiege stand in meinem Badezimmer, ein sicherer Platz in Rufweite.

Der Partnertausch hatte sich als wunderbares Erlebnis erwiesen, und ich hatte jetzt noch eine höhere Meinung von meinem künftigen Schwiegersohn. Um drei Uhr hatten wir vier – Nancy, Theodore, Jonathan und ich – uns in »Smith Field« versammelt, meinem großen Bett, vor allem, um dort zu schwatzen. Wie Briney manchmal sagte: »Man kann es nicht ständig tun, aber man kann beliebig oft darüber reden.«

Wir hatten immer noch in Smith Field herumgelümmelt

und geplaudert und geschmust, als Brian anrief – der gerade in der Stadt eingetroffen war, weil er dienstfrei hatte. Ich wies ihn an, schleunigst nach Hause zu kommen, und informierte ihn im Familiencode auch über das, was ihn hier erwartete. Nancy verstand den Code und machte große Augen, sagte aber nichts.

Etwas über dreißig Minuten später schloß sie die Augen und breitete die Schenkel aus und empfing zum erstenmal ihren Vater – und öffnete die Augen wieder und betrachtete Jonathan und mich mit einem Lächeln. Ich lächelte zurück; Jonathan war zu beschäftigt, um hinzusehen.

Was diese Welt braucht, ist mehr Liebe, schweißbedeckt und freundschaftlich und ohne Scham.

Anschließend gingen die Kinder nach unten, da Nancy spürte, daß ich mit den beiden Männern allein sein wollte. Jetzt stand sie wieder neben dem Bett und lächelte uns an. »Habt ihr das Telefon klingeln gehört? Es war Opa. Ich soll euch ausrichten, daß der Zoowagen – das ist dein Auto, Ted-Lazarus-Schatz – pünktlich um fünf nach sechs eintrifft. Jonathan badet, aber ich habe ihm gesagt, er soll nicht das ganze heiße Wasser verbrauchen. Seine Kleider liegen noch hier oben. Ich bringe sie ihm, bade dann selbst und kleide mich hier oben an. Ted-Lazarus, wo sind deine Sachen?«

»Im Nähzimmer. Ich bin gleich unten.«

»Nichts da«, warf Brian ein. »Nanc', sei ein liebes Mädchen und bringe Teds Sachen mit, wenn du selbst wieder heraufkommst. Ted, in dieser Familie spielen Förmlichkeiten keine Rolle. Sie brauchen sich nicht anzuziehen, ehe die Türglocke läutet. Mehr Kontrolle als durch den Ehemann braucht eine Frau nicht, und ich brauche den Kindern nicht zu erklären, wieso wir einen Gast hier oben haben. Was meinen Schwiegervater angeht, weiß er sowieso schon Bescheid. Sollte sich Carol etwas denken, so wird sie trotzdem schweigen. Danke, Nancy!«

»*Pas de quoi, mon cher père.* Papa, stimmt es, daß Ted heute abend noch nicht wieder zurück muß?«

»Ted und ich fahren am Sonntag abend gemeinsam zurück. Bis dahin habe ich ihn mit Haut und Haaren an eure Mutter verschachert, was ihn vielleicht das Leben kostet ...«

»Aber nein!« widersprachen meine Tochter und ich unisono.

»Vielleicht nicht, obwohl du es versuchen wirst. Geh jetzt, Liebling, und mach die Tür hinter dir zu.«

Als sie gegangen war, wandte sich Brian an mich: »Rotschopf, es ist zwanzig vor sechs. Hast du eine Idee, wie du Ted und mich für die nächsten fünfundzwanzig Minuten unterhalten könntest?«

Ich holte tief Luft. »Ich kann ja mal was probieren.«

KAPITEL VIERZEHN

SCHWARZER DIENSTAG

Die WELT-ALS-MYTHOS ... So sehr ich Hilda liebe, und so sehr ich Jubal liebe und sein analytisches Genie respektiere, die Welt-als-Mythos erklärt auch nicht alles.

Dr. Will Durant würde sie als unzulängliche Hypothese bezeichnen. Ich habe in den Jahren 1921 und '22 in Kansas City unter seiner Professur Philosophie studiert, nicht lange nach seinem Austritt aus der Katholischen Kirche und seiner Hinwendung zu Agnostizismus, Sozialismus und Ehe, was alles nur passiert war, weil er ein vierzehnjähriges Mädchen beschnuppert hatte – gerade halb so alt wie er.

Dr. Durant muß die Leute enttäuscht haben – er heiratete seine ungesetzlich junge Geliebte und blieb ihr bis zu seinem Tode mit über neunzig Jahren treu, ohne daß es je auch nur den Hauch eines Skandals gegeben hätte. Für manche Leute ein typischer Fall von »an gewissen Tagen lohnt es sich einfach nicht, an der Tür zu lauschen«.

Der Verlust der Kirche war ein Gewinn für die Welt. Die Unfähigkeit eines jungen Lehrers, die Finger von einer hübschen, cleveren und gut entwickelten Schülerin zu lassen, bescherte mehreren Universen einen großen Historiker und Philosophen, der auch Maureen ihre Einführung in die Metaphysik gab – mein größtes intellektuelles Abenteuer, seit Vater mich mit Professor Thomas Henry Huxley bekannt gemacht hatte.

Professor Huxley machte mich mit der Tatsache vertraut, daß es sich bei der Theologie um ein Fach handelt, das keine Antworten geben kann, da es ein Fach ohne Stoff ist.

Ohne Stoff? Richtig, ohne Stoff – welcher Art auch immer. Sie ist nur gefärbtes Wasser mit Süßstoff. »Theo« bezieht sich auf »Gott« und »logie« auf Worte. Jeder auf -logie endende Begriff bedeutet das Studium eines Faches, das mit dem vorangegangenen Wortbestandteil bezeichnet wurde, ob nun Hippologie, Astrologie, Proktologie, Eschatologie oder Skatologie oder sonst was. Um jedoch ein Thema zu untersuchen, muß man sich über dieses erst mal einig sein. Die Hippologie ist in dieser Hinsicht unproblematisch – schließlich hat jeder schon mal ein Pferd gesehen. Das gleiche gilt für die Proktologie – jeder weiß, was ein Arschloch ist. Wer so gut erzogen wurde, daß letzteres für ihn nicht gilt, sollte einmal eine Stadtratssitzung besuchen; dort kann er jede Menge Arschlöcher bewundern.

Bei der Buchstabenfolge ›Theologie‹ sieht jedoch alles ganz anders aus.

›Gott‹ oder ›Götter‹ oder ›Gottheit‹ – hat jemand so was schon mal gesehen? Falls ja, wo und wann? Wie groß war Sie und wie schwer? Welche Hautfarbe hatte Sie? Hatte Sie einen Bauchnabel, und falls ja, warum? Hatte Sie Brüste? Zu welchem Zweck? Wie war es um Ihre Fortpflanzungs- und Ausscheidungsorgane bestellt? Hatte Sie welche oder nicht?

(Wer jetzt glaubt, ich würde mich an der Idee eines Gottes hochziehen, den der Mensch nach seinem Bilde erschuf, muß meinen Ausführungen noch viel weiter folgen!)

Ich sehe ja ein, daß die Vorstellung eines anthropomorphen Gottes bei den meisten Gottesmännern schon vor einiger Zeit aus der Mode gekommen ist – was uns jedoch der Definition der Buchstabenfolge »G-O-T-T« auch nicht näherbringt. Wenden wir uns daher einmal an die fundamentalistischen Prediger, da die Episkopalen Gott den Zutritt zu Seinem Heiligtum verwehren, solange Er sich nicht die Schuhe putzt und diesen entsetzlichen Bart ordentlich kämmt. Die Unitarier lassen Ihn unter überhaupt keinen Umständen herein.

Hören wir uns also die Fundamentalisten an: »Gott ist der Schöpfer der Welt. Die Existenz der Welt beweist, daß sie erschaffen wurde. Demzufolge gibt es auch einen Schöpfer. Diesen Schöpfer nennen wir ›Gott‹. Verneigen wir uns und beten Ihn an, denn Er ist der Allmächtige, dessen Werk von Seiner Macht kündet.«

Würde jemand bitte Dr. S. I. Hayakawa ausrufen lassen? Oder falls er zu beschäftigt sein sollte, dann irgendeinen Studenten mit Zwei plus oder einer besseren Note in Logik? Ich brauche jemanden, dem die Unlogik von Zirkelschlüssen klar ist und der sich auch auf den Verkettungsprozeß versteht, mit dem man abstrakte Begriffe logisch definieren kann, indem man von konkreten Begriffen ausgeht. Was nun ist ein ›konkreter‹ Begriff? Es handelt sich dabei um eine Lautfolge, z. B. ›Katze‹, ›Segelboot‹ oder ›Schlittschuh‹, die etwas bezeichnet, worauf man mit dem Finger zeigen – und sich mit ausreichender Eindeutigkeit einigen kann. So gibt es z. B. keinen Streit darüber, daß mit dem Wort »Segelboot« kein pelziger Vierbeiner mit einziehbaren Krallen gemeint ist.

Was den Begriff ›Gott‹ angeht, ist eine solche Übereinkunft nicht möglich, da hier niemand auf etwas deuten kann. Auch kein Zirkelschluß befreit uns aus diesem Dilemma. Auf etwas zu zeigen (die stoffliche Welt) und zu behaupten, sie müsse einen Schöpfer haben, der seinerseits zwangsläufig diese oder jene Attribute haben müsse, beweist nichts anderes, als daß man eine unbewiesene Behauptung aufgestellt hat. Warum muß etwas einen Schöpfer haben? Wer sagt das? Wie lautet seine Anschrift? Wer hat eigentlich *dem Schöpfer* den Auftrag gegeben? Zu verkünden, etwas Physisches wäre von einem Irgendwas aus dem absoluten Nichts erschaffen worden, ist nicht mal eine philosophische Aussage oder überhaupt irgendeine Aussage, sondern einfach nur ein Geräusch ohne jede inhaltliche Signifikanz.

Jesuiten werden vierzehn Jahre darauf gedrillt, solchen Unfug zu reden. Die Fundamentalistenprediger der Südstaaten schaffen das viel schneller. Aber so oder so ist es Unfug.

Der geneigte Leser möge mir bitte verzeihen, aber bei einem Versuch, ›Gott‹ zu definieren, kann man schon mal redselig werden.

Anders als die Theologie hat die Metaphysik ein Thema, die physikalische Welt, die man fühlen, schmecken und sehen kann, eine Welt mit Schlaglöchern und schönen Menschen und Fahrkarten und bellenden Hunden und Kriegen und Eiscremebechern mit Marshmallows. Wie die Theologie hat die Metaphysik jedoch keine Antworten, nur Fragen. Aber was für tolle Fragen!

Wurde unsere Welt erschaffen? Falls ja, wann und von wem und warum?

Wie ist das Bewußtsein (die »Ichheit«) mit der physikalischen Welt verbunden?

Was wird aus dieser »Ichheit«, wenn mein Körper zu existieren aufhört, stirbt, verwest – wenn die Würmer ihn fressen?

Warum bin ich hier, woher bin ich gekommen, wohin gehe ich?

Warum bist du hier? Bist du hier? Bist du irgendwo? Bin ich ganz allein?

(Und viele mehr.)

Die Metaphysik hat viele lange Wörter für all diese Ideen zu bieten, aber man braucht sie nicht zu benutzen; kurze angelsächsische Wörter sind genausogut für Fragen geeignet, auf die es ohnehin keine Antworten gibt.

Personen, die vorgeben, diese Antworten zu kennen, sind in jedem Fall Betrüger. Ohne Ausnahme. Wenn man auf ihre Betrügerei hinweist, wenn man laut zu sagen wagt, daß der Kaiser keine Kleider trägt, dann versuchen sie einen zu lynchen – natürlich nur aus den edelsten Motiven!

Und genau das ist jetzt mein Problem. Ich habe den Fehler begangen, mein loses Mundwerk zu betätigen, ehe ich etwas über die hiesigen Machtverhältnisse wußte – und muß nun damit rechnen, daß man mich für das Schwerverbrechen der Gotteslästerung hängt (ich hoffe, sie machen nichts Grausameres!).

Ich hätte es besser wissen müssen. Damals hatte ich auch nicht geglaubt, daß es irgend jemandem in San Francisco etwas ausmachen würde, wenn ich behauptete, allem Anschein nach wäre Jesus schwul gewesen.

Und doch war lautes Wutgebrüll ertönt, und zwar gleich von zwei Gruppen – den Schwulen und den Nichtschwulen. Ich hatte Glück, noch aus der Stadt zu entwischen.

(Ich wünschte wirklich, Pixel würde zurückkommen!)

Am Freitag verheirateten wir meine Tochter mit Jonathan Weatheral. Die Braut trug Weiß über einem erdnußgroßen Embryo, der sie für die Vergünstigungen der Howard-Stiftung qualifizierte. Die Brautmutter trug ein dümmliches Grinsen zur Schau, das aus ihren privaten Vergnügungen im Verlauf der zurückliegenden Woche resultierte, und die Mutter des Bräutigams zeigte ein leiseres Lächeln und einen abwesenden Blick aus ähnlich privaten, wenn auch nicht ganz identischen Gründen.

Ich hatte große Anstrengungen unternommen, um Eleanor Weatheral einen Platz unter Sergeant Theodore zu verschaffen – zu ihrem beiderseitigen Vergnügen, wie ich weiß, aber nicht allein aus diesem Grund. Eleanor ist ein wandelnder Prüfstein und kann bei sexuellen Kontakten mit einer Person erkennen, ob sie lügen oder nicht.

Blenden wir einmal zwei Tage zurück. Am Mittwoch kam mein »Zoo« um fünf nach sechs aus dem Zirkus zurück. Wir veranstalteten das Abendessen um halb sieben als Picknick auf dem Hinterhof. Als es dunkel wurde, schaltete Brian die Gartenbeleuchtung ein, und die Jüngeren spielten Krocket, während wir Älteren (Brian, Vater, Theodore und ich) auf der Hollywoodschaukel Platz nahmen, um uns über das Problem der weiblichen Fruchtbarkeit zu unterhalten. Brian erklärte Vater, er solle sich anhören, was Captain Long zu diesem Thema zu sagen hätte.

Zuerst muß ich jedoch erwähnen, daß ich Vater am Abend zuvor in seinem Zimmer aufgesucht hatte, um ihm einen königlichen Kuß zu versprechen und ihm von einer seltsamen Geschichte zu berichten, die Sergeant Theodore mir zuvor nach dem albernen, ungeplanten Besuch im Electric Park erzählt hatte, verbunden mit der Behauptung, er wäre Captain Lazarus Long, ein Howard aus der Zukunft.

Trotz meines Versprechens (der königliche Kuß) ließ er die Tür angelehnt. Nancy klopfte an, setzte sich mir gegenüber auf die andere Seite von Vaters Bett und hörte mit ernster Miene zu, als ich meine Geschichte wiederholte.

»Maureen, wenn ich dich richtig verstehe, glaubst du ihm«, sagte Vater, »Zeitreise, Ätherschiff und all das.«

»Vater, er kannte Woodrows Geburtsdatum! Hast du es ihm gesagt?«

»Nein. Ich kenne schließlich deine Politik.«

»Er wußte auch dein Geburtsdatum, nicht nur das Jahr, sondern sogar Monat und Tag. Weiß er es von dir?«

»Nein, aber es handelt sich dabei nicht um ein Geheimnis. Es erscheint auf allerlei Dokumenten.«

»Wie sollte er an eins davon kommen? Auch den exakten Tag von Mutters Geburt konnte er angeben!«

»Das wiegt schon schwerer, ist aber ebenfalls nicht unmöglich herauszufinden. Jeder, der Zugriff auf die Akten der Stiftung in Toledo hat, könnte all das einfach nachschlagen.«

»Wieso kennt er aber Woodrows Geburtstag, nicht jedoch den von Nancy? Vater, Theodores Wissen erstreckt sich auf alle seine angeblichen Vorfahren, also auch Woodrow, nicht jedoch auf Woodrows Brüder und Schwestern.«

»Was soll ich sagen? Falls er Zugriff auf Judge Sperlings Akten hatte, konnte er sich eben alles merken, was er für die Begründung seiner Geschichte brauchte. Seine interessanteste Angabe ist jedoch die, daß der Krieg dieses Jahr am 11. November enden wird. Ich hätte auf irgendwann im Sommer getippt, mit schlechten Nachrichten für England und noch schlechteren für Frankreich sowie einer Demütigung für uns – oder auf frühestens den Sommer 1919 mit einem Sieg der Alliierten, wenn auch einem schrecklich verlustreichen. Falls Ted recht behalten sollte – 11. November 1918 –, dann werde ich ihm glauben. Und zwar alles.«

»Ich glaube ihm«, warf Nancy unvermittelt ein.

»Wieso?« wollte Vater wissen.

»Opa, erinnerst du dich noch..? Nein, du warst ja nicht hier. Es war vor einem Jahr, als der Krieg erklärt wurde. Papa hatte jedem von uns einen Abschiedskuß gegeben. Du, Opa, bist gleich nach ihm gegangen, und du, Mama, bist nach oben gegangen, um dich hinzulegen. Bis Onkel Ted anrief. Du warst gemein zu ihm, Opa.«

»Nancy, das tut mir heute noch leid.«

»Oh, es war ja ein Mißverständnis – das wissen wir doch alle! Aber ich meine einen zweiten Anruf, vielleicht eine Stunde oder noch länger vor dem anderen. Ich war aufgeregt und habe, glaube ich, ein bißchen geheult, und Onkel Ted wußte es. Er sagte, ich bräuchte mir keine Sorgen um Papa zu machen, weil er, Ted, das zweite Gesicht hätte und in die Zukunft blicken könne. Er sagte, Papa würde wohlbehalten wieder zurückkommen, und auf einmal habe ich mir keine Sorgen mehr gemacht, jedenfalls nicht darum. Ich wußte einfach, daß Onkel Ted die Wahrheit gesagt hatte. Weil er aus der Zukunft stammt.«

»Vater?«

»Wie soll ich das entscheiden, Maureen?« Er wirkte ganz nachdenklich. »Ich glaube, wir müssen zumindest davon ausgehen, daß Ted selbst an die Geschichte glaubt. Was natürlich nicht die Hypothese ausschließt, daß er so verrückt ist wie ein Maikäfer.«

»Opa! Du weißt, daß Onkel Ted nicht verrückt ist!«

»Ich glaube, er ist es nicht, aber seine Geschichte klingt ganz danach. Nancy, ich versuche doch nur, vernünftig an die Sache heranzugehen. Schimpfe bitte nicht mit Opa; er gibt sich wirklich Mühe! Im ungünstigsten Fall wissen wir in etwa fünf Monaten Bescheid, am 11. November. Das tröstet dich vielleicht nicht sonderlich, Maureen, könnte aber doch teilweise den schmutzigen Streich wiedergutmachen, den dir Woodrow gespielt hat. Du hättest ihn dort gleich an Ort und Stelle verprügeln sollen!«

»Aber doch nicht mitten in der Nacht im Wald, Papa!

Nicht ein so kleines Kind! Und jetzt ist es zu spät dafür. Nancy, erinnerst du dich noch an die Stelle, wo Sergeant Theodore vor einem Jahr mit euch allen gepicknickt hat? Dort waren wir heute.«

Nancy riß den Mund auf. »Woodie war bei euch? Dann habt ihr also gar nicht …« Sie brach ab. Vater setzte sein Pokergesicht auf.

Ich blickte vom einen zum anderen. »Oh, ihr Lieblinge! Ich habe meine Pläne euch beiden erzählt, aber jeweils verschwiegen, daß der andere auch Bescheid weiß. Ja, Nancy, ich hatte da draußen die Absicht, Sergeant Theodore den schönsten Kriegerabschied zu bereiten, den zu bieten ich imstande bin; nur stellte sich dann heraus, daß sich Woodrow hinten im Wagen versteckt hatte.«

»Oh, wie furchtbar!«

»Das dachte ich auch. Also verschwanden wir schnellstens von dort, besuchten den Electric Park und fanden zu keinem Zeitpunkt die nötige Privatsphäre.«

»Arme Mama!« Nancy beugte sich über Vater hinweg, packte meinen Kopf und gab mütterliche Laute von sich, wie ich es all die Jahre über für sie getan hatte, wenn sie Trost brauchte.

Dann richtete sie sich wieder auf. »Mama, du solltest es gleich nachholen!«

»Hier? In einem Haus voller Kinder? Kommt nicht in Frage!«

»Ich passe auf! Opa, findest du nicht auch, daß sie es tun sollte?«

Vater schwieg. Ich wiederholte: »Nein, Liebes. Zu riskant!«

»Mama, du traust dich hier im Haus vielleicht nicht, aber auf mich trifft das ganz bestimmt nicht zu! Opa weiß, das ich schwanger bin, nicht wahr? Sonst würde ich ja auch nicht heiraten. Und ich weiß genau, was Jonathan dazu sagen würde.« Sie traf Anstalten, sich zu erheben. »Ich gehe gleich nach unten und verschaffe Onkel Ted einen Kriegerabschied. Morgen erzähle ich es Jonathan. Mama, ich habe eine Nachricht von Jonathan für dich. Ich teile sie dir mit, wenn ich wieder heraufkomme.«

Schwach und hoffnungslos sagte ich: »Bleib nicht zu lange. Die Jungs stehen um halb fünf auf. Laß dich nicht von ihnen erwischen.«

»Ich bin vorsichtig. Tschüs.«

Vater hielt sie auf. »Nancy, setz dich wieder hin! Du mischst dich in die Vorrechte deiner Mutter ein.«

»Aber Opa ...«

»Sei still. Maureen wird nach unten gehen und zu Ende bringen, was sie begonnen hat. Sie sollte es wirklich tun. Tochter, ich werde Wache schieben, und Nancy kann mir dabei helfen, wenn sie möchte. Halte dich aber möglichst an den eigenen Ratschlag und bleib nicht zu lange! Solltest du um drei nicht wieder hier oben sein, klopfe ich an die Tür.«

»Mama, wieso gehen wir nicht beide?« fragte Nancy eifrig. »Ich bin sicher, daß das Onkel Ted gefallen würde!«

»Da wette ich drauf«, warf Vater grimmig ein, »aber dieses Vergnügen wird er heute nacht nicht kriegen. Wenn du ihm den Soldatenabschied gewähren möchtest, Nancy, dann nur zu, aber nicht heute und nicht, ehe du dich mit Jonathan besprochen hast. Jetzt ab ins Bett, Liebling. Maureen, hinunter mit dir zu Ted!«

Ich küßte ihn und traf Anstalten zu gehen. »Geh jetzt, Nancy«, sagte Vater. »Ich übernehme die erste Wache.«

Sie zog eine Schnute. »Nein, Opa, ich bleibe hier und belästige dich.«

Ich verschwand durch die Schlafveranda und mein eigenes Zimmer und ging barfuß und nur in ein Handtuch gewickelt nach unten. Ich hielt mich nicht damit auf abzuwarten, ob Vater Nancy hinauswarf. Falls sie das erreicht hatte, was mir in doppelt so vielen Jahren nicht gelungen war, nämlich Vater zu zähmen, dann wollte ich es gar nicht wissen. Nicht im Moment. Ich dachte lieber an Theodore, und das mit solchem Erfolg, daß ich beim Öffnen der Tür zu meinem Nähzimmer schon so bereit war, wie es ein weibliches Tier nur sein kann.

So leise ich auch war, er hörte mich trotzdem und hielt mich schon umklammert, noch ehe ich die Tür wieder geschlossen hatte. Ich erwiderte die Umarmung, befreite mich von dem Handtuch und schlang ihm anschließend erneut die Arme um den Hals. Endlich, endlich lag ich nackt in seinen Armen!

Dieser Vorfall führte nach dem Picknick am Mittwoch abend unvermeidlich zu unserer Diskussion auf der Schaukel. Ich lauschte zunächst einem Gespräch zwischen Vater und Theodore, während die Kinder ringsherum Krocket spielten. Auf Brians Bitte hin hatte Theodore seine Aussagen über die Fruchtbarkeitsschwankungen beim weiblichen Homo sapiens wiederholt.

Die Diskussion verlagerte sich von der Fortpflanzung zur Geburtshilfe. Fremdwörter sprudelten ihnen nur so von den Lippen, als es zu einer Auseinandersetzung über die beste Methode kam, mit einer bestimmten Komplikation fertig zu werden. Je mehr die Meinungen auseinandergingen, desto höflicher wurden die Kontrahenten. Ich hatte zu diesem Thema nichts beizusteuern, da ich auch heute noch Komplikationen bei der Geburt nur aus Büchern kenne. Ich kriege Kinder so mühelos, wie eine Henne Eier legt. Einmal »autsch« gesagt, und die Sache ist gelaufen.

Briney unterbrach sie schließlich, ein wenig zu meiner Erleichterung. Ich mag nicht mal hören, was alles an schrecklichen Sachen passieren kann, wenn eine Geburt schiefgeht. »Das ist alles sehr interessant«, sagte er. »Darf ich eine Frage stellen, Ira? Ist Ted ein Mediziner oder nicht? Entschuldigen Sie, Ted.«

»Keine Ursache, Brian. Meine ganze Geschichte klingt windig, ich weiß. Darum erzähle ich sie ja auch nicht gern.«

»Brian, hast du während der letzten dreißig Minuten nicht gehört, daß ich Ted als ›Doktor‹ angesprochen habe?« fragte Vater. »Was mich allerdings wütend macht – oder eher in Verlegenheit bringt –, ist die Tatsache, daß er mehr über die medizinische Kunst weiß, als ich je lernen könnte. Trotzdem hat die Fachsimpelei den Wunsch in mir geweckt, wieder zu praktizieren.«

Theodore räusperte sich und hörte sich dabei ganz wie Vater an. »Mrrmpf, Dr. Johnson ...«

»Ja, Doktor?«

»Ich glaube, meine überlegenen Therapiekenntnisse – besser, meine Kenntnisse von überlegener Therapie – machen Ihnen deshalb zu schaffen, weil Sie mich für jünger halten. Wie ich jedoch schon erklärt habe, sieht das nur so aus. In Wirklichkeit bin ich älter als Sie.«

»Wie alt?«

»Ich habe eine Antwort auf diese Frage schon verweigert, als Mrs. Smith sie mir stellte ...«

»Theodore! Ich heiße Maureen!« (Der Mann brachte mich wirklich zur Verzweiflung!)

»Kleine Kinder spitzen stets die Ohren, Maureen«, versetzte Theodore ruhig. »Dr. Johnson, die Behandlungstechnik meiner Zeit ist nicht schwerer zu erlernen als die der heutigen; sie ist sogar leichter, da sie weniger empirischen Charakter hat, als vielmehr auf präzise erprobten Theorien beruht. Mit einer korrekten und logischen Theorie als Ansatz könnten Sie ruckzuck aufholen; unter Anleitung sogar in klinischer Praxis. Es würde Ihnen nicht schwerfallen.«

»Verdammt, Sir, ich werde nie die Chance dazu haben!«

»Aber Doktor, genau das biete ich Ihnen doch an! Meine Schwester holt mich vereinbarungsgemäß am 2. August 1926 in Arizona ab, also in acht Jahren. Wenn Sie möchten, nehme ich Sie gerne mit in meine Zeit und auf meinen Planeten, wo Sie Behandlungsmethoden studieren können. Ich bin Vorsitzender des Direktoriums einer medizinischen Fakultät; da gibt es also kein Problem. Anschließend können Sie entweder auf Tertius bleiben oder zur Erde zurückkehren, und zwar exakt an den Ort und zu dem Zeitpunkt, an dem Sie von dort aufgebrochen sind, falls das Ihr Wunsch ist – allerdings mit aufgefrischter medizinischer Bildung und ein wenig verjüngt. Als Nebeneffekt der Verjüngung ergibt sich auch wieder eine gesteigerte Lebenslust.«

Vater machte ein merkwürdiges Gesicht, als hätte er ein Gespenst gesehen. Ich hörte ihn murmeln: »› ... auf einen sehr hohen Berg, zeigte ihm alle Reiche der Welt ...‹« Und Sergeant Theodore ergänzte: »› ... und ihre Herrlichkeit ...‹ Matthäus vier, Vers acht. Aber Doktor, ich bin nicht der Teufel und biete Ihnen weder Schätze noch Macht, lediglich die Gastfreundschaft meines Heims, wie ich die Ihres Heims genossen habe – zuzüglich eines Auffrischungskurses, wenn Sie ihn möchten. Sie brauchen sich jedoch nicht heute abend zu entschließen; dazu bleiben Ihnen noch mehr als acht Jahre. Es reicht, wenn Sie sich in der letzten Minute entscheiden. Die Dora – das ist mein Schiff – bietet reichlich Platz.«

Ich legte Vater eine Hand auf den Arm. »Vater, erinnerst du dich an 1893?« Ich warf Ted einen Blick zu. »Vater studierte Medizin bei einem Lehrer, der nicht an Keime glaubte. Nachdem er schon viele Jahre lang praktiziert hatte, besuchte er 1893 die Northwestern University, um zum aktuellen Wissensstand auf dem Gebiet der Keime und Asepsis und solcher Dinge aufzuschließen. Vater, das hier ist genau das selbe – eine unglaubliche Gelegenheit! Natürlich nimmt er an, Theodore; er benötigt manchmal nur etwas Zeit, seine Wünsche einzugestehen.«

»Kümmere dich um deine eigenen Angelegenheiten, Maureen! Ted sagte, ich könnte mir mit der Antwort acht Jahre Zeit lassen.«

»Carol würde keine acht Jahre dafür brauchen – und ich ebenfalls nicht! Vorausgesetzt, Brian wäre einverstanden. Falls Theodore auch mich zur selben Stunde zurückbringen könnte ...«

»Das kann ich.«

»Würde ich Tamara kennenlernen?«

»Natürlich.«

»Oh! Brian? Nur ein Besuch, und ich komme am selben Tag zurück ...«

»Brian, Sie können sie ja begleiten«, warf Theodore ein. »Ein paar Tage oder Monate Urlaub, und trotzdem am selben Tag zurück.«

»Ah ... welch eine himmlische Vorstellung! Sergeant, Sie und ich müssen jedoch erst einmal einen Krieg gewinnen! Können wir die ganze Sache nicht bis nach unserer Rückkehr aus Frankreich vertagen?«

»Sicherlich, Captain.«

Ich erinnere mich nicht mehr, wie das Gespräch auf Wirtschaftsthemen kam. Zunächst mußte ich schwören, über die periodische Natur der weiblichen Fruchtbarkeit Stillschweigen zu wahren, und dabei das Kreuzzeichen machen. Was für ein Unsinn! Beide Ärzte, Papa und Theodore, meinten, daß ich nie Probleme mit Krankheitserregern gehabt hätte, weil ich bis zur Vergasung darauf gedrillt worden wäre, ein Gummi zu benutzen, es sei denn, ich wollte schwanger werden. Für meine Mädchen galt dasselbe. Ich erwähnte die weit zahlreicheren Gelegenheiten nicht, als ich das lästige Ding nur zu gerne weggelassen hatte, weil ich gewußt hatte, daß ich schwanger war. Zum Beispiel in der Nacht zuvor. Ansteckungen zu vermeiden, hängt weniger von so was Trivialem wie einem Gummi ab, sondern eher von einer ausgesprochen wählerischen Partnerwahl. Eine Frau kann sich in Mund oder Augen genauso schnell was holen wie in der Vagina. Und soll ich vielleicht mit einem Mann schlafen, ohne ihn zu küssen? Wir wollen doch nicht albern werden!

Ich kann mich nicht erinnern, je wieder ein Gummi benutzt zu haben, nachdem mir Theodore gezeigt hatte, wie ich meine Fruchtbarkeitsperioden kalendarisch festhalten konnte – oder daß ich je wieder einen Mißerfolg gehabt hätte, wenn ich die Kasse zum Klingeln hatte bringen wollen.

In diesem Moment hörte ich: » ... 29. Oktober 1929.«

»Wie bitte?« platzte ich heraus. »Du sagtest doch, du würdest schon 1926 wieder abreisen. Am 2. August.«

»Maureen, ich sprach vom Schwarzen Dienstag«, erklärte Theodore. »Künftige Historiker werden ihn als den größten Börsencrash der Geschichte bezeichnen.«

»Du meinst so was wie 1907?«

»Ich bin mir nicht sicher, was 1907 passiert ist, da ich, wie ich dir schon sagte, nur das Jahrzehnt gründlich studiert habe, das ich hier zu verbringen gedachte – vom Jahr nach dem Ende des laufenden Krieges bis kurz vor den Schwarzen Dienstag, den 29. Oktober 1929. Diese zehn Jahre nach dem Ersten Weltkrieg ...«

»Moment mal! Was meinen Sie mit *Erster* Weltkrieg?«

»Doktor Johnson, von diesem einen Goldenen Zeitalter zwischen dem 11. November 1918 und dem 29. Oktober 1929 einmal abgesehen, finden das ganze Jahrhundert über ständig Kriege statt. Der Zweite Weltkrieg beginnt 1939 und wird länger und schlimmer als der Erste sein. Auch später in diesem Jahrhundert gibt es immer wieder Krieg. Und das nächste Jahrhundert, das einundzwanzigste, wird noch viel schlimmer werden.«

»Ted, am Tage der Kriegserklärung«, sagte Vater, »da haben Sie einfach die Wahrheit gesagt, wie Sie sie sahen, nicht wahr?«

»Ja, Sir.«

»Warum haben Sie sich dann doch noch gemeldet? Dies ist nicht Ihr Krieg, Captain Long.«

Theodores Antwort kam ganz leise. »Um Ihren Respekt zu gewinnen, Vorfahr. Und damit Maureen stolz auf mich ist.«

»Mrrmpf! Na ja! Ich hoffe, daß Sie es nie bedauern werden, Sir.«

»Das werde ich nicht.«

Der Donnerstag erwies sich als wahrhaft geschäftiger Tag. Eleanor und ich stellten in nur vierundzwanzig Stunden eine offizielle kirchliche Trauung auf die Beine, wobei wir allerdings die Hilfe aller unserer älteren Kinder, Sergeant Theodores, unserer Ehemänner und Vaters genossen.

Wir hatten aber bereits Vorkehrungen getroffen. Die Gästeliste stand, Priester und Küster waren alarmiert, die Einladungen hinausgegangen.

Die Braut konnte fristgerecht in ihrem Kleid präsentiert werden, da Sergeant Theodore ein weiteres unerwartetes Talent an den Tag legte – als Damenschneider! Eleanors telepathische Veranlagung hatte ich zu diesem Zeitpunkt längst eingesetzt. Die schweißtriefenden Details möchte ich gar nicht erwähnen, aber dreißig Minuten nach dem freudigen Ereignis berichtete sie mir: »Maureen, Schatz, Theodore glaubt an jedes Wort seiner Geschichte.« Theodore selbst hielt dem entgegen, daß jeder Napoleon in jedem Irrenhaus nicht weniger fest an die eigene Geschichte glaubte.

»Captain Long«, erwiderte Eleanor, »nur wenige Männer verfügen über eine gesicherte Erkenntnis der Wirklichkeit; von daher vermag ich den Sinn Ihres Einwurfes nicht zu erkennen. Sie haben mir die Wahrheit erzählt, wie Sie sie kennen, als Sie mir von Ihrem Zuhause in der Zukunft berichteten. Ebenso lieben Sie, so wie Sie es behaupten, Maureen. Da ich Maureen ebenfalls liebe, hoffe ich, auch etwas von dieser Liebe abzubekommen. Wenn Sie mich jetzt bitte aufstehen ließen ... Vielen Dank, Sir, es war mir ein echtes Vergnügen!«

Kurz danach trat ein erster zeitlicher Engpaß auf. Eleanors Hochzeitskleid mußte zur Näherin, um dort für Nancy angepaßt zu werden, und gleichzeitig mußten wir uns bei der Stadt um eine Sondergenehmigung bemühen, da unsere beiden Hauptpersonen noch nicht das erforderliche Alter erreicht hatten.

Theodore wandte ein: »Wozu brauchen wir eine Näherin? Eleanor, steht in dem Schrank da drüben nicht eine Singer-Nähmaschine? Und wozu brauchen wir Nancy? Mama Maureen, sagtest du nicht, ihr könntet dieselben Sachen tragen?«

Ich bestätigte das. »Ich benötige nur an Schenkeln und Brust einen Zoll mehr. Aber Lazarus, wir können es nicht wagen, Hand an Eleanors Kleid zu legen – warte mal ab, bis du es siehst!«

Obwohl Eleanor größer und kräftiger gebaut war als ich, kam ihr Hochzeitskleid meinen Maßen recht nahe, da es bereits einmal für ihre Tochter Ruth, drei Zoll kleiner als ihre Mutter, gekürzt worden war. Es handelte sich um ein prachtvolles Kleid aus weißem Satin, üppig mit Zuchtperlen besetzt. Dazu gehörten ein belgischer Spitzenschleier und eine drei Meter lange Schleppe. Die ursprünglichen Fledermausärmel und der Derrièreschnitt waren bereits der Änderung für Ruth zum Opfer gefallen.

Kein Geld in der Welt konnte ein Hochzeitskleid von solcher Qualität in den wenigen Stunden produzieren, in denen wir es brauchten. Meine Nancy hatte richtig Glück, daß ihre Tante El bereit war, es ihr zu leihen.

Eleanor holte das Prachtstück. Theodore bewunderte es, wirkte aber keineswegs eingeschüchtert. »Eleanor, passen wir es an Mama Maureen an, dann bleibt noch Platz für etwas Unterkleidung bei Nancy. Wie sieht es mit einem Korsett aus? Mit Büstenhalter oder Schlüpfer?«

»Ich habe Nancy nie ein Korsett angelegt«, sagte ich, »und sie wird auch nicht von selbst damit anfangen.«

»Gut für Nancy!« pflichtete Eleanor mir bei. »Ich wünschte, ich hätte auch nie eines getragen. Mo, Nancy benötigt keinen Büstenhalter. Was ist mit einem Schlüpfer? Der kann leicht Falten werfen, wenn das Kleid so gut sitzt, wie es sollte.«

»Kein Schlüpfer«, bestimmte ich.

»Jede alte Schachtel wird das sofort bemerken«, wandte Eleanor zweifelnd ein.

Ich machte deutlich, wie wenig ich mich dafür interessierte, was alte Schachteln dachten. »Ich ziehe ihr runde Strumpfbänder an. Sie kann zu Strumpfhaltern wechseln, wenn sie sich nachher umzieht.«

»Sie kann dann auch ein Höschen anziehen«, setzte Theodore hinzu.

Ich war erstaunt. »Aber Theodore, du überraschst mich! Was soll eine Braut denn mit einem Höschen?«

»Ich meine eines der winzigsten, dünnsten Damenhöschen, die heute auf dem Markt sind, keine Pumphose. Jonny kann es ausziehen, sobald er an dieser Stelle angekommen ist. Symbolische Entjungferung, ein alter heidnischer Ritus. Sie weiß dann, daß sie verheiratet ist.«

El und ich kicherten. »Ich darf nicht vergessen, das Nancy zu erzählen«, sagte ich.

»Und ich rede mit Jonathan, damit er daraus eine richtige Zeremonie macht. Eleanor, packen wir Maureen mal dort auf den niedrigen Tisch und stecken Nadeln in sie hinein. Mama Maureen, bist du überall sauber und trocken? Ich habe vor, dieses Kleid von innen nach außen zu wenden, und an Satin erkennt man einfach alles.«

Während der nächsten fünfundzwanzig Minuten war Theodore sehr beschäftigt, während ich stillhielt und Eleanor ihn laufend mit Nadeln versorgte. »Lazarus, wo hast du Damenschneiderei gelernt?« wollte sie wissen.

»In Paris, in etwa hundert Jahren.«

»Ich wünschte, ich hätte nicht gefragt. Stammst du auch von mir ab oder nur von Maureen?«

»Wäre nicht schlecht, aber leider ist das nicht der Fall. Ich bin allerdings mit dreien deiner Nachkommen verheiratet – Tamara, Ishtar und Hamadryad. Außerdem bin ich Co-Gatte eines weiteren deiner Sprößlinge, Ira Weatheral. Wahrscheinlich gibt es noch mehr Verbindungen, aber wie Maureen schon sagte, habe ich in den Archiven nur nach meinen direkten Vorfahren gesucht. Ich habe nicht damit gerechnet, dir zu begegnen, El-vom-schönen-Bauch. So, fast fertig. Soll ich jetzt mit den eigentlichen Änderungen anfangen? Oder bringen wir das zu deiner Näherin?«

El wandte sich an mich. »Was meinst du? Ich bin bereit, das Kleid aufs Spiel zu setzen. Ich habe Vertrauen zu Lazarus – ich meine, zu M'sieur Jacques Noir –, aber da es hierbei um Nancys Hochzeit geht, möchte ich nicht ohne deine Zustimmung tun.«

»Ich kann kein Urteil zu einem Kerl abgeben, der mich behandelt wie eine Schaufensterpuppe, ob er jetzt Theodore, Lazwas oder sonst wie heißt. Sergeant, sagtest du nicht, du hättest deine Breeches selbst geändert?«

»*Oui, Madame.*«

»Wo hast du deine Hose gelassen? Man sollte immer wissen, wo man sie abgelegt hat!«

»Ich weiß, wo sie ist!« rief El und holte sie.

»Sieh dir mal die Knie an. Dreh sie nach außen.« Ich trat zu ihr, um Theodores Schneiderkunst zu kontrollieren, und mußte schließlich feststellen: »El, ich kann nicht erkennen, wo hier etwas geändert wurde.«

»Ich schon. Siehst du hier? Der ursprüngliche Faden ist ganz leicht verblaßt; der Faden, den er für die Änderung benutzt hat, weist dieselbe Tönung auf wie das Futter, das dem Sonnenlicht nie ausgesetzt war.«

Ich stimmte ihr zu. »Hmm, ja, sobald man es mehr ins Licht hält und genau hinsieht.«

El blickte auf. »Du bist eingestellt, Junge. Unterkunft, Verpflegung, zehn Dollar die Woche und alles an Weibern, was du verkraften kannst.«

Theodore machte ein nachdenkliches Gesicht. »Na ja, in Ordnung. Obwohl ich normalerweise für letzteres extra bezahlt werde.«

El schaute erstaunt drein, lachte dann herzlich, lief zu ihm hin und rieb die Brüste an seinen Rippen. »Ihre Bedingungen sind angenommen, Captain. Was verlangt der Zuchthengst für seine Dienste?«

»Normalerweise erhalte ich die freie Wahl aus dem Wurf.«

»Das Geschäft gilt.«

Die Hochzeit war schön und unsere Nancy eine Braut von blendendem Liebreiz in einem prachtvollen Kleid, das perfekt saß. Marie war das Blumenmädchen und Richard der Ringträger, beide in sonntäglichem Weiß. Jonathan erschien zu meiner Überraschung in einem feierlichen Cutaway, mit perlgrauer Krawatte und perlfarbener Krawattennadel, graugestreifter Hose und Gamaschen. Theodore trat in Uniform als Trauzeuge des Bräutigams auf. Vater trug ebenfalls Uniform (mit allen seinen Abzeichen) und agierte als Zeremonienmeister und Brautführer. Brian war herrlich anzuschauen in seinen Stiefeln und seinem Sam-Browne-Koppel, den Sporen, dem Säbel und in seinen '98er Abzeichen und der waldgrünen Jacke.

Carol war die Brautjungfer und in ihrem limonellengrünen Tüll und mit dem Blumenstrauß fast so liebreizend wie die Braut. Brian junior machte den zweiten Zeremonienmeister und Brautführer und trug dazu seinen noch brandneuen Anzug von der Abschlußfeier der Grammar School, die gerade mal zwei Wochen vorher stattgefunden hatte – zweireihige blaue Sersche und die erste lange Hose seines Lebens –, und er benahm sich sehr erwachsen.

George hatte nur eine einzige Aufgabe, nämlich darauf zu achten, daß Woodrow sich ruhig verhielt, und er war bevollmächtigt, alle dazu erforderlichen Zwangsmaßnahmen zu ergreifen. Vater hatte ihn in Woodrows Gegenwart instruiert, und Woodrow benahm sich tatsächlich. Man konnte sich immer darauf verlassen, daß er im eigenen Interesse handelte.

Dr. Draper schwelgte nicht in irgendwelchem Unsinn, mit dem der Reverend Timberly einst meine Hochzeit beinahe verdorben hatte; er las die methodistisch-episkopale Liturgie direkt aus der Disziplin von 1904, kein Wort mehr und kein Wort weniger ... Und so ging Nancy schon wenig später am Arm ihres Gatten wieder den Zwischengang hinunter, begleitet von den traditionellen Weisen des Mendelssohnschen Schlußchorals. Ich seufzte vor Erleichterung. Es war eine perfekte Trauung gewesen, ohne irgendeinen Schönheitsfehler. Dabei überlegte ich mir, wie sprachlos die Leute gewesen wären, hätten sie die Mehrzahl der Hochzeitsgäste nur sechsunddreißig Stunden vorher hinter verschlossenen Türen mit einer sanften Orgie beschäftigt gesehen, die den historischen Ursprung des Carols-Tages bildete.

Damals feierten wir zum erstenmal jenen Feiertag, der sich mit der Wellenfront der Menschheit im All ausbreitete – den Carolstag, Carolmas, Carolitas Geburtstag (was er keineswegs war!), die Fiesta de Santa Carolita. Laut Theodore würde sich daraus das Mittsommerfruchtbarkeitsritual auf allen Planeten zu allen Zeiten entwickeln. Er stieß mit Champagner auf Carols Wechsel von der Jungfrau zur Frau an, und Carol erwiderte den Trinkspruch mit großer Ernsthaftigkeit und Würde – bekam dabei Kohlensäure in die Nase, würgte und hustete und mußte getröstet werden.

Ich weiß bis heute nicht, ob Theodore meiner Zweitältesten die Gunst gewährte, nach der sie sich so sehnte. Ich kann lediglich feststellen, daß ich den beiden jede nur erdenkliche Gelegenheit verschaffte. Bei einem so sturen und schwierigen Mann wie Theodore weiß man allerdings nie.

Am Samstag nachmittag fand eine Sitzung der restlichen Kuratoren der Stiftung Ira Howards statt. Judge Sperling reiste dafür extra aus Toledo an und traf sich hier mit Mr. Arthur J. Chapman, Justin Weatheral, Brian Smith (einstimmig hinzugezogen), Sergeant Theodore ... sowie mit Eleanor und mir.

Als Judge Sperling sich räusperte, verstand ich das Signal und traf Anstalten, mich zurückzuziehen. Woraufhin sich Theodore ebenfalls erhob.

Es kam zu einigem Hin und Her, aber letztlich blieben sowohl ich als auch Eleanor, weil Theodore sich nicht davon abbringen ließ zu gehen, wenn wir es taten. Er erklärte, daß in der permanenten Organisation der Howard-Familien die absolute Gleichheit der Geschlechter galt. Als Howard-Präsident seiner eigenen Zeit, der aus Gründen der Höflichkeit gegenüber der Howard-Organisation des zwanzigsten Jahrhunderts an einer ihrer Sitzungen teilzunehmen bereit war, mußte er darauf bestehen, daß Frauen nicht ausgeschlossen wurden.

Sobald diese Hürde erfolgreich genommen war, wiederholte Theodore seine Vorhersagen vom Kriegsende am 11. November 1918 und vom Schwarzen Dienstag am 29. Oktober 1929. Auf Fragen hin vertiefte er das zweite Thema und sprach auch von der Abwertung des Dollars – von zwanzig Dollar pro Unze bis zu fünfunddreißig pro Unze. »Präsident Roosevelt wird diese Maßnahme praktisch per Erlaß ergreifen, obwohl der Kongreß diesen ratifiziert. Das geschieht jedoch erst Anfang 1933.«

»Einen Moment mal, Sergeant Bronson oder Captain Long oder wie immer Sie sich auch nennen ... Wollen Sie damit sagen, daß Colonel Roosevelt ein Comeback feiert? Das kann ich mir kaum vorstellen! Er wird 1933 schon ... wie alt sein?« Mr. Chapman versuchte gar nicht erst, das genau auszurechnen.

»Fünfundsiebzig Jahre«, half Judge Sperling ihm aus. »Was ist daran so ungewöhnlich, Arthur? Ich bin noch älter und habe keinesfalls vor, in nächster Zukunft in den Ruhestand zu treten.«

»Nein, Gentlemen, nein«, warf Theodore ein. »Nicht Teddy Roosevelt, sondern Franklin Roosevelt, gegenwärtig zweiter Sekretär von Mr. Josephus Daniels.«

Mr. Chapman schüttelte den Kopf. »Das kann ich noch weniger glauben.«

»Es spielt keine Rolle, was Sie glauben, Ratsherr«, versetzte Theodore unwirsch. »Mr. Roosevelt wird 1933 vereidigt und schließt bereits wenig später alle Banken, zieht alles Gold und alle Goldzertifikate ein und wertet den Dollar ab. Der Dollar wird nie wieder auf seinen gegenwärtigen Stand steigen. Fünfzig Jahre später schwankt die Unze Gold heftig zwischen hundert und tausend Dollar.«

»Junger Mann«, verkündete Chapman, »was Sie da schildern, ist die reinste Anarchie!«

»Nicht ganz. Es wird noch schlimmer kommen. Viel schlimmer. Die meisten Historiker bezeichnen die zweite Jahrhunderthälfte als die Verrückten Jahre. In sozialer Hinsicht beginnen sie mit dem Ende des nächsten Weltkrieges, in wirtschaftlicher Hinsicht jedoch schon mit dem Schwarzen Dienstag, dem 29. Oktober 1929. Während des ganzen übrigen Jahrhunderts kann man jederzeit sein letztes Hemd verlieren, wenn es einem nicht gelingt, eine starke Finanzposition zu halten. Gleichzeitig wird es jedoch auch in fast jedem Bereich ein Jahrhundert großer Gelegenheiten.«

Mr. Chapman machte ein verschlossenes Gesicht. Ich konnte erkennen, daß er nichts mehr glauben wollte. Justin und Judge Sperling flüsterten miteinander, woraufhin letzterer sagte: »Captain Long, können Sie uns einige dieser ›großen Gelegenheiten‹ schildern?«

»Ich versuche es. Der kommerzielle Luftverkehr, sowohl für Fahrgäste als auch Frachten, wird blühen. Die Eisenbahnen geraten in große Schwierigkeiten und erholen sich nicht mehr davon. Der Tonfilm wird erfunden, später das Fernsehen und Stereovision. Raumfahrt. Atomkraft. Laser. Computer. Elektronik jeder Art. Mondbergbau. Asteroidenbergbau. Rollstraßen. Kältetechnik. Genmanipulation. Körperpanzerung. Sonnenenergie. Tiefkühlnahrung. Hydrokulturen. Mikrowellenherde. Kennt jemand von Ihnen D. D. Harriman?«

Chapman stand auf. »Richter, ich schlage eine Vertagung vor.«

»Setzen Sie sich, Arthur, und benehmen Sie sich! Captain, Sie sind sich doch über den schockierenden Charakter Ihrer Vorhersagen im klaren, nicht wahr?«

»Gewiß«, antwortete Theodore.

»Ich kann Ihren Worten nur deshalb mit Gleichmut zuh hören, weil ich in meinem Leben schon einige einschneidende Veränderungen miterlebt habe. Sollte sich Ihre Vorhersage des Kriegsendes als richtig erweisen, werden wir wohl auch Ihre übrigen Prognosen ernst nehmen müssen. Haben Sie uns sonst noch etwas zu sagen?«

»Vielleicht zwei Dinge. Tätigen Sie nach Mitte 1929 keine knapp kalkulierten Einkäufe mehr. Und verkaufen Sie nichts, wenn eine fehlerhafte Einschätzung den möglichen Ruin bedeuten könnte.«

»Das ist jederzeit eine gute Empfehlung. Danke, Sir.«

Carol und die übrigen Kinder und ich gaben den beiden Soldaten am Sonntag, dem 13. Juni, jeder einen Abschiedskuß. Sobald Captain Bozells Wagen abgefahren war, gingen wir ins Haus, um in aller Stille jeweils ein paar Tränen zu vergießen.

Den ganzen Sommer über trafen immer schlechtere Nachrichten ein.

Erst im Spätherbst gewannen wir den Eindruck, gegenüber den Mittelmächten Boden zu gewinnen. Der Kaiser dankte ab und floh nach Holland, und in diesem Augenblick wußten wir, daß wir gewonnen hatten. Der vorläufige Waffenstillstand kam, und nur die Feststellung, daß noch nicht der 11. November war, überschattete meine Freude.

Dann wurde schließlich doch am 11. November der endgültige Waffenstillstand vereinbart, und alle Glocken, Pfeifen, Sirenen und Hörner lärmten auf einmal los.

Nicht jedoch in unserer Familie. Am Donnerstag brachte George die Kansas City Post mit nach Hause. Auf der Verlustliste fanden wir den Eintrag: ›VERMISST – Bronson, Theo, Corporal, K. C., Missouri‹.

KAPITEL FÜNFZEHN

DIE WILDEN ZWANZIGER, DIE KÄRGLICHEN DREISSIGER

Zwischen meiner Rettung 1982 und dem Start der Zeitmission, die mich auf diesem Planeten in die gegenwärtige Klemme brachte, vergingen auf meiner persönlichen Zeitlinie über fünfzig Jahre, von denen ich circa zehn auf das Studium der vergleichenden Geschichtswissenschaft verwandte – besonders die Geschichte der Zeitlinien, die der Kreis des Ouroboros zu schützen versucht. Alle davon weisen anscheinend eine gemeinsame Abstammungslinie auf, die von 1900 AD bis möglicherweise etwa 1940 reicht.

Dieses Bündel von Universen enthält auch mein eigenes Ursprungsuniversum (Zeitlinie zwei, Chiffre Leslie LeCroix), während die weit zahlreicheren, wirklich exotischen Zeitlinien nicht dazugehören – Universen, in denen Kolumbus nicht nach Westindien segelte oder die Wickingersiedlungen erhalten blieben und aus Amerika »Großvinland« wurde; solche, in denen das Moskowiterreich an der Westküste mit dem Spanischen Imperium an der Ostküste zusammenprallte; Welten, in denen Königin Elizabeth im Exil starb und andere, in denen Kolumbus ein Amerika entdeckte, das bereits von Manchu-Kaisern beherrscht wurde. Man findet sogar Welten mit so exotischen Geschichtsabläufen, daß man kaum noch eine gemeinsame Abstammungslinie mit irgendwas erkennen kann, was uns vertraut ist.

Ich bin mir fast sicher, daß ich auf eine der exotischen Linien geraten bin, jedoch auf eine von einer bislang ganz unbekannten Sorte.

Ich verbrachte auch nicht meine ganze Zeit mit dem Studium der Geschichte. Ich arbeitete für unseren Lebensunterhalt, zunächst als Schwesternhelferin, dann als Schwester, dann als klinische Therapeutin, schließlich als Verjüngungsstudentin (alles neben der Universität), bevor ich dann zum Zeitkorps wechselte.

Es war jedoch das Geschichtsstudium, das mich auf die Idee mit einer Zeitkarriere brachte.

Etliche Zeitlinien, die der »Zivilisation« (wie wir uns stets selbst zu bezeichnen pflegen) bekannt sind, scheinen sich um 1940 abgespalten zu haben. Einer der Wendepunkte, die solche Abspaltungen markieren, war der Demokratische Wahlparteitag von 1940, auf dem Mr. Franklin Delano Roosevelt für seine dritte Amtszeit als Präsident der Vereinigten Staaten nominiert wurde – oder eben nicht, dann entweder gewählt wurde – oder eben nicht – und schließlich während des Zweiten Weltkrieges entweder als Präsident amtierte oder nicht.

Auf Zeitlinie eins ›John Carter‹ nominierten die Demokraten Paul McNutt, aber gewählt wurde schließlich der republikanische Senator Robert Taft.

Auf dem Zeitlinienkomplex ›Cyrano‹ wurde Mr. Roosevelt für eine dritte und eine vierte Amtszeit wiedergewählt, starb in seiner vierten und wurde durch seinen Vizepräsidenten ersetzt, einen früheren Senator aus Missouri namens Harry Truman. Auf meiner eigenen Zeitlinie gab es niemals einen Senator dieses Namens, aber ich erinnere mich, daß Brian einmal einen Captain Harry Truman erwähnte, den er aus Frankreich kannte. »Ein echter Draufgänger, eine wahre Kreissäge!« Brians Harry Truman war jedoch Herrenausstatter, nicht Politiker, und es kommt mir unwahrscheinlich vor, daß es sich um den gleichen Mann handelt. Briney legte richtig Wert darauf, Handschuhe und solche Sachen ausschließlich bei Captain Truman zu kaufen, den er als »aussterbende Gattung« bezeichnete, als »echten Gentleman«.

Auf Zeitlinie zwei ›Leslie LeCroix‹, der Ursprungswelt von mir und Lazarus Long und Boondock, wurde Mr. Roosevelt im Juli 1940 für eine dritte Amtszeit nominiert, starb dann aber in der letzten Oktoberwoche an einem Schlaganfall, als er gerade Tennis spielte, woraufhin sich eine einzigartige Verfassungskrise ergab. Henry Wallace, der demokratische Kandidat für das Amt des Vizepräsidenten, behauptete, die demokratischen Wahlmänner wären nach dem Gesetz verpflichtet, für ihn als Präsidenten zu stimmen. Das Demokratische Nationalkomitee sah es nicht so, ebensowenig wie die Wahlmännerkommission und das Oberste Gericht – insgesamt drei verschiedene Standpunkte. Genau genommen sogar vier, da am Ende John Nance Garner ab Oktober als Präsident fungierte. Er war für überhaupt nichts nominiert gewesen und hatte seine Partei nach dem Juliparteitag im Stich gelassen.

Ich komme noch auf dieses Thema zurück, da es dabei um die Welt geht, in der ich aufwuchs. Festzuhalten bleibt an dieser Stelle jedenfalls, daß Mr. Roosevelt der Schlag traf, »als er Tennis spielte«.

Beim Studium der vergleichenden Geschichtswissenschaft fand ich heraus, daß auf allen Zeitlinien außer meiner Mr. Roosevelt durch Kinderlähmung verkrüppelt und an den Rollstuhl gefesselt war!

Die Auswirkungen ansteckender Krankheiten auf den Ablauf der Geschichte sind in Kreisen der Mathematikhistoriker auf Tertius Gegenstand endloser Debatten. Ich muß oft an einen bestimmten Fall denken, weil er meine Zeitlinie betrifft. Dort raffte die Spanische Grippe während der Epidemie des Winters 1918–19 fünfhundertachtundzwanzigtausend US-Bürger dahin und in Frankreich mehr unserer Soldaten, als durch Schüsse und Granaten und Giftgas umgekommen waren. Was wäre gewesen, wenn diese Krankheit Europa ein Jahr früher heimgesucht hätte? Sicherlich wäre die Geschichte anders abgelaufen, aber wie genau? Mal angenommen, sie hätte einem Gefreiten namens Hitler das Leben gekostet? Oder einem Exilpolitiker, der sich Lenin nannte? Oder einem Soldaten namens Pétain? Diese Spielart der gefährlichen Virusgrippe konnte einen Menschen über Nacht töten; ich habe das mehr als einmal miterlebt.

Zeitlinie drei ›Neil Armstrong‹ ist die Heimatwelt meiner Schwestergattin Hazel Stone (Gwen Campbell) und unseres

Gatten Dr. Jubal Harshaw. Es handelt sich dabei um ein reizloses Universum, in dem die Venus unbewohnbar ist und der Mars eine öde, fast luftlose Wüste. Die Erde dort scheint völlig verrückt geworden zu sein und wird von den Vereinigten Staaten auf einer lemminghaften Selbstmordstampede angeführt.

Ich beschäftige mich nicht gerne mit Zeitlinie drei; sie ist so furchtbar. Andererseits fasziniert sie mich doch. Die zweite Hälfte des zwanzigsten Jahrhunderts wird dort wie in meiner Welt von amerikanischen Historikern als die »Verrückten Jahre« bezeichnet – und das nicht zu unrecht! Folgende Beweise lassen sich dafür anführen:

a) Der schlimmste, längste und blutigste Krieg in der amerikanischen Geschichte wurde von zwangseingezogenen Truppen geführt, ohne daß eine Kriegserklärung erfolgt wäre; es gab kein klares Kriegsziel und keine Absicht zu gewinnen. Beendet wurde der Krieg, indem die Amerikaner einfach abzogen und das Volk im Stich ließen, für das sie angeblich gekämpft hatten.

b) Ein weiterer Krieg wurde niemals erklärt und niemals offiziell beendet. Noch vierzig Jahre nach seinem Ausbruch dauerte er als Waffenstillstand an, während die Vereinigten Staaten längst wieder diplomatische Beziehungen und Handelsbeziehungen mit genau der Regierung unterhielten, gegen die sie Krieg geführt hatten, ohne es zuzugeben.

c) Ein Präsident und ein Präsidentschaftskandidat wurden ermordet; ein Präsident wurde bei einem Attentat schwer verwundet, ein Attentat, das ein Psychotiker verübte, der als solcher aktenkundig war und sich trotzdem frei bewegen durfte; des weiteren wurde ein nationaler politischer Führer der Schwarzen ermordet; zahllose weitere Mordversuche hatten Erfolg, blieben erfolglos oder waren teilweise erfolgreich.

d) Es wurden so viele Gelegenheitsmorde auf öffentlichen Straßen, in öffentlichen Parks und öffentlichen Verkehrsmitteln verübt, daß die meisten gesetzestreuen Bürger, vor allem die älteren Leute, nach Einbruch der Dunkelheit nicht mehr aus dem Haus gingen.

e) Lehrer an öffentlichen Schulen und Professoren an staatlichen Universitäten lehrten, der Patriotismus wäre ein überholtes Konzept, die Ehe wäre ein überholtes Konzept, die Sünde wäre ein überholtes Konzept, die Höflichkeit wäre ein überholtes Konzept – und die Vereinigten Staaten selbst wären ein überholtes Konzept.

f) Man traf Schullehrer an, die nicht grammatisch korrekt sprechen oder schreiben, die nicht buchstabieren und nicht rechnen konnten.

g) Der wichtigste Agrarstaat der Nation erzielte seine größten Gewinne mit einer Pflanze, aus der wichtige, ungesetzliche Drogen gewonnen wurden.

h) Kokain und Heroin wurden als »Freizeitdrogen« bezeichnet, schwerer Diebstahl als »Spritztour«, Bandenvandalismus als »Mist bauen«, Einbruch als »was mitgehen lassen« und brutale Übergriffe von Banden als »Straßenraub«. Die Reaktion auf alle diese Verbrechen lautete »Jungs sind nun mal Jungs«, also tadelte man sie und entließ sie auf Bewährung, runinierte aber nicht ihr Leben, indem man sie als die Verbrecher behandelte, die sie eigentlich waren.

i) Millionen von Frauen fanden es lohnender, uneheliche Kinder zu bekommen, als zu heiraten oder arbeiten zu gehen.

Ich verstehe Zeitlinie drei ›Neil Armstrong‹ einfach nicht, also zitiere ich lieber Jubal Harshaw, der sie durchlebt hat. »Mama Maureen«, sagte er einmal zu mir, »das Amerika meiner Zeitlinie gibt ein Musterbeispiel dafür ab, was aus einer Demokratie werden kann, was im Verlauf aller Historien schließlich aus sämtlichen echten Demokratien wurde. Eine echte Demokratie, in der alle Erwachsenen das Wahlrecht genießen und alle Stimmen gleichwertig sind, verfügt über keine inneren Korrekturmechanismen. Sie hängt einzig und allein von der Weisheit und der Selbstbeherrschung ihrer Bürger ab, der wiederum Torheit und mangelnde Selbstbeherrschung anderer ihrer Bürger entgegenstehen.

Eine Demokratie beruht auf der Annahme, jeder Bürger würde stets im Sinne der Allgemeinheit wählen, im Sinne der Sicherheit und Wohlfahrt aller. In Wirklichkeit gibt jedoch jeder seine Stimme für das ab, was er für sein persönliches Interesse hält. Was die Mehrheit angeht, liest sich das wie ›Brot und Spiele‹.

›Brot und Spiele‹ sind das Krebsgeschwür der Demokratie, die tödliche Krankheit, gegen die es kein Heilmittel gibt. Zu Anfang funktionieren Demokratien oft ganz wundervoll. Wird jedoch das Wahlrecht einfach jedem zugestanden, egal, ob er produktiv oder ein Parasit ist, ist der Untergang des Systems eingeläutet. Wenn der Pöbel erst mal spitz hat, daß er sich per Wahlentscheid grenzenlos Brot und Spiele besorgen kann und die produktiven Mitglieder des Staatswesen ihn nicht mehr daran hindern können, dann blutet die Gesellschaft aus oder wird so schwach, daß sie sich einem Invasor unterwerfen muß. Die Barbaren rücken in Rom ein.«

Jubal zuckte die Achseln und machte ein trauriges Gesicht. »Meine Welt war wunderschön – bis die Parasiten an die Macht kamen.«

Jubal Harshaw zufolge geht dem Zusammenbruch einer Kultur als unmißverständliches Symptom ein Niedergang der guten Sitten voraus, der Höflichkeit im gesellschaftlichen Umgang, des Respektes für die Rechte anderer Menschen. »Politische Philosophen haben seit Konfuzius immer wieder darauf hingewiesen. Die ersten Anzeichen dieses tödlichen Symptoms sind unter Umständen schwer zu entdecken. Spielt es wirklich eine Rolle, wenn mal ein Ehrentitel weggelassen wird? Oder wenn junge Leute ältere unaufgefordert mit dem Vornamen anreden? Ein solcher Niedergang protokollarischer Formen ist vielleicht schwer einzuschätzen. Ein unmißverständliches Anzeichen für den beginnenden Verfall eines Systems gibt es jedoch: schmutzige öffentliche Waschräume.

In einer gesunden Gesellschaft wirken und riechen öffentliche Waschräume und Toiletten so sauber und frisch wie private Badezimmer. In einer kranken Gesellschaft ...«
Jubal brach ab und ließ deutlich Abscheu erkennen.

Er brauchte das Thema auch nicht weiter auszuführen. Ich hatte so was auf der eigenen Zeitlinie ebenfalls erlebt. Zu Anfang des zwanzigsten Jahrhunderts bis hinein in die dreißiger Jahre behandelten die Leute auf allen gesellschaftlichen Schichten einander mit gewohnheitsmäßiger Höflichkeit, und man hielt es für selbstverständlich, daß jemand, der eine öffentliche Toilette benutzte, sie so hinterließ, wie er sie vorgefunden hatte. Wenn ich mich recht entsinne, verfielen die Sitten auf diesem Gebiet wie auch auf anderen während des Zweiten Weltkrieges. In den Sechzigern und Siebzigern galten Unhöflichkeiten jeder Art bereits als selbstverständlich, und von dieser Zeit an benutzte ich nie mehr eine öffentliche Toilette, wenn ich es irgendwie vermeiden konnte.

Eine beleidigende Sprache, schlechte Manieren und schmutzige Toiletten scheinen alle Hand in Hand zu gehen.

Das Amerika meiner eigenen Zeitlinie litt ebenfalls am Brot-und-Spiele-Geschwür, entdeckte dann jedoch eine noch schnellere Methode, um Selbstmord zu begehen. Ich möchte mich des Unterschiedes nicht rühmen, wahrlich nicht, denn auf Zeitlinie zwei brachten die Amerikaner noch etwas Dümmeres zustande als Brot und Spiele – sie wählten eine religiöse Diktatur an die Macht!

Es geschah nach 1982, also erlebte ich es selbst nicht mehr mit, und ich bin nur zu dankbar dafür! Als ich schon die Hundert überschritten hatte, war Nehemiah Scudder noch ein kleiner Junge.

In der amerikanischen Kultur war religiöse Hysterie schon immer angelegt gewesen, und ich wußte darüber Bescheid, da Vater es mir frühzeitig unter die Nase gerieben hatte. Wie er mir zeigte, wurde die Religionsfreiheit in den

Vereinigten Staaten nicht durch den Ersten Verfassungszusatz oder durch Toleranz gewährleistet, sondern durch ein Patt zwischen rivalisierenden Sekten, von denen jede mit großer Intoleranz darauf beharrte, den »einzig wahren Glauben« zu vertreten. Jede dieser Sekten bildete jedoch für sich genommen eine Minderheit, die der Religionsfreiheit Lippenbekenntnisse leistete, um ihren »einzig wahren Glauben« vor Verfolgung durch die anderen »wahren Glauben« zu schützen.

(Natürlich war die Jagd auf Juden ständig freigegeben, manchmal auch auf Katholiken und fast stets auf Mormonen und Muslims und Buddhisten und andere Heiden. Der Erste Verfassungszusatz galt selbstverständlich nicht dem Schutz solcher Blasphemien! Das wäre ja noch schöner gewesen!)

Man gewinnt Wahlen nicht dadurch, daß man die Stimmen der Gegenseite gewinnt, sondern indem man das eigene Wählerpotential mobilisiert. Genau das leistete Scudders Organisation. Bei meinem Geschichtsstudium in Boondock fand ich heraus, daß an der Wahl 2012 ganze 63 Prozent der registrierten Wähler teilnahmen. Dabei handelte es sich nicht mal um die Hälfte der Personen, die sich hätten registrieren lassen können. Die Wahre Amerikanische Partei (Nehemiah Scudder) gewann siebenundzwanzig Prozent der Stimmen im Volk und damit einundachtzig Prozent der Wahlmänner.

Im Jahr 2016 fand keine Wahl mehr statt.

Die wilden Zwanziger, die stürmischen Jahre, die verlorene Generation – Backfische, Gangster, abgesägte Schrotflinten und Alkoholschmuggel und Bier mit Schuß. Hupmobiles und Stutz Bearcats und Flugschauen. Ein kurzer Hüpfer für fünf Dollar. Lindbergh und die *Spirit of St. Louis*. Rocksäume, die in schwindelerregende Höhen kletterten, bis man Mitte des Jahrzehnts die bloßen Knie sehen konnte. Der Prince of Wales Glide und der Finalé Hop und der Charleston. Ruth Etting und Will Rogers und Ziegfeld's Follies. Man kann manch Schlechtes über die Zwanziger sagen, aber alles in allem waren es für die meisten Leute gute Jahre – und Jahre, die niemals langweilig waren.

Ich war weiterhin mit hausfraulichen Obliegenheiten beschäftigt, die für Außenstehende kaum von Interesse sind. Ich bekam Theodore Ira 1919, Margaret 1922, Arthur Roy 1924, Alice Virginia 1927 und Doris Jean 1930 – und sie alle erlebten die üblichen Triumphe und Niederlagen der Kindheit. Wie schön, daß niemand sich ihre Bilder anschauen und mir zuhören muß, wie ich alles wiederhole, was sie an süßen Sachen gesagt haben!

Im Februar 1929 verkauften wir das Haus am Benton Boulevard und mieteten (mit der Option auf einen Kauf) ein Farmgebäude nähe Rockhill Road und Meyer Boulevard, so geräumig, aber nicht ganz so modern wie unser bisheriges Heim. Mein Gatte, dem es zum festen Prinzip geworden war, daß sich jeder Dollar zweifach bezahlt machen sollte, hatte diese kühne Entscheidung getroffen. Trotzdem konsultierte er mich vorher, und nicht allein deshalb, weil der Vertrag auf mich lauten sollte.

»Maureen«, sagte er, »ist dir nach einem Glücksspiel zumute?«

»Klar, so haben wir es doch schon immer gehalten, oder nicht?«

»Manchmal ja, manchmal nein. Diesmal kommt es aber wirklich drauf an. Wenn die Sache schiefgeht, mußt du vielleicht draußen deine Runden drehen, nur damit weiter Brühe auf den Tisch kommt.«

»Ich habe mich schon immer gefragt, ob ich damit ausreichend Geld verdienen könnte, wo ich diesen Juli doch siebenundvierzig werde ...«

»Hoppla! Ändern wir dein Alter zu siebenunddreißig und meins zu einundvierzig.«

»Briney, wir liegen im Bett! Können wir es hier nicht bei der Wahrheit belassen?«

»Judge Sperling möchte, daß wir uns ständig an das berichtigte Alter halten. Justin ist mit ihm einer Meinung.«

»Ja, Sir. Ich werde gehorchen, aber ich habe mich wirklich

schon häufig gefragt, ob ich an der Bordsteinkante mein Auskommen finden würde. Nur – wie soll ich ein Revier abstecken? Soviel ich gehört habe, werden einem Mädchen ruckzuck die Augen ausgekratzt, wenn es sich einfach so feilbietet, ohne herauszufinden, auf wessen Territorium es herumflaniert. Ich weiß zwar, was man im Bett macht, Briney, aber die Vermarktung dieses Produktes müßte ich erst lernen.«

»Sei nicht so geil! Vielleicht wird es gar nicht nötig werden. Sag mal, glaubst du immer noch, daß Ted oder Theodore oder Corporal Bronson aus der Zukunft kamen?«

Ich wurde schlagartig ernst. »Das tue ich. Und du?«

»Mo, ich habe ihm so bereitwillig geglaubt wie du, und zwar schon lange bevor sich seine Vorhersage des Kriegsendes als zutreffend erwies. Jetzt möchte ich dich folgendes fragen: Bist du bereit, jeden einzelnen Cent, den wir besitzen, auf seine Vorhersage eines Börsenkrachs zu setzen?«

»Der Schwarze Dienstag«, sagte ich leise. »Am 29. Oktober dieses Jahres.«

»Nun? Wenn die Spekulation schiefgeht, sind wir pleite. Marie wird in Radcliffe ihren Abschluß nicht machen können, Woodie wird seine Collegeausbildung irgendwie zusammenkratzen müssen, und was Dick und Ethel angeht – na ja, an diese Brücken wagen wir uns später. Süße, ich stecke längst bis über beide Ohren im Spekulationsgeschäft. Ich möchte vorschlagen, die Sache noch weiter zu treiben, und zwar aufgrund der festen Überzeugung, daß sich Teds Vorhersage des Schwarzen Dienstags präzise erfüllen wird.«

»Mach es!«

»Bist du sicher, Mo? Wenn irgendwas schiefgeht, sind wir schnurstracks wieder bei Pfannkuchen angelangt. Noch ist es nicht zu spät, etwas an meinen Einsätzen zu ändern – die Hälfte davon wieder herauszuziehen und irgendwo sicher unterzubringen, nur mit der anderen Hälfte zu spekulieren.«

»Briney, so wurde ich nicht erzogen. Erinnerst du dich an Vaters Trabrennpferd Loafer?«

»Ich habe ihn ein paarmal gesehen. Ein schönes Tier!«

»Ja, wenn auch nicht ganz so schnell, wie wir gehofft hatten. Vater setzte regelmäßig auf Sieg, niemals auf die Plazierung. Loafer konnte meist den zweiten oder dritten Platz erreichen, aber es war einfach nicht Vaters Art, darauf zu setzen. Ich habe einmal gehört, wie er Loafer vor dem Start zuflüsterte: ›Diesmal kriegen wir sie, Junge! Diesmal gewinnen wir!‹ Später sagte er dann: ›Du hast es versucht, alter Knabe! Mehr kann ich nicht verlangen. Du bist trotzdem ein Champion, und nächstes Mal packen wir sie alle!‹ Dabei tätschelte er ihm den Hals, und Loafer wieherte, und so trösteten sie einander.«

»Du meinst also, ich sollte aufs Ganze gehen? Denk dran, ein nächstes Mal wird es nicht geben!«

»Nein, nein, setze alles! Wir beide glauben Theodore schließlich.« Ich langte nach unten, packte sein Werkzeug und ergänzte: »Falls wir wieder bei Pfannkuchen landen, muß es ja nicht lange so bleiben.« Ich zählte nach. »Du könntest mich schließlich nächsten Montag bumsen, so daß ich ein paar Wochen nach dem Schwarzen Dienstag niederkäme. Das würde einen weiteren Bonus der Howard-Stiftung mit sich bringen.«

»Nein.«

»Wie bitte? Ich verstehe nicht!«

»Mo, sollte sich Teds Vorhersage als falsch erweisen, könnte es um die wichtigsten Aktiva der Stiftung geschehen sein. Justin und Judge Sperling möchten alles riskieren, während Chapman sich hartnäckig dagegen stemmt. Es gibt vier weitere Kuratoren – zwei davon Hoover-Republikaner, zwei für Al Smith. Justin weiß nicht, wie die Sache ausgehen wird.«

Der Verkauf unseres Hauses gehörte mit zur Spekulation und stand auch im Zusammenhang eines Vorgangs, der als »Block busting« bezeichnet wurde. Wir lebten in einer rein weißen Wohngegend, aber das Ghetto lag nicht weit im

Norden und war in den über zwanzig Jahren, die wir dort wohnten, ständig nähergerückt. (Liebes, schönes Haus, so voller glücklicher Erinnerungen!)

Ein weißer Immobilienmakler, der für einen nicht genannten Kunden arbeitete, trat an Brian heran. Wieviel Brian wohl für das Haus haben wolle?

»Schatz, ich habe gar nicht nach diesem Kunden gefragt. Hätte ich es nämlich getan, wäre dabei herausgekommen, daß es sich um einen weißen Anwalt handelt, der wiederum für einen Mandanten in Denver oder Boston tätig ist. Bei Geschäften dieser Art ist die Tarnung häufig sechsfach abgesichert, denn die Nachbarn sollen die Hautfarbe des neuen Eigentümers erst erfahren, wenn er einzieht.«

»Was hast du ihm gesagt?«

»Daß ich das Haus natürlich verkaufen würde, wenn der Preis stimmen würde. Es müsse allerdings ein wirklich guter Preis sein, weil es uns hier gut gefiele und Umzüge zeit- und kostenaufwendig wären. Wie denn das Angebot seines Kunden aussähe? Bar auf die Hand müsse es natürlich sein, ohne Raten oder Hypotheken, da die Suche nach einem neuen Haus für meine große Familie finanziell von vornherein abgesichert sein müsse. Vielleicht würde ich sogar bauen müssen, da es heute nicht mehr viele Häuser für so große Familien gäbe. Der Preis müsse also attraktiv sein und bar bezahlt werden.

Dieser falsche Fuffziger behauptete, jede Bank würde die Urkunde einer solchen Liegenschaft diskontieren; eine Hypothek wäre also so gut wie Bargeld. ›Nicht für mich‹, sagte ich. ›Soll doch Ihr Kunde die Hypothek direkt mit seiner Bank aushandeln und sich damit flüssig machen. Guter Mann, ich bin nicht wild darauf zu verkaufen. Nennen Sie mir eine Zahl, und wenn sie nur groß genug ist, können wir schnurstracks die Übertragungsurkunde aufsetzen. Wenn nicht, ist das Geschäft nicht weniger schnell gestorben.‹

Er fand, wir bräuchten keine Übertragungsurkunde, da ich vertrauenswürdig wäre. Mo, damit erfuhr ich mehr, als er mir eigentlich sagte, nämlich daß sie uns bereits überprüft hatten und wahrscheinlich auch alle anderen Häuser der Gegend. Das wiederum sagt mir, daß wir wahrscheinlich das einzige unbelastete Haus im Umkreis haben, an das man ohne Übertragungsurkunde herankommt. Und wer ein solches Geschäft durchziehen möchte, hält nicht viel von Übertragungsurkunden, weil in der Wartezeit das Risiko einer Aufdeckung und Vereitelung durch Leute besteht, die Vereinbarungen auf Treu und Glauben kontrollieren.«

»Briney, das mußt du mir erklären! An einen solchen Begriff kann ich mich aus meinen Stunden in Wirtschaftsrecht gar nicht erinnern.«

»Es ist auch kein rechtlicher Begriff im strengen Sinn. Es geht andererseits nicht um ungesetzliche Dinge, sondern einfach nur um solche, die nicht durch Gesetz geregelt sind. Deine Besitzurkunde auf dieses Haus enthält keine Klausel, der zufolge du es nicht an jedermann verkaufen kannst, also nach Belieben an Schwarze, Weiße oder Grüngepunktete. Und eine solche Klausel, wenn es sie denn gäbe, wäre vor Gericht sogar aller Wahrscheinlichkeit nach anfechtbar. Aber würdest du deine Nachbarn fragen, bekämst du sicher übereinstimmend zu hören, daß dir tatsächlich eine Vereinbarung auf Treu und Glauben den Verkauf an einen Schwarzen verbietet.«

Ich war verblüfft. »Haben wir jemals in so was eingewilligt?« Mein Gatte traf so allerlei Vereinbarungen und erzählte mir meistens nichts davon. Er ging einfach davon aus, daß ich ihn unterstützte. Was ich ja auch stets tat. Die Ehe ist kein Gelegenheitsjob. Man steckt entweder ganz drin oder ist gar nicht richtig verheiratet.

»Nein, niemals.«

»Wirst du die Nachbarn fragen, was sie davon halten?«

»Mo, soll ich? Es ist dein Haus.«

Ich glaube nicht, daß ich mit der Antwort auch nur zwei Sekunden lang zögerte, aber da es eine für mich vollkommen neue Idee war, mußte ich mir erst über die Sache klar werden. »Briney, seit unserem Einzug vor, ah, zweiundzwanzig Jahren haben mehrere Häuser in dieser Gegend den Besitzer gewechselt, und ich kann mich nicht daran erinnern, daß man uns jemals nach unserer Meinung zu einer solchen Transaktion gefragt hätte.«

»Da hast du recht. Das hat man nie.«

»Ich finde nicht, daß unsere Nachbarn zu beurteilen haben, was ein Schwarzer kaufen darf oder nicht. Oder was wir in dieser Sache tun dürfen. Was sie mit ihrem Besitz machen, geht uns ja auch nichts an. Somit dürfen wir mit unserem alles tun, was in Übereinstimmung mit dem Gesetz und allen wirklich vorhandenen Vertragsklauseln steht. Ein Beispiel wäre die um sieben Meter zurückgesetzte Fassade. Mir fällt nur eine Möglichkeit ein, wie sie uns daran hindern könnten, an jeden zu verkaufen, der hier einziehen möchte.«

»Und das wäre, Mo?«

»Indem sie uns mehr Geld anbieten als Mr. Falscher Fuffziger. Wenn sie uns das Haus abkaufen, können sie damit machen, was sie wollen.«

»Ich freue mich, daß du es so siehst, Liebste. In einem Jahr gehört jedes Haus in dieser Gegend einer schwarzen Familie. Mo, ich habe das kommen gesehen. Der Bevölkerungsdruck folgt ganz ähnlichen Regeln wie eine Überschwemmung. Man kann Deiche aufschütten, soviel man möchte; eines Tages müssen die Wassermassen irgendwo bleiben. Das Ghetto von Kansas City ist schrecklich überbevölkert. Wenn die Weißen nicht Seite an Seite mit den Schwarzen leben möchten, müssen sie einfach Platz machen, damit die Schwarzen mehr Wohnraum finden. Ich befasse mich nicht viel mit Rassenproblemen; ich habe meine eigenen Sorgen. Aber ich kämpfe auch nicht gegen das Wetter und renne nicht mit dem Kopf gegen steinerne Wände. Wir beide werden noch den Tag erleben, an dem das Ghetto sich im Süden bis zur Neununddreißigsten Straße erstreckt. Es hat keinen Sinn, deswegen Theater zu machen; es wird einfach passieren.«

Briney bekam wirklich gutes Geld für unser altes Haus. Unter Einrechnung der Preissteigerung von 1907 bis 1929 blieb nur ein schmaler Gewinn übrig, aber dafür hatten wir das Geld bar auf der Hand – in Goldzertifikaten, nicht auf einem Scheck. Aktenkundig wurden »zehn Dollar und andere Leistungen«. Briney investierte die Summe direkt an der Börse. »Süße, falls Theodore recht behält, werden wir in cirka einem Jahr die freie Auswahl unter den größten Häusern im Country-Club-Bezirk haben, und das zu einem Drittel des heutigen Preises! Nach dem Schwarzen Dienstag wird die Hälfte der nominellen Eigentümer ihre Hypothekenraten nicht mehr zahlen können. Versuche bis dahin, in diesem alten Farmhaus glücklich zu sein. Justin und ich müssen nach New York.«

Es fiel mir nicht schwer, in dem alten Farmhaus glücklich zu sein; es erinnerte mich an die Umgebung meiner Kindheit. Ich erzählte das Vater, und er stimmte mir zu. »Du solltest allerdings ein zweites Badezimmer installieren lassen. Erinnerst du dich noch, warum wir zwei Außentoiletten hatten? Man sollte einfach Hämorrhoiden und Verstopfung nicht fördern.«

Vater wohnte offiziell nicht bei uns – das heißt, seine Post ging an eine andere Adresse, aber seit 1916 und der Plattsburggeschichte hatte Brian immer darauf bestanden, daß wir Vater ein Zimmer freihielten. Als Brian nach New York fuhr, um sich um seine Börsengeschäfte zu kümmern, war Vater damit einverstanden, die meisten Nächte bei uns zu verbringen, wie zu der Zeit, als Brian in Frankreich gewesen war. Aber bis dahin war das zweite Badezimmer installiert, ebenso ein Waschraum im Erdgeschoß.

Meine Kinder paßten sich den neuen Verhältnissen ohne große Probleme an. Selbst unsere Katze, Chargé d'Affaires, akzeptierte sie. Auf der langen Fahrt dorthin war der Kater richtig zappelig, aber er schien angesichts der Möbelwagen zu begreifen, daß ihm sein bisheriges Heim nicht länger Obdach bot. Ethel und Teddy konnten ihn einigermaßen beruhigen. Ich saß bei der entsprechenden Fuhre selbst am

Steuer, während Woodrow den Rest der Familie in seiner alten Klapperkiste beförderte. Chargé übernahm unser Grundstück sofort nach Eintreffen, holte mich dann ab und führte mich einmal ringsherum am Zaun entlang. Er markierte alle vier Ecken und informierte mich so darüber, daß er die Veränderung und seinen neuen Verantwortungsbereich akzeptiert hatte.

Von Woodrow hatte ich eigentlich das größte Theater erwartet, da er im September sein Abschlußjahr an der Central High School beginnen würde und ein wahrscheinlicher Kandidat dafür war, das Kadetten-Bataillon im Trainingskorps der Reserveoffiziere zu kommandieren, besonders da Brian junior und George vor ihm schon diese Ehre gehabt hatten.

Aber Woodrow bestand nicht einmal darauf, das zweite Semester an der alten Schule abzuschließen; er wechselte mitten in seinem Verlauf zur Westport High School. Das brachte mich ein wenig aus dem Konzept, denn ich hatte darauf gezählt, daß er Dick und Ethel zur Central fahren würde, die dort in der Junior-High- und der Senior-High-Stufe waren. Nolens volens mußten sie also ebenfalls im laufenden Schuljahr nach Westport wechseln, da ich nicht die Zeit hatte, sie zu fahren, und sie für diesen Weg die Straßenbahn nicht benutzen konnten. Teddy und Peggy schrieb ich auf der Country Day School ein, einer ausgezeichneten Privatschule. Auf diese Idee brachte mich Eleanor mit ihrem Hinweis, daß in ihrem Auto noch zwei Kinder Platz hätten, neben den dreien, die sie schon auf dieser Schule untergebracht hatte.

Es dauerte mehrere Jahre, bis ich herausfand, daß Woodrows Bereitschaft zu einem abrupten Schulwechsel etwas mit einer neu hergerichteten Kuhweide noch weiter im Süden zu tun hatte, auf der das Schild prangte: ACE HARDYS FLUGSCHULE. Woodrow hatte sein unmögliches Auto im Sommer 1928 ›erworben‹ (ich glaube, man kann es so nennen), und seitdem hatten wir ihn außerhalb der Mahlzeiten nur selten zu Hause gesehen. Er war noch auf der High School, als er bereits das Fliegen lernte.

Wie allgemein bekannt ist, trat der Schwarze Dienstag präzise nach Theodores Vorhersage ein. Briney rief mich eine Woche später aus New York an. »Frau Doktor Krausmeyer?«

»Elmer!«

»Sind die Kinder okay?«

»Es geht allen gut, aber sie vermissen den Papa. Wie ich. Also komm bald nach Hause, Liebster; ich bin wild darauf, dich wiederzusehen!«

»Hat sich der Mietling nicht bezahlt gemacht?«

»Kein Stehvermögen. Ich habe ihn wieder entlassen und beschlossen, lieber auf dich zu warten.«

»Aber ich komme gar nicht nach Hause.«

»Oh.«

»Möchtest du nicht den Grund erfahren?«

(Ja, Briney, ich möchte den Grund erfahren, und eines Tages werde ich dir als Quittung für diese Ratespiele Juckpulver in dein Sportsuspensorium tun!) »Buffalo Bill, du wirst es mir schon sagen, wenn du möchtest.«

»Schlanke Lil, wie würde es dir in Paris gefallen? Oder in der Schweiz?«

»Wäre ein Land in Südamerika, aus dem sie nicht ausliefern, nicht viel geeigneter?« (Verdammt, Briney, hör auf, mich zu necken!)

»Ich möchte, daß du gleich morgen losfährst. Nimm den C and A nach Chicago und von dort den *Pensy* nach New York. Ich hole dich vom Bahnhof ab und bringe dich in unser Hotel. Am Samstag geht unser Schiff nach Cherbourg.«

»Ja, Sir.« (Oh, dieser Mann!) »Was unsere Kinder angeht – sieben, glaube ich ... Bist du an den Arrangements interessiert, die ich für sie treffe, oder soll ich nach eigenem Gutdünken vorgehen?« (Welche Vereinbarungen kann ich mit Eleanor treffen?)

»Tue, was du für richtig hältst, aber wenn Ira in der Nähe ist, würde ich gerne mit ihm sprechen.«

»Ich höre und gehorche, Effendi.«

Nachdem Brian mit ihm gesprochen hatte, berichtete mir Vater: »Ich habe ihm gesagt, er solle sich keine Sorgen machen, da Ethel eine tüchtige Köchin ist. Falls sie mal Hilfe braucht, stelle ich jemanden ein. Maureen, fahrt nur, ihr beide, und amüsiert euch! Die Kinder sind in Sicherheit. Packe nicht mehr als zwei Taschen voll, denn ...« Das Telefon klingelte wieder.

»Maureen? Hier ist deine große Schwester, Schatz. Hast du von Brian gehört?«

»Ja.«

»Gut. Ich habe hier den Fahrplan und die Reservierungen für den Pullmanwagen; Justin hat das alles von New York aus geregelt. Frank fährt uns zum Bahnhof. Du mußt bis zehn Uhr morgen früh reisefertig sein. Schaffst du das?«

»Ich muß es schaffen, auch wenn ich vielleicht barfuß komme und das Haar fürs Bad hochgesteckt habe ...«

Ruckzuck war ich süchtig danach, auf einem Luxusliner zu reisen. Die *Ile de France* war ein wundervoller Schock für die kleine Maureen Johnson, deren Vorstellung von Luxus sich bisher ausreichend Badezimmer für meist sieben Kinder und genügend heißes Wasser für alle erschöpft hatte. Briney hatte mich vor zwei Jahren zum Grand Canyon mitgenommen, und es war ganz wunderbar gewesen, aber dieses Schiff bot Wunder einer ganz anderen Art. Eine *Concierge*, die regelrecht scharf darauf zu sein schien, zurückzuschwimmen und Madame alles zu holen, was sie haben wollte. Ein Mädchen, das Englisch sprach, aber mein Französisch verstand und nicht über den Akzent lachte. Ein ausgewachsenes Orchester zum Abendessen, ein Kammermusiktrio zum Tee, Tanzen zu Live-Musik an jedem Abend. Frühstück im Bett. Eine Masseuse jederzeit auf Abruf. Eine Suite mit zwei Schlafzimmern und einem Wohnzimmer, das alles schlug, was Eleanor zu Hause hatte. »Justin, warum sitzen wir beim Kapitän mit am Tisch?«

»Keine Ahnung. Vielleicht, weil wir diese Suite haben.«

»Und warum haben wir diese Suite? Die erste Klasse wirkt doch recht luxuriös! Ich hätte mich selbst über die zweite

Klasse nicht beschwert, aber das hier setzt allem die Krone auf, findest du nicht?«

»Maureen, meine Süße, ich habe zwei außenliegende Doppelkabinen erster Klasse bestellt, die uns bestätigt wurden und die wir auch bezahlt haben. Zwei Tage vor der Abfahrt meldete sich der Agent telefonisch und bot mir diese Suite zu dem bereits gezahlten Preis zuzüglich eines nominellen Zuschlages von hundert Dollar an. Sieht so aus, als wäre der ursprüngliche Fahrgast nicht in der Lage gewesen, die Reise anzutreten. Ich fragte, wieso er abgesagt hätte. Statt einer Antwort wurde der Zuschlag um fünfzig Dollar verringert. Ich fragte, wer in dieser Suite gestorben war und ob es ansteckend wäre. Der Agent gab mir wiederum keine Antwort, sondern bot einen völligen Verzicht auf den Zuschlag an, unter der Bedingung, daß wir uns von der *New York Times* und der *L'Illustration* in der Suite photographieren ließen – was ja auch geschehen ist, wie du dich sicher erinnerst?«

»Und war es ansteckend?«

»Eigentlich nicht. Der arme Kerl ist aus einem Fenster im neunzehnten Stock gesprungen – einen Tag nach dem Schwarzen Dienstag.«

»Oh! Ich hätte lieber den Mund halten sollen!«

»Mo, Schatz, diese Suite war nicht seine Wohnung. Er hat sie nie im Leben betreten und spukt hier auch nicht herum. Er gehörte lediglich zu den vielen tausend armen Teufeln, die bei riskanten Spekulationen reich an Papier wurden. Ich kann dir versichern, falls dich das beruhigt, daß Brian und ich kein Geheimnis aus unserer Absicht gemacht haben, uns aus dem Markt zurückzuziehen, da wir mit seinem Zusammenbruch vor Ende Oktober rechneten. Niemand wollte auf uns hören.« Justin schüttelte den Kopf und zuckte die Achseln.

»Ich mußte einen Börsenmakler fast erwürgen, damit er meine Anordnungen ausführte«, ergänzte Brian. »Er schien es für unmoralisch und möglicherweise sogar illegal zu halten, daß wir verkaufen wollten, während die Kurse stiegen. ›Warten Sie, bis die Werte oben sind‹, sagte er. ›Dann sehen wir weiter. Es wäre verrückt, jetzt zu verkaufen!‹ Ich sagte ihm, meine alte Großmutter hätte in den Teeblättern gelesen und mir gesagt, es wäre Zeit, alles abzustoßen. Er erklärt mich wiederum für verrückt. Ich wies ihn an, den Verkauf sofort zu tätigen, oder ich würde schnurstracks zur Börsenaufsicht marschieren und sie veranlassen, ihn einmal auf unreelle Machenschaften abzuklopfen. Damit machte ich ihn wirklich wütend, und er verkaufte alles. Er wurde noch ärgerlicher, als ich auf einen bestätigten Scheck bestand. Ich löste den Scheck unverzüglich ein und wechselte das Geld anschließend in Gold, da ich mich nur zu deutlich an Teds Warnung erinnerte, daß die Banken hopsgehen würden.«

Ich hätte gerne gefragt, wo dieses Gold jetzt war, verkniff es mir aber.

Zürich ist eine wunderbare Stadt, hübscher als jede andere, die ich in den Vereinigten Staaten gesehen habe. Bei der Sprache dort soll es sich um Deutsch handeln, aber es ist nicht das Deutsch, das mein Nachbar aus München spricht. Ich kam allerdings gut zurecht, sobald ich erst einmal herausgefunden hatte, daß fast jeder Englisch verstand. Unsere Männer waren beschäftigt, aber Eleanor und ich verbrachten eine tolle Zeit als Touristinnen.

Eines Tages nahmen Brian und Justin uns einmal mit, und ich stellte überrascht fest, daß ich die Inhaberin eines Nummernkontos über 155.515 Gramm Feingold war (was mir nicht schwerfiel, in einhunderttausend Dollar zu übersetzen, auch wenn es nicht so hieß). Ich mußte eine Generalvollmacht über »mein« Konto an Brian und Justin ausstellen, während Eleanor betreffs eines ähnlichen Kontos das gleiche tat. Eine eingeschränkte Vollmacht ging an eine mir völlig unbekannte Person in Winnipeg, Kanada.

Auf dem Schiff hatten wir diese phantastische Suite nicht etwa deshalb gehabt, weil wir zur High Society gehörten, was ja auch gar nicht zutraf. Der Zahlmeister bewahrte jedoch in seinem Safe viele Unzen Gold für uns auf, das größtenteils der Ira-Howard-Stiftung gehörte, teilweise aber auch Brian, Justin und meinem Vater. Die Bank von Frankreich transferierte dieses Gold dann von Cherbourg nach Zürich, und wir begleiteten es.

In Zürich waren Brian und Justin als Zeugen und Kuratoren der Stiftung dabei, als die Fracht geöffnet und gewogen und anschließend einem Konsortium aus drei Banken anvertraut wurde. Die Stiftung nahm nämlich Theodores Warnung sehr ernst, daß Mr. Roosevelt den Dollar abwerten und es für ungesetzlich erklären würde, daß amerikanische Staatsbürger Gold besaßen.

»Justin«, fragte ich, »was passiert eigentlich, wenn Gouverneur Roosevelt nicht für das Präsidentenamt kandidiert? Oder es zwar tut, aber nicht gewählt wird?«

»Gar nichts. Die Stiftung würde es nicht betreffen, aber hast du vielleicht dein Vertrauen in Ted verloren? Auf seinen Rat hin sind wir auf der Woge des Marktes mitgeritten und haben unser Geld rechtzeitig herausgezogen, ehe der Kollaps eintrat. Jetzt ist die Stiftung sechsmal so reich wie ein Jahr zuvor, nur weil sie sich ganz auf Teds Vorhersagen verlassen hat.«

»Oh, sicher glaube ich an Theodore! Ich habe mir nur Gedanken gemacht.«

Mr. Roosevelt wurde gewählt, und er wertete tatsächlich den Dollar ab und erklärte es für ungesetzlich, daß Amerikaner Gold besaßen. Die Aktiva der Stiftung waren zu diesem Zeitpunkt jedoch schon seinem Zugriff entzogen, ebenso mein eigenes Nummernkonto. Ich griff nie darauf zurück, erfuhr aber von Briney, daß es nicht ungenutzt blieb. Mit Hilfe »meines Geldes« machte er weitere Gewinne.

Brian war inzwischen anstelle von Mr. Chapman Kurator der Stiftung geworden; Chapman mußte das Komitee verlassen, nachdem er sein eigenes Vermögen beim Börsencrash verloren hatte. Ein Kurator unserer Stiftung mußte verschiedene Bedingungen erfüllen, und eine davon war, daß er in der Lage sein mußte, Geld zu machen.

Justin war mittlerweile als Nachfolger von Judge Sperling Vorsitzender des Komitees und dessen Geschäftsführer geworden. Sperling hatte die Neunzig überschritten und wollte jetzt nicht mehr so hart arbeiten. Als wir nach Kansas City zurückkehrten, bezogen Justin und Brian ein Büro im Scarritt Building, wo sie unter der Bezeichnung »Weatheral und Smith, Investments« firmierten. »Brian Smith & Co.« bezogen ein Büro auf demselben Stockwerk.

Wir hatten nie wieder Geldsorgen, aber im Jahrzehnt der Depression machte es auch nicht richtig Spaß, reich zu sein. Wir bemühten uns, uns den Reichtum nicht anmerken zu lassen. Anstatt uns ein tolles Haus im Country-Club-Bezirk zu kaufen, erwarben wir lieber das gemietete Farmgebäude zu einem sehr günstigen Preis und bauten es um, so daß es unseren Bedürfnissen besser entsprach. In dieser Zeit waren tüchtige Handwerker richtig wild darauf, für Löhne zu arbeiten, für die sie 1929 nur Hohn übrig gehabt hätten.

Die amerikanische Volkswirtschaft stagnierte. Niemand schien den Grund zu kennen, aber jeder, vom Schuhputzer bis zum Banker, wußte eine Lösung, die er gerne ausprobiert gesehen hätte. Mr. Franklin Roosevelt wurde 1933 Präsident, und siehe da, die Banken machten wirklich zu, aber die Smiths und Weatherals hatten noch Geld unterm Kopfkissen sowie gehamsterte Lebensmittel, so daß uns die Schließung der Banken nicht schadete. Die einschneidenden Maßnahmen des »New Deal« – die Bezeichnung des neuen Präsidenten für eine ganze Folge von Patentrezepten aus Washington – schienen dann die Lebensgeister der Nation neu zu wecken.

Rückblickend will mir scheinen, daß die »Reformen« des New Deal keinerlei Korrektur der Wirtschaft mit sich brachten, aber trotzdem möchte niemand gerne Notmaßnahmen abqualifizieren, die den Mittellosen etwas zu essen verschafften. Die ganzen endlosen Programme heilten die Wirtschaft nicht, ja schädigten sie möglicherweise sogar, aber in Kansas City verhinderten sie während der dreißiger Jahre fast mit Sicherheit den Aufruhr verzweifelter und hungernder Menschen.

Am 1. September 1939 marschierte Nazideutschland in Polen ein. Zwei Tage später erklärten England und Frankreich Deutschland den Krieg. Der Zweite Weltkrieg hatte begonnen.

KAPITEL SECHZEHN

DIE SCHRECKLICHEN VIERZIGER

Im Sommer 1940 wohnten Brian und ich in Chicago, 6105 Woodlawn, unmittelbar südlich des Midway. Hinter der Adresse steckte ein großes Mehrfamilienhaus mit achtzig Parteien, das über einen Strohmann der Howard-Stiftung gehörte. Wir bewohnten das »Penthouse«, das westliche Ende des obersten Stockwerkes. Wir hatten Wohnzimmer, Balkon, Küche, vier Schlafzimmer und zwei Badezimmer.

Die zusätzlichen Schlafzimmer konnten wir gut gebrauchen, besonders während des Demokratischen Nationalparteitages. Zwei Wochen lang schliefen bei uns zwölf bis fünfzehn Personen, und das in einer Wohnung, die für höchstens acht ausgelegt war. Ich kann das nicht empfehlen. Wir hatten keine Klimaanlage, es war ein ungewöhnlich heißer Sommer, und der nur wenige hundert Meter entfernte Michigansee verwandelte die Wohnung in ein Türkisches Bad. Zu Hause hätte ich mich der Situation angepaßt, indem ich nackt herumlief, was jedoch in Gegenwart von Fremden nicht möglich war. Einer der echten Vorzüge von Boondock besteht darin, daß dort die Haut einfach nur die Haut ist und nichts darüber hinaus bedeutet.

Seit 1893 war ich nicht mehr in Chicago gewesen, außer um umzusteigen. Brian hatte die Stadt mehrfach ohne mich besucht, und die Wohnung diente häufig für Vorstandssitzungen, seit die Stiftung 1929 ihre offizielle Adresse von Toledo nach Winnipeg verlegt hatte. Justin erklärte mir das wie folgt: »Maureen, obwohl wir nicht herumposaunen, was wir so treiben, möchten wir keine Gesetze über den Privatbesitz von Gold brechen. Wir treffen lediglich Vorkehrungen für alle denkbaren Entwicklungen. Die Stiftung wurde nach den kanadischen Gesetzen umstrukturiert, und ihr offizieller Schriftführer ist ein kanadischer Anwalt, bei dem es sich tatsächlich selbst um einen Howard-Klienten und

Stiftungskurator handelt. Ich fasse niemals Gold an, nicht mal mit Handschuhen.«

(Brian drückte den Sachverhalt anders aus: »Kein intelligenter Mensch respektiert ein ungerechtes Gesetz. Noch fühlt er sich schuldig, wenn er es bricht. Er befolgt einfach nur das Elfte Gebot.«)

Diesmal war Brian nicht aufgrund einer Vorstandssitzung in Chicago, sondern um im Hinblick auf den Krieg in Europa die hiesige Warenbörse im Auge zu behalten und in ihr mitzumischen. Ich begleitete ihn, weil ich Chicago wiedersehen wollte. So sehr ich es genoß, eine Zuchtstute zu sein, wollte ich doch nach vierzig Jahren, in denen ich dieser Beschäftigung nachgegangen war, und nach siebzehn Kindern mal etwas anderes sehen als feuchte Windeln.

Und es gab wahrhaftig einiges zu sehen! Die Allee knapp hundert Meter nördlich von uns, die sich vom Washington Park bis zum Jackson Park erstreckte und Midway Plaisance hieß, war bei meinem letzten Besuch tatsächlich noch eine Vergnügungsstraße gewesen, auf der man von Bauchtanz aus Klein-Ägypten bis hin zu rosa Zuckerwatte alles geboten bekommen hatte. Inzwischen war daraus ein wunderschöner, grasbedeckter Park geworden, mit dem einzigartigen »Brunnen der Zeit« von Loredo Taft am westlichen Ende und dem wunderschönen Strandabschnitt der Siebenundfünfzigsten Straße am östlichen. Der Hauptcampus der University of Chicago dominierte mit seinen großen grauen, gotischen Bauwerken die nördliche Seite. Die Universität war im Jahr vor meinem ersten Besuch gegründet worden, aber zu jener Zeit hatte hier noch keines dieser Gebäude gestanden. Soweit ich mich erinnern konnte, erhoben sich damals auf dem Gelände des heutigen Campus etliche große Ausstellungshallen. Sicher war ich mir dessen allerdings nicht, da mir einfach alles verändert vorkam.

Das Netz der Hochbahn hatte sich vergrößert, und die Züge waren nicht mehr dampfgetrieben, sondern bezogen ihre Energie aus elektrischem Strom. Auf den Straßen verkehrten keine Pferdewagen und keine gezogenen Straßenbahnen mehr; sie waren durch elektrische Bahnen ersetzt worden. Daneben drängten sich Autos Stoßstange an Stoßstange, ein zweifelhafter Fortschritt.

Das Field Museum, das drei Meilen nördlich von uns am Seeufer lag, war erst nach meinem '93er Besuch entstanden. Seine Malvina-Hoffman-Ausstellung unter dem Titel »Das Ringen der Menschheit« lohnte für sich genommen schon einen Besuch in der Stadt am Michigansee. Unweit davon war das Adler Planetarium das erste dieser Art, das ich je besuchte. Ich liebte die Vorstellungen dort und träumte dabei mit offenen Augen von Sternenreisen, wie Theodore sie durchführte, glaubte aber im Grunde nicht, sie jemals selbst zu erleben. Diese Hoffnung lag zusammen mit meinem Herzen irgendwo in Frankreich begraben.

Die elfjährige Maureen Johnson hatte das Chicago von '93 mit großen Augen erlebt, und die offiziell einundvierzigjährige Maureen Smith riß 1940 die Augen noch mehr auf, als sie dieser Stadt ansichtig wurde, so viele neue Wunder gab es dort zu sehen.

Eine Veränderung gefiel mir allerdings nicht: Wenn ich 1893 mal nach Einbruch der Dunkelheit draußen gewesen war, hatten sich weder Vater noch ich Sorgen gemacht. 1940 achtete ich sorgsam darauf, nachts nur in Begleitung Brians das Haus zu verlassen.

Unmittelbar vor dem Parteitag der Demokraten 1940 endete der »Sitzkrieg« und fiel Frankreich. Am 6. Juni evakuierten die Briten aus Dünkirchen in Frankreich das, was von ihren Truppen noch übrig war, ein Ereignis, dem eine der größten Reden der Geschichte folgte: »... wir werden am Strand gegen sie kämpfen, wir werden auf den Straßen gegen sie kämpfen, wir werden uns niemals unterwerfen!«

Vater rief bei Brian an und teilte ihm mit, daß er im Begriff stand, sich beim American Field Service zu melden. »Brian, diesmal erklärt mich sogar die Heimatmiliz für zu alt. Der Field Service jedoch akzeptiert Mediziner, die von der

Armee abgelehnt wurden, um sie im Kriegsgebiet zur Unterstützung einzusetzen. Dazu nehmen sie jeden, der ein Bein absägen kann – also mich zum Beispiel. Falls das meine einzige Chance ist, einen Beitrag zum Kampf gegen die Hunnen zu leisten, dann tue ich es eben – ich schulde es Ted Bronson. Verstehst du mich?«

»Ich verstehe dich vollkommen.«

»Wie schnell kannst du jemanden auftreiben, der an meiner Stelle auf die Kinder aufpaßt?«

Ich konnte beide Sprecher verstehen, also ging ich selbst ran. »Vater, Brian kann im Moment nicht nach Hause kommen, ich dagegen schon. Obwohl es vielleicht noch schneller geht, wenn ich Betty Lou bitte einzuspringen. Egal wie, du kannst unbesorgt deine Pläne verfolgen. Aber Vater, hör mir gut zu! Paß ja auf dich auf, verstehst du?«

»Das mache ich, Kind.«

»Bitte, tue es wirklich! Ich bin stolz auf dich! Theodore ist auch stolz auf dich, das weiß ich.«

»Ich werde mich anstrengen, daß ihr beide stolz auf mich sein könnt, Maureen.«

Ich sagte rasch Lebewohl und legte auf, ehe mir die Stimme versagte. Briney machte ein nachdenkliches Gesicht. »Ich sollte mich lieber sofort darum kümmern, mein Alter für die Armee zu korrigieren. Sonst kommt noch jemand auf die Idee, auch ich wäre zu alt!«

»Briney! Du erwartest doch wohl nicht, daß du die Armee von deinem Howard-Alter überzeugen kannst? Sie haben dort endlose Akten über dich!«

»Oh, ich versuche bestimmt nicht, dem Generaladjutanten mein Howard-Alter weiszumachen, auch wenn ich nicht glaube, daß ich älter aussehe als die sechsundvierzig auf meinem Führerschein. Ich möchte lediglich die kleine Notlüge von 1898 korrigieren, als ich erst vierzehn war, aber schwor, ich wäre einundzwanzig.«

»Vierzehn, also wirklich! Du warst doch in Rolla bereits in den letzten Semestern!«

»Nur ein Fall von Frühreife, wie unsere Kinder. Ja, Schatz,

ich war '98 in Rolla bereits im Abschlußsemester, aber im Kriegsministerium weiß das niemand mehr, und wahrscheinlich wird es ihnen auch keiner mehr verpetzen. Maureen, ein Oberst der Reserve hat mit sechsundfünfzig viel größere Chancen, zu den Waffen gerufen zu werden, als mit dreiundsechzig. Etwa hundert Prozent mehr.«

Ich benutze den Zeitagenten-Feldrecorder, der mit der Stimme bedient wird und in einer Körperhöhle versteckt ist. Nein, nein, nicht im Liebestunnel! Das ginge überhaupt nicht, da Zeitagentinnen keine Nonnen sind und das auch nicht von ihnen erwartet wird. Ich meine eine künstliche Höhlung dort, wo früher meine Gallenblase war. Das Gerät soll tausend Stunden Laufzeit haben, und ich hoffe, daß es richtig funktioniert. Falls diese Gespenster hier mich abmurksen – besser »wenn sie mich abmurksen« –, hoffe ich, daß Pixel jemanden zu meiner Leiche führt, damit das Zeitkorps die Aufzeichnungen bergen kann. Ich möchte, daß der Kreis versteht, was ich zu erreichen versucht habe. Wahrscheinlich hätte ich es in aller Offenheit tun sollen, aber dann hätte bestimmt Lazarus die Aufgabe an sich gerissen. Im nachhinein bin ich immer schlauer; in der anderen Richtung klappt es schon weniger gut.

Es gelang Brian, sein offizielles Alter beim Militär zu ›korrigieren‹, und zwar schlicht deshalb, weil sein General ihn haben wollte. Er erreichte es allerdings nicht, an der Front eingesetzt zu werden. Statt dessen kam der Krieg zu ihm. Brian hütete gerade einen Schreibtisch im Presidio, und wir wohnten in einem alten Haus auf dem Knob Hill, als die Japaner am 7. Dezember 1941 ihren Überraschungsangriff auf San Francisco durchführten.

Es ist ein merkwürdiges Gefühl, in den Himmel zu schauen und Flugzeuge über sich zu sehen, das Dröhnen ihrer Triebwerke tief in den Knochen zu spüren, die Bomben aus ihnen regnen zu sehen und dabei genau zu wissen, daß es zu spät zum Weglaufen ist, zu spät, sich zu verstecken, und daß man keinerlei Einfluß darauf hat, wo diese Bomben einschlagen werden – bei einem selbst oder bei Häusern einen Block weit entfernt. Es ist keine Angst, eher ein Gefühl, als hätte man es schon tausendmal erlebt. Ich bin nicht scharf darauf, es noch einmal durchzumachen, aber ich weiß jetzt, warum Krieger (echte Krieger, keine Schlappschwänze in Uniform) immer an die Front möchten, nicht an den Schreibtisch. Im Angesicht des Todes lebt man am intensivsten. »Besser eine Stunde intensiv leben …«

Ich habe gelesen, daß auf Zeitlinic drei der Überraschungsangriff Hawaii galt, nicht San Francisco, und daß die Kalifornienjapaner danach ins Binnenland deportiert wurden. Wenn das stimmt, hatten sie richtig Glück, denn es ersparte ihnen das Blutbad von Zeitlinie zwei, wo von Sonntag, dem 7., bis Dienstag, dem 9. Dezember, mehr als sechzigtausend japanischstämmige Amerikaner gelyncht oder erschossen oder manchmal sogar lebendig verbrannt wurden. Hatte all das Einfluß darauf, was wir später mit Tokio und Kobe taten? Diese Frage stelle ich mir manchmal.

Kriege, die durch Überraschungsangriffe begonnen werden, verlaufen mit Sicherheit erbarmungslos. Sämtliche Geschichtsläufe beweisen das.

Die Lynchmorde führten dazu, daß Präsident Barkley Kalifornien unter Kriegsrecht stellte. Im April 1942 wurden die Bestimmungen gelockert, und nur ein zwanzig Meilen breiter Küstenstreifen, von der mittleren Fluthöhe aus gerechnet, blieb militarisiert. Diese Zone wurde im Norden bis Kanada ausgedehnt. In San Francisco war das Leben dadurch nicht sonderlich beeinträchtigt; es kam einem eher so vor, als lebte man in einer Garnison, und was die übliche Korruption in der Stadt anging, konnte man sogar eine deutliche Besserung der Lage feststellen. Nach Einbruch der Dunkelheit bestand jedoch direkt an der Küste immer die Gefahr, daß irgendein sechzehnjähriger Junge in der Uniform der Nationalgarde, bewaffnet mit einem Springfieldgewehr aus dem Ersten Weltkrieg, nervös wurde und Zuckungen in dem Finger bekam, den er am Abzug hielt.

Zumindest erzählte man sich das; ich habe es nie ausprobiert. Die Küste von Kanada bis Mexiko war Kriegsgebiet, und wer sich im Dunkeln dort hinwagte, riskierte den plötzlichen Tod. Viele fanden ihn auch.

Meine Jüngsten hatte ich bei mir – Donald, vier, und Priscilla, zwei. Die schulpflichtigen Kinder – Alice, Doris, Patrick und Susan – waren in Kansas City bei Betty Lou. Ich hatte auch den 1924 geborenen Arthur Roy eher für die Schule geeignet gehalten, aber sein Vetter Nelson vereidigte ihn am Tag nach der Bombardierung San Franciscos beim Marine Corps, zusammen mit seinem älteren Bruder Richard (Jahrgang 1914). Gemeinsam gingen die beiden auch nach Pendleton. Nelson war nur eingeschränkt diensttauglich, denn er hatte 1918 einen Fuß in Belleau Wood zurückgelassen. Justin gehörte zum War Production Board* in Washington, mußte aber in dessen Diensten regelmäßig reisen. Er stieg mehrfach bei uns auf dem Knob Hill ab.

Woodrow bekam ich bis Kriegsende überhaupt nicht zu sehen. Im Dezember 1941 erhielt ich von ihm eine Weihnachtskarte mit Poststempel aus Pensacola, Florida: »Liebe Mom, lieber Pop, ich verstecke mich hier vor den Japsen und zeige Pfadfindern, wie man mit dem Kopf nach unten fliegt. Heather und die Kleinen habe ich in Avalon Beach, Postfach 6320, untergebracht und schlafe daher meist zu Hause. Frohe Weihnachten und einen schönen Krieg wünsche ich Euch. Woodrow.«

Die nächste Karte, die wir von ihm erhielten, kam aus dem Royal Hawaiian in Waikiki: »Der Service in diesem Hotel reicht nicht ganz an das Niveau aus Friedenszeiten heran, ist aber besser als in Lahaina. Trotz aller gegenteiligen Gerüchte sind die Haie von Lahaina Roads keine Vegetarier. Ich hoffe, Euch geht es auch gut. W.W.«

* Am. Behörde zur Überwachung der Kriegsproduktion. Anm. d. Übers.

Das war unser erster Hinweis darauf, daß Woodrow an der Schlacht von Lahaina Roads teilgenommen hatte. Ob er nun an Bord der *Saratoga* gewesen war, als sie sank, oder ob er mit dem Fallschirm hatte abspringen müssen, wußte ich nicht. Seine Karte deutete jedoch an, daß er eine Zeitlang im Wasser geschwommen war. Ich fragte ihn danach, als der Krieg zu Ende war. Er machte ein verdutztes Gesicht und antwortete: »Mom, wie kommst du nur auf diese Idee? Ich habe den Krieg in Washington, D. C., verbracht und dabei Scotch mit meinem Gegenstück in der British Aircraft Commission getrunken. Er hatte den Scotch besorgt – hatte es irgendwie geschafft, ihn von Bermuda aus einzufliegen.«

Woodrow hielt sich nicht immer strikt an die Wahrheit.

Mal sehen – Theodore Ira, mein Baby aus dem Ersten Weltkrieg, zog mit dem 110. Kampfpionierregiment aus Kansas City los und verbrachte den größten Teil des Krieges in Noumea mit dem Bau von Landebahnen, Docks und dergleichen. Nancys Ehemann und Eleanors Sohn Jonathan war Kolonnenbefehlshaber bei Pattons Panzern, als sie die Russen aus der Tschechoslowakei vertrieben. Nancy half bei der Aufstellung des Frauenhilfskorps und hatte bei Kriegsende einen höheren Rang inne als ihr Gatte, was uns alle ungeheuer amüsierte, sogar Jonathan selbst. George gehörte zunächst zum Hauptquartier der 35. Division, landete aber schließlich beim Militärgeheimdienst, so daß ich bis heute nicht weiß, was er alles getrieben hat. Brian junior nahm im März 1944 an der Landung bei Marseilles teil, erwischte einen Geschoßsplitter im linken Oberschenkel und landete schließlich als Ausbilder in Salisbury, England.

Meine Briefe an Vater erhielt ich 1942 vom nationalen Hauptquartier des AFS mit offiziellem Bedauern zurück.

Richards Frau Marian wohnte während Richards Zeit in Camp Pendleton ganz in der Nähe, in San Juan Capistrano. Als er an die Front mußte, lud ich sie mit ihren vier Kindern zu uns ein. Ein fünftes brachte sie kurz nach ihrem Einzug bei uns zur Welt. Zu zweit wurden wir mit insgesamt sieben

Kindern leichter fertig als jede von uns vorher allein mit den eigenen. Wir organisierten die Arbeit so, daß eine von uns jeden Nachmittag im Letterman Army Hospital aushelfen konnte. Sie fuhr dazu mit dem Bus zum Presidio (und sparte damit eine Benzinzuteilung) und kehrte mit Brian zurück. Ich liebte Marian; sie stand mir so nahe wie die eigenen Töchter.

Und so war sie bei uns, als sie das Telegramm erhielt. Richard hatte sich auf Iwo Jima das Navy Cross verdient – posthum.

Etwas über fünf Monate später zerstörten wir Tokio und Kobe. Kaiser Akihito und seine Minister schockierten uns, indem sie sich alle rituell den Bauch aufschlitzten, zuerst die Minister, dann der Kaiser, nachdem letzterer ihnen noch verkündet hatte, es hätte ihn beruhigt, von Präsident Barkley zu erfahren, daß Kyoto verschont würde. Die Sache war um so erschreckender, als es sich bei Kaiser Akihito um einen nicht ganz zwölfjährigen Jungen handelte, jünger noch als mein Sohn Patrick Henry.

Wir werden die Japaner nie verstehen, aber der lange Krieg war endlich vorüber.

Ich frage mich, was wohl geschehen wäre, hätte nicht der Vater des Kaisers, Kaiser Hirohito, bei einem unserer Luftangriffe, dem Unternehmen »Star Festival«, den Tod gefunden. Er galt als so »verwestlicht«. Die anderen relevanten Zeitlinien, drei und sechs, geben darauf auch keine Antwort. Hirohito scheint der Gefangene seiner Minister gewesen zu sein, zwar regierender Monarch, aber ohne Macht.

Sobald Japan kapituliert hatte, bat Brian um frühzeitige Entlassung, wurde jedoch zunächst nach Texas beordert – als erstes nach Amarillo, dann nach Dallas –, um bei Vertragsterminierungen zu assistieren (die einzige Gelegenheit, denke ich, zu der er es bedauerte, 1938 sein Anwaltsexamen bestanden zu haben). Es war jedoch damals sicher eine gute Idee, aus San Francisco wegzuziehen und uns an einem Ort niederzulassen, wo uns niemand kannte – denn kaum in Texas, wurde aus Marian eine gewisse »Maureen J. Smith«, während ich mir das Haar färbte und mich in Marians verwitwete Mutter mit Namen »Marian Hardy« verwandelte. Und es geschah nicht zu früh, denn man erkannte allmählich, daß sie schwanger war. Vier Monate später brachte sie Richard Brian zur Welt. Gegenüber der Stiftung spielten wir natürlich mit offenen Karten und registrierten dort korrekt die Eltern Marians Neugeborenen: Marian Justin Hardy und Brian Smith sr.

Zu erklären, was als nächstes geschah, fällt mir schwer, weil es drei verschiedene Standpunkte dazu gibt und ich mir sicher bin, daß die beiden anderen so fair sind wie meiner – ja, eher noch fairer, muß ich einräumen. Vater hatte mich schon mehr als ein halbes Jahrhundert zuvor darauf hingewiesen, daß ich ein unmoralisches Luder bin und mich demzufolge nur auf pragmatische Überlegungen verstehe, nicht auf moralische.

Ich unternahm keinen Versuch, meinem Mann das Bett meiner Schwiegertochter zu verwehren. Briney und ich haben nie Besitzansprüche aufeinander erhoben. Wir fanden es okay, Sex aus Spaß zu betreiben, und wir verfügten damals bereits seit Jahren über Regeln für zivilisierten Ehebruch. Was mich ein wenig überraschte, war, daß Marian sich keine Mühe gegeben hatte, eine Schwängerung durch Brian zu verhindern – zumindest hatte sie mich vorher nicht konsultiert. (Falls sie Brian konsultierte, hat er es jedenfalls nie erwähnt. Männer zeichnen sich jedoch im allgemeinen durch die Neigung aus, ihren Samen einfach wie aus einem Wasserschlauch zu verspritzen und den Frauen die Entscheidung zu überlassen, ob sie aus dem Saft Nutzen ziehen möchten.)

Trotzdem war ich nur etwas erstaunt, aber nicht böse. Ich erkenne auch den natürlichen Reflex an, aus dem heraus eine frischgebackene Witwe wenn möglich gleich als erstes die Beine breit macht und bitterlich schluchzend ihren Bauch einsetzt, um den verlorenen Schatz zu ersetzen. Es handelt sich dabei um einen Überlebensmechanismus, der nicht auf Kriegszeiten begrenzt ist, wenn er auch zu diesen stark zunimmt – wie eine statistische Analyse beweist.

(Ich habe gehört, daß es Männer gibt, die in den Zeitungen die Todesanzeigen lesen und dann an den Begräbnissen verheirateter Männer teilnehmen, um Witwen kennenzulernen. Das ist natürlich ein schmutziger Trick und rechtfertigt wahrscheinlich die Kastration. Andererseits wären uns die fraglichen Witwen dafür vielleicht nicht dankbar.)

Wie gesagt – wir zogen nach Dallas, und eine Zeitlang verlief das Leben zufriedenstellend. Brian war einfach ein Mann mit zwei Frauen, eine für Howard-Leute nicht ungewöhnliche Situation – man mußte nur die Jalousien vor den Nachbarn zuziehen, wie es einige Mormonen tun.

Nicht lange nach der Geburt von Marians jüngstem Kind kam Brian zu mir, eindeutig, um mir irgendwas zu sagen, was er jedoch nicht richtig herausbekam. Schließlich sagte ich: »Sieh mal, Liebling, ich kann keine Gedanken lesen. Was immer es ist, rücke endlich heraus damit!«

»Marian möchte die Scheidung.«

»Wie bitte? Briney, du verwirrst mich. Wenn es ihr bei uns nicht mehr gefällt, braucht sie doch nur auszuziehen. Tut mir leid, das zu erfahren, nachdem wir uns ihretwegen und ihrer Kinder wegen soviel Mühe gegeben haben. Soll ich mal mit ihr reden?«

»Ach verdammt, ich habe mich nicht deutlich genug ausgedrückt! Sie möchte, daß du dich scheiden läßt, damit sie mich heiraten kann.«

Mein Mund klappte auf, dann mußte ich lachen. »Du meine Güte, Briney, was in aller Welt hat sie nur auf die Idee gebracht, ich könnte so etwas jemals tun? Ich möchte mich nicht von dir scheiden lassen; du bist der netteste Ehemann, den ein Mädel haben kann. Es macht mir nichts aus, dich mit anderen zu teilen ... aber dich loswerden? Ich werde mit ihr reden. Wo ist sie? Ich nehme sie mit ins Bett und erkläre es ihr so nett wie nur möglich.« Ich packte ihn an den Schultern und küßte ihn.

Danach hielt ich seine Schultern fest und musterte ihn. »Heh, warte mal! *Du* möchtest dich scheiden lassen, nicht wahr?«

Er sagte nichts, sondern schaute nur betreten drein.

Ich seufzte. »Armer Briney! Wir Frauen gestalten dein Leben ganz schön kompliziert, nicht wahr? Wir laufen dir überallhin nach, setzen uns auf deinen Schoß und flüstern dir Sachen ins Ohr. Selbst deine Töchter verführen dich wie diesen Typen aus dem Alten Testament – wie hieß er doch gleich? Und jetzt sogar die Schwiegertöchter! Hör auf, so ein Gesicht zu machen, Liebster. Ich habe dir keinen Ring durch die Nase gezogen.«

»Du tust es?« Er wirkte erleichtert.

»Ich? Was denn?«

»Dich von mir scheiden lassen.«

»Nein, natürlich nicht.«

»Aber du sagtest doch ...«

»Ich sagte, daß ich dir keinen Ring durch die Nase gezogen habe. Wenn du die Scheidung möchtest, widersetze ich mich dem nicht. Wenn du möchtest, kannst du es nach Muslimart tun. Sag einfach dreimal: ›Ich scheide mich von dir‹, und ich packe sofort meine Sachen.«

Vielleicht hätte ich in dieser Frage nicht so entschlossen sein sollen, aber schließlich war ich keinem von beiden das ganze Theater – und das Trauma – schuldig, auch noch einen Anwalt zu suchen, Zeugen zu bestimmen und vor Gericht zu erscheinen. Ich war ja kooperativ, aber die Arbeit sollten die beiden gefälligst selbst erledigen.

Brian gab nach, sobald er erkannte, wie ernst es mir war. Marian ärgerte sich über mich und hörte auf zu lächeln und mit mir zu sprechen. Schließlich gelang es mir, sie festzuhalten, als sie gerade aus dem Wohnzimmer kam, während ich hinein wollte. »Marian!«

Sie blieb stehen. »Ja, Mutter?«

»Hör bitte auf, so zu tun, als wären deine Gefühle verletzt.

Ich möchte dich wieder lächeln sehen und lachen hören wie früher. Du hast mich gebeten, dir meinen Mann zu überlassen, und ich war einverstanden. Jetzt solltest du ebenfalls kooperieren. Statt dessen führst du dich auf wie ein verdorbenes Kind. Tatsächlich bist du sogar ein verdorbenes Kind.«

»Wie unfair du bist!«

»Mädchen, Mädchen!«

Ich drehte mich zu Brian um. »*Ich* bin kein Mädchen mehr. Ich bin seit siebenundvierzig Jahren deine Ehefrau. Solange ich hier bin, erwarte ich, mit Respekt und Wärme behandelt zu werden. Ich erwarte keine Dankbarkeit von Marian; mein Vater lehrte mich schon vor vielen Jahren, niemals Dankbarkeit zu erwarten, weil es seinen Worten nach so etwas nicht gäbe. Marian könnte jedoch aus Höflichkeit wenigstens so tun als ob. Oder sie könnte auf der Stelle ausziehen. Noch in dieser Minute! Falls ihr beide von mir erwartet, daß ich nicht gegen diese Scheidung ankämpfe, könntet ihr zumindest ein bißchen Verständnis für mich zeigen.«

Ich ging in mein Zimmer, legte mich ins Bett, weinte ein wenig und fiel dann in einen unruhigen Schlaf.

Eine halbe Stunde (oder eine Stunde) später wurde ich von einem Klopfen an der Tür geweckt. »Ja?«

»Mama, ich bin es, Marian. Darf ich hereinkommen?«

»Sicher, Schatz.«

Sie trat ein, schloß die Tür hinter sich und sah mich an. Ihr Kinn zitterte, und sie brach in Tränen aus. Ich richtete mich auf und breitete die Arme aus. »Komm zu mir, Liebes.«

Das beendete meine Probleme mit Marian, nicht jedoch die mit Brian. Am folgenden Wochenende wies er darauf hin, daß die *Conditio sine qua non* einer einvernehmlichen Scheidung eine einvernehmliche Eigentumsregelung zwischen den Parteien war. Er hatte eine dicke Aktentasche mit nach Hause gebracht. »Ich habe alle wichtigen Papiere da. Sollen wir sie einmal durchgehen?«

»Nur zu.« (Sinnlos, einen Besuch beim Zahnarzt hinauszuschieben.)

Er stellte die Aktentasche auf den Eßtisch. »Hier ist genug Platz.« Er setzte sich.

Ich nahm links von ihm Platz, Marian mir gegenüber. »Nein, Marian«, sagte ich. »Ich möchte das unter vier Augen besprechen. Du bist entschuldigt, Liebes. Und achte bitte darauf, daß auch die Kinder draußen bleiben.«

Sie erhob sich mit ausdruckslosem Gesicht. Brian streckte die Hand aus und hielt sie fest. »Maureen, Marian ist ebenfalls eine interessierte Partei. Es geht auch sie an.«

»Entschuldige, aber das tut es nicht.«

»Wieso bestehst du darauf?«

»Was du hier vorlegst, worum sich diese Dokumente drehen, das unser gemeinsames Eigentum, das wir im Verlauf unserer Ehe erworben haben. Nichts davon gehört Marian, und ich möchte die Angelegenheit nicht in Gegenwart einer dritten Partei erörtern. Wenn sie sich von dir scheiden läßt, ist sie beim Aufteilen dabei und bin ich es nicht. Heute, Brian, geht es um eine Klärung zwischen dir und mir und niemandem sonst.«

»Was meinst du damit – wenn sie sich von mir scheiden läßt?«

»Korrektur: Falls sie sich mal von dir scheiden läßt.« (Das tat sie 1966 dann auch tatsächlich.) »Brian, hast du eine Addiermaschine mitgebracht? Ach, vergiß es, ich benötige nur einen scharfen Bleistift.«

Marian wechselte einen Blick mit Brian, ging hinaus und schloß die Tür. »Maureen, warum bist du immer so hart zu ihr?« wollte er wissen.

»Benimm dich bitte, Briney. Du hättest gar nicht erst versuchen sollen, sie hinzuzuziehen, und du weißt es. Sollen wir das jetzt in aller Höflichkeit erledigen oder warten wir, bis ich einen Anwalt gerufen habe?«

»Ich sehe keinen Grund, warum wir das nicht selbst erledigen sollten. Und ich sehe noch weniger ein, warum ein Anwalt Einblick in meine privaten Geschäfte nehmen sollte.«

»Und ich sehe noch weniger ein, warum deine Verlobte sich meine anschauen sollte. Briney, hör auf, dich wie Woodie mit sechs Jahren zu benehmen! Nun, wie sehen deine Pläne aus?«

»Nun, zunächst müssen wir uns um die Hochzeitszuwendungen für die Kinder kümmern. Für sieben insgesamt. Und für Marians fünf beziehungsweise neuerdings sechs.«

(Jedesmal, wenn bei uns »die Kasse geklingelt« hatte, also ein Babybonus von der Ira-Howard-Stiftung eingegangen war, hatte Brian ein Konto für das Kind eröffnet und den Betrag in seinen Büchern mit 6 Prozent vierteljährlich verzinst. Die Endsumme, etwa das Dreifache des ursprünglichen Babybonus – erhielt das Kind später als Hochzeitsgeschenk. Bis dahin konnte Brian achtzehn Jahre lang oder noch länger mit dem Geld arbeiten, und der geneigte Leser kann mir glauben, daß er mit seinen Investitionen mehr als 6 Prozent Gewinn machte, besonders nach 1918, nachdem er Theodores Vorhersagen als Richtschnur hatte. Ein einziges Wort – wie »Xerox« oder »Polaroid« – konnte ein Vermögen bedeuten, wenn man nur frühzeitig davon gehört hatte.)

»Hoppla! So nicht, Briney! Richard erhielt sein Hochzeitsgeld von uns, als er Marian heiratete. Die Kinder, die sie von ihm hat, sind unsere Enkel. Was ist mit den anderen Enkeln? Ich habe sie in letzter Zeit nicht gezählt, aber ich denke, es sind zweiundfünfzig. Hast du vor, sie alle aus dem zu subventionieren, was wir heute besitzen?«

»Die Situation ist anders.«

»Das ist sie ganz gewiß. Brian, du möchtest fünf unserer Enkel zuungunsten aller anderen Enkel und aller unserer noch unverheirateten Kinder bevorzugen. Das dulde ich nicht!«

»Ich beurteile das selbst.«

»Nein, das wirst du nicht tun. Ein echter Richter wird das im Rahmen eines richtigen Verfahrens tun. Oder du behandelst alle unsere Kinder gleich und verzichtest darauf, zugunsten von fünf Enkeln siebenundvierzig weitere zu übergehen.«

»Maureen, so hast du dich früher nie benommen.«

»Du hast ja auch noch nie unsere Partnerschaft aufgekündigt. Jetzt, wo du es allerdings getan hast, werden wir uns zu fairen Bedingungen trennen, oder du mußt alles einem Richter erklären. Brian, du kannst mich nicht einfach wie einen alten Schuh ausziehen und dann von mir erwarten, daß ich mich deinen Entscheidungen weiter so füge wie früher. Ich wiederhole mich: Hör auf, dich wie Woodie als kleines Kind zu benehmen. Nun – unter der Voraussetzung, daß wir uns bezüglich der Hochzeitsgelder geeinigt haben oder noch einigen werden, wie möchtest du den Rest aufteilen?«

»Wie? Zu drei gleichen Teilen natürlich.«

»Wovon ich zwei erhalte? Das ist großzügig von dir, mehr, als ich erwartet hatte.«

»Nein, nein! Ein Anteil für dich, einer für mich, einer für Marian. Alle gleich groß.«

»Was ist mit dem vierten Anteil? Dem für meinen neuen Gatten.«

»Du hast vor, wieder zu heiraten?«

»Keine aktuellen Pläne, aber es könnte passieren.«

»Dann überqueren wir diese Brücke, sobald wir sie erreicht haben.«

»Briney, Briney! Jetzt hast du dich aber festgefahren! Möchtest du einfach nicht kapieren, daß du mich nicht zwingen kannst, deine Verlobte als Miteigentümerin dessen zu betrachten, was du und ich gemeinsam erworben haben? Die Hälfte davon gehört mir. Fair ist fair.«

»Verdammt, Mo, du hast gekocht und die Hausarbeit erledigt. Ich war derjenige, der sich darum bemüht hat, ein Vermögen aufzubauen, nicht du!«

»Woher stammte denn das Kapital, Briney?«

»Wie bitte?«

»Hast du es vergessen? Wie brachten wir die ›Kasse zum Klingeln‹? Und wenn wir schon dabei sind, wodurch hast du vorzeitig vom Schwarzen Dienstag erfahren? Habe ich dabei nicht auch eine Rolle gespielt? Briney, ich habe nicht vor, mich mit dir darüber zu streiten, nur weil du einfach nicht fair sein möchtest. Du versuchst weiterhin, deiner neuen Liebe einen Teil dessen zuzuschustern, was du und ich gemeinsam erworben haben. Gehen wir damit doch vor Gericht. Wir können das hier in dieser Stadt machen, in einem Gütergemeinschaftsstaat, oder in Kalifornien, einem weiteren Gütergemeinschaftsstaat, oder auch in Missouri, wo du dich darauf verlassen kannst, daß ein Richter mir mehr als die Hälfte zugestehen würde. Bis dahin verlange ich vorläufigen Unterhalt ...«

»Unterhalt!«

»... für mich und sechs Kinder, bis das Gericht entschieden hat, auf welche Summe sich mein Anteil sowie der Unterhalt für mich und die Kinder beläuft.«

Brian war baß erstaunt. »Willst du mich bankrott machen? Nur weil ich Marian gebumst habe?«

»Sicher nicht, Brian. Ich möchte nicht mal Unterhalt haben. Was ich wirklich möchte, und worauf ich bestehe – oder wir gehen vor Gericht –, ist folgendes: Nach einer fairen Regelung des Unterhalts der Kinder und ihrer Hochzeitsgelder, die von dem ausgeht, was wir bislang für unsere verheirateten Kinder getan haben und was du zur Zeit für unsere Kinder in Kansas City an Betty Lou schickst, möchte ich exakt die Hälfte des übrigen Vermögens haben. Sonst kümmert sich ein Richter darum!«

Er machte ein grimmiges Gesicht. »Na schön!«

»Gut. Erstelle die beiden Listen, und dann unterzeichnen wir eine förmliche Übereinkunft, die wir vor Gericht einreichen können. Wo möchtest du die Scheidung vollzogen haben? Hier?«

»Wenn du keine Einwände hast. Es wäre am leichtesten.«

»In Ordnung.«

Brian benötigte das gesamte Wochenende, um die beiden Vermögenslisten zu erstellen. Am Montag abend zeigte er sie mir. »Da sind sie – kurzgefaßte Aufstellungen unserer beiden Hälften.«

Ich schaute sie mir an und stellte gleich fest, daß die Endsummen gleich waren. Ich mußte mich beherrschen, um angesichts ihrer Höhe keinen Pfiff auszustoßen. Ich hatte nicht mal annähernd genau gewußt, wie reich wir eigentlich waren.

»Brian, warum ist das hier meine Liste und diese da deine?«

»Auf meiner Liste habe ich die Vermögenswerte eingetragen, die ich weiter verwalten möchte. Auf deiner Liste stehen Dinge, die nicht meinen Sachverstand erfordern, wie Pfandbriefe und Kommunalobligationen. Es spielt keine Rolle; die Teilung erfolgt halbe-halbe.«

»Wenn das der Fall ist, tauschen wir doch einfach. Ich nehme die Posten auf deiner Liste, und du die auf meiner.«

»Schau mal, ich habe dir doch erklärt, warum ich ...«

»Sollten auf meiner Liste irgendwelche Vermögenswerte stehen, die du unbedingt haben möchtest, dann kannst du sie mir ja abkaufen. Zu einem für beide Parteien annehmbaren Preis.«

»Mo, glaubst du wirklich, daß ich dich zu betrügen versuche?«

»Ja, Schatz, du versuchst mich seit dem Augenblick zu betrügen, an dem das Thema einer Scheidung und Vermögensteilung zum erstenmal zur Sprache gekommen ist.« Ich lächelte ihn an. »Ich werde das jedoch nicht zulassen, da du selbst es später bereuen würdest. Nimm jetzt die beiden Listen und ordne sie neu, und zwar im Sinne einer so absolut gerechten Aufteilung, daß es dir wirklich egal ist, welche von beiden ich nehme. Oder wenn es dir lieber ist, nehme ich die Aufteilung vor und stelle dir die Wahl deiner Hälfte frei. Was ich andererseits nicht hinnehme, ist, daß du all die Schnäppchen auf eine Liste packst und dann behauptest, es wäre dein Anteil. Wie möchtest du es haben?«

Der arme Mann brauchte fast eine Woche für die neuen Listen, und er starb schier vor Frustration, aber schließlich wurde er doch damit fertig.

Ich schaute mir das Ergebnis an. »Alles klar, Briney? Hast du unser gemeinsames Vermögen jetzt so perfekt geteilt, daß dir wirklich egal ist, welche der beiden Listen ich nehme?«

Er lächelte ironisch. »Drücken wir es lieber so aus: Ich werde in beiden Fällen gleichermaßen zusammenzucken und Schweißausbrüche bekommen und bluten.«

»Armer Briney. Du erinnerst mich an den Esel mit den beiden Heuhaufen. Beide Listen enthalten reichlich flüssige Positionen; du kannst mir von meinem Anteil alles abkaufen, was dir lieb und teuer ist.« Ich streckte die Hand nach einer Liste aus, wobei ich auf den Ausdruck seiner Augen achtete – und nahm das andere Blatt. »Das ist mein Anteil. Fangen wir gleich mit dem Papierkram an.«

Brian protestierte erneut, als ich mich zwar mit seinen Kaufwünschen einverstanden erklärte, aber es mir nicht nehmen ließ, über den Preis zu feilschen. Mein Gedächtnis leistete mir dabei gute Dienste. Ich hatte mir die Mühe gemacht, mich nach »D. D. Harriman« zu erkundigen, als ich den Namen von Theodore gehört hatte – an jenem traurigen, glücklichen, verrückten Sonntag, als er fortging und nie mehr zurückkehrte. Zum Zeitpunkt der hier geschilderten Vermögensteilung wußte ich genau, welche Unternehmen Mr. Harriman kontrollierte und ob sie an der New Yorker Börse gelistet waren oder nicht.

Und so verkaufte ich Brian, was er haben wollte, jedoch nicht zum nominellen Buchwert, sondern zum Wiederbeschaffungswert zuzüglich einer vernünftigen Gewinnspanne. In geschäftlichen Dingen bin ich nicht gänzlich unbeleckt. Zwar hatte Brian mir nie genug Bargeld anvertraut, um es als Kapital einzusetzen, aber ich hatte es über die Jahre hinweg doch unterhaltsam gefunden, mit Papieren zu spekulieren. Dieses Spiel gestaltete die Lektüre des *Wall Street Journal* recht amüsant.

Brian ließ sich Mitte 1946 von mir scheiden, und ich kehrte nach Kansas City zurück. Es blieben keinerlei Ressentiments zwischen ihm, Marian und mir zurück. Briney war im Grunde kein schlechter Junge gewesen, sondern hatte einfach nur so hart um Marian gekämpft wie früher einmal um mich. Und als ich erkennen mußte, daß ich auf mich selbst gestellt war und mein geliebter Gatte nicht mehr die wichtigste Rolle in meinem Leben spielte, hatte ich eben auch mit harten Bandagen zurückzuschlagen. Das war alles.

Ressentiments ergeben keinen Sinn. Sobald das Raumschiff abhebt, sind alle Rechnungen bezahlt.

KAPITEL SIEBZEHN

EIN NEUER ANFANG

Meine Tochter Susan heiratete Henry Schultz am Samstag, den 2. August 1952, in der St.-Markus-Kirche der Episkopalen, Paseo 63 in Kansas City. Brian erschien zur Hochzeit seiner Tocher, während Marian mit ihren Kindern in Dallas blieb – mit einer akzeptablen Ausrede, allerdings wie ich ergänzen muß. Sie stand kurz vor der Niederkunft und hätte sogar Brian bitten können, bei ihr zu bleiben. Statt dessen überredete sie ihn jedoch, Susan nicht zu enttäuschen.

Ich bin mir nicht sicher, ob Susan es überhaupt mitbekommen hätte, aber mir wäre es ganz bestimmt aufgefallen.

Mehr als die Hälfte meiner Kinder erschien ebenfalls, meist in Begleitung ihrer Ehegatten, dazu etwa vierzig meiner Enkel mit Ehegatten, mit ein paar Urenkeln und sogar einem Ururenkel. Kein schlechtes Ergebnis für eine Frau von offiziell siebenundvierzig! Kein schlechtes Ergebnis für eine Frau von tatsächlich siebzig Jahren und vier Wochen.

Unmöglich? Nicht ganz! Meine Nancy brachte Roberta am Weihnachtstag 1918 zur Welt. Roberta heiratete mit sechzehn Zachary Barstow und gebar Anne Barstow am 2. November 1935. Anne Barstow heiratete Eugene Hardy und bekam ihr erstes Kind, Nancy Jane Hardy, am 22. Juni 1952.

Name	*geb. am.*	*Verwandtschaftsbeziehung:*
Maureen Johnson (Smith)	4.7.1882	Ururgroßmutter
Nancy Smith (Weatheral)	1.12.1899	Urgroßmutter
Roberta Weatheral (Barstow)	25.12.1918	Großmutter
Anne Barstow (Hardy)	2.11.1935	Mutter
Nancy Jane Hardy	22.6.1952	Tochter

Den Archiven zufolge gebar Nancy Jane Hardy (Foote) Justin Foote, den ersten dieses Namens, am letzten Tag des zwanzigsten Jahrhunderts, dem 31. Dezember 2000. Ich ehelichte seinen und meinen fernen Nachkommen Justin Foote den Fünfundvierzigsten, womit ich im Jahr 4316 A.D. gregorianischer Zeitrechnung in die Familie Lazarus Longs einheiratete. Das war fast vierundzwanzig Jahrhunderte später und im einhundertersten Jahr meiner persönlichen Zeitlinie.

Die Familie Schultz war auf Susans Hochzeit fast so stark vertreten wie die Johnsons, obwohl die meisten von ihnen dazu aus Kalifornien oder Pennsylvanien einfliegen mußten. Sie brachten jedoch keine fünf Generationen in einem Zimmer zusammen. Ich freute mich, daß wir dazu in der Lage waren, und hielt mich nicht vornehm zurück, als der Photograph Kenneth Barstow ein Gruppenbild von uns machen wollte. Er postierte mich in der Mitte mit meiner Ururenkelin auf dem Schoß, in einem Halbkreis umgeben von meiner Tochter, Enkelin und Urenkelin – wie die Engel um die Mutter Gottes und das Jesuskind.

Weswegen wir dann auch prompt gescholten wurden. Ken machte ein Photo nach dem anderen, bis Nancy Jane vor Langeweile losheulte. In diesem Augenblick trat Justin Weatheral ein und sagte: »Ken, darf ich mal deine Kamera sehen?«

»Klar, Onkel Justin.« (Onkel ehrenhalber – erster Vetter dritten Grades, glaube ich. Die Howard-Familien erreichten allmählich den Punkt, an dem jeder mit jedem verwandt war, inklusive der unvermeidbaren Inzuchtdefekte, die später wieder ausgemerzt werden mußten.)

»Du bekommst sie gleich zurück. Nun, meine Damen, und du besonders, Maureen – was ich zu sagen habe, ist ausschließlich für Eingeweihte, für bei der Stiftung registrierte Personen. Seht euch mal um. Ist die Loge bewacht? Sind irgendwelche Fremden da?«

»Justin«, sagte ich, »zu diesem Empfang erhielt nur Zutritt, wer eine Einladung vorweisen konnte. An der Hochzeit konnte buchstäblich jeder teilnehmen, aber Zutritt zu diesem Zimmer hat niemand ohne Karte. Ich habe in unserer Familie dafür gesorgt und Johanna Schultz bei Henrys Verwandtschaft.«

»Ich kam ohne Karte herein.«

»Justin, jeder hier kennt dich!«

»Das ist genau der Punkt. Wer ist sonst noch ohne Karte hereingekommen? Der gute alte Joe Blow natürlich, den jeder kennt. Ist das nicht Joe dort am Tisch, wo er gerade den Punsch austeilt?«

»Natürlich ist auch Personal da«, antwortete ich. »Die Musiker, die Lieferanten und dergleichen.«

»Und dergleichen. So ist es.« Justin senkte die Stimme und wandte sich direkt an uns fünf und an Ken. »Wir alle wissen doch, welcher Anstrengungen es bedarf, unsere Altersangaben zu optimieren. Maureen, wie alt bist du?«

»Ah – siebenundvierzig.«

»Und du, Nancy, Schatz?«

Nancy wollte schon »zweiundfünfzig« sagen, unterbrach sich aber nach der ersten Silbe selbst. »Ach Mist, Papa Weatheral, ich kann mir mein Alter einfach nicht merken!«

»Dein Alter, Nancy«, beharrte Justin.

»Mal sehen. Mama bekam mich mit fünfzehn – wie alt bist du, Mama?«

»Siebenundvierzig.«

»Ja, natürlich. Ich bin zweiunddreißig!«

Justin musterte nacheinander meine Enkelin Roberta, meine Urenkelin Anne und meine Ururenkelin Nancy Jane und sagte: »Ich werde euch nicht nach eurem Alter fragen, denn jede Antwort würde nur beweisen, daß es unmöglich ist, auch nur eure Existenz mit Nancys und Maureens angeblichem Alter in Einklang zu bringen. Im Namen aller Kuratoren kann ich euch sagen, daß wir uns darüber freuen, wie sehr ihr Ira Howards Testament mit Sinn erfüllt. Wiederum im Namen aller Kuratoren muß ich jedoch erneut betonen, wie wichtig es ist, die Öffentlichkeit nicht auf unsere Besonderheiten aufmerksam zu machen. Wir müssen jeden

Anschein vermeiden, daß wir uns von anderen Leuten unterscheiden könnten.

Deshalb muß ich leider feststellen, daß ich es sehr bedaure, euch fünf Damen alle in einem Zimmer versammelt zu sehen, und meiner Hoffnung Ausdruck verleihen, daß es nie wieder dazu kommen wird! Mich schaudert bei der Vorstellung, daß ihr gemeinsam photographiert wurdet. Würde dieses Photo seinen Weg auf die Gesellschaftsseite der *Journal Post* vom nächsten Sonntag finden, könnte das die Bemühungen aller unserer Freunde ruinieren, uns der öffentlichen Aufmerksamkeit zu entziehen. Ken, findest du nicht, daß dieses Bild besser vernichtet werden sollte?«

Damit hatte er Ken Barstow den Schneid abgekauft, nicht aber mir: »Heh Justin, genug davon! Sicher bist du der Chefkurator, aber niemand hat dich zum Gott ernannt. Diese Photos wurden für mich und meine Kinder aufgenommen. Wenn du sie vernichtest oder Ken dazu überredest, sie zu vernichten, schlage ich dir die Kamera über den Schädel!«

»Maureen, sieh mal ...«

»Spar dir dein ›Maureen, sieh mal‹! Nichts davon erscheint in der Zeitung, das ist doch klar. Ich möchte jedoch fünf Abzüge von Kens bester Aufnahme, einen für jede von uns. Und Ken hat das Recht auf einen Abzug für seine Unterlagen, wenn er möchte.«

Darauf einigten wir uns, und Justin bat auch um einen Abzug für die Archive.

Damals hielt ich Justins Vorsicht für übertrieben. Ich irrte mich. Indem er die später unter der Bezeichnung ›Maskerade‹ geführte Politik erfand und durchsetzte, erreichte er, daß achtzig Prozent unserer Leute ein offizielles Alter von unter vierzig und nur drei Prozent eines von über fünfzig hatten, als die Herrschaft des Propheten begann. Als die Gedankenpolizei des Propheten erst einmal die Arbeit aufgenommen hatte, war es sowohl schwierig als auch gefährlich, die persönliche Vorgeschichte oder die Identität noch zu wechseln. Dank Justins Voraussicht wurde das jedoch im allgemeinen auch nicht erforderlich.

Den Archiven zufolge starb Brian 1998 im Alter von hundertneunzehn Jahren – ein im zwanzigsten Jahrhundert durchaus zeitungsreifes Alter. Offiziell war er erst zweiundachtzig, was keine Zeitung interessierte. Dank Justins Maßnahmen konnten fast alle Howard-Klienten 2012, als die Herrschaft des Propheten begann, eine reduzierte Altersangabe vorweisen, die verhinderte, daß sie auffällig wurden.

Gott sei Dank hatte ich damit keine Last! Nein, nicht »Gott« sei Dank, sondern Hilda Mae, Zeb, Deety, Jake und einem wunderbaren, liebenswerten Schiff namens »Gay Deceiver« sei Dank. Ich würde sie nur zu gerne alle fünf jetzt hier sehen; Mama Maureen könnte mal wieder eine Rettungsmission gebrauchen!

Vielleicht findet Pixel sie ja. Ich glaube, er hat mich verstanden.

Etliche der Auswärtigen blieben übers Wochenende, aber Dienstag morgen, am 5. August, war ich wieder allein – und zwar zum erstenmal in meinen siebzig Lebensjahren wirklich allein. Meine beiden jüngsten, der sechzehnjährige Donald und die vierzehnjährige Priscilla, waren zwar noch unverheiratet, gehörten aber nicht mehr zu mir. Im Rahmen der Scheidungsregelung hatten sie sich dafür entschieden, bei den Kindern zu bleiben, mit denen sie ohnehin schon wie Geschwister zusammengelebt hatten – inzwischen hatte Marian sie auch tatsächlich adoptiert.

Susan war die jüngste derer, die während des Krieges bei Betty Lou und Nelson gewohnt hatten, und heiratete als letzte von ihnen. Alice Virginia ehelichte Ralph Sperling unmittelbar nach Kriegsende, Doris Jean heiratete Roderick Briggs im Jahr darauf und Patrick Henry, mein Sohn von Justin, Charlotte Schmidt im Jahr 1951.

Betty Lou und Nelson zogen kurz nach meiner Rückkehr nach Tampa und nahmen dabei die drei Kinder mit, die noch zu Hause lebten. Bettys Eltern und Nelsons Mutter, Tante Carole, wohnten bereits in Florida, und Betty Lou wollte für sie alle sorgen. (Wie alt war Tante Carole doch gleich 1946? Sie war die Witwe von Vaters älterem Bruder, also ... Du liebe Güte! Das müssen fast hundert gewesen sein, und doch sah sie immer noch genauso aus, wie ich sie seit kurz vor dem japanischen Angriff von '41 in Erinnerung hatte. Hatte sie sich das Haar gefärbt?)

Am Samstag war ich nicht nur deshalb traurig gewesen, weil mein letztes Küken das Nest verlassen hatte, sondern auch und vor allem deshalb, weil es Vaters einhundertster Geburtstag war.

Offensichtlich brachte niemand den Tag mit Vater in Verbindung, und ich sprach das Thema ebenfalls nicht an, weil ein Hochzeitstag dem glücklichen Paar gehört und niemand etwas erwähnen sollte, das von dem freudigen Anlaß ablenkt.

Trotzdem war ich mir der Bedeutung des Tages ständig bewußt. Vor zwölf Jahren und zwei Monaten war Vater in den Krieg gezogen, und ich hatte ihn an jedem einzelnen dieser viertausend, vierhundert und einundvierzig Tage vermißt – besonders in den Jahren, nachdem Brian mich gegen ein jüngeres Modell ausgetauscht hatte.

Der geneigte Leser möge mich bitte richtig verstehen – ich möchte Brian nicht verdammen. Etwa zu Beginn des Zweiten Weltkrieges hatte ich meine Fruchtbarkeit verloren, ganz im Gegensatz zu Marian, und Kinder sind schließlich der Sinn und Zweck einer howardgeförderten Ehe. Marian war willens und in der Lage, ihm weitere Kinder zu gebären, bestand jedoch auf der Ehe. Das ist verständlich.

Keiner von beiden versuchte, mich loszuwerden. Brian ging sogar davon aus, daß ich bleiben würde, bis ich deutlich machte, daß ich andere Pläne hatte. Marian bat mich zu bleiben und weinte, als ich fortging.

Dallas ist jedoch nicht Boondock, und die unnatürliche Praxis der Monogamie war in der amerikanischen Kultur des zwanzigsten Jahrhunderts so fest verwurzelt, wie es die Gruppenehe in der quasi-anarchistischen, unstrukturierten Gesellschaft von Tertius im dritten Jahrtausend der Diaspora ist. Als ich Brian und Marian zu verlassen beschloß, verfügte ich noch über keinerlei Boondock-Erfahrung, nach der ich mich hätte richten können; ich wußte einfach instinktiv, daß Marian und ich sonst nolens volens in einen Kampf um die Vorherrschaft eingetreten wären, einen Kampf, den eigentlich keine von uns wollte und der obendrein eine Qual für Brian gewesen wäre.

Das bedeutet jedoch nicht, daß ich gerne fortging. Eine Scheidung – jede Scheidung, egal, wie notwendig sie geworden ist – ist eine Amputation. Noch lange danach fühlte ich mich wie ein Tier, das sich ein Bein abgebissen hatte, um aus einer Falle zu entrinnen.

Auf meiner persönlichen Zeitlinie liegt das alles über achtzig Jahre zurück. Bewegen mich doch noch immer Ressentiments?

Ja, so ist es. Sie sind nicht gegen Brian gerichtet, sondern gegen Marian. Brian hat keine Spur von Bösartigkeit in sich; ich bin im tiefsten Herzen davon überzeugt, daß er mich nicht schlecht behandeln wollte. Schlimmstenfalls könnte man ihm vorwerfen, daß es nicht sehr gescheit von ihm war, die Witwe seines Sohnes zu schwängern, aber wieviel Männer zeigen im Umgang mit Frauen wirklich Intelligenz? In der gesamten Menschheitsgeschichte kann man sie an den Fingern eines Daumens abzählen.

Marian – sie ist ein ganz anderes Thema. Sie lohnte mir meine Gastfreundschaft, indem sie von meinem Gatten verlangte, sich von mir scheiden zu lassen. Vater hatte mich zwar gelehrt, niemals auf dieses imaginäre Gefühl der Dankbarkeit zu setzen, aber kann ich von einem Gast unter meinem Dach nicht wenigstens Anstand erwarten?

»Dankbarkeit« – ein imaginäres Gefühl, das wiederum ein imaginäres Verhalten belohnt: »Altruismus«. Bei beiden Vorstellungen handelt es sich nur um falsche Fassaden für Selbstsucht, die man als wirkliches und ehrliches Gefühl betrachten kann. Vor langer Zeit hat Mr. Clemens in seinem Essay »Was ist der Mensch?« demonstriert, daß jeder einzelne von uns jederzeit im eigenen Interesse handelt. Sobald man das begriffen hat, kann man auch mit einem Gegenspieler in Verhandlungen treten, um zum beiderseitigen Vorteil zu kooperieren. Ist man jedoch von der eigenen Selbstlosigkeit überzeugt und versucht, den anderen mit Scham vor der eigenen scheußlichen Selbstsucht zu erfüllen, gelangt man nirgendwohin.

Wo habe ich also bei meinem Umgang mit Marian einen Fehler gemacht?

War ich vielleicht zu »altruistisch«?

Ich finde schon. Ich hätte sagen sollen: »Hör mal, du Miststück, benimm dich, dann kannst du auch bei uns wohnen bleiben, solange du möchtest. Vergiß lieber die Idee, mich aus dem eigenen Haus zu jagen, oder du landest mitsamt deinem namenlosen Nachwuchs draußen im Schnee. Falls ich dir nicht gleich die ganze Abteilung herausreiße!« Und zu Brian: »Probiere es ja nicht, Bursche, oder ich suche mir einen Winkeladvokaten von einem Schlag, daß du dir noch wünschen wirst, du hättest dieses Flittchen nie zu Gesicht bekommen! Wir nehmen dich bis auf den letzten Heller aus!«

Aber das alles sind nur nächtliche Grübeleien. Die Ehe ist ein seelischer Zustand, kein bürgerlicher Vertrag. Sobald sie einmal tot ist, ist sie halt tot und fängt noch schneller an zu stinken als tote Fische. Wichtig ist nicht, wer sie umgebracht hat, sondern allein die Tatsache ihres Dahinscheidens. Dann wird es Zeit, alles aufzuteilen und sich davonzumachen, ohne sich lange mit Gegenbeschuldigungen aufzuhalten.

Warum verschwende ich dann achtzig Jahre später noch immer Zeit damit, über der Leiche einer längst dahingegangenen Ehe zu brüten? Habe ich nicht genug Probleme mit mörderischen Gespenstern? Ich bin mir ziemlich sicher, daß Pixel nicht über die Geister längst toter Katzen nachsinnt. Er lebt im ewigen Jetzt, und ich sollte es auch tun.

Als ich 1946 nach Kansas City zurückkehrte, wollte ich mich als erstes auf dem College einschreiben. Sowohl die University of Kansas City als auch das Rockhurst College lagen eine Meile nördlich von uns an der Dreiundfünfzigsten Straße, jeweils einen Block neben dem Rockhill Boulevard, das Rockhurst im Osten und die KCU im Westen – fünf Minuten mit dem Wagen, zehn mit dem Bus oder ein angenehmer Spaziergang von zwanzig Minuten bei schönem Wetter. Die medizinische Fakultät der Universität lag unmittelbar westlich der Neununddreißigsten und State Line, zehn Minuten mit dem Auto. Die Schule für Jura lag in der City, eine Fahrt von zwanzig Minuten.

Jede dieser Institutionen hatte Vor- und Nachteile. Das Rockhurst war sehr klein, aber gleichzeitig eine Jesuitenschule von wahrscheinlich hoher Gelehrsamkeit. Sie war eine Schule für Männer, wurde aber nicht ausschließlich von solchen besucht. Ich erfuhr, daß die weiblichen Schüler ausnahmslos Nonnen waren, Lehrerinnen, die hier ihre Referenzen aufbesserten, und war mir deshalb nicht sicher, ob ich willkommen sein würde. Pater McCaw, der Präsident von Rockhurst, machte mir die Sache wie folgt klar:

»Mrs. Johnson, unsere Politik ist nicht in Stein gemeißelt. Obwohl unsere Schüler mehrheitlich Männer sind, schließen wir Frauen nicht aus, die den ernsthaften Wunsch haben, unser Angebot aufzugreifen. Wir sind eine katholische Schule, heißen aber trotzdem auch Nichtkatholiken willkommen. Wir sind nicht missionarisch aktiv, aber ich sollte Sie vielleicht vorwarnen, daß Episkopale wie Sie, wenn sie erst mal mit der soliden katholischen Lehre vertraut werden, häufig zur wahren Kirche wechseln. Sollten Sie im Zuge Ihres Aufenthaltes bei uns Bedarf an Unterweisung in Glauben und Dogma entwickeln, erfüllen wir diesen Wunsch nur zu gerne. Wir werden sie jedoch nicht unter Druck setzen. Nun – streben Sie einen Abschluß an oder nicht?«

Ich erklärte ihm, daß ich mich als Studentin mit Sonderstatus und als Bakkalaureuskandidatin an der KCU eingeschrieben hatte. »Ich bin jedoch mehr an Bildung interessiert als an einem Abschluß. Deshalb bin ich hergekommen – ich kenne den Ruf, den die Gelehrsamkeit der Jesuiten genießt. Ich hoffe, hier Dinge zu lernen, die mir auf dem anderen Campus versagt bleiben würden.«

»Man sollte die Hoffnung nie aufgeben.« Er kritzelte etwas auf einen Notizblock, riß den Zettel ab und reichte ihn mir. »Sie sind jetzt Gasthörerin und damit berechtigt, jedes unserer Seminare zu besuchen. Für bestimmte Lehrangebote, wie zum Beispiel Laborkurse, erheben wir Sondergebühren. Gehen Sie mit dem Zettel ins Quästorenbüro; man wird dort das Schulgeld entgegennehmen und Sie über die weitere Gebührenordnung in Kenntnis setzen. Schauen Sie doch bitte in ein oder zwei Wochen wieder bei mir herein.«

Die nächsten sechs Jahre (1946-52) verbrachte ich auf der Schule und belegte sogar die Sommerkurse. In meinem Haushalt lebten keine kleinen Kinder oder gar Säuglinge mehr. Was an Arbeit noch zu tun blieb, delegierte ich an die sechzehnjährige Doris, die sich gerade daranmachte, unter meinem Schutz ihre Howard-Liste zu prüfen, und an Susan, die erst zwölf und noch Jungfrau (glaubte ich zumindest ziemlich fest), aber eine für ihr Alter herausragende Köchin war. Der starken Wechselwirkung von guter Küche und ausgeprägter Libido war ich mir bewußt. Wie ich herausfand, hatte Tante Betty Lou gute Arbeit geleistet, indem sie meine Mädchen zu gebildeter Unschuld erzogen hatte, so daß sie über ihre Körper und ihr weibliches Erbe schon gut informiert waren, lange bevor sie sich emotionell mit diesem Erbe auseinandersetzen müssen.

Ich hatte nur einen Sohn zu Hause, Pat, der 1946 erst vierzehn war. Ein wenig zögernd beschloß ich, seinen Wissensstand in Sachen Sex zu überprüfen, ehe er sich irgendeine dumme Krankheit zuzog oder eine zwölfjährige Schwachsinnige mit großen Brüsten und kleinem Gehirn schwängerte oder einen öffentlichen Skandal provozierte. Mit einer solchen Aufgabe hatte ich mich noch nie konfrontiert gesehen, denn entweder Brian oder Vater oder alle beide hatten bisher meine Söhne erzogen.

Patrick zeigte sich geduldig mit mir.

Trotzdem wollte er schließlich wissen: »Mama, möchtest du mich was Besonderes fragen? Ich werde mir Mühe geben. Tante B'Lou hat mir dieselbe Prüfung abgenommen wie Alice und Doris, und ich wußte nur eine Antwort nicht.«

(Mache deinen Mund wieder zu, Maureen). »Welche war das?«

»Ich konnte ›Extrauterinschwangerschaft‹ nicht definieren. Heute kann ich es aber. Soll ich?«

»Vergiß es. Haben Tante Betty Lou oder Onkel Nelson mit dir über die Howard-Stiftung gesprochen?«

»Ein bißchen. Als Alice zu poussieren anfing, sagte mir Onkel Nelson, ich solle mich um meine eigenen Angelegenheiten kümmern und den Mund halten – und noch mal mit ihm sprechen, ehe ich selbst mit dem Flirten anfing. Falls ich es je tun würde. Ich glaubte nicht, daß ich es je tun würde, aber es ist dann doch passiert. Onkel Nelson erzählte mir von den Kindersubventionen der Stiftung. Die es nur für Howard-Babies gibt.«

»Ja. Nun, Schatz, Tante Betty Lou und Onkel Nelson scheinen dir bereits alles gesagt zu haben, was auch ich dir beibringen könnte. Hat dir Onkel Nelson die Forberg-Bilder gezeigt?«

»Nein.«

(Verdammt, Briney, wieso bist du nicht hier? Das ist dein Job!) »Dann muß ich es tun. Falls ich sie wiederfinde.«

»Tante B'Lou hat sie mir gezeigt. Sie sind in meinem Zimmer.« Er lächelte schüchtern. »Ich sehe sie mir gerne an. Soll ich sie holen?«

»Nein. Nun ja, wenn du möchtest. Patrick, es sieht so aus, als wüßtest du alles über Sex, was ein Junge in deinem Alter wissen sollte. Kann ich dir noch irgendwas erzählen? Oder etwas für dich tun?«

»Ah – ich glaube nicht. Na ja, Tante B'Lou hat immer dafür gesorgt, daß ich genügend Präser hatte. Ich habe ihr versprochen, sie immer zu benutzen, und bei Walgren verkaufen sie die Dinger nicht an Kinder in meinem Alter.«

(Was hatte Betty Lou sonst noch für ihn getan? Ist Geschlechtsverkehr mit einer Tante Inzest? Korrektur: Ist er mit einer angeheirateten Tante Inzest? Da besteht sicherlich keine Blutsverwandtschaft. Maureen, kümmere dich um deine eigenen Angelegenheiten!)

»Okay, ich versorge dich damit. Äh, Patrick, wo hast du sie bislang benutzt? Ich meine nicht ›mit wem‹, sondern ›wo‹!«

»Bislang kenne ich nur ein Mädchen gut genug, und ihre Mutter ist total pingelig. Sie hat ihr gesagt, daß sie es nur zu Hause machen soll, im Spielzimmer im Keller, sonst ...«

(Ich fragte nicht weiter nach dem ›Sonst‹.) »Das kommt mir sehr vernünftig vor. Na ja, Schatz, du kannst es auch zu Hause tun, wo du in Sicherheit bist. Aber nirgendwo sonst, hoffe ich! Zum Beispiel nicht im Swope Park. Viel zu riskant.« (Maureen, wieso erzählst gerade du das?)

Alle drei waren gute Kinder, und ich hatte keine Probleme mit ihnen. Von ein wenig Aufsicht abgesehen, lief der Haushalt wie von selbst, und mir blieb reichlich Zeit für die Schule. Als Susan im August 1952 heiratete, hatte ich nicht nur einen, sondern vier Abschlüsse gemacht: Bakkalaureus der Rechte, Magister der naturwissenschaftlichen Fakultät und Doktor der Philosophie. Grotesk, nicht wahr?

Und so gelangte das Kaninchen in den Zylinder:

Ich konnte keinen High-School-Abschluß nachweisen, da einer von 1898 schrecklich schlecht zu meinem offiziellen Howard-Alter von vierundvierzig im Jahr 1946 gepaßt hätte. Wann immer möglich trug ich »über einundzwanzig« ein, aber wenn man mich festnagelte, zog ich mich auf die Howard-Angabe zurück, und ich mied Situationen, die mich mit irgend etwas in Zusammenhang bringen konnten, das vor 1910 geschehen war. Meist hielt ich einfach den Mund und ersparte mir Sprüche wie »Kennen Sie den und den?« und »Wissen Sie noch?«.

So schrieb ich mich bei der KCU nicht als Erstsemester, sondern zunächst nur als Gasthörerin ein. Wenn ich dann einen Abschluß zur Sprache brachte, feilschte ich nicht wegen der Gebühren, die mir für Sonderprüfungen abverlangt wurden, um festzustellen, welche Voraussetzungen ich in englischer und amerikanischer Literatur, in amerikanischer Geschichte, Weltgeschichte, Mathematik, Latein, Griechisch, Französisch, Deutsch, Spanisch, Anatomie, Physiologie, Chemie, Physik und allgemeiner Naturwissenschaft mitbrachte. Den Rest des Semesters verwandte ich darauf, in regelmäßigen Abständen eine dieser Prüfungen nach der anderen abzulegen, wobei ich auch nachts lernte und manchmal statt eines Nachtisches eine zusätzliche Vorlesung auf der anderen Seite des Boulevard zu mir nahm.

Kurz vor Beginn des Sommersemesters wurde ich ins Büro des Dekans für Studienfragen, Dr. Bannister, gerufen. »Setzen Sie sich bitte, Mrs. Johnson.«

Ich setzte mich und wartete. Das Erscheinungsbild Dr. Bannisters erinnerte mich an Mr. Clemens, obwohl er keinen weißen Anzug trug und (Gott sei Dank!) nicht diese entsetzlichen Zigarren rauchte. Auch er besaß jedoch diesen unordentlichen weißen Haarkranz und diesen Ausdruck eines jovialen Satans. Er gefiel mir auf Anhieb.

»Sie haben nun Ihre Sonderprüfungen abgeschlossen«, fuhr er fort. »Darf ich fragen, welchen Status Sie zu erhalten hofften?«

»Ich habe gar nichts erwartet, Doktor. Ich bat um die Prüfungen, um festzustellen, wo ich stehe.«

»Hmmm. Ihr Bewerbungsschreiben nennt keine Schulen.«

»Ich erhielt Privatunterricht, Sir.«

»Ich verstehe. Haben Sie niemals eine Schule besucht?«

»Doch, eine ganze Anzahl, Sir, allerdings jeweils nur kurz – nie lange genug, um Zeugnisse nachweisen zu können. Mein Vater war viel auf Reisen.«

»Was hat er getan?«

»Er war Arzt, Sir.«

»Sie haben in der Vergangenheit gesprochen.«

»Er fiel in der Schlacht um England, Doktor.«

»Oh, das tut mir leid. Mrs. Johnson, Ihr korrekter Status

wäre der eines Bakkalaureus der philosophischen Fakultät – nein, nein, hören Sie mir gut zu: Wir können diesen Abschluß nicht allein auf der Basis einer Prüfung verleihen, ohne daß Sie vorher studiert haben. Gedenken Sie, die nächsten beiden Semester im Studienjahr 1946-47 auf dem Campus zu verbringen?«

»Gewiß. Und darüber hinaus die diesjährige Sommerschule. Und noch mehr, da ich beabsichtige, als Doktorandin fortzufahren, sobald ich den Bakkalaureus erworben habe.«

»Tatsächlich! Auf welchem Gebiet?«

»Philosophie. Speziell Metaphysik.«

»Nun ja! Mrs. Johnson, Sie versetzen mich in Erstaunen. In Ihrer Bewerbung beschreiben Sie sich als ›Hausfrau‹.«

»Das ist korrekt, Doktor. Ich habe noch drei Kinder zu Hause. Zwei davon sind allerdings heranwachsende Mädchen, die beide gut kochen können. Wenn wir Kochen und Hausarbeit unter uns aufteilen, finden wir alle Zeit, zur Schule zu gehen. Ich kann Ihnen darüber hinaus versichern, daß Spülwasser und das Reich der reinen Gedanken nicht prinzipiell unverträglich sind. Ich bin inzwischen eine Großmutter, die nie Zeit fürs College gefunden hat, aber nicht glauben kann, daß sie zu alt dafür ist. Diese Oma möchte sich nicht einfach nur ans Feuer setzen und stricken.« Dann setzte ich noch hinzu: »Dr. Will Durant hat 1921 hier gelesen. Das war meine erste Begegnung mit der Metaphysik.«

»Ja, ich habe ihn selbst gehört. Er gab damals eine Reihe von Abendvorträgen im Grand Avenue Tempel. Ein hinreißender Sprecher! Meine Güte, Sie kommen mir kaum alt genug dafür vor! Das war immerhin vor fünfundzwanzig Jahren.«

»Mein Vater hat mich mitgenommen. Ich habe mir damals selbst versprochen, das Studium der Philosophie wieder aufzunehmen, sobald ich die Zeit dazu hätte. Und das ist jetzt der Fall.«

»Ich verstehe. Mrs. Johnson, wissen Sie, was ich selbst gelehrt habe, ehe ich in die Verwaltung wechselte?«

»Nein, Sir.« (Natürlich wußte ich es! Vater hätte sich meiner geschämt, wenn ich das Territorium vorher nicht erkundet hätte.)

»Latein, Griechisch und die griechischen Philosophen. Die Zeit machte vor diesen Disziplinen allerdings nicht halt; Latein wurde nicht mehr gebraucht, Griechisch nicht mehr angeboten, und die griechischen Philosophen mußten ›modernen‹ Ideen weichen, wie denen von Freud und Marx und Dewey und Skinner. Somit stand ich vor der Notwendigkeit, mir eine andere Beschäftigung auf dem Campus zu suchen – oder gleich auf dem freien Markt.« Er lächelte reuevoll. »Eine schwierige Aufgabe. Ein Professor der Naturwissenschaften könnte immerhin eine Anstellung bei Dow Chemical oder D. D. Harriman finden. Aber ein Grieschischlehrer? Na egal. Sie haben gesagt, daß Sie planen, auch die Sommerschule zu besuchen?«

»Ja, Sir.«

»Mal angenommen, wir würden Sie gleich ins Abschlußsemester einstufen, so daß Sie am Ende des ersten Semesters, im Januar '47, Ihren Bakkalaureus der philosophischen Fakultät in der Hand halten – mit, ah, modernen Sprachen im Hauptfach, und als Nebenfach ... nun, was Sie möchten. Klassische Sprachen. Geschichte. Die Sommerschule und das erste Semester stünden Ihnen dann zur Verfügung, um Ihr eigentliches Wunschfach, die Metaphysik, zu studieren. Ähm, ich bin selbst Großvater, Mrs. Johnson, sowie ein Lehrer vergessener Fächer, aber würde es Ihnen etwas ausmachen, mich zu Ihrem Fachberater zu wählen?«

»Oh, wären Sie dazu bereit?«

»Ich interessiere mich für das, was Sie hier vorhaben, und bin sicher, daß wir auch einen Prüfungsausschuß zusammenbekommen, der Ihren Absichten mit Sympathie gegenübersteht. Mmm ...

Old age hath yet his honor and his toil;
Death closes all; but something ere the end;
Some work of noble note, may yet be done,
Not unbecoming men that strove with Gods.

Ich griff das Zitat auf:

The lights begin to twinkle from the rocks;
The long day wanes; the slow moon climbs; the deep
Moans round with many voices. Come, my friends,
Tis not too late to seek a newer world.

Dr. Bannister lächelte froh und antwortete:

Push off, and sitting well in order smite
The sounding furrows; for my purpose holds
To sail beyond the sunset, and the baths
*Of all the western stars, until I die.**

Er stand auf. »Tennyson hält sich gut, nicht wahr? Und wenn Odysseus das Alter herausfordern konnte, dann können wir das auch. Kommen Sie doch morgen wieder, und wir erstellen für Sie einen Studienplan im Hinblick auf Ihre Promotion. Sie werden größtenteils eigenständig lernen müssen, aber wir schauen uns mal den Lehrplan an und suchen die Kurse heraus, die nützlich für Sie sein könnten.«

* Eine Prosaübersetzung der Tennysonverse könnte wie folgt lauten:

»Auch das Alter bietet noch Ehre und Mühsal. Der Tod beendet alles, aber vor dem Ende können noch ehrenvolle Taten vollbracht werden, des Menschen würdig, der selbst mit Göttern wetteiferte.«

»Die Sterne funkeln schon über den Felsen. Der lange Tag neigt sich dem Ende zu; langsam steigt der Mond empor, und die Tiefe flüstert mit vielen Stimmen. Kommt, Freunde, noch ist es Zeit zu neuen Ufern aufzubrechen!«

»Legt ab und wohlgemut durchfurcht der Wellen lautes Tosen; denn trachten will ich, im Sonnenwind zu segeln, im Bad der Sterne einzutauchen, dort im Westen, bis ich vergeh'.«

Im Juni 1950 wurde mir der Titel einer Doktorin der Philosophie im Fach der Metaphysik verliehen. Meine Dissertation hieß »Ein Vergleich der Weltbilder von Aristokles, Arouet und Dschugaschwili im Hinblick auf das Zusammenspiel und die Wechselwirkung epistemologischer, teleologischer und eschatologischer Faktoren«. Der faktische Inhalt war null, wie es sich für ehrliche Metaphysik auch gehörte, aber ich befrachtete die Angelegenheit noch mit Booleanischer Algebra, die (gelang es, sie zu lösen) nachwies, daß es sich bei Dschugaschwili um einen mörderischen Halunken handelte – was die Kulaken der Ukraine nur zu gut bestätigen konnten.

Ich überreichte Pater McCaw eine Ausgabe der Dissertation und lud ihn zu meiner Promotionsfeier ein. Er nahm an, warf einen kurzen Blick auf die Dissertation und lächelte. »Ich denke, Plato würde die Gesellschaft Voltaires durchaus genießen, aber beide würden mit Sicherheit die von Stalin meiden.«

Im Verlauf meines langen Lebens war Pater McCaw die einzige Person, die diese drei Namen auf den ersten Blick richtig übersetzte – abgesehen von Dr. Bannister, der sich den Scherz ausgedacht hatte.

Die Dissertation war nicht wichtig, aber die Regeln verlangten nun mal, daß ich genügend gelehrte Manuskriptseiten auf die Waage brachte, um den mir verliehenen Titel zu rechtfertigen. Und vier Jahre lang hatte ich eine wunderbare Zeit, sowohl dort als auch auf der anderen Seite des Boulevards.

Noch in der Woche meiner Promotion schrieb ich mich auf der medizinischen Fakultät und der Schule des Rechts ein, was sich weitgehend vertrug, da die juristischen Vorlesungen abends stattfanden, während ich die medizinischen tagsüber belegte. Ich strebte offiziell ein Diplom in Biochemie an, obwohl mir der Abschluß selbst eigentlich egal war; das Lehrangebot diente mir lediglich als intellektuelles Kaltes Büffet, an dem ich mich nach Gusto bedienen konnte. Vater wäre begeistert gewesen.

Ich hätte es in einem Jahr schaffen können, aber ich blieb länger, da ich noch so viele Kurse hören wollte. Die juristische Ausbildung andererseits sollte eigentlich vier Jahre in Anspruch nehmen, aber ich hatte schon etliche Seminare in den Jahren 1934–38 absolviert, in der Zeit, in der Brian sich dort auf seinen Abschluß vorbereitet hatte. Der Dekan war bereit, sie mir aufgrund von Einstufungsprüfungen gutzuschreiben, wenn ich nur die Gebühren für die vollen Seminare zahlte. Es handelte sich um eine Privatschule, und so waren die Gebühren der ausschlaggebende Faktor.

Das Anwaltsexamen bestand ich im Frühling 1952 – zur Überraschung meiner Mitstudenten und Professoren. Vielleicht war es eine Hilfe, daß in meinen Papieren der Name »M. J. Johnson« stand statt »Maureen Johnson«. Sobald ich erstmal zur Advokatur zugelassen war, gab es kein Theater mehr wegen meines juristischen Abschlusses. Die Schule machte Werbung damit, wie viele ihrer Studenten es bis zur Advokatur brachten – eine weit schwierigere Hürde als der Abschluß.

Und so erwarb ich innerhalb von sechs Jahren vier gültige akademische Abschlüsse. Trotzdem bin ich ehrlich davon überzeugt, daß ich auf dem winzigen katholischen College am meisten lernte, obwohl ich dort nur Gasthörerin war, nicht Kandidatin für den Abschluß.

Besonders habe ich das einem japanisch-amerikanischen Jesuiten zu verdanken, Pater Tezuka.

Zum erstenmal in meinem Leben erhielt ich die Chance, eine orientalische Sprache zu erlernen, und ergriff sie sofort. Das Seminar war für angehende Missionare gedacht, die ihre während des Krieges liquidierten Vorgänger ersetzen sollten; sowohl Priester als auch Seminaristen nahmen daran teil. Ich denke, ich wurde nur aus einem einzigen Grund aufgenommen: die japanischen Idiome – die ganze japanische Sprachstruktur und Kultur – machen noch größere Unterschiede zwischen männlich und weiblich als die amerikanische Sprache und Kultur. Ich diente also als »Anschauungsobjekt«.

Einige Jahre zuvor, im Sommer 1940, hatte ich die Gelegenheit genutzt, Semantik bei Graf Alfred Korzybski und Dr. S. I. Hayakawa zu studieren, da das Institut für Allgemeine Semantik nicht weit von unserer Wohnung entfernt gelegen hatte – jenseits der Mall, ein paar Blocks weiter im Osten an der Sechsundfünfzigsten Straße 1234 E. Damals blieb bei mir besonders haften, welche Betonung beide Gelehrten auf die Tatsache legten, daß sich eine Kultur in ihrer Sprache widerspiegelt und beides so stark miteinander verknüpft ist, daß man eine weitere Sprache von anderer Struktur (eine »Metasprache«) benötigt, um das Thema adäquat erörtern zu können.

Die folgenden Daten sind noch wichtig: Präsident Patton wurde im November 1948 gewählt und übernahm das Amt im Januar 1949 von Präsident Barkley.

Der Osaka-Zwischenfall fand im Dezember 1948 statt, zwischen der Wahl und der Amtseinführung Präsident Pattons. Somit sah er sich mit dem konfrontiert, was schließlich auf eine offene Rebellion in den Fernöstlichen Besitzungen (früher als das Japanische Kaiserreich bekannt) hinauslief. Die Geheimgesellschaft »Götterwind« schien dazu bereit, jeweils zehn ihrer eigenen Leute für einen von uns zu opfern, und das ad infinitum.

Bei seiner Antrittsrede informierte Präsident Patton die Japaner und die Welt darüber, daß diese Tauschrate nicht akzeptabel sei. Für jeden toten Amerikaner würde ab sofort ein Shintoschrein zerstört und entweiht werden – ein Preis, der sich mit jedem weiteren Zwischenfall noch erhöhen würde.

KAPITEL ACHTZEHN

ALLEINSTEHEND

Ich bin keine Expertin, was das Regieren eroberter Länder angeht, also verzichte ich darauf, die Politik Präsident Pattons bezüglich unserer Fernöstlichen Besitzungen zu kritisieren. Mein lieber Freund und Ehemann Dr. Jubal Harshaw erzählte mir (was die Geschichtsbanken von Boondock bestätigen), daß auf seiner Zeitlinie (Chiffre »Neil Armstrong«) die Japanpolitik gänzlich anders verlief – eher hilfreich als grob gegenüber dem besiegten Feind.

Aber auf beiden Zeitlinien erwies sich die jeweilige Politik als katastrophal für die Vereinigten Staaten.

In den Jahren von 1952 bis 1982 fand ich nie die Gelegenheit, meine Kenntnisse der japanischen Sprache und Literatur zu nutzen. Vierundzwanzig Jahrhunderte später war dieses Wissen jedoch Anlaß für Jubal, mich zu einem seltsamen Auftrag zu überreden, nachdem ich von der Verjüngungstechnik zum Zeitkorps gewechselt war. Der Ausgang des langen und bitteren Krieges zwischen den Vereinigten Staaten und dem Japanischen Kaiserreich erwies sich auf allen Zeitlinien, die der Kreis des Ouroboros überwacht, als katastrophal für beide Seiten – sowohl auf den Linien, in denen Amerika »siegte«, als auch auf denen, die einen »Sieg« der Japaner verzeichneten (wie Zeitlinie sieben »Fairacres«, auf der der Kaiser und der *Reichsführer* den amerikanischen Kontinent entlang des Mississippi unter sich aufteilten).

Die Zeitkorps-Mathematiker unter Führung Libby Longs und ihre Bank von Computersimulatoren unter Leitung von Mycroft Holmes (dem Computer, der auf Zeitlinie drei die Revolte auf Luna anführte) versuchten zu ermitteln, ob es nicht möglich war, eine revidierte Geschichte zu erzeugen, in der der japanisch-amerikanische Krieg von 1941-45 nie stattgefunden hat. Und hätte das, falls es sich als machbar erwies, vielleicht sogar die stetige Verschlechterung des

Zustandes der Erde nach diesem Krieg verhindert, wie sie auf allen erforschten Zeitlinien zu verzeichnen ist?

Zu diesem Zweck mußte das Zeitkorps Agenten vor dem Jahr 1941 sowohl in Japan als auch den Vereinigten Staaten einsetzen. Die Vereinigten Staaten stellten kein Problem dar, da wir in Boondock über umfangreiche Unterlagen zu ihrer Sprache, Geschichte und Kultur im zwanzigsten Jahrhundert gregorianischer Zeitrechnung verfügten, ebenso wie über Personen, die in zeitlicher Nähe zu den anvisierten Daten selbst Erfahrungen in dieser Kultur gemacht hatten: Lazarus Long, Maureen Johnson, Jubal Harshaw, Richard Campbell, Hazel Stone, Zeb Carter, Hilda Mae Burroughs, Deety Carter, Jake Burroughs und andere – besonders Anne, eine »Faire Zeugin«. Ich weiß, daß sie gesandt wurde. Und wahrscheinlich noch mehr Leute.

Was Leute anging, die mit der japanischen Sprache und Kultur des zwanzigsten gregorianischen Jahrhunderts vertraut waren, herrschte absolute Fehlanzeige. Wir hatten mit Dong Xia und Marcy Choy-Mu zwar zwei Agenten chinesischer Abstammung, die Japanern ähnlich sahen, aber keine Ahnung von deren Sprache oder Kultur hatten.

Ich konnte mich unmöglich für eine Japanerin ausgeben – man findet etwa so viele rothaarige Japanerinnen wie pelzige Fische –, aber ich konnte Japanisch sprechen und schreiben, zwar nicht wie eine Einheimische, wohl aber wie eine gründlich geschulte Ausländerin. Und so gelangten wir zu einer vernünftigen Entscheidung: Ich würde als Touristin einreisen, die sich der Mühe unterzogen hatte, sich vor Antritt ihres Urlaubes in Nippon etwas von der Sprache, Kultur und Geschichte des Landes anzueignen.

Wenn sich ein Tourist so viel Mühe gibt, wird er stets willkommen geheißen, zumindest dann, wenn er sich auch noch an die landesüblichen Formen der Höflichkeit hält. Was liegt näher, als die Forderung aufzustellen, alle Touristen sollten sich so verhalten, aber so etwas ist nun einmal schwierig und erfordert viel Zeit und Geld. Mir fällt es leicht, Sprachen zu lernen, und ich genieße es förmlich. Mit siebzig beherrschte ich fünf moderne Sprachen, die eigene eingeschlossen.

Damit blieben über tausend übrig, die ich nicht beherrschte, sowie etwa drei Milliarden Menschen, mit denen ich mich nicht verständigen konnte. An dieser Aufgabe wäre jeder gescheitert – eine wahre Tantalusqual.

Für meine Aufgabe reichten meine Fähigkeiten allerdings, und so setzte mich das Zeitkorps in Macao ab, wo Bestechung selbstverständlich war und man mit Geld alles erreichte. Ich war finanziell üppig ausgestattet und führte obendrein drei Pässe mit, einen kanadischen, einen amerikanischen und einen britischen.

Ich nahm die Fähre nach Hongkong, einer weitaus ehrlicheren Stadt, in der Geld allerdings trotzdem hohes Ansehen genoß. Dort erfuhr ich, daß weder Briten noch Amerikaner im Fernen Osten jener Zeit sonderlich beliebt waren, gegen Kanadier aber noch keine besonderen Ressentiments bestanden. Von da an benutzte ich den Paß, dem zufolge ich in British Columbia geboren war und in Vancouver lebte. Ein holländisches Schiff, die *MV Ruys*, brachte mich von Hongkong nach Yokohama.

Von 1937–38 verbrachte ich ein wunderbares Jahr damit, in Japan umherzureisen, in einheimischen Gaststätten zu übernachten, die winzigen Hirsche in Nara zu füttern, atemlos den Fujijama bei Sonnenaufgang zu bestaunen, auf einem netten kleinen Dampfer von einer Insel zur anderen zu schippern und die ganze Pracht eines der schönsten Länder und einer der schönsten Kulturen der Geschichte zu genießen – sowie die ganze Zeit über Daten zu sammeln, die ich auf einen implantierten, stimmgesteuerten Recorder sprach, ganz ähnlich dem, den ich jetzt wieder benutze.

Ich trug auch damals, so wie heute einen Signalgeber in mir, und die Tatsache, daß man mich noch nicht gefunden hat, zeigt mir an, daß das Zeitkorps-HQ nicht weiß, auf welchem Planeten ich mich aufhalte. Das Gerät ist so eingestellt, daß man einen Agenten, der ein Rendezvous verpaßt, überall findet, vorausgesetzt, er hält sich auf dem Zielplaneten auf.

Soviel zu den schlechten Nachrichten. Nun zu den guten: Während dieses Jahres in Japan hörte ich mehrfach von einer anderen rothaarigen Engländerin (Amerikanerin, Kanadierin), die ebenfalls das Reich bereiste und japanische Gärten studierte. Sie sollte Japanisch sprechen können und aussehen wie ich, obwohl letzteres wenig besagt. Die Japaner können uns Rundaugen nicht auseinanderhalten. Rote Haare fallen allerdings überall auf, und wenn ein Ausländer ihre Sprache spricht, dann wird das von den Japanern ganz entschieden registriert.

Wurde ich (werde ich eines Tages) noch einmal ins Vorkriegsjapan geschickt? Befinde ich mich in einer Zeitschleife? Das Paradoxon macht mir keinen Kummer; Zeitagenten sind daran gewöhnt. Ich stecke für das Jahr 1937–38 eh schon auf einer Schleife: Das erste Mal verbrachte ich das Jahr in Kansas City, abgesehen von zwei Wochen im Juli nach der Geburt von Priscilla und nach Brians Anwaltsexamen. Wir feierten beide Ereignisse mit einer Reise zu den Utah Canyons – Bryce, Cedar Breaks und North Rim.

Sollte in meinem Fall im Japan des Jahres 1937-38 sogar eine dreifache Schleife vorliegen, dann muß sich dieser weitere Aufenthalt in jenen Jahren auf meiner persönlichen Zeitlinie nach dem Hier und Jetzt ereignen – was bedeutet, daß Pixel die Nachricht an die richtige Adresse befördert und ich gerettet werde. Die Zeit kennt keine Paradoxa; alle scheinbaren Paradoxa lassen sich entwirren.

Dienstag, der 5. August 1952 auf Zeitlinie zwei, begann für Maureen als trauriger Tag. Zum erstenmal in meinem Leben war ich ganz allein, allein auch mit der langweiligen Aufgabe, unser altes Farmhaus zu putzen und abzuschließen und es loszuwerden. In gewisser Weise war es jedoch auch ein glücklicher Tag. Mit der Scheidung von Brian war das Eheleben für mich zu Ende; mit Susans Hochzeit endete für mich das Witwendasein; dieser Tag markierte den Beginn meines Lebens als Alleinstehende.

Was der Unterschied zwischen einer Witwe und einer Alleinstehenden ist? Man muß das unter historischen Gesichtspunkten betrachten. Zum Zeitpunkt meiner Hochzeit am Ende des neunzehnten Jahrhunderts waren Frauen eindeutig Bürger zweiter Klasse, und alle hielten das für selbstverständlich. In den meisten Staaten durfte eine Frau ohne Zustimmung eines Mannes – sei es nun Vater, Gatte oder ältester Sohn – weder zur Wahl gehen noch Verträge unterzeichnen noch über Grundbesitz verfügen noch Geschworene sein oder sonst eine gesellschaftliche Aufgabe wahrnehmen. Die meisten Gewerbe und Berufe blieben ihr verschlossen. Eine Anwältin, Ärztin oder Ingenieurin hätte nicht weniger Überraschung hervorgerufen als ein Bär, der Walzer tanzt.

»Das Wunderliche liegt nicht in der Tatsache, wie gut der Bär Walzer tanzt, sondern darin, daß er es überhaupt tut.« So Dr. Samuel Johnson, glaube ich – ein Mann, der Frauen bestenfalls als Bürger dritter Klasse betrachtete. Nur Schotten und Amerikaner standen in seiner Achtung noch niedriger.

Im Verlauf des zwanzigsten Jahrhunderts besserte sich die rechtliche Position der Frau allmählich. 1982 waren fast alle Gesetze abgeschafft, die Frauen diskriminierten.

Subtiler, aber nicht weniger bedeutsam und leider auch nicht abzuschaffen waren die kulturellen Vorbehalte gegenüber Frauen. Ein Beispiel:

Als wir im Sommer 1940 in der Woodlawn Avenue in Chicago lebten, beherbergten wir während der zwei Wochen des Demokratischen Nationalparteitages besonders viele Gäste. Eines Morgens vertraute mir ein Howard-Kurator, Rufus Briggs, beim Frühstück an: »Meine Wäsche liegt auf der Balkoncouch, auf der ich geschlafen habe. Ich brauche sie in vierundzwanzig Stunden wieder. Sagen Sie den Leuten von der Wäscherei bitte auch, daß die Kragen nur leichte Wäschestärke vertragen!«

»Sagen Sie es ihnen selbst«, erwiderte ich schroff. Ich war nicht übermäßig gut gelaunt, da ich tags zuvor lange aufgeblieben war, um Spätankömmlinge wie Briggs zu begrüßen. Er gehörte zu den fröhlichen Idioten, die ahnungslos in Chicago eintrudelten, ohne jede Vorstellung davon zu haben, daß seit Monaten sämtliche Hotelzimmer von hier bis Gary, Indiana, ausgebucht waren. Trotzdem hatte ich mich früh aus dem Bett geschleppt und in der Küche gefrühstückt, während ich gleichzeitig Frühstück für ein Dutzend andere Leute machte.

Briggs blickte auf, als traue er seinen Ohren nicht. »Erledigen Sie hier nicht die Hausarbeit?«

»Ich bin die Hausfrau, aber nicht Ihre Dienerin.«

Er blinzelte und wandte sich an Brian. »Mr. Smith?«

»Sie sind einem Irrtum zum Opfer gefallen, Mr. Briggs«, antwortete Brian ruhig. »Diese Dame ist meine Frau. Sie haben Sie gestern abend bereits kennengelernt, aber das Licht war schwach und wir haben nur flüstern können, weil die anderen schon schliefen. Offensichtlich haben Sie sie also heute morgen nicht wiedererkannt. Trotzdem bin ich davon überzeugt, daß Mrs. Smith, um einem Gast einen Gefallen zu tun, gerne Ihre Wäsche nach draußen geben wird.«

»Nein, das werde ich nicht«, sagte ich.

Jetzt war es an Briney, überrascht dreinzuschauen. »Maureen?«

»Ich werde weder seine Wäsche hinausgeben noch morgen sein Frühstück machen. Seine einzige Bemerkung heute morgen bestand darin, über die Eier zu meckern. Er sagte nicht mal danke, als ich das Frühstück vor ihn hinstellte! Gut, soll er morgen auswärts frühstücken. Ich könnte mir vorstellen, daß er an der Dreiundsechzigsten Straße etwas findet, was offen hat. Und jetzt habe ich Ihnen allen etwas zu sagen.« Ich sah mich im Kreis der Anwesenden um. »Wir haben hier keine Hausdiener. Ich möchte ebensogern wie Sie alle rechtzeitig die Parteitagshalle erreichen. Gestern habe ich mich verspätet, weil ich Betten machen und Geschirr spülen mußte. Nur einer von Ihnen hat sein Bett selbst gemacht – danke, Merle! Heute werde ich keine Betten machen, und jetzt sofort möchte ich freiwillige Meldungen hören, wer den Tisch abräumt und spült. Sollte sich niemand melden, mache ich morgen früh für niemanden etwas zu essen!«

Eine Stunde später brachen Brian und ich zum Parteitag auf. Unterwegs zur Haltestelle sagte er zu mir: »Mo, vorher hatte ich keine Gelegenheit, unter vier Augen mit dir zu sprechen. Ich fand wirklich nicht gut, daß du mir bei einem anderen Howard-Kurator so in den Rücken gefallen bist.«

»Wie das?« fragte ich, obwohl ich sehr gut wußte, worauf er hinauswollte.

»Ich hatte Mr. Briggs gesagt, du würdest seine Wäsche gerne hinausgeben, und dann hast du rundweg abgelehnt und meiner Zusage widersprochen. Meine Liebe, das war demütigend!«

»Briney, für mich war es genauso demütigend, daß du mir widersprochen hast, nachdem ich mich geweigert hatte, mich um seine Wäsche zu kümmern.«

»Aber er war einem Irrtum zum Opfer gefallen! Er hielt dich wirklich für das Hausmädchen. Ich versuchte, das möglichst elegant aus der Welt zu schaffen, indem ich sagte, du würdest einem Gast gerne einen Gefallen tun.«

»Warum hast du ihm nicht deine Hilfe angeboten?«

»Wie?« Er schien aufrichtig verblüfft.

»Ich kann dir die Antwort geben: Ihr beide seid der Überzeugung, es wäre die Aufgabe von Frauen, die Wäsche zu besorgen. Das ist es auch, soweit es deine Wäsche angeht und ich diese Frau bin. Ich bin allerdings nicht Rufus Briggs' Ehefrau und spiele für ihn auch nicht das Hausmädchen. Er ist ein Flegel.«

»Maureen, manchmal verstehe ich dich einfach nicht!«

»Da hast du allerdings recht.«

»Ich meine ... Zum Beispiel diese Geschichte mit dem Bettenmachen und Geschirrspülen. Zu Hause erwarten wir niemals von unseren Gästen, daß sie spülen oder ihre Betten selbst machen.«

»Zu Hause, Briney, helfen mir immer zwei oder drei große

Mädchen, und wir haben auch niemals ein Dutzend Gäste auf einmal. Unsere weiblichen Gäste bieten in der Regel ihre Hilfe an. Das ist nicht vergleichbar mit diesem Pöbel hier. Es sind weder Freunde noch Verwandte; die meisten kenne ich überhaupt nicht, und sie alle tun so, als leiteten wir eine Pension. Immerhin sagen die meisten wenigstens danke und bitte, abgesehen von Mr. Briggs. Briney, im Grunde haben er und du die gleiche Einstellung gegenüber Frauen; ihr haltet uns für Dienerinnen.«

»Das sehe ich nicht so. Ich halte das für unfair.«

»So? Dann frage ich dich noch mal: Wenn du nur großzügig gegenüber einem Gast sein wolltest, warum hast du dann nicht deine eigenen Dienste angeboten? Du kennst dich mit dem Telefon und den gelben Seiten genausogut aus wie ich. Für das Hinausgeben von Wäsche sind keinerlei speziell weibliche Fertigkeiten erforderlich. Wie bist du nur auf die Idee gekommen, angesichts der bereits von mir zum Ausdruck gebrachten Ablehnung meine Dienste anzubieten?«

»Ich hielt es für das Richtige.«

»Richtig für wen? Für deine Frau? Oder für den Geschäftspartner, der sich ihr gegenüber rüpelhaft verhalten hat?«

»Äh – beenden wir das Thema lieber.«

Dieser Zwischenfall war nicht untypisch, außer in der Hinsicht, daß ich dieses eine Mal die konventionelle, untergeordnete Rolle der Frau nicht akzeptierte. Die Änderung von Gesetzen hat keinerlei Einfluß auf eine solche Einstellung, die man schon von frühester Kindheit an in der alltäglichen Praxis eingebleut bekommt.

Ein anderes Beispiel ist das Kaffeekochen in einer gemischten Runde von Geschäftsleuten. Als Schmiermittel für den Ideenaustausch ist Kaffee eine gute Sache, und die Mittel zu seiner Aufbereitung sind in der Regel zur Hand.

Wer macht nun den Kaffee? Es könnte durchaus ein Mann sein, aber man sollte lieber nicht darauf wetten! Die Chancen stehen zehn zu eins.

Gehen wir mal dreißig Jahre weiter, vom Rüpel Rufus Briggs mit dem gestärkten Hemdkragen ins Jahr 1970, ein Zeitpunkt, zu dem die meisten rechtlichen Einschränkungen für Frauen bereits abgeschafft waren. Das Ereignis ist eine Aufsichtsratssitzung von Skyblast Freight, einem Unternehmen von D. D. Harriman. Ich war Direktorin, und es handelte sich nicht um meine erste Sitzung. Ich kannte sämtliche anderen Direktoren vom Sehen her, und entweder kannten sie mich, oder sie hatten schon mehrmals zumindest die Gelegenheit gehabt, mich kennenzulernen.

Zugegeben, ich sah jünger aus als bei unserer letzten Zusammenkunft. Die Hängebrüste waren wieder in Form gebracht und das Gesicht gestrafft worden. Anschließend hatte ich auf einer Gesundheitsfarm in Arizona fünfzehn Pfund abgespeckt und meine Kondition auf Vordermann gebracht. In Vegas war ich in ultraschicke, extrem weibliche neue Kleider geschlüpft, etwas ganz anderes als die typischen Hosenanzüge der meisten weiblichen Geschäftsleute. Ich war mir behaglich der Tatsache bewußt, daß ich ganz und gar nicht nach den achtzig Jahren aussah, die ich schon auf dem Buckel hatte, ja, nicht mal nach den achtundfünfzig, die ich davon zugab. Ich denke, dem Aussehen nach schätzte man mich eher auf vierzig.

Ich wartete in der Vorhalle des Konferenzraumes und hatte vor, erst hineinzugehen, wenn ich gerufen wurde. Konferenzen sind so langweilig ... Man kann sich allerdings darauf verlassen, daß genau dann eine Krise eintritt, wenn man sie zu vermeiden versucht.

Gerade als die Lichter vor der Tür zu blinken begannen, kam ein Mann herangestürmt – Mr. Phineas Morgan, Leiter eines großen Minderheitsblocks. Er hielt schnurstracks auf die Lichter zu, zog sich im Gehen den Mantel aus und warf ihn mir zu. »Kümmern Sie sich darum!«

Ich wich seitlich aus, und der Mantel landete auf dem Boden. »Heh, Morgan!« Er hielt an und drehte sich um. Ich deutete auf den Fußboden. »Ihr Mantel.«

Er sah erst überrascht aus, dann erstaunt, wütend, zornig

und rachsüchtig, alles innerhalb einer Sekunde. »Sie Miststück! Dafür werde ich Sie feuern lassen!«

»Nur zu.« Ich ging an ihm vorbei ins Konferenzzimmer, suchte mein Namensschild auf dem Tisch und setzte mich. Ein paar Sekunden später nahm er mir gegenüber Platz, und ich stellte fest, daß sein Gesicht auch noch zu anderen Regungen fähig war.

Phineas Morgen hatte nicht mit Absicht versucht, eine Vorstandskollegin als Dienerin zu mißbrauchen. Er hatte lediglich eine weibliche Gestalt erblickt und war gleich davon überzeugt gewesen, daß es sich nur um eine Angehörige des Personals handeln konnte – Sekretärin, Empfangsdame, was auch immer. Er hatte sich verspätet, war in Eile und ging einfach davon aus, daß eine »untergeordnete Angestellte« selbstverständlich nichts Besseres zu tun hatte, als seinen Mantel aufzuhängen, damit er gleich den Konferenztisch aufsuchen konnte.

Und die Moral von der Geschichte? Auf Zeitlinie zwei galt 1970 der Rechtsgrundsatz, daß jemand so lange als unschuldig galt, bis man ihn einer Schuld überführen konnte. Die *Kultur* der Zeitlinie zwei ging 1970 noch immer davon aus, daß eine Frau so lange untergeordnet war, bis sie das Gegenteil bewiesen hatte – trotz aller Gesetze, die versicherten, daß die Geschlechter gleichgestellt waren.

Ich hätte diesem Grundsatz nur zu gerne in die Visage getreten.

Mit dem 5. August 1952 begann mein Leben als Alleinstehende, weil ich an jenem Tag beschloß, daß man meine Rechte und Privilegien gefälligst zu respektieren hatte wie bei einem Mann – oder ich würde einen Mordskrach schlagen. Ich hatte keine Familie mehr und konnte keine Kinder mehr bekommen. Ich war nicht auf der Suche nach einem Eheman, ich war finanziell unabhängig (und das ist noch milde ausgedrückt!) und fest entschlossen, nie mehr für irgendeinen Mann »die Wäsche hinauszugeben«, nur weil ich die Sitztoilette aufsuchte und nicht im Stehen pinkelte.

Ich hatte allerdings nicht vor, besonders aggressiv zu werden. Wann immer ein Gentleman die Tür für mich offenhielt, akzeptierte ich seine Höflichkeit und dankte ihm. Gentlemen erweisen Frauen gerne kleine Artigkeiten, und Damen freuen sich darüber und zeigen sich mit einem Lächeln und einem Wort des Dankes erkenntlich.

Ich erwähne das deshalb, weil man in den Siebzigern viele Frauen antraf, die einen Mann erbarmungslos brüskierten, wenn er sich ihnen gegenüber artig zeigte, zum Beispiel durch das Zurechtrücken eines Stuhles oder durch das Ansinnen, ihnen beim Ein- oder Aussteigen zu helfen. Diese Frauen (eine Minderheit, aber ebenso allgegenwärtig wie unausstehlich) betrachteten traditionelle Höflichkeit als eine Beleidigung. Ich gab ihnen mit der Zeit den Namen »Lesbische Mafia«. Ich weiß nicht, ob sie alle homosexuell waren (bei manchen allerdings bin ich mir ganz sicher), scherte sie jedoch aufgrund ihres Verhaltens alle über einen Kamm.

Falls einige von ihnen nicht lesbisch waren, wo fanden sie dann heterosexuelle Geschlechtspartner? Welcher Schlappschwanz war bereit, solche Grobheiten von Frauen hinzunehmen? Andererseits bedaure ich feststellen zu müssen, daß es 1970 bereits reichlich Schlappschwänze jeder Art gab. Sie befanden sich auf dem Vormarsch. Mannhafte Männer, galante Gentlemen, solche, die gar nicht erst auf eine Einberufung zum Militär warteten, wurden selten.

Das Hauptproblem vor dem Verkauf des Hauses bestand in der Überlegung, was ich aufbewahren, was ich weggeben und was ich mitnehmen sollte. Die Möbel und der Kleinkram wie Töpfe, Pfannen und Bettlaken gingen größtenteils an die Wohlfahrt. Wir hatten dreiundzwanzig Jahre lang, von 1929 bis 1952, hier gewohnt. Die meisten Möbel waren schon ziemlich alt und von vielen Kindern reichlich strapaziert worden.

Bei meinem wackeren alten Piano zögerte ich jedoch. Es

war ein guter alter Freund. Briney hatte es mir 1909 geschenkt, und schon damals stammte es aus zweiter (oder gar dritter?) Hand. Es hatte damals den Beweis dafür geliefert, daß Brian Smith & Co. endlich schwarze Zahlen schrieben. Brian erwarb es auf einer Auktion für vierzehn Dollar.

Nein! Wenn meine Pläne überhaupt gelingen sollten, mußte ich mit leichtem Gepäck reisen. Klaviere kann man überall mieten.

Danach fielen mir die übrigen Entscheidungen leichter. Die Bücher bildeten den Anfang. Ich schleppte sie alle ins Wohn-, nein, doch lieber ins Eßzimmer und häufte sie auf den Tisch. Und zwar hoch. Den Rest dann auf den Boden. Wer hätte gedacht, daß so viele Bücher in einem Haus Platz fanden?

Anschließend schob ich den großen Allzweckwagen dazu und packte die Titel darauf, die ins Lager sollten. Die Bücher, die ich mitnehmen wollte, kamen auf den kleinen Teewagen. Dann der Teil, den die Wohlfahrt bekommen sollte, auf die Kartentische. Oder sollte ich das Zeug nicht doch lieber der Heilsarmee geben? Na ja, wer am schnellsten kam und sich alles abholte, der sollte es auch bekommen.

Eine Stunde später mußte ich mich richtig zusammenreißen: Schluß mit dem Lesen! Wenn du etwas unbedingt lesen mußt, nimm es einfach mit, Maureen!

Da hörte ich eine Katze miauen.

»Oh, dieses Mädchen!« dachte ich mir. »Susan, was hast du mir jetzt wieder angetan?«

Vor zwei Jahren hatten wir unsere Katze verloren, als Captain Blood, ein Enkel von Chargé d'Affaires, auf dem Rockhill Boulevard von einem Amokfahrer zur Strecke gebracht worden war. In den dreiundvierzig Jahren davor hatte ich stets eine Katze im Haus gehabt. Ich habe in dieser Frage dieselbe Einstellung wie Mr. Clemens, der beim Einzug in sein Haus in Connecticut drei Katzen mietete, um dem neuen Heim das Flair des Bewohnten zu vermitteln.

Diesmal war ich jedoch entschlossen, ohne eine Katze zurechtzukommen. Patrick war achtzehn, Susan sechzehn;

jeder hatte bereits seine Howard-Liste in der Hand. Es war absehbar, daß beide das Nest in nächster Zukunft verlassen würden.

Katzen haben einen großen Nachteil. Sobald man eine bei sich aufgenommen hat, hängt man für den Rest des Lebens an ihr fest. Des Lebens der Katze, heißt das. Eine Katze versteht kein Englisch. Sie begreift nicht, was gebrochene Versprechen sind. Läßt man sie im Stich, stirbt sie, und ihr Geist verfolgt einen nachts im Schlaf.

Am Abend von Captain Bloods Todestag aß keiner von uns viel, und wir waren nicht sehr gesprächig. Endlich sagte Susan: »Mama, werden wir ab jetzt die Anzeigen studieren?«

»Wozu, Liebes?« (Ich stellte mich absichtlich dumm.)

»Um ein Kätzchen zu holen, was denn sonst?«

Also redete ich Klartext: »Eine Katze wird fünfzehn Jahre alt oder noch älter. Wenn ihr beide aus dem Haus seid, verkaufe ich es, da ich nicht vorhabe, allein durch vierzehn Zimmer zu geistern. Was wird dann aus der Katze?

Ich sage es euch: Gar nichts, weil wir uns keine mehr zulegen!«

Etwa zwei Wochen danach kam Susan ein wenig später als gewöhnlich von der Schule nach Hause und sagte zu mir: »Mama, ich muß gleich wieder für ein paar Stunden weg. Ich habe noch was zu erledigen.« Sie trug eine braune Papiertüte.

»Ja, Liebes. Dürfte ich erfahren, wohin du gehst und warum?«

»Es geht darum.« Sie stellte die Tüte auf den Tisch, wo sie umkippte und ein Kätzchen herausspaziert kam. Ein tapsiges Kätzchen, klein und adrett und schwarz und weiß, genau, wie in Mr. Eliots Gedicht beschrieben!

»O Schatz!« sagte ich.

»Ist schon in Ordnung, Mama. Ich habe ihr bereits erklärt, daß sie nicht hier wohnen kann.«

Das Kätzchen schaute mich mit großen Augen an, setzte sich dann hin und leckte sich die weiße Brustkrause. »Wie heißt sie?« fragte ich.

»Sie hat keinen Namen, Mama. Das wäre nicht fair. Ich bringe sie ja gleich zur Humane Society, wo sie sie schmerzlos einschläfern.«

Ich war streng mit Susan. Folgende Regeln hatten eingehalten zu werden: Sie mußte die Katze selbst füttern und ihre Sandkiste selbst säubern und neu auffüllen, solange sie eine benötigte. Sie mußte ihr beibringen, die Katzentür zu benutzen. Sie mußte für die Impfungen sorgen und sie wenn nötig zur Tierklinik an der Plaza bringen und wieder abholen. Es war allein ihre Katze, und sie mußte sie mitnehmen, wenn sie heiratete.

Kätzchen und Mädchen hörten all dem mit großen runden Augen und sehr ernst zu und erklärten sich dann mit den Bedingungen einverstanden. Ich gab mir Mühe, nicht zu vertraut mit dieser Katze zu werden, damit sie sich ganz an Susan hielt.

Aber was soll man machen, wenn ein kleiner schwarzweißer Plüschball sich auf die Hinterbeine setzt, den kleinen dicken Bauch vorstreckt, mit den Drei-Zoll-Ärmchen wedelt und damit nur zu deutlich zu verstehen gibt: »Bitte, Mama, komm spiel mit mir!«

Trotzdem blieb Susan verpflichtet, die Katze später mitzunehmen. Wir sprachen nicht darüber, aber das Geschäft wurde auch nicht neu ausgehandelt.

Ich ging zum Vordereingang – keine Katze. Ich ging zur Hintertür: »Kommt nur herein, Eure Durchlaucht.«

Ihre Durchlaucht Prinzessin Polly Ponderosa Penelope Peachfuzz kam mit hocherhobenem Schwanz hereinspaziert. (»Wird aber auch Zeit! Trotzdem danke. Daß sowas nie wieder passiert! Und was gibt's zu Mittag?«) Sie setzte sich vor den Küchenschrank, in dem ich die Dosen mit dem Katzenfutter aufbewahrte.

Sie verputzte eine ganze Dose Thunfisch mit Leber, verlangte nach mehr und schaffte noch die gleiche Menge Kalbfleisch mit Sauce. Zum Dessert verdrückte sie ein wenig Knabberzeug, wobei sie von Zeit zu Zeit pausierte, um ihren Kopf an meinen Fußknöcheln zu reiben. Schließlich beendete sie ihre Mahlzeit und begann sich zu putzen.

»Polly, zeig mir mal deine Pfoten!« Sie war nicht so peinlich sauber wie sonst, und ich hatte sie auch noch nie so hungrig erlebt. Wo hatte sie sich während der letzten drei Tage herumgetrieben?

Aus der Untersuchung der Pfoten schloß ich, daß sie die ganze Zeit über unterwegs gewesen war. Ich dachte mir ein paar grimmige Fragen an Susan aus, die ich ihr stellen würde, wenn sie schließlich anrief. Bis dahin war die Katze jedoch hier in ihrem Heim, und die Verantwortung für sie lag bei mir. Wenn ich auszog, mußte sie mitkommen. »Susan«, seufzte ich, ich wünschte, du wärest gerade noch lange genug unverheiratet, damit ich dir eine Tracht Prügel verabreichen könnte!«

Ich rieb Pollys Pfoten mit Vaseline ein und ging wieder an meine Arbeit. Prinzessin Polly legte sich auf einem Stapel von Büchern schlafen. Wenn sie Susan vermißte, so zeigte sie es nicht. Sie schien bereit, sich mit nur einer Dienerin zu begnügen.

Um etwa dreizehn Uhr sortierte ich immer noch Bücher und versuchte mich gerade zu entscheiden, ob mir ein kaltes Sandwich zu Mittag reichte oder ob ich so weit gehen sollte, eine Dose Tomatensuppe zu öffnen – als es am Vordereingang klingelte. »Erwartest du jemanden? Vielleicht Susan?« Ich ging zur Tür.

Es waren Donald und Priscilla.

»Kommt herein, ihr Lieben!« Ich riß die Tür weit auf. »Seid ihr hungrig? Hattet ihr etwas zu Mittag?« Weitergehende Fragen stellte ich ihnen nicht. Wie es in »The Death of a Hired Man«, einem Gedicht von Robert Frost, zur damaligen Zeit auf Zeitlinie zwei ein wohlbekannter Poet, heißt: »Zuhause ist ein Ort, dort schickt man dich nicht fort, wenn dir nichts weiter bleibt.« Zwei meiner Kinder waren nach Hause gekommen; sie würden mir schon sagen, was sie zu sagen hatten, wenn sie die Zeit für reif hielten. Ich freute mich einfach, daß ich noch ein Haus besaß, in dem ich sie aufnehmen konnte und wo ich immer noch Kleider für sie aufbewahrte. Katze und Kinder hatten meine Pläne nicht verändert, aber die Pläne konnten durchaus warten. Wie schön, daß ich nicht schon einen Tag zuvor ausgezogen war – alle drei hätten mich verpaßt! Eine Tragödie!

Ich stürzte mich gleich in die Zubereitung eines besonders aufwendigen Mittagessens – ich öffnete zwei Dosen mit Campbells Tomatensuppe. »Mal sehen! Es ist reichlich Kuchen vom Empfang übrig, und eine halbe Gallone Vanille-Eis harrt noch der Öffnung. Wieviel schafft ihr beide?«

»Jede Menge!«

»Priss hat recht. Wir haben heute noch nichts gegessen.«

»Ach du liebe Güte! Setzt euch. Wir verabreichen euch schnellstens etwas Suppe, und dann schauen wir mal, was wir sonst noch haben. Oder wäre euch ein Frühstück lieber? Speck und Eier? Flocken?«

»Einfach alles«, antwortete mein Sohn. »Falls es lebendig ist, beiße ich ihm den Kopf ab.«

»Benimm dich, Donnie«, sagte seine Schwester. »Wir fangen mit Suppe an, Mama.«

Während wir aßen, fragte mich Priscilla: »Warum sind all die Bücher hier aufgestapelt, Mama?«

Ich erklärte, daß ich plante, das Haus zu verlassen und zu verkaufen. Die Kinder sahen sich gegenseitig an. Sie machten einen ernsten, fast jämmerlichen Eindruck. Ich blickte von einem zum anderen. »Immer mit der Ruhe«, empfahl ich ihnen. »Es besteht kein Grund zur Trauer. Es eilt nicht, und dies ist euer Zuhause. Möchtet ihr mir gerne etwas erklären?«

Das meiste konnte ich schon aus ihrem Aussehen schließen – sie waren schmutzig, müde, hungrig und pleite. Es hatte Schwierigkeiten mit Vater und Stiefmutter gegeben, und so hatten sie Dallas »für immer« den Rücken gekehrt. »Aber Mama, da wußten wir noch nicht, daß du das Haus verkaufen möchtest. Wir müssen uns etwas anderes suchen, denn Donnie und ich kehren auf keinen Fall nach Dallas zurück!«

»Jetzt nur keine Hektik«, sagte ich. »Ihr braucht nicht auf der Straße zu leben. Ja, ich habe vor, das Haus zu verkaufen, aber wir werden schon einen anderen Unterschlupf für euch finden. Es ist jetzt genau der richtige Zeitpunkt für den Verkauf, weil ich George Strong – er macht in Immobilien – habe wissen lassen, daß das Haus nach Susans Hochzeit verfügbar sein würde. Hmm ...« Ich ging zum Visifon und wählte die Nummer von Harriman und Strong.

Das Gesicht einer Frau erschien auf dem Bildschirm. »Harriman und Strong, Investments. Harriman Enterprises. Allied Industries. Womit kann ich Ihnen dienen?«

»Ich bin Maureen Johnson. Ich würde gerne mit Mr. Harriman oder Mr. Strong sprechen.«

»Beide sind nicht erreichbar, aber Sie können eine Nachricht auf Band sprechen – Zerhacker und Dämpfer sind verfügbar. Oder Sie können mit unserem Mr. Watkins sprechen.«

»Nein. Verbinden Sie mich mit George Strong.«

»Tut mir leid. Möchten Sie mit Mr. Watkins sprechen?«

»Nein, übermitteln Sie Mr. Strong folgende Nachricht: George, hier ist Maureen Johnson. Das Grundstück ist jetzt erhältlich, und ich melde mich, um es Ihnen wie versprochen als erstem anzubieten. Ich habe damit mein Versprechen gehalten, möchte aber auf jeden Fall heute noch das Geschäft abschließen. Daher wende ich mich jetzt an die J. C. Nichols Company.«

»Bitte warten Sie, ja?« Ihr Gesicht machte einem Blumengarten Platz, und ihre Stimme wich einer zähflüssigen Wiedergabe von »*In an Eighteenth-Century Drawing Room*«.

Dann erschien das Gesicht George Strongs. »Hallo, Mrs. Johnson. Nett, Sie zu sehen.«

»Für dich Maureen, mein alter Schatz. Ich möchte dir mitteilen, daß ich gerade umziehe. Jetzt ist genau der richtige Zeitpunkt, wenn du mir ein Angebot unterbreiten möchtest. Willst du das Haus immer noch?«

»Ich kann es gut gebrauchen. Schwebt dir bereits ein Preis vor?«

»Ja sicher! Das Doppelte dessen, was du zu zahlen bereit bist.«

»Nun, das ist ein guter Anfang. Jetzt können wir feilschen!«

»Einen Moment noch. George, ich brauche ein anderes Haus, ein kleineres. Drei Schlafzimmer, einen bequemen Fußmarsch von der Southwest High School entfernt. Irgendwas in der Größenordnung verfügbar?«

»Wahrscheinlich. Oder auch weiter drüben an der Shawnee Mission High. Möchtest du tauschen?«

»Nein, ich habe vor, dir das Fell über die Ohren zu ziehen. Ich möchte jeweils aufs Jahr mieten, automatische Verlängerung, sofern keine gegenteilige Nachricht vorliegt, neunzig Tage Kündigungsfrist.«

»In Ordnung. Kann ich dich morgen früh abholen? Um zehn? Ich möchte mir deine Immobilie anschauen, dich auf deren Mängel hinweisen und damit den Preis senken.«

»Alles klar, zehn Uhr. Danke, George.«

»War mir ein Vergnügen, Maureen.«

»Die Telefone in Dallas sind inzwischen alles Drei-Ds«, sagte Donald. »Wie kommt es, daß sie in KC nach wie vor die flachen Dinger benutzen? Wieso wird nicht modernisiert?«

»Des Geldes wegen«, sagte ich. »Donald, auf jede Frage, die mit ›wie kommt es‹ anfängt, lautet die Antwort ›Geld‹. In diesem Fall kenne ich sogar noch ein paar Einzelheiten. Der Dallas-Versuch ist nicht kosteneffektiv, und die Drei-D-Apparate werden wieder vom Markt verschwinden. Die ganze Geschichte findest du im *Wall Street Journal*. Die Ausgaben des vergangenen Vierteljahres liegen in der Bibliothek aus. Es ist eine sechsteilige Serie auf der Titelseite.«

»Tut mir leid, daß ich es erwähnt habe. Was mich angeht, könnte man ruhig Rauchsignale benutzen.«

»Sei froh, daß du es erwähnt hast, und nutze jetzt die Gelegenheit, die ich dir angeboten habe. Donald, wenn du in dem Dschungel da draußen überleben willst, solltest du das *Wall Street Journal* und ähnliche Publikationen wie den *Economist* zu deiner Lieblingslektüre machen. Möchtest du Eiscreme und Kuchen?«

Ich brachte Priscilla in Susans Zimmer unter und Donald in Patricks, direkt neben meinem Badezimmer. Wir gingen früh zu Bett. So um Mitternacht erwachte ich und stand auf, um pinkeln zu gehen, wobei ich mir nicht die Mühe machte, das Licht anzuschalten, da es im Haus mondhell war. Ich stand gerade im Begriff, die Toilettenspülung zu betätigen, als ich ein unmißverständliches rhythmisches Geräusch hörte – ein quietschendes Bett. Auf einmal lief es mir kalt den Rücken hinunter.

Priss und Donnie waren von hier fortgegangen, als sie noch ganz klein gewesen waren, zwei und vier Jahre alt. Wahrscheinlich ahnten sie nicht, daß dieses Haus in etwa so geräuschgedämmt war wie ein Zelt. Himmel, die armen Kinder!

Ich verhielt mich ganz still. Der Rhythmus beschleunigte sich, dann hörte ich Priscilla wimmern und Donald grunzen. Wenig später hörte das rhythmische Quietschen auf, und beide seufzten. Ich hörte Priscilla sagen: »Das hatte ich nötig! Danke, Donnie.«

Ich war stolz auf meine kleine Tochter, aber jetzt wurde es Zeit, mich zu beeilen. So sehr ich es auch verabscheute, ich mußte die beiden in flagranti ertappen. Oder ich würde ihnen nicht helfen können.

Sekunden später klopfte ich leise an Donalds Tür. »Darf ich hereinkommen, ihr Lieben?«

KAPITEL NEUNZEHN

KATZEN UND KINDER

Ich bin mir nicht sicher, ob ich im Regen oder in der Traufe stehe. Es ist noch gar nicht so lange her, da saß ich einfach in meiner Zelle und streichelte Pixel (er war drei Tage lang unterwegs gewesen, und ich hatte mir schon richtig Sorgen gemacht) und sah mir aus schierer Langeweile einen blöden Fummelporno an, als ein Trupp Gespenster auflief. Na ja, um genau zu sein, es waren vier in Gewand und Maske, die hereinkamen, mir das übliche Hundehalsband umlegten und mich mit vier Leinen sicherten. Letztere banden sie dann an Ringe in der Wand, statt mich wie üblich abzuführen.

Pixel warf nur einen Blick auf die Typen und verschwand. Zwei der Gespenster bezogen rechts und links von mir Aufstellung und machten sich daran, mir die Haut hinter den Ohren zu rasieren.

»Was geht hier vor, wenn ich fragen darf?«

»Halten Sie still. Das ist für die Elektroden. Wir müssen Sie für die Zeremonie vorbereiten.«

»Was für eine Zeremonie?«

»Nach Ihrem Verfahren und Ihrer Exekution. Halten Sie still!«

Also wand ich mich nur um so heftiger, und er schlug mir mit dem Handrücken ins Gesicht. Vier weitere Gespenster tauchten plötzlich auf, und im nächsten Moment waren die vier ersten tot und wurden unter meine Pritsche geschoben. Die Neuankömmlinge lösten meine Leinen von der Wand, und einer sagte ganz leise:

»Wir sind vom Komitee für Ästhetische Streichungen. Machen Sie ein ängstliches Gesicht und leisten Sie Widerstand gegen uns, wenn wir Sie abführen.«

Das ängstliche Gesicht war kein Problem; das brauchte ich nicht groß einzuüben. Sie führten mich auf den Korridor hinaus, an der Tür zum »Gerichtssaal« vorbei, dann scharf nach links auf eine Laderampe, wo sie mich in einen Lkw schoben und die Tür hinter mir zuknallten. Dann ging sie noch einmal auf, und jemand warf eine Katze herein. Wieder knallte die Tür zu, und der Laster setzte sich mit einem Ruck in Bewegung. Ich fiel zu Boden, und die Katze landete auf mir. »Bist du das, Pixel?«

»*Miau!*« (Stell keine dummen Fragen!)

Wir sitzen immer noch im fahrenden Lkw. Wo war ich stehengeblieben? Ach ja, ich erwachte früh aus einem Alptraum, in dem einer meiner Söhne seine Schwester bumste und ich sagte: »Schatz, das solltest du wirklich nicht im Vorgarten machen; da sehen es doch die Nachbarn!«

Es war schon nach eins gewesen, als ich die Kinder wieder verlassen hatte. So lange hatte ich gebraucht, sie davon zu überzeugen, daß ich nicht böse auf sie war, daß ich auf ihrer Seite stand und es mir nur darum ging zu verhindern, daß sie Schaden erlitten – weil das, was sie taten, viele außergewöhnliche Risiken mit sich brachte, von denen sie einige sicher schon kannten. Es gab jedoch noch andere, von denen sie nichts wußten oder an die sie vorher einfach nicht gedacht hatten.

Als ich dann am nächsten Morgen wach wurde, seufzte ich vor Erleichterung – es war nur ein Traum gewesen! Und doch auch mehr als ein Traum. Seine Essenz bestand leider aus allzu festem Fleisch. Der Adrenalinstoß machte mich hellwach. Himmel! Donald, hast du wirklich deine Schwester gebumst? Kinder, ich möchte euch ja helfen, aber so wird es nicht leicht!

Ich stand auf und ging aufs Klo, und als ich dort saß, hörte ich erneut dieselbe rhythmische Musik wie in der Nacht, und sie hatte wieder denselben Effekt auf mich und machte mich geil. Ich fühlte mich gleich besser, denn ich war noch nie in der Lage gewesen, gleichzeitig geil und deprimiert zu sein. Hatten die Kids eigentlich die ganze Nacht damit zugebracht?

Aus dem Kleiderschrank suchte ich einen alten Bademantel von Patrick hervor, den ich damals konfisziert hatte, als ich ihm für seine Flitterwochen einen neuen schenkte. Dazu nahm ich zwei meiner eigenen Bademäntel heraus, einen für Priscilla, einen für mich.

Ich klopfte bei ihnen an die Tür. »Komm rein, Mama!« rief Priscilla. Sie klang gutgelaunt.

Ich reichte ihnen die Bademäntel. »Guten Morgen, ihr Lieben. Hier, das ist für euch. Frühstück in zwanzig Minuten.«

Priscilla sprang aus dem Bett und küßte mich. Donald war nicht ganz so stürmisch, schien sich aber auch keine großen Gedanken mehr darüber zu machen, daß seine alte Mutter ihn nackt erwischt hatte. Der Geruch nach Sex, der im Zimmer hing, war jetzt noch stärker, als ich ihn in Erinnerung hatte.

Etwas streifte meine Beine. Es war Ihre Durchlaucht, die aufs Bett sprang und laut schnurrte. »Mama«, sagte Priscilla, »sie hat in der Nacht vor der Tür richtig Lärm geschlagen, also habe ich sie hereingelassen. Sie blieb eine Zeitlang bei uns, sprang dann wieder auf den Boden und verlangte, hinausgelassen zu werden. Es dauerte keine halbe Stunde, dann machte sie draußen wieder Radau. Diesmal kümmerte ich mich nicht darum. Äh ... Wir waren beschäftigt.«

»Sie kann geschlossene Türen nicht leiden«, erklärte ich ihr. »Prinzipiell nicht. Ich lasse meine immer leicht offenstehen, und Polly bleibt dann die ganze Nacht bei mir. Zumindest den größten Teil davon. Hmmm, sie ist eigentlich Susans Katze, und ihr habt Susans Zimmer. Möchtet ihr lieber ein anderes? Ansonsten weckt sie euch wahrscheinlich alle halbe Stunde.«

»Nein, ich trainiere einfach Donnie dazu, für sie den Türsteher zu machen ...«

»Jetzt paß mal gut auf, Bombe ...«

Ich ging.

Ich rührte Muffins an und packte eine ganze Pyrexpfanne voll damit in den Herd, den ich auf sechs Minuten einstellte. Während die Muffins gebacken wurden, gab ich Eier und Schinken in eine weitere Muffinpfanne. Als der Herd klingelte, wechselten die fertigen Muffins auf die Warmhalteplatte, und die zweite Pfanne landete im Herd. Ich stellte Orangensaft und Milch auf den Tisch und setzte anschließend den Samowar in Aktion. Dann blieb noch genug Zeit, den Frühstückstisch mit lustigen Untersetzern und knalligem mexikanischen Steingutgeschirr zu decken.

Priscilla tauchte auf. »Donnie kommt auch gleich. Kann ich helfen?«

»Ja, Schatz. Geh in den Garten und schneide ein paar gelbe Rosen für die Vase dort in der Mitte. Beeil dich; das Essen ist fast schon fertig. Polly! Runter vom Tisch! Nimm sie bitte mit. Sie weiß es besser, aber sie probiert immer wieder, wie weit sie gehen kann.«

Ich servierte die gefüllten Teller und setzte mich gerade, als Donald erschien. »Kann ich helfen?«

»Ja, du kannst aufpassen, daß die Katze nicht auf den Tisch springt.«

»Ich meine was Richtiges.«

»Du wirst feststellen, daß das ein Full-time-Job ist.«

Dreißig Minuten später saß ich gerade an meiner zweiten Tasse Tee, während Priscilla eine weitere Pfanne mit Muffins und Speck servierte und ein weiteres Marmeladenglas von Knotts Beerenfarm öffnete. Ich fühlte mich so zufrieden, wie Prinzessin Polly aussah. Wenn man es genau betrachtet, sind Kinder und Katzen viel lustiger als Aktien, Wertpapiere und andere Sicherheiten. Ich hatte vor, meine beiden Sprößlinge zu verheiraten (allerdings nicht miteinander!), und danach würde es auch bald Zeit sein für Maureen, die Hetty Green der schnellebigen neuen Welt, es mit dem Harriman-Imperium aufzunehmen und es zur Herausgabe seiner Schätze zu zwingen. »Polly, raus aus der Marmelade! Donald, du solltest doch auf die Katze achtgeben!«

»Ich gebe ja auf sie acht, Mama, aber sie ist schneller als ich.«

»Und klüger.«

»Wer war das? Wer war das? Bombe, das wird dir noch leid tun!«

»Schluß damit, Kinder! Es wird Zeit, uns über die Howard-Stiftung zu unterhalten.«

Eine ganze Weile später sagte Donald: »Mal sehen, ob ich es richtig verstanden habe. Du sagst, ich müßte ein Mädchen von meiner Liste heiraten und Priss einen Mann von ihrer?«

»Nein, nein, nein! Nichts dergleichen! Niemand muß irgend jemanden heiraten. Diese Entscheidung ist frei. Nur einander dürft ihr nicht heiraten. Gut, es gibt Tausende von inzestuösen Ehen in diesem Land, wie ein paar Kinseys herausgefunden haben. Ihr müßtet nur wieder von hier verschwinden und irgendwo euren Lebensunterhalt verdienen, bis ihr alt genug ausseht, um einen Kreisamtmann davon zu überzeugen, daß ihr einundzwanzig seid. Ich würde euch nicht aufhalten.

Ich würde euch aber auch nicht unterstützen. Kein bißchen. Heute morgen halte ich euch nicht auch noch eine Vorlesung über Genetik; das kommt später. Für den Moment sei lediglich gesagt, daß Inzest nicht einfach nur ein Verstoß gegen die Bibel und gegen die Gesetze von Missouri sowie aller anderen fünfundfünfzig Staaten ist. Es liegt auch ein Verstoß gegen die Naturgesetze vor, weil ungesunde Kinder dabei herauskommen.«

»Das weiß ich. Ich könnte mich aber sterilisieren lassen.«

»Das könntest du, aber wie würdest du das bezahlen? Ich gebe dir bestimmt keinen roten Heller dafür! Donald, ich finde es schrecklich, wenn du so etwas sagst. Lieber würde ich dir das Geld dafür geben, deine Augen entfernen zu lassen, als mitzuerleben, wie du dich sterilisieren läßt. Deine Gene sind etwas Besonderes. Darum wird die Stiftung ja auch jeden Nachwuchs subventionieren, den du mit einem weiblichen Howard zeugst. Das gleiche gilt für dich, Priscilla. Ihr beide verfügt über Gene, die Langlebigkeit in sich tragen. Vorbehaltlich möglicher Unfälle, wird jeder von euch älter als hundert Jahre. Wie viel älter, kann ich nicht sagen, aber es nimmt von Generation zu Generation zu.

Das Howard-System funktioniert folgendermaßen: Wenn ihr wollt, stellt die Stiftung jedem von euch eine Liste möglicher Heiratskandidaten von annähernd gleichem Alter zur Verfügung und gibt darüber hinaus auch eure Namen und Adressen auf ähnlichen Listen weiter. Zu meiner Zeit erhielt man Kandidaten aus der Umgebung genannt, vielleicht aus einem Umkreis von fünfzig oder hundert Meilen, vielleicht noch aus demselben Staat. Heute, wo Gleitraketen Nordamerika in dreißig Minuten überqueren und überhaupt alle Leute durch die Gegend flitzen wie aufgeschreckte Ameisen, kann man eine amerikaweite Kandidatenliste haben, vorausgesetzt, man möchte sich mit etwas vom Format eines Telefonbuches herumschlagen. Na ja, das stimmt nicht ganz. Ich habe gehört, daß man jeweils ein paar Dutzend Namen erhält, geographisch geordnet. Man kann aber die Listen so lange abklappern, bis man den Mann oder die Frau gefunden hat, mit dem oder der man sein ganzes weiteres Leben verbringen möchte.

Noch eins. Ein Rendezvous mit einem anderen Howard kann zwar Spaß machen, ist aber auch eine ernste Angelegenheit! Priscilla, du wirst prüfen, ob er als Gatte in Frage kommt. Sollte das aus irgendeinem Grund nicht möglich sein, dann mußt du ihm sagen, daß er nie wiederkommen darf. Oder du sagst es mir, und ich richte es ihm aus. Gefällt er dir andererseits, dann wird es Zeit, ihn probeweise mit ins Bett zu nehmen. Und zwar bei uns zu Hause, wo ich alles so arrangiere, daß es bequem und ohne jede Peinlichkeit abläuft.«

»Jetzt warte aber mal! Liebe mit einem anderen machen? Während Donnie auch da ist und genau weiß, was passiert?«

»Nein. Erstens wird Donald wahrscheinlich nicht da sein, sondern gerade ein Mädchen von seiner Liste besuchen.

Zweitens wird dich niemand zum Geschlechtsverkehr mit irgendwem auffordern. Das liegt einzig und allein bei dir. Ich sage lediglich, daß du einen jungen Mann, den Onkel Justin dir schickt, hier in aller Sicherheit ausprobieren *kannst*. Solltet ihr euch dann nach sorgfältiger Überlegung zur Ehe entschließen, kannst du gleich hier zu Hause schwanger werden. Das wird fast immer so gemacht, denn es wäre wirklich traurig, erst nach der Eheschließung zu entdecken, daß das Paar unfruchtbar ist. Sicher, Scheidung ist heutzutage kein Problem mehr, aber ein Sieben-Monate- und Sieben-Pfund-Baby ist einer Scheidung, noch bevor man zwanzig ist, allemal vorzuziehen.

Du wirst reichlich Zeit haben, darüber nachzudenken. Heute möchte ich nur ein paar grundlegende Dinge überprüfen. Priscilla, würdest du bitte aufstehen und dich ausziehen? Wir können Donald auch bitten, hinauszugehen. Ich möchte einmal nachsehen, wie weit du körperlich entwikkelt bist.«

»Ich gehe nach oben, Bombe.«

»Sei nicht albern! Du hast mich schon oft nackt gesehen, und Mama weiß, daß du letzte Nacht mit mir geschlafen hast.« Meine Tochter stand auf, zog den Bademantel aus und hängte ihn über den Stuhl. »Irgendeine besondere Stellung, Mama?«

»Nein.« Ich konnte nirgendwo an ihr noch Babyspeck entdecken, und ein Babygesicht hatte sie auch nicht mehr. Ich sah eine körperlich reife, junge Frau vor mir, die das genoß, was aus ihr geworden war. Nun ja, die Expertenmeinung von Dr. Rumsey stand noch aus. »Priscilla, wie mir scheint, siehst du so aus wie ich mit siebzehn. Warten wir mal ab, was Dr. Rumsey dazu meint. Je eher du anfängst, deine Howard-Liste abzuarbeiten, desto besser werde ich wieder schlafen können.«

Ich wandte mich an meinen Sohn. »Ich bin sicher, daß man dich als achtzehnjährig ausgeben und dir eine Liste von Kandidatinnen geben kann. Vielleicht bin ich voreingenommen – du bist schließlich mein Sohn –, aber ich kann mir gut vorstellen, daß du, falls du es möchtest, die nächsten paar Jahre durchs Land reisen und Howard-Paare besuchen könntest, um an ihrer Tafel zu speisen und mit ihren Töchtern zu schlafen. Jede Woche eine andere Bettgefährtin, bis du die richtige gefunden hast. Dieses Programm würde auch mehr Sicherheit für deine Schwester mit sich bringen.«

»Mama, was für eine abscheuliche Idee! Donnie, das würdest du doch nicht wirklich tun, oder?«

»Mein Sohn, gib keine Versprechungen, die du nicht halten kannst!«

KAPITEL ZWANZIG

DIE WAHRSAGERIN

»Priscilla, du hast noch nicht begriffen, daß du deinen Bruder nicht heiraten kannst. Solange das so ist, bist du noch nicht reif genug, um mit dem Flirten zu beginnen, egal wie weit du körperlich auch sein magst. Du darfst dich jedoch nicht in Donalds Recht einmischen, auf Freiersfüßen zu wandeln.«

»Aber ich liebe ihn doch!«

»Was meinst du mit ›lieben‹?«

»Du bist so gemein zu mir!«

»Hör auf zu flennen, und benimm dich wie eine erwachsene Frau. Du sollst mir sagen, was du in diesem Zusammenhang mit 'lieben' meinst. Daß du geil auf ihn bist, so geil, daß du dich hinter jedem erreichbaren Busch mit ihm paaren möchtest, das sehe ich. Ich kann das nachvollziehen, zeige aber mehr Verstand als du. Alle Frauen werden Donald attraktiv finden; wenn du versuchst, sie von ihm fernzuhalten, trägst du dir selbst mehr Kummer ein, als du verkraften kannst.

Scharf auf einen Mann zu sein, heißt nicht, ihn zu lieben, meine süße Tochter. Ich glaube gerne, daß Donald dich liebt, da er sich drei Schlägern in den Weg gestellt hat, um dich zu beschützen, aber sag mir jetzt, wie deine Liebe für ihn aussieht – von deiner Geilheit auf ihn abgesehen, die ein irrelevantes, beiläufiges Phänomen darstellt.«

»Äh ... Jeder weiß doch, was Liebe ist!«

»Wenn du ein Wort nicht definieren kannst, weißt du auch nicht, was es bedeutet. Priscilla, das ist eine fruchtlose Diskussion, und heute ist ein anstrengender Tag. Wir wissen, daß du geil auf Donald bist und daß er dich liebt, aber wir wissen noch nicht, daß du ihn auch liebst. Darüber hinaus habe ich klargestellt, was wir ja alle wissen, nämlich daß du ihn nicht heiraten kannst. Dein Bruder sieht es ein, du scheinbar nicht. Deshalb setzen wir das Gespräch später fort, wenn du etwas erwachsener geworden bist.«

»Aber Mama, was verstehst *du* denn unter ›Liebe‹?«

»Sie bedeutet so allerlei, aber immer auch, daß das Glück und das Wohlergehen des anderen an erster Stelle kommen. Los, ab ins Bad jetzt, damit wir uns endlich umziehen können ...«

Das Telefon läutete. »Nimmst du das Gespräch bitte an, Donald?«

»Ja, Mum.« Der Monitor befand sich im Wohnzimmer; Donald ging hinüber und trug dabei Prinzessin Polly auf dem Arm. Er drückte den Schalter. »Reden Sie, es ist Ihr Geld.«

Ich vernahm Susans Stimme. »Mama, ich ... Polly! Oh, du böses, böses Mädchen!«

Polly wandte das Gesicht ab, wand sich in Donalds Armen, sprang zu Boden und stolzierte davon. Ich muß hinzufügen, daß sie mit Telefonbildern und -stimmen noch nie viel hatte anfangen können. Vielleicht fehlte ihr dabei der Geruch eines lebenden Wesens, aber andererseits darf man nicht vergessen, daß sich die Gedankengänge von Katzen dem Verständnis der Sterblichen entziehen.

»Susie«, sagte Donald, »muß ich dir wirklich das Muttermal auf meiner Schulter zeigen? Ich bin dein Bruder, Mrs. Schultz, und zwar der besonders hübsche. Wie ist das Eheleben? Langweilig?«

»Das Eheleben ist einfach super, und was machst du in Kansas City, und warum warst du vor vier Tagen nicht auf meiner Hochzeit, und wo steckt Mutter?«

»Mama ist hier irgendwo, und du hast mich nicht eingeladen.«

»Habe ich wohl!«

Ich mischte mich ein. »Ja, du hast ihn eingeladen, Sweet Sue, sowie den ganzen Rest der Familie. Alle acht oder neun. Allerdings konnte nur Brian kommen, wie du genau weißt, also laß deinen Bruder in Ruhe. Schön, dich zu sehen, Schatz. Wo ist Henry?«

»Oh, mit Hanky ist alles okay. Er meint, ich könnte nicht so gut kochen wie du, aber er würde mich aus anderen Gründen behalten – ich kratze ihm den Rücken.«

»Ein guter Grund.«

»Mama, es gibt zwei Gründe für meinen Anruf, und der erste hat sich erledigt. Seit Sonntag versuche ich den Mut zu finden, um dir zu gestehen, daß ich Prinzessin Polly verloren habe. Aber sie ist ja gar nicht verlorengegangen. Wie hat sie es bis zu dir geschafft?«

»Ich habe keine Ahnung. Wie ist sie dir abhanden gekommen?«

»Ich bin mir nicht sicher. Wir hatten es schon bis Olathe geschafft, als wir endlich eine Tankstelle fanden, die auch Shipstones im Angebot hatte. Während Hank seinen alten gegen einen frisch aufgeladenen eintauschte, öffnete ich Pollys Käfig, um den Sand zu wechseln. Sie hatte dort Sauerei gemacht, und es stank fürchterlich.

Was dann passierte, weiß ich heute nicht mehr genau. Ich glaubte, ich hätte sie wieder eingeschlossen. Hank behauptet, ich hätte ihm gesagt, es wäre okay, daß sie frei auf dem Rücksitz mitfährt. Wir nahmen ab Olathe die Lenkstraße, und Hank übergab dem System die Steuerung, damit wir endlich schlafen konnten. Wir waren ja so müde!«

»Kann ich mir vorstellen.« Ich dachte an meine eigene Hochzeit zurück.

»Erst, als wir in Wichita vor dem Holiday Inn unser Gepäck ausluden, stellte ich fest, daß Polly fehlte. Mama, ich bekam fast einen Herzanfall.«

»Was habt ihr gemacht?«

»Was sollten wir denn machen? Wir drehten um und fuhren nach Olathe zurück. Die Tankstelle war geschlossen, und wir spielten eine halbe Stunde lang Hallo Kätzchen, wo bist du? Wir entdeckten den Namen des Inhabers an der Tankstelle, fragten einen Polizisten nach der Adresse, fanden das Haus und weckten ihn. Er war nicht sehr erfreut.«

»Ich muß feststellen, daß mich das nicht überrascht.«

»Er hatte tatsächlich eine kleine schwarzweiße Katze gesehen, etwa zur Zeit unseres ersten Besuches, später jedoch nicht mehr – was bedeutet, daß sie nicht so lange dageblieben war, wie wir für die vierhundert Meilen gebraucht hatten. Wir hinterließen ihm deinen Telefoncode und baten ihn, dich anzurufen, falls Polly wieder auftauchte. Wir nahmen erneut Kurs auf Wichita, aber das System fiel aus und wir folgten dem Kabel per Handsteuerung, um nicht auf eine langsame Straße ausweichen zu müssen. Um drei Uhr früh kamen wir endlich an, aber sie hatten das Zimmer inzwischen neu belegt, und wir mußten im Wagen schlafen. Mama, es war nicht gerade die erfolgreichste Hochzeitsnacht der Geschichte. Ich glaube, Hanky war bereit, mich zurückzugeben – und ich hätte es ihm nicht übelgenommen.«

»Läuft es inzwischen besser?«

»O ja. Nun, wo ich Polly bei dir entdeckt habe, muß ich noch was zur Sprache bringen.«

»Soll ich sie dir schicken?«

Susan hörte plötzlich auf zu lächeln. »Mama, im Wohnheim für verheiratete Studenten sind Katzen nicht erlaubt. Das wußte ich nicht! Also werde ich wohl nach Tempe fahren und uns woanders was suchen müssen – nur bin ich mir gar nicht sicher, ob wir uns das auch leisten können. Möchtest du sie wirklich nicht bei dir behalten? Ja, sie ist meine Katze, aber … Bitte!«

»Susan, ich verkaufe dieses Haus noch heute.«

Sie machte ein ausdrucksloses Gesicht. »Ja, Mama. Ähm, wenn du sie in einen Zwinger geben könntest, beim Tierarzt zum Beispiel … Ich komme und hole sie. Sobald ich alles arrangiert habe. Wir werden wohl ein Wertpapier verkaufen müssen. Ich muß das mit Henry besprechen, aber ich lasse dich nicht im Stich. Ehrlich nicht!«

»Meine liebe Susan, die Prinzessin hat schon alles selbst geregelt. Sie hat in nur drei Tagen den Weg nach Hause gefunden, ohne vorher jemals verreist gewesen zu sein. Gut, ich verkaufe das Haus zwar, aber wir ziehen nur etwa eine Meile weiter. Ich möchte ein kleineres Haus haben, nicht mehr so endlos viele Quadratmeter. Ich glaube, ich kann Prinzessin Polly ein neues Heim in so großer Nähe schmackhaft machen. Solche Problem habe ich früher schon gelöst.«

Susan seufzte erleichtert. »Mama, habe ich dir in letzter Zeit mal gesagt, daß du wundervoll bist?«

»Nein.«

»Du bist wundervoll!«

»Danke. War das alles?« (Ich hatte es eilig.)

»Noch eins. Tante Eleanor war heute da ...«

»Tatsächlich? Ich dachte eigentlich, sie wäre in Toronto. Am Samstag hat sie mit keinem Wort erwähnt, daß sie nach Arizona wollte.«

»Onkel Justin ist nach Toronto gefahren, und sie kam hierher nach Scottsdale. Sie reist bald nach Toronto weiter, wenn alles klappt. Sie hat jetzt schon seit einem halben Jahr Probleme mit Hausmeistern und möchte, daß Hanky und ich bei ihr einziehen und das Haus hüten. Was hältst du davon?«

(Ich finde, du wärst verrückt, wenn du in den Sommerpalast eines Multimillionärs ziehen würdest. So was führt nur zu schlechten Gewohnheiten und zur Entwicklung eines extravaganten Geschmacks. Es ist einfach keine Art, eine Ehe zu beginnen. Und dann das Pendeln entlang der Scottsdale Road – sind es sechs oder sieben Meilen? Das wird euer Studium beeinträchtigen.) »Susan, was ich davon halte spielt keine Rolle. Was sagt dein Mann zu der Sache?«

»Er schlug vor, daß ich mit dir sprechen.«

»Aber was denkt er selbst?«

»Ah – ich bin mir nicht sicher. Redest du mit ihm?«

»Er soll mich zurückrufen. Susan, ich habe eine geschäftliche Verabredung und bin schon spät dran. Ich muß abschalten. Tschüs!«

Puh! Neun Uhr fünfunddreißig. Ich wählte den Code von Harriman und Strong und sah mich demselben weiblichen Zombie gegenüber wie gestern. »Hier ist Maureen Johnson. Verbinden Sie mich mit George Strong.«

»Mr. Strong ist zur Zeit nicht erreichbar. Würden Sie bitte …«

»Das hatten wir gestern schon alles. Ich bin Maureen Johnson und habe in zwanzig Minuten eine Verabredung mit Mr. Strong bei mir zu Hause. Das ist Ihnen auch bekannt! Sehen Sie gefälligst zu, daß Sie ihn noch erwischen, ehe er das Haus verläßt, oder rufen Sie ihn in seinem Wagen an! Und ein bißchen Tempo, bitte!«

»Ich bin hier, Maureen.« Georges Gesicht ersetzte das der Frau. »Ich wurde aufgehalten. Macht es dir was aus, wenn wir unseren Termin auf zehn Uhr dreißig verschieben?«

»Ist in Ordnung, George. Erinnerst du dich an die Umschläge, die ich 1947 hinterlegt habe?«

»Aber gewiß. Sie befinden sich in meinem persönlichen Safe. Ich habe sie niemals mit Geschäftspapieren durcheinandergebracht.«

»Bringst du dann bitte die Umschläge Nummer eins und zwei mit?«

»Natürlich, werte Dame.«

»Danke, Sir.«

George konnte mir zwei Häuser zeigen, die für mich in Frage kamen. Eines lag nahe der Fündundsiebzigsten Straße und Mission Road in Johnson County, unweit der Shawnee Mission East High School. Es gehörte der Firma New World Homes, einem Bestandteil des Harriman-Imperiums, und verfügte über das Flair von Übermorgen, für das die New World Homes so berühmt sind. Es erinnerte mich an den Bauhausstil.

Die Kinder waren begeistert.

Das andere lag auf der Missouri-Seite, ungefähr auf halber Strecke zwischen unserem alten Haus und der Southwest High School, abseits der Linden Road. Es war nicht ganz so neu. Dem Stil nach zu urteilen (und wenn mich mein Gedächtnis nicht täuschte), stammte es aus 1940 plus oder minus ein Jahr. »George, dahinter steckt eine Firma der J. C. Nichols-Gruppe.«

»Die Nichols-Organisation baut immer ausgezeichnete Häuser. Dieses gelangte in unseren Besitz, als ich es in der Folge eines tragischen Unfalls aus Mitleid einem unserer leitenden Angestellten abkaufte. Er hatte seine Frau und zwei Kinder verloren. Als er wieder aus dem Krankenhaus kam, schickten wir ihn zur Erholung nach Tucson und versetzten ihn anschließend in unsere Filiale in Paradise. Ein kompletter Wechsel der Arbeit, der Umgebung, der Menschen – das Rezept meines Partners für die Rekonvaleszenz eines guten Mannes, der seinen bisherigen Lebensinhalt verloren hat. Delos – Mr. Harriman – kümmert sich um seine Leute. Sollen wir mal hineingehen?«

Es war ein gemütliches Haus in schöner Landschaft und mit umzäuntem Hinterhof – und es war möbliert. »Er ließ sich nur seine Bücher und Kleider nachschicken«, berichtete Mr. Strong. »Die Kleider der Frau und der Kinder sowie ihre persönlichen Sachen gingen an die Heilsarmee. Die übrigen Sachen – Bettbezüge, Decken, Läufer, Handtücher, Vorhänge – wurden gereinigt und die Matratzen sterilisiert. Das Haus steht mit oder ohne Möbel zum Verkauf, und du kannst es auch im einen oder anderen Zustand mieten.«

Es gab ein großes und zwei kleinere Schlafzimmer im oberen Stockwerk, jedes komplett mit Bad. Das große lag zum Westen hinaus und verfügte auch über einen »Abendbalkon«, genau wie unsere Wohnung an der Woodlawn in Chicago. Das Erdgeschoß wies Salon und Familienwohnzimmer auf, was ich für jede Familie, die Kinder zu Hause hat, nur empfehlen kann. Kinder brauchen einen Platz, wo sie nicht unbedingt in perfekten Sonntagsstaat wechseln müssen, wenn ihre Mutter gerade Besuch zum Tee hat.

Am anderen Ende des hinteren Flures, der Küche gegenüber, befand sich ein Hausmädchenzimmer mit Bad. Die Küche war mit GE-Geschirrspüler und einer elektronischen Kocheinheit von Raytheon ausgestattet, wie ich es aus meinem alten Farmhaus kannte – in beiden Fällen eine ganz neue Einrichtung, viel jünger als das Haus selbst. Besonders stachen mir in diesem Haus jede Menge eingebaute Bücherregale ins Auge – auch später hinzugefügt, wie es den Anschein hatte, abgesehen von einigen kleineren Regalen zu beiden Seiten des Kamins im Familienwohnzimmer. Die meisten Häuser bleiben weit hinter diesem Standard zurück, da die meisten Leute auch nicht lesen.

(Noch vor dem Ende des zwanzigsten Jahrhunderts durfte man den letzten Satz umformulieren in »... da die meisten Leute nicht lesen konnten.« Beim Studium der Geschichte meines Heimatplaneten und meines Jahrhunderts auf verschiedenen Zeitlinien erfuhr ich, daß es beim überall stattfindenden Niedergang und Zerfall eine Konstante gab – den Analphabetismus.

Auf drei Zeitlinien traten parallel dazu Drogenmißbrauch und Straßenkriminalität auf sowie zu allem Überfluß eine korrupte und verschwenderische Regierung. Auf meiner eigenen Zeitlinie wurden endlose psychotische Modeerscheinungen schließlich von religiösem Wahn abgelöst. Auf Zeitlinie sieben gab es ständig Krieg; auf drei Linien war ein Zusammenbruch des Familien- und Ehelebens zu verzeichnen; allen Geschichtsläufen gemeinsam war die Ausbreitung des Analphabetismus, und – was mir ein Rätsel bleibt – mehr Geldaufwand pro Student als je zuvor in der Geschichte. Noch nie wurde mit soviel Geld so wenig erreicht. Um 1980 konnten selbst Lehrer nicht mehr richtig lesen und schreiben.)

Das Haus war – *mirabile visu!* – mit zwei Warmwasserbereitern ausgestattet, einem für das obere Stockwerk und einem für Küche, Waschküche und das Badezimmer des Hausmädchens. Ich drehte versuchsweise einen Hahn auf und stellte erstaunt fest, daß das Wasser heiß war. George Strong erklärte mir daraufhin: »Nachdem du gestern angerufen hattest, wies ich unseren Installationswerkmeister an, alles vorzubereiten und das Haus auch zu lüften. Wenn du möchtest, kannst du gleich hier übernachten.«

»Wir werden sehen.« Ich warf noch einen kurzen Blick in den Keller, dann brachen wir wieder auf.

George Strong lud uns zum Mittagessen in die Plaza ein, ins Fiesta Patio, und fuhr uns anschließend auf meine Bitte hin zu Dr. Rumsey. Ich teilte Jim Rumsey mit, worauf er besonders achten sollte. Ihm gegenüber konnte ich Gott sei Dank offen sein, da er mit Howard-Problemen vertraut war. »Sag ihr nicht, ob sie schwanger ist oder nicht; sag es mir. Sie ist ein schwieriger Fall, und ich brauche noch ein Druckmittel. Möchtest du ihr tatsächliches Alter erfahren?«

»Du vergißt, daß ich es schon kenne. Ich werde zu vermeiden versuchen, daß dieser Tatbestand meine Urteilskraft beeinträchtigt.«

»Jim, du bist ein Schatz.« Ich gab ihm einen Abschiedskuß, verließ das Sprechzimmer und wandte mich an meinen Nachwuchs.

»Wartet brav ab, bis ihr an die Reihe kommt. Es sind noch Patienten vor euch da. Sobald ihr fertig seid, kommt rasch wieder nach Hause.«

»Holst du uns nicht ab?« Priscilla klang erstaunt. »Ich dachte, wir würden noch zusammen Einkaufen gehen!«

»Nein, wir haben nicht mehr die Zeit dafür. Vielleicht gehen wir nach dem Abendessen noch mal in die Plaza; ich glaube, Sears hat lange geöffnet.«

»Sears!«

»Hast du etwas gegen Sears?«

»Tante Marian kauft niemals dort ein.«

»Wie interessant. Wir treffen uns zu Hause wieder. Ihr könnt entweder zu Fuß gehen oder den Bus nehmen.«

»Warte mal! Hast du dem Doktor gesagt, daß er nicht an mir herumfummeln soll?«

»Ganz im Gegenteil! Ich habe ihm gesagt, er solle es mir ausrichten, wenn du patzig oder widerspenstig bist.«

Priscilla zog eine Schnute. »Ich dachte, du würdest uns zum Einkaufen abholen, und anschließend würden wir entscheiden, welches Haus wir mieten.«

»Ich werde das gleich entscheiden, während ihr beide eure Untersuchungen habt.«

»Willst du damit sagen, daß wir kein Stimmrecht haben?«

»Hast du tatsächlich erwartet, ihr würdet abstimmen dürfen? In Ordnung, tun wir das nach den Bestimmungen der Republik Gondor. Für jeden Dollar, den eine interessierte Partei zahlt, erhält sie eine Stimme. Wie viele Stimmen möchtet ihr kaufen?«

»Wie bitte? Das finde ich aber gemein!«

»Priscilla, in der *Bill of Rights* steht nichts davon, daß minderjährige Familienangehörige, die vom Geld ihrer Eltern leben, über den Wohnsitz der Familie bestimmen dürfen. Ich weiß nicht, wie Tante Marian es damit hält, aber in meinem Haushalt treffe *ich* solche Entscheidungen. Vielleicht konsultiere ich andere, vielleicht aber auch nicht. Sollte ich es tun, bin ich nicht an die geäußerte Meinung gebunden. Soweit alles klar?«

Priscilla gab keine Antwort. »Bombe, du strapazierst dein Glück«, meinte Donald.

Ich ging und traf George am Auto wieder. Er half mir beim Einsteigen. »Wohin jetzt, werte Dame?«

»Ich möchte mir noch einmal das möblierte Haus anschauen.«

»Gut.«

Wir redeten zunächst nichts. George Strong war ein angenehmer Gefährte; er pflegte nicht auf Konversation zu machen. Nach einer Weile sagte ich: »Hast du die beiden Umschläge dabei?«

»Ja. Möchtest du sie gleich haben? Dann sollte ich besser anhalten. Sie stecken in einer Tasche mit Reißverschluß, ziemlich schwer zu erreichen.«

»Nein, ich wollte es nur genau wissen, ehe wir zu weit von deinem Büro entfernt sind.«

Am Haus angekommen begab ich mich gleich nach oben ins große Schlafzimmer, dicht gefolgt von George. Ich zog mich aus, und seine Miene erhellte sich. »Maureen, ich hatte gehofft, daß du das im Schilde führst.« Er seufzte glücklich und legte Hand an seine eigene Kleidung. »Es ist lange her.«

»Zu lange. Ich hatte zu viele Probleme als Mutter und mit der Schule. Aber damit ist es jetzt erstmal vorbei, und die Probleme mit den Kindern sind unter Kontrolle – hoffe ich wenigstens. Ich habe jetzt mehr Zeit, wenn du mich möchtest.«

»Dich möchte ich immer!«

»Ich denke schon den ganzen Tag lang an dich und deine süße Art, mußte aber erst die Kinder irgendwohin abschieben. Möchtest du, daß ich dich ganz langsam ausziehe? Oder sollen wir uns beide beeilen und mal sehen, wie schnell wir ins Bett kommen?«

»Was für eine Entscheidung!«

George war nicht der größte Matratzenkünstler der Welt, aber in den sechs Jahren, in denen ich gelegentlich schon mal auf seine Dienste zurückgegriffen hätte, hatte er mich nie quer über dem Zaun hängen lassen. Er war aufmerksam und einfühlsam und betrachtete es als seine wichtigste Aufgabe im Bett, daß seine Partnerin zum Höhepunkt gelangte.

Und wenn er kein Adonis war, nun, ich war auch keine Venus. In Priscillas Alter hatte ich hübsch ausgesehen, so lecker wie meinte Tochter, glaube ich. 1952 war ich jedoch bereits siebzig und nur noch den gefälschten Papieren nach eine Siebenundvierzigjährige, und trotz außergewöhnlicher Anstrengungen sah man mir deutlich an, daß ich jenseits der Vierzig war. Eine ältere Frau mußte sich schon richtig Mühe geben, wie sich ja auch George Mühe gab – was ich sehr zu schätzen wußte. Vater hatte es einmal so umschrieben: »Witwen sind besser als junge Bräute. Sie erklären einem nichts, sie schreien nicht, sie schwellen nicht an, sie riechen nur selten und sind zu allem Überfluß verflucht dankbar.«

Genau das traf auf die Maureen Johnson zwischen 1946 und 1982 zu. Zu Anfang hatte mich Vaters derbe Formel nur amüsiert, und ich hatte nie geglaubt, daß sie einmal auf mich zutreffen würde – bis zu dem bitteren Tag, an dem Brian mir mitteilte, daß seine jüngere Konkubine an meine Stelle getreten war. Von da an wußte ich, daß Vater die schlichte Wahrheit gesprochen hatte. Ich verwandelte mich in eine verfügbare »Bedarfssquaw« und gab mir große Mühe, nett zu sein und gut zu riechen. Ich bestand auch nicht auf einen Adonis, sondern war mit einer fairen Beziehung zu einem Gentleman zufrieden. (Mit Flegeln oder Schlappschwänzen gab ich mich dagegen niemals ab!)

Ich sorgte stets dafür, daß wir noch Zeit für ein zweites Mal hatten, wenn er es wollte. Und er will es in der Regel, wenn man ihm das geboten hat, was man ihm schuldet! Amerikanische Männer sind nur deshalb so miese Liebhaber, weil amerikanische Frauen miese Geliebte sind. »Wer Müll gibt, bekommt Müll geboten.« Man kriegt, wofür man bezahlt.

Die zwanzig bis sechzig Minuten zwischen erstem und zweitem Akt sind die bei weitem beste Gelegenheit für intime Gespräche.

»Möchtest du als erster ins Bad?« fragte ich.

»Es eilt nicht«, antwortete George, und seine Stimme rumpelte richtig in der Brust, auf der ich mit dem rechten Ohr lag. »Was ist mit dir?«

»Hat auch Zeit. George, das war wirklich gut! Genau das, was ich brauchte. Danke, Sir.«

»Maureen, dich hat Shakespeare wohl mit dem Vers gemeint '... Wo andere Frauen satt machen, erzeugt sie wildeste Begehrlichkeit.'«

»Was du alles sagst!«

»Ich meine es ernst.«

»Erzähle es mir nur oft genug, dann glaube ich es irgendwann. George, wenn du aufstehst, holst du bitte die Umschläge? Und hast du Zeit für ein zweites Mal?«

»Habe ich. Dazu ist die Zeit schließlich da.«

»Okay. Wenn du es eilig gehabt hättest, hätte ich keine Zeit im Bett damit verschwendet, über Geschäfte zu reden. Ich kenne schließlich Methoden, dich rasch wieder munter zu machen.«

»Und ob du die kennst! Ich habe allerdings die Arbeit eines ganzen Tages bis zehn Uhr früh erledigt, damit der Rest des Tages für Maureen frei bleibt.« Er stand auf, holte die beiden Umschläge und reichte sie mir.

»Nein, ich möchte sie nicht anfassen. George, schaue sie dir bitte an. Hatte ich die Möglichkeit, Hand an sie zu legen?«

»Ich wüßte nicht, wie du das hättest machen sollen. Sie sind seit dem 4. Juli 1947 ständig in meinem Besitz.« Er lächelte mich an, und ich erwiderte das Lächeln – an jenem Tag hatten wir das zweite Mal miteinander im Bett gelegen. »Es war dein Geburtstag, Mädchen, und du hast mir ein Geschenk gemacht.«

»Nein, wir haben zu beiderseitigem Vorteil Geschenke ausgetauscht. Sieh dir die Umschläge genau an, George. Hat jemand etwas damit gemacht? Nein, komm nicht näher. Vielleicht verhexe ich sie ja.«

Er schaute sie sich an. »Auf beiden stehen unsere Unterschriften quer über den Verschluß geschrieben. Ich kenne meine Unterschrift und war dabei, als du deine direkt daruntergesetzt hast. Ich wüßte nicht, wie selbst Houdini an den Inhalt hätte kommen können.«

»Öffne bitte den ersten, George, und lies den Inhalt laut vor. Behalte das Schreiben und stecke es wieder in die Tasche mit dem Reißverschluß.«

»Alles, was du sagst, liebes Mädchen.« Er machte den Brief auf und las: »4. Juli 1947. Im Frühling 1951 wird ein Mann, der sich Dr. Pinero nennt, sowohl Wissenschaftler als auch Versicherungsvertreter wütend machen, indem er behauptet, den Todestag jedes Menschen vorhersagen zu können. Mit dieser Art von Wahrsagerei wird er sich in der Geschäftswelt etablieren und etliche Monate lang großen Erfolg haben. Anschließend wird er entweder getötet oder stirbt bei einem Unfall, und auch sein Apparat wird zerstört. Maureen Johnson.«

(Während George las, dachte ich an jene Samstag Nacht zurück. Es war der 29. Juni 1918. Brian schlief zeitweise,

Theodore und ich dagegen nicht. Hin und wieder schlüpfte ich ins Bad und zeichnete mit Steno alles auf, was Theodore mir erzählte – darunter viele Einzelheiten, die er Judge Sperling und Justin und Mr. Chapman vorenthalten hat.)

»Interessant«, sagte George. »Ich habe nie so recht an diesen Dr. Pinero geglaubt. Es muß ein komplexer Schwindel gewesen sein.«

»Das ist nicht der Punkt, George.« (Ich sagte es nicht in scharfem Ton.)

»Wie bitte?«

»Es spielt gar keine Rolle, ob er ein Scharlatan war. Der Mann ist tot, sein Apparat zerstört, nichts von seinen Notizen mehr auffindbar. So stand es im Time-Magazine und allen Zeitungen. All das geschah im vergangenen Jahr, also 1951. Der Umschlag ist seit Juli 1947 in deinem Besitz. Wie habe ich das geschafft?«

»Das habe ich mich schon gefragt«, antwortete er sanft. »Wirst du es mir erklären?«

(Sicherlich, George. Dieser Mann von den Sternen und aus der Zukunft kam zu mir und liebte mich und erzählte mir all diese Dinge, weil er mir damit zu helfen glaubte. Und dann fiel er in einem Krieg, der nicht der seine war. Er tat es für mich. Heute weiß ich, daß er zu den Sternen zurückkehrte und ich ihn verlor – und wiederfand. Jetzt bin ich erneut verloren und hocke mit einer exzentrischen Katze in einem dunklen Lastwagen. Pixel, geh bitte nicht wieder weg!«)

»George, ich bin eine Wahrsagerin.«

»Aha.«

»Wörtlich bezeichnet das jemanden, der die Wahrheit sagt. Ich bin jedoch eher Prophetin als Wahrsagerin. Alle diese Umschläge enthalten Prophezeiungen. Jetzt zu Umschlag Nummer zwei. Öffne ihn noch nicht gleich! George, war ich im vergangenen Monat in deinem Büro?«

»Nicht, daß ich wüßte. Die einzige Gelegenheit, zu der du je drin warst, war meines Wissens vor etwa zwei Jahren. Wir waren zum Abendessen verabredet, und es paßte dir besser, mich im Büro abzuholen, als selbst abgeholt zu werden.«

»Das stimmt. Ich bin sicher, daß du das *Wall Street Journal* gelesen hast. Du gehörst zur Geschäftsführung des Unternehmens, das in Paradise ein Atomkraftwerk betreibt. In Anbetracht der Bedeutung des Themas liest du das Journal vermutlich sehr gründlich.«

»Richtig. Die Aufgaben eines Managers erfordern große Aufmerksamkeit für eine Unmenge Kleinigkeiten.«

»Was hat sich auf dem Energiesektor in jüngster Zeit Neues getan?«

»Nicht viel. Das übliche Auf und Ab.«

»Irgendwelche neuen Energiequellen?«

»Nichts von Bedeutung. Ein paar experimentelle Windmühlen, aber nicht mal verbesserte Windmühlen kann man als neu bezeichnen.«

»Was ist mit Sonnenenergie, George?«

»Sonnenenergie? Oh! Ja, da ist ein Leitartikel im *Wall Street Journal* erschienen. Solarplatten. Direkte Umwandlung von Sonnenlicht in elektrischen Strom. Das kommt von zwei langhaarigen Wissenschaftlern, Dr. Archibald Douglas und Dr. M. L. Martin. Maureen, diese Erfindung wird nicht viel bewirken. Wenn du daran denken solltest: Steck dein Geld lieber nicht hinein. Ist dir klar, wie oft der Himmel bedeckt ist, wie viele Stunden Dunkelheit herrscht, vieviel Smog die Ergiebigkeit dieser Technologie mindert? Letztlich ...«

»George, mach den zweiten Umschlag auf.«

Er tat wie geheißen. »›Die Wissenschaftler Douglas und Martin werden herausfinden, wie man Sonnenlicht effektiv in elektrischen Strom umwandeln kann. Die Douglas-Martin-Solarplatten werden die öffentliche Energieversorgung revolutionieren und für den Rest des zwanzigsten Jahrhunderts alle Lebensbereiche stark beeinflussen.‹ Maureen, ich kann einfach nicht verstehen, wie eine solch ineffektive Quelle ...«

»George, George! Woher wußte ich denn schon 1947, daß

die Erfindung dieses Jahr gemacht werden würde? Woher kannte ich die Namen Douglas und Martin?«

»Ich habe keine Ahnung.«

»Ich sagte es dir bereits und wiederhole es noch mal: Ich bin eine Prophetin. Umschlag Nummer drei enthält Hinweise für die Harriman Industries, wie das Unternehmen aus den Douglas-Martin-Solarplatten Profit schlagen kann. Die nächsten drei Umschläge haben mit Energie und Energieversorgung auf höchstem Niveau zu tun – sowie mit einigen anstehenden Veränderungen, die du dir einfach nicht vorstellen kannst. Die Frage lautet nun: Öffnen wir jeden Umschlag, nachdem die Vorhersage eingetroffen ist – und ich dir jeweils nur noch sagen kann: ›Na, was habe ich gesagt?‹ –, oder machen wir ihn rechtzeitig genug auf, damit du den Inhalt gewinnträchtig verwerten kannst?«

»Mir wird kalt. Soll ich mich anziehen oder mich wieder zu dir ins Bett legen?«

»O Schatz! Ich habe zu lange von Geschäftlichem geredet. Komm ins Bett, George, damit ich es wiedergutmachen kann.«

Wir kuschelten uns aneinander, aber das eigentliche Wunder fand nicht statt. Schließlich fragte ich ihn: »Soll ich ein wenig direkte Magie anwenden? Oder möchtest du dich lieber ausruhen?«

»Maureen, was möchtest du von Harriman Industries? Du hast das doch nicht nur veranstaltet, um mich zu verwirren!«

»Natürlich nicht, George. Ich möchte zu einer Direktorin von Harriman Industries gewählt werden, der zentralen Holdinggesellschaft. Später werdet ihr mich auch noch im Vorstand einiger Tochterfirmen benötigen. Ich bestimme auch weiterhin selbst, wann ich mit Prophezeiungen herausrücke, da das Timing einfach alles ist.«

»Eine Direktorin! Wir haben keine Frauen im Vorstand!«

»Es wird eine geben, wenn du mich nominierst und ich gewählt werde.«

»Maureen, bitte! Alle Direktoren sind bedeutende Anteilseigner!«

»Wieviel Anteile braucht man, um wählbar zu sein?«

»Eine Aktie wird den Bestimmungen bereits gerecht, aber die Politik des Unternehmens verlangt einen hohen Anteil, sei es in der Holding oder einem Zweigunternehmen.«

»Wie hoch? In Aktien? Halt, lieber doch in Dollar gemäß Marktwert. Die Aktien der verschiedenen Firmen haben nicht alle den gleichen Wert. Genauer gesagt, keine zwei.«

»Nun, Mr. Harriman und ich sind der Meinung, daß ein Vorstandsmitglied mindestens eine halbe Million besitzen oder kurz nach seiner Wahl erwerben sollte. Dann ist man sich über die Bedeutung seiner eigenen Arbeit auch im klaren.«

»George, zum Börsenschluß am Montag belief sich mein Gesamtanteil an allen euren Unternehmen auf 872.039,81 Dollar. Ich könnte ihn in wenigen Tagen auf eine glatte Million erhöhen, wenn mir das den Weg erleichtern würde.«

George zog die Brauen hoch. »Maureen, ich wußte noch gar nicht, daß du überhaupt Anteile von uns besitzt! Bei jeder größeren Bewegung wäre mir dein Name aufgefallen.«

»Ich benutze Strohmänner, teils in Zürich, teils in Kanada, teils in New York. Ich kann alles auf meinen eigenen Namen überschreiben, wenn es nötig werden sollte.«

»Wir werden zumindest einige Auskünfte darüber brauchen. Maureen, darf ich Mr. Harriman von deinen Umschlägen und Prophezeiungen berichten?«

»Was glaubst du, wie er reagieren würde?«

»Ich bin mir nicht sicher. Wir sind seit den Zwanzigern gemeinsam im Geschäft, aber im Grunde kenne ich ihn nicht. Er ist ein Hasardeur, ich bin ein Ackergaul.«

»Nun, betrachten wir die Sache zunächst als Schlafzimmergeheimnis. Vielleicht möchtest du ja den nächsten Umschlag in Mr. Harrimans Gegenwart öffnen. George, wenn die Öffentlichkeit, speziell die Wall Street, davon Wind bekäme, daß ihr Geschäftsentscheidungen nach den

Ratschlägen einer Wahrsagerin trefft, könnte das Harriman Industries zum Schaden gereichen, nicht wahr?«

»Ich denke, da hast du recht. In Ordnung, ein Geheimnis also.« Auf einmal lächelte er. »Wenn ich allerdings behaupten würde, einen Astrologen zu konsultieren, hielte das die Hälfte all dieser Spinner für ›wissenschaftlich‹.«

»Beenden wir das Thema jetzt lieber, und schauen wir mal, ob unser Ackergaul wieder Interesse daran gewinnen könnte, mich durchzupflügen. George, haben alle Männer in deiner Familie einen übergroßen Penis?«

»Nicht, daß ich wüßte, und ich glaube auch, daß du mir nur zu schmeicheln versuchst.«

»Na ja, mir kommt er groß vor. Heh! Und er wird noch größer!«

KAPITEL EINUNDZWANZIG

DER ZAHN DER SCHLANGE

Meine Probleme während der folgenden zehn Jahre waren Prinzessin Polly, Priscilla, Donald, George Strong sowie ein merkwürdiges metaphysisches Problem, für das ich bis heute keine Lösung kenne, obwohl ich mich ausgiebig darüber mit meinem Gatten und Freund Dr. Jubal Harshaw unterhalten habe, ebenso wie mit einigen der allerbesten mathematisch-manipulativen Kosmologen aller Universen, angefangen mit Elizabeth »Slipstick Libby« Long. Es geht dabei um das uralte Pseudoparadoxon des freien Willens und der Prädestination.

Der freie Wille ist eine Tatsache, solange man in seinem Wirkungskreis lebt. Die Prädestination ist eine Tatsache, wenn man irgendeine Abfolge von außen betrachtet.

In der Welt-als-Mythos haben jedoch weder der »freie Wille« noch die »Prädestination« irgendeine Bedeutung. Beides sind semantische Nullen. Falls wir alle tatsächlich nur fiktive Strukturen darstellen, zusammengesetzt von Fabeldichtern, dann kann man genausogut Schachfiguren den ›freien Willen‹ zuordnen. Wenn die Partie vorüber ist und die Figuren wieder in ihrer Schachtel liegen, seufzt dann vielleicht die rote Dame im Schlaf »Oh, hätte ich doch nie diesen Bauern geschlagen!«?

Lächerlich.

Ich bin allerdings kein Gebilde aus Fiktionen. Ich wurde nicht von einem Fabeldichter ersonnen. Ich bin eine menschliche Frau, Tochter menschlicher Eltern und Mutter von siebzehn Jungen und Mädchen in meinem ersten Leben sowie von noch mehr nach der ersten Verjüngung. Sollte ich vom Schicksal gesteuert sein, dann von einem Schicksal, das in meinen Genen begründet liegt, nicht einem, das ein kurzsichtiger Introvertierter ausgebrütet hat, während er zusammengesunken über einem Roboschreiber hockte.

Mein Problem ergab sich damals daraus, daß wir uns gegen Ende des Jahrzehnts einer von Theodore angekündigten Tragödie näherten, die man möglicherweise hätte verhindern können. Oder hätte ich sie doch nicht verhindern können? Hätte allein mein freier Wille ausgereicht, die goldenen Ketten der Prädestination zu sprengen? Hätte ich tatsächlich ein Ereignis verhindern können, nur weil ich schon vorher wußte, daß es eintreten würde?

Kehren wir die ganze Sache mal um. Wenn ich ein Ereignis verhindert hätte, wie konnte ich dann vorher wissen, daß es passieren würde?

Der geneigte Leser sollte nicht versuchen, daraus schlau zu werden. Er würde sich dabei nur im Kreise drehen.

Ist es überhaupt möglich, eine Verabredung auf Samarra zu schwänzen?

Ich wußte, daß der Energiesatellit explodieren und alle an Bord töten würde. Allerdings wußte 1952 noch niemand, daß es jemals einen Energiesatelliten geben würde. Damals gab es noch nicht mal einen Bauplan dafür.

Was also sollte oder mußte ich tun?

Am Freitag teilte mir Dr. Rumsey mit, daß Priscilla nicht schwanger war, wohl aber körperlich reif dafür. Er wäre auch bereit, eine veränderte Geburtsurkunde auszustellen, falls ich das wünschte, die ein Alter irgendwo zwischen dreizehn und neunzehn auswiese. Seiner Meinung nach zeichnete sich Priscilla jedoch nach wie vor durch eine kindliche Haltung aus.

Ich fand das auch. »Vielleicht brauchen wir eine Altersangabe von mindestens sechzehn.«

»Ich verstehe. Ihr Bruder bumst sie, nicht wahr?«

»Ist dieser Raum abhörsicher?« fragte ich.

»Ja, genau wie meine Sprechstundenhilfe. Wir haben in dieser Hinsicht schon allerlei erlebt, vieles davon schlimmer als ein kleiner Bruder-Schwester-Inzest. Letzte Woche hatten wir einen Fall von ›sein Bruder bumst ihn‹ – glücklicherweise keine Howards. Sei froh, daß deine Kinder normal sind. Bei Bruder-Schwester-Spielen muß man gewöhnlich nur darauf achten, daß das Mädchen nicht schwanger wird und daß beide mit der Zeit darüber hinwegkommen und andere Partner heiraten. Was sie auch fast immer tun. Warst du noch nie mit dem Problem konfrontiert?«

»Doch. Aber bevor du die Praxis deines Vaters übernommen hast. Hat er dir nicht davon erzählt?«

»Machst du Witze? Pop behandelt den Hippokratischen Eid wie eine himmlische Offenbarung. Wie ist es damals gelaufen?«

»Auf lange Sicht gut, obwohl ich zunächst sehr besorgt war. Die ältere Schwester machte es mit dem jüngeren Bruder und dieser dann mit einer noch jüngeren Schwester. Eine Zeitlang wußte ich nicht, ob ich sie lieber dabei erwischen oder einfach nur aufpassen sollte, daß sie keine Schwierigkeiten bekamen. Es wurde allerdings nie eine heiße Romanze daraus, sondern blieb ein heiterer Genuß. Meine Kleinen sind allesamt ein ziemlich geiler Haufen.«

»Bist du vielleicht anders?«

»Soll ich das Höschen ausziehen, oder setzen wir lieber das Gespräch fort?«

»Ich bin zu müde. Sprich weiter.«

»Schlappschwanz. Schließlich fanden alle ihren Howard-Partner, und die drei Paare stehen auf freundschaftlichem Fuß miteinander, einschließlich gelegentlicher Wochenendorgien, glaube ich. Sie verschonen mich damit, um ihre arme alte puritanische Mutter nicht zu schockieren. Was Donald und Priscilla angeht, sie haben nicht diese leichtlebige Einstellung. Jim, ich muß das Mädchen verheiraten!«

»Maureen, Priscilla ist noch längst nicht so weit. Das Heilmittel wäre schlimmer als die Krankheit. Du würdest sowohl ihr Leben als auch das ihres Mannes ruinieren, vom Schaden für etwaige Kinder mal ganz abgesehen. Hmm ... Priscilla erzählte mir, sie wäre gerade aus Dallas gekommen. Ich kenne Marian nicht. Eine Hardy, nicht wahr? Was für ein Mensch ist sie?«

»Jim, in ihrem Fall bin ich voreingenommen.«

»Und das von der Frau, die sogar im Teufel noch das Gute sieht! Nun, Marian hatte vielleicht die besten Absichten, aber sie hat Priscilla nicht gut erzogen. Auf keinen Fall gut genug, um schon mit vierzehn zu heiraten. Maureen, ich fälsche für sie jedes Alter, das du mir angibst, aber du solltest sie noch nicht so jung verheiraten!«

»Ich werde mir Mühe geben, Jim. Da habe ich wohl einen Tiger am Schwanz gepackt. Danke.«

Er gab mir einen Abschiedskuß. Wenig später sagte ich: »Hör auf damit; du sagtest doch, du wärst zu müde! Und du hast das Wartezimmer voller Patienten.«

»Schlappschwanz.«

»Korrekt. Später mal, Schatz. Liebe Grüße an Velma. Ich lade euch beide nächste Woche mal zum Abendessen in mein neues Haus ein. Vielleicht dann.«

Prinzessin Polly brauchte einige Zeit, um sich an die neue Umgebung zu gewöhnen. Zwei Wochen lang hielt ich sie im Haus eingesperrt und stellte ihr eine Sandkiste zur Verfügung. Danach erst ließ ich sie hinaus. Als ich sie eine Stunde später nicht mehr finden konnte, fuhr ich langsam die acht Blocks zu unserem alten Haus. Als ich fast schon am Ziel war, entdeckte ich sie, parkte rasch und rief sie. Sie blieb stehen und lauschte und ließ mich ein Stück näher kommen, nur um dann davonzuhuschen, schnurstracks in Richtung ihres alten Heims. Nein, ihres *einzigen* Heims.

Ich sah entsetzt zu, wie sie quer über die Meyer und Rockhill lief, aber sie brachte die beiden dichtbefahrenen Boulevards sicher hinter sich. Ich bekam wieder Luft, kehrte zum Wagen zurück und fuhr zum alten Haus. Ich traf dort gleichzeitig mit Polly ein, da ich mich im Gegensatz zu ihr an die Verkehrsregeln hielt. Eine Zeitlang durfte sie im leeren Haus herumschnuppern, dann hob ich sie auf und nahm sie wieder mit ins neue Heim.

Während der nächsten zehn Tage wiederholte sich das

ein- bis zweimal täglich. Dann – nach dem Tag der Arbeit, glaube ich – tauchte die Abrißkolonne auf dem alten Grundstück auf. George hatte mich vorgewarnt, also ließ ich Polly an diesem Tag nicht allein ins Freie. Statt dessen brachte ich sie selbst hin und erlaubte ihr, wieder eine Zeitlang herumzuschnüffeln, bis die Arbeiter eintrafen und das Haus abrissen. Die Prinzessin kam herbeigestürmt, und ich ließ sie im Auto auf meinem Schoß sitzen.

Sie sah still und schweigsam zu, wie das Einzige Heim zerstört wurde.

Abgesehen von den schon zwar entfernten Installationen wurde nichts verschont, und so verschwand der schöne alte Bau aus dem neunzehnten Jahrhundert an nur einem Vormittag. Prinzessin Polly sah zu und konnte es einfach nicht glauben. Als Bulldozer den Nordflügel niederwalzten, drückte sie das Gesicht an mich und stöhnte.

Ich fuhr uns nach Hause. Auch ich erlebte nicht gerne mit, wie das alte Haus verschwand.

Am nächsten Tag brachte ich Polly wieder hin. Wo einst unser Haus gestanden hatte, waren nur noch nackte Erde und eine Baugrube zu sehen. Prinzessin Polly wollte gar nicht aussteigen; ich bin mir nicht sicher, ob sie das Grundstück überhaupt wiedererkannte. Sie lief nie wieder weg. Manchmal erhielt sie Besuch von Katern, aber sie blieb zu Hause. Ich glaube, sie vergaß mit der Zeit, daß sie jemals woanders gelebt hatte.

Aber ich vergaß es nicht. Man sollte niemals zu einem Haus zurückkehren, in dem man einmal gewohnt hat – nicht, wenn man es geliebt hat.

Ich hätte mir gewünscht, Priscillas Probleme ebenso leicht lösen zu können wie die Pollys. Erst am Freitag sah ich Dr. Rumsey wieder; Donnerstag fand der Umzug statt, stets ein ermüdendes Erlebnis, obwohl ich diesmal auf professionelle Möbelpacker zurückgriff, nicht nur auf ihre Transportwagen. Eine weitere Erleichterung ergab sich daraus, daß die meisten Möbel nicht mitkamen, sondern an die Wohlfahrt gingen. Ich informierte sowohl die Wohlfahrt als auch die Heilsarmee, daß ein Haus voller Möbel zuzüglich zahlloser kleinerer Dinge für sie zur Verfügung stand, sie aber selbst einen Laster schicken mußten. Die Heilsarmee suchte sich aus, was sie haben wollte, während die Wohlfahrt weniger wählerisch war und demzufolge den ganzen restlichen Plunder erhielt.

Wir behielten nur die Bücher, einige Bilder, meinen Schreibtisch und meine Akten, die Kleider, einen Teil des Geschirrs und des Bestecks, eine IBM-Schreibmaschine sowie dies und das. Um elf schickte ich Donald und Priscilla mit den geretteten Lebensmitteln aus Speisekammer, Gefriertruhe und Kühlschrank ins neue Haus. »Donald, komm bitte gleich wieder zurück. Priscilla, sieh mal, was du zu Mittag machen kannst, aber nichts, wobei es auf den Zeitpunkt ankommt.«

»Ja, Mutter.« Das waren fast die einzigen Worte, die sie an diesem Vormittag an mich richtete. Sie tat, was ich ihr auftrug, zeigte aber keinerlei Initiative, während Donald den Umzug mit seiner ganzen Vorstellungskraft unterstützte.

Sie fuhren weg. Donald war am Mittag wieder da, als die Möbelpacker gerade Essenspause hatten. »Wir werden warten müssen«, teilte ich ihm mit, »da sie noch nicht fertig sind. Was hast du mit unserer Prinzessin gemacht?«

»Ich habe sie mit ihrer Sandkiste und ihrem Fressen in meinem Bad eingeschlossen. Es gefällt ihr gar nicht.«

»Sie wird sich damit abfinden müssen. Donald, was ist mit Priscilla los? Gestern abend und heute morgen tat sie so, als hätte jemand – zum Beispiel ich – ihr Lieblingsspielzeug kaputtgemacht.«

»Ach Mutter, so ist sie nun mal. Es hat nichts zu bedeuten.«

»Donald, so kann es nicht weitergehen, jedenfalls nicht, wenn sie bei uns bleiben will. Ich möchte nicht mit jemandem leben, der so verdrießlich ist. Ich habe immer versucht, allen meinen Kindern so viel Freiheit einzuräumen, wie sich mit zivilisiertem Verhalten gegenüber anderen Menschen vereinbaren läßt, besonders gegenüber der eigenen Familie. Dieses zivilisierte Verhalten verlange ich jederzeit von jedem. Es umfaßt Höflichkeit und eine fröhliche Haltung, selbst wenn sie nur vorgetäuscht ist. Niemand, egal wie alt, wird von diesen Regeln ausgenommen! Denkst du, daß du sie beeinflussen kannst? Wenn sie schmollt, bin ich glatt dazu in der Lage, sie vom Tisch wegzuschicken, und ich glaube nicht, daß ihr das gefallen würde!«

Er lachte, ohne daß Frohsinn darin mitklang. »Da bin ich mir ganz sicher!«

»Nun, vielleicht kannst du es ihr klarmachen. Möglicherweise hört sie auf dich.«

»Nun, mag sein.«

»Donald, findest du, daß ich irgend etwas gesagt oder getan oder von ihr verlangt habe – oder auch von dir –, was ihre Trotzigkeit rechtfertigen könnte?«

»Äh ... Nein.«

»Sei offen mit mir, Sohn! Es ist eine üble Situation, und es kann nicht so weitergehen.«

»Na ja, es hat ihr noch nie gefallen, Befehle zu hören.«

»Welche Befehle von mir haben ihr nicht gefallen?«

»Na ja, sie war ganz schön sauer, als du ihr gesagt hast, sie könne nicht mitentscheiden, welches Haus wir nehmen.«

»Das war kein Befehl. Ich habe ihr lediglich mitgeteilt, daß das meine Entscheidung ist, nicht ihre. Und so ist es nun mal.«

»Nun, es hat ihr jedenfalls nicht gepaßt. Und ihr gefiel auch das nicht, was sie ›Herumfummeln‹ nennt. Du weißt schon.«

»Ja, eine Beckenuntersuchung. Das war tatsächlich ein Befehl, und darüber lasse ich auch nicht mit mir diskutieren. Sag mir, was du davon hältst. Das wird zwar meine Meinung nicht ändern, aber ich möchte es gerne hören.«

»Ach, das geht mich nichts an.«

»Donald!«

»Na ja ... Ich schätze, bei Mädchen muß so was gemacht

werden, wenn der Arzt wissen soll, ob sie gesund sind oder nicht. Yeah, ich schätze, so ist es. Aber es gefiel ihr eindeutig nicht.«

»Ja, Mädchen brauchen so etwas zum eigenen Schutz. Mir gefallen solche Untersuchungen ebenfalls nicht, und ich hatte so viele, daß ich sie gar nicht mehr zählen kann. Aber es ist doch nur lästig, wie das Zähneputzen, eine Notwendigkeit, mit der ich mich einfach abgefunden habe. Auch Priscilla muß sich damit abfinden, und ich höre mir von ihr keinen Unsinn darüber an.« Ich seufzte. »Versuche, ihr das klarzumachen, Donald. Ich fahre dich wieder rüber und setze dich bei ihr ab, während die Arbeiter noch essen. Ich kehre aber schnellstens wieder um, sonst landet noch etwas auf dem falschen Laster.«

Um zwei war ich wieder da und überwachte alles, indem ich mit einem Sandwich in der Hand durch die Gegend lief. Erst nach fünf ging der letzte Transport ab, und es dauerte noch länger, bis im Haus alles arrangiert war – falls man es überhaupt so nennen konnte. Kartons stapelten sich auf dem Hinterhof, Kleider lagen auf Betten und Bücher wurden beliebig in Regale gestopft, nur um den Fußboden freizumachen. War es der Arme Richard, der sagte: »Zwei Umzüge sind wie einmal abgebrannt?« Und doch war dieser Umzug relativ einfach zu bewältigen.

Um acht konnte ich endlich das Abendessen servieren. Wir alle verhielten uns schweigsam, und Priscilla gab sich nach wie vor verdrossen.

Danach lud ich zu einem Trinkspruch ins Wohnzimmer. Ich schenkte Kahlua in Fingerhutgläschen ein, weil man sich mit Kahlua nicht betrinken kann – eher wird einem schlecht. Ich hob mein Glas. »Auf unser neues Heim, ihr Lieben.«

Ich nahm einen Schluck, und Donald folgte meinem Beispiel. Priscilla faßte ihren Drink nicht an. »Ich trinke nicht«, sagte sie einfach.

»Hier geht es nicht ums Trinken, Schatz, sondern um eine Zeremonie. Beim Trinkspruch reicht es zur Not, das Glas zu heben und ›Hört, hört!‹ zu sagen, es an die Lippen zu führen, wieder abzusetzen und zu lächeln. Diese Gewohnheit wird dir bei späteren Gelegenheiten noch von Nutzen sein.«

»Mutter, es ist Zeit, daß wir uns mal ernsthaft unterhalten.«

»In Ordnung. Nur zu.«

»Donald und ich werden hier nicht leben können.«

»Tut mir leid, das zu hören.«

»Mir auch, aber es ist so.«

»Wann brecht ihr auf?«

»Möchtest du nicht wissen, warum wir gehen und wohin?«

»Das werdet ihr mir schon erzählen, wenn ihr möchtet.«

»Wir gehen, weil wir es nicht ertragen können, wie Häftlinge behandelt zu werden!«

Ich gab darauf keine Antwort. Es wurde still, und das blieb es auch, bis meine Tochter schließlich sagte: »Möchtest du nicht wissen, womit du uns verletzt hast?«

»Wenn du es mir sagen möchtest.«

»Ah ... Donnie, sag du es ihr!«

»Nein«, wandte ich ein. »Von Donald möchte ich nur Beschwerden darüber hören, wie ich ihn behandelt habe, aber nicht über meinen Umgang mit dir. Du bist hier, und ich bin deine Mutter und die Vorsteherin dieses Haushaltes. Wenn du Beschwerden vorzubringen hast, dann bitte persönlich an mich. Wälze das nicht auf deinen Bruder ab.«

»Da haben wir es wieder. Befehle! Befehle! Die ganze Zeit über immer nur Befehle! Als wären wir Verbrecher in einem Gefängnis!«

Ich rezitierte innerlich ein Mantra, das ich während des Zweiten Weltkrieges gelernt hatte: *Nil illegitimi carborundum*. Ich sagte es dreimal auf. »Priscilla, wenn es das ist, was du mit Befehlen, immer nur Befehlen meinst, kann ich dir versichern, daß sich nichts daran ändern wird. Ich höre mir alle Beschwerden an, die du vorzubringen hast, aber nicht aus zweiter Hand!«

»Mutter, du bist einfach unmöglich!«

»Hier kommt gleich ein weiterer Befehl, junge Dame: Bleib gefälligst höflich. Donald, hast du Einwände dagegen, wie ich dich behandelt habe? Dich, nicht deine Schwester.«

»Äh – nein, Mama.«

»Donnie!«

»Priscilla, hast du etwas vorzubringen? Irgend etwas außer einem allgemeinen Unwillen gegen Befehle?«

»Mutter, du ... Mit dir kann man einfach nicht vernünftig reden!«

»Du hast es bislang ja gar nicht versucht. Ich gehe jetzt zu Bett. Solltet ihr fortgehen, ehe ich aufstehe, laßt bitte die Hausschlüssel auf dem Küchentisch liegen. Gute Nacht.«

»Gute Nacht, Mama«, sagte Donald.

Priscilla schwieg.

Sie kam auch nicht zum Frühstück herunter. »Ich soll dir sagen, daß sie kein Frühstück möchte, Mama.«

»Sehr schön. Heute morgen gibt's Eier aus der Pfanne und Würstchen. Wie möchtest du deine Eier, Donald? Dotter aufgeschlagen und hart? Oder gerade einmal durch die Küche gescheucht?«

»Ach, wie du deine nimmst. Mama, Priss meint das nicht ernst mit dem Frühstück. Soll ich hinaufgehen und ihr sagen, daß sie kommen soll?«

»Nein. Ich nehme meine Eier gewöhnlich locker geschlagen, aber nicht matschig. Recht so?«

»Wie? Oh, sicher! Mama, kann ich nicht nach oben gehen und ihr sagen, daß das Frühstück fertig ist und sie kommen soll?«

»Nein.«

»Warum nicht?«

»Weil ich es nicht gesagt habe und auch nicht sagen werde. Das erste Kind, das einen Hungerstreik bei mir riskierte, war dein Bruder Woodrow. Er hielt einige Stunden durch, hat aber geschummelt – er hatte Vanillewaffeln unter dem Kopfkissen gehortet. Als er schließlich aufgab und nach unten kam, durfte er bis zum Abend nichts essen. Er hat es nie wieder probiert.« (Dafür hat er mit viel Phantasie alles mögliche andere angestellt.) »Ich verwöhne niemanden, der in Hungerstreik tritt oder sonst einen Koller bekommt. Und ich denke, auch eine Regierung sollte es nicht tun. Ich meine, keine Regierung sollte Leuten entgegenkommen, die in Hungerstreiks treten, sich an Zäune ketten oder sich vor Fahrzeugen auf die Straße legen. Die Koller von Erwachsenen. Donald, du hast heute morgen schon zweimal Einwände gegen meine Anordnungen geäußert. Hast du das von Priscilla? Geht es nicht in deinen Schädel, daß ich keine unnötigen Befehle gebe, andererseits aber erwarte, daß erteilte Anordnungen auch prompt ausgeführt werden? Wenn ich dir sage, daß du in einen Teich springen sollst, dann erwarte ich, daß du klatschnaß wieder herauskommst.«

Er grinste mich an. »Wo ist der nächste Teich?«

»Wie? Im Swope Park vermutlich. Es sei denn, man zählt ein Wasserhindernis auf dem Golfplatz oder einen Schmuckteich auf dem Friedhof Forest Hills mit. Ich rate aber davon ab, Leichen oder Golfspielern in die Quere zu kommen.«

»Gibt es da einen Unterschied?«

»O sicher! Einen kleinen zumindest. Donald, mir ist egal, wenn Priscilla heute das Frühstück versäumen möchte, da ich mit dir zu reden habe, ohne daß sie ihren Schatten auf dich wirft und dir Worte in den Mund legt. Wann habt ihr zwei vor, das Haus zu verlassen? Und wohin wollt ihr, wenn es dir nichts ausmacht, mir das zu verraten?«

»Ach Mama, das war doch nicht ernst gemeint! Wie können wir denn weg, ohne Geld und ohne Ziel? Außer zu Tante Marian zurück, und das kommt überhaupt nicht in Frage. Wir gehen nie wieder in ihre Nähe!«

»Donald, was findest du an Tante Marian so unerträglich? Vor sechs Jahren habt ihr beide euch entschieden, bei ihr zu bleiben und nicht zu mir zu kommen. Was ist passiert? Hat sie euch endlos bestraft oder was?«

»O nein! Sie bestraft kaum jemals ein Kind. Manchmal hat

sie es Papa aufgetragen, wie bei diesem letzten Theater mit Gus.«

»Was ist passiert? Gus ist ein Jahr älter als du – und größer, oder war es zumindest, als ich ihn das letzte Mal sah. Du hast schon erzählt, er hätte Priscilla auf den Boden geworfen und ihr zugesetzt. Was hast du damit gemeint? Hat er sie vergewaltigt? Oder es versucht?«

»Äh – Mama, ich bin in dieser Frage voreingenommen. Eifersüchtig, denke ich.«

»Das dachte ich mir. War es wirklich eine Vergewaltigung? Oder ... Wie nennen das heutzutage die jungen Leute? Waren sie dabei, es miteinander zu treiben?«

Er seufzte und wirkte verletzt. »Ja, das waren sie. Ich ... Ich bin einfach durchgedreht.«

Ich tätschelte seine Hand. »Armer Donald! Schatz, siehst du allmählich ein, wie schlecht es für dich ist, dich in deine Schwester zu verlieben? Wie schlecht es auch für sie ist? Du schadest ihr wahrscheinlich noch mehr als dir selbst. Erkennst du das, Schatz?«

»Aber Mama, ich konnte sie nicht dort zurücklassen. Es tut mir leid, daß wir nicht vor sechs Jahren zu dir gekommen sind. Aber du warst so streng und Tante Marian nicht, und ... Ach, es tut mir so leid!«

»Wie hat Marian es mit der Hausarbeit gehalten? Ich habe vor, euch beide zur Mithilfe heranzuziehen. Priscilla kommt mir jedoch in der Küche recht unbeholfen vor. Gestern hat sie alle Sachen kreuz und quer in die Gefriertruhe gestopft und diese anschließend nicht eingeschaltet. Hätte ich es nicht zufällig entdeckt, hätten wir vielleicht die ganze Ladung wegwerfen können. Hat sie zusammen mit Mildred und Sara – und wer sonst noch so alles im richtigen Alter ist – das Kochen besorgt?«

»Ich glaube nicht. Nein, ich weiß, daß sie es nicht tat. Oma Bearpaw versorgt die Küche, und sie hat es nicht gerne, wenn sich dort sonst noch jemand herumtreibt.«

»Wer ist Oma Bearpaw?«

»Tante Marians Köchin. Schwarz wie Kohle und mit

Hakennase. Halb Schwarze, halb Cherokee. Und eine tolle Köchin! Immer bereit, jemandem einen Happen zu machen, worum man allerdings von der Tür aus bitten muß. Wer die Küche betritt, wird gleich mit der Bratpfanne bedroht.«

»Na, sie scheint ja ein nettes Mädel zu sein. Und es klingt ganz so, als müßte ich Priscilla noch das Kochen beibringen.«

Donald kommentierte das nicht. »Derweil«, fuhr ich fort, »müssen wir uns noch Abschriften eurer Schulunterlagen besorgen und euch hier auf einer Schule unterbringen. Donald, was hältst du davon, auf die Westport High zu gehen und nicht auf die Southwest? Sag ja, und wir besorgen dir irgendeine Mühle, irgendwas mit vier Rädern, so daß der Schulweg nicht zu schwierig wird. Ich möchte dich wirklich nicht auf derselben Schule haben wie Priscilla. Sie hat kein Urteilsvermögen, Schatz; ich fürchte, sie würde sich mit anderen Mädchen um dich schlagen.«

»Yeah, das sähe ihr ähnlich. Mama, ich brauche nicht auf die Westport zu gehen.«

»Ich finde doch. Aus dem angegebenen Grund.«

»Ich brauche überhaupt nicht mehr auf die High School. Ich habe sie im Juni abgeschlossen.«

Mein ganzes Leben hatte ich mit Kindern zugebracht, und sie hatten nie aufgehört, mich zu überraschen.

»Donald, wie konnte mir das nur entgehen? Ich hatte dich für nächstes Jahr vorgemerkt, und ich kann mich nicht erinnern, eine entsprechende Nachricht erhalten zu haben.«

»Ich habe auch nichts dergleichen verschickt. Ja, ich wurde vergangenes Jahr in die vorletzte Klasse eingestuft, aber ich bekam dann doch schneller die nötigen Stunden zusammen, weil ich letztes Jahr auf der Sommerschule war, um sicherzustellen, daß ich auch alles mitbekam, was an Mathematik angeboten wurde. Mama, ich hatte im Grunde vor, erst nächsten Mai den Abschluß zu machen, aber dann war es auf einmal zu spät für das Jahrbuch und das ganze Drum und Dran. Unserem Rektor, Mr. Hardecker, gefiel das überhaupt nicht. Dann sah er sich jedoch meine Akte an und fand, daß ich ruhig am Ende des vorletzten Jahres den Abschluß machen könne, wenn ich wollte. Er schlug lediglich vor, das Diplom in aller Stille auszustellen und auf eine Teilnahme an der Abschlußfeier zu verzichten, ebenso darauf, den Jahrgang '52 davon zu überzeugen, daß ich einer von ihnen wäre, da ich weder in ihrem Jahrbuch stand noch ihren Klassenring trug und all das. Ich war einverstanden. Anschließend half er mir auch bei den Bewerbungen an all den Schulen, für die ich mich interessiere – ich meine die richtig guten technischen Hochschulen wie MIT und Case und Cal Tech und Renselaer. Ich möchte einmal Raketenschiffe bauen.«

»Du hörst dich an wie dein Bruder Woodrow.«

»Nicht ganz. Er fliegt die Dinger, ich möchte sie bauen.«

»Hat schon jemand auf eine deiner Bewerbungen reagiert?«

»Zwei. Case und Cal Tech. Sie haben mich abgelehnt.«

»Möglicherweise warten in Dallas gute Nachrichten auf dich. Ich spreche mal mit deinem Vater, dem ich ohnehin noch mitteilen muß, daß ihr zwei Ausreißer hier aufgetaucht seid. Donald, auch wenn du in diesem Jahr von den Schulen abgelehnt wirst, bei denen du dich beworben hast – verliere nicht die Hoffnung.«

»Das tue ich nicht. Ich bewerbe mich dann einfach nächstes Jahr noch einmal.«

»Das ist nicht ganz das, was ich gemeint habe. Du solltest noch im laufenden Jahr weiter auf die Schule gehen. Du brauchst für die ersten Kurse nicht unbedingt eine der weltweit führenden technischen Universitäten. Jedes College mit den Fächern der philosophischen Fakultät und einem hohen Standard reicht für das Grundstudium. Zum Beispiel das in Claremont. Oder irgendeines aus der sogenannten Little Ivy League. Oder das Grinnell College. Es gibt noch viele mehr.«

»Aber es ist schon August, Mama – zu spät, um sich noch irgendwo zu bewerben.«

»Nicht unbedingt.« Ich dachte scharf nach. »Donald, ich

möchte dich offiziell zu einem Achtzehnjährigen machen. Wir fangen mit einem Missouri-Führerschein an, der dieses Alter nennt, und besorgen später auch eine nachdatierte Geburtsurkunde. Nicht allzu bald jedoch, es sei denn, du benötigst einen Reisepaß. Und dann solltest du für ein oder zwei Jahre das Grinnell College besuchen.« Ein Mitglied meines Promotionsausschusses war inzwischen dort Dekan und für die Aufnahme zuständig, und ich kannte ihn ziemlich gut. »Werde dir darüber klar, welche technische Hochschule du besuchen möchtest, und wir bemühen uns dann, dich nächstes oder übernächstes Jahr dort unterzubringen.«

»Mama, wer soll das bezahlen?«

»Mein lieber Sohn, ich bin zu fast jeder Ausgabe bereit, um dich von deiner Schwester zu trennen, bevor ihr zwei noch richtig Probleme bekommt. Ich würde keine Abtreibung bezahlen, aber für deine Ausbildung alles aufbringen, was du mit Teilzeitarbeit nicht selbst verdienen kannst. Letzteres solltest du aus Gründen der Selbstdisziplin und Selbstachtung unbedingt tun. Auf der Grinnell können männliche Studenten häufig das Geschirr in einer Studentinnenunterkunft spülen.

Diese wohlgenährten Studentinnen sind wirklich süß; ich habe sie gesehen. Vielleicht nimmst du jedoch besser gar keine oder nur wenig Notiz von ihnen, da ich möchte, daß du dich bei der Howard-Stiftung registrieren läßt und um die Iowa-Liste der jüngsten Altersgruppe der Mädchen bittest.«

»Aber Mama, ich bin gar nicht scharf darauf zu heiraten und kann ohnehin noch keine Frau ernähren!«

»Du mußt ja auch noch nicht heiraten, aber interessierst du dich wirklich überhaupt nicht für eine Liste ausgesuchter Mädchen deines Alters, alle davon gesund und langlebig wie du und nach allen üblichen Kriterien auch begehrenswert? Obendrein wird garantiert keine laut aufschreien, wenn du sie höflich, respektvoll und unmißverständlich ansprichst, oder empört tun – von was für einer Art Mädchen rede ich wohl? –, wenn sich herausstellt, daß du eine Fischhaut oder einen Ramses in der Tasche hast.

Junge, du bist nicht gezwungen, mit deiner Howard-Liste irgendwas anzustellen, aber wenn du mal geil bist oder dich einsam fühlst oder beides, dann ist es ganz sicher besser, sie abzuklappern, als in Kneipen herumzuhängen oder Gebetsversammlungen zu besuchen. Alle Vorarbeiten wurden bereits für dich erledigt, denn die Howard-Stiftung möchte tatsächlich, daß Howards andere Howards heiraten, und sie gibt Millionen aus, um das zu fördern.«

»Aber Mama, ich kann wirklich erst heiraten, wenn ich mit dem Studium fertig bin! Das dauert mindestens fünf Jahre. Ich brauche ein Diplom, und auch ein Doktortitel könnte nicht schaden.«

»Du hast gestern mit deiner Schwester Susan gesprochen. Hast du dich noch nicht gefragt, wie Susan und Henry direkt von der Hochzeit weg aufs College gehen konnten? Hör auf, dir Sorgen zu machen, Donald. Solange du dir nur ein College aussuchst, das nicht allzu nahe an Kansas City liegt, sind alle anderen Probleme lösbar, und auch deine Mutter kann dann aufhören, sich zu sorgen.«

Bei Priscilla sprangen alle Sicherungen heraus, als sie hörte, daß Donald anderswo studieren würde. Wir verschwiegen ihr das bis zur letzten Minute; er brach am selben Tag, an dem sie auf der Southwest High eingeschrieben wurde, nach Grinell auf. Er packte seine Sachen, während seine Schwester in der Schule war, und wartete anschließend, bis sie nach Hause kam, um ihr alles zu erzählen. Dann fuhr er gleich los, mit einem alten Chevrolet, der nicht auf einer Lenkstraße fahren konnte, da er über keinen Systemanschluß verfügte.

Sie bekam einen Anfall. Sie bestand darauf, ihn zu begleiten. Sie sagte alberne Sachen über Selbstmord. »Du läßt mich im Stich! Ich bringe mich um, ganz bestimmt! Dann wird es dir leid tun, daß du mir so was angetan hast!«

Donald machte ein finsteres Gesicht, aber er brach auf. Priscilla ging zu Bett. Ich kümmerte mich nicht weiter darum, denn Selbstmorddrohungen sind für mich auch nur eine Art Koller, eine Erpressung, der ich mich nicht zu beugen bereit bin.

Wenn sich jemand wirklich das Leben nehmen möchte, dann ist es meiner Meinung nach auch sein Privileg, das zu tun. Und wenn er es absolut ernst meint, kann ihn ohnehin niemand aufhalten.

(Ja, ich bin grausam und herzlos. Zugegeben. Geh jetzt mit deiner Puppe woanders spielen!)

Priscilla kam um zehn Uhr abends herunter und meinte, sie wäre hungrig. Ich sagte ihr, das Abendessen wäre lange vorüber, aber sie dürfe sich ein Sandwich machen und ein Glas Milch dazu trinken. Sie tat es und gesellte sich dann im Familienwohnzimmer zu mir. Und legte augenblicklich mit Beschuldigungen los.

Woraufhin ich sie gleich unterbrach. »Priscilla, du wirst mir nicht solche Worte an den Kopf werfen, während du meine Lebensmittel verspeist. Hör sofort mit dem einen oder anderen auf!«

»Mama, du bist grausam!«

»Das zählt als ›solches Wort‹.«

»Aber ich bin so unglücklich!«

Das war klar zu erkennen und erforderte, wie mir schien, keinerlei Kommentar. Also schaute ich mir weiter Walter Cronkite an und lauschte seinen klangvollen Erklärungen.

Priscilla verbreitete einige Tage lang Trübsal, entdeckte dann jedoch, welche Vorteile ein Zuhause in Schulnähe hat, mit einem Wohnzimmer, das sie nach Belieben benutzen durfte, und einer Mutter, die fast alles tolerierte, solange anschließend aufgeräumt wurde – zumindest ein oder zweimal pro Woche. Das Haus war bald voller junger Leute. Als Priscilla wieder glücklich wurde, stellte ich fest, daß ich es auch war.

Spät im September kam ich eines Freitagabends so um elf die Treppe herunter, um mir ein Glas Milch und einen mitternächtlichen Imbiß zu gönnen, als ich verräterisches Quieken aus dem Hausmädchenzimmer gegenüber vernahm. Ich fühlte mich nicht versucht, den Vorgang zu unterbrechen, schon gar nicht, als die Klangeffekte bewiesen, daß Priscilla inzwischen mit einem anderen Jungen genausogut zum Orgasmus kam wie früher mit ihrem Bruder. Ich ging jedoch nach oben und schaute auf den Kalender in meinem Badezimmer – ein Duplikat ihres Kalenders. Es war ein »sicherer« Tag, und ich verspürte nur Erleichterung. Ich hatte von Priscilla nie erwartet, den Sex aufzugeben. Wer einmal damit anfängt und Spaß daran hat, tut das sowieso nicht. Oder vielleicht sollte ich sagen, daß ich mir eher Sorgen gemacht hätte, wenn eines meiner Kinder damit aufgehört hätte.

Am nächsten Tag rief ich Jim Rumsey an und bat ihn, jedesmal einen Abstrich und einen Bluttest zu machen, wenn ich Priscilla in die Sprechstunde schickte, da ich ihrem Urteilsvermögen und ihrer Vorsicht nach wie vor nicht traute. Er schnaubte nur. »Glaubst du vielleicht, ich wäre nicht auf dem laufenden? Ich überprüfe jede, sogar dich, du alte Schreckschraube.«

»Danke, Schatz.« Ich warf ihm auf dem Telefonbildschirm eine Kußhand zu.

Kurz nach diesem freudigen Ereignis rief George Strong an. »Werte Dame, ich bin gerade wieder in der Stadt eingetroffen. Ich habe gute Nachrichten!« Er lächelte schüchtern. »Delos findet auch, daß du zum Vorstand gehören müßtest. Wir können erst auf der Jahreshauptversammlung die Aktionäre befragen, aber die Direktoren sind zu einer vorläufigen Ernennung berechtigt, wenn zwischen den Aktionärsversammlungen ein Vorstandsplatz frei wird. Wie es sich trifft, hat einer meiner Assistenten seinen Rücktritt angekündigt. Als Vorstandsmitglied, nicht als mein Assistent. Könntest du am Montag, den 6. Oktober, zu einer Konferenz nach Denver kommen?«

»Ja natürlich. Das freut mich sehr, George!«

»Kann ich dich um zehn abholen? Ein Raketenflugzeug des Unternehmens bringt uns nach Denver, wo wir schon um zehn Uhr dortiger Ortszeit eintreffen. Die Vorstandssitzung findet ab halb elf im Harriman Building statt, gefolgt von einem Lunch im obersten Stockwerk, in einem privaten Speiseraum mit spektakulärer Aussicht.«

»Wunderbar! George, kommen wir noch am selben Tag zurück?«

»Das können wir, wenn du es wünschst, Maureen, aber es gibt ein paar schöne Ausflugsziele in der Umgebung, und ich habe einen Wagen mit Fahrer zur Hand. Würde dir das gefallen?«

»Und ob! George, vergiß nicht, Umschlag Nummer drei mitzubringen.«

»Ich werde daran denken. Dann bis Montag, werte Dame!«

Ich schwebte im Siebten Himmel und wünschte mir, ich hätte Vater davon erzählen können, wie die kleine Maureen Johnson aus dem hintersten Missouri im Begriff stand, zu einem Vorstandsmitglied des Harriman-Imperiums berufen zu werden, und das nach einer unwahrscheinlichen Kette von Ereignissen: zuerst eine ehebrecherische Liebesaffäre mit einem Fremden von den Sternen; zweitens die Scheidung von ihrem Mann, der sich einer anderen Frau zugewandt hatte; drittens eine späte Affäre zwischen einer amoralischen Strohwitwe und einem einsamen Junggesellen.

Hätte Brian mich behalten, hätte ich auch nicht Vorstandsmitglied werden können. Obwohl mir Brian in guten Zeiten keinen Luxus vorenthalten hatte, hatte ich damals doch nur über Kleingeld verfügen dürfen, vom Haushaltsgeld mal abgesehen. Sogar das Züricher Nummernkonto war nur dem Namen nach meines gewesen. Brian war ein freundlicher und großzügiger Ehemann, aber er vertrat nicht mal in Ansätzen das Prinzip gleicher Rechte für die Frauen.

Darin lag für mich auch ein Grund, George Strongs wiederholte Heiratsanträge abzulehnen. Obwohl er zwanzig

Jahre jünger war als ich (was ich mich stets hütete, ihm auf die Nase zu binden), waren seine Wertvorstellungen fest im neunzehnten Jahrhundert verwurzelt. Als Geliebte durfte ich ihm gleich sein; als Ehefrau wäre ich seine Untergebene gewesen, verhätschelt zwar, aber untergeordnet.

Obendrein wäre es ein schmutziger Trick gewesen, den ich mit einem eingefleischten alten Junggesellen gespielt hätte. Seine Heiratsanträge waren galante Komplimente, keine ernsthaften Angebote, einen bürgerlichen Vertrag einzugehen.

Außerdem war ich inzwischen selbst eine eingefleischte alte Junggesellin, auch wenn ich mich ganz unerwartet dabei ertappte, wie ich ein weiteres Kind großzog – sogar ein Problemkind, was das anging.

A propos Problemkind – was sollte ich mit Priscilla anstellen, während ich über Nacht in Colorado war? Würden es vielleicht gar zwei Nächte werden, wenn George vorschlug, einen weiteren Tag in Estes Park oder Cripple Creek zu verbringen? Würde ich das ablehnen?

Prinzessin Polly hätte ich, wenn ich nur mit ihr zusammengelebt hätte, einfach in einen Zwinger stecken und ihre Proteste ignorieren können. Wäre das doch nur mit einem großen Mädchen möglich gewesen, das mehr wog als ich, aber nicht über genügend Verstand verfügte, um Wasser zu kochen!

Was sollte ich tun? Was sollte ich nur tun?

»Priscilla, ich bleibe für ein oder auch zwei Nächte weg. Was möchtest du solange machen?«

Ihr Gesicht war ausdruckslos. »Wieso gehst du weg?«

»Bleiben wir beim Thema. Wir haben mehrere Möglichkeiten. Du könntest die Zeit hier mit einem Spezi von der Schule verbringen, wenn du möchtest. Oder du könntest bei Tante Velma bleiben ...«

»Sie ist nicht meine Tante!«

»Stimmt, und du bräuchtest sie auch nicht so zu nennen.

Es ist nur ein Brauch unter uns Howards, der uns an die gemeinsame Zugehörigkeit zu den Howard-Familien erinnern soll. Entspanne dich. Laß uns doch bitte wieder zur eigentlichen Frage zurückkehren: Was möchtest du tun, solange ich weg bin?«

»Wieso muß ich denn irgendwas tun? Ich kann doch einfach hierbleiben. Ich weiß, daß du glaubst, ich könnte nicht kochen, aber ich komme schon für ein paar Tage klar, ohne zu verhungern.«

»Davon bin ich überzeugt. Genau das wollte ich als nächste Möglichkeit vorschlagen. Ich könnte jemanden suchen, der solange bei dir wohnt, nur damit du nicht allein bist. Deine Schwester Margaret zum Beispiel.«

»Peggy ist ein Brechmittel!«

»Priscilla, es gibt keine Entschuldigung dafür, Margaret einen abwertenden Schimpfnamen zu geben! Gibt es jemanden, den du gerne zur Gesellschaft hierhaben möchtest?«

»Ich brauche keine Gesellschaft! Ich brauche keine Hilfe! Die Katze füttern und jeweils den *Star* kaufen – was soll daran schwierig sein?«

»Warst du schon mal allein zu Hause?«

»Sicher, oft!«

»Wirklich? Bei welchen Anlässen?«

»Ach, ganz verschiedenen. Papa und Tante Marian haben die Gewohnheit, immer mal mit der ganzen Familie wegzufahren, und ich bin nie mitgekommen. Familienausflüge sind so langweilig.«

»Waren das auch Ausflüge mit Übernachtung?«

»Sicher, teilweise mehrere Nächte. Niemand im Haus außer mir und Oma Bearpaw.«

»Oh. Mrs. Bearpaw wohnt im Haus?«

»Das habe ich ja gerade gesagt.«

»Das ist nicht ganz, was du gesagt hast, und dein Benehmen ist nicht so höflich, wie es sein könnte. Mit Mrs. Bearpaw in einem Haus zu bleiben, ist nicht dasselbe, wie allein zu sein. So, wie ich Oma Bearpaw einschätze, könnte sie mit einer Bratpfanne einen Einbrecher durchaus einschüchtern.«

»Sie braucht dazu keine Bratpfanne; sie hat eine Schrotflinte.«

»Ich verstehe. Ich kann sie aber nicht herholen, damit sie bei dir bleibt, und offensichtlich warst du noch nie allein zu Hause. Priscilla, ich könnte ein Pärchen überreden, für diese Zeit herzukommen – für dich zwar Fremde, aber zuverlässige Leute.«

»Mutter, wieso darf ich nicht allein hierbleiben? Du tust gerade so, als wäre ich noch ein Kind!«

»Sehr schön, Schatz, wenn du es so möchtest.« (Allerdings verlasse ich mich nicht ganz auf dein Urteilsvermögen. Ich werde die Argus Patrol mieten, und zwar für mehr, als bloß dreimal pro Nacht langsam am Haus vorbeizufahren. Hier wird richtig Wache gehalten werden, und du wirst keinem möglichen nächtlichen Besuch allein ausgeliefert sein, nur weil du dich selbst für erwachsen hältst!)

»Ich möchte es so!«

»Na gut. Jeder muß irgendwann mal lernen, für sich selbst verantwortlich zu sein. Ich wollte es dir nur nicht zumuten, solange du dich selbst nicht wirklich dazu bereit fühlst. Ich fliege am Montag, dem sechsten, um zehn Uhr früh nach Colorado ...«

»Colorado! Warum hast du das nicht gleich gesagt? Nimm mich mit!«

»Nein, es ist eine Geschäftsreise.«

»Ich werde dich nicht stören! Kann ich mit dem Zug bis auf den Gipfel des Pikes Peak fahren?«

»Du kommst nicht mit; du bleibst hier und gehst zur Schule.«

»Das finde ich aber gemein!«

Ich war zwei Tage lang fort und hatte eine wunderschöne Zeit! Ein Vorstandsmitglied zu sein, war am Anfang etwas verwirrend, aber wenn es zu einer Abstimmung kam, stimmte ich einfach so wie George. Später würde ich dann eigene Meinungen entwickeln.

Beim Mittagessen bot mir Mr. Harriman den Platz rechts von sich an. Ich rührte den Wein nicht an und stellte fest, daß er es genauso hielt. Während der Konferenz war er ganz als Geschäftsmann aufgetreten, aber beim Essen zeigte er seinen Charme. Keinerlei Geschäftsgespräche. »Mrs. Johnson, wie mir Mr. Strong berichtete, teilen Sie meine Begeisterung für die Raumfahrt.«

»O ja!« Danach sprachen wir von nichts anderem mehr und standen auch als letzte von der Tafel auf. Die Kellner räumten da bereits ringsherum ab.

George und ich verbrachten die Nacht in einem Gästehaus auf halbem Weg zwischen Denver und Colorado Springs etwas abseits vom Highway. Im Bett diskutierten wir über den Inhalt des dritten Umschlages:

»Die Douglas-Martin-Solarplatten werden die Landschaft Amerikas so stark verändern, wie es einst die erste transkontinentale Eisenbahnstrecke tat. Bewegliche Straßen, angetrieben von D-M-Platten, werden sich durch das ganze Land ziehen und dabei dem Netz der Bundeshighways folgen, wie wir es heute kennen – Highway One entlang der Ostküste, die Route Sixty-Six von Chicago nach L. A. und so weiter.

Diesen beweglichen Straßen folgend, entstehen Strangstädte, und die gegenwärtigen großen Städte hören auf zu wachsen und verlieren sogar Einwohner.

Die beweglichen Straßen dominieren den Rest des zwanzigsten Jahrhunderts. Schließlich werden sie wie die Eisenbahnen wieder aussterben, aber erst im nächsten Jahrhundert.«

»Maureen«, sagte George ernst, »das ist furchtbar schwer zu glauben.«

Ich sagte nichts.

»Ich kann nicht erkennen, wie das funktionieren soll.«

»Versuche zunächst mal, eintausend Meilen mit zweihundert Yards zu multiplizieren, um die Fläche in Yards zu bekommen, und bezeichne das Ganze dann mit Pferdestärken. Verwende einen Wirkungsgrad von zehn Prozent. Spare die überschüssige Energie in Shipstones, wenn die Sonne hell scheint, und betreibe die Rollstraßen mit diesem Überschuß, wenn die Sonne nicht scheint.« (Ich konnte das so zungenfertig erklären, weil ich die Rechnung im Verlauf von vierunddreißig Jahren schon häufig durchgeführt hatte.)

»Ich bin kein Ingenieur.«

»Dann diskutiere das zu Hause mit deinem besten Ingenieur – vielleicht Mr. Ferguson?«

»Stehst du zu der Sache?«

»Es ist meine Prophezeiung. Sie wird nicht schnell eintreten. Die erste Straßenstadt – von Cleveland nach Cincinnati – rollt erst in etlichen Jahren. Ich erzähle es dir jetzt schon, damit Harriman Industries als erstes dort einziehen kann.«

»Ich spreche mit Ferguson.«

»Gut. Und jetzt gestatte mir, nett zu dir zu sein, weil du auch so nett zu mir warst.«

Am Mittwoch kam ich wieder nach Kansas City und suchte erst das Büro von Argus Patrol auf, um mit Colonel Frisby zu sprechen, dem Präsidenten des Unternehmens, ehe ich nach Hause ging. »Ich bin wieder da. Sie können die Spezialwache von meinem Haus abziehen. Liegt etwas für mich vor?«

»Ja, Mrs. Johnson. Das Haus steht noch. Es gab weder einen Brand noch Einbrecher, lediglich eine laute Party am Montag abend sowie eine nicht ganz so laute gestern abend. Kinder sind nun mal Kinder. Ihre Tochter ist gestern nicht zur Schule gegangen – hat wohl ausgeschlafen, glauben wir. Die Party am Montag dauerte recht lange. Heute ist Ihre Tochter jedoch wieder in der Schule und sieht auch nicht schlecht aus. Sollen wir das mit auf die Rechnung setzen, oder bezahlen Sie diesen Extraservice gleich?«

Ich bezahlte ihn gleich und ging nach Hause. Ich war richtig erleichtert.

Ich öffnete die Tür und schnupperte. Das Haus konnte eine Lüftung vertragen.

Ebenso eine gründliche Reinigung, aber das waren alles Kleinigkeiten.

Priscilla kam kurz nach vier zurück und machte ein besorgtes Gesicht, lächelte jedoch, als ich es auch tat. Ich ignorierte das Chaos zu Hause und führte sie zum Abendessen aus, wobei ich ihr von meiner Reise erzählte. Teilweise wenigstens.

Am Freitag holte ich sie von der Schule ab und fuhr sie in die Praxis Jim Rumseys, wo ich einen Termin für sie vereinbart hatte. Priscilla wollte den Grund dafür wissen.

»Dr. Rumsey möchte dich eben nach einigen Monaten mal wieder sehen. Und es ist jetzt zwei Monate her.«

»Muß er wieder an mir herumfummeln?«

»Wahrscheinlich.«

»Ich mag nicht!«

»Sag das noch einmal. Sag es laut genug, damit man es auch in Dallas hört. Solltest du es nämlich ernst meinen, ziehe ich deinen Vater zu Rate. Er hat immer noch die Vormundschaft über dich. Na?«

Sie schwieg.

Etwa eine Stunde später rief mich Jim in sein Privatbüro. »Zunächst die gute Nachricht. Sie hat keine Filzläuse. Was sie jedoch hat, sind Syphilis und Tripper.«

Ich stieß einen herzerwärmenden Kraftausdruck zwischen den Zähnen hervor. Jim sagte: »Na na, das gehört sich aber nicht für eine Dame!«

»Ich bin keine Dame. Ich bin eine alte Schreckschraube mit einer unverbesserlichen Tochter. Hast du es ihr schon gesagt?«

»Ich sage es immer zuerst den Eltern.«

»In Ordnung. Dann erzählen wir es ihr jetzt.«

»Immer mit der Ruhe, Maureen. Ich empfehle, sie ins Krankenhaus zu bringen. Nicht nur wegen des Trippers und der Syphilis, sondern auch aufgrund ihrer emotionalen Verfassung. Im Moment ist sie noch hochnäsig, fast arrogant. Ich weiß nicht, wie das in zehn Minuten aussehen wird.«

»Ich richte mich ganz nach dir, Jim.«

»Dann rufe ich im Bell Memorial an und frage mal nach, ob wir sie gleich einweisen können.«

KAPITEL ZWEIUNDZWANZIG

DIE VERSAMMLUNG DER TOTEN

Ein Geräusch weckte mich. Ich befand mich immer noch in dem völlig abgedunkelten Lastwagen und drückte Pixel an mich. »Pixel, wo sind wir?«

»*Fauuuch!*« (Woher soll ich das wissen?)

»Still!« Jemand machte sich am Schloß zu schaffen.

»*Miau?*«

»Ich habe keine Ahnung. Schieß aber erst, wenn du das Weiße in ihren Augen erkennst.«

Jemand schob die Seitentür auf. Eine Silhouette zeichnete sich vor dem hellen Hintergrund ab. Ich blinzelte.

»Maureen Long?«

»Ich denke schon. Ja.«

»Entschuldigen Sie, daß wir Sie so lange im Dunkeln alleingelassen haben. Wir hatten jedoch Besuch von den Proktoren des Obersten Bischofs und haben uns eben erst mit ihnen auf die Höhe der Bestechungsgelder geeinigt. Jetzt heißt es aber in Gang kommen; das Schmiergeld hält nicht sehr lange vor. Ein Betrug zweiten Grades. Darf ich Ihnen helfen?«

Ich ergriff seine Hand – sie war knochig, trocken und kalt –, und er half mir aus dem Wagen, während ich Pixel auf dem linken Arm hielt. Er war ein kleiner Mann in einem dunklen, enganliegenden Anzug, und ich hatte nie zuvor ein Wesen gesehen, bei dem die Bezeichnung ›menschliches Skelett‹ zutreffender gewesen wäre. Seine Haut wirkte wie gelbes Pergament, das sich über Knochen und sonst fast nichts spannte. Der Schädel trug keinerlei Haare. »Gestatten Sie mir, mich Ihnen vorzustellen«, sagte er. »Ich bin Dr. Frankenstein.«

»Frankenstein«, wiederholte ich. »Haben wir uns nicht schon mal bei Schwab's am Sunset Boulevard getroffen?«

Er lachte leise, ein Ton, der an das Rascheln trockener

Blätter erinnerte. »Sie belieben zu scherzen. Das ist natürlich nicht mein richtiger Name, sondern einer, den ich in meinem Beruf benutze. Sie werden das bald verstehen. Hier entlang bitte.«

Wir befanden uns in einem fensterlosen Raum mit einer gewölbten, leuchtenden Decke, anscheinend ein Douglas-Martin-Rundumleuchtdach. Der Mann ging mir voraus zu einem Aufzug. Als wir die Kabine betreten hatten und die Tür sich schloß, versuchte sich Pixel meinem Griff zu entwinden. Ich hielt ihn fest. »Nein, nein, Pix! Du mußt erst sehen, wohin sie mich bringen.«

Ich hatte die Worte nur an Pixel gerichtet und auch nur geflüstert, aber mein Begleiter antwortete: »Machen Sie sich keine Sorgen, Milady Long; Sie befinden sich in Gesellschaft von Freunden.«

Der Fahrstuhl hielt in einem tieferen (?) Stockwerk; wir stiegen aus und setzten uns in eine winzige Röhrenkapsel. Wir schossen dahin – fünfzig Yards, fünfhundert, fünftausend, wer weiß? Die Kapsel beschleunigte, bremste ab und hielt an. Wir stiegen aus. Mit einem weiteren Aufzug fuhren wir diesmal nach oben und erreichten wenig später einen luxuriösen Salon, in dem sich etwa ein Dutzend Leute aufhielten und ständig weitere dazukamen. Dr. Frankenstein bot mir einen bequemen Sessel in einem großen Ring solcher Sitzgelegenheiten an, von denen die meisten schon besetzt waren.

Diesmal ließ sich Pixel nicht aufhalten. Er entwand sich meinem Griff, sprang zu Boden und erforschte mit erhobenem Schwanz den Raum und die Menschen und steckte seine kleine rosa Schnauze in alles und jedes.

Zu unserem Kreis gehörte auch ein unmäßig fetter Mann in einem Rollstuhl. Eines seiner Beine war unterhalb des Knies amputiert, das andere noch weiter oben. Er trug eine dunkle Brille. Ich hielt ihn für einen Diabetiker und fragte mich, was Galahad in seinem Fall unternommen hätte. Der Dicke eröffnete die Sitzung.

»Ladies und Gentlemen, sollten wir nicht anfangen? Wir

können eine neue Schwester begrüßen.« Er deutete auf mich wie ein Platzanweiser im Kino. »Lady MacBeth. Sie ist ...«

»Einen Moment mal«, unterbrach ich ihn. »Ich bin nicht Lady MacBeth, sondern Maureen Johnson Long.«

Das Gesicht mit der dunklen Brille drehte sich bedächtig wie der Geschützturm eines Schlachtschiffes in meine Richtung. »Das ist höchst unpassend. Dr. Frankenstein?«

»Tut mir leid, Herr Vorsitzender. Der dumme Zwischenfall mit den Proktoren hat den Zeitplan durcheinandergebracht. Wir konnten ihr noch nichts erklären.«

Der Dicke seufzte zischend. »Unglaublich! Madam, wir müssen Sie um Verzeihung bitten. Gestatten Sie mir, Ihnen unseren Kreis vorzustellen. Wir sind die Toten. Alle von uns erfreuen sich einer tödlichen Krankheit. Ich sagte ›erfreuen‹, weil wir – hi, hi, hi! – eine Möglichkeit gefunden haben, jeden uns noch verbliebenen goldenen Augenblick zu genießen, ja, diese Momente sogar auszudehnen, da glückliche Menschen im allgemeinen länger leben. Jedes Mitglied des Komitees für Ästhetische Streichungen – zu Ihren Diensten, Madam! – widmet seine verbleibenden Tage der Aufgabe, so viele Schurken wie möglich auf den Weg vorauszuschicken, der ihm vorgezeichnet ist, Schurken, durch deren Eliminierung das Erbgut der menschlichen Rasse nur verbessert wird. Sie, Madam, wurden nicht nur deshalb in absentia in unseren erlauchten Kreis gewählt, weil Sie selbst schon ein wandelnder Leichnam sind, sondern auch in Anerkennung der kunstvollen Verbrechen, die Ihnen zum Erwerb dieses Status' verholfen haben.

Gestatten Sie mir, Ihnen nach dieser Zusammenfassung unsere noblen Gefährten vorzustellen:

Dr. Fu Manchu.« (Ein stämmiger Ire oder Schotte. Er verneigte sich, ohne aufzustehen.)

»Lucrezia Borgia.« (Whistlers Mutter, komplett mit Schiffchenarbeit auf dem Schoß. Sie lächelte mich an und sagte in einem süßen Sopran: »Willkommen, liebes Mädchen!«)

»Lucrezia ist unsere beste Vernichterin. Trotz inoperablen Leberkrebs hat sie bereits mehr als vierzig Attentate erfolgreich ausgeführt. Gewöhnlich ...«

»Hör auf damit, Hassan«, sagte sie sanft, »ehe du mich in Versuchung führst, dich auf den rechten Weg zu führen.«

»Ich wünschte, du würdest es tun, meine Liebe. Ich bin diesen Kadaver langsam satt. Neben Lucrezia sitzt Blaubart ...«

»Hallöchen, Kleine! Was haben Sie nachher vor?«

»Machen Sie sich keine Sorgen, Madam; er ist entwaffnet worden. Als nächstes haben wir dort Attila den Hunnen ...« (Ein perfekter Caspar Milquetoast in kurzer Hose und Unterhemd. Er saß reglos da, abgesehen von seinem wie bei einem Kinderspielzeug gleichmäßig nickenden Kopf.) »... und nach ihm Lizzie Borden.« (Sie war eine junge und schöne Frau in einem provokanten Abendkleid. Sie sah ganz gesund aus und lächelte mich glücklich an.) »Lizzie wird von einem künstlichen Herzen am Leben erhalten, aber der Treibstoff dafür bringt sie langsam um. Früher war sie Schwester im Orden Santa Carolitas, aber sie fiel bei der Kathedrale in Ungnade und wurde in die medizinische und chirurgische Forschung versetzt. Daher die Sache mit ihrem Herz. Daher ihr Schicksal. Daher ihre Hingabe an unsere Sache; Lizzie ist Spezialistin, die sich ihre Opfer nur aus den Reihen der Priesterschaft des Göttlichen Befruchters aussucht. Ihr Zähne sind ausgesprochen scharf.

Dann haben wir dort Jack the Ripper ...«

»Nennen Sie mich Jack.«

»... und Dr. Guillotine.«

»Zu Ihren Diensten, Madam.«

»Professor Moriarty finden Sie dort hinten, neben ihm Captain Kidd. Damit ist unser Kreis für heute abend vollständig, abgesehen von mir selbst, dem Vorsitzenden auf Lebenszeit, wenn Sie mir den Scherz gestatten. Ich bin der Alte vom Berge, Hassan der Assassine.«

»Und wo bleibt Graf Dracula?«

»Er läßt sich entschuldigen, ihn zu entschuldigen, Lady MacBeth. Er fühlt sich nicht wohl. Liegt sicher an etwas, was er getrunken hat.«

»Ich habe ihm ja gesagt, daß Rhesus negativ Gift für ihn ist. Hassan, Sie anmaßender alter Schwindler, das ist einfach lächerlich! Ich heiße weder Lady MacBeth noch bin ich eine wandelnde Leiche; ich bin völlig gesund. Ich habe mich verirrt, mehr nicht.«

»Das haben Sie in der Tat, meine Dame, denn es gibt keinen Flecken auf dem ganzen Globus, an dem Sie sich auf Dauer vor den Proktoren des Obersten Bischofs verstecken können. Wir können Ihnen nicht mehr anbieten als einige Augenblicke ausgewählten Vergnügens, ehe sie Sie finden. Was einen Namen angeht, suchen Sie sich ruhig einen aus, der ihnen besser gefällt. Bloody Mary vielleicht? Jedenfalls wäre es klug, wenn Sie nicht Ihren richtigen Namen verwenden dürfen, der inzwischen sicherlich in jedem Postamt des Reiches aushängt. Aber genug der Geschäfte! Möge gute Musik gespielt werden und guter Wein fließen! *Carpe diem*, meine Lieben! Trinkt und erfreut euch des Augenblicks. Wenn wir dann später wieder geschäftlich zusammenkommen, hören wir uns die Nominierungen neuer Kandidaten für die Eliminierung an.« Er drückte einen Schalter auf der Lehne des Rollstuhls, der sich daraufhin umdrehte und zu einer Bar in einer Ecke fuhr.

Die meisten anderen folgten ihm. »Lizzie Borden« trat zu mir, als ich aufstand.

»Ich möchte Sie gerne persönlich begrüßen«, sagte sie in einem freundlichen, warmen Kontraalt. »Ich kann besonders gut verstehen, was Sie getan haben – diese Sache, weswegen Sie verurteilt wurden –, weil es mir ganz ähnlich ergangen ist.«

»Wirklich?«

»Ich finde schon. Ich war eine schlichte Tempelprostituierte, eine Schwester Carolitas, bevor ich in Ungnade fiel. Das religiöse Leben faszinierte mich seit eh und je, und ich hielt es schon auf der High School für meine wahre Berufung.« Sie lächelte und zeigte dabei Grübchen. »Schließlich erfuhr ich, daß die Kirche ausschließlich dem Wohl der

Priester dient, nicht den Interessen unseres Volkes. Aber da war es bereits zu spät.«

»Ähm, müssen Sie wirklich sterben? Sie wirken so gesund!«

»Wenn ich Glück habe, bleiben mir noch vier bis sechs Monate. Wir alle hier müssen sterben, Sie eingeschlossen, meine Liebe. Wir verschwenden jedoch keine Gedanken daran. Statt dessen beschäftigen wir uns mit unserem nächsten Klienten und den Einzelheiten seines letzten Augenblicks hier auf dieser Welt. Kann ich Ihnen etwas zu trinken holen?«

»Nein, danke. Haben Sie meine Katze gesehen?«

»Ich sah sie hinaus auf den Balkon gehen. Schauen wir doch mal nach.«

Das taten wir, fanden aber keine Spur von Pixel. Es war eine schöne klare Nacht, und wir blieben draußen, um sie zu genießen. »Lizzie, wo sind wir hier?«

»Das Hotel liegt unweit der Plaza, und wir blicken nach Norden. Dort ist die City und dahinter der Missouri River.«

Wie ich es erwartet hatte, setzte Priscilla einen neuen Standard, was das Hinausschreien von Belanglosigkeiten betraf. Sie gab einfach jedem die Schuld – mir, Dr. Rumsey, Donald, Präsident Patton, der Kansas-City-Schulbehörde und zahllosen anderen, die an der Verschwörung gegen sie beteiligt wären. Sich selbst hielt sie für völlig unschuldig.

Während sie noch tobte, verabreichte ihr Jim eine Spritze. Es war ein Tranquilizer, ich glaube Thorazin oder etwas ähnlich Starkes. Dann verfrachteten wir sie in meinen Wagen und fuhren sie ins Krankenhaus. Im Bell Memorial wurden erst die Patienten untergebracht und dann der Papierkram erledigt, so daß Jim die Behandlung augenblicklich einleiten konnte. Anschließend ordnete er an, Priscilla um neun Uhr abends ein Barbiturat zu verabreichen, und erteilte auch die Vollmacht, ihr feuchte Umschläge zu machen, wenn sie sich nicht von selbst beruhigte.

Ich unterzeichnete allerlei Papiere und zeigte meine American-Express-Karte vor. Danach kehrten wir in Jims Praxis zurück, wo er mir eine Blutprobe und einen Vaginalabstrich entnahm. »Maureen, wo hast du den Jungen hingeschickt?«

»Ich glaube nicht, daß er irgendwas damit zu tun hat, Jim.«

»Fang bloß nicht an, wie deine Tochter zu reden, du törichtes Frauenzimmer. Wir stellen keine Vermutungen an, sondern gehen der Sache auf den Grund.«

Jim schlug ein Telefonbuch auf und rief einen Arzt in Grinnell an. »Doktor, wir machen den Burschen ausfindig und schicken ihn in Ihre Praxis. Sind Sie für den Morgantest ausgerüstet? Haben Sie frische Reagenzien und einen Polarisator zur Hand?«

»Das fragen Sie allen Ernstes, Doktor? In einer Universitätsstadt?«

»Gut. Ich warte dann auf Ihren Anruf unter diesem Telecode.«

Wir hatten Glück; Donald hielt sich im Studentenwohnheim auf. »Donald, geh bitte sofort zu Dr. Ingram. Seine Praxis liegt gegenüber der Stewart-Bibliothek. Ich möchte, daß du gleich gehst, noch in dieser Minute.«

»Mama, was ist denn los?« Er sah beunruhigt aus und hörte sich auch so an.

»Rufe mich heute abend zu Hause an, und zwar von einem sicheren Anschluß aus; dann erzähle ich es dir. Ich möchte es nicht von einem Bildschirm im Flur eures Wohnheims aus erklären. Geh jetzt gleich zu Dr. Ingram und tue, was er dir sagt.«

Ich wartete in Jims Privatbüro auf Dr. Ingrams Anruf. Derweil wurde die Sprechstundenhilfe mit meinen Tests fertig. »Gute Nachrichten«, sagte sie. »Sie können doch am Picknick der Sonntagsschule teilnehmen.«

»Danke, Olga.«

»Zu schade, das mit Ihrer Kleinen. Mit unseren heutigen Medikamenten wird sie allerdings in ein paar Tagen wieder so gesund sein wie Sie.«

»Wir heilen sie heutzutage einfach zu schnell«, meinte Jim barsch. »Früher bedeutete es eine heilsame Lektion, sich so was Scheußliches zuzuziehen. Heute denken sich die Leute: Es ist auch nicht schlimmer als ein Niednagel, warum sich also Sorgen machen?«

»Doktor, Sie sind ein Zyniker«, entgegnete Olga. »Es wird noch ein schlimmes Ende mit Ihnen nehmen.«

Nach einer qualvollen Wartezeit rief Dr. Ingram zurück. »Doktor, hatten Sie Grund zu der Annahme, dieser Patient wäre infiziert?«

»Nein, aber nach den Gesetzen von Missouri mußten wir sichergehen.«

»Nun, die Diagnose ist in beiden Fällen und noch zwei oder drei weiteren negativ. Er hat nicht mal Schuppen. Ich kann gar nicht verstehen, warum er sich einer solchen Untersuchung unterziehen mußte. Ich glaube, er ist noch jungfräulich. Wem schicke ich die Rechnung?«

»Mir.«

Sie schalteten ab. »Was war das mit den Gesetzen von Missouri, Jim?« wollte ich wissen.

Er seufzte. »Tripper und Syphilis gehören zu den meldepflichtigen Krankheiten, aber bei Geschlechtskrankheiten muß ich über die Meldung hinaus auch daran mitwirken, den Ursprung der Infektionskette zu ermitteln. Gesundheitsbeamte gehen dieser Aufgabe nach, die schier unmöglich zu lösen ist, da die ursprüngliche Quelle irgendwo Jahrhunderte in der Vergangenheit zu suchen ist. Trotzdem ist es schon hilfreich, die Reihen der Infizierten auszudünnen. Ich kenne einen Tripperfall hier aus der Stadt, von dem ausgehend siebenunddreißig weitere Infektionen ermittelt wurden, ehe die Spur weiter in andere Städte und Staaten führte. In einem solchen Fall geben unsere Gesundheitsbeamten die Informationen an die dort zuständigen Stellen weiter, und wir beenden unsere Suche.

Aber die Entdeckung und Heilung von siebenunddreißig Gonorrhoekranken lohnt an sich schon den Aufwand, Maureen. Die Geschlechtskrankheiten gehören zu den Plagen der Menschheit, die wir vielleicht mal ausrotten können, wie wir es bei den Pocken geschafft haben, denn ... Kennst du eigentlich die Definition einer Geschlechtskrankheit?«

(Ja, ich kenne sie, aber rede nur weiter, Jim.) »Nein.«

»Eine Geschlechtskrankheit ist schwer zu bekommen, da sie nur durch Geschlechtsverkehr oder intensives Küssen weitergegeben wird. Daher könnten wir sie auch ausrotten ... wenn die Leute nicht so idiotisch wären und kooperieren würden! Im Gegensatz dazu besteht nicht die allergeringste Chance, jemals die gewöhnliche Erkältung auszurotten, da die Leute Atemwegsinfektionen mit völliger Sorglosigkeit weitergeben und sich nicht mal was daraus machen!« Er war jetzt richtig wütend.

»Na na«, sagte ich. »So spricht eine Dame nicht!«

Als ich nach Hause kam, blinkte der Bildschirm und tönte das Telefonsignal. Ich stellte die Handtasche ab und meldete mich. Es war Donald. »Mama, was ist eigentlich los?«

»Kann jemand mithören?« Hinter ihm sah ich nur eine kahle Wand.

»Ich bin in einer der abhörsicheren Nischen bei der Telefongesellschaft.«

»In Ordnung.« Ich wußte nicht, wie man einem Jungen schonend beibrachte, daß seine Schwester ein Full House hatte. Also drückte ich es brutal aus: »Priscilla ist krank. Sie hat Gonorrhoe und Syphilis.«

Ich fürchtete einen Moment, er würde ohnmächtig werden, aber er riß sich zusammen. »Mama, das ist ja schrecklich! Bist du sicher?«

»Natürlich bin ich mir sicher. Ich war dabei, als sie untersucht wurde, und habe die Untersuchungsergebnisse gesehen. Aus diesem Grunde wurdest du ja ebenfalls untersucht. Ich war enorm erleichtert, als ich erfuhr, daß du sie nicht infiziert hast.«

»Ich komme sofort zurück. Äh, es sind etwa zweihundertvierzig Meilen. Für die Hinfahrt habe ich ..«

»Donald.«

»Ja, Mama?«

»Bleib, wo du bist. Wir haben dich nach Grinnell geschickt, damit du von deiner Schwester wegkommst.«

»Aber Mama, das sind doch besondere Umstände! Sie braucht mich!«

»Sie braucht dich eben *nicht!* Geht das eigentlich nicht in deinen Dickkopf? Sie braucht kein Mitleid, sondern Antibiotika, und genau die bekommt sie auch. Laß sie in Ruhe und gib ihr eine Chance, sich wieder zu erholen – und doch noch erwachsen zu werden. Und letzteres solltest du auch tun!«

Nachdem ich mich noch nach dem Fortgang seines Studiums erkundigt hatte, schaltete ich die Verbindung ab. Dann tat ich etwas, was ich sonst aus Prinzip unterlasse, aber manchmal aufgrund zwingender Umstände doch tun muß: Ich durchsuchte ein Kinderzimmer.

Meiner Meinung nach haben Kinder ein Recht auf ihre Privatsphäre, aber dieses Recht ist nicht von absoluter Gültigkeit; schließlich obliegt den Eltern letztlich die Verantwortung für alles, was unter ihrem Dach geschieht. Falls die Umstände es erfordern, muß ein Kind Eingriffe in seine Privatsphäre hinnehmen.

Mir ist klar, daß einige Theoretiker der persönlichen Freiheit (sowie alle Kinder) anderer Meinung sind. So sei es.

Priscillas Zimmer war so unaufgeräumt wie ihr Verstand, aber dafür interessierte ich mich jetzt nicht. Ich arbeitete mich gründlich durch ihr Schlaf- und Badezimmer und versuchte, keinen einzigen Winkel auszulassen. Ich bemühte mich dabei jedoch, ihre Kleider und sonstigen Habseligkeiten weitgehend so zu belassen, wie ich sie vorgefunden hatte.

Keine Spur von Alkohol. Ich entdeckte allerdings einen Vorrat von etwas, das ich für Marihuana hielt, war mir jedoch nicht ganz sicher. Meine Vermutung resultierte eher aus zwei anderen Funden: Unter dem Boden einer Schublade stieß ich auf zwei kleine Packungen Zigarettenpapier, ohne den dazugehörigen Tabak zu entdecken, ob nun lose oder in fertigen Zigaretten. Und zu welchem Zweck dient Zigarettenpapier noch, vom Zigarettendrehen mal abgesehen?

Mein zweiter merkwürdiger Fund tauchte auf dem Grund einer Schublade in Priscillas Badezimmer auf – ein kleiner rechteckiger Spiegel sowie eine Klinge der Marke Gem. Nun verfügte meine Tochter aber sowohl über einen Kosmetikspiegel, den ich ihr gegeben hatte, als auch über den dreiteiligen Spiegel ihrer Frisierkommode; wozu also noch dieser dritte? Ich starrte die Fundstücke an, den Spiegel und die Rasierklinge, durchsuchte das Bad noch weiter und fand dort, wohin mich mein Gedächtnis führte, einen Gilletterasierer für Doppelklingen, jedoch keinen Gemrasierer. Ich ging Zimmer und Bad noch einmal durch und widmete mich danach vorsichtshalber auch Donalds Gemächern, obwohl ich wußte, daß diese völlig leer waren; schließlich hatte ich nach seiner Abreise aufgeräumt. Ich fand nirgendwo einen weiteren Vorrat an weißem Puder, das wie Puderzucker aussah – was jedoch nur bewies, daß ich eben einen solchen Vorrat nicht gefunden hatte.

Ich verstaute alles wieder an Ort und Stelle.

Etwa um ein Uhr früh läutete jemand am Vordereingang. Ich bediente die Sprechanlage vom Bett aus. »Wer ist da?«

»Ich bin es, Mama. Donald.«

(Verflucht und zugenäht!) »Na, komm rein.«

»Ich kann nicht; die Tür ist verriegelt.«

»Entschuldige, ich bin noch nicht ganz wach. Ich komme.« Ich schnappte mir einen Morgenmantel und Pantoffeln, ging nach unten und öffnete meinem jüngsten Sohn. »Komm rein, Donald, und setz dich. Wann hast du zuletzt etwas gegessen?«

»Ich hatte einen Big Mac in Bethany.«

»Ach du liebe Güte!« Ich tischte ihm zuerst etwas auf.

Nachdem er einen Riesen-Dagwood und einen großen Teller Schokoladeneis verputzt hatte, erkundigte ich mich: »Okay, warum bist du gekommen?«

»Das weißt du doch, Mama! Um Priss zu sehen. Ich weiß, was du gesagt hast, aber du irrst dich. Seitdem sie ein kleines Mädchen war, ist sie mit ihren Schwierigkeiten immer zu mir gekommen. Also weiß ich auch, was ihr hilft.«

(Himmel noch mal! Ich hätte vor Gericht um das Sorgerecht kämpfen und die beiden Kleinen nicht ... Späte Einsicht! Vater, wieso mußtest du auch in der Schlacht um England fallen? Ich brauche deinen Rat! Und ich vermisse dich schrecklich!) »Donald, Priscilla ist nicht hier.«

»Wo ist sie?«

»Ich sage es dir nicht.«

Er blieb stur. »Ich kehre nicht nach Grinnell zurück, bevor ich sie nicht gesehen habe.«

»Das ist dein Problem. Donald, ihr beide habt sowohl meine Geduld als auch meinen Erfindungsreichtum erschöpft. Ihr schert euch nicht um meinen Rat, gehorcht zwingenden Anordnungen nicht und seid beide zu groß, als daß ich euch noch den Hintern versohlen könnte. Darüber hinaus habe ich euch nichts mehr anzubieten.«

»Du wirst mir nicht sagen, wo sie ist?«

»Nein.«

Er seufzte schwer. »Ich bleibe hier, bis ich zu ihr kann.«

»Das denkst du vielleicht. Junge, du bist nicht der einzige Dickkopf in der Familie. Wenn du noch ein Wort sagst, rufe ich deinen Vater an und fordere ihn auf, dich abzuholen, weil ich nicht mehr mit dir fertig werde ...«

»Ich würde nie mit ihm mitgehen!«

»Und gleich anschließend würde ich dieses Haus abschließen und mir eine Wohnung in der City nehmen, gerade groß genug, um noch eine Sandbox für Polly unterzubringen, aber nicht groß genug für eine zweite Person. Ich hatte ohnehin vor, in ein kleines Apartment umzuziehen, bevor ihr beide aufgetaucht seid. Ich habe nur euretwegen meine Pläne geändert und dieses Haus gemietet. Keiner von euch beiden hat sich jedoch anständig betragen, und ich bin es einfach leid. Ich gehe jetzt zu Bett. Du kannst auf der Couch dort ein Nickerchen machen. Solltest du allerdings noch hier sein, wenn ich aufstehe, rufe ich deinen Vater an, damit er dich holen kommt!«

»Ich gehe nicht mit ihm!«

»Dein Problem. Der nächste Schritt könnte eine Verhandlung vor dem Jugendgericht sein, aber das hängt von deinem Vater ab. Als Folge deiner Entscheidung von vor sechs Jahren hat er die Vormundschaft über dich.« Ich stand auf, und in diesem Moment fiel mir noch etwas ein. »Donald, erkennst du Marihuana, wenn du welches siehst?«

»Äh, vielleicht.«

»Ja oder nein?«

»Ja, ich erkenne es.«

»Warte hier.« In wenigen Augenblicken war ich wieder da. »Was ist das?«

»Das ist Marihuana. Aber Mama, das ist doch einfach lächerlich! Jeder nimmt heute hin und wieder Marihuana!«

»Ich nicht. Und es ist auch niemandem gestattet, solange er in diesem Haus wohnt. Sag mir, wozu das dient.« Ich zog den Spiegel, der so wenig in ein Mädchenzimmer paßte, aus einer Tasche des Morgenmantels, griff mit größerer Vorsicht in eine andere Tasche, holte die einschneidige Rasierklinge hervor und legte sie auf den Spiegel. »Na?«

»Was soll ich dazu sagen?«

»Hast du jemals eine Stange Kokain geschnitten?«

»Äh – nein.«

»Hast du jemals miterlebt, wie es jemand anderes getan hat?«

»Äh ... Mama, wenn du mir damit sagen möchtest, daß Priss von Kokain abhängig ist, dann hast du den Verstand verloren! Natürlich haben die meisten Kinder heutzutage das Zeug schon ein- oder zweimal probiert, aber ...«

»Hast du es probiert?«

»Na sicher. Der Hausmeister unserer Schule hat es verkauft. Es hat mir aber nicht gefallen. Das Zeug reißt einem den Rotz aus der Nase, wußtest du das schon?«

»Ich wußte es schon. Hat Priss es ebenfalls probiert?«

Er betrachtete Spiegel und Rasierklinge. »Ich denke schon. Sieht ganz danach aus.«

»Hast du sie dabei erwischt?«

»Äh – einmal. Ich habe ihr ganz schön zugesetzt – ihr gesagt, daß sie es nicht wieder tun soll.«

»Wie du mir jedoch erzählt und sie selbst es mir bestätigt hat, hört sie nicht gerne auf Anordnungen. Offensichtlich auch nicht auf deine. Ich frage mich, ob es auch bei ihr der Hausmeister gewesen sein könnte.«

»Ach, es könnte genausogut ein Lehrer gewesen sein. Oder ein Oberstufenschüler, einer der großen Macker auf dem Campus. Oder ein Buchhändler, oder wo auch immer. Mama, die Dealer einer Gegend werden immer wieder mal hochgenommen, aber das bewirkt überhaupt nichts. Die Woche drauf ist ein neuer da. Nach dem, was ich gehört habe, funktioniert das überall so.«

Ich seufzte. »Das macht mich ganz fertig, Donald. Ich hole dir eine Decke.«

»Mama, wieso kann ich nicht in meinem Bett schlafen?«

»Weil du eigentlich gar nicht hier sein dürftest. Selbst die Übernachtung auf der Couch gestehe ich dir nur deshalb zu, weil ich es nicht für sicher halte, dich ohne einen Happen Essen und ein paar Stunden Schlaf wieder auf die Straße zu schicken.«

Ich legte mich wieder ins Bett, konnte aber nicht schlafen. Nach etwa einer Stunde stand ich auf und tat etwas, was längst überfällig war – ich durchsuchte das Hausmädchenzimmer.

Und entdeckte den Vorrat. Das Zeug steckte am Fußende des Bettes zwischen der Matratze und dem Bezug. Ich fühlte mich versucht, eine winzige Probe davon zu kosten, denn ich hatte aufgrund meiner biochemischen Kenntnisse eine gewisse Vorstellung davon, wie Kokain schmecken mußte, aber entweder war ich zu vernünftig oder zu ängstlich dazu. Es gibt Straßendrogen, die schon in der geringsten Dosierung gefährlich sind. Ich nahm alles mit nach oben und verschloß es zusammen mit dem »Gras« und dem Zigarettenpapier, dem Spiegel und der Rasierklinge in einer Truhe, die ich in meinem Schlafzimmer aufbewahrte.

Sie haben gewonnen, ich habe verloren. Sie waren mir einfach überlegen.

Ich holte Priscilla wieder nach Hause. Sie war geheilt, aber so mürrisch wie eh und je. Zwei Gesundheitsbeamte kamen zu Besuch, kaum daß wir die Mäntel ausgezogen hatten (Jims Idee, mit meiner Zustimmung). Sie erkundigten sich freundlich und höflich nach Priscillas »Kontakten« – bei wem sie sich angesteckt haben könnte und wen sie selbst möglicherweise angesteckt hatte.

»Was für eine Infektion? Ich bin nicht krank, ich war es nie. Ich wurde aufgrund einer Verschwörung gegen meinen Willen festgehalten! Ich werde jemanden verklagen!«

»Miss Smith, wir verfügen über Kopien Ihrer Laborergebnisse und Ihrer Krankengeschichte. Hier, sehen Sie mal.«

Priscilla fegte die Unterlagen zur Seite. »Alles Lügen! Ohne Anwalt sage ich kein Wort mehr!«

An dieser Stelle machte ich einen weiteren Fehler. »Aber Priscilla, ich bin Anwältin, wie du weißt. Die Fragen, die an dich gerichtet werden, sind vernünftig, denn es geht um die Gesundheit vieler Menschen.«

Noch nie hatte mich jemand so voller Verachtung angesehen. »Du bist nicht meine Anwältin. Du gehörst zu denen, die ich verklagen werde. Wie diese beiden Typen da, wenn sie nicht aufhören, mich zu quälen.« Sie wandte uns den Rücken zu und ging nach oben.

Ich entschuldigte mich bei den beiden Beamten. »Tut mir leid, Mr. Wren und Mrs. Lantry, aber wie Sie sehen, kann ich bei ihr nichts ausrichten. Ich fürchte, Sie werden sie unter Eid in den Zeugenstand rufen müssen, um überhaupt etwas aus ihr herauszubekommen.«

Mr. Wren schüttelte den Kopf. »Das würde nicht funktionieren. Es ginge überhaupt nicht, da sie gegen keinerlei

Gesetze verstoßen hat. Wir verfügen auch über keinerlei Anhaltspunkte darüber, daß jemand anderes es getan hätte. Und eine Jugendliche mit dieser Einstellung würde sich einfach auf den Fünften Verfassungszusatz berufen und den Mund halten.«

»Ich bin mir nicht sicher, ob sie den Fünften Verfassungszusatz kennt.«

»Darauf können Sie wetten, Mrs. Johnson. Die Kids sind heutzutage sehr gerissen und allesamt brauchbare Winkeladvokaten, selbst in einer wohlhabenden Gegend wie dieser. Stellen Sie mal eins davon in den Zeugenstand – schon brüllt er nach einem Anwalt, und die ACLU besorgt ihm auch einen. Die Typen halten das Recht eines Teenagers, die Aussage zu verweigern, für wichtiger als das Recht eines anderen auf den Schutz vor Infektion und Sterilität.«

»Das ist ja lächerlich!«

»Das sind die Bedingungen, unter denen wir arbeiten, Mrs. Johnson. Falls jemand nicht freiwillig mit uns kooperiert, können wir ihn nicht dazu zwingen.«

»Na ja, ich kann vielleicht doch etwas unternehmen. Ich kann mit ihrem Rektor sprechen und ihm klarmachen, daß Geschlechtskrankheiten auf seiner Schule die Runde machen.«

»Das würde nichts nützen, Mrs. Johnson. Sie würden nur feststellen, wie vorsichtig er wird, sich keine Klage aufzuhalsen.«

Ich dachte darüber nach, und die Anwältin in mir mußte einräumen, daß ich dem Rektor wirklich nichts zu erzählen hatte, wenn Priscilla die Zusammenarbeit verweigerte. Sollte er vielleicht alle älteren Jungen der Schule »am kurzen Arm untersuchen« (Brians Armeeslang für diesen Vorgang)? Hunderte von Eltern würden sich noch am selben Tag auf ihn stürzen.

»Wie sieht es bei Drogen aus?«

»Was soll damit sein, Mrs. Johnson?«

»Befaßt sich das Gesundheitsamt mit Drogen?«

»Zum Teil, aber nicht oft. Drogen fallen gewöhnlich in den Zuständigkeitsbereich der Polizei.«

Ich erzählte ihnen von meinen Entdeckungen. »Was soll ich unternehmen?«

»Gibt Ihre Tochter zu, daß diese Gegenstände ihr gehören?«

»Ich hatte noch keine Gelegenheit, mit ihr darüber zu sprechen.«

»Falls sie es nicht zugibt, könnte es ausgesprochen schwierig werden, ihr nachzuweisen, daß das Cannabis und das Pulver, bei dem es sich möglicherweise um Kokain handelt, ihr gehören und nicht Ihnen selbst. Ich weiß, daß Sie Anwältin sind, aber vielleicht sollten Sie lieber einen auf solche Fälle spezialisierten Anwalt aufsuchen. Es gibt doch diesbezüglich ein altes Sprichwort, nicht wahr?«

(»Wer sein eigener Anwalt ist, hat einen Dummkopf zum Mandanten.«) »Wohl wahr! In Ordnung, ich hole zunächst Rat ein.«

Wenig später tauchte Donald auf. Ich hatte ihn am Samstag morgen nicht auf der Couch vorgefunden und war davon ausgegangen, daß er längst wieder auf dem Weg nach Grinnell war. Die Geschwindigkeit, mit der er wieder auf der Bildfläche erschien, ließ vermuten, daß er sich in der Nähe herumgetrieben hatte, um auf Priscillas Heimkehr zu warten. Eine fundierte Spekulation und trotzdem falsch. Vielmehr hatte er herausgefunden, in welchem Krankenhaus sie gelegen hatte, und sich dann über ihre Entlassung unterrichten lassen. Jedenfalls erschien er wieder bei mir.

Die Türglocke läutete.

Ich betätigte die Gegensprechanlage. »Wer da?«

»Ich bin's, Mama. Donald.«

»Was treibst du hier?«

»Ich möchte Priss sehen.«

»Das geht nicht.«

»Ich werde sie sehen, selbst wenn ich dazu die Tür eintreten müßte!«

Ich alarmierte die Argus Patrol per Knopfdruck. »Donald, ich erlaube dir nicht, dieses Haus zu betreten!«

»Versuche nur, mich aufzuhalten!« Er fing an, gegen die Tür zu treten.

Priscilla kam die Treppe heruntergelaufen und wollte die Tür öffnen. Ich packte sie und rang mit ihr, und wir beide stürzten zu Boden.

Ich bin keine Kämpferin, aber glücklicherweise verfügte auch Priscilla über keine entsprechende Ausbildung. Brian hatte mich nur eins gelehrt: »Wenn du es mal tun mußt, dann schnell und ohne zu zögern.«

Als sie sich aufrappelte, hieb ich ihr in den Magen – nein, auf den Solarplexus. Sie fiel zu Boden und schnappte nach Luft.

Von draußen hörte ich: »Mrs. Johnson, hier ist Argus!«

»Schnappen Sie ihn und bringen Sie ihn weg. Ich rufe später an.«

»Wen sollen wir schnappen?«

»Nun …« Priscilla versuchte erneut aufzustehen. Ich schlug noch einmal auf dieselbe Stelle, und sie ging wieder zu Boden. »Könnten Sie für zwanzig oder dreißig Minuten in der Nähe bleiben? Er kommt vielleicht zurück!«

»Sicherlich. Wir bleiben, solange Sie uns brauchen. Ich melde mich wieder.«

»Danke, Rick. Sie sind doch Rick, oder?«

»Ja, ich bin es, Ma'am.«

Ich drehte mich um, packte meine Tochter an den Haaren, zog ihren Kopf hoch und knurrte sie an: »Kriech nach oben in dein Zimmer und bleib dort! Sollte ich noch einen Mucks von dir hören, verpasse ich dir erneut eine!«

Sie gehorchte aufs Wort und kroch schluchzend die Treppe hinauf. Ich überzeugte mich davon, daß alle Türen und Fenster im Erdgeschoß verschlossen waren, und rief in Dallas an.

Ich erklärte Brian in allen traurigen Einzelheiten, was seit unserem letzten Gespräch passiert war. »Brian, ich werde mit den beiden nicht fertig. Du mußt sie holen kommen!«

»Ich möchte nichts mehr mit ihnen zu tun haben. Ich war erleichtert, als sie weggliefen. Ein Geschenk des Himmels!«

»Brian, es sind deine Kinder, und du hast die Vormundschaft!«

»Die ich dir nur zu gerne übergebe.«

»Das kannst du nicht; dazu braucht man einen Gerichtsbeschluß. Brian, da ich mit ihnen nicht fertig werde und du sie nicht abholen möchtest, kann ich sie nur verhaften lassen ...«

»Aufgrund welcher Anschuldigung? Daß sie frech zu dir waren?«

»Nein. Aufgrund einer Straftat. Inzest. Drogenmißbrauch. Drogenbesitz. Weglaufen von ihrem Vormund, Brian Smith aus Dallas, Texas.« Ich musterte sein Gesicht, während ich abspulte, was ich dem Jugendgericht alles vortragen würde. Er verzog keine Miene, als ich den Inzest erwähnte, woraus ich folgerte, daß ihm die Sache nicht neu war. Er zuckte erst zusammen, als ich seinen Namen und Wohnort erwähnte.

»Was für ein Festtag für die Zeitungen!«

»Ja, ich könnte mir vorstellen, daß in Dallas sowohl die News als auch der *Times Herald* davon berichten würden. Beim *Kansas City Star* bin ich mir nicht sicher. Inzest ist für ihre Redaktionspolitik ein heikles Thema. Besonders Inzest einer Schwester mit zweien ihrer Brüder, Augustus und Donald.«

»Maureen, das kannst du nicht ernst meinen!«

»Brian, ich bin mit meinem Latein am Ende. Priscilla hat mich vor nicht ganz zwanzig Minuten zu Boden geschlagen, während Donald die Eingangstür aufzubrechen versuchte. Solltest du nicht mit der nächsten Raketenmaschine hier eintreffen, rufe ich die Polizei an und beeide alle genannten Anschuldigungen – um die beiden wenigstens lange genug hinter Gitter zu bringen, damit ich dieses Haus abschließen und aus der Stadt verschwinden kann. Keine halben Sachen mehr, Brian! Ich möchte auf der Stelle deine Antwort hören!«

Marians Gesicht tauchte neben seinem auf. »Mutter, das kannst du Gus nicht antun! Er hat überhaupt nichts getan! Er hat mir sein Ehrenwort gegeben!«

»Donald und Priscilla erzählen da eine andere Geschichte, Marian. Wenn du möchtest, daß sie sie nicht unter Eid im Zeugenstand wiederholen, dann soll Brian herkommen und sie abholen.«

»Es sind deine Kinder!«

»Es sind auch Brians Kinder, und er hat die Vormundschaft. Als ich sie vor sechs Jahren bei euch zurückließ, waren sie anständig, höflich und folgsam und zeigten nicht mehr Unarten als jedes andere heranwachsende Kind. Heute sind sie unverbesserlich, unzivilisiert und völlig außer Rand und Band.« Ich seufzte. »Los, Brian, was gedenkst du zu unternehmen?«

»Ich kann heute nicht nach K. C. kommen.«

»Sehr schön, dann rufe ich die Polizei an und lasse sie verhaften. Anschließend trage ich unter Eid alle genannten Anschuldigungen vor.«

»Jetzt warte mal eine Minute!«

»Das geht nicht, Brian. Ich wehre mich zur Zeit mit Hilfe der Patrouille gegen sie, mit der Privatpolizei, die unsere Gegend bewacht. Über Nacht geht das aber nicht. Priscilla ist größer als ich, Donald glatt doppelt so groß. Auf Wiedersehen. Ich muß jetzt die Cops rufen.«

»Warte! Ich weiß nicht, wann ich die nächste Maschine bekomme.«

»Du kannst eine chartern; du hast genug Geld. Wann bist du hier?«

»Äh – in drei Stunden.«

»Das ist zwanzig nach sechs unserer Zeit. Um halb sieben rufe ich die Polizei.«

Brian traf um fünf nach halb sieben ein, hatte mich jedoch ein gutes Stück vor Ablauf der Frist vom Flugplatz North Kansas City aus angerufen und mir Bescheid gesagt. Ich erwartete ihn im Wohnzimmer, zusammen mit beiden Kindern, mit Sergeant Rick von der Argus Patrol sowie Mrs. Barnes, der Büroleiterin der Privatpolizei, die auch schon mal als Aufseherin einsprang. Die Wartezeit war nicht angenehm gewesen; beide Mietcops hatten beweisen müssen, daß sie härter waren als zwei Teenager und sich keinen Unfug gefallen ließen.

Brian hatte vorsichtshalber vier Leibwächter mitgebracht, zwei Männer und zwei Frauen, ein Paar aus Dallas, eins aus Kansas City. Dadurch wurde die Sache auch nicht legal, aber er kam damit durch, weil niemand – ich am allerwenigsten! – daran dachte, Formfragen aufs Tapet zu bringen.

Ich sah ihnen nach, bis die Tür ins Schloß fiel, ging nach oben und weinte mich in den Schlaf.

Gescheitert! Auf der ganzen Linie gescheitert! Ich weiß nicht, was ich hätte anders machen können, werde aber trotzdem das Schuldgefühl nicht los.

Was hätte ich anders machen können? Was nur?

KAPITEL DREIUNDZWANZIG

DIE ABENTEUER VON PRUDENCE PENNY

Erst die Eröffnung der Cleveland-Cincinnati-Rollstraße überzeugte George Strong davon, daß meine Prophezeiungen tatsächlich zutrafen. Ich achtete sehr darauf, nicht einmal Andeutungen über die Quelle meines Wissens zu machen, denn ich vermutete stark, daß die Wahrheit für George noch härter gewesen wäre als das Mysterium. Also machte ich nur dumme Witze über meine gesprungene Kristallkugel, über eine kleine Zeitmaschine, die ich im Keller neben meiner Alphabettafel aufbewahrte, über meinen Séancen-Führungsgeist Häuptling Gespaltene Zunge sowie über Teeblätter – allerdings nur solche von Black Dragon Tea, da Liptons Orange Pekoe nicht die richtigen Schwingungen aufweisen würde.

George lächelte freundlich über all diesen Unsinn – er war eine gutmütige Seele. Er hörte schließlich auf, mir Fragen zu stellen, und behandelte die Botschaften aus den Umschlägen einfach als verläßliche Vorhersagen, was sie ja auch waren.

Damals, als die Cleveland-Cincinnati-Straße eröffnet wurde, hatte er das Phänomen allerdings noch nicht ganz verdaut. Wir nahmen gemeinsam an der Eröffnung teil und sahen von der Tribüne aus zu, wie der Gouverneur von Ohio das Band durchschnitt. Dort, wo wir saßen, konnten wir uns unbelauscht unterhalten, da die aus den Lautsprechern schmetternden Reden alles übertönten.

»George, wie groß ist der Immobilienbesitz von Harriman und Strong beiderseits der Straße?«

»Wie? Oh, ganz ordentlich, obwohl uns ein Spekulant zuvorgekommen ist und sich Optionen auf die kommerziell besten Grundstücke sicherte. Harriman Industries hat jedoch beträchtliche Investitionen in die D/M-Energieplatten getätigt – wie du ja bereits weißt. Du hast schließlich selbst dafür gestimmt.«

»Das habe ich, obwohl mein Antrag, im dreifachen Umfang zu investieren, vorher abgeschmettert worden war.«

George schüttelte den Kopf. »Das wäre auch zu riskant gewesen. Maureen, man macht Geld, indem man es riskiert, aber nicht, indem man hemmungslos herumspekuliert. Ich habe eh schon genug Schwierigkeiten damit, Delos vom Spekulieren abzuhalten; du solltest ihm nicht auch noch ein schlechtes Beispiel geben.«

»Aber ich hatte recht, George! Möchtest du erfahren, wieviel wir verdient hätten, wenn ich mit meinem Antrag durchgekommen wäre?«

»Maureen, das kann man auf eine wilde Vermutung hin immer tun, wodurch das Vermuten allerdings noch lange kein solides Geschäftsgebaren wird. Man übersieht dabei nämlich all die wilden Vermutungen, die vollkommen daneben liegen.«

»Das ist genau der Punkt, George. Ich stelle gar keine Vermutungen an. Ich weiß es! Du bewahrst die Umschläge selbst auf und öffnest sie persönlich. Habe ich mich jemals geirrt?«

Er schüttelte den Kopf und seufzte. »Es geht mir einfach gegen den Strich.«

»In der Tat, und dein mangelndes Vertrauen in mich kostet sowohl Harriman und Strong als auch Harriman Industries jede Menge Geld. Aber egal. Du hast gesagt, irgendein Spekulant hätte sich die besten Immobilien gesichert?«

»Ja. Wahrscheinlich jemand in einer Position, in der er die Karten zu sehen bekommt, ehe die Entscheidungen publik gemacht werden.«

»Nein, George, es handelt sich nicht um einen Spekulanten, sondern um eine Wahrsagerin. Um mich. Sobald mir klar wurde, daß du nicht entschlossen genug investierst, schlug ich selbst zu. Ich setzte alles erreichbare flüssige

Kapital ein, zuzüglich solcher Summen, die ich durch Beleihung nichtflüssiger Aktiva auftreiben konnte.«

George wirkte verletzt, und ich ergänzte hastig: »Ich werde meine Optionen an dich abtreten, George! Zum Selbstkostenpreis, und du kannst selbst entscheiden, welchen Anteil du mir zugestehst, sobald wir beginnen, Gewinn aus der Sache zu schlagen.«

»Nein, Maureen, das wäre nicht fair. Du hast an dich selbst geglaubt und als erste investiert; die Gewinne stehen dir zu.«

»George, du hast mir nicht zugehört. Ich verfüge gar nicht über das nötige Kapital, um diese Optionen zu vergolden. Ich mußte alles in die Optionen selbst stecken. Hätte ich noch eine Million mehr in der Hand gehabt, hätte ich für noch mehr Land optiert sowie für längere Fristen. Ich hoffe nur, daß du nächstes Mal auf mich hörst! Es schmerzt mich, wenn ich dir sage, daß es Suppe regnen wird, und du kommst nur mit einem Teelöffel an, statt mit einem Eimer. Soll ich dich auch nächstes Mal vorab informieren, oder soll ich direkt zu Mr. Harriman gehen und ihn davon zu überzeugen versuchen, daß ich eine echte Wahrsagerin bin?«

Er seufzte. »Wende dich lieber an mich. Falls du das noch möchtest.«

»Weißt du, wohin wir uns für die Nacht zurückziehen könnten?« fragte ich im Flüsterton.

»Natürlich«, flüsterte er zurück. »Immer doch, werte Dame!«

In der folgenden Nacht teilte ich ihm mehr Einzelheiten mit. »Als nächste Straße wird der Jersey Turnpike umgewandelt, eine Straße mit achtzig Meilen pro Stunde, statt dieser mickrigen Dreißig-Stundenmeilen-Einrichtung, an deren Eröffnung wir heute teilgenommen haben. Der Harriman Highway allerdings ...«

»Der was?«

»Der D. D. Harriman Prairie Highway von Kansas City

nach Denver wird sich mit hundert Meilen pro Stunde fortbewegen und zur Entwicklung einer dreißig Meilen breiten Strangstadt von Old Muddy bis zu den Rocky Mountains führen. Er wird die Bevölkerung von Kansas in nur zehn Jahren von ihren gegenwärtig zwei Millionen auf zwanzig Millionen anwachsen lassen – und jedem endlose Möglichkeiten bieten, der weiß, was geschehen wird.«

»Maureen, du machst mir Angst!«

»Ich mache mir selbst Angst, George. Es ist selten angenehm, vorher schon zu wissen, was geschehen wird.« Ich entschied, Nägel mit Köpfen zu machen. »Die Rollstraßen werden mit hohem Tempo weiter ausgebaut werden, so schnell, wie Sonnenenergieplatten für ihren Betrieb hergestellt werden können – die Ostküste entlang, dann entlang der Route Sixty-six, dann von San Diego nach Sacramento und darüber hinaus. Die ganze Sache wirkt sich auch insofern positiv aus, als die Sonnenenergieplatten auf den Dächern der Strangstädte eine Depression abwehren, sobald das Paradise-Kraftwerk stillgelegt und in den Orbit verlagert wird.«

George schwieg so lange, daß ich schon glaubte, er wäre eingeschlafen. Schließlich sagte er: »Habe ich dich richtig verstanden? Das große Atomkraftwerk in Paradise, Arizona, wird in eine Erdumlaufbahn verlagert werden? Wie? Und warum?«

»Durch den Einsatz von Raumschiffen, die auf der Technik der heutigen Gleitraketen beruhen, jedoch mit einem in Paradise entwickelten Fluchttreibstoff betrieben werden. Aber George – George, das darf auf keinen Fall geschehen! Sicher, der Paradise-Meiler muß stillgelegt werden; er ist aufgrund von Konstruktionsmängeln furchtbar gefährlich – etwa wie eine Dampfmaschine ohne Ausgleichsventil.« (Ich konnte immer noch Sergeant Theodores geliebte Stimme hören: »Man war zu eifrig mit dem Bau und machte deshalb Fehler; das Ding gleicht einer Dampfmaschine ohne Ausgleichsventil.«) »Er muß abgeschaltet werden, darf aber nicht im Orbit neu entstehen. Man wird sichere Atomkraftwerke entwickeln; wir benötigen das in Paradise gar nicht. In der Zwischenzeit können die Sonnenplatten die Lücke in der Energieversorgung füllen.«

»Falls der Paradise-Meiler gefährlich ist – und ich weiß, daß sich manche Leute entsprechende Sorgen machen –, würde die Verlagerung in den Orbit das Problem doch lösen.«

»Ja, George, aus diesem Grund wird das Projekt auch in Angriff genommen werden. In der Erdumlaufbahn ist es für die Stadt Paradise und den Staat Arizona nicht mehr gefährlich – aber wie steht es mit den Leuten, die da oben mitfahren? Sie kommen doch um.«

Wieder trat eine lange Pause ein. »Ich denke, es müßte möglich sein, einen ferngesteuerten Meiler zu entwickeln, ähnlich einer Frachtrakete. Ich muß Ferguson danach fragen.«

»Ich hoffe, daß du recht hast, denn du wirst nach deiner Rückkehr nach Kansas City und der Öffnung meines sechsten Umschlages feststellen, daß laut meiner Prophezeiung der Paradise-Meiler in den Orbit verlagert werden und dort schließlich explodieren wird. Mitsamt der Mannschaft. Keine Überlebenden. Auch das Versorgungsschiff wird vernichtet werden. George, wir dürfen das nicht zulassen! Du und Mr. Harriman, ihr müßt es verhindern! Liebling, ich verspreche dir eins: Wenn es sich als möglich erweist, das Eintreten dieser Prophezeiung zu verhindern, werde ich nie wieder etwas vorhersagen!«

»Ich kann dir nichts versprechen, Maureen. Sicher, Delos und ich sind Direktoren des Energiesyndikats, aber wir halten sowohl in Anteilen als auch im Vorstand nur eine Minderheitenposition. Das Energiesyndikat repräsentiert praktisch das gesamte unternehmerische Kapital in den Vereinigten Staaten; sogar das Sherman-Anti-Trust-Gesetz wurde ausgesetzt, um auf diesem Wege den Bau des Paradise-Meilers zu ermöglichen. Mmm, ein gewisser Daniel Dixon leitet für gewöhnlich die Mehrheit. Ein harter Brocken. Ich kann ihn nicht sonderlich gut leiden.«

»Ich habe von ihm gehört, bin ihm aber noch nie begegnet. George, könnte man ihn vielleicht verführen?«

»Maureen!«

»George, um zu verhindern, daß über fünfzig Menschen bei einem Industrieunfall ums Leben kommen, bin ich sogar noch zu viel mehr bereit, als nur meinen alten Körper zur Bestechung einzusetzen. Ist Dixon für weibliche Reize empfänglich? Wenn ich nicht selbst die Frau bin, auf die er anspringt, kann ich sie vielleicht irgendwo auftreiben.«

Dixon konnte gar nichts mit mir anfangen (und ich nichts mit ihm, was jedoch unwichtig war), und sein Panzer schien überhaupt keine Ritzen aufzuweisen. Nachdem das Energiesyndikat erst einmal beschlossen hatte, den Paradise-Meiler »im öffentlichen Interesse« stillzulegen, gelang es mir nur noch, George und Mr. Harriman davon zu überzeugen, daß sie gegen die Reaktivierung dieser Riesenbombe im Orbit stimmten. Es blieb jedoch bei diesen beiden Gegenstimmen. Das Todesszenario entwickelte sich weiter, ohne daß ich es aufhalten konnte. Der Energiesatellit und das Raumschiff *Charon* detonierten schließlich gemeinsam, und ich starrte nächtelang an die Decke und dachte darüber nach, wie problematisch es war, zuviel über die Zukunft zu wissen.

Ich führte meine Arbeit jedoch fort. Nachdem ich George 1952 meine ersten Vorhersagen enthüllt hatte, war ich auch nach Kanada zu Justin gereist. Ziel dieser Reise war es gewesen, die Errichtung einer Fassade für die Geschäfte von »Prudence Penny« in die Wege zu leiten sowie das Angebot an Justin zu unterbreiten, ihm dieselben detaillierten Vorhersagen zu liefern wie George.

Justin war nicht gerade begeistert über mein Verhalten. »Maureen, habe ich richtig verstanden, daß du der Stiftung in all diesen Jahren Zusatzinformationen von Sergeant Bronson bzw. Captain Long vorenthalten hast?«

»Ja.«

Justin gab so etwas wie ein kontrolliertes Erstaunen zu

erkennen. »Ich muß gestehen, daß ich überrascht bin. Nun ja, besser spät als nie. Hast du die Informationen schriftlich vorliegen, oder wirst du sie diktieren?«

»Ich offenbare dir nicht alles, Justin. Ich werde dir immer nur so viele Daten weitergeben, wie du für den Augenblick benötigst.«

»Maureen, ich muß wirklich auf mehr Kooperation bestehen. Es geht hierbei schließlich um Interessen der Stiftung. Du hast die Informationen von einem künftigen Geschäftsführer der Stiftung erhalten, was mich zum geeigneten Verwalter für sie macht. Ich spreche mit dir nicht als dein alter Freund Justin, sondern als Justin Weatheral in meiner offiziellen Eigenschaft als Geschäftsführer der Stiftung und Bewahrer ihrer Mittel zum Vorteil von uns allen.«

»Nein, Justin.«

»Ich muß darauf bestehen!«

»Tu das ruhig, mein alter Schatz. Es ist eine gute Übung.«

»Maureen, du zeigst nicht die richtige Einstellung. Diese Daten gehören nicht dir, sondern uns allen. Du schuldest sie der Stiftung.«

»Justin, sei doch nicht so ermüdend männlich! Informationen von Sergeant Theodore haben die Speckschwarten der Stiftung am Schwarzen Dienstag von 1929 gerettet, nicht wahr?«

»Zugegeben. Aus diesem Grund ...«

»Laß mich ausreden. Und dieselben Daten haben deinen Arsch gerettet und dich und die Stiftung reich gemacht. Und wie kam das? Durch den guten alten fleißigen Po von Maureen und niemanden sonst! Weil ich ein unmoralisches Frauenzimmer bin, das sich in diesen Soldaten verliebte und ihn zum Plaudern brachte. Es hatte nichts mit der Stiftung zu tun, sondern nur mit mir und meinem unsoliden Lebenswandel. Hätte ich dich nicht eingeweiht, wärst du Theodore nie begegnet. Richtig oder falsch? Antworte mir!«

»Na ja, wenn man es so sieht ...«

»Das tue ich wahrhaftig, und wir wollen jetzt keinen weiteren Unsinn mehr über das reden, was ich der Stiftung schulde. Nicht, solange du nicht zusammengezählt hast, was die Stiftung mir schuldet. Ich halte mich an meine Zusage, nach Bedarf Informationen weiterzugeben. Im Moment sollte die Stiftung schwer in die Douglas-Martin-Solarplatten einsteigen, und falls du diese Technik noch nicht kennst, lies alles darüber im *Economist* oder im *Wall Street Journal* oder im *Toronto Star.* Wenig später werden sich die Rollstraßen zum heißesten Investitionspflaster entwickeln, ebenso Immobilien in ihrer Nachbarschaft.«

»Rollstraßen?«

»Verdammt, Justin, ich weiß genau, daß Theodore sie auf der Sitzung des Rumpfvorstandes am Samstag, den 29. Juni 1918, erwähnt hat. Schlag das ruhig in meiner Niederschrift nach.« So informierte ich Justin also bereits 1952 über den Verlauf der wichtigsten Straßen, von denen Theodore mir berichtet hatte. »Gib auf diese Entwicklung acht und steig frühzeitig ins Geschäft ein. Die ersten Investoren machen auch die dicksten Gewinne. Stoß andererseits alle Eisenbahnanteile ab.«

Damals beschloß ich, Justin nicht auch noch mit meinem Prudence-Penny-Vorhaben zu belästigen – nicht, solange sich sein männliches Ego noch gekränkt fühlte. Statt dessen wandte ich mich an Eleanor. Bei ihr war ein Geheimnis noch sicherer als bei Jesus selbst.

›Prudence Penny, die Hausfrau als Investorin‹ begann als wöchentliche Kolumne in Provinzzeitungen der Art, wie wir sie in Thebes gehabt hatten, den *Lyle County Leader* nämlich. Die ersten sechs Wochen bot ich meine Ergüsse stets umsonst an. Wenn die Versuchsphase auf ein nennenswertes Interesse stieß, konnte der Verleger weitere Beiträge für wenig Geld haben. Die Kleinstadt-Wochenzeitungen konnten sich mehr als kümmerliche Honorare gar nicht leisten, und so hätte es gar keinen Sinn ergeben, wenn ich gleich zu Anfang auf die dicken Erträge scharf gewesen wäre.

Darauf war ich sowieso nicht aus. Zumindest nicht in erster Linie.

Mit der ersten Kolumne 1953 legte ich das Format fest, das sich auch später nie mehr änderte:

Prudence Penny
die Hausfrau als Investorin
DIE DEFINITION DES TAGES:

(In jeder Kolumne erläuterte ich mindestens einen Begriff. Geldleute verfügen über ihre eigene Sprache. Wer diese nicht versteht, kann an ihrem Pokerspiel auch nicht teilnehmen. Einige der Begriffe, die ich meinen Leserinnen erklärte, waren: Stammaktien, Vorzugsaktien, Kommunalobligationen, Gewinnspanne, Rück- und Vorprämie, Mitbesitz, Klagestattgebung ohne vollen Berechtigungsnachweis, Papiergeld ohne Deckung, Enteignungsrecht des Staates, Staatsländereien, Copyright, Patent und vieles mehr.

Trivial? Vielleicht für die eine oder andere, aber solche Leute brauchten Prudence Penny auch gar nicht. Für die meisten Menschen könnten derlei Begriffe allerdings auch aus dem Altgriechischen stammen, und ich erklärte sie in einfachen Worten, die niemand mißverstehen konnte, abgesehen von Professoren der Linguistik.)

Zum zweiten bot ich an, einzelne Meldungen der Tagesnachrichten zu diskutieren, die sich auf Investitionen auswirken konnten. Da das für praktisch alles gilt, inklusive Wetter, Wahlen und Killerbienen, war das eine einfache Aufgabe. Wenn ich die Sache mit etwas Klatsch aufpeppen konnte, tat ich es, verzichtete dabei jedoch auf alles Verletzende und Grausame und achtete sorgfältig darauf, auch alles zu vermeiden, wofür man mich hätte verklagen können.

Dann kam die AKTUELLE INVESTITIONSEMPFEHLUNG an die Reihe, für mich aufgrund von Theodores Vorhersagen eine sichere Angelegenheit. Dieselbe Empfehlung konnte dabei mehrmals im Wechsel mit anderen aus derselben Quelle wiederholt werden.

Die Beiträge endeten stets mit *Prudence Pennys Portefeuille:*

Meine Damen, am Anfang, im Januar 1953, hatten wir eintausend Dollar ($* 1.000,00) in diesem Portefeuille. Falls Sie den gleichen Betrag zur gleichen Zeit investiert und die Investitionen in der Folge wie wir geändert haben, beläuft sich Ihr Portefeuille gegenwärtig auf *$ 4.823,17.

Es ist niemals zu spät, mit klugen Investitionen nach Prudence Pennys Empfehlungen zu beginnen. Sie können heute mit 4.823,17 Dollar starten (oder einem Mehrfachen oder einem Teil dessen), die Sie dann wie folgt investieren ... (Liste der Investitionen).

Falls Sie selbst in allen Einzelheiten studieren möchten, wie eintausend Dollar in (so und so vielen) Jahren und (so und so vielen) Monaten auf (gegenwärtiger Wert) steigen, schicken Sie (*$* 1,00, *$* 2,50, *$* 4,00 – der Preis stieg laufend) an Pinch-Penny Publications, Suite 8600, Harriman Tower, New York, N.Y. HKL030 (eine Adresse, hinter der ein Briefkasten steckte, dessen Inhalt letztlich bei Eleanors Handlanger in Toronto landete), oder erwerben Sie direkt in Ihrem örtlichen Buchladen den Leitfaden zu profitablen Investitionen für Hausfrauen von Prudence Penny.

Die Sperenzchen mit der Adresse dienten dem Zweck, daß die Börsenaufsicht nicht spitz bekam, wer sich hinter ›Prudence Penny‹ versteckte, nämlich ein Vorstandsmitglied von Harriman Industries. Die Börsenaufsicht ist ein wenig voreingenommen, was ›Insidergeschäfte‹ angeht.

Die Kolumne machte Karriere und erschien bald nicht mehr nur in den Provinzwochenzeitungen, sondern auch in den städtischen Tageszeitungen. Sie erbrachte in den dreizehn Jahren, die ich sie schrieb, eine Menge Geld. Frauen lasen und befolgten sie – wie die Leserinnenpost zu erkennen gab –, aber ich glaube, daß sie hauptsächlich von Männern gelesen wurde; natürlich nicht, weil sie meinem

Rat folgen, sondern weil sie daraus schlau werden wollten, wieso ihr weiblicher Bär denn Walzer tanzen konnte.

Ich wußte, daß ich Erfolg gehabt hatte, als George Strong eines Tages mir gegenüber Prudence Penny zitierte.

Mein eigentliches Ziel, das ich mit der Kolumne verfolgte, bestand nicht im Geldverdienen und nicht darin, irgend jemanden zu beeindrucken; vielmehr wollte ich mir die Reputation erarbeiten, die es mir möglich machte, im April 1964 eine spezielle Kolumne zu verfassen, die den Titel trug: ›DER MOND GEHÖRT ALLEN – aber das erste Mondschiff wird Harriman Industries gehören‹.

Darin riet ich meinen Leserinnen, ihr Prudence-Penny-Portefeuille zwar weiterzuführen, aber darüber hinaus jeden weiteren verfügbaren roten Heller zusammenzukratzen und ihn auf den Erfolg von D. D. Harrimans großem neuen Projekt zu setzen, das darin bestand, einen Menschen auf den Mond zu bringen.

Von da an erzählte Prudence Penny immer etwas über Raumfahrt und Harriman Industries. Ich gestand freimütig, daß die Raumfahrt eine Langzeitinvestition darstellte (und empfahl weiterhin auch andere Projekte, die alle von Theodores Vorhersagen gestützt wurden), aber ich rührte doch in einem fort kräftig die Werbetrommel und verkündete, daß sagenhafte Reichtümer auf die weitsichtigen Investoren warteten, die ihr Geld zeitig in den Weltraum steckten und dann auch beharrlich dabeiblieben. Leute, kauft Harriman-Anteile, steckt sie in euren Safe und vergeßt sie. Eure Enkelkinder werden euch dafür lieben!

Im Frühjahr 1965 zog ich ins Broadmoor Hotel südlich von Colorado Springs, weil Mr. Harriman sein Mondschiff auf dem Peterson Field baute. Nachdem Brian Priscilla und Donald zurück nach Dallas geholt hatte, hatte ich einen halbherzigen Versuch unternommen, das gemietete Haus in Kansas City loszuwerden. George manövrierte mich jedoch aus. Das Haus gehörte ihm persönlich und nicht Harriman und Strong oder Harriman Industries. Als ich ihm mitteilte, daß ich keine Bleibe mit vier Schlafzimmern mehr benötigte, bat er mich, es zu behalten, ohne weiter Miete zu bezahlen.

Ich wies ihn darauf hin, daß sein Angebot für eine bezahlte Geliebte nicht ausreichte, während es andererseits zuviel war, wenn ich die Fassade einer respektablen Dame aufrechterhalten wollte. Worauf er erwiderte: »Wie lautet der aktuelle Preis für eine ›Geliebte‹? Ich verdopple ihn.«

Und ich küßte ihn und nahm ihn mit ins Bett, wo wir einen Kompromiß schlossen. Er würde seinen Fahrer und dessen Frau im Haus unterbringen, und ich konnte jederzeit dort wohnen, wenn ich das wünschte. Das Paar würde sich auch um Prinzessin Polly kümmern.

Damit hatte George meinen schwachen Punkt entdeckt. Ich hatte die kleine Katze schon einmal dem Trauma ausgesetzt, ihr Einziges Heim zu verlieren, und ergriff jetzt gerne die Gelegenheit, ihr eine Wiederholung zu ersparen.

Trotzdem nahm ich mir eine Wohnung an der Plaza, brachte die wichtigsten Bücher dort unter, ließ meine Post dort zustellen und holte gelegentlich auch Polly herüber. Ich mutete ihr dabei einen Korb zu, aber sie machte kein Theater. (Die neuen Lehmkügelchen stellten eine enorme Verbesserung gegenüber Sand oder Erde dar.) Auf diese kurze Distanz gewöhnte ich sie an einen Tragekäfig und an Aufenthalte außerhalb des vertrauten Heims. Schließlich entwikkelte sie sich zu einer richtigen Reisekatze, die sich in den besten Hotels zu Hause fühlte und sich ordentlich benahm, ja, die sogar so gute Manieren zeigte, daß sie nicht mal die Möbel zerkratzte. Damit wurde es für Elijah und Charlene viel einfacher, einmal Ferien zu machen oder George irgendwohin zu begleiten.

Und so zogen Prinzessin Polly und ich im Frühjahr 1965 im Broadmoor ein, wenige Wochen vor dem historischen ersten Flug zum Mond. Ich trug nur den Käfig von Polly; das Gepäck sollte mir vom Terminal des Harriman Prairie Highway fünfzig Meilen weiter nördlich nachgesandt werden. Ich verabscheute die Rollstraßen, schon seit ich das erste Mal auf einer gefahren war; ich bekam immer Kopfschmerzen dabei. Man hatte mir weismachen wollen, das Geräuschproblem wäre auf dem Prairie Highway überwunden worden, aber man sollte niemals der Werbung vertrauen!

»Madam«, sagte der Portier des Broadmoor, »wir haben einen ausgezeichneten Zwinger hinter dem Tennisclub. Ich werde einen Pagen bitten, Ihre Katze dort unterzubringen.«

»Einen Moment noch.« Ich brachte meine Harriman-Industries-Karte zum Vorschein – ich hatte eine mit Goldband.

Der Portier warf nur einen Blick darauf und alarmierte den stellvertretenden Manager, der gleich herbeigeeilt kam – komplett mit Gardenie im Knopfloch und gestreifter Hose und professionellem Lächeln. »Mrs. Johnson! Wir freuen uns so, Sie begrüßen zu dürfen! Möchten Sie eine Suite nehmen? Oder eine Wohnung?«

Prinzessin Polly mußte nicht in den Zwinger. Zum Dinner verspeiste sie gehackte Leber – eine freundliche Gabe des Managements –, und sie hatte ihr eigenes Katzenbett und ihren eigenen Tragekorb, beide garantiert sterilisiert, wie das um die Gegenstände geschlungene Papierband verkündete. Genau wie das um den Toilettensitz in meinem Bad.

Kein Bidet, aber davon abgesehen war das Broadmoor ein Hotel erster Klasse.

Natürlich traf das Gepäck ein, während ich gerade badete. Sobald ich mich umgezogen hatte, ließ ich Prinzessin Polly vor dem Fernseher zurück (sie sah gerne fern, besonders die Werbespots) und suchte die Bar auf, um einen Drink zu nehmen und einfach mal abzuwarten, was passierte.

Und entdeckte dort meinen Sohn Woodrow.

Er bemerkte mich schon, als ich eintrat. »Hi, Mom!«

»Woodrow!« Wie sehr ich mich doch freute! Ich gab ihm einen Kuß. »Schön, dich zu sehen, mein Junge. Was machst du hier? Das letzte Mal warst du doch noch bei Wright-Patterson.«

»Oh, dort habe ich gekündigt. Sie wußten nicht, was sie mit einem Genie anfangen sollten, und obendrein mußte ich zu früh aufstehen. Jetzt bin ich bei Harriman Industries und versuche dort für Ordnung zu sorgen. Das ist nicht einfach.«

(Sollte ich ihm sagen, daß ich inzwischen im Vorstand von Harriman Industries saß? Bislang hatte ich es immer vermieden, jemanden einzuweihen, der es nicht unbedingt wissen mußte – also auch jetzt wieder: abwarten!) »Ich freue mich, daß du bei ihnen für Ordnung sorgst. Hast du etwas mit ihrem Mondschiff zu tun?«

»Setz dich erst mal. Was trinkst du?«

»Das gleiche wie du.«

»Na ja, ich nehme Manitou Water mit Schuß.«

»Sieht aus wie Wodka Tonic. Ist es auch welcher?«

»Nicht ganz. Manitou Water ist eine hiesige Mineralquelle, so was wie Stinktier, aber nicht ganz so schmackhaft.«

»Hmm, dann nehme ich Wodka Tonic mit Limone. Ist Heather auch da?«

»Sie verträgt die Höhenluft nicht. Als ich von Wright-Patterson wegging, nahm sie die Kinder wieder mit runter nach Florida. Du brauchst darüber nicht die Stirn in Falten zu legen. Sie wird mich informieren, wenn sie wieder schwanger werden möchte, was etwa alle drei Jahre der Fall ist. Ich komme dann nach Hause, bleibe einen oder zwei Monate, freunde mich wieder mit den Kleinen an und kehre anschließend zu meiner Arbeit zurück. Kein Geheul, kein Ärger, keine Familienstreitigkeiten.«

»Klingt nach einem netten Arrangement, wenn es euch beiden so gefällt.«

»Das tut es.« Er bestellte meinen Drink. Das Trinken hatte ich zwar nicht gelernt, aber ich wußte, wie man sich ein hohes Glas bestellte und den ganzen Abend lang dabei blieb, während ein Eiswürfel nach dem anderen das Getränk verdünnte. Ich betrachtete Woodrow gründlich. Die Gesichtshaut schien gespannt, und die Hände kamen mir sehr knochig vor.

Die Kellnerin ging, und er wandte sich wieder mir zu. »Jetzt erzähle mir mal, was du hier machst, Mom.«

»Ich war schon immer Fan der Raumfahrt. Erinnerst du dich noch daran, wie wir zusammen Roy Rockwoods Great-Marvel-Serie gelesen haben? *Lost on the Moon, Through Space to Mars* ...«

»Aber sicher doch! Ich habe ja nur deshalb lesen gelernt, weil ich glaubte, du würdest mir Sachen verheimlichen.«

»Nicht bei diesen Titeln. Vielleicht ein paar Dinge aus den Barsoom-Büchern.«

»Ich hatte mir immer eine schöne marsianische Prinzessin gewünscht, aber nicht auf die Art, wie man es in Barsoom tun mußte. Weißt du noch, wie sie sich dort immer gegenseitig umbrachten? Nichts für mich! Ich bin von der friedlichen Sorte, Mom. Du kennst mich ja.«

(Ich frage mich, ob eine Mutter überhaupt jemals ihre Kinder kennt. Dir fühle ich mich jedoch sehr verbunden, mein Schatz! Ich hoffe, daß mit dir und Heather wirklich alles in Ordnung ist.) »Als ich von dem Mondschiff hörte, bin ich hergekommen. Ich möchte unbedingt beim Start dabeisein, wenn ich schon nicht mitfliegen darf. Was hältst du davon, Woodrow? Wird das Schiff die Reise bewältigen?«

»Fragen wir mal den Fachmann.« Woodrow blickte sich um und rief jemandem, den er an der Bar entdeckte, zu: »Hey, Les! Komm mal mit deinem Fusel herüber und setz' dich ein bißchen zu uns!«

Der Angesprochene kam. Es war ein kleiner Mann mit den großen Händen eines Jockeys. »Darf ich dir Captain Leslie LeCroix vorstellen, den Skipper der *Pioneer?*« sagte mein Sohn. »Les, das ist meine Tochter Maureen.«

»Ich fühle mich geehrt, Miss, aber Sie können nicht Bills Tochter sein; Sie sind zu jung dazu. Obendrein sind Sie hübsch, während er ... Na ja, schauen Sie ihn sich an!«

»Schluß damit, Jungs. Ich bin seine Mutter, Captain. Sind Sie wirklich der Captain des Mondschiffs? Ich bin beeindruckt!«

LeCroix setzte sich zu uns. Ich sah, daß es sich bei seinem

»Fusel« auch um einen klaren Drink im hohen Glas handelte. »Sie brauchen nicht beeindruckt zu sein«, wandte er sich an mich. »Der Computerpilot regelt alles. Ich fahre allerdings mit, falls es mir gelingt, Bill lange genug aus dem Weg zu gehen. Nimm noch ein Schokoladeneclair, Bill.«

»Ach, hör auf damit!«

»Oder einen Chesseburger? Ein Geleedoughnut? Einen Schober Weizen mit Honig?«

»Mom, siehst du, was dieser Schurke zu erreichen versucht? Er versucht, mich von meinem Diätkurs abzubringen, nur weil er Angst hat, ich könnte ihm die Arme brechen. Oder den Hals.«

»Warum solltest du das tun, Woodrow?«

»Ich würde es ja nie tun, aber Les befürchtet es. Er wiegt nur hundertsechsundzwanzig Pfund. Wenn ich trainiere, schaffe ich es auf einhundertfünfundvierzig, wie du dich vielleicht entsinnst. Sollte er sich nämlich einen Schnupfen holen oder unter der Dusche ausrutschen und sich etwas brechen, was Gott verhüten möge, muß ich zum Startzeitpunkt exakt so viel wiegen wie er, weil ich dann an seiner Stelle so tun muß, als würde ich die Kiste fliegen. Und ich kann mich dem nicht entziehen; ich habe das Geldangebot meines Arbeitgebers akzeptiert. Obendrein haben sie einen großen, häßlichen Kerl damit beauftragt, mir überallhin zu folgen und zu verhindern, daß ich weglaufe.«

»Glauben Sie ihm nicht, Ma'am. Ich bin sehr vorsichtig, wenn ich durch eine Tür gehe, und esse nichts, wenn ich nicht gesehen habe, wie die Packung geöffnet wurde. Er plant, mich noch in der letzten Minute außer Gefecht zu setzen. Ist er wirklich Ihr Sohn? Das kann nicht sein!«

»Ich habe ihn einer Zigeunerin abgekauft. Woodrow, was passiert, wenn du das vorgeschriebene Gewicht nicht erreichst?«

»Sie schneiden eins meiner Beine scheibchenweise ab, bis ich auf exakt hundertsechsundzwanzig bin. Raumfahrer brauchen keine Füße.«

»Woodrow, du warst schon immer ein unartiger Junge. Auf dem Mond bräuchtest du wieder Füße.«

»Einer reicht dort. Ein Sechstel der Erdschwerkraft. Heh, da ist ja der große, häßliche Kerl, den sie auf mich angesetzt haben! Er kommt hierher.«

George Strong trat zu uns und verbeugte sich. »Werte Dame! Wie ich sehe, haben Sie unseren Mondschiffcaptain kennengelernt, ebenso unseren Ersatzpiloten Bill Smith. Darf ich mich dazusetzen?«

»Mom, du kennst diesen Typen? Hat man dich auch beauftragt, mich zu bewachen? Sag, daß es nicht wahr ist!«

»Es ist nicht wahr. George, euer Ersatzpilot ist mein Sohn, Woodrow Wilson Smith.«

Später am Abend fanden George und ich Gelegenheit zu einem privaten Gespräch. Ich erwähnte Woodrows Gewichtsproblem. »Kann das denn stimmen?«

»Ja, sicher, genauso ist es.«

»Aber er hat seit seinem vorletzten Jahr auf der High School nicht mehr so wenig gewogen! Ich fürchte, daß er am Ende viel zu schwach für die Aufgabe ist. Könnte man nicht einfach ein paar Bleigewichte einplanen, wenn Captain LeCroix fliegt, und sie herausnehmen, wenn der Ersatzpilot gebraucht wird?«

»Maureen, du verstehst das nicht.«

Ich pflichtete ihm bei.

Und er erklärte mir, wie knapp die Gewichte bei dem Schiff geplant werden mußten. Die *Pioneer* war nur mit dem Allernötigsten ausgestattet und verfügte nicht mal über Funk, sondern lediglich über die unverzichtbaren Navigationsinstrumente. Nicht einmal ein Standarddruckanzug war an Bord – dafür ein Beschleunigungsanzug aus Gummi und mit Helm. Kein Tornister – nur eine Gürtelflasche. Ausreichend, um die Luke zu öffnen, eine mit Gewichten beschwerte Flagge auszusetzen, ein paar Steine hereinzuholen und wieder einzusteigen.

»George, für meinen Geschmack klingt das nicht nach der Ideallösung für ein solches Unternehmen! Ich werde zwar Woodrow keinen Rat geben – er ist inzwischen ein erwachsener Junge –, aber ich hoffe doch, daß Captain LeCroix gesund bleibt.« Woodrows offizielles Alter betrug fünfunddreißig, das tatsächliche dreiundfünfzig.

Wieder trat eine dieser langen Pausen ein, die George brauchte, um über unangenehme Dinge nachzudenken. »Maureen, was ich dir jetzt erzähle, ist absolut und hochgradig geheim. Ich bin mir nicht sicher, daß überhaupt jemand mit diesem Schiff starten wird.«

»Schwierigkeiten?«

»Probleme mit dem Gerichtsvollzieher. Ich weiß nicht, wie lange wir unsere Gläubiger noch hinhalten können. Und wir können uns auch an sonst niemanden mehr wenden. Wir haben sozusagen schon den Mantel zum Pfandleiher gegeben.«

»George, warten wir mal ab, was ich da ausrichten kann.«

Er erklärte sich damit einverstanden, in meiner Wohnung zu bleiben und Prinzessin Polly zu versorgen, während ich unterwegs war. Was Polly anbetraf, ging das Arrangement in Ordnung, denn sie war an ihn gewöhnt. Ich brach am Morgen Richtung Scottsdale auf, um mit Justin zu sprechen.

»Justin, betrachte es mal aus der Perspektive: Wie sehr wird es die Stiftung in Mitleidenschaft ziehen, wenn du den Zusammenbruch von Harriman Industries zuläßt?«

»Es würde sie schädigen, aber nicht umbringen. Wir könnten die vollen Subventionen in fünf Jahren wieder aufnehmen, spätestens in zehn. Maureen, eines steht fest: Wer anderer Leute Geld verwahrt, darf es nicht in Pleiteunternehmen stecken.«

Acht Millionen waren das äußerste, was ich aus ihm herausquetschen konnte, und ich mußte persönlich die Garantie für die Summe übernehmen. Die Hälfte des Betrages bestand aus Depotscheinen, deren Fälligkeitsdatum teilweise erst in sechs Monaten eintraf. (Ein Depotschein kann jedoch stets anstelle von Bargeld benutzt werden, auch wenn das vielleicht ein paar Prozente kostet.)

Und selbst, um diese Summe von ihm zu erhalten, mußte ich Justin drohen, ihm nie wieder einen »Theodore-Tip« zu geben, falls er das Geld nicht herausrückte. Gleichzeitig versprach ich ihm, ihm eine vollständige Niederschrift der Notizen auszuhändigen, die ich mitten in der Nacht des 29. Juni 1918 angefertigt hatte.

Am nächsten Morgen im Broadmoor wollte George das Geld nicht annehmen, sondern führte mich statt dessen zu Mr. Harriman. Dieser schien seine fünf Sinne nicht ganz beisammen zu haben und erkannte mich erst, als ich sagte: »Mr. Harriman, ich möchte mehr Anteile am Mondprogramm erwerben.«

»Wie bitte? Tut mir leid, Mrs. Johnson, es stehen keine weiteren Anteile zum Verkauf. Soviel weiß ich mit Bestimmtheit.«

»Dann möchte ich es mal so ausdrücken: Ich stelle Ihnen acht Millionen Dollar als persönliches Darlehen ohne Sicherheiten zur Verfügung.«

Mr. Harriman schaute mich an, als sähe er mich zum erstenmal. Er war hager geworden, seit ich ihm das letzte Mal begegnet war, und in seinen Augen brannte fanatische Hingabe. Er erinnerte mich an die Propheten des Alten Testamentes.

Er musterte mich ausgiebig und wandte sich dann an George. »Hast du Mrs. Johnson erklärt, welches Risiko sie damit eingeht?«

George nickte düster. »Sie weiß es.«

»Das wundert mich aber. Mrs. Johnson, ich bin pleite, und Harriman Industries ist nur noch eine hohle Schale. Deshalb habe ich in letzter Zeit auch keine Vorstandssitzung mehr einberufen. Ich müßte dann nämlich die Risiken erläutern, die ich eingegangen bin. Nur die geradezu unverschämte Chuzpe von mir und Mr. Strong hält alles noch zusammen, und wir beten, daß das noch eine Weile so bleiben wird, zumindest bis die *Pioneer* von der Startplattform abhebt. Ich habe die Hoffnung noch nicht aufgegeben, aber falls ich Ihr Geld nehme und trotzdem bankrott mache, dann kann ich Sie nicht mal bevorzugt behandeln. Vielleicht bekämen Sie drei Cent pro Dollar zurück, vielleicht gar nichts.«

»Mr. Harriman, Sie werden nicht bankrott gehen, und das Schiff da draußen wird fliegen. Captain LeCroix wird auf dem Mond landen und sicher zurückkehren.«

Er lächelte mich an. »Schön zu wissen, daß Sie Vertrauen in uns haben.«

»Es ist nicht nur Vertrauen; ich bin mir ganz sicher. Wir können jetzt nicht mehr scheitern, nur weil ein paar Pennies fehlen. Nehmen Sie dieses Geld und lassen Sie es für sich arbeiten. Zahlen Sie es zurück, wenn Sie wieder flüssig sind. Nicht nur die *Pioneer* wird fliegen, sondern es werden ihr noch viele weitere Schiffe folgen. Sir, Sie verkörpern buchstäblich das Schicksal der Menschheit! Sie werden Luna City gründen, den Freihafen des Sonnensystems!«

Später im Verlauf der Woche fragte mich George, ob ich den Start aus dem Blockhaus miterleben wolle – Mr. Harriman hätte mich eingeladen. Ich hatte mir das bereits überlegt, wohl wissend, daß ich es durchaus fordern konnte. »George, das ist nicht der günstigste Platz, um den Start zu beobachten, nicht wahr?«

»Nein, aber der sicherste. Dort werden die VIPs untergebracht – der Gouverneur, die Botschafter, der Präsident, falls er sich blicken läßt.«

»Hört sich klaustrophobisch an. George, ich habe mich noch nie für den sichersten Platz interessiert, und die wenigen VIPs, denen ich bislang begegnet bin, kamen mir immer wie leblose Puppen vor, animiert von ihren Public-Relations-Beratern. Von wo aus schaust du zu?«

»Ich weiß es noch nicht. Wo immer Delos mich braucht.«

»Dachte ich mir. Du wirst zu beschäftigt sein, um mich mitzuschleifen.«

»Es wäre mir eine Freude, werte Dame, aber ...«

»... du wirst andernorts gebraucht. Von wo hat man die beste Sicht? Wo würdest du Position beziehen, wenn du nicht gebraucht würdest?«

»Warst du schon mal im Broadmoor Zoo?«

»Nein, aber ich habe es nach dem Start vor.«

»Maureen, der Zoo hat einen Parkplatz, und von dort hat man freie Sicht nach Osten und befindet sich fünfhundert Meter oberhalb des Peterson Fields. Mr. Montgomery hat mit dem Hotel vereinbart, daß dort Klappstühle aufgestellt werden, mit Radio, Fernsehen und Kaffee. Dort würde ich hingehen.«

»Dann werde ich es auch tun.«

Später am Tag begegnete ich im Foyer des Broadmoor wieder meinem Sohn Woodrow. »Hi, Mom! Ich habe zu tun.«

»Wie um alles in der Welt haben sie denn das geschafft?«

»Ich habe den Arbeitsvertrag nicht gründlich genug gelesen. Es geht um ›Bildungs- und Public-Relations-Maßnahmen im Zusammenhang mit dem Mondschiff‹, was bedeutet, daß ich den Leuten demonstrieren muß, wie die Kiste funktioniert, wohin sie fliegt und wo man auf dem Mond die Diamanten findet.«

»Gibt es auf dem Mond denn Diamanten?«

»Das sagen wir dir später. Komm mal kurz mit.« Er führte mich von der Menge fort in einen Seitenraum des Friseurladens. »Mom«, sagte er leise, »wenn du möchtest, kann ich dir für den Start bestimmt einen Platz im Blockhaus verschaffen.«

»Hat man von dort die beste Sicht?«

»Nein, wahrscheinlich die schlechteste. Es wird ungeheuer heiß werden, weil die Klimaanlage nicht viel taugt, aber andererseits ist es der sicherste Platz, an dem man auch die ganzen hohen Tiere findet – Mitglieder von Königshäusern, Parteivorsitzende, Mafia-Bosse.«

»Woodrow, wo hat man die beste Sicht, nicht die größte Sicherheit?«

»Ich würde den Cheyenne Mountain hinauffahren, auf

einen großen befestigten Parkplatz vor dem Zoo. Komm jetzt zurück ins Foyer; ich möchte dir was zeigen.«

Auf einem riesigen, vier Fuß durchmessenden Globus, bei dessen Anblick mir das Wasser im Mund zusammenlief, zeigte mir Woodrow die Flugbahn der *Pioneer*.

»Wieso steigt sie nicht schnurgerade auf?«

»So geht das nicht. Sie steigt allmählich gen Osten auf, wobei sie die Erdrotation ausnutzt und die Zusatzstufen abwirft. Die unterste und größte, die Nummer fünf, stürzt auf Kansas.«

»Was, wenn sie auf dem Prairie Roadway aufprallt?«

»Ich würde in die Fremdenlegion eintreten, gleich nach Bob Coster und Mr. Ferguson. Aber im Ernst, Mom – das kann nicht passieren. Der Landepunkt bei Dodge City liegt über hundert Meilen südlich des Roadway.«

»Was ist mit Dodge City?«

»Es gibt da einen kleinen Mann, der vor einem Schalter sitzt und der keine andere Aufgabe hat, als diesen Schalter zu drücken und Stufe fünf damit auf freiem Gelände zu Boden zu bringen. Sollte er einen Fehler machen, wird er an einen Baum gebunden und von wilden Hunden in Stücke gerissen. Mach dir keine Sorgen, Mom. Stufe vier geht hier vor der Küste von South Carolina nieder, Stufe drei hier im Atlantik, nördlich der schmalsten Stelle zwischen Südamerika und Afrika. Stufe zwei landet bei Kapstadt im Südatlantik. Wenn sie nicht ganz genau ins Ziel geht, bekommen wir einige interessante Flüche auf Afrikaans zu hören. Stufe eins – nun, mit ein bißchen Glück landet die auf dem Mond. Sollte Bob Coster einen Fehler gemacht haben, na ja, dann müssen wir zurück an den Zeichentisch.«

Es dürfte für niemanden neu sein, daß die *Pioneer* planmäßig abhob und Captain Leslie LeCroix sicher auf dem Mond landete und wieder zurückkehrte. Ich sah vom Parkplatz auf dem Cheyenne Mountain aus zu und hatte von dort eine so wunderbare Aussicht, daß ich glaubte, ich könnte Kansas City sehen, wenn ich mich auf Zehenspitzen stellte.

Ich bin froh, daß ich noch eine dieser großen Raketen gesehen habe, solange man sie überhaupt benutzte. Ich kenne keinen Planeten in irgendeinem erforschten Universum, auf dem noch Großraketen zum Einsatz kommen. Sie sind einfach zu teuer, zu verschwenderisch und zu gefährlich.

Aber auch so phantastisch!

Es war dunkel, als ich auf dem Parkplatz eintraf. Der Vollmond stieg im Osten auf. Die Pioneer war sieben Meilen entfernt, aber im Scheinwerferlicht trotzdem leicht zu entdekken, wie sie hoch und stolz in den Himmel ragte.

Ich warf einen Blick auf die Uhr und dann durch das Fernglas in Richtung Blockhaus. Die weiße Flamme schoß exakt zum geplanten Zeitpunkt hervor.

Eine weitere Flamme eruptierte in einem roten und grünen Feuerball. Noch fünf Minuten.

Diese fünf Minuten kamen mir wie eine halbe Stunde vor. Ich glaubte schon, der Start wäre abgebrochen worden, und empfand einen unerträglichen Kummer.

Weißes Feuer leckte aus der Unterseite des Schiffes hervor, und langsam und bedächtig hob es von der Plattform ab. Es wurde schneller und immer schneller und badete die gesamte Landschaft in einem mehrere Meilen messenden Umkreis in helles Licht.

Das Schiff stieg bis in den scheinbaren Zenith und erweckte den Eindruck, sich gen Westen zu neigen; ich glaubte fast schon, es würde auf uns stürzen.

Aber dann war das Licht nicht mehr so hell, und wir konnten jetzt sehen, daß es sich ostwärts bewegte wie ein heller, dahineilender Stern. Der Stern schien auseinanderzubrechen, und eine Stimme aus dem Radio sagte: »Stufe fünf wurde abgeworfen.« Ich bekam wieder Luft.

Und dann brach der Lärm über uns herein. Wie viele Sekunden benötigt der Schall für sieben Meilen? Ich habe es vergessen, und in jener Nacht vergingen auch keine gewöhnlichen Sekunden.

Es war ein »weißes Rauschen« und selbst auf diese Distanz fast unerträglich. Es donnerte in einem fort, und schließlich erreichte uns auch die Turbulenz, peitschte Röcke hoch und warf Stühle um. Jemand fiel zu Boden, fluchte und sagte: »Ich werde jemanden verklagen!«

Der Mensch war unterwegs zum Mond, hatte den ersten Schritt aus dem Einzigen Heim unternommen …

George starb 1971. Er erlebte noch mit, wie jeder einzelne investierte Cent sich bezahlt machte, wie das Pikes-Peak-Raumkatapult in Dienst gestellt und Luna City ein funktionierendes Unternehmen mit über sechshundert Einwohnern wurde, über hundert davon Frauen; er erlebte noch die ersten Babies mit, die dort auf die Welt kamen, und wie Harriman Industries reicher wurde als je zuvor. Ich glaube, er war glücklich. Und ich vermisse ihn nach wie vor.

Ich bin mir nicht sicher, ob Mr. Harriman glücklich war. Er war schließlich nicht hinter Milliarden her, sondern wollte einfach nur auf den Mond – und Daniel Dixon wußte das zu verhindern.

Dixon raffte im Verlauf des Projektes, das einen Menschen auf den Mond brachte, und einige Anteilsverschiebungen nach sich zog, mehr Stimmen zusammen als Mr. Harriman, und letzterer verlor die Kontrolle über Harriman Industries.

Um das Maß vollzumachen, schaffte es auch noch eine Harriman-Tochterfirma, die Spaceways Ltd., (durch Lobbyismus in Washington und bei den Vereinten Nationen) das Monopol auf die erste Phase der Weltraumentwicklung zu erhalten. Abgesegnet wurde das Ganze durch das sogenannte »Weltraumsicherungsgesetz«, dem zufolge das Unternehmen bestimmen durfte, wer für das All tauglich war und wer nicht. Ich hörte, daß man Mr. Harriman aufgrund dieses Gesetzes aus körperlichen Gründen ablehnte. Ich bin mir jedoch nicht sicher, was sich alles hinter den Kulissen abspielte, denn ich wurde aus dem Vorstand hinausmanövriert, sobald Mr. Dixon an die Macht kam. Es war mir egal; ich mochte ihn sowieso nicht.

In Boondock hörte ich mir Jahrhunderte später – auf meiner persönlichen Zeitlinie über sechzig Jahre später – einen Würfel an, der den Titel trug: *Mythen, Legenden und Traditionen – die romantische Seite der Geschichte*. Darin war eine Erzählung über Zeitlinie zwei enthalten, der zufolge es dem legendären Dee Dee Harriman viele Jahre nach diesen Machenschaften, als er schon sehr alt und fast vergessen war, gelungen sein sollte, eine Piratenrakete zu kaufen und damit zum Mond zu fliegen – wo er dann bei einer Bruchlandung ums Leben kam. Auf dem Mond allerdings, nach dem er sich immer so gesehnt hatte.

Ich fragte Lazarus nach dieser Geschichte. Er sagte, er wüßte nichts Genaues darüber. »Aber möglich ist es. Gott weiß, wie hartnäckig der alte Mann war!«

Ich hoffe, daß er es geschafft hat.

KAPITEL VIERUNDZWANZIG

NIEDERGANG UND STURZ

Ich bin mir nicht ganz sicher, ob ich nicht vom Regen in die Traufe gekommen bin, nachdem die Ghule mich den Gespenstern geraubt haben. Ich schätze, fast jeder Mensch hängt Phantasien über gerechte Strafen oder über irgendeinen Schurken nach, der am besten die Hauptrolle bei einem Begräbnis bekommen sollte. Das ist eine an sich völlig harmlose Methode, in einer schlaflosen Nacht die Zeit totzuschlagen.

Aber diese verrückten Typen meinten es ernst.

Ihre Gedanken drehten sich nur um Mord. An meinem ersten Abend, den ich unter ihnen verbrachte, erstellten sie eine Liste von über fünfzig Personen, die umgebracht werden mußten, sowie ihrer Verbrechen. Mir gewährten sie die Ehre, als nächstes Mitglied einen dieser Klienten zur Strecke bringen zu dürfen. »Einer, dessen Verbrechen Sie besonders verletzt haben, Milady Johnson ...«

Ich gestehe ihnen ja zu, daß die aufgelisteten Bösewichter wahrhaftig ein skrofulöser Haufen waren, über deren Ableben selbst die eigenen Mütter kaum eine Träne vergossen hätten, aber wie Mr. Clemens' Lieblingssohn Huckleberry Finn bin auch ich nicht sehr daran interessiert, Fremde umzubringen. Ich habe nichts gegen die Todesstrafe – ich sprach mich stets für sie aus, wenn das Thema zur Abstimmung kam, was während des Niedergangs und Sturzes der Vereinigten Staaten häufig der Fall war –, aber wenn es darum geht, aus mehr oder weniger ›sportlichen‹ Gründen zu töten, dann muß ich schon gefühlsmäßig beteiligt sein. Oh, sicher, wenn ich vor die Wahl gestellt würde, würde ich eher einen Menschen als einen Hirschen erschießen; ich verstehe einfach nicht, worin der ›Spaß‹ bestehen soll, wenn man einen sanften Vegetarier niederknallt, der nicht einmal zurückfeuern kann.

Aber wenn ich wirklich freie Wahl hätte – dann würde ich lieber fernsehen als einen Fremden töten. Zumindest, was einige Fremde angeht.

Also sagte ich: »Auf dieser Liste finde ich niemanden, der nach meinem Geschmack wäre. Haben Sie nicht zufällig noch jemanden, der Kätzchen aussetzt?«

Der dicke Vorsitzende lächelte mich unter der dunklen Brille an. »Was für eine köstliche Vorstellung! Nein, ich denke nicht ... Es sei denn, er wäre aus anderen Gründen nominiert worden. Ich werde unsere Forschungsabteilung gleich auf diese Frage ansetzen. Madam, was wäre ein angemessenes Ende für einen solchen Klienten? Haben Sie sich darüber bereits Gedanken gemacht?«

»Nein, habe ich nicht, aber sein Tod müßte etwas mit Heimweh zu tun haben, mit Einsamkeit, Kälte, Hunger, Angst – und völliger Verzweiflung.«

»Kunstvoll! Vielleicht jedoch unpraktisch. Ein solcher Tod könnte sich über Monate hinziehen, und wir verfügen nun wirklich nicht über die Einrichtungen, um eine Streichung über mehr als ein paar Tage zu strecken. Ah, Blaubart, möchten Sie etwas dazu sagen?«

»Tun wir doch das, was unsere Schwester vorschlägt, und zwar für so viele Tage, wie wir den Raum dafür erübrigen können. Umgeben wir den Klienten mit Hologrammen von enormen Lastwagen, mit Riesenhologrammen, so, wie der Straßenverkehr auf ein Kätzchen wirken muß. Die Bilder sollten regelrecht auf ihn einstürzen, begleitet von überwältigenden Toneffekten. Dann sollten wir ihn mit einem echten Lastwagen von der Seite anfahren und verstümmeln, damit er anschließend langsam stirbt, wie das häufig bei angefahrenen Tieren der Fall ist.«

»Madam, sagt Ihnen das zu?«

(Am liebsten hätte ich gekotzt.) »Sofern keine bessere Idee vorgebracht wird.«

»Wenn wir einen solchen Klienten finden, sparen wir ihn für Sie auf. Bis dahin müssen wir uns mit jemand anderem begnügen, damit Sie nicht bar jeglichen Stolzes in unserem Kreise sitzen.«

Das hatte sich alles vor einer Woche abgespielt, und allmählich bekomme ich tatsächlich das Gefühl, daß es besser wäre, wenn ich so bald wie möglich einen Klienten auf der Liste finden würde. Wie sollte das Komitee sonst weiter darauf vertrauen, daß ich es nicht an die Proktoren des Obersten Bischofs verrate?

Ich wünschte, ich hätte damals während jener Zeitkorpsmission im Japan der dreißiger Jahre, etwas genauere Nachforschungen über die Frau angestellt, die vielleicht ich selbst war. Wenn ich den Beweis hätte, 1937–38 dreimal dort aufgetaucht zu sein, würde ich jetzt wirklich besser schlafen können, da die dritte Schleife auf meiner persönlichen Zeitlinie dann noch in der Zukunft läge – ein Beweis dafür, daß ich lebendig aus dem gegenwärtigen Schlamassel herauskommen würde.

Das ist der eigentliche Trick: am Leben bleiben! Findest du nicht auch, Pixel? Pixel? Pixel! O verdammt.

Veränderungen ... Im Jahr 1972 starb Prinzessin Polly im Schlaf, an Herzversagen, vermute ich. Ich ließ keine Autopsie durchführen. Sie starb als eine kleine alte Dame, die am Ende eines langen Lebens angekommen war, und ich glaube, insgesamt war es auch ein glückliches Leben gewesen. Ich sprach ein Gebet an Bubastis und bat sie, auf das Eintreffen einer kleinen schwarzweißen Katze auf den ewigen Katzenminze-Feldern zu achten, eines Tieres, das niemals ohne gerechten Grund gekratzt oder gebissen hatte, das das Pech gehabt hatte, selbst nur ein Kätzchen zur Welt zu bringen – per Kaiserschnitt und als Totgeburt. Und dann war sie auch noch sterilisiert worden, weil der Tierarzt gesagt hatte, sie könne niemals einen normalen Wurf bekommen und wäre durch eine erneute Schwangerschaft nur gefährdet.

Ich legte mir danach keine Katze mehr zu. 1972 wurde ich

neunzig, obwohl ich nur neunundfünfzig Jahre zugab und mir die größte Mühe gab, durch Training, Diät, Haltung, Kosmetik und Kleidung wie vierzig auszusehen. Aber wenn man nun mal in Wahrheit neunzig ist, dann ist es möglich, sogar wahrscheinlich, daß man von einer jungen Katze überlebt wird. Ich beschloß, dieses Risiko nicht einzugehen.

Ich zog nach Albuquerque, weil dort keine meiner persönlichen Geister hausten. In Kansas City wimmelte es nur so vor den Geistern meiner Vergangenheit, den traurigen und den glücklichen. Ich fuhr lieber nicht an den heiteren Stätten meines bisherigen Lebens vorbei, wie zum Beispiel unserem alten Haus am Benton Boulevard, damit die Erinnerung nicht durch die eintönige oder entstellende Gegenwart überdeckt wurde.

In Albuquerque hausten noch keine Geister. Dort hatte ich vorher noch nie gewohnt, und dort lebten auch keine Kinder oder Enkel von mir. (Urenkel? Na ja, vielleicht.) Die Stadt hatte – so sah ich es jedenfalls – das Glück gehabt, von der Rollstraße »Route Sixty-six« verschont zu bleiben. Die alte befestigte Fahrstraße mit derselben Bezeichnung, früher die »Hauptstraße Amerikas« genannt, war direkt durch Albuquerque verlaufen, während die Straßenstadt »Route Sixty-six« meilenweit im Süden vorbeiführte. Man konnte sie weder hören noch sehen.

Darüber hinaus waren zahlreiche Übel der Verrückten Jahre an der Stadt vorübergegangen. Sie hatte zwar stattliche 180.000 Einwohner – eine Zahl, die aufgrund der Straßenstadt weiter im Süden ständig abnahm, ein ganz normaler Vorgang –, verbreitete aber trotzdem immer noch das herrliche Kleinstadtgefühl, das in der ersten Hälfte des zwanzigsten Jahrhunderts so verbreitet gewesen und in der zweiten so selten geworden war. Hier war der Hauptcampus der Universität von New Mexiko zu Hause – gesegnet mit einem Kanzler, der den Narreteien der sechziger Jahre die Gefolgschaft verweigerte.

Ein paar der Studenten hatten dort einmal den Aufstand geprobt. Dr. Macintosh warf sie hinaus, und sie blieben auch ausgeschlossen. Die Eltern tobten und beschwerten sich in der Staatshauptstadt Santa Fe. Dr. Macintosh teilte den Verwaltern und der Legislative mit, daß auf dem Campus Ordnung und zivilisertes Benehmen herrschen würden, solange er die Verantwortung trug; falls sie nicht den Mumm hätten, ihn zu unterstützen, würde er sofort seinen Abschied nehmen, und sie könnten einen masochistischen Waschlappen einstellen, der Freude daran hatte, einem Irrenhaus vorzustehen.

1970 mußte die Hälfte (oder mehr) aller Erstsemester an den amerikanischen Universitäten den sogenannten »Einführungskurs Englisch« (oder etwas in dieser Art) belegen, der im Volksmund unter »Idiotenenglisch« firmierte. Als Dr. Macintosh Kanzler wurde, strich er das Idiotenenglisch aus dem Lehrplan und verweigerte Studenten, die einen solchen Kurs benötigten, schlicht und einfach die Aufnahme. Er verkündete: »Ein Student kostet den Steuerzahler mindestens siebzehntausend Dollar im Jahr. Lesen, Schreiben, Rechtschreibung und Grammatik sind Unterrichtsstoff der Grammar Schools. Sollte ein Bewerber an unserer Universität diesen Stoff nicht ausreichend beherrschen, um bei uns studieren zu können, kehrt er besser auf die Grammar School zurück, die ihn unausgebildet weitergereicht hat. Er gehört nicht hierher. Ich weigere mich, für so jemanden Steuergelder zu verschwenden.«

Wieder tobten ein paar Eltern – aber die Eltern solcher Analphabeten waren in der Minderzahl, während die Mehrheit der Wähler und der Abgeordneten entdeckte, daß es durchaus etwas für sich hatte, was Kanzler Macintosh da sagte.

Dr. Macintoshs revidierte Hochschulordnung enthielt auch eine Warnung, daß die Studenten jederzeit auf unangekündigte Drogentests gefaßt sein mußten – Urin, Blut, was immer. Falls jemand erwischt wurde, bedeutete das den Ausschluß; eine zweite Chance gab es nicht.

Die Unterkunft eines Studenten, dessen Drogentest positiv ausfiel, wurde sofort durchsucht – und zwar ganz legal, da sieben Richter in der Stadt Tag und Nacht bereitstanden, um auf »hinreichenden Verdacht« hin Durchsuchungsbefehle auszustellen. Niemand scherte sich um zarte Gefühle. Wer erwischt wurde, mußte mit strafrechtlicher Verfolgung rechnen.

Besonders den Drogendealern zuliebe führte man einen schönen alten Brauch wieder ein: öffentliche Hinrichtungen. Auf städtischen Plätzen wurden Galgen errichtet. Um die Möglichkeiten auszuschöpfen, wandten sich zwar alle zum Tode verurteilten Drogendealer an das Oberste Staatsgericht und dann an Washington. Da jedoch fünf Mitglieder des Obersten Gerichtes der Vereinigten Staaten, sein Vorsitzender miteingeschlossen, von Präsident Patton ernannt worden waren, erwies es sich bald, daß Drogendealer in New Mexico wenig Grund hatten, sich über die »langsamen Mühlen des Gesetzes« zu beklagen. Ein übergescheiter Jungunternehmer lebte noch genau vier Wochen von der Verhaftung bis zum Galgen. Die durchschnittliche Zeitspanne lag jedenfalls unter zwei Monaten.

Wie üblich, bekamen die Bürgerrechtler einen Anfall. Etliche ACLU-Anwälte verbrachten nach Mißachtung des Gerichts eine Menge Zeit im Kittchen, und zwar nicht im neuen Gefängnis, sondern im Irrentank des Altbaus, zusammen mit Säufern, Drogensüchtigen, illegalen Einwanderern und Tunten.

Das waren einige meiner Gründe für den Umzug. Das ganze Land ging den Bach hinunter und tobte in einer Massenpsychose, die ich nie ganz begriffen habe. Albuquerque war nicht immun, wehrte sich aber dagegen und hatte genügend vernünftige Männer und Frauen in Schlüsselpositionen, um dort angenehm leben zu können – zumindest während der zehn Jahre, die ich dort verbrachte.

Parallel zum Auflösungsprozeß der amerikanischen Schulen und Familien erlebten Technologie und Wissenschaft eine Renaissance, und das nicht nur in den ganz großen Bereichen wie der Raumfahrt oder den Strangstädten. Während die Studenten ihre Zeit vertrödelten, leisteten Forschungseinrichtungen der Universitäten und der Industrie mehr gute Arbeit als je zuvor – besonders in der Physik, der Plasmaphysik, der Aerospacetechnologie, der Genetik, der exotischen Stoffe und der medizinischen Forschung.

Die Ausbeutung des Weltraums erlebte eine ungeahnte Blüte. Mr. Harrimans Entscheidung, die Regierung draußen zu halten und die Raumfahrt privatwirtschaftlich und profitorientiert zu organisieren, zahlte sich aus. Der Pikes-Peak-Raumhafen war kaum errichtet, da baute Spaceways Ltd. bereits größere, längere und effizientere Katapulte bei Quito und auf den Inseln von Hawaii. Bemannte Expeditionen brachen zum Mars und zur Venus auf, und die ersten Asteroidenschürfer zogen los.

Derweil brachen die Vereinigten Staaten auseinander.

Dieser Prozeß war nicht nur auf Zeitlinie zwei zu verfolgen, sondern fand auf allen erforschten Zeitlinien statt. Während meiner fünfzig Jahre in Boondock las ich etliche gelehrte Werke der vergleichenden Geschichtswissenschaft über das Thema der »Degeneration im zwanzigsten Jahrhundert«.

Ich bin mir nicht sicher, was ich von dieser ganzen Sache halten soll. Nur auf einer Zeitlinie wurde ich selbst Zeugin der Vorgänge, und es gibt führende Gelehrte, die andere Meinungen vertreten als ich. Nachstehend findet der geneigte Leser einige Fehlentwicklungen, wie ich sie miterlebt habe:

In den Vereinigten Staaten gab es über sechshunderttausend praktizierende Anwälte, mindestens fünfhunderttausend mehr, als tatsächlich benötigt wurden. Juristen wie ich selbst sind dabei nicht inbegriffen; ich habe Jura studiert, um mich vor Anwälten zu schützen, und es gab viele wie mich.

Die Schuld am Verfall der Familien schiebe ich den Eltern zu, die beide außer Haus arbeiteten. Es wurde behauptet, dies wäre von der Jahrhundertmitte an nötig gewesen, um die Rechnungen zu bezahlen, aber warum nicht schon vorher? Wie hat die enorm gestiegene Produktivität nur zur Verarmung der Familien geführt?

Andere schieben hohen Steuern die Schuld zu. Das klingt schon vernünftiger. Ich erinnere mich noch an meinen Schock, als der Staat in einem Jahr eine Billion Dollar abkassierte. (Zum Glück vergeudete er das meiste davon.)

Anscheinend fand ein regelrechter Niedergang rationalen Denkens statt. In den Vereinigten Staaten hielt man Entertainer und Berufssportler allmählich für wichtige Leute, die vergöttert und als Leitfiguren betrachtet werden mußten. Man fragte sie in allen Dingen nach ihrer Meinung, und sie nahmen sich selbst entsprechend ernst. Wenn ein Sportler eine Million oder mehr im Jahr verdient, glaubt er eben, daß er wichtig ist und daß auch seine Meinungen zu Außen- und Innenpolitik wichtig sein müssen, selbst dann, wenn er sich mit allem, was er sagt, als absolut ungebildet erweist. (Die meisten seiner Fans waren schließlich nicht weniger ungebildet; die Krankheit breitete sich aus.)

Die drei Verfallsumstände »Brot und Spiele«, Abschaffung des Offenbarungseides in Franklin Roosevelts erster Amtszeit sowie die Versetzung nach Alterskohorten in öffentlichen Schulen überlagerten sich gegenseitig. Die Abschaffung des Offenbarungseides als Vorbedingung für den Bezug von Sozialleistungen führte dazu, daß Versager und Unfähige, Leute, die ihren Lebensunterhalt nicht verdienen konnten, und Leute, die es auch gar nicht wollten, alle gleichermaßen dasselbe Mitwirkungsrecht bei der Festlegung und der Investierung von Steuergeldern genossen wie beispielsweise Thomas Edison oder Thomas Jefferson, Andrew Carnegie oder Andrew Jackson. Auch die kohortenweise Versetzung eines Jahrgangs in der Schule garantierte, daß das Wahlrecht zur Beute der Dummen und Unfähigen wurde. »Brot und Spiele« besiegeln schließlich das Schicksal jeder Demokratie, die diesen Weg einschlägt: Schrankenlose Sozialausgaben führen zum Bankrott des Staates, dieser wiederum nach den unerbittlichen Gesetzen der Geschichte zur Diktatur.

Mir will scheinen, daß diese drei Kardinalfehler die beste Kultur zerstörten, die es in allen bekannten Geschichtsläufen bis dahin gegeben hatte. Sicher, man kann noch weitere Faktoren nennen – Streiks im öffentlichen Dienst beispielsweise. Als sie zum Problem wurden, lebte mein Vater noch, und er sagte grimmig dazu:

»Es gibt eine einfache Lösung für jeden im öffentlichen Dienst Beschäftigten, der findet, daß er nicht gut genug bezahlt wird – er kann kündigen und fortan für seinen Lebensunterhalt arbeiten. Das gilt gleichermaßen für Kongreßabgeordnete, Empfänger von Sozialleistungen, Lehrer, Generäle, Müllmänner und Richter.«

Und natürlich lag das gesamte zwanzigste Jahrhundert von 1917 an im bösartigen Schatten des Marxismus.

Die Marxisten hätten jedoch niemals viel Einfluß gewinnen können, hätte das amerikanische Volk nicht zunehmend den soliden, gesunden Menschenverstand verloren, mit dem es einst einen ganzen Kontinent erobert hatte. In den sechziger Jahren war es dann so weit, daß jeder nur noch von seinen Rechten sprach, niemand mehr von seinen Pflichten – und Patriotismus als Thema für Witze gehandelt wurde.

Ich glaube nicht, daß Marx oder dieser verrückte Erwekkungsprediger, der später zum »Ersten Propheten« ernannt wurde, jemals viel Einfluß hätte gewinnen können, wäre das Volk nicht zuerst weich in der Birne geworden.

»Aber jeder Mensch hat ein Recht auf die eigene Meinung!«

Vielleicht. Ganz sicher aber hatte jeder eine Meinung zu allem und jedem, egal, wie dumm sie auch sein mochte.

Besonders in zwei Bereichen betrachteten die weitaus meisten Menschen ihre jeweilige Meinung als die »Absolute Wahrheit« und hielten jeden, der mit ihnen nicht einig war, für unmoralisch, unverschämt, sündig, gotteslästerlich, beleidigend, unerträglich, dumm, unlogisch, verräterisch, verfolgbar, für einen Gegner der Allgemeinheit, für lächerlich und obszön.

Diese beiden Bereiche waren (natürlich) Sex und Religion.

Zu Sex und Religion kannte jeder einzelne Amerikaner die »Einzig Richtige Antwort«, und zwar durch direkte Offenbarung Gottes.

In Anbetracht der enormen Vielfalt dieser Meinungen mußten die meisten wohl notwendigerweise falsch sein, aber bei diesen beiden Themen konnte man niemandem mit Vernunft kommen.

»Aber du mußt die Religion anderer Menschen respektieren?« Um Himmels willen! Wieso denn? Dumm ist dumm – auch der Glaube macht daraus nichts Kluges.

Ich erinnere mich noch an das Versprechen eines Kandidaten im Präsidentschaftswahlkampf von 1976, ein Wahlkampfversprechen, das meines Erachtens gut illustriert, was aus der amerikanischen Rationalität geworden war: »Wir werden so weitermachen, bis alle unsere Bürger überdurchschnittliche Einkommen haben!«

Niemand lachte.

Anläßlich meines Umzuges nach Albuquerque vereinfachte ich mein Leben in vielerlei Hinsicht. Ich reorganisierte meinen Besitz und verteilte ihn auf drei konservative Managements – in New York, Toronto und Zürich. Ich verfaßte ein neues Testament, worin ich einen kleinen Teil meines Vermögens für sentimentale Zwecke hinterließ, vermachte jedoch über fünfundneunzig Prozent der Howard-Stiftung.

Warum? Die Entscheidung resultierte aus umfangreichen, mitternächtlichen Überlegungen. Ich besaß weit mehr Geld, als eine alte Frau ausgeben konnte – ja, meine Güte, ich konnte nicht mal den Ertrag aus diesem Kapital ausgeben! Sollte ich alles meinen Kindern hinterlassen? Sie waren keine Kinder mehr, und nicht eines von ihnen war darauf angewiesen. Jedes einzelne hatte außer den Howard-Zahlungen auch Startgeld von Brian und mir erhalten.

Sollte ich alles ›wohltätigen Zwecken‹ vermachen? Nicht empfehlenswert meine Freunde! Der größte Teil solcher Gelder wird von der Verwaltung verschlungen, das heißt von Parasiten gefressen.

Mein Startkapital ging auf die Howard-Stiftung zurück; also beschloß ich, das, was ich daraus gemacht hatte, der Stiftung zurückzugeben. Es erschien mir passend so.

Ich erwarb eine moderne Luxuswohnung unweit des Campus, zwischen der Central Avenue und dem Lomas Boulevard, und schrieb mich an der Universität für einen Pädagogikkurs ein. Ich hatte nicht wirklich vor zu studieren (man muß sich schon mächtig anstrengen, um eine Prüfung in Pädagogik zu vermasseln), sondern wollte mich nur auf dem Campus etablieren. Dort wird immer allerlei Geselliges angeboten – Filmvorführungen, Schauspiele, offene Vorlesungen, Tanzveranstaltungen, Clubs. Doktortitel findet man an einer Universität wie Flöhe auf einem Hund, aber diese Würde ist auch eine brauchbare universelle Eintrittskarte.

Ich trat der nächstgelegenen Unitarierkirche bei und unterstützte sie mit großzügigen Spenden, um die vielen sozialen Vergünstigungen einer Kirchenmitgliedschaft zu genießen, ohne dafür in ein zu enges Korsett von Glaubensvorstellungen gesteckt zu werden.

Darüber hinaus trat ich einem Square-Dance-Club bei, einem Wiener-Walzer-Club, einem Bridge-Club, einem Schachclub sowie einigen Debattierclubs für zeitgeschichtliche Themen und öffentliche Belange.

In sechs Wochen war ich gesellschaftlich etabliert. Ich war wählerisch, was Bettgefährten anbetraf, und fand doch mehr Gelegenheit zur Unzucht als im vorangegangenen Vierteljahrhundert. Zwar hatte ich mich auch vorher nicht allein mit George Strong begnügt, war aber doch zu beschäftigt gewesen für ein ernsthaftes Engagement im ewigen Zeitvertreib Nummer eins.

Jetzt war die nötige Zeit vorhanden. Wie es ein altes Mädel (Dorothy Parker?) mal ausgedrückt hatte: »*Nichts* macht soviel Spaß wie ein Mann!«

»Als Mann und Frau erschuf er sie.« Ein gutes Arrangement, und ich machte zehn Jahre lang das Beste daraus.

Ich jagte nicht in einem fort hinter Männern her oder ließ mich von ihnen jagen, während ich nicht sehr schnell lief. Letzteres war mein üblicher modus operandi, da es Männer nervös macht, wenn Frauen von sich aus zur Sache kommen; es verstößt zu sehr gegen das traditionelle Protokoll. Männer sind konservativ in Sachen Sex, besonders die, die glauben, sie wären es nicht.

Wir Howards bemühen uns nicht, mit allen unseren Verwandten in Kontakt zu bleiben – es wäre ohnehin nicht durchführbar. Als ich 1972 nach Albuquerque zog, hatte ich bereits mehr Nachfahren als das Jahr Tage. Trotzdem waren mir einige Menschen, unabhängig von jeder Blutsverwandtschaft, besonders lieb: meine ältere Schwester Audrey, meine »Schwester« Eleanor, mein Bruder Tom, mein Vetter Nelson, dessen Frau Betty Lou sowie mein Vater, den ich stets vermißte. Mutter liebte ich zwar nicht, aber ich respektierte sie; sie hatte ihr Bestes für uns alle getan.

Solange meine Kinder noch zu Hause gewesen waren, hatte ich mich stets gleichermaßen intensiv um alle gekümmert, aber mit der Hochzeit kam jeweils der Augenblick der Wahrheit. In der Folge verhielt ich mich ihnen gegenüber so, wie sie mir gegenüber auftraten. Wer mich regelmäßig anrief, durfte von mir das gleiche erwarten. Manche bekamen nur Geburtstagsgrüße und sonst nicht viel. Was meine Enkel angeht, nun, 181 Menschen kann man sich weder intensiv noch gerecht widmen, und diese Zahl hatte ich bis zu meinem neunundneunzigsten Geburtstag erreicht.

Manche Menschen liebte ich sehr, ohne daß sie überhaupt mit mir verwandt waren. Dazu gehörte die kleine Helen Beck, die in Carols Alter war; die beiden besuchten gemeinsam die erste und zweite Klasse der Greenwood-Schule. Helen war reizend und durch und durch gutherzig. Da ihre verwitwete Mutter zur Arbeit gehen mußte, verbrachte das Kind viel Zeit in meiner Küche, bis wir zu weit weg zogen.

Trotzdem vergaß sie mich nicht, ebensowenig wie ich sie. Sie ging später ins Showgeschäft und reiste demzufolge viel herum. Wir gaben uns Mühe, uns gegenseitig über unsere

Terminplanung auf dem laufenden zu halten, damit wir uns alle paar Jahre treffen konnten. Für eine Nicht-Howard wurde sie ziemlich alt, und sie blieb bis zu ihrem Tod eine Schönheit. Noch in ihren Siebzigern konnte sie nackt tanzen und verhalf jedem anwesenden Mann zu einer Erektion, obwohl sie ihren Tanzstil niemals provokant gestaltete.

Schon früh in ihrer Showkarriere wechselte Helen den Namen; die meisten Menschen kannten sie als Sally Rand. Ich liebte sie, und sie liebte mich. Wenn wir uns nach mehrjähriger Unterbrechung mal wieder begegneten, knüpften wir stets dort an, wo wir aufgehörten hatten – als wirklich enge Freundinnen.

Wir hatten auch eine Eigenheit gemeinsam – wir lernten so viel, wie wir nur konnten. Sally trat gewöhnlich abends auf; tagsüber besuchte sie als Gasthörerin den nächstgelegenen Campus. Als sie 1979 starb, konnte sie mehr Collegestunden vorweisen als die meisten Professoren. Sie war eine Universalgelehrte, die sich für einfach alles interessierte und es gründlich studierte. Sie trank nicht, und sie rauchte nicht; wenn sie eine Schwäche hatte, dann waren es große, dicke Lehrbücher.

Zu Nancy behielt ich eine engere Beziehung als zu den übrigen Kindern, und ich war vierundsechzig Jahre lang die Gelegenheitsgeliebte ihres Mannes. Das hatte Nancy schon entschieden, noch ehe sie Jonathan geheiratet hatte. Es geschah nicht oft, wohl aber jedesmal, wenn wir uns begegneten und sich eine Möglichkeit ergab. Ich kann mir nicht vorstellen, daß Jonathan wirklich noch Interesse an meinem alten Kadaver fand, als ich die neunzig überschritt, aber er log entzückend, was das anging. Wir liebten einander wirklich, und eine Erektion ist das größte Kompliment, das ein Mann einer alten Frau machen kann.

Jonathan war ein richtiger Galan, und er erinnert mich stark an meinen Ehemann Galahad. Was ja auch kein Wunder ist, ist Galahad doch ein Nachfahre von Jonathan – und von mir natürlich, aber alle meine Ehemänner stammen ja von mir ab, außer Jake und Zeb, die in einer anderen Zeitlinie geboren wurden (Zeitlinie vier, Ballox O'Malley). (Oh, Pardon! Und Jubal selbstverständlich, Zeitlinie Drei.)

Als eine Art Gegenleistung für Nancys Einverständnis mit dieser Konstellation erhielt Brian ihren süßen jungen Körper – der erste Inzest in unserer Familie, glaube ich. Ich weiß nicht, ob sich das später wiederholte, und es geht mich auch nichts an. Nancy und ich ähnelten uns im Temperament; wir waren beide sehr an Sex interessiert, gingen die Sache aber entspannt an – eifrig, aber nicht verkrampft.

Carol ... Für sie war ich stets bestrebt, mir den 26. Juni freizuhalten – Carols Tag, Carolitas Tag, Carolmas und schließlich für Millionen Menschen, die sie nie gekannt hatten, die Fiesta de Santa Carolita. Nach dem 26. Juni 1918 gab sie die Feier ihres Geburtstages ganz auf, um nur noch den Carols-Tag zu begehen.

Im Verlauf des Jahrzehnts, das ich größtenteils in Albuquerque verbrachte, wurden an Carols Tag in Reno oder Vegas mehrfach große Plakate von ihr ausgehängt. Sie feierte stets am 26. Juni, auch wenn eine Mitternachtsshow sie zwang, um vier Uhr früh damit anzufangen. Ihre Freunde kamen in hellen Scharen aus aller Welt, egal, wie früh es losging. Mit der Zeit wurde es als große Ehre betrachtet, zu Carolitas Jahresparty eingeladen zu werden, und es war etwas, worüber man in London und Rio prahlen konnte.

Carol heiratete 1920 Rod Jenkins aus der Familie Schmidt, als er gerade erst aus Frankreich zurückgekehrt war, ein Mitglied der Regenbogendivision, ausgezeichnet mit Silver Star und Purple Heart, ohne daß er einen Körperteil verloren hatte (als einzige Spur des Krieges blieb ihm eine Narbe auf dem Bauch). Er hatte ursprünglich an der Illinois Tech Mathematik studiert und sich dabei auf Topologie spezialisiert, aber nach dem Krieg wechselte er zur Theaterwissenschaft, denn er wollte von einem Amateurmagier zum Profi wechseln – Bühnenmagie, versteht sich. Wie er es mir gegenüber erklärte, hatte ihn der Krieg veranlaßt, seine Werte und Zielsetzungen neu festzulegen.

Carol begann somit ihr Eheleben als Bühnenassistentin

ihres Gatten, wobei sie so spärlich bekleidet auftrat, daß sie das Publikum jedesmal ablenkte, wenn sie mit einem Muskel zuckte. Sie versuchte, ihre Zeit so einzuplanen, daß sie ihre Kinder zur Welt bringen konnte, wenn Rod einmal nicht auf Tournee war. Als sich das als unmöglich erwies, arbeitete sie jedesmal so lange weiter, bis ein Theatermanager der Sache Einhalt gebot – gewöhnlich aufgrund von Beschwerden weiblicher Zuschauer, die körperlich weniger gut bestückt waren. Carol gehörte zu den glücklichen Frauen, die immer schöner wurden, je weiter die Schwangerschaft fortschritt.

Die Kinder blieben bei Rods Mutter, wenn das Paar auf Tournee ging. Für gewöhnlich nahmen sie jedoch einen oder zwei ihrer Sprößlinge mit – ein vielgeliebtes Privileg. Es war, glaube ich, 1955, als Rod bei einer Illusion, die sich um das Auffangen von Kugeln drehte, einen Fehler machte und auf der Bühne starb.

Carol veranstaltete die Show am nächsten Abend allein, wobei sie seine Requisiten benutzte. Dabei war eines jedoch offensichtlich: Sie versteckte keinerlei Sachen oder Kaninchen in ihrem Kostüm. Als sie anfing, in Reno und Vegas und Atlantic City aufzutreten, reduzierte sie ihre Kleidung noch weiter, bis sie nur noch einen Lendenschurz trug, und sie ergänzte ihr Repertoire um Jonglierkunststücke.

Später nahm sie Singen und Tanzen mit hinzu. Ihren Fans war jedoch egal, was sie tat, sie wollten einfach nur Carol sehen. Theater in Las Vegas oder Reno warben allein mit dem Wort CAROLITA, sonst nichts. Manchmal unterbrach sie das Jonglieren und sagte: »Ich bin heute abend zu müde dafür, und W. C. Fields hat es sowieso besser gemacht.« Sie spazierte dann, mit nichts als einem Lendenschurz bekleidet, auf den Laufsteg, stemmte die Hände in die Hüften, lächelte und sagte: »Machen wir uns besser miteinander bekannt. Du da! Das hübsche kleine Mädchen in dem blauen Kleid! Wie heißt du, Schatz? Würdest du mir eine Kußhand zuwerfen? Wenn ich dir eine zuwerfe, nimmst du sie dann oder wirfst du sie zurück?« Oder: »Wer hat heute Geburtstag? Bitte die Hand heben!«

Unter Theaterbesuchern hat immer mindestens einer von fünfzig Leuten Geburtstag, nicht einer von dreihundertfünfundsechzig. Carolita bat die Geburtstagskinder aufzustehen und wiederholte jeden Namen laut und deutlich. Dann forderte sie die Menge auf, mit ihr zusammen Happy Birthday zu singen, und wenn der Knittelvers ›Happy Birthday, dear …‹ erreichte, unterbrach die Kapelle, und Carol sang nacheinander die Vornamen und zeigte dabei auf das jeweilige Geburtstagskind: ›… dear Jimmy, Ariel, Bebe, Mary, John, Philip, Amy, Myrtle, Vincent, Oscar, Vera, Peggy …‹ Und auf ein Handzeichen setzte die Musik wieder ein: ›Happy Birthday to you!‹

Wenn Besucher hätten abstimmen dürfen, wäre Carolita durch einen überwältigenden Wahlsieg zur Bürgermeisterin von Las Vegas ernannt worden.

Ich fragte sie einmal, wie es ihr gelang, die ganzen Namen zu behalten. »Das ist nicht schwer, wenn man es wirklich möchte, Mama«, antwortete sie. »Und wenn ich mal einen Fehler mache, verzeihen sie es mir; sie wissen, daß ich mir Mühe gebe.« Dann setzte sie noch hinzu: »Mama, die Leute wollen im Grunde nur wissen, ob ich ihre Freundin bin – und das bin ich.«

Im Verlauf dieser zehn Jahre unternahm ich gelegentlich Reisen, um die Menschen, die mir am liebsten waren, zu sehen, aber meistens blieb ich zu Hause und wartete darauf, daß sie mich besuchen kamen. Die übrige Zeit freute ich mich einfach, noch am Leben zu sein, und genoß neue Freunde, einige im Bett, andere nicht.

Als ich auf die Hundert zuging, litt ich manchmal an leichter »Herbstkälte« – steife Gelenke am Morgen, graue Strähnen im roten Haar, ein bißchen schlaffes Fleisch hier und dort und am schlimmsten von allem das Gefühl, zerbrechlich zu werden, so daß ich keinen Sturz mehr riskieren konnte.

Ich ergab mich dem nicht, sondern kämpfte nur um so

härter. Ich hatte zu diesem Zeitpunkt nur noch einen treuen Freier, Arthur Simmons, und er genoß es, wenn ich mich im Bett als »Simmons' Matratze« bezeichnete.

Arthur war ein sechzigjähriger Witwer und vereidigter Buchprüfer sowie ein absolut zuverlässiger Partner im Kontraktbridge. Ein zuverlässiger Bridgespieler ist ein Juwel von größtem Wert, und das gleiche gilt für einen perfekten Gentleman im Bett. Arthur war kein Weltklassehengst, aber ich war auch nicht mehr achtzehn und hatte mich eh nie durch Carols Schönheit ausgezeichnet. Arthur war wenigstens stets aufmerksam und tat sein Bestes.

Eine Schrulle hatte er jedoch. Nachdem wir uns das erste Mal in meiner Wohnung geliebt hatten, bestand er bei weiteren Gelegenheiten auf einem Motelzimmer und begründete das folgendermaßen: »Maureen, wenn du die Mühe auf dich nimmst, jeweils dort hinzukommen, dann weiß ich, daß du mich wirklich liebst. Das gleiche gilt umgekehrt, wenn ich losziehe und ein Zimmer miete. Sobald keiner von uns beiden sich mehr irgendeiner Mühe für den anderen unterzieht, wird es Zeit für einen Abschiedskuß und eine Trennung ohne Tränen.«

Im Juni 1982 war diese Zeit gekommen. Ich glaube, jeder von uns wartete nur noch darauf, daß der andere es laut aussprach. Am 20. Juni war ich zu Fuß zu einer Verabredung mit Arthur unterwegs und überlegte mir, daß der beste Zeitpunkt für das Thema wohl die stille Pause nach dem ersten Mal sein würde. Wenn er dann immer noch ein zweites Mal wünschte, sollte er es haben, und: auf Wiedersehen. Oder wäre es vielleicht die sanftere Methode, wenn ich einfach ankündigte, in den Osten zu reisen, um meine Tochter zu besuchen? Oder sollte ich es lieber ganz brutal und ohne Umschweife zur Sprache bringen?

Ich erreichte die Kreuzung des Lomas und des San Mateo Boulevards. Diese Kreuzung hatte mir noch nie behagt; die Ampelphasen waren kurz und beide Straßen breit. Am heutigen Tag kam noch hinzu, daß der Schwerlastverkehr durch

Bauarbeiten am PanAmerican Highway über den San Mateo Boulevard umgeleitet wurde.

Ich war erst halb über die Straße, als die Ampel umsprang und der Verkehr auf mich einstürzte – im besonderen ein riesiger Laster. Ich erstarrte erst und wollte dann zurücklaufen, aber ich stolperte und fiel hin.

Kurz sah ich einen Polizisten. Ich wußte, daß der Laster mich erwischen würde, und fragte mich, ob Vater mir trotz meines heidnischen Lebenslaufes ein Gebet empfehlen würde.

Jemand hob mich von der Straße hoch, und ich wurde ohnmächtig.

Ich glaubte mitzuerleben, wie ich aus einer Ambulanz getragen und auf eine Bahre gelegt wurde, verlor dann aber erneut die Besinnung, um schließlich in einem Bett wieder zu mir zu kommen. Eine hübsche, kleine, dunkle Frau mit gewelltem Haar beugte sich über mich. Sie sprach langsam und sorgfältig in einem Akzent, den ich für Spanisch hielt:

»Mama Maureen – Tamara bin ich. Im Namen von – Lazarus – und allen unseren Kindern – ich dich heiße – auf Tertius willkommen.«

Ich starrte sie an und traute meinen Augen nicht. Oder den Ohren. »Du bist Tamara? Du bist wirklich Tamara? Die Frau von Captain Lazarus Long?«

»Die Frau bin ich von Lazarus. Tamara bin ich. Tochter bin ich von dir, unserer Mama Maureen. Willkommen, Mama! Wir lieben dich!«

Ich brach in Tränen aus, und sie drückte mich an ihre Brust.

KAPITEL FÜNFUNDZWANZIG

WIEDERGEBURT IN BOONDOCK

Gehen wir das Ganze noch mal durch.

Am 20. Juni 1982 war ich in Albuquerque, New Mexico, unterwegs zu einem Motelrendezvous, um ein bißchen nette Unzucht zu treiben – was mich zu einem Skandal für alle Klatschbasen machte, da es nur noch zehn Tage bis zu meinem hundertsten Geburtstag waren, auch wenn ich, meist mit Erfolg, so tat, als wäre ich viel jünger. Und bei meinem Rendezvouspartner handelte es sich um einen verwitweten Großvater, der bereit schien, mir zu glauben, daß ich mehr oder weniger in seinem Alter war.

Zu den landläufigen Überzeugungen jener Zeit und jenen Landes gehörte es, daß alte Frauen und Männer keine sexuellen Interessen haben und die alten Männer obendrein schlaffe Penisse – abgesehen von schmutzigen alten Perversen mit kriminellen und pathologischen Neigungen zu jungen Mädchen. Alle jungen Leute waren aufgrund des Beispiels der eigenen Großeltern felsenfest von dieser Theorie überzeugt, da sie sie ja nur bei Kirchenliedern und Dame und Shuffleboard erlebten. Aber Sex? *Meine* Großeltern? Welch abscheuliche Vorstellung!

(Altenpflegeheime erlaubten auch nur Besuche unter Überwachung und hielten die Bewohner nach Geschlechtern getrennt, damit ja nichts »Abscheuliches« passierte!)

Und so begab sich diese schmutzige alte Frau in übler Absicht in den dichten Verkehr, geriet in Panik, stürzte und wurde ohnmächtig – nur um in Boondock auf dem Planeten Tellus Tertius wieder zu erwachen.

Ich hatte schon von Tellus Tertius gehört, und zwar vierundsechzig Jahre zuvor. Damals hatte ich als bescheidene junge Hausfrau von schneeweißer Reputation den jungen Sergeanten Theodore Bronson verführt, der mir beim Kopfkissengeplauder offenbarte, daß er ein Zeitreisender aus der fernen Zukunft und von einem fernen Stern sei und in Wahrheit Captain Lazarus Long hieße, Vorsitzender der Howard-Familien seiner Zeit – und mein entfernter Nachfahre!

Sergeant Theodore ging jedoch als Soldat nach Frankreich und blieb nach einigen der schwersten Kämpfe des Weltkrieges vermißt. Vermißt bedeutete tot, niemals etwas anderes.

Als ich zu mir kam und Tamara mich umarmte, fiel es mir sehr schwer, an all diese Vorgänge zu glauben, besonders an die Idee, daß Theodore noch lebte und wohlauf war. Als ich ihr dann endlich glaubte (und bei Tamara bleibt einem gar nichts anderes übrig), war ich niedergeschmettert durch die kummervolle Feststellung, daß die Zeit ihm und mir und unserer Romanze einen Strich durch die Rechnung gemacht hatte.

Tamara gab sich Mühe, mich zu trösten, aber wir hatten Verständigungsprobleme; sie ist keine Linguistin und spricht nur gebrochen Englisch, während ich damals noch kein einziges Wort Galacta beherrschte. Ihre ersten Worte an mich hatte sie sorgfältig einstudiert.

Sie schickte nach ihrer Tochter Ishtar. Ishtar hörte mir zu, sprach mit mir und machte mir schließlich begreifbar, daß mein Alter keine Rolle spielte, weil ich kurz davor stand, verjüngt zu werden.

Über die Verjüngung hatte ich auch schon vor langer Zeit von Theodore etwas gehört, aber nie damit gerechnet, daß das Thema einmal für mich selbst relevant werden würde.

Tamara und Ishtar redeten mir beide gut zu. »Mama Maureen«, sagte Ishtar, »ich bin mehr als doppelt so alt wie du. Meine letzte Verjüngung liegt achtzig Jahre zurück. Habe ich vielleicht Falten? Mach dir keine Sorgen um dein Alter! Wir fangen sofort mit der Untersuchung an, und du wirst in kürzester Zeit wieder achtzehn sein – in einigen Monaten, schätze ich, nicht den zwei oder drei Jahren, die es bei wirklich schwierigen Fällen dauert.«

Tamara nickte heftig. »Das wahr. Ishtar hat wahr gesagt.

Vierhundert Jahre alt ich bin. Im Sterben ich lag.« Sie tätschelte sich den Bauch. »Jetzt Baby da drin.«

»Ja«, bekräftigte Ishtar. »Von Lazarus. Ich habe das Baby genetisch geplant und Lazarus aufgefordert, es zu implantieren, ehe er zu deiner Rettung aufgebrochen ist. Wir konnten nicht wirklich sicher sein, daß er zurückkehren würde – seine Ausflüge sind stets riskant –, und eingefrorene Spermien, die ich von ihm habe, können schlecht werden. Und ich möchte von ihm so viele Kinder aus frischen Spermien, wie ich nur kriegen kann. Auch von dir, Mama Maureen. Ich hoffe, daß wir von dir noch viel mehr Kinder bekommen. Unsere Berechnungen zeigen, daß die einzigartigen Genmuster von Lazarus überwiegend von dir stammen. Du brauchst die Kinder nicht selbst zu bekommen; Gastmütter stehen Schlange für die Ehre, ein Baby von Mama Maureen auszutragen. Es sei denn, du möchtest es lieber selbst machen.«

»Du meinst, das wäre *möglich?*«

»Ganz gewiß. Sobald wir dich verjüngt haben.«

»Dann tue ich es auch!« Ich holte tief Luft. »Es liegt jetzt – vierundvierzig Jahre zurück ... Ja, das stimmt; vor vierundvierzig Jahren war ich das letzte Mal schwanger. Obwohl ich stets bereit dazu war und es nie zu vermeiden versuchte.« Ich dachte darüber nach. »Wäre es möglich, daß ich Theodore erst später treffe – Lazarus, wie ihr ihn nennt? Könnte ich erst verjüngt werden? Ich fände es schrecklich, wenn er mich so alt sähe, ganz anders, als er mich kennt.«

»Natürlich. Bei einer Verjüngung sind stets emotionale Faktoren zu berücksichtigen. Was immer ein Patient benötigt, um glücklich zu sein – dafür sorgen wir auch.«

Ich bat darum, ein Bild von Theodore-Lazarus zu sehen. Was sie mir dann zeigten, war ein bewegliches Hologramm, so lebensecht, daß es mich fast erschreckte. Ich stellte fest, daß Theodore und ich einander ähnelten wie Bruder und Schwester, und genau das war es auch, was Vater damals an ihm aufgefallen war. Das Erschreckende an der Sache war aber, daß er genau wie mein Sohn Woodrow aussah – mein schlimmer Junge, mein Liebling.

»Ja, er ist ja auch dein Sohn.«

»Nein, nein, ich meine jenen Captain Lazarus Long, den ich als Theodore kennenlernte und der ein Abbild meines Sohnes Woodrow Wilson Smith ist! Es ist mir vorher noch gar nicht aufgefallen! Natürlich, in der kurzen Zeit, die ich damals in seiner Gesellschaft verbrachte, war Woodrow ja erst fünf Jahre alt. Also ist er zum Ebenbild seines fernen Nachfahren herangewachsen. Seltsam! Irgendwie berührt mich das.«

Ishtar sah Tamara an. Sie wechselten einige Worte in einer mir unbekannten Sprache (Galacta, wie ich später erfuhr). Ich entnahm jedoch ihrem Tonfall, daß sie besorgt waren.

»Mama Maureen«, sagte Ishtar ernst, »Lazarus Long ist dein Sohn Woodrow Wilson.«

»Nein, nein«, entgegnete ich, »ich habe Woodrow erst vor ein paar Monaten gesehen! Er sah aus wie Captain Long auf diesem Bild – eine erstaunliche Ähnlichkeit. Aber Woodrow lebt im zwanzigsten Jahrhundert; das weiß ich doch!«

»Ja, das tut er, Mama Maureen. Oder tat es, obwohl Elizabeth mir erklärt hat, daß die beiden Zeiten äquivalent sind. Woodrow Wilson Smith wuchs im zwanzigsten Jahrhundert auf, verbrachte den größten Teil des einundzwanzigsten auf dem Mars und der Venus, kehrte im zweiundzwanzigsten auf die Erde zurück und ...« Ishtar brach ab und musterte mich. »Teena?«

»Wer hat meine Lampe gerieben? Was kann ich für dich tun, Ish?«

»Bitte Justin um eine englische Hardcopy der Memoiren, die er für den Senior erstellt hat, ja?«

»Nicht nötig, Justin zu fragen; ich habe sie bereits. Möchtest du sie gebunden oder als Rolle?«

»Gebunden, denke ich. Aber Teena, es wäre doch besser, wenn Justin sie persönlich herbringt. Es wäre eine Freude und eine Ehre für ihn.«

»Für wen nicht? Mama Maureen, wirst du auch gut behandelt? Wenn nicht, sag mir Bescheid, weil ich hier die ganze Arbeit erledige.«

Nach einer Weile kam ein Mann herein, der mich unbehaglich an Arthur Simmons erinnerte, aber es handelte sich nur um eine allgemeine Ähnlichkeit aufgrund einer ähnlichen Persönlichkeit; im Jahre 1982 wäre Justin Foote bestimmt auch Buchprüfer gewesen, genau wie Arthur. Er trug einen Aktenkoffer. Als Ishtar ihn mir vorstellte, kam er mir doch ganz schön unbeholfen vor. Vor lauter Aufregung darüber, mich zu sehen, stolperte er fast über die eigenen Füße.

Ich drückte ihm die Hand. »Meine erste Ururenkelin, Nancy Jane Hardy, heiratete einen Jungen namens Charlie Foote – so um 1972, glaube ich. Ich war Hochzeitsgast. Bist du mit Charlie Foote verwandt?«

»Er ist mein Vorfahr, Mama Maureen. Nancy Jane Hardy Foote brachte Justin Foote den Ersten am Silversterabend 2000 gregorianischer Zeitrechnung zur Welt, also am Vorabend eines neuen Jahrtausends.«

»Tatsächlich? Dann hat Nancy Jane sich ja ganz schön Zeit gelassen. Sie wurde übrigens nach meiner Erstgeborenen benannt, ihrer Urgroßmutter.«

»So steht es auch in den Archiven. Deine Erstgeborene muß Nancy Irene Smith Weatheral gewesen sein; ich erhielt meinen Vornamen im Andenken an deren Schwiegervater Justin Weatheral.« Er sprach ein ausgezeichnetes Englisch mit einem seltsamen Akzent. Boston?

»Dann bin ich sozusagen deine Großmutter. Gib mir einen Kuß, Enkelsohn, und sei nicht so nervös und förmlich. Wir gehören alle zur Familie.«

Er entspannte sich und küßte mich fest auf den Mund, und es gefiel mir. Vielleicht wäre ich sogar an einer Beziehung interessiert gewesen – er erinnerte mich an Arthur.

»Ich stamme auch noch auf anderem Weg von dir ab«,

sagte er. »Nämlich über Patrick Henry Smith, den du am 7. Juli 1932 zur Welt gebracht hast.«

Ich erschrak richtig. »Liebe Güte! Meine Sünden folgen mir sogar bis hierher! Ach, natürlich – du hast es aus den Unterlagen der Stiftung erfahren. Ich habe das uneheliche Kind dort gemeldet; in der Beziehung mußte man ehrlich sein.«

Ishtar und Tamara schienen verwirrt. »Entschuldige, Mama Maureen«, sagte Justin und wandte sich in einer anderen Sprache an die beiden. Dann erläuterte er mir: »Den Begriff ›uneheliche Kinder‹ kennen wir hier nicht. Nachwuchs ist entweder genetisch zufriedenstellend oder nicht.«

Tamara hatte auf Justins Erklärung hin erst ein erschrecktes Gesicht gemacht und dann gekichert. Ishtar dagegen blieb ernst und sprach Justin wieder auf Galacta an.

Mir gegenüber erklärte er: »Dr. Ishtar meint, es wäre bedauerlich, daß du nur ein einziges Kind von einem anderen Vater hattest. Sie hofft, noch viel mehr Kinder von dir zu sehen, jedes von einem anderen Vater. Nach deiner Verjüngug, heißt das.«

»Ich freue mich darauf. Justin, du hast ein Buch für mich?«

Das Buch trug den Titel *Die Leben des Lazarus Long* sowie einen umfangreichen Untertitel, der mit der Wendung begann: »Die Leben des Seniormitgliedes der Howard-Familien und ältesten Angehörigen der menschlichen Rasse – Woodrow Wilson Smith, Lazarus Long, Corporal Ted Bronson usw. usf ...«

Ich fiel nicht in Ohnmacht, sondern bekam vielmehr fast einen Orgasmus. Ishtar wußte ein bißchen über die Gebräuche von Zeit und Ort meiner Herkunft und hatte demzufolge nicht recht damit herausrücken wollen, daß mein Geliebter von 1918 tatsächlich mein Sohn war. Sie konnte ja nicht wissen, daß ich mich den Tabus meines Clans nie verpflichtet gefühlt hatte und mich um die Vorstellung des

Inzests so wenig scherte wie ein Kater. Die größte Enttäuschung meines Lebens war immer noch, daß ich meinen Vater nie zur Annahme dessen hatte überreden können, was ich ihm so gerne gegeben hätte.

Ich kann immer noch nichts mit Lizzie Bordens Information anfangen, daß die Stadt, in der ich mich aufhalte, Kansas City bzw. eine seiner Permutationen ist. Ich glaube nicht, daß ich mich in einem vom Zeitkorps überwachten Universum befinde, obwohl ich mir dessen nicht sicher sein kann. Bislang habe ich von der Stadt nur das gesehen, was sich unter dem Balkon des Komitees für Ästhetische Streichungen ausbreitet.

Die Geographie stimmt allerdings. Etwa zehn Meilen nördlich von uns liegt die scharfe Biegung, mit der der Missouri River von Südwesten nach Nordosten abbiegt, am Zustrom des Kaw River nämlich – eine Konfiguration, die alle fünf oder sechs Jahre für große Überschwemmungen im westlichen Tiefland sorgt.

Zwischen hier und dort ragt der unverkennbare Schaft des *War Memorial* in den Himmel, nur handelt es sich in diesem Universum nicht um ein Kriegsdenkmal, sondern um den Heiligen Phallus des Großen Befruchters.

(Das erinnert mich an Lazarus' Versuch, die Historizität des Mannes zu erkunden, der unter den Namen Yeshua oder Joshua oder Jesus bekannt wurde. In den Volkszählungs- und Steuerunterlagen des damaligen Nazareth oder Bethlehem konnte er ihn nicht finden, also hielt er nach dem herausragenden Ereignis der Legende Ausschau: der Kreuzigung. Fehlanzeige. Oh, auf Golgatha hatten Kreuzigungen stattgefunden, aber nur die gewöhnlicher Verbrecher, keiner politischen Evangelisten oder gottestrunkenen jungen Rabbis. Lazarus versuchte es immer wieder und ging dabei von verschiedenen Theorien über das tatsächliche Datum der Hinrichtung aus, war aber schließlich so frustriert, daß er nicht mehr von Kreuzigung sprach, sondern von einer »Kruzifiktion«. Seine aktuelle Theorie dreht sich um einen wahrhaft begabten Fabeldichter des zweiten Jahrhunderts, einen gewissen Julian.)

Ich war hier bislang erst einmal draußen gewesen, und zwar am Abend der Fiesta de Santa Carolita, und dabei hatte ich nur den großen Park zu sehen bekommen, in dem die Fiesta veranstaltet wurde (der Swope Park?) – mit vielen Freudenfeuern und Fackeln, mit endlos vielen nackten, bemalten Leibern und der erstaunlichsten Gruppensexorgie, von der ich je gehört habe – selbst in Rio. Nicht zu vergessen der Hexensabbat, aber so was kann man überall miterleben, wenn man das richtige Zeichen gibt und das richtige Wort kennt (ich selbst wurde 1976 in Santa Fe nach dem Wicca-Ritus eingeführt).

Ein öffentlich abgehaltener Sabbat am einzigen Abend des Jahres, an dem die korrekte Kleidung dafür niemandem auffällt und merkwürdiges Verhalten die Losung des Tages ist, wirkt allerdings schon amüsant. Was für eine Chuzpe!

Ist das hier vielleicht meine eigene Zeitlinie während der Prophetenherrschaft (also mehr oder weniger das einundzwanzigste Jahrhundert)? Die Tatsache, daß Santa Carolita hier ein Begriff ist, legt die Idee nahe, aber sonst paßt die Szenerie nicht unbedingt zu dem, was ich über das Amerika unter der Prophetenherrschaft gelesen habe. Soweit ich weiß, unterhält das Zeitkorps kein Büro im Kansas City des einundzwanzigsten Jahrhunderts auf Zeitlinie zwei.

Wenn ich mir einen Helikopter und einen Piloten mieten könnte, würde ich fünfzig Meilen weit nach Süden fliegen und nach Thebes Ausschau halten, wo ich geboren worden bin. Wenn ich es fände, wäre das ein Rettungsanker in der Realität!

Das heißt, wenn ich überhaupt Geld für den Helikopter gehabt hätte. Wenn ich vor diesen Ghulen würde flüchten können. Wenn ich keine Angst vor den Proktoren des Obersten Bischofs hätte. Wenn ich nicht befürchten müßte, daß man mich einfach vom Himmel ballern würde.

Lizzie hat mir versprochen, ein Geschirr für Pixel zu kaufen. Nicht, daß ich ihn etwa an der Leine spazieren führen wollte (unmöglich!), sondern um eine Nachricht an ihm zu befestigen. Das Stück Schnur um seinen Hals, das ich beim letzten Versuch benutzte, hat offensichtlich nicht funktioniert. Entweder hat er den Zettel weggekratzt oder die Schnur durchgerissen.

Ishtar legte einen Termin für meine Begegnung mit den Leuten fest, die bei meiner Rettung 1982 mitgewirkt hatten. Das Datum lag siebzehn Monate nach meiner Ankunft in Boondock, und bei den Personen handelte es sich um Theodore/Lazarus/Woodrow (ich muß ihn mir als drei Personen in einer vorstellen, so was wie eine weitere Dreieinigkeit), seine Klonschwestern Lapis Lazuli und Lorelei Lee, Elizabeth Andrew Jackson Libby Long, Zeb und Deety Carter, Hilda Mae und Jacob Burroughs und zwei mit Bewußtsein begabte Computer, Schiffscomputer in beiden Fällen – Gay Deceiver und Dora. Ishtar hatte Hilda (und mir) versichert, daß siebzehn Monate für meine Verjüngung reichen würden.

Sie schaffte es dann sogar in fünfzehn. Ich kann keine Einzelheiten dieses Vorgangs beschreiben, der mir damals ohnehin noch völlig rätselhaft war. Das änderte sich erst, als ich Jahre später für die Technikerausbildung angenommen wurde, nachdem ich das Boondock-Äquivalent einer ausgebildeten Krankenschwester und darüber hinaus einer Ärztin geworden war. Man benutzt in Boondock ein Medikament namens »Lethe«, unter dessen Einfluß sich ein Patient selbst an die schlimmsten Behandlungsmethoden gar nicht mehr erinnert. Somit weiß ich von den schlimmen Tagen der Verjüngung gar nichts mehr und habe nur noch die angenehmen und faulen im Gedächtnis, an denen ich Theodores Memoiren las, herausgegeben von Justin. Ich fand darin das typische Woodie-Gefühl wieder – dieser begabte Erzähler lügt, wann immer ihm danach zumute ist.

Aber es war faszinierend! Er hatte tatsächlich moralische

Bedenken gegen den Geschlechtsverkehr mit mir gehabt! Du liebe Güte! Man kann anscheinend zwar den Jungen aus dem Bibelgürtel herausführen, aber niemals wieder den Bibelgürtel aus dem Jungen kriegen. Und das nicht einmal Jahrhunderte später und nach Erfahrungen in anderen und oft besseren Kulturen, die gänzlich verschieden von der Missouris waren.

Etwas in diesen Memoiren erfüllte mich richtig mit Stolz auf meinen ›unartigen‹ Sohn. Anscheinend hatte er es nie fertiggebracht, Frau und Kind im Stich zu lassen. Da der Niedergang und Sturz der Vereinigten Staaten meines Erachtens viel damit zu tun hatte, daß Männer ihre Pflichten gegenüber schwangeren Frauen und kleinen Kindern vernachlässigten, war ich bereit, meinem ›schlimmen Jungen‹ alle seine Eigenheiten zu verzeihen. Ein Mann muß entschlossen sein, für seine Frau und die Kleinen zu leben und zu sterben, sonst ist er ein Nichts.

So selbstsüchtig Woodrow in mancher Hinsicht auch war – diese Probe bestand er.

Mit großer Freude las ich, welch starkes Verlangen Theodore nach mir verspürt hatte. Ich war mir dessen nie sicher gewesen (schließlich kann eine geile Frau ein fürchterlicher Idiot sein) und hatte im Verlauf der Jahre immer größere Zweifel bekommen. Und hier war der Beweis: Mit offenen Augen steckte er für mich sein Haupt in den Rachen des Löwen – um meinetwillen meldete er sich zu einem Krieg, der ihn gar nichts anging, und bekam ›den Arsch aufgerissen‹. So drückten es zumindest seine Schwestern aus. (Seine Schwestern – *meine* Töchter. Liebe Güte!)

Neben Lazarus' Memoiren las ich Geschichtswerke, die Justin mir gab. Auf dem Wege der sogenannten Total-Immersion lernte ich Galacta. Nach meinen ersten zwei Wochen in Boondock bat ich darum, daß in meiner Gesellschaft kein Wort Englisch mehr gesprochen wurde; ich bat sogar Teena um die Galacta-Ausgabe der Memoiren und fing sie in dieser Sprache neu zu lesen an. Bald beherrschte ich Galacta so gut, daß ich sogar darin dachte. Die Sprache leitet sich aus dem Spanglischen ab, das sich im Verlauf des zwanzigsten Jahrhunderts als Handels- und Technikersprache in Nord- und Südamerika etabliert hatte. Man hatte dafür die Schnittmenge des englischen und spanischen Wortschatzes und die lateinamerikanische Grammatik genommen – etwas vereinfacht, um dem englischsprachigen Benutzer dieser Lingua franca entgegenzukommen.

Später erzählte mir Lazarus, Spanglisch wäre bereits zur Zeit des Weltraumsicherungsgesetzes als Verkehrssprache für Raumpiloten festgelegt worden, als alle lizensierten Piloten noch Beschäftigte von Spaceways Ltd. oder einer anderen Harriman-Tochterfirma waren. Er sagte ebenfalls, Galacta wäre selbst heute noch als Version des Spanglischen zu erkennen, wenn auch mit stark erweitertem Wortschatz. Die Entwicklung ähnelte der des Lateinischen, das die römische Kirche über Jahrtausende hinweg bewahrt und erweitert hatte. Beide Sprachen wurden einem Bedürfnis gerecht, das sie lebendig hielt und sogar ihr Wachstum förderte.

»Ich hatte mir schon immer gewünscht, in einer von Maxfield Parrish erdachten Welt zu leben – und jetzt ist dieser Wunsch Wirklichkeit geworden!« Mit diesen Worten eröffnete ich in der Frühphase meiner Verjüngung ein Tagebuch, in dem ich meine Gedanken zu ordnen versuchte, um somit den erlebten Kulturschock besser zu verkraften.

Maxfield Parrish war in meiner Herkunftszeit und -welt (1870-1966) ein romantischer Künstler gewesen, der mit einer realistischen Technik Bilder von einer Welt malte, die schöner war als alles, was man jemals gesehen hatte – eine Welt voller Türme, die bis zu den Wolken aufragen, voller hinreißender Mädchen und atemberaubender Berggipfel. Falls Maxfield Parrish dem geneigten Leser kein Begriff ist, sollte er das Museum der Technischen Hochschule von Boondock besuchen und sich an der dortigen M.P.-Sammlung ergötzen. Es handelt sich um Raubkopien, die ein Zeitkorps-Agent in Museen des zwanzigsten Jahrhunderts an der nordamerikanischen Ostküste angefertigt hat, bezahlt vom Senior Lazarus Long – ein Geschenk Lazarus' an seine Mutter anläßlich ihres 125. Geburtstages und ihrer beider silbernen Hochzeit.

Ja, mein unartiger Sohn Woodrow heiratete mich, gedrängt von seinen anderen Ehefrauen und Mitehemännern, die vorher auch mich dazu überredet hatten.

Damals (im Galaktischen Jahr 4324) verfügte die Long-Familie über sieben erwachsene Mitglieder am Ort, Ira Weatheral (verantwortlich für das bißchen an Regierung, was es in Boondock gab), Galahad, Justin Foote, Hamadryad (Iras Tochter, die offenkundig einen Pakt mit dem Teufel geschlossen hatte), Tamara, Ishtar und Minvera – letztere eine schlanke, langhaarige Brünette, die mehr als zwei Jahrhunderte lang ein Verwaltungscomputer gewesen war, ehe Ishtar ihr dabei geholfen hatte, mit Hilfe einer Klontechnologie Fleisch zu werden.

Galahad und Tamara wurden ausgewählt, um mir den Heiratsvorschlag zu unterbreiten.

Ich selbst hatte gar keine Pläne in dieser Richtung. Schon einmal hatte ich das Versprechen »bis daß der Tod uns scheidet« abgelegt, aber wie sich gezeigt hatte, war es dann doch schneller gegangen. Es machte mich rundum glücklich, in Boondock zu leben und wieder jung zu sein, und ich freute mich riesig darauf, wieder in Theodores Armen zu liegen. Aber heiraten? Warum Gelübde ablegen, die in der Regel doch wieder gebrochen werden?

»Mama Maureen«, sagte Galahad, »diese Gelübde werden nicht gebrochen. Hier verspricht man sich einfach gegenseitig, seinen Anteil an der Fürsorge für die Kinder zu übernehmen – sie zu ernähren und zu verhauen und zu lieben und auszubilden, was immer auch nötig sein wird. Vertraue mir. Heirate jetzt erst mal uns und kläre die Sache mit Lazarus später. Wir lieben ihn, aber wir kennen ihn auch. In einem Notfall ist Lazarus der schnellste Schütze der Galaxis, aber wird er auch nur mit dem kleinsten sozialen Problem konfrontiert, macht er ein Riesentheater darum und versucht, es von allen Seiten zu betrachten, um die perfekte Lösung zu finden. Die einzige Möglichkeit, ihn in einer solchen Sache siegreich zu schlagen, besteht darin, ihn vor vollendete Tatsachen zu stellen. In ein paar Wochen kommt er wieder nach Hause; Ishtar kennt den genauen Zeitpunkt. Wenn er dann feststellen muß, daß du bereits in die Familie eingeheiratet hast und schwanger bist, wird er einfach den Mund halten und dich selbst heiraten. Falls du ihn haben möchtest.«

»Wenn ich euch alle heirate, gilt das dann nicht automatisch auch für Lazarus?«

»Nicht unbedingt. Sowohl Hamadryad als auch Ira gehörten schon zur Gründungsgruppe der Familie, aber es dauerte etliche Jahre, bis Ira einräumte, daß es keinen Grund gab, seine Tochter nicht auch zu heiraten ... Hamadryad hatte einfach lächelnd abgewartet, bis er soweit war. Wir hielten eine spezielle Hochzeitszeremonie nur für die beiden ab, und was für ein Spaß das war! Mama Maureen, wir sind wirklich flexibel; die einzige Konstante bei unseren Arrangements ist die, daß jeder für die Zukunft unserer Kinder geradesteht. Woher wir die Kinder jeweils haben, danach fragt schon keiner mehr – schließlich äußern sich manche von uns nicht gerne darüber.«

Tamara warf ein, daß Ishtar es sei, die auf solche Dinge achte. (Galahad macht gerne Witze. Tamara ihrerseits weiß gar nicht, wie das geht, aber sie liebt einfach jedermann.) Und so tauschte ich noch am selben Tag das Ehegelöbnis mit allen aus. Wir standen in der Mitte des schönen Atriumgartens ihrer Familie (*unserer* Familie!) – und wir weinten und lachten, und alle berührten mich, und Ira schniefte und Tamara lächelte, während ihr Tränen die Wangen hinabliefen, und wir alle sagten gemeinsam »Ich will!«, und die anderen küßten mich, und ich wußte, daß sie mir gehörten und ich ihnen gehörte, für immer und ewig, Amen.

Ich wurde sofort schwanger, denn Ira und Ishtar hatten es gemeinsam so eingerichtet, daß die Hochzeit und meine

Ovulation auf denselben Zeitpunkt fielen. Ich fragte Ishtar später nach dem Vater, und sie antwortete: »Mama Maureen, es ist von allen deinen Ehemännern; du brauchst es nicht genau zu wissen. Wenn du nach vier oder fünf weiteren Kindern immer noch neugierig bist, finde ich den Vater heraus.« Ich stellte die Frage nie wieder.

So ergab es sich, daß ich bei Theodores Rückkehr schwanger war, und es war mir nur recht so. Ich wußte aus Erfahrung, daß er mich herzlicher und mit weniger Zurückhaltung begrüßen würde, wenn er wußte, daß wir es nur aus Liebe und zum Vergnügen miteinander treiben würden, nicht des Nachwuchses wegen.

So war es dann auch, und es geschah im Rahmen einer Party, bei der Theodore gleich zu Beginn ohnmächtig wurde. Hilda Mae, die Leiterin der Einsatzgruppe, die mich gerettet hatte, hatte das Ganze als Überraschungsfete für Theodore organisiert und präsentierte mich in einem Kostüm von hohem Symbolwert für ihn, (hohe Stöckelschuhe, lange, durchsichtige Strumpfhose und grüne Strumpfbänder), und das zu einem Zeitpunkt, als er noch glaubte, ich befände mich weiterhin zwei Jahrtausende früher in Albuquerque und müßte erst noch gerettet werden.

Hilda hatte ihn eigentlich gar nicht so erschrecken wollen. Sie liebt ihn wirklich, und später heiratete sie ihn und uns alle, gemeinsam mit ihrer kompletten Familie. In ihrem Elfenkörper wohnt keinerlei Niedertracht. Sie fing Theodore auf (oder versuchte es zumindest), und er tat sich nicht weh, und die Party wurde noch eine der besten seit dem Brand von Rom. Hilda Mae verfügt über zahlreiche Talente, im Bett und außerhalb, aber sie ist unter anderem eine der beste Partyveranstalterinnen aller Welten.

Ein paar Jahre später amtierte Hilda als Generaldirektorin der größten Party aller Zeiten und Welten, nämlich des ersten Jahrhundertkonvents der Interuniversellen Gesellschaft für Eschatologischen Pantheistischen Multiples-Ego-Solipsismus. Gäste aus Dutzenden von Universen nahmen daran teil. Die Party war wundervoll, und die wenigen Leute, die bei den Spielen umkamen, zogen direkt in Walhalla ein – ich habe es selbst gesehen. Durch diese Party wuchs unsere Familie um etliche weitere Männer und Frauen. Zu erwähnen wären da besonders Hazel Stone alias Gwen Novak, die mir so lieb ist wie Tamara, und Dr. Jubal Harshaw, derjenige meiner Ehemänner, an den ich mich wende, wenn ich mal wirklich Rat und Hilfe brauche.

An ihn wandte ich mich auch viele Jahre später, als ich herausfand, daß mir etwas fehlte – trotz aller Wunder von Boondock und Tertius, trotz der Liebe und des Glücks in den Reihen der Familie Long, trotz der Befriedigung, die ich im Studium der wirklich fortschrittlichen Behandlungsmethoden auf Tertius und Secundus fand, trotz der Tatsache, daß ich endlich im besten aller Berufe ausgebildet wurde, dem des Verjüngers.

Nie hatte ich meinen Vater vergessen, und der Schmerz über seinen Verlust blieb mein steter Begleiter.

Der geneigte Leser bedenke nachstehende Fakten:

1. Libby wurde von den Toten erweckt und als Frau wiedergeboren.

2. Ich wurde über Jahrhunderte hinweg vor dem sicheren Tod gerettet (wenn ein Neunachser über eine Person von meiner Größe hinwegwalzt, werden die Überreste im allgemeinen aufgewischt).

3. Colonel Richard Campbell wurde zweimal vor dem sicheren Tod gerettet; man hat sogar die Geschichte im Interesse seines Seelenfriedens verändert, denn man brauchte ihn für die Rettung des Computers, der die Revolution auf Lunar auf Zeitlinie drei leitete.

4. Theodore wurde im Ersten Weltkrieg durch Maschinengewehrfeuer fast in zwei Hälften geschnitten und trotzdem gerettet und wiederhergestellt, ohne daß auch nur eine Narbe zurückblieb.

5. Mein Vater wurde wie Theodore im Einsatz vermißt. Der American Field Service meldete das erst viel später, und Einzelheiten wurden nie genannt.

6. In dem unter der Bezeichnung ›Schrödingers Katze‹ bekannt gewordenen Gedankenexperiment behaupten die Wissenschaftler (?) oder Philosophen oder Metaphysiker, die es ausgetüftelt haben, daß die Katze weder lebendig noch tot ist, sondern nur eine Wolke aus Wahrscheinlichkeiten, bis jemand die Schachtel, in der sie steckt, öffnet.

Ich glaube nicht daran. Ich denke, auch Pixel würde nicht daran glauben.

Lebt mein Vater nun noch, oder ist er tot?

Ich sprach mit Jubal darüber.

»Ich kann es dir nicht sagen, Mama Maureen«, antwortete er. »Wie sehr wünschst du dir, daß er noch lebt?«

»Mehr als alles in der Welt!«

»Genug, um alles dafür zu riskieren? Sogar dein eigenes Leben? Noch schlimmer, sogar eine Enttäuschung, das sichere Wissen, daß keine Hoffnung mehr besteht?«

Ich seufzte tief. »Ja, das alles.«

»Dann tritt dem Zeitkorps bei und laß dir zeigen, wie man so was macht. In ein paar Jahren – zehn bis zwanzig, schätze ich – wirst du in der Lage sein, dir eine intelligente Meinung zu bilden.«

»Zehn bis zwanzig Jahre!«

»Es könnte noch länger dauern, aber das Schöne an Zeitmanipulationen ist nun mal, daß man es nie eilig hat.«

Als ich Ishtar meinen Antrag auf unbefristeten Urlaub unterbreitete, fragte sie mich nicht nach dem Grund. »Mama, ich weiß schon länger, daß dich diese Arbeit nicht glücklich macht. Ich habe nur darauf gewartet, daß du von selbst darauf kommst.«

Sie küßte mich. »Vielleicht findest du im nächsten Jahrhundert heraus, daß unser Beruf deine wirkliche Berufung ist. Es gibt keinen Grund zur Eile. Bis dahin wünsche ich dir alles Gute.«

Im Verlauf von zwanzig Jahren meiner persönlichen Zeitlinie und von sieben Jahren Boondockzeit ging ich, wohin das Zeitkorps mich schickte, und gab brav alle entsprechenden Informationen weiter. Niemals ein Kampfauftrag, im Gegensatz zu Gretchen, deren erstes Kind sowohl von mir als auch von meiner Mitehefrau Hazel/Gwen abstammt (Colonel Ames ist mein Enkel durch Lazarus, und Gretchen ist Hazels Urenkelin). Major Gretchen ist eine echte Walküre, die angeblich sowohl mit als auch ohne Waffe den schnellen Tod bringt.

Kämpfe sind nichts für Maureen. Das Zeitkorps benötigt jedoch Leute für die verschiedensten Zwecke. Meine Sprachbegabung und meine historischen Interessen qualifizieren mich dafür, »das Land Kanaan zu erkunden« – oder das Japan der dreißiger Jahre – oder welches Land oder welcher Planet auch immer ausgeforscht werden muß. Auch mein einziges weiteres Talent erweist sich dabei manchmal als hilfreich.

Und so meldete ich mich nach zwanzig Jahren Praxis und einleitenden Nachforschungen zur Geschichte von Zeitlinie zwei, (zweite Phase des Permanenten Krieges) für ein Wochenende ab und erwarb eine Fahrkarte für einen Burroughs-Carter-Raumzeitbus, der auch New Liverpool im Jahr 1950 anlief, denn ich wollte die Geschichte des Krieges von 1939-45 aus etwas größerer Nähe studieren. Es waren Hildas Schwarzmarktgeschäfte, die mir zu diesem Ticket verhalfen. Eine ihrer Gesellschaften bietet Fahrten zu allen erforschten Zeitlinien und Planeten an, zu allen gewünschten Zeitpunkten, wenn man nur dafür zahlt.

Der Busfahrer hatte gerade verkündet: »Nächste Haltestelle: Zeitlinie zwei, 1950! Nehmen Sie alle Ihre Sachen mit!«, da gab es einen lauten Knall, machte der Bus einen Satz, sagte ein Reisebegleiter »Zum Notausstieg bitte hier entlang«, reichte mir jemand ein Baby, gab es viel Rauch und sah ich einen Mann mit blutigem Stumpf anstelle seines rechten Armes.

Ich schätze, ich wurde ohnmächtig, weil ich mich nicht mehr erinnern kann, was dann geschah.

Ich erwachte in einem Bett, neben Pixel und einer Leiche.

KAPITEL SECHSUNDZWANZIG

PIXEL DER RETTER

Die Tatsache, daß ich neben einer Katze und einer Leiche im Grand Hotel Augustus aufwachte, führte mich in ein regelrechtes Chaos und schließlich in die Praxis von Dr. Eric Ridpath, dem Hotelarzt, wo ich auch seiner Helferin Dagmar Dobbs begegnete – ein Mädel, das sofort Pixels Sympathie errang. Dagmar untersuchte mich gynäkologisch und erzählte mir dabei, daß noch am selben Abend die Fiesta de Santa Carolita beginnen würde.

Wie ich schon ausführlich erläutert habe, handelt es sich bei ›Santa Carolita‹ um meine Tochter Carol, geboren 1902 gregorianischer Zeitrechnung auf der ersten Erde, Zeitlinie zwei, Chiffre Leslie LeCroix.

Lazarus Long hatte die Tradition von Carols Tag am 26. Juni 1918 als eine Art Ritual zur Feier ihres Heranwachsens vom Mädchen zur Frau ins Leben gerufen, und auf Tertius erfuhr ich, welchen Entwicklungsgang dieser Tag über die Jahrhunderte hinweg auf vielen Planeten genommen hatte. Normalerweise beging man den Tag einfach nur aus Spaß an der Sache, so wie die Japaner Weihnachten feierten – als säkulares Fest ohne Bezug zur Religion.

Vielerorts jedoch wurde aus der Fiesta ein für bestimmte Theokratien bedeutender Feiertag – ein Überdruckventil, ein Tag hemmungsloser Exzesse, der Sünde ohne Bestrafung, der Saturnalien.

Dr. Ridpath und Dagmar nahmen die Ergebnisse meiner Untersuchung in Augenschein und verkündeten, ich wäre gesund und hätte lediglich den Verstand verloren, was anscheinend keiner von beiden für besonders wichtig hielt.

»Erklären Sie ihr alles, Dag«, sagte Dr. Ridpath. »Ich werde duschen und mich bereitmachen.«

»Was haben Sie vor, Maureen?« fragte Dagmar. »Doc sagt, Ihr ganzer Besitz bestünde aus diesem Handtuch, das Sie als Kleidung benutzen, sowie dieser orangefarbenen Katze. Pixel! Schluß damit! Der heutige Abend ist nicht gerade der richtige Zeitpunkt, zur Polizei zu gehen und nach dem Armenasyl zu fragen; auch die Cops ziehen ihre Klamotten aus und machen bei der Fiesta mit.« Sie musterte mich von Kopf bis Fuß. »Wenn Sie heute abend auf die Straße hinausgehen, wird es für Sie schlimmer als in einer Löwengrube. Vielleicht gefällt es Ihnen ja – bei vielen ist das so. Bei mir zum Beispiel. Heute nacht wird ein Mädel entweder eingesperrt oder flachgelegt. Sie können hierbleiben und auf der Couch schlafen. Suchen Sie sich eine Decke. Pixel! Runter da!«

»Komm her, Pixel.« Ich streckte beide Hände aus, und er sprang mir in die Arme. »Und was ist mit der Heilsarmee?«

»Der was?«

Ich erklärte es ihr, aber sie schüttelte nur den Kopf. »Nie davon gehört. Hört sich nach einem Ihrer Tagträume an, Liebes. So was ist nie von der Kirche Eurer Wahl autorisiert worden.«

»Welcher Wahl?«

»Wie? Ihrer Wahl, meiner Wahl, jedermanns Wahl. Natürlich bezieht sich das auf die Kirche des Großen Befruchters – welche denn sonst?«

Ich schüttelte den Kopf. »Dagmar, das Ganze verwirrt mich immer mehr. Wo ich herkomme, herrscht völlige religiöse Freiheit.«

»Genau wie hier, Süße, und behaupten Sie niemals einem Proktor gegenüber etwas anderes!« Auf einmal lächelte sie wie eine böse Hexe. »Auch wenn man am frühen Morgen nach dem Saint-Carols-Fest immer wieder einige tote Proktoren und Priester findet; ich bin nicht die einzige Witwe mit einem langen Gedächtnis!«

Ich mußte ein ziemlich dummes Gesicht gemacht haben. »Sie sind eine Witwe? Das tut mir leid!«

»Ich rede zuviel. Ist gar nicht so tragisch, Schatz. Ehen

werden im Himmel geschlossen, wie jeder weiß, und als mein Priester den Mann aussuchte, den der Himmel für mich vorgesehen hatte, habe ich nicht gemeckert. Delmer – mein Seelengefährte – verlor jedoch am Ende die Gunst des Thrones und wurde ein wenig zurechtgeschnitten. Ich weinte ein bißchen, wie es sich gehört, aber auch wiederum nicht allzu viel. Wie ich gehört habe, ist er jetzt Meßdiener und einer der besten männlichen Sopranisten. Das Traurige an der Sache ist nur, daß ich nicht wieder heiraten darf, da er nur zurechtgeschnitten wurde und nicht tot ist.« Sie machte ein düsteres Gesicht.

Dann zuckte sie die Achseln und lächelte. »Deshalb ist der Abend Santa Carolitas auch so wichtig für mich – wenn man bedenkt, wie scharf wir das ganze übrige Jahr hindurch überwacht werden.«

»Ich verstehe wieder mal nicht«, sagte ich. »Sind hier alle Puritaner, außer zu diesem Fest?«

»Mir ist nicht klar, was Sie mit ›Puritanern‹ meinen, Maureen. Es fällt mir auch schwer, Ihrer Frau-von-den-Sternen-Geschichte zu folgen, falls es denn bloß eine Geschichte ist ...«

»Es ist keine! Dagmar, ich habe mich wirklich verirrt! Ich befinde mich nicht auf meinem Heimatplaneten und weiß nichts über die hiesigen Zustände.«

»Okay, ich tue mal so, als würde ich Ihnen das glauben. An dreihundertvierundsechzig Tagen im Jahr – in Schaltjahren an dreihundertfünfundsechzig – ist alles entweder vorgeschrieben oder verboten. Der Oberste Bischof nennt das die ›Goldene Regel‹ – Gottes Plan. An Carolitas Festtag ist jedoch von Sonnenuntergang bis Sonnenaufgang schier alles erlaubt. Carolita ist die Schutzheilige der Straßensänger, Huren, Zigeuner, Vagabunden, Schauspieler, einfach all jener, die außerhalb der Stadtmauern leben müssen. An ihrem Tag dürfen daher ... Boß! Sie werden doch nicht in *dem* Aufzug nach draußen gehen!«

»Und warum nicht?«

Dagmar gab würgende Laute von sich. Ich drehte mich

um und entdeckte den Grund für dieses ganze Theater: Der Doktor war nackt aus der Dusche gekommen und stellte den erstaunlichsten Phallus zur Schau, den ich jemals gesehen hatte – steil ragte er aus dunkelbraunen Locken hervor und war mindestens zwölf Zoll lang und fast so dick wie mein Handgelenk. Er krümmte sich ein Stück weit zum haarigen Bauch des Doktors zurück.

Das Ding atmete im selben Rhythmus wie sein Besitzer und wuchs mit jedem Atemzug um einen Zoll an. Ich betrachtete es mit der entsetzten Faszination eines Vogels, der sich einer Schlange gegenübersieht, und meine Brustwarzen wurden hart. Nehmt das weg! Nehmt einen Knüppel und schlagt es tot!

»Boß, bringen Sie dieses alberne Spielzeug wieder zu Sears Roebuck und verlangen Sie Ihr Geld zurück! Oder – oder ich spüle es einfach das Klo hinunter, jawohl!«

»Wenn Sie das machen, bezahlen Sie auch den Klempner! Schauen Sie mal, Dagmar, ich möchte so nach Hause gehen, und ich möchte, daß Sie einen Schnappschuß von Zenobias Gesicht machen, wenn ihr Blick darauf fällt. Dann nehme ich es wieder ab, es sei denn, Zenobia möchte, daß ich es auch auf der Orgie des Bürgermeisters trage. Ziehen Sie jetzt Ihr Kostüm an; wir müssen noch Daffy und seinen Assistenten abholen, seinen Liebhaber, auch wenn er das Gegenteil behauptet.«

»Schande über Sie, Boß!«

»Ist es wirklich schon so spät? Maureen, wenn ich Sie eben richtig verstanden habe, haben Sie heute noch nichts gegessen. Speisen Sie doch mit uns zu Abend, dann diskutieren wir darüber, was wir später mit Ihnen anstellen. Meine Frau ist die beste Köchin in der Stadt, nicht wahr, Dagmar?«

»Korrekt, Boß. Und damit hatten Sie diese Woche schon zweimal recht.«

»Was war das andere Mal? Haben Sie etwas gefunden, was unsere Cinderella anziehen könnte?«

»Das ist ein Problem, Boß. Hier haben wir nur Overalls

zur Verfügung, die alle auf meine Proportionen zugeschnitten sind. Bei Maureen würden sie das eine zu sehr betonen, das andere zu sehr verdecken.« (Sie meinte damit, daß ich wie eine Birne geformt bin, sie mehr wie Stangensellerie.)

Dr. Ridpath musterte erst mich und dann sie und entschied, daß sie wohl recht hatte. »Maureen, wir werden mal schauen, ob meine Frau vielleicht etwas für Sie hat. Und bis wir zu Hause sind, spielt es keine Rolle, was Sie anhaben; wir nehmen ein Robotaxi. Pixel! Zeit zum Abendessen, Junge!«

»Jezzzt? *Wow!*«

Und so aßen wir bei den Ridpaths zu Abend. Zenobia Ridpath ist wirklich eine gute Köchin. Pixel und ich fanden sie sympathisch, und sie fand Pixel sympathisch und behandelte mich zuvorkommend und herzlich. Sie ist eine würdevolle, schöne Matrone um die fünfundvierzig. Ihr vorzeitig weiß gewordenes Haar trägt sie blau getönt. Nichts an ihrem Gesichtsausdruck veränderte sich, als sie die mechanische Monstrosität erblickte, die ihr Mann zur Schau stellte. »Wofür hältst du das, Zen?« fragte er.

»Endlich!« antwortete sie. »Das hast du mir vor vielen Jahren schon als Hochzeitsgeschenk versprochen! Na ja, lieber spät als nie – glaube ich.« Sie bückte sich und nahm das Ding genauer in Augenschein. »Warum steht nur ›Made in Japan‹ darauf?« Sie richtete sich auf und lächelte uns an. »Hallo Dagmar, schön, Sie zu sehen! Frohes Festival!«

»Ich wünsche eine Rekordernte!«

»Und große Babies! Mrs. Johnson, wie schön von Ihnen, daß Sie auch gekommen sind! Darf ich Sie Maureen nennen? Darf ich Ihnen ein paar Krabbenbeine anbieten? Wurden aus Japan eingeflogen, wie das Ding meines Mannes. Was möchten Sie trinken?« Eine höfliche kleine Maschine kam herbeigerollt, servierte Krabbenbeine und andere schmackhafte Häppchen und nahm meine Getränkebestellung entgegen – *Cuba Libre* ohne Rum.

Mrs. Ridpath beglückwünschte Dagmar zu ihrem Kostüm – ein schwarzer Overall, der sogar den Kopf bedeckte, aber alle Stellen frei ließ, wo er andernfalls richtigen Saturnalien nur im Wege gewesen wäre. Der Gesamteindruck, den Dagmar vermittelte, war ausgesprochen obszön.

Zenobias Kostüm war provokant, aber hübsch – ein blaues Etwas, das zu ihren Augen paßte und nicht viel verbarg. Daffy Weisskopf ging gleich auf sie los und gab dabei Laute von sich, die gut in jeden Dschungel gepaßt hätten. Sie lächelte ihn nur an. »Essen Sie lieber vorher etwas, Doktor. Und sparen Sie sich wenigstens einen Teil Ihrer Kräfte für nach Mitternacht auf.«

Ich hielt Dr. Erics Verdächtigungen, was Dr. Daffys Assistenten Freddie betraf, für gerechtfertigt. Er verbreitete für mich nicht den richtigen Geruch und ich offensichtlich auch nicht für ihn. Dabei mußte ich inzwischen ganz schön duften, da ich in Partystimmung kam. Wie gewünscht, wurde mein *Cuba Libre* ohne Rum serviert, aber ich hatte schon die Hälfte intus, bevor ich bemerkte, daß er statt dessen reichlich Wodka enthielt. Gut hundert Prozent, da war ich mir ganz sicher. Wodka ist eine gefährliche Angelegenheit; er riecht nicht und schmeckt nicht und schickt einen ruckzuck auf die Matratze.

Ich glaube, ein Teil unserer Häppchen enthielt Aphrodisiaka. Derlei benötigt unsere Maureen allerdings nicht. Hat sie noch nie gebraucht!

Drei Sorten Wein wurden zum Abendessen angeboten, und die endlosen Trinksprüche gingen rasch vom Suggestiven zum Empörenden über. Der kleine Roboter, der meinen Tischabschnitt bediente, sorgte dafür, daß die Weingläser gefüllt blieben, und sein Programm kannte den Begriff ›Wasser‹ überhaupt nicht. So war Mama Maureen bald sturzbetrunken.

Zwecklos, etwas anderes zu behaupten. Ich aß zuwenig, trank zuviel und hatte zuwenig geschlafen. Darüber hinaus habe ich nie gelernt, wie ein Dame zu trinken, sondern lediglich, wie man so tut, ohne auch nur einen Schluck zu sich zu nehmen. An Carolitas Abend war jedoch alle Vorsicht dahin.

Ich stellte allerlei hochgradig professionelle Überlegungen an, wie ich mich in der neuen Umgebung orientieren könnte. Zunächst wollte ich Zenobia bitten, bei ihr übernachten zu dürfen, damit ich mich am Morgen ausgeruht mit einer Stadt auseinandersetzen konnte, die ihre fünf Sinne wieder beisammen hatte. Dann benötigte ich Geld und Kleider. Als Frau konnte man durchaus ohne Sicherheiten an ein Darlehen kommen, wenn man es mit dem richtigen männlichen Sachbearbeiter zu tun bekam. Weibliche Zeitkorpsagenten waren da aufgrund ihrer besonderen Befähigung bessere Scouts als Männer.

Hätte ich erst einmal ein wenig Geld, würde ich mich auf die Suche nach einer von Hildas Schwarzmarkt-Geschäftsstellen machen oder einen Ort suchen, an dem der Zeitkorps mit Sicherheit eine Nachricht von mir finden würde – alles Dinge, die man völlig unauffällig in einer öffentlichen Bibliothek oder aus einer Telefonzelle heraus bewerkstelligen konnte.

Doch so professionell meine Gedanken auch gewesen sein mochten – ich wurde von den Proktoren geschnappt, bevor ich auch nur einen davon in die Tat umsetzen konnte.

Zenobia bestand darauf, daß ich mit zur Orgie des Bürgermeisters kam, und zu diesem Zeitpunkt besaß ich nicht mehr genügend Verstand, um dieses Angebot abzulehnen. Sie wählte aus ihrem Fundus ein Kostüm für mich aus – lange, hauchdünne Hose, grüne Strumpfbänder, hohe Stökkelschuhe, Cape. Irgendwie erschien mir das als das perfekte Kostüm, obwohl ich mich nicht mehr erinnern kann wieso.

Auch an die Party des Bürgermeisters erinnere ich mich nur noch skizzenhaft. Vielleicht hilft es, sie sich als von Caligula und Nero gemeinsam veranstaltet und von Cecil B. de Mille in hinreißendem Technicolor inszeniert vorzustellen. Ich weiß noch, daß ich irgendeinem Flegel (ich habe keine Vorstellung mehr von seinem Gesicht; vielleicht hatte er ja gar keines) erklärte, man könne mich zwar prinzipiell haben – viele hätten es schon versucht, meistens mit Erfolg –, aber bitte auf die romantische Tour und nicht so, als schnappe man nach einem Leckerbissen auf der Theke eines Fast-Food-Ladens.

Diese Party und die restliche Nacht bestanden aus nichts anderem als Vergewaltigungen über Vergewaltigungen wo man auch hinsah – und ich mache mir nichts aus Vergewaltigungen; man lernt dabei keine besonders brauchbaren Leute kennen.

Ich floh und fand mich draußen im Park wieder. Mein eiliger Aufbruch hatte etwas mit einem aufgeblasenen Arschloch zu tun, bekleidet mit einer langen Robe (ein Pluviale?) aus weißer Seide, über und über mit scharlachroten und goldenen Stickereien geschmückt. Es stand vorne offen, und seine *Flaggenstange* ragte daraus hervor. Vier Gefolgsleute mußten den Kerl stützen, damit er nicht unter der Last des eigenen Dünkels zusammenbrach.

Er packte mich, als ich mich gerade an ihm vorbeidrücken wollte – und steckte mir seine Zunge in den Mund. Ich rammte ihm das Knie in den Unterleib, stürmte los und sprang durch ein offenes Fenster. Ja, wir befanden uns im Erdgeschoß, aber ich hatte mich nicht einmal damit aufgehalten, das zu prüfen.

Pixel holte mich nach knapp fünfzig Metern ein und zwang mich zum Abbremsen, indem er im Zickzack vor mir hin und her lief. Wir betraten den großen Park, und von da an ging ich im Schrittempo. Ich trug nach wie vor das Cape, hatte aber beim Sprung aus dem Fenster einen Schuh verloren und in der Folge den anderen abgestreift. Das hemmte mich nicht sonderlich, denn in Boondock ging ich so viel barfuß, daß meine Fußsohlen inzwischen zäh wie Leder waren.

Eine Zeitlang spazierte ich im Park herum, sah mir an, was hier so getrieben wurde (ganz erstaunlich!), und fragte mich, wohin ich mich wenden sollte. In den Palast des Bürgermeisters traute ich mich nicht mehr; mein wichtigtuerischer Freund mit dem kolossalen Gewand trieb sich vielleicht noch dort herum. Wo die Ridpaths wohnten, wußte ich nicht, obwohl ich bei ihnen zu Hause gewesen war. Ich beschloß, auf den Morgen zu warten, das Grand Hotel Augustus ausfindig zu machen (sollte einfach sein), Dr. Erics Praxis aufzusuchen und ihn um ein kleines Darlehen anzugehen. Mußte eigentlich klappen, wenn man bedachte, wie er mich während des Abendessens abgetastet hatte. Er war aber nicht rüde gewesen; Ähnliches hatte sich auch an allen anderen Tischen abgespielt, und man hatte mich schließlich vorgewarnt.

Ich nahm kurz am schon erwähnten Hexensabbat teil. Er fand genau um Mitternacht im Licht des Vollmonds statt, und die Ritualgebete wurden auf Latein, Griechisch, Altnorwegisch (glaube ich) und drei weiteren Sprachen aufgesagt. Eine der Frauen trat als Schlangengöttin aus dem antiken Kreta auf. Authentisch? Keine Ahnung. Pixel hockte während den Zeremonien auf meiner Schulter, als wäre er die Rolle des Hexenvertrauten schon gewöhnt.

Als ich mich schließlich vom Altar abwandte, sprang er zu Boden und lief wieder wie üblich vor mir her.

Jemand brüllte: »Da ist ihre Katze! Und da ist sie! Schnappt sie euch!«

Und das taten sie.

Wie ich schon sagte – Vergewaltigung gefällt mir nicht. Besonders zuwider ist es mir, wenn vier Kerle mich festhalten, während ein fettes Schwein in besticktem Pluviale Sachen mit meinem Körper anstellt. Also biß ich ihn und erging mich in einem Diskurs über seine Vorfahren und persönlichen Gewohnheiten.

Und so landete ich im Knast und blieb dort, bis die Beknackten vom Komitee für Ästhetische Streichungen mich herausholten.

Für einen solchen Vorgang prägte der Volksmund das Sprichwort: »Vom Regen in die Traufe kommen.«

Gestern abend saß Graf Dracula dem Komitee vor. Er wurde als einziger seiner Rolle wirklich gerecht. Diese abstoßend gut aussehende Kreatur trug nicht nur den klassischen Umhang des Videovampirs, sondern hatte sich gar Eckzähne anfertigen lassen, die über die Unterlippe ragten. Zumindest glaube ich, daß sie künstlich waren; Menschen oder Quasimenschen haben bestimmt nicht solche Zähne!

Ich setzte mich auf den einzigen freien Stuhl im Kreis. »Guten Abend, Freunde. Guten Abend, Graf. Wo ist der Alte vom Berge heute?«

»Eine solche Frage stellt man nicht.«

»Nun, dann entschuldigen Sie bitte! Aber warum nicht?«

»Wir überlassen die Antwort Ihnen, als kleine Übung im Schlußfolgern. Aber stellen Sie eine solche Frage nie wieder! Und verspäten Sie sich nicht noch einmal. Lady MacBeth, Sie sind heute abend das Thema unseres Gesprächs ...«

»Maureen Johnson, wenn es Ihnen recht ist.«

»Es ist mir nicht recht. Da haben wir ein weiteres Beispiel Ihrer mangelnden Bereitschaft, die für die Sicherheit der Toten erforderlichen Regeln einzuhalten. Gestern wurden Sie dabei beobachtet, wie sie Worte mit einem Zimmermädchen des Hotels wechselten. Worüber haben Sie mit ihr gesprochen?«

Ich stand auf. »Graf Dracula.«

»Ja, Lady MacBeth?«

»Scheren Sie sich zum Teufel. Ich gehe zu Bett.«

»Setzen Sie sich wieder!«

Ich tat es nicht, aber meine Nachbarn im Kreis packten mich und zerrten mich zurück auf den Stuhl. Ich glaube nicht, daß drei von diesen Typen es alleine geschafft hätten, egal welche; sie alle waren krank, todkrank. Sieben erwiesen sich jedoch als zuviel für mich – und ich hatte Hemmungen, mich allzu grob zu widersetzen.

»Milady MacBeth«, fuhr der Vorsitzende fort, »Sie sind jetzt seit mehr als zwei Wochen bei uns. In dieser Zeit haben

Sie jeden Ihnen angebotenen Auftrag abgelehnt. Für Ihre Rettung schulden Sie uns ...«

»Unfug! Das Komitee schuldet *mir* etwas! Ich hätte gar nicht gerettet werden müssen, hätten Sie mich nicht entführt und zusammen mit der Leiche eines Ihrer Opfer, dem Richter Hardacres, in ein Bett gesteckt! Reden Sie doch nicht davon, ich würde Ihnen etwas schulden! Gut, Sie haben mir einen Teil meiner Kleider zurückgegeben, aber wie steht es mit dem Geld? Warum haben Sie mich unter Drogen gesetzt? Warum haben Sie überhaupt eine unbeteiligte Person dazu benutzt, einen Ihrer Morde zu decken? Wer hat das geplant? Ich möchte mit ihm sprechen!«

»Lady MacBeth.«

»Ja?«

»Hüten Sie Ihre Zunge! Wir werden Ihnen jetzt einen Auftrag erteilen. Es ist schon alles geplant, und Sie werden die Sache heute abend durchziehen. Ihr Klient ist Major General a. D. Lew Rawson. Er ist verantwortlich für die jüngste Provokation in ...«

»Graf Dracula!«

»Ja?«

»Gehen Sie zum Teufel!«

»Unterbrechen Sie mich nicht immer! Die Operation wurde bereits sorgfältig geplant. Jack the Ripper und Lucrezia Borgia begleiten und unterstützen Sie. Sie können ihn im Bett töten. Sollten Sie sich zieren, sterben Sie mit ihm zusammen, und alles wird so arrangiert werden, daß es die Gerüchte bestätigt, die man sich über ihn erzählt.«

Alle Aufmerksamkeit gehörte dem neuen Vorsitzenden und mir; und so strömten die Proktoren bereits über den Balkon herein, ehe jemand sie entdeckte. Eine mir bekannte Stimme rief: »Vorsicht, Maureen!« Und ich warf mich zu Boden.

Die Roben und die Kapuzen waren zwar die der Proktoren, aber die Stimme gehörte Dagmar. Als ich mich zu ihr umdrehte, entdeckte ich Pixel bei ihr.

Militäreinheiten des Zeitkorps sind mit Betäubungswaffen ausgestattet, wenn es mal drauf ankommt, jemanden gezielt zu verschonen. Das Feuer deckte den ganzen Raum ab, so daß auch ich von einer Ladung gestreift wurde. Ich verlor nicht ganz das Bewußtsein, protestierte aber trotzdem nicht, als ein großer, stämmiger Proktor (in Wirklichkeit einer meiner Ehemänner!) mich hochhob. Im nächsten Moment waren wir auch schon alle draußen auf dem Balkon, über dessen Geländer ein kleiner Truppentransporter schwebte.

Ich hörte, wie die Tür zufiel. »Alles klar?«

»Jawohl!«

»Hat irgend jemand Pixel?«

»Ich habe ihn! Los jetzt!« Das war Hildas Stimme.

Und dann waren wir auch schon wieder in Boondock auf der Parkwiese vor dem Long-Haus.

Eine Stimme, die mir sehr vertraut war, sagte: »Alle Systeme sichern.« Dann schwenkte der Pilot seinen Sitz herum und sah mich an. »Mama«, sagte er bekümmert, »du machst mir wirklich eine Menge Sorgen.«

»Tut mir leid, Woodrow.«

»Warum hast du mir nicht Bescheid gesagt? Ich hätte dir geholfen.«

»Das glaube ich dir gerne, Schatz, aber es ging doch nur um eine Erkundung.«

»Trotzdem hättest du ...«

Hilda unterbrach ihn. »Schluß damit, Lazarus! Mama Maureen ist müde und wahrscheinlich hungrig. Mama, Tamara hat das Mittagessen fertig. In zwei Stunden, vierzehn Uhr Ortszeit, ist eine Einsatzbesprechung für alle. Jubal führt den Vorsitz und ...«

»Einsatzbesprechung? Was für ein Einsatz?«

»Dein Einsatz, Mama«, antwortete Woodrow. »Wir möchten Opa finden und entweder retten oder in einen Leichensack stecken. Diesmal machen wir es aber richtig. Es wird ein Großeinsatz des Zeitkorps' mit allen erforderlichen Ressourcen – das hat der Kreis des Ouroboros einstimmig beschlossen. Mama, warum hast du mir nichts von der Sache erzählt?«

»Halt den Mund, Woodie«, sagte Hilda. »Und belaß es dabei. Wir haben Mama Maureen zurück, und das ist alles, was zählt. Nicht wahr, Pixel?«

»*Rrrichtig!*«

»Also essen wir jetzt zu Mittag.«

KAPITEL SIEBENUNDZWANZIG

WENDEPUNKT COVENTRY

Ich aß nicht besonders viel.

Die Party wurde für mich veranstaltet, und ich fand es wirklich toll, hätte aber eigentlich zwei Münder gebraucht – einen zum Essen und einen für die gut fünfzig Leute, die mich küssen wollten und die ich meinerseits küssen wollte. Ich hatte auch keinen richtigen Hunger. Selbst während meiner Zeit der Gefangenschaft (sowohl in der Kathedrale als auch beim Komitee für Ästhetische Streichungen) hatte es ausreichend zu essen gegeben.

Was jedoch Liebe und warmherzige und liebevolle Menschen anbetraf, da war ich richtig ausgehungert.

Sagte ich schon, daß die Party zu meinen Ehren veranstaltet wurde? Nun ja, andererseits läuft jede Feier, an der Pixel teilnimmt, ganz speziell auch für ihn. Er ist jedenfalls fest davon überzeugt und benimmt sich stets entsprechend. Mit hocherhobenem Schwanz lief er im Zickzack von einer Couch zur nächsten, akzeptierte Leckerchen und rieb sich an seinen Freunden und Dienern.

Dagmar kam herbei, bat Laz, Platz zu machen, quetschte sich neben mich und umarmte und küßte mich. Ich stellte fest, daß mir die Tränen übers Gesicht liefen. »Dagmar, ich kann gar nicht beschreiben, was ich gefühlt habe, als ich deine Stimme hörte. Wirst du bei uns bleiben? Es würde dir gefallen!«

Sie lächelte mich an und hielt mich dabei eng umschlungen. »Glaubst du wirklich, ich würde zurück nach Kansas City wollen? Im Vergleich mit K. C. ist Boondock das reinste Paradies!«

»Gut! Ich werde deine Patin sein.« Was ich mit dem Arm spürte, den ich um sie gelegt hatte, verleitete mich zu der nächsten Bemerkung: »Du hast ein paar Pfunde zugelegt, und es steht dir gut. Und wie braun du geworden bist! Oder stammt das aus der Spraydose?«

»Nein, ich habe es mir auf die schönste Art und Weise zugelegt – ich habe mich in die Sonne gelegt und die Dosis langsam erhöht. Maureen, du kannst dir gar nicht vorstellen, was für ein Vergnügen ein Sonnenbad für jemanden ist, der es in seiner Heimatstadt bisher immer riskiert hat, dafür öffentlich ausgepeitscht zu werden.

»Mama«, machte sich Laz bemerkbar, »ich wünschte, ich könnte so braun wie Dagmar werden, statt diese gigantischen Sommersprossen zu haben.«

»Die hast du von mir, Lapis Lazuli; ich bekomme auch immer welche. Das ist der Preis, den wir für rote Haare zahlen müssen.«

»Ich weiß, aber Dagmar kann jeden Tag Sonnenbäder nehmen, Monat für Monat, ohne jemals Flecken zu bekommen. Schau sie dir an!«

Ich richtete mich kerzengerade auf. »Was hast du gesagt?«

»Ich sagte, daß sie niemals Flecken bekommt. Alle unsere Männer jagen hinter ihr her.« Sie kitzelte Dagmar am Arm. »Nicht wahr, Dagmar?«

»Aber nein!«

»Du sagtest ›Monat für Monat‹ ... Dagmar, das letzte Mal habe ich dich vor zwei Wochen gesehen! Wie lange bist du schon hier?«

»Ich? Ah – etwas über zwei Jahre. Du warst ein schwieriger Fall; zumindest hat man mir das erzählt.«

Nach zwanzig Jahren meiner persönlichen Zeit und sieben Boondock-Jahren, die ich jetzt beim Zeitkorps bin, hätte ich nicht mehr überrascht sein dürfen. Zeitparadoxa sind nichts Neues für mich. Ich führe sorgfältig Tagebuch, um auf dem laufenden zu bleiben und meine persönliche Zeit gegen Zeiten und Zeitlinien und Daten der Gegenden abzugrenzen, die ich erkunde. Diesmal war ich jedoch Gegenstand des Einsatzes gewesen. Ich war fünfeinhalb Wochen meiner persönlichen Zeit fort gewesen – aber es hatte mehr als zwei Jahre gedauert, mich zu finden und zu retten.

Laz rief Hilda herbei, um mir alles zu erklären. Hilda drückte sich auf meiner anderen Seite zwischen Lorelei Lee und mich; langsam wurde es eng auf der Couch, auch wenn Hilda nicht viel Platz benötigt. »Mama Maureen«, begann sie ihre Ausführungen, »du hattest Tamara gesagt, du würdest dir einen freien Tag nehmen und verreisen. Sie wußte natürlich, daß du flunkerst, aber sie widerspricht niemals einer unserer kleinen Schwindeleien. Sie glaubte, du wolltest rüber nach Secundus, um ein bißchen Spaß zu haben und vielleicht auch einzukaufen.«

»Hilda Mae, ich hatte wirklich vor, am nächsten Tag zurück zu sein, egal, wieviel Zeit meine Nachforschungen brauchen würden. Ich wollte ein paar Wochen im British Museum von 1950 auf Zeitlinie zwei verbringen und soviel wie möglich über die Schlacht um England, 1940-41, in Erfahrung bringen. Dafür hatte ich mir extra ein neues Recorderimplantat zugelegt. Ich wollte nicht das Risiko eingehen, ohne gründliche Vorbereitung direkt zur Zeit des Krieges in England zu erscheinen. Man hätte mich nur allzu schnell als Spionin erschießen können. Ich wäre wirklich zum Abendessen am nächsten Tag zurück gewesen, hätte dieser Zeitbus keine Panne gehabt.«

»Er hatte keine Panne.«

»Wie bitte?«

»Es war Sabotage, Mo. Die Revisionisten. Dieselbe Bande, die auf Zeitlinie drei beinahe schon mal Richard und Gwen Hazel und Pixel umgebracht hätte. Wir wissen nicht, warum sie dich aufhalten wollten und warum sie sich für diese Methode entschieden. Keine der beiden Seiten macht Gefangene, und wir haben bereits eine Menge von ihnen umgebracht. Mit ›wir‹ meine ich in diesem Zusammenhang nicht mich; wie jedermann weiß, bin ich mehr der Typ für die Etappe. Ich meine die alte Truppe, Richard und Gwen und Gretchen und eine Spezialeinheit von Zeitlinie fünf unter dem Kommando von Lensman Ted Smith. Der Kreis übertrug mir jedoch das Kommando für das Unternehmen, das deiner Befreiung diente, und ich grub dann Informationen aus, die uns zu den Revisionisten führten. Das meiste erfuhr ich von einem meiner Angestellten, dem Piloten des Busses. Als ich diese üble Made einstellte, beging ich einen schlimmen Fehler, Maureen! Meine unzulängliche Menschenkenntnis hat dich fast das Leben gekostet. Verzeih mir bitte!«

»Was sollte ich dir verzeihen? Hilda Mae, mein Schatz, wenn du mich nicht vor Jahren aus Albuquerque gerettet hättest, wäre ich jetzt mausetot! Vergiß das niemals, weil auch ich es nie vergessen werde.«

»Du brauchst mir nicht dankbar zu sein, Mo; ich hatte jedesmal meinen Spaß. Jedenfalls habe ich mir ein paar Schlangen bei Patty Paiwonski besorgt und dieses Arschloch von Pilot fürs Verhör kopfunter über eine Schlangengrube gehängt. Das schärfte sein Gedächtnis ungemein und verschaffte uns Zeitlinie, Ort und Datum für deine Rettung – Kansas City im gregorianischen Jahr 2184, beginnend mit dem 26. Juni. Es handelte sich um eine bislang unerforschte Variante von Zeitlinie zwei, in der die Zweite Amerikanische Revolution niemals stattgefunden hat. Wir haben sie als Zeitlinie elf eingestuft, und sie ist so scheußlich, daß der Kreis sie erst mal unter ›ferner liefen‹ abgeheftet hat, bis wir die Zeit finden, sie zu säubern oder zu kauterisieren.«

Hilda bückte sich, zog mit den Fingern Kreise vor Pixel und redete mit ihm in Katzensprache. Er kam gleich herbei und rollte sich laut schnurrend in ihrem Schoß zusammen. »Wir schickten Agenten in diese Version von Kansas City, aber sie verloren dich noch am Abend deiner Ankunft aus den Augen. Sie folgten dir vom Grand Hotel Augustus zu einer Privatwohnung, von dort zum Palast des Bürgermeisters und dann nach draußen zum Karneval, aber dort verloren sie die Spur. Da wußten wir aber bereits, daß du Pixel bei dir hattest, obwohl er auch jeden Tag hier war. Oder fast jeden ...«

»Wie macht er das nur?«

»Wie schafft es Gay Deceiver, trotz der beiden Backbordbadezimmer nicht das Gleichgewicht zu verlieren? Maureen, wenn du weiter so beharrlich an die Welt-als-Logik glaubst, wirst du die Welt-als-Mythos nie verstehen. Pixel weiß nichts von der Einsteinschen Raumzeit, von der Lichtgeschwindigkeit als Grenze, vom Urknall oder sonst einer Phantasterei, die sich Theoretiker erträumt haben, also existiert alles das für ihn auch nicht. Pixel wußte, wo du innerhalb seiner kleinen Welt gesteckt hast, aber er spricht nicht gut Englisch. In Boondock jedenfalls nicht. Deshalb brachten wir ihn dorthin, wo er Englisch kann ...«

»Wie bitte?«

»Nach Oz natürlich. Pixel weiß nicht, was eine Kathedrale ist, aber er konnte die in dieser Kansas-City-Version recht gut beschreiben, als wir es erst mal geschafft hatten, seine Aufmerksamkeit von all den wunderbaren neuen Orten abzulenken, die er in Oz erforschen wollte. Der Furchtsame Löwe half uns, ihn zu befragen, und zum erstenmal in seinem Leben war Pixel beeindruckt – ich glaube, er möchte zu einem Löwen heranwachsen. Dann kehrten wir schnurstracks zurück und schickten eine Einsatzgruppe los, um dich aus dem Privatgefängnis des Obersten Bischofs zu holen. Und du warst nicht da.«

Dagmar griff den Faden auf. »Ich war jedoch da, und Pixel führte sie direkt zu mir. Ich steckte nämlich in deiner Zelle; die Proktoren hatten mich geschnappt, kaum daß du entkommen warst.«

»Ja«, bekräftigte Hilda. »Dagmar hatte Freundschaft mit dir geschlossen – keine sehr sichere Sache nach dem Tod des Bischofs.«

»Dagmar! Das tut mir leid!«

»Ach was. ›Alles ist gut, was gut ausgeht‹, wenn ich mal so sagen darf. Sieh mich doch an, Süße – es gefällt mir hier! Also, es ging zurück nach Oz – diesmal mit mir zusammen –, und nachdem ich mir dort Pixel angehört hatte, konnte ich Hilda mitteilen, daß du im Grand Hotel Augustus festgehalten wurdest ...«

»Heh! Dort hat ja auch alles angefangen!«

»Und dort bist du auch wieder gelandet, und zwar in einer Suite, die nicht im Hotelplan steht und die nur per Privataufzug vom Keller aus erreichbar ist. Deshalb nahmen wir den malerischen Weg und erwischten das Komitee mit heruntergelassenen Hosen.«

Lazarus hatte sich zu uns gesellt und saß jetzt vor mir auf dem Rasen, ohne uns zu unterbrechen. Ich fragte mich schon, wie lange er sich weiter so engelhaft betragen würde. »Mama«, warf er jetzt ein, »du weißt gar nicht, wie recht du mit der Bemerkung hast, daß dort in diesem Hotel angefangen hat. Erinnerst du dich noch an unseren Umzug, als ich auf der High School war?«

»Ja, sicher. Wir bezogen unser altes Farmhaus draußen im Süden.«

»Richtig. Nach dem Zweiten Weltkrieg hast du es verkauft, und es wurde abgerissen.«

(Wie gut ich mich daran erinnerte!) »An seiner Stelle entstand das Harriman Hilton.«

»Nun, beim Grand Hotel Augustus handelt es sich um dasselbe Gebäude. Oh, nach über zwei Jahrhunderten hat sich viel verändert, aber die Kontinuität besteht trotzdem. Wir stellten einige Nachforschungen über das Haus an und entdeckten so die der Öffentlichkeit unbekannte VIP-Suite.« Er rieb seine Wange an meinem Knie. »Das war alles, denke ich, nicht wahr, Hilda?«

»Denke ich auch.«

»Wartet mal einen Moment!« wandte ich ein. »Was ist aus diesem Baby geworden? Und dem Mann mit dem blutenden Armstumpf? Dem, der bei dem Unfall den Arm verloren hat?«

»Aber Maureen«, sagte Hilda sanft, »ich habe dir doch schon dreimal gesagt, daß es gar kein Unfall war. Das ›Baby‹ war nur eine Requisite, um deine Hände beschäftigt zu halten und dich abzulenken. Mit dem ›Verletzten‹ wollten sie dich ebenfalls in die Irre leiten. Sie benutzten dazu einen längst Amputierten mit Makeup; das war keine frische Wunde. Als mein Fahrer über der Schlangengrube baumelte, wurde er richtig redselig und verriet mir viele Details von meist scheußlicher Natur.«

»Ich würde gerne mit ihm sprechen!«

»Ich fürchte, das geht nicht. Ich ermutige meine Angestellten nicht, mich zu verraten. Maureen, du bist eine freundliche Seele. Ich bin es nicht.«

»Die Chirurgenteams werden wie folgt zusammengesetzt …« Wir hatten uns in einem Vorlesungssaal der Ira-Johnson-Hall an der TH Boondock versammelt, und Jubal begann seinen Vortrag. » … damit sie möglichst gut zusammenpassen, was die berufliche Erfahrung angeht. Ich schlage vor:

Dr. Maureen mit Lapis Lazuli als Assistentin;
Dr. Galahad mit Lorelei Lee;
Dr. Ishtar mit Tamara;
Dr. Harshaw – das bin ich – mit Gillian;
Dr. Lafe Hubert alias Lazarus mit Hilda; und schließlich
Dr. Ira Johnson, unser Zielobjekt, mit Dagmar Dobbs.

Dagmar, Sie passen nur bedingt zum alten Johnson, denn Sie sind um anderthalb Jahrhunderte überqualifiziert, wozu noch das kommt, was Sie hier gelernt haben. Aber etwas anderes bleibt uns nicht übrig. Dr. Johnson wird nicht wissen, daß Sie ihm zugeteilt sind. Aus Bibliotheksstudien sowie aus umfangreichen mündlichen Geschichtsforschungen – von Feldagenten in Coventry und anderen Gegenden zwischen 1947 und 1950 mit Personen durchgeführt, die im Krieg in den Erste-Hilfe-Teams der Zivilverteidigung mitwirkten – wissen wir, daß solche Teams oft erst in der letzten Minute zusammengestellt wurden und vielleicht der eine oder andere, Chirurg oder Schwester, nicht voll qualifiziert war. Kriegsbedingungen, Dagmar. Wenn Sie als erste auftauchen, sobald die Sirenen heulen – und das werden Sie –, wird Dr. Johnson Sie einfach akzeptieren.«

»Ich versuche es.«

»Es klappt schon. Alle von uns, die der Ersten Hilfe zugeteilt sind, werden Roben und Masken tragen, die im England des Kriegsjahres 1941 nicht allzu komisch wirken dürften, und wir werden Instrumente benutzen, die ebenfalls keine krassen Anachronismen darstellen – auch wenn Anachronismen, wie wir glauben, im Stress einer schweren Bombardierung sicher keine große Rolle spielen.«

Jubal sah sich im Saal um. »Jeder hier hat sich freiwillig gemeldet. Ich kann gar nicht oft genug betonen, daß ihr euch in eine richtige Schlacht begebt. Sollte jemand von euch im England des Jahres 1941 sterben, wird vielleicht die Geschichte revidiert – aber der Betreffende ist *tot!* Die sogenannten ›Eisenbomben‹ der *Nazi-Luftwaffe* bringen einen ebenso sicher um wie jede andere exotische Waffe späterer Jahrhunderte. Deshalb gehen nur Freiwillige in diesen Einsatz, und deshalb kann jeder bis zum Starttermin wieder abspringen. Auch sämtliche jungen Damen von Major Gretchen sind freiwillig dabei und erhalten die maximale Gefahrenzulage.« Jubal räusperte sich, ehe er fortfuhr:

»Wir haben hier jedoch einen Freiwilligen, den wir nicht brauchen, nicht wollen und dringend bitten, doch lieber daheim zu bleiben.«

Jubal ließ erneut den Blick über die Anwesenden schweifen. »Meine Damen und Herren, was zum Teufel sollen wir mit Pixel anstellen? Wenn erst mal die Bomben fallen und sich die Verwundeten im Feldlazarett häufen, ist das letzte, was wir brauchen können, eine Katze, die niemand bändigen oder aussperren kann. Colonel Campbell? Es ist Ihre Katze.«

»Das sehen Sie nicht richtig, Doktor«, entgegnete mein Enkel Richard Ames Campbell. »Pixel gehört mir nicht. Wenn hier überhaupt ein Besitzverhältnis vorliegt, funktioniert es andersherum. Ich stimme allerdings zu, daß er nicht in eine Schlacht mitkommen sollte, weil er zu ungebildet ist, um zu wissen, daß Bomben tödlich sein können. Schon als Kätzchen hätte ihm einmal ein Kampf fast das Leben gekostet. Ich möchte das nicht noch mal erleben, aber bisher ist es mir auch noch nie gelungen, ihn von einem Vorhaben abzukriegen.«

»Einen Moment, Richard.« Gwen Hazel stand auf. »Jubal, dürfte ich einen Vorschlag machen?«

»Hazel, laut Einsatzprogramm führst du über alle Phasen dieses Unternehmens das Kommando. Ich glaube, das berechtigt dich dazu, einen Vorschlag zu machen. Wenigstens einen.«

»Nun mach mal halblang, Jubal! Es gibt ein Mitglied unserer Familie, das mehr Einfluß auf Pixel hat als Richard oder ich. Meine Tochter Wyoming.«

»Meldet sie sich freiwillig?«

»Das tut sie.«

»Das mal vorausgesetzt – kann sie Pixel etwa vier Stunden lang unaufhörlich unter Kontrolle behalten? Aus technischen Gründen, die mit der Steuerung der Zeit/Raum-Tore zu tun haben, wird der Vorgang etwa so viel Boondockzeit in Anspruch nehmen. So hat es mir Dr. Burroughs mitgeteilt.«

Ich mischte mich ein. »Dürfte ich etwas sagen?«

»Hazel, darf sie?«

»Sei nicht albern, Jubal. Natürlich darf sie!«

»Ich finde, wir sollten auf Wyo zurückgreifen; das Kind ist absolut zuverlässig. Aber sie sollte nicht versuchen, Pixel hier festzuhalten. Ein Nieser, und weg wäre er. Bringt beide nach Oz. Dort können sie bei Glinda bleiben. Oder besser bei Betsy, wo jedoch Glindas Magie sicherstellen kann, daß Pixel nicht durch irgendwelche Wände geht.«

»Hazel?« fragte Jubal.

»Es wird ihnen beiden gefallen.«

»Dann wird es hiermit angeordnet. Jetzt wieder zu unserem Einsatz. Die Projektion, bitte!« Ein gewaltiges Live-Bild entstand hinter Jubal. »Dieses Holo stellt nicht Coventry selbst dar, sondern das potemkinsche Übungsgelände, das Athene etwa achtzig Kilometer östlich von hier errichtet hat.«

Die Stimme des Verwaltungscomputers ertönte mitten in der Luft: »Danke, Papa Jubal, aber das war Shivas Werk –

Mycroft Holmes und ich waren zu einer synergistischen Parallele zusammengeschaltet, während Minerva den Taktstock schwang. Wo ich euch gerade mal alle zusammen habe, möchte ich euch daran erinnern, daß ihr alle zu Minnies und meiner Hochzeit mit Mike eingeladen seid, sobald das Unternehmen Wendepunkt Conventry abgeschlossen ist. Ihr solltet also langsam anfangen, euch über Hochzeitsgeschenke Gedanken zu machen.«

»Teena, du bist hemmungslos materialistisch und vergißt, daß keiner eurer Kompositkörper so schnell fertig sein kann!«

»Falsch! Ish war damit einverstanden, unsere Körper nach Beulahland zu bringen, wo wir ab jetzt zu jedem beliebigen Zeitpunkt entkorkt und belebt werden können. Du solltest lieber mal deine Kenntnisse der temporalen Paradoxa aktualisieren, Jubal.«

Dr. Harshaw seufzte. »Einverstanden. Ich freue mich schon darauf, die Bräute zu küssen. Dürfen wir jetzt bitte mit der Einsatzbesprechung fortfahren?«

»Keine Hektik, Pops. Du weißt oder solltest doch wissen, daß bei Zeiteinsätzen niemals Grund zur Eile besteht.«

»Stimmt, aber wir sind alle ziemlich motiviert. Freunde, Teena – oder Shiva – hat das Übungsgelände aufgrund von Fotos, Stereos, Holos und Filmbildern zusammengesetzt, die am 1. April 1941 in Coventry aufgenommen wurden. Ihr alle wißt sicherlich, daß 1941 noch sämtliche vom Kreis des Ouroboros überwachten Zeitlinien eins waren, also eine einzelne Zeitlinie bildeten. Daher wird alles, was wir dort unternehmen, sämtliche zivilisierten Zeitlinien beeinflussen. Der Begriff ›zivilisiert‹ ist in diesem Zusammenhang mit Vorsicht zu genießen – auch der Kreis ist nicht unvoreingenommen.

Die für diesen Einsatz angestellten Nachforschungen haben eine seltsame Tatsache ans Licht gebracht. Lazarus?«

Mein Sohn stand auf. »Soweit ich mich an die Geschichte des Zweiten Weltkrieges 1939-45 erinnere, ging er für England und Europa vorteilhafter aus, als die Feldforschung für diesen Einsatz erbracht hat. So wurde beispielsweise mein ältester Bruder, Brian Smith jr., bei der Landung in Marseilles verwundet und daraufhin nach England zu den Salisbury Plains und dem amerikanischen Ausbildungskommando versetzt. Nicht wahr, Mama?«

»Ja sicher, Woodrow.«

»Die Geschichte, die wir jetzt erforscht haben, zeigt jedoch, daß dies gar nicht hätte geschehen können. Die *Luftwaffe* gewann die Schlacht um England, und es kam gar nicht zu einer Landung bei Marseilles, ganz zu schweigen von einem amerikanischen Ausbildungskommando in England. Statt dessen wurde Deutschland aus der Luft zerstört, und zwar durch Atombomben, abgeworfen von in Nordafrika gestarteten amerikanischen B29-Bombern. Freunde und Angehörige, ich habe an diesem Krieg teilgenommen. Soweit ich mich erinnern kann, wurden keinerlei Atombomben auf Europa abgeworfen.«

»Danke, Lazarus. Auch ich habe am Krieg teilgenommen und war in Nordafrika. Soweit ich weiß, operierten von dort aus keine B29, und es wurden keine Atomwaffen in Europa eingesetzt. Die Ergebnisse unserer Nachforschungen waren daher für mich ebenso erschreckend wie für Lazarus. Diese schlechten Nachrichten führten auch dazu, daß wir aus dem Unternehmen Urvater Johnson – das allein der Entdeckung und Rettung von Dr. Ira Johnson dient, dem Ursprung unserer Familie Johnson – das Unternehmen Wendepunkt Coventry gemacht haben, in dem Unternehmen Urvater Johnson nur noch als eine von mehreren Phasen enthalten ist. Unsere Planung wurde dahingehend erweitert, während dieses einen Bombenangriffs den Ausgang des ganzen Krieges zu verändern. Den Angriff vom 8. April 1941 wählten wir nicht nur aufgrund der Teilnahme von Dr. Johnson an der Zivilverteidigung aus, sondern auch deshalb, weil die vier Bomberwellen aus riesigen Heinkels die größte Anzahl von Nazibombern darstellten, die jemals für einen einzelnen Angriff eingesetzt wurde.

Die Mathematiker des Kreises sind in Zusammenarbeit

mit Shiva zu dem Schluß gelangt, daß wir es hier mit einem Schlüsselereignis zu tun haben, bei dem eine Handvoll Personen den Lauf der Geschichte verändern können. Das Ziel von Major Gretchens Damen wird darin bestehen, so viele Maschinen dieser Armada zu vernichten, wie es mit unserer überlegenen Technologie nur möglich ist. Danach kann und wird die Royal Air Force die Schlacht um England gewinnen. Ohne unsere Hilfe könnte es gut sein, daß die Spitfires nicht mit der Armada fertig werden. Ein etwas weniger greifbarer Nebeneffekt des Unternehmens Wendepunkt Coventry besteht darin, möglichst viele Spitfire-Piloten zu retten, damit sie später neu zum Kampf antreten können.

Das ist genau die Art Anstoß, auf die sich der Kreis des Ouroboros spezialisiert hat: der kleine Aufwand mit dem großen Ergebnis. Die Gefährten des Kreises sind in diesem Fall sehr optimistisch.

Betrachten wir uns einmal das Bild hinter mir. Der Blick geht von der Ambulanzstation in Greyfriars Green aus, in der Urvater Johnson in jener Nacht Dienst tat. Diese drei Türme dort sind alles, was frühere Bombenangriffe von der Innenstadt übriggelassen haben – die Türme der Kathedrale St. Michael, der Greyfriars-Kirche und der Kirche der Heiligen Dreifaltigkeit. Weiter links erhebt sich ein hier nicht sichtbarer kleinerer Turm; dabei handelt es sich um den einzigen ursprünglichen Bestandteil einer Benediktiner-Abtei, die 1047 von Leofric, dem Earl of Mercia, und seiner Frau Lady Godiva errichtet wurde. Wir haben diesen Turm vom Grafen gemietet, und das Tor, das Gretchens Schützen ausspucken wird, befindet sich dort, ebenso das Zeittor, das sie ins Jahr 1941 befördert. Es wird euch vielleicht amüsieren zu erfahren, daß wir nicht nur die Vertragssumme in Gold gezahlt, sondern Lady Godiva darüber hinaus jenen schönen weißen Wallach geschenkt haben, den sie ›Aethelnoth‹ genannt und auf dem sie den berühmten Ritt durch die Stadt zum Wohle ihrer Einwohner absolviert hat.«

Jubal räusperte sich und grinste. »Ungeachtet weit verbreiteter Forderungen, wie sie vor allem von Castor und

Pollux erhoben werden, dient unser Einsatz nicht dem Ziel, Lady Godivas Ritt durch Coventry zu bestaunen.

Das wäre für heute fast alles, meine Freunde. Wer am Einsatz teilnehmen möchte, muß von drei Dingen überzeugt sein. Erstens: Das Nazi-Regime unter Adolf Hitler war so böse, daß es auf keinen Fall siegen durfte. Zweitens: Es ist außerordentlich wünschenswert, die Nazis zu schlagen, ohne Atombomben auf Europa zu werfen. Drittens: Es lohnt sich für jeden einzelnen von uns, sein Leben für die Ziele dieses Unternehmens zu riskieren. Der Kreis vertritt diese Ansichten, aber jeder von euch muß diesbezüglich selbst eine Gewissensentscheidung fällen. Wer uns nicht von ganzem Herzen zustimmt, sollte sich bitte nicht melden.

Wenn Ihr euch die Sache wohl überlegt habt, trifft sich die verbleibende Gruppe Gideon morgen früh um zehn zum ersten Manöver in unserer Potemkin-Ausgabe von Coventry. Eine Transitkabine, die euch direkt zum Übungsplatz bringt, findet ihr an der Nordseite dieses Gebäudes.«

Am 8. April 1941 ging die Sonne in Coventry, England, um neunzehn Uhr zweiundzwanzig unter und leuchtete rot durch Smog und Kohlenrauch. Beim Anblick dieser Stadt war mir ganz seltsam zumute, so genau hatte Shivas Simulation das wiedergegeben, was ich jetzt vor mir sah. Ich stand am Eingang einer Erste-Hilfe-Station der Zivilverteidigung, einer Station, in der Vater nach unseren Unterlagen heute abend arbeiten würde. Sie bestand aus kaum mehr als ein paar Wänden aus Sandsäcken und einem Dach aus Segeltuch, das mit undurchsichtiger Farbe bestrichen war, damit kein Licht nach außen dringen konnte.

Es gab einen Vorraum für die Verletzten, drei Holztische, ein paar Schränke und Laufbretter auf der nackten Erde. Kein fließend Wasser – nur ein Tank mit einem Wasserhahn. Öllampen sorgten für die Beleuchtung.

Rings um mich breitete sich Greyfriars Green aus, ein verwahrloster Park, der mit Bombenkratern übersät war. Den

Klosterturm, den wir von Lady Godivas Gatten, dem Earl of Mercia, gemietet hatten, konnte ich nicht sehen, wußte aber, daß er sich im Norden, also links von mir befand. Feldagent Hendrik Hudson Schultz, der den Deal mit dem Earl klargemacht hatte, wußte zu vermelden, daß Lady Godivas Haar wirklich überraschend lang und schön gewesen sei, aber man sich lieber nicht in ihrem Windschatten aufgehalten hätte, da sie offensichtlich nicht mehr als zweimal im Leben gebadet hatte. Vater Hendrik hatte zur Vorbereitung auf seinen Einsatz harte sechzehn Monate darauf verwandt, das Angelsächsische des elften Jahrhunderts, die damaligen Gebräuche und das mittelalterliche Kirchenlatein zu lernen. Den Einsatz brachte er in zehn Tagen hinter sich.

Vater Hendrik begleitete Gretchen heute als Dolmetscher; man hatte es nicht als besonders kosteneffektiv eingeschätzt, den Angehörigen der militärischen Einsatzgruppe eine präenglische Sprache beizubringen, die noch hundert Jahre älter war als die Chaucers, und das, wo unsere Leute ja sonst gar nicht Englisch, sondern Galacta sprachen. Obendrein hatten ihre Aufgaben mehr mit Schießen als mit Reden zu tun.

Im Nordosten erblickte ich die drei Turmspitzen, denen die Stadt ihren Spitznamen verdankte – Greyfriars, die Heilige Dreifaltigkeit und St. Michael. St. Michael und Greyfriars waren bereits bei früheren Bombenangriffen ausgebrannt, und auch ein Großteil der Innenstadt lag in Schutt und Asche. Ich hielt die Bombardierung dieser historischen Stadt für ein Paradebeispiel der schier unglaublichen Brutalität der Nazis – aber obwohl man die Bösartigkeit dieses Regimes und den Gestank seiner Gasöfen unmöglich übertreiben kann, war die Bombardierung Coventrys doch nicht nur Ausdruck dieser Brutalität, denn Coventry war auch eine bedeutende Industriestadt, die für England so wichtig war wie Pittsburgh für die Vereinigten Staaten.

Coventry bot sich mir nicht als die bukolische Stadt dar, die ich erwartet hatte. Mir wurde schnell klar, daß wir mit etwas Glück heute nacht auch eine Menge hochqualifizierter

Arbeitskräfte würden retten können, die für einen militärischen Sieg genauso wichtig waren wie tapfere Soldaten.

Hinter mir hörte ich, wie Gwen Hazel die Funkverbindungen testete: »Blood's a Rover, hier spricht Lady Godiva's Horse! Blood, bitte melden!«

»Blood an Horse. Roger«, antwortete ich.

Wir hatten für diesen Einsatz ein einzigartig komplexes Kommunikationsnetz aufgebaut. Ich versuchte nicht mal, es richtig zu verstehen (ich war schließlich Diplomhausfrau und hatte noch nie ein Elektron zu Gesicht bekommen); das Netz bildete eine Parallele zu einem noch erstaunlicheren Raumzeitnetz, das wir vorübergehend hergestellt hatten.

Von außen betrachtet bestand die Westseite der Ambulanzstation nur aus Sandsäcken. An der Innenseite trennte dort ein Vorhang angeblich einen Lagerraum ab. Wenn man den Vorhang jedoch zur Seite zog, fand man dahinter zwei Raumzeit-Tore – eines führte vom Coventry des Jahres 1941 zum Universitätskrankenhaus der Technischen Hochschule Boondock, Tertius, gregorianisches Jahr 4376, das andere genau in die umgekehrte Richtung. Auf der Tertiusseite führte ein weiteres Doppeltor nach Beulahland und zurück, so daß wir die schlimmsten Fälle zur Behandlung auf eine andere Zeitachse schaffen konnten, ehe sie zurück nach Coventry gebracht wurden.

Eine ähnliche, aber nicht ganz identische Doppeltoranlage stand für Gretchens Kommando zur Verfügung. Gretchen, ihre Mädchen und Vater Schultz warteten im elften Jahrhundert auf dem Klosterturm, und das Tor, das sie ins zwanzigste Jahrhundert führte, würde erst auf Gwen Hazels Kommando hin aktiviert werden.

Mit Hilfe eines Kehlkopfmikrophons, mehrerer Zungenschalter und einer Körperantenne konnte Gwen Hazel sowohl mit dem elften, dem zwanzigsten als auch dem vierundvierzigsten Jahrhundert sprechen, entweder einzeln oder mit allen zusammen, egal, ob sie sich dabei auf Tellus Primus oder Tellus Tertius aufhielt.

Darüber hinaus stand sie mit Zeb und Deety Carter an

Bord von *Gay Deceiver* in Verbindung, die dreißigtausend Fuß über dem Ärmelkanal schwebte – zu hoch für Bomber, zu hoch für Messerschmidts oder Fokkers, zu hoch für das Luftabwehrfeuer dieses Zeitalters. Gay war mit ihrem Einsatz nur einverstanden gewesen, wenn sie sich die Flughöhe selbst aussuchen durfte. (Gay ist eine Pazifistin, die ihrer Meinung nach beklagenswert viel Kampferfahrung mit sich brachte.) In dieser Höhe war sie überzeugt, die Heinkels schon orten zu können, lange bevor der britische Küstenradar diese erfaßte.

Nach den Proben im ›Potemkinschen Dorf‹ waren die Chirurgenteams neu organisiert worden und standen jetzt in Boondock an den Toren bereit. Wir hatten vor, die hoffnungslosen Fälle direkt nach Boondock zu schaffen, wo kein Fall hoffnungslos ist, solange das Gehirn noch lebt und nicht zu sehr beschädigt ist. Nach der Behandlung sollten diese Patienten sich einige Tage oder Wochen in Beulahland erholen, ehe sie noch vor dem Morgengrauen dieser Zeitlinie zurück nach Coventry geschickt wurden.

(Sie würden einige Wunder zu erklären haben, aber wir waren dann längst wieder auf und davon.)

Cas und Pol hatten sich freiwillig als Träger für die Verletzten gemeldet.

Wir fanden, daß es Vater nur unnötig alarmieren würde, wenn zu viele Chirurgenteams und zu viele Geräte aus dem Nichts auftauchten, sobald die Sirenen heulten. Wenn jedoch die Verletzten erst einmal heranströmten, würde er zu beschäftigt sein, um es zu bemerken oder sich darum zu scheren.

Jubal und Gillian standen als Reserve bereit. Dagmar war die erste Person, die Vater zu sehen kriegen würde, wenn er den Kopf hereinsteckte. Sobald der Alarm ertönte, würden Lazarus und ich als Team auftreten, er der Arzt, ich die Schwester. Zwar bin ich selbst eine brauchbare Chirurgin, habe aber als operierende Schwester viel mehr Erfahrung. Wir gingen davon aus, daß insgesamt drei von uns reichen würden, nach dem Ende des Angriffs das zu tun, was vielleicht nötig wurde – Vater zu packen und ihn durchs Tor zu zerren, ihn in Boondock irgendwo hinzusetzen und ihm alles zu erklären, einschließlich des Vorschlages, eine Verjüngung und eine Expertenausbildung in fortgeschrittenen Behandlungsmethoden zu erhalten und trotzdem in das Coventry des 8. Aprils 1941 zurückkehren zu können. Falls er darauf bestand. Falls er überhaupt den Wunsch dazu hatte.

Ich hoffte und erwartete jedoch, Vater mit Tamaras Hilfe davon überzeugen zu können, wie sinnlos es wäre, in die Schlacht um England zurückzukehren – nachdem sie bereits vor mehr als zweitausend Jahren gewonnen worden war.

Mit Tamaras Hilfe ... Sie war meine Geheimwaffe. Durch eine wundersame Verkettung von Ereignissen hatte ich meinen Geliebten von den Sternen geheiratet – und damit zu meinem Erstaunen und großen Glück auch meinen Sohn. Führten vielleicht weitere Wunder dazu, daß ich den einzigen Mann heiraten konnte, den ich schon immer bedingungslos und ohne jeden Vorbehalt geliebt hatte? Vater würde sicherlich Tamara heiraten, sobald er eine Chance dazu erhielt – jeder Mann täte das –, und Tamara würde dafür sorgen, daß er auch mich heiratete. So hoffte ich zumindest.

Falls nicht, war es mehr als genug, ihn wenigstens wieder am Leben zu wissen.

Ich war kaum wieder durch das Tor nach Boondock gegangen, als ich Gwen Hazels Stimme hörte: »Godiva's Horse an alle Stationen! Deety meldet Feind in der Luft. Luftalarm in ungefähr acht Minuten erwartet. Bestätigen!»

Sie stand zwar direkt neben mir vor den Krankenhaustoren, aber sie wollte nicht nur die Information weitergeben, sondern auch die Verbindungen checken. Meine eigene Ausrüstung war sparsam. Ich trug ein Kehlkopfmikro, nicht implantiert, sondern nur unter einem Verband, den ich sonst gar nicht gebraucht hätte. Dazu kamen eine »Hörhilfe«, die ihren Namen nicht verdiente, sowie eine unter der Kleidung versteckte Antenne. »Blood's a Rover an Godiva's Horse. Roger.«

»British Yeoman an Horse. Roger«, hörte ich. »Achtzig Minuten. Eine Stunde und zwanzig Minuten.«

»Blood an Horse«, sagte ich. »Ich habe Gretchens Okay gehört. War das in Ordnung?«

Gwen Hazel schaltete ihr Gerät ab. »Nein, erst dann, wenn ihr beide im Coventry von 1941 seid. Mo, gehst du bitte für einen zweiten Kommunikationscheck wieder hinüber?«

Ich gehorchte, und wir stellten fest, daß meine Verbindung mit Gwen Hazel funktionierte, also die zwischen dem zwanzigsten und vierundvierzigsten Jahrhundert, während ich Gretchen nicht hören konnte. Beides war auch richtig so. Anschließend kehrte ich nach Boondock zurück, da ich noch nicht richtig gekleidet war. Beim Übergang knackte es in meinen Ohren, was nur an Luftdruckschwankungen lag, wie ich wußte – trotzdem eine gespenstische Erfahrung.

Deety meldete, daß inzwischen auch die Jägereskorte der Bomber in der Luft war. Die deutschen Messerschmidts waren den Spitfires mindestens ebenbürtig, aber sie operierten an der äußersten Grenze ihrer Reichweite – allein Hin- und Rückflug verschlangen fast ihren gesamten Treibstoff, so daß sie sich nur für wenige Minuten auf Luftkämpfe einlassen konnten und im Kanal landeten, wenn sich die Piloten verrechneten.

»Dagmar, auf deine Station«, ordnete Gwen Hazel an.

»Alles klar.« Dagmar durchschritt das Tor, bereits in Kleid, Maske und Mütze, aber noch ohne Handschuhe. Gott allein wußte, was uns Handschuhe unter den dort herrschenden Hygienebedingungen nützen sollten (vielleicht uns schützen, wenn schon nicht die Patienten).

Ich band Woodrow die Maske um. Woodrow band mir die Maske um. Wir waren bereit.

»Godiva's Horse an alle Stationen, wir haben Luftalarm«, meldete sich Gwen Hazel. »British Yeoman, Tor aktivieren und Zeitverschiebung vornehmen. Bestätigen.«

»Yeoman an Horse. Roger. Wird erledigt!«

»Horse an Yeoman, Ankunft melden! Gute Jagd!« Dann wandte sich Hazel an mich. »Mo, du kannst jetzt mit Lazarus durchs Tor. Viel Glück!«

Ich folgte Lazarus und mußte auf der anderen Seite des Tores sofort an mich halten – Dagmar half Vater dabei, den Kittel anzulegen. Vater warf uns einen kurzen Blick zu, als wir hinter dem Vorhang hervorkamen, kümmerte sich aber nicht weiter um uns. Ich hörte ihn zu Dagmar sagen: »Ich habe Sie noch nie gesehen, Schwester. Wie heißen Sie?«

»Dagmar Dobbs, Doktor. Sie können mich Dag nennen. Ich bin erst heute morgen mit dem Nachschub aus London gekommen.«

»Das sehe ich. Das erste Mal seit Wochen, daß ich einen sauberen Kittel zu Gesicht bekomme. Und Masken – was für eine Angeberei! Sie klingen wie eine Yank, Dag.«

»Das bin ich auch, Doktor – wie Sie.«

»Schuldig im Sinne der Anklage. Ira Johnson aus Kansas City.«

»Mensch, daher komme ich ja auch!«

»Dachte ich mir doch gleich, den heimatlichen Akzent zu hören. Wenn die Heinies heute nacht wieder nach Hause fliegen, müssen wir ein bißchen Klatsch austauschen.«

»Ich habe nicht viel zu erzählen. Ich war nicht mehr zu Hause, seit man mir die Mütze aufgesetzt und die Nadel angesteckt hat.«

Dagmar sorgte dafür, daß Vater beschäftigt blieb, und ich war ihr dankbar dafür. Ich wollte nicht, daß er mich entdeckte, solange der Angriff noch nicht vorüber war. Keine Zeit für Sentimentalitäten bis dahin!

In einiger Entfernung fielen die ersten Bomben.

Ich sah überhaupt nichts vom Angriff. Dreiundneunzig Jahre vorher oder acht Monate später – je nachdem, wie man es zählte – sah ich Bomben auf San Francisco regnen, und das unter Umständen, in denen ich nichts anderes tun konnte, als hinschauen, die Luft anhalten und abwarten. Aber ich bedaure es nicht, daß ich zu beschäftigt war, um die Bombardierung von Coventry zu beobachten. Was ich hörte, reichte mir. Allgemein wird behauptet, daß man, wenn man einen Luftangriff hört, zu weit weg ist, um selbst erwischt zu werden. Ich bin mir nicht sicher, ob ich das glauben soll.

»Hast du Gretchen gehört?« flüsterte mir Gwen Hazel ins Ohr. »Sie sagt, sie hätten neunundsechzig von den zweiundsiebzig Bomben der ersten Welle erwischt.«

Ich hatte es nicht gehört. Lazarus und ich waren mit unserem ersten Patienten beschäftigt, einem kleinen Jungen. Er hatte schlimme Verbrennungen, und der linke Arm war zerschmettert. Lazarus leitete die Amputation ein. Ich blinzelte die Tränen weg und half ihm.

KAPITEL ACHTUNDZWANZIG

IM EWIGEN JETZT

Ich habe nicht vor, die Gefühle des Lesers (oder auch meine eigenen) zu verletzen, indem ich auf die Einzelheiten dieser tausendjährigen Nacht eingehe. Alles Schreckliche, was man jemals in der Notaufnahme eines Großstadtkrankenhauses gesehen hat, mußten wir in dieser Nacht behandeln. Mehrfachbrüche, bis zur Nutzlosigkeit zerschmetterte Glieder, scheußliche Verbrennungen. Wenn die Verbrennungen nicht allzu schlimm waren, linderten wir sie mit einem Gel, das dieser Zeit noch einige Jahrhunderte lang unbekannt sein würde, verbanden die betroffenen Stellen und wiesen die Krankenträger der Zivilverteidigung an, die Patienten hinauszubringen. Die schlimmsten Fälle wurden von Cas und Pol hinter den schon erwähnten Vorhang und durch ein Burroughs-Carter-Libby-Tor ins Ira-Johnson-Krankenhaus von Boondock gebracht; die Menschen mit Verbrennungen wurden von dort weitergeleitet ins Jane-Culver-Burroughs-Krankenhaus in Beulahland, um dort im Verlauf einiger Tage oder Wochen zu genesen und noch in derselben Nacht, nach dem Ende des Bombenangriffs, nach Coventry zurückzukehren.

Alle Betroffenen waren Zivilisten, meist Frauen, Kinder und alte Männer. Die einzigen Militärangehörigen, die sich meines Wissens in Coventry oder Umgebung befanden, waren Angehörige der Territorialverteidigung, die Luftabwehrgeschütze bemannten. Sie hatten ihre eigenen medizinischen Einrichtungen. Ich schätze, in London wäre eine Erste-Hilfe-Station wie unsere in der U-Bahn untergebracht gewesen, aber Coventry besaß keine solche. Unser Lazarett bestand nur aus Sandsäcken im Freien, was aber vielleicht immer noch sicherer war, als in einem Gebäude untergebracht zu sein, das in Brand geraten konnte. Ich will niemanden kritisieren. Alle Maßnahmen der Zivilverteidigung vermittelten den Eindruck, daß man bemüht gewesen war, zu tun, was man tun konnte. Die Engländer waren ein Volk, das mit dem Rücken zur Wand stand und tapfer mit den Mitteln kämpfte, die es hatte.

Unsere Ambulanzstation wies drei Tische auf, die man mit etwas gutem Willen als Operationstische bezeichnen konnte, die aber in Wirklichkeit nur schlichte Holztische waren, die man zwischen den Bombenangriffen rasch abgebeizt hatte. Vater arbeitete am von der Tür aus gesehen ersten Tisch, Woodrow an dem, der dem Vorhang am nächsten stand. Am mittleren operierte ein ältlicher Engländer, der anscheinend regelmäßig hier Dienst tat. Es war Mr. Pratt, ein einheimischer Tierchirurg, dem seine Frau »Harry« assistierte (was für Harriet stand) assistierte. Mrs. Pratt wußte während der Unterbrechungen des Angriffs manch Unfreundliches über die Deutschen zu sagen, war aber mehr an Gesprächen übers Kino interessiert. Ob ich jemals Clark Gable begegnet wäre? Oder Gary Cooper? Oder Ronald Colman? Als ihr klar wurde, daß ich keine der Filmgrößen kannte, hörte sie auf, mich zu quälen. Sie pflichtete ihrem Mann bei, als dieser sagte, es wäre sehr anständig von den Yanks, hier auszuhelfen – aber wann würden sie gefälligst selbst in den Krieg eintreten?

Ich gab vor, es nicht zu wissen. Da meldete sich Vater: »Lassen Sie die Schwester in Ruhe, Mr. Pratt. Wir kommen noch, wenn auch ein bißchen spät, genau wie Ihr Mr. Chamberlain. Seien Sie bis dahin bitte höflich zu den Amerikanern, die schon hier sind und helfen.«

»War nicht böse gemeint, Mr. Johnson.«

»Wurde auch nicht so aufgefaßt. Klemme!«

(Mrs. Pratt war eine Operationsschwester, wie ich nie eine bessere gesehen hatte. Sie hielt stets bereit, was ihr Mann brauchte, ohne daß er erst darum bitten mußte. Lange gemeinsame Praxis vermutlich. Ich schätze, daß sie die Instrumente aus seiner Tierpraxis benutzten. Vielleicht bereitete das manchen Leuten Kopfzerbrechen; meiner Meinung nach ergab es Sinn.)

Nun arbeitete Mr. Pratt an genau dem Tisch, den wir eigentlich für Jubal und Jill vorgesehen hatten. (Was Einzelheiten anbetraf, war unsere historische Forschung alles andere als vollkommen.) Demzufolge beschäftigte sich Jubal im Vorraum mit der Sichtung der Verwundeten und kennzeichnete diejenigen, die Cas und Pol nach Boondock befördern sollten – die Leute, die man sonst ohne Behandlung hätte sterben lassen, da sie als hoffnungslose Fälle galten. Jill ging sowohl Dagmar als auch mir zur Hand und half besonders bei der Anästhesie.

Vor allem über dieses Thema hatte es bei unseren Drills im Potemkinschen Dorf heftige Diskussionen gegeben. Schlimm genug, mit anachronistischem Operationsbesteck im zwanzigsten Jahrhundert aufzutauchen, aber dann auch noch mit hochmodernen Anästhesieverfahren aus Boondock? Unmöglich!

Galahad beschloß daraufhin, Druckinjektoren einzusetzen und »Neomorphin« zu verabreichen (der Name ist so gut wie jeder andere; das Medikament war im zwanzigsten Jahrhundert unbekannt). Und so ging Jill in Station und Vorraum herum und verabreichte den Verletzten und Verbrannten die Injektionen, wodurch Dagmar und ich die Hände für die Operationsassistenz frei hatten. Einmal versuchte Jill, Mr. Pratt beizustehen, wurde aber gleich von Mrs. Pratt verscheucht. Letztere benutzte etwas, was ich seit ungefähr 1910 nicht mehr gesehen hatte – Nasenstöpsel mit Chloroform.

Die Arbeit nahm kein Ende. Zwischen den Patienten wischte ich den Tisch ab, bis das Handtuch so mit Blut vollgesaugt war, daß ich mehr verschmierte als sauber machte.

Gretchen meldete ihre Abschüsse von der zweiten Welle – sechzig Bomber hatten angegriffen, siebenundvierzig waren abgeschossen worden. Dreizehn Bomber hatten mindestens eine Ladung abgeworfen, ehe es sie erwischte. Gretchens Mädchen setzten Partikelstrahlen und Nachtsichtgeräte ein; der übliche Effekt bestand darin, daß der Treibstofftank der Maschine explodierte. Manchmal gingen die Bomben mit hoch, manchmal erst dann, wenn sie am Boden aufschlugen. Andere detonierten überhaupt nicht und hinterließen damit den Bombenexperten für den nächsten Tag ein heikles Problem.

Wir sahen jedoch nichts davon. Von Zeit zu Zeit schlug eine Bombe in der Nähe ein, und dann meinte jemand: »Das war knapp.« Und jemand antwortete: »Zu knapp«. Und wir alle setzten unsere Arbeit fort.

Eine abgeschossene Maschine erzeugt eine ganz andere Art von Explosion als eine Bombe, und ein Jäger unterscheidet sich wiederum von einem Bomber. Mr. Pratt behauptete, den Absturz einer Spitfire von dem einer Messerschmidt unterscheiden zu können. Vielleicht konnte er das tatsächlich. Ich konnte es jedenfalls nicht.

Zwischen den Bomberwellen kam es zu Ruhephasen, was allerdings nicht für unsere Arbeit galt. Je weiter die Nacht voranschritt, desto mehr fielen wir zurück. Die Opfer kamen in größerer Zahl, als wir sie versorgen konnten. Jubal kennzeichnete sie daher großzügiger für die Überführung zu Ishtar. Das machte unsere Hilfe zwar augenfälliger, rettete aber auch mehr Leben.

Während der vierten Bomberwelle am frühen Morgen hörte ich Gretchen sagen: »Yeoman an Horse, Notfall.«

»Was ist los, Gretchen?«

»Irgendwas – wahrscheinlich das Trümmerstück eines Flugzeuges – hat unser Tor getroffen.«

»Beschädigt?«

»Keine Ahnung, es war einfach weg. Puff!«

»Horse an Yeoman, Kampf abbrechen. Nehmt das Tor in der Ambulanzstation. Findet ihr es? Habt ihr Richtung und Entfernung?«

»Ja, aber ...«

»Kampf abbrechen und evakuieren. Los!«

»Aber Hazel, wir haben doch nur unser Tor verloren! Wir können weiterhin Bomber abschießen!«

»Moment. Bright Cliffs, bitte antworten! Deety, aufwachen!«

»Ich bin wach.«

»Unsere Nachforschungen haben vier Angriffswellen ergeben, nicht mehr. Bekommt Gretchen noch mehr Ziele geboten?«

»Einen Augenblick ...« (Es wurde ein langer Augenblick.) »Gay meint, sie könne keine Bomber mehr orten, die auf dem Boden warmlaufen. Im Osten wird es bereits hell.«

»Horse an alle Stationen, löst euch auf. Blood, ihr wartet auf Yeoman und evakuiert erst dann – wobei ihr den Urvater mitbringt. Benutzt nötigenfalls eine Injektion. Alle Stationen, bitte Meldung machen!«

»Cliffs an Horse, wir haben verstanden. Sind schon da!«

»Yeoman an Horse, alles klar. Vater Schmidt führt uns an, ich komme als letzte.«

»Blood an Horse, alles klar. Hazel, sag Ishtar, sie soll jetzt alle Patienten zurückschicken – oder es gibt ein paar unplanmäßige Einwanderer.«

Die nächsten Minuten verliefen völlig grotesk. Zunächst kamen die Patienten mit schweren Verbrennungen durch das Eingangstor zurück, alle aus eigener Kraft und ganz gesund. Ihnen folgten die Operierten, einige mit Prothesen, andere mit Transplantaten. Die letzten Fälle, an denen Galahad und Ishtar und andere Chirurgen noch gearbeitet hatten, wurden jetzt in Windeseile abgeschlossen, durch Beulahland geschleust und nach Tagen oder Wochen dort nach Coventry zurückgeschickt, nur Minuten, nachdem Hazel das Ende des Unternehmens verkündet hatte.

Es können nur Minuten gewesen sein, da Gretchens Truppen aus weiniger als einer Meile Entfernung noch nicht eingetroffen waren. Die Mädels trabten im Marschtempo (3,5 Meter pro Sekunde) heran, was den Zeitraum auf acht oder neun Minuten begrenzte, zuzüglich der Zeit, die sie für den Abstieg im Turm gebraucht hatten. Später erfuhr ich, daß Wachmänner der Zivilverteidigung versucht hatten, sie aufzuhalten und zu verhören. Ich glaube nicht, daß die Mädchen irgend jemanden sehr verletzt haben, aber angehalten haben sie auch nicht.

Dann kamen sie schließlich hereingeströmt, alle in Maid-Marian-Kostümen und mit Langbögen (bei denen es sich um getarnte Partikelwerfer handelte). Auch Bruder Tuck, der vorneweg kam, war für Nottingham Forest ausstaffiert, komplett mit Tonsur. Am Schluß folgte Gretchen in ihrer Robin-Hood-Montur und mit einem breiten Grinsen im Gesicht.

Sie gab Dagmar einen Klaps auf den Po, als sie an Vaters Tisch vorbeikam, und nickte den Pratts zu, die bereits ganz verdutzt der Prozession geheilter Patienten zuschauten, die in die andere Richtung strömten. An Woodrows Tisch blieb sie dann stehen. »Wir haben es geschafft!«

Alle drei Tische waren jetzt frei. Wir hatten den wunderbaren Augenblick erreicht, an dem keine Verletzten mehr auf uns warteten. Jubal kam aus dem Vorzimmer herein. »Ihr habt es wirklich geschafft.«

Gretchen drückte mich an sich. »Maureen, wir haben es geschafft!« Sie zog mir die Maske herunter und küßte mich.

Ich schob sie von mir. »Seht jetzt zu, daß ihr durch das Tor kommt. Wir sind bereits über die Zeit.«

»Spielverderberin!« Sie ging, gefolgt von Jubal und Gillian.

Die Sirenen verkündeten das Ende der Angriffe. Mr. Pratt betrachtete mich, betrachtete den Vorhang und sagte: »Komm, Harry.«

»Ja, Pa.«

»Gute Nacht allerseits.« Müde ging der alte Mann von dannen, gefolgt von seiner Frau.

»Tochter, was treibst du denn hier?« fragte Vater barsch. »Du müßtest doch in San Francisco sein.« Er sah Woodrow an. »Du müßtest eigentlich tot sein, Ted. Also, was suchst du hier?«

»Nicht tot, Dr. Johnson. ›Vermißt‹ ist nicht dasselbe wie

tot. Der Unterschied ist, zugegebenermaßen, geringfügig, aber bedeutsam. Lange Zeit im Krankenhaus, lange Zeit bewußtlos, aber hier bin ich.«

»Mrrmf. Das sieht man. Aber was soll dieses ganze Theater? Leute in Kostümen und ein Verkehr wie auf dem Piccadilly Circus! Ist das vielleicht eine Art, eine Ambulanzstation zu betreiben? Habe ich den Verstand verloren? Hat uns ein Treffer voll erwischt?«

»Kommt sofort alle durchs Tor!« hörte ich Hazels Stimme im Ohr.

»Schon unterwegs, Hazel«, flüsterte ich. Dagmar hatte sich hinter meinen Vater geschoben und hielt den Injektor bereit. Sie betrachtete mich fragend. Ich schüttelte ganz leicht den Kopf. »Vater, kommst du bitte mit, so daß ich dir alles erklären kann?«

»Mrrmf. Ich schätze ...«

Und das Dach stürzte ein.

Vielleicht war es das Trümmerstück einer Spitfire, vielleicht das einer Messerschmidt. Ich weiß es nicht. Jedenfalls lag ich darunter. Gwen Hazel bekam alles durch mein Mikro mit; ihre Enkel Cas und Pol erlitten schwere Verbrennungen, als sie zurückkehrten, um uns zu retten.

Wir alle erlitten Verbrennungen – Castor, Pollux, Woodrow, Vater, Dagmar und ich. Und Benzinverbrennungen sind etwas Scheußliches. Hazel schickte uns jedoch weitere Helfer in feuerfesten Monturen (alles vorgeplant, kein Zufall), und so wurden wir schließlich durchs Tor geschleppt.

Ich weiß das alles nur aus späteren Berichten, denn zu dem Zeitpunkt selbst war ich bewußtlos. Erst eine unbestimmbare Zeitspanne danach kam ich im Krankenhaus wieder zu mir. Unbestimmbar für mich, heißt das. Dagmar sagt, ich wäre drei Wochen länger als sie weggewesen. Tamara ist nicht bereit, mir Genaueres zu sagen. Es spielt aber auch keine Rolle; das Lethe sorgt für Wohlbefinden und sorglosen Schlummer, bis man wieder gesund ist.

Einige Zeit später gestattete man mir, aufzustehen und Spaziergänge in Beulahland zu unternehmen. Es ist eine schöne Gegend und eine der wenigen wirklich zivilisierten überhaupt. Anschließend brachten sie mich nach Boondock zurück – und Woodrow und Vater und Dagmar kamen mich besuchen.

Sie beugten sich nacheinander über mein Bett und küßten mich, und ich weinte ein wenig, und dann unterhielten wir uns.

10

Es wurde eine Riesenhochzeit. Natürlich waren Mycroft und Athene und Minerva dabei, ebenso mein Enkel Richard Colin, der Lazarus endlich verziehen hatte (nämlich daß dieser sein Vater war). Mein Liebling Gwen Hazel wußte auch keinen Grund, sich fernzuhalten, nachdem Richard Colin seine Bereitschaft erklärt hatte, bei der Sache mitzumachen. Meine Töchter Laz und Lor beschlossen, ihre Gatten Cas und Pol freizugeben – in Anerkennung ihres Heldenmutes, mit dem sie sich ins Feuer gestürzt hatten, um uns Nachzügler zu retten. So durften Cas und Pol in die Familie einheiraten. Auch Xia und Dagmar und Choy-Mu und Vater und Gretchen waren dabei, sowie alle anderen von uns, die schon seit Jahren zu den Longs gehörten. Die neuen Familienmitglieder hatten zunächst gezögert, bis Galahad und Tamara ihnen unmißverständlich klargemacht hatten, daß es nur ein Gelöbnis gab – nämlich für das Wohlergehen und das Glück all unserer Kinder zu sorgen.

Das ist schon der ganze Ehevertrag bei uns. Der Rest besteht aus romantischen Ritualen.

Mit wem man schläft, ist reine Privatsache. Ishtar, die Familiengenetikerin, überwacht die Fortpflanzung, soweit es für das Wohlergehen unserer Kinder nötig ist.

Und so reichten wir uns in Gegenwart der Kinder alle die

Hände (natürlich war auch Pixel dabei!) und schworen uns gegenseitig, unsere Kinder zu lieben und zu hegen – sowohl die, die wir schon hatten, als auch alle zukünftigen, auf Welten ohne Ende.

Und wenn wir nicht gestorben sind, dann leben wir noch heute.

PERSONEN
DER VORLIEGENDEN
AUTOBIOGRAPHIE

Maureen Johnson Smith Long, 4. Juli 1882
Pixel, eine Katze

Maureens Vorfahren, Tanten, Onkel, Eingeheiratete
Dr. med. Ira Johnson, Vater, 2. August 1852
Adele Pfeiffer Johnson, Mutter
John Adams Smith, Schwiegervater
Ethel Graves Smith, Schwiegermutter

(Vorfahren väterlicherseits)
Asa Edward Johnson, Großvater, 1813–1918
Rose Altheda McFee Johnson, Großmutter, 1814–1918
George Edward Johnson, Urgroßvater, 1795–1897
Amanda Lou Fredericks Johnson, Urgroßmutter, 1798–1899
Terence McFee, Urgroßvater, 1796–1900
Rose Wilhelmina Brandt McFee, Urgroßmutter, 1798–1899

(Vorfahren mütterlicherseits)
Richard Pfeiffer, Großvater, 1830–1932
Kristina Larsen Pfeiffer, Großmutter, 1834–1940
Robert Pfeiffer, Urgroßvater, 1809–1909
Heidi Schmidt Pfeiffer, Urgroßmutter, 1810–1913
Ole Larsen, Urgroßvater, 1805–1907
Anna Kristina Hansen Larsen, Urgroßmutter, 1810–1912

Ira Johnsons Geschwister
Samantha Jane Johnson, 1831–1915
James Ewing Johnson, 1833–1884
(heiratete Carole Pelletier, 1849–1954)
Walter Raleigh Johnson, 1838–1862
Alice Irene Johnson, 1840
Edward McFee Johnson, 1844–1884
Aurora Johnson, 1850

Maureens Geschwister

Edward Ray Johnson, 1876
Audrey Adele Johnson, 1878
(heiratete Jerome Bixby, 1896)
Agnes Johnson, 1880
Thomas Jefferson Johnson, 1881
Benjamin Franklin Johnson, 1884
Elizabeth Ann Johnson, 1882
Lucille Johnson, 1894
George Washington Johnson, 1897

Nelson Johnson, Vetter, 1884
(Sohn von James Ewing Johnson und Carole Pelletier)

Maureens Nachfahren und deren Ehegatten
Nancy Irene Smith, 1. Dezember 1899
(heiratete Jonathan Sperling Weatheral)
Carol Smith, 1. Januar 1902
(heiratete Roderick Schmidt Jenkins)
Brian Smith junior, 12. März 1905
George Edward Smith, 14. Februar 1907
Marie Agnes Smith, 5. April 1909
Woodrow Wilson Smith/Lazarus Long usw., 11. November 1912
(erste Ehefrau: Heather Hedrick)
Richard Smith, 1914–1945
(heiratete Marian Hardy)
Ethel Smith, 1916
Theodore Ira Smith, 4. März 1919
Margaret Smith, 1922
Arthur Roy Smith, 1924
Alice Virginia Smith, 1927
(heiratete Ralph Sperling)
Doris Jean Smith, 1930
(heiratete Roderick Briggs)
Patrick Henry Smith (von Justin Weatheral), 1932

Susan Smith, 1934
(heiratete Henry Schultz)
Donald Smith, 1936
Priscilla Smith, 1938
Lapis Lazuli Long, geklont von Lazarus A.D. 4273
Lorelei Lee Long, geklont von Lazarus A.D. 4273
Richard Colin Campbell Ames, Enkel, A.D. 2133
(Sohn von Lazarus Long und Wendy Campbell)
Roberta Weatheral Barstow, Enkelin, 25. Dezember 1918
Anne Barstow Hardy, Urenkelin, 2. November 1935
Nancy Jane Hardy, Ururenkelin, 22. Juni 1952

Maureens Ehegatten, Mitehegatten, Liebhaber und Freunde
Charles Perkins, 1881–1898
Brian Smith, Ehemann, 1877–1996
Justin Weatheral, 1875
Eleanor Sperling Weatheral, 1877
Dr. med. James Rumsey senior
Dr. med. James Rumsey junior
Velma Briggs Rumsey (Mrs. James Rumsey junior)
Mammy Della
Elizabeth Louise Barstow Johnson (Mrs. Nelson Johnson)
Hal und Jane Andrews
George Strong
Arthur Simmons, 1917
Jubal Harshaw, 1907
Tamara
Ishtar
Galahad
Hilda Mae Corners Burroughs Long
Deety Burroughs Carter Long
Jacob Burroughs Long
Zebadiah John Carter Long

Katzen
Pixel
Chargé d'Affaires

Prinzessin Polly Ponderosa Penelope Peachfuzz
Random Numbers
Captain Blood

Weitere Personen
Judge Hardacres, eine Leiche
Dr. med. Eric Ridpath
Zenobia Ridpath, eine liebenswürdige Gastgeberin
Dr. med. Adolf Weisskopf
Dagmar Dobbs, Krankenschwester
Major Gretchen Henderson, Soldatin beim Zeitkorps
Dr. med. vet. Jesse F. Bone – er rettete ein Kätzchen
Ira Howard – er gründete die Howard-Stiftung, 1825–1873
Jackson Igo und Söhne
Judge Orville Sperling, Vorsitzender der Stiftung, 1840
Reverend Clarence Timberly
Mrs. Ohlschlager, Nachbarin und Freundin
Reverend Dr. Ezekiel »Bibelklopfer«
Mr. Fones, Arbeitgeber von Brian Smith
Mr. Renwick, Fahrer bei der Great Atlantic and Pacific Tea Co.
Reverend Dr. David C. Draper
Mr. Smaterine, ein Bankier
Deacon Houlihan, ein Bankpräsident
Mr. Schontz, ein Metzger
Anita Boles, eine Stenographin
Arthur J. Chapman, Kurator der Howard-Stiftung
Dr. Bannister, Dekan, Kansas City University
Alvin Barkley, Präsident der USA 1941–1949, Zeitlinie zwei
George S. Patton junior, Präsident der USA 1949–1961, Zeitlinie zwei
Rufus Briggs, Stiftungskurator, ein Flegel
D. D. Harriman
Col. Frisby, Argus Security Patrol
Rick, Argus Security Patrol
Mrs. Barnes, Büroleiterin, Argus Security Patrol
Mr. Wren, Gesundheitsamt

Mrs. Lantry, Gesundheitsamt
Daniel Dixon, Finanzier
Dr. Macintosh, Kanzler, University of New Mexico
Helen Beck, Tänzerin und Gelehrte
Dora Smith (Mrs. W. W. Smith), New-Beginnings-Kolonie
Helen Smith, Tochter von Mr. und Mrs. W. W. Smith
Freddie, ein Gauner
Patty Paiwonski, eine Priesterin mit Schlangen
Wyoming Long, Tochter von Gwen Hazel und Lazarus
Castor und Pollux, Enkel von Gwen Hazel
Reverend Dr. Hendrik Hudson Schultz, Agent beim Zeitkorps
Gillian Boardman Long, Krankenschwester, ehemalige Hohepriesterin der Kirche Aller Welten

Computerpersönlichkeiten
Mycroft Holmes IV., Leiter der Revolte auf Luna, Zeitlinie drei
Minerva Long, früher Verwaltungscomputer auf Tellus Secundus, jetzt Fleisch und Blut
Athene, Verwaltungscomputer auf Tellus Tertius, Minervas Zwilling
Shiva, Athene und Mycroft zusammengeschaltet und geführt von Minerva
die Dora, ein intelligentes Schiff
die *Gay Deceiver*, ein intelligentes Schiff

Der erste Mensch auf dem Mond
Zeitlinie eins – Captain John Carter aus Virginia
Zeitlinie zwei – Leslie LeCroix
Zeitlinie drei – Neil Armstrong
Zeitlinie vier – Ballox O'Malley
Zeitlinie fünf – Skylark DuQuesne (nicht erwähnt)
Zeitlinie sechs – Neil Armstrong (alternative Zeitlinie)

Das Komitee für Ästhetische Streichungen
Dr. Frankenstein

Dr. Fu Manchu
Lucrezia Borgia
Hassan der Assassine
Blaubart
Attila der Hunne
Lizzie Borden
Jack the Ripper
Dr. Guillotine
Professor Moriarty
Captain Kidd
Graf Dracula

Personen des öffentlichen Lebens
William Gibbs McAdoo
Franklin Delano Roosevelt
Josephus Daniels
Woodrow Wilson
Robert Taft
William Jennings Bryan
Al Smith
Paul McNutt
Herbert Hoover
John J. Pershing
Pancho Villa
Patrick Tumulty
William Howard Taft
Leonard Wood
Harry S. Truman
Champ Clark
Theodore Roosevelt
William McKinley

Personen hinter den Kulissen
Dr. Chadwick
Dr. Ingram
Richard Heiser
Pop Green, Drogist

Dr. Phillips
Jonnie Mae Igo
Mrs. Malloy, Vermieterin
Witwe Loomis
Mr. Barnaby, Schulvorsteher
Major General Lew Rawson, Zielperson
Bob Coster, Schiffskonstrukteur
Elijah Madison, Fahrer
Charlene Madison, Köchin
Anne, eine Ehrliche Zeugin
Sarah Trowbridge, eine Tote
Miss Primrose
»Scrooge« O'Hennessy
Annie Chambers, Bordellmutter
Mrs. Bunch, Klatschtante
Mr. Davis, siehe »Fones«
Cowboy Womack, Bergwerksbesitzer
das Jenkins-Mädchen
Mr. Wimple, Bankangestellter
Nick Weston
Mr. Watkins
Mr. Hardecker, Schulvorsteher
Oma Bearpaw, Köchin
Mr. Ferguson, Chefingenieur

Verwandte Geschichten
The Man Who Sold the Moon and Other Stories
Personen aus ›The Man Who Sold the Moon‹: D. D. Harriman, George Strong, Daniel Dixon, Chefingenieur Ferguson, Bob Coster, Leslie LeCroix.
Personen aus ›Requiem‹: D. D. Harriman, George Strong.
Revolt in 2100 and Other Stories
Aus »›If This Goes On ...‹«: Nehemiah Scudder.
Aus ›Misfit‹: (Elizabeth) Andrew Jackson Libby (Long).
Methuselah's Children (Die Ausgestoßenen der Erde)
Lazarus Long alias Woodrow Wilson Smith, Andrew Jackson Libby.

A. Wolz 4/96

Time Enough for Love (Die Leben des Lazarus Long)
Lazarus Long, Ira Weatheral, Hamadryad, Ishtar, Galahad, Tamara, Lapis Lazuli, Lorelei Lee, Justin Foote der 45., ›Theodore Bronson‹, Dr. Ira Johnson, Maureen Johnson Smith, Brian Smith, Nancy Smith, Carol Smith, Brian Smith junior, George Edward Smith, Marie Agnes Smith, Woodrow Wilson Smith, Ethel Smith, Richard Smith, Justin Weatheral, Eleanor Weatheral, Jonathan Sperling Weatheral.
The Rolling Stones
Hazel Stone, Castor Stone, Pollux Stone.
The Moon Is a Harsh Mistress (Revolte auf Luna)
Hazel Stone, Mycroft Holmes IV.
(Neuauflage Oktober 1994 unter dem Titel: *Der Mond ist eine herbe Geliebte)*
Stranger in a Strange Land
Gillian Boardman, Jubal Harshaw, Anne (Ehrliche Zeugin), Patty Paiwonski.

The Number of the Beast (Die Zahl des Tiers)
Deety Burroughs Carter, Zebadiah John Carter, Jacob Burroughs, Hilda Mae Corners Burroughs, Lazarus Long, Elizabeth Andrew Jackson Libby Long, Lapis Lazuli Long, Lorelei Lee Long, Maureen Johnson Long, Hamadryad Long, Tamara Long, Hazel Stone, Castor Stone, Pollux Stone, Minerva Long, Jubal Harshaw, Athene, Anne (Faire Zeugin), Dr. Jesse F. Bone, Samual Clemens.

The Cat Who Walks Through Walls (Die Katze, die durch Wände geht)
Hazel Stone alias Gwen Novak, Col. Richard Colin Campbell Ames, Gretchen Henderson, Reverend Dr. Hendrik Hudson Schultz, Tamara, Athene, Dong Xia, Marcy Choy-Mu, Pixel, Lazarus Long, Wendy Campbell Ames, Maureen Johnson Long, Justin Foote der 45., Wyoming Long, Jacob Burroughs Long, Deety Burroughs Carter Long, Jubal Harshaw.

Band 24 152

Katherine Kerr

Polar City Blues

Deutsche Erstveröffentlichung

In Polar City, der grellsten Stadt der Allianz, ist der Teufel los. Zuerst wird ausgerechnet ein Botschaftsangehöriger der galaktischen Konföderation ermordet. Dann taucht in den Slums ein Artefakt aus einer anderen Welt auf. Die Polizei ist mit ihrem Latein am Ende. Die Cops wissen, daß ihnen nur eine Frau helfen kann: Bobbie Lacey, die gefeuerte Pilotin der Sternenflotte, kennt die düsteren Straßen von Polar City wie die Taschen in ihrem Raumanzug. Doch Lacey hat nicht viel Zeit. Wenn sie den Mörder nicht findet, kommt es zum Krieg zwischen der Allianz und der Konföderation – und dann wird Polar City zum Pulverfaß für die ganze Galaxis.

BASTEI LÜBBE

Sie erhalten diesen Band im Buchhandel, bei Ihrem Zeitschriftenhändler sowie im Bahnhofsbuchhandel.